모란정

탕현조 지음 | 이정재 · 이창숙 옮김 |

牡丹亭

소명출판

◆ **일러두기**

1. 이 책은 명나라의 극작가인 탕현조(湯顯祖, 1550~1617)가 지은 〈모란정환혼기牡丹亭還魂記〉를 완역한 것이다. 〈모란정환혼기〉는 〈모란정〉 또는 〈환혼기〉라고도 줄여 부르는데, 본 번역서의 제목은 〈모란정〉으로 정하였다.

2. 본서는 1963년 인민문학人民文學출판사에서 처음 간행된 이후 지금까지도 같은 출판사에서 쇄를 거듭하여 출간되고 있는 쉬쉬팡徐朔方, 양샤오메이楊笑梅의 교주본校注本『牡丹亭』을 번역의 주요 저본으로 삼았다. 이 교주본은 현존하는 가장 오래된 석림거사 각본(石林居士刻本, 1617)과 매우 가까운 명말 판본인 주원진朱元鎭 교각校刻 회덕당懷德堂 간행『중전수상모란정환혼기重鐫繡像牡丹亭還魂記』를 저본으로 하고, 명 주묵간본朱墨刊本, 명 급고각汲古閣『육십종곡六十種曲』본, 청 『격정환혼기사조格正還魂記詞調』본, 청 오오산삼부합평본吳吳山三婦合評本, 청 난홍실복각빙사관중각본暖紅室復刻氷絲館重刻本, 청 동문서국본同文書局本 등을 두루 참조하여 상세하게 교감한 것으로, 교감과 주석이 뛰어나서 현재 가장 널리 통행되고 있는 판본이다. 이와 함께 상해고적上海古籍출판사에서 나온 쳰난양錢南揚의 급고각본에 대한 교주본(『탕현조희곡집湯顯祖戲曲集』), 길림吉林인민출판사에서 나온 황주쌴黃竹三의 급고각본에 대한 교주본(『육십종곡평주六十種曲評注』), 중국희극中國戲劇출판사에서 나온 우펑추吳鳳雛의 '임천사몽臨川四夢' 시리즈 교주본, 시릴 버치Cyril Birch, 장광쳰張光前, 왕룽페이汪榕培의 영역본, 이와키 히데오岩成秀夫의 일역본 등을 참고하였고, 번역의 마지막 단계에서 네가야마 토루根ケ山徹가 원본에 가장 가까운 최고最古 판본인 석림거사 각본을 기준으로 주요 20여 판본을 대조한『〈모란정환혼기〉교합牡丹亭還魂記校合』을 입수하여 참고하였다.

3. 각 척의 제목은 원문을 직역하지 않고 내용에 맞게 새로 붙였다. 또한 원문에서는 발화자가 생(生, 남자역), 단(旦, 여자역), 정(淨, 개성이 강한 인물), 축(丑, 우스개역) 등의 각색명角色名으로 표기되어 있으나, 각 척에서 처음 등장할 때에만 '단 두여낭'처럼 각색명과 인물명을 병기하고 그 다음부터는 인물명으로만 표기하였다.

4. 각 척의 끝부분에는 대부분 퇴장할 때 읊는 퇴장시가 있는데, 이는 당시唐詩를 집구하여 엮은 집구시集句詩이다. 또한 퇴장시 이외에 배역이 등장할 때에 읊는 등장시도 집구시로 된 경우가 간혹 있다. 이 집구시는 〈모란정〉의 주요 특색 중 하나인데, 원래 시구의 글자를 약간씩 바꾼 경우도 있다. 본 번역서에서는 본래의 시구를 지은 시인과 제목, 해당 시구가 포함된 시 일부를 밝혔다. 다만 탕현조가 바꾼 글자는 일일이 밝히지 않았다.

5. 노래하는 운문은 제목에 【접련화蝶戀花】처럼 표시되어 있고, 가사는 돋움체로 나타내었다. 노래하지 않는 운문은 [한궁춘漢宮春]처럼 제목이 표시되어 있거나 5·7언 4구시의 경우에는 제목이 붙어 있지 않다. 이 부분은 회색의 명조체로 나타내었다.

6. 각 척의 앞부분에 있는 삽화는 유세형劉世珩이 청 말엽부터 1923년에 걸쳐 펴낸『난홍실휘각전극暖紅室彙刻傳劇』에 수록된 〈모란정〉에서 취하였다.

〈모란정〉의 번역을 접하고

김 학 주(서울대 명예교수, 학술원 회원)

무척 기쁘고 반가웠다. 우리나라 중국 희곡연구의 두 기둥이라 할 수 있는 이정재 교수와 이창숙 교수가 손잡고 옮긴 명明나라 때(1368~1661)의 전기傳奇의 대표작인 〈모란정〉의 우리말 번역이 나왔기 때문이다.

중국의 희곡은 본시부터 노래와 춤으로 연출하는 것이어서 이전에는 모두 우리나라 탈놀이와 비슷한 간단한 가무희歌舞戲가 그 주류였다. 몽고족의 원元나라(1206~1368)에 이르러서야 보통 4절折로 이루어진 장편의 잡극雜劇이 나와 크게 유행한다. 그러나 명나라에 들어와서는 〈모란정〉처럼 수십 척齣으로 이루어진 매우 긴 장편의 연극이 유행한다. 그리고 청淸나라(1661~1911)에 이르러는 화부희花部戲라 부르는 전기와 비슷한 형식의 각 지방의 가락을 살려 만든 지방희地方戲 및 경극京劇이 성행한다. 대체로 왕궈웨이(王國維, 1877~1927)의 『송원희곡고宋元戲曲考』가 나온 이래 중국문학자들은 문학적인 면에서 원대의 잡극을 가장 중시하고 있다. 그러나 이들 작품이 이루어진 이래 지금에 이르기까지 명대에 나온 〈모란정〉만큼 세상에 널리 읽히며 공연되고 있는 작품은 드물다.

특히 2001년 5월 유네스코에 의하여 중국의 곤곡崑曲이 '인류의 구술口述 및 비물질 문화유산의 대표작'으로 지정된 뒤로 〈모란정〉의 공연 열기는 더욱 뜨거워졌다. 곤곡이란 명나라 때 유행하던 희곡 음악 가락의 일종인데, 이 가락을 이용하는 전기만은 청대를 거쳐 지금까지도 전해져 오고 있어, 중국 사람들은 곤곡은 자기네 가장 오래된 희곡음악이라고 자랑하고 있는 것이다. 곤곡은 곤극崑劇이라고도 부르는데 특히 〈모란정〉의 공연을 통하여 세상 사람들이 좋아하는 창의 가락으로 유행하였기 때문에 〈모란정〉은 곤곡의 대표작이라고 할 수 있는 것이다. 곤곡의 명배우를 많이 갖고 있는 쑤저우곤극단蘇州崑劇團과 상하이곤극단上海崑劇團 등은 중국 내뿐만이 아니라 미국과 유럽 여러 나라 등 온 세계를 돌면서 〈모란정〉을 공연하며 곤곡을 세계적인 가극으로 발전시키겠다고 열을 올리고 있다. 미국대학에서 교수로 일하던 유명한 소설가인 바이셴융白先勇은 타이완臺灣으로 돌아와 작품의 주인공들과 같은 젊은 배우들을 동원하여 이른바 청춘판靑春版 〈모란정〉을 새로 만들어 중국 각지를 돌며 공연하여 큰 반향을 일으키기도 하였다.

〈모란정〉의 작자인 탕현조(湯顯祖, 1550~1616)는 중국문학사에 있어서 희곡뿐만이 아니라 시와 산문에 있어서도 청신淸新하고도 개성적인 글을 써서 명대 말엽에 새로운 문학운동을 폈던 공안파公安派의 선구자 중의 한 사람으로 알려져 있다. 실상 공안파 문학가들이 내세웠던 문학에 있어서의 '성령性靈'의 이론과 '진인眞人의 진성眞聲이어야 한다'는 주장은 그들이 〈모란정〉이란 작품을 보고 발전시킨 이론이 아닌가 한다. 왜냐하면 〈모란정〉은 〈환혼기還魂記〉라고도 하는데, 두여낭杜麗娘과 유몽매柳夢梅라는 젊은 남녀 주인공의 삶과 죽음을 초극超克하는 사랑 얘기를 다룬 것이기 때문이다. 작자는 그의 작품 앞에 서문처럼 붙인 「제사題詞」에서 "정은 생겨나는 곳을 알 수 없지만 한 번 생겨나서 깊어지면 산 사람을 죽게 할 수도 있고 죽은 사람을 살릴 수도 있다"고 말하고 있다. 여기의 '정'은 남녀 사이의 애정을 말한다. 사람들 사이의 참된 사랑은 본성本性에서 울어나는 것이고 삶과 죽음도 초극하게 되는 신령神靈스러운 것이라고 믿은 것이다. 그리고 〈모란정〉은 이러한 '성령'을 통하여 사랑을 실천하는 '참된 사람眞人'의 '참된 소리眞聲'로 이루어진 작품이기 때문이다.

중국 희곡은 처음부터 완전히 노래와 춤으로 연출되는 일종의 뮤지컬이다. 물론 중간에 간단한 대화나 독백도 들어간다. 그러나 그 중에서도 가장 중요한 것은 노래인 창이다. 그런데 그 창사唱詞는 시詩나 사詞 또는 곡曲 같은 운문으로 이루어져 있다. 특히 〈모란정〉은 뜨거운 사랑 얘기의 전개 못지않게 아름다운 창사로도 유명한 작품이다. 〈모란정〉을 읽는 이는 번역이라 하더라도 얘기의 전개에만 마음 졸이지 말고 이들 창사도 시를 읽듯 한 편 한 편 감상하면서 나간다면 중국 희곡을 이해하는 데에 큰 도움이 될 것이다. 번역문 중간 중간에 보이는 【만정방滿庭芳】・【동선가洞仙歌】・【전강前腔】・【미성尾聲】 등은 모두 창곡의 곡조를 뜻하는 곡패曲牌라 부르는 것이다. 한 사람이 창을 하기도 하지만 두 사람 이상이 한 구절씩 서로 주고받으며 창하는 경우 등도 많다. 모두 이에 주의하며 읽어야 할 것이다. 그래야 노래와 춤으로 연출되는 중국 희곡을 이해할 수 있고 작품에 담긴 성性과 영靈을 깨닫게 될 것이다.

그밖에 중간의 산문으로 이루어진 대화나 독백은 고문古文・변문駢文・백화白話 등 모든 형식의 글이 다 동원되고 있다. 그러니 희곡에는 중국의 운문 산문의 모든 문체의 글이 다 쓰이고 있는 것이다. 그러기에 중국문학 작품 중 희곡 번역이 가장 어려울 수밖에 없다. 때문에 이제껏 우리나라에는 중국희곡의 좋은 번역이 극히 적었다. 여기의 두 이 교수 정도로 중국의 희곡 작품을 우리말로 잘 옮길 수 있는 사람은 많지 않다.

한국 사람들이 중국 희곡에 대하여 소원한 것은 그 글을 읽고 이해하기도 어렵다는 데도 까닭이 있을 것이다. 여러 해 전에 〈모란정〉의 두여낭 역으로 이름을 날린 곤곡의 명배우인 장지칭張繼靑을 비롯하여 중국 최고의 연극상인 매화장梅花獎을 받은 배우들 너덧 명이나 긴 장쑤콘극단(江蘇崑劇團)이 내한하여 예술의 전당에서 공연한 일이 있는데 한국 사람들의 반응은 싸늘하였다. 또 얼마 전에는 중국의 명감독인 천카이거(陳凱歌)가 만든 중국의 유명한 여자 주인공역의 남자배우 메이란팡(梅蘭芳, 1894~1961)을 주제로 한 영화가 들어왔었는데 관람자가 적어 며칠 상연하지도 못하였다. 모두 우리가 중국 연극에 대하여 너무 모르고 무관심하기 때문이다. 「메이란팡」은 무척 잘 만들어진 영화이고, 또 그는 중국에서 장관급 이상의 대우를 받던 인물이며 일찍이 〈모란정〉의 여주인공 두여낭 역도 맡은 일이 있는 배우이다. 우리는 좀 더 그들의 전통연극을 통하여 중국을 알고 중국에 대하여 관심을 지녀야만 한다. 경극 같은 극종은 중국의 위 아래 사람들과 소수민족까지도 포함하는 13억 중화민족 모두가 함께 즐기는 위대한 대중예술이 되고 있기 때문이다.

　다행히도 우리 앞에 빼어난 〈모란정〉 번역이 나왔다. 많은 분들이 아름다운 창으로 이어지는 〈모란정〉의 빼어난 글을 번역을 통해서라도 음미하면서 삶과 죽음을 초극한 두여낭과 유몽매의 뜨거운 사랑 얘기에 빠져보기 바란다. 그리고 이 대작을 옮긴 두 분 교수는 앞으로 더 많은 중국 희곡 작품을 번역하여 한국 사람들의 중국 희곡에 대한 이해와 관심을 유도하여 중국문화에 대한 지식을 끌어올려주기 간절히 빈다.

2014년 3월 1일

모란정牡丹亭 __ 차례

「모란정제사牡丹亭題詞」

모란정제사牡丹亭題詞

천하의 여자들이 정이 있다지만, 어찌 두여낭만큼 있을까? 두여낭은 꿈속에서 님을 만난 뒤에 병이 들고, 병이 깊어지자 직접 자신의 모습을 그려 세상에 남긴 뒤에 죽었고, 죽은 지 삼 년 만에 캄캄한 속에서 옛날 꿈에서 보았던 사람을 찾아 되살아났다. 두여낭 같은 사람이야말로 정이 있는 사람이라고 말할 만하다. 정은 생기는 줄 모르나 한 번 주면 깊어지니, 정이 있으면 산 자도 죽을 수 있고 죽은 자도 살아날 수 있다. 살아서 죽어 보지 못하고, 죽어서 다시 살아나지 못한다면 지극한 정이 아니다. 꿈속의 정이라 해서 어찌 진정이 아닐까. 세상에 꿈속의 사람이 어찌 없으랴. 잠자리를 같이 하고 벼슬을 해야만 친밀해진다는 것은 모두가 천박한 의론이다. 두 태수의 이야기는 진晉나라 무도武都 태수 이중문李仲文이나 광주 태수 풍효장馮孝將의 딸의 이야기와 비슷한데, 내가 조금 바꾸고 늘였다. 두 태수가 유몽매를 고문하는 대목도 한漢나라 때 수양왕睢陽王이 담생談生을 고문한 이야기에서 빌

어 왔다. 아! 세상의 일은 세상에서 다 끝나는 것이 아니거늘, 고금에
통하지도 못하면서 늘 이치理로써 따질 따름이다. (두여낭이 죽었다가 살아
난 일을) 이치에 없는 바라고만 하니, 어찌 (그 일이) 정으로 인해 생겨난
것임을 알겠는가!

만력萬曆 무술戊戌년(1598) 가을에 청원도인清遠道人*이 쓰다.

天下女子有情, 寧有如杜麗娘者乎. 夢其人卽病, 病卽彌連, 至手畵形
容, 傳於世而後死. 死三年矣, 復能溟莫中求得其所夢者而生. 如麗娘
者, 乃可謂之有情人耳. 情不知所起, 一往而深. 生者可以死, 死可以生.
生而不可與死, 死而不可復生者, 皆非情之至也. 夢中之情, 何必非眞?
天下豈少夢中之人耶? 必因薦枕而成親, 待挂冠而爲密者, 皆形骸之論
也. 傳杜太守事者, 徬佛晉武都守李仲文, 廣州守馮孝將兒女事, 予稍爲
更而演之. 至於杜守收拷柳生, 亦如漢睢陽王收考談生也. 嗟夫, 人世之
事, 非人世所可盡. 自非通人, 恒以理相格耳. 第云理之所必無, 安知情
之所必有邪! 萬曆戊戌秋, 清遠道人題.

모란정牡丹亭

두여낭杜麗娘 : 여자 주인공. 남안태수의 딸
유몽매柳夢梅 : 남자 주인공. 당나라 문인 유종원柳宗元의 후손
두보杜寶 : 두여낭의 아버지. 당나라 시인 두보杜甫의 후손. 남안南安 태수였다가 회양淮揚 안무사按
　撫使, 평장사平章事 등의 벼슬을 지냄
견씨甄氏 부인 : 두여낭의 어머니
춘향春香 : 두여낭의 몸종
진최량陳最良 : 두여낭의 스승. 후에 황문주사관黃門奏事官이 됨
석 도고石道姑 : 여도사
소도고小道姑 : 젊은 여도사
부스럼머리 : 석 도고의 조카
화신花神 : 사랑을 맺게 해주는 꽃의 신
호판관胡判官 : 저승의 판관
곽타郭駝 : 유몽매 집의 과수원지기
한자재韓子在 : 유몽매의 친구. 당나라 문인 한유韓愈의 후손
묘순빈苗舜賓 : 흠차식보대신欽差識寶大臣. 후에 과거 시험관이 됨
추밀부사樞密副使 : 군사 담당 대신
완안량完顔亮 : 금나라 황제
이전李全 : 유금왕溜金王. 한족이지만 금나라 편에서 싸우다가 나중에 투항함
양낭낭楊娘娘 : 이전의 처
번귀番鬼 : 서양 상인
번장番將 : 금나라 장수
통역사
기타 : 하인, 문지기, 문관, 무관, 병졸, 귀졸, 옥리, 죄수, 사공, 기녀, 포졸, 상인 등

제1척 서막標目*

말末 : 해설자

(말이 해설자로 등장한다)

해설자:

【접련화蝶戀花】

바쁜 곳에서 쫓겨나 한가한 곳에 사노라니,[1]

아무리 생각해 보아도,

즐거움이 없구나.

한낮에 애끊는 구절 갈고 다듬어 보니,

---

* 제1척은 해설자가 나와 〈모란정〉의 창작 동기와 전체 내용을 소개하는 '접련화' 곡曲
과 '한궁춘' 사詞로 이루어져 있다. '접련화'에서는 작자가 〈모란정〉을 짓게 된 동기
를 말하고 있고 '한궁춘'에서는 〈모란정〉의 전체 내용을 요약하고 있다.

1 탕현조는 만력萬曆 26년(1598)에 절강浙江 수창遂昌 지현知縣을 그만두고 고향인 강
서江西 임천臨川으로 돌아가 〈모란정〉을 지었다.

세상에서 말하기 어려운 것은 오직 정情이라네.²

옥명당玉茗堂³ 앞에 해가 떴다 저물어,

붉은 촛불이 사람을 맞이하니,⁴

멋진 구절은 강산이 도와서 써낸 것.

다만 그리워할 뿐, 저버리지는 말지니,

모란정에 삼생의 길이 있다네.⁵

〔한궁춘漢宮春〕

두보杜寶 태수는,

여낭麗娘 아씨를 낳았는데,

그 아씨 봄나들이를 좋아했다네.

버들가지 꺾는 서생 꿈을 꾸고,

정情 때문에 마음 아팠네.

초상화 그려놓고 시를 남긴 채,

매화 도관道觀에 쓸쓸히 묻혔다네.

삼 년 후에,

몽매夢梅라는 유씨柳氏 도령이,

이곳에서 고당高唐으로 갔다네.⁶

---

2   원문은 '世間只有情難訴'이다. 당唐 고황顧況의 시 「오흥으로 가는 이 시어를 배웅하
     며送李侍御往吳興」 중의 '世間只有情難說'이라는 구절과 비슷하다.
3   옥명당은 임천에 있던 탕현조 사저의 서재 이름이다.
4   원문은 '紅燭迎人'이다. 당唐 한굉韓翃의 시 「이익에게 드림贈李益」 중의 '樓前紅燭夜
     迎人'이라는 구절과 비슷하다.
5   모란정에서 두여낭杜麗娘과 유몽매柳夢梅가 세 차례 만나 사랑을 이루었음을 말한
     다. 두 사람은 처음 꿈속에서 만나고, 두여낭이 죽은 다음 혼백이 살아있던 유몽매
     와 만나고, 두여낭이 환생하여 다시 유몽매와 재회하여 사랑을 이룬다.
6   두여낭의 혼령과 유몽매가 사랑을 나누는 일을 말한다. 전국 시대 초楚나라 때 사람
     송옥宋玉이 지은 「고당부高唐賦」와 「신녀부神女賦」에는 초 양왕襄王이 꿈속에서 고
     당에 있는 무산巫山의 신녀神女를 만나 동침한 이야기가 실려 있는데, 이후 고당에
     간다는 말로 남녀 사이의 정교情交를 뜻하게 되었다. 또 무산의 신녀는 아침에는 구
     름, 저녁에는 비가 되어 양대陽臺 밑에 있었다 하여 구름과 비 즉 운우雲雨 또는 운
     우지정雲雨之情이라는 말도 남녀의 정사情事를 뜻하는 말로 쓰이게 되었다. 무산은

결국 환생하여 배필 되었고,

임안臨安[7]으로 과거 보러 갔는데,

도적이 회양淮揚[8] 땅에서 일어났다네.

두공杜公을 포위해 위태로워지자,

아씨는 놀라고 두려워했다네.

유랑柳郎에게 사정을 살펴보라 보냈지만,

도리어 평장사平章事[9]의 의심과 노여움만 샀다네.

사랑놀음이라며,

모진 형벌 받던 차에,

장원급제 소식 들려왔다네.

　　두여낭은 꿈을 꾸고 나서 자화상과 시를 남겼고,

　　진 교수陳敎授는 이화창梨花槍[10]을 항복시켰네.

　　유柳 수재는 환생한 여자를 몰래 데려가고,

　　두杜 평장사는 장원랑狀元郎을 두들겨 팼다네.[11]

지금의 중경重慶시 무산巫山현의 동쪽에 있다.

7   남송의 수도로, 오늘날의 절강浙江성 항주杭州에 해당한다.

8   오늘날의 강소江蘇성 회안淮安, 양주揚州 일대를 가리킨다.

9   두보를 가리킨다. 평장사는 당대唐代에 생겼으며, 송대宋代에는 덕망이 높은 노신을
　　평장군국사平章軍國事라고 불렀다. 두보는 뒤에 장관천하병마지추밀원사掌管天下兵馬
　　知樞密院事가 되므로 평장사에 상응한다.

10   이화창은 두보가 수비하던 회양 땅을 침입한 이전李全의 군대를 가리킨다. 이화창
　　은 이전의 부인이 잘 다루었던 창이다.

11   이상 네 구절은 퇴장시退場詩이다. 각 척마다 마지막에 인물이 퇴장하면서 척의 내
　　용을 시구로 요약한다.

제2척 유몽매의 꿈言懷

생生 : 유몽매柳夢梅

(생 유몽매가 등장한다)

유몽매 :

【진주렴眞珠簾】

하동河東[1]의 명문가 중에서도,

유씨 집안이 으뜸이라네.

별자리로 치자면,

장수張宿와 귀수鬼宿.[2]

몇 대 거쳐 쇠락한 집안 되어,

비바람에 시달린다네.

책을 보면 부귀해진다는 말은 거짓말,

옥 같은 얼굴과 황금은 어디에 있나?

가난이 사람을 잿가루로 만든다 해도,

이 호연지기浩然之氣를 길러 나가리.

〔자고천鷓鴣天〕

큰 자라 등짝 위의 서리만 다 긁어내니,[3]

가난한 선비는 더운 곳에서 살기 좋아한다네.

조물주의 조그만 복에 기대어,

시서詩書의 맥을 이었네.

---

1   당唐나라 때 하동군은 관할 지역이 오늘날의 산서山西성 서남부 분하汾河 하류에서 왕옥산王屋山 서쪽까지였다. 유몽매는 당나라 때의 유명 문인이었던 유종원柳宗元의 후예로 등장하며, 유종원은 하동군 해현解縣 출신이다.

2   장수라는 별자리에 상응하는 지역은 삼하三河 즉 하동河東, 하내河內, 하남河南으로 대체로 오늘날의 산서山西성과 하남河南성에 걸쳐 있고, 귀수에 상응하는 지역은 하동의 이웃 땅인 옹주雍州로 오늘날의 섬서陝西성, 감숙甘肅성, 청해靑海성, 영하회족寧夏回族자치구 등에 걸쳐 있다.

3   과거에 장원급제하면 '오두를 독점하였다獨占鼇頭'고 한다. 자라의 머리를 차지하지 못하고 등 위의 서리만 긁는다는 말은 과거에 급제하지 못하였음을 뜻한다.

벽에 구멍 뚫고 들보에 상투를 매달 수 있어,[4]

하늘의 묘수妙手를 훔쳐 문장을 수놓았다네.

기필코 섬궁蟾宮의 계수나무 찍어내야만,

인간세상의 옥도끼 긴 줄을 비로소 믿겠지.[5]

　소생은 성은 유柳, 이름은 몽매夢梅, 자는 춘경春卿이며, 당나라 유
주사마柳州司馬 유종원柳宗元의 후손으로, 영남嶺南[6]에 머물러 살고
있습니다. 아버지는 조산대부朝散大夫, 어머니는 현군부인縣君夫人이
셨습니다.[7] (탄식한다) 한스럽게도 저는 조실부모하여 살기가 막막하
였습니다. 다행히 이제는 장성하여 스무 살이 넘었고, 지혜롭고 총
명하여 삼장三場[8]에 급제하였습니다만 아직 때를 만나지 못하여 추
위와 굶주림을 면치 못하고 있습니다. 다행히 시조 유주공柳州公[9]께
서 데리고 계시던 곽탁타郭橐駝[10]는 유주 관아에서 화훼와 과수를 관
리했는데 그도 등이 굽은 후손을 남겨 역시 저를 따라 광주廣州에서
나무를 심으며 서로 의지하며 살고 있습니다. 이렇기는 해도 이것이
사나이 인생 끝장은 아니지요. 날마다 정신이 흐릿하다가 문득 보름

4　열심히 공부했음을 뜻한다. 한漢나라 때 사람 광형匡衡은 등잔 기름을 살 돈이 없어
　　옆집의 벽에 구멍을 뚫어 나오는 빛으로 책을 읽었다. 또 한나라 사람 손경孫敬은
　　상투를 들보에 매달아 졸음을 쫓으며 공부하였다. 이들은 모두 열심히 공부한 사람
　　들이었다.

5　섬궁 즉 두꺼비가 사는 곳은 달을 말한다. 달의 계수나무를 꺾는다는 말은 과거에
　　급제함을 비유한다. 또 도끼가 길다는 말은 재능이 뛰어남을 말한다. 유몽매가 장원
　　급제하겠다는 의지를 드러내는 표현이다.

6　오늘날의 광동廣東성 일대에 해당한다. 뒤에서 광주廣州에 살고 있다고 말한다.

7　조산대부는 중요하지 않은 한직閒職의 벼슬이고, 현군부인은 오품五品에 제수된 부
　　인을 가리킨다.

8　향시鄕試와 회시會試는 3장場으로 실시하며, 1장에 3일이 걸린다. 여기서는 향시에
　　합격하여 거인擧人이 되었음을 말한다.

9　선조 유종원을 말한다. 그가 유주사마를 지냈으므로 유주공이라고 부른다.

10　유종원은 산문으로 「종수곽탁타전種樹郭橐駝傳」을 남겼는데, 이 산문에서 곽탁타는
　　유종원의 하인이 아니었지만, 〈모란정〉에서는 유종원과 곽탁타가 주종 관계였던 것
　　으로 바꾸어 말하고 있다.

전에 꿈을 하나 꾸었습니다. 꿈속에서 한 정원에 들어갔더니 매화나무 아래에 한 미인이 서 있었습니다. 크지도 작지도 않은 키에 마중하는 듯 배웅하는 듯 하였습니다. 그 미인이 말하기를, "유 선비님, 유 선비님, 저를 만났으니 이제 연분이 생기고 벼슬하실 날이 올 거예요"라고 하였습니다. 그래서 이름을 몽매로 바꾸고, 춘경을 자로 삼았습니다. 바로

짧은 꿈 긴 꿈 모두가 꿈이며,

해가 가고 해가 오니 어느 해이런가

라는 격입니다.

【구회장九廻腸】[11]

【해삼성解三醒】

나는 이름과 자를 바꾸었지만,

꿈속의 낭자는 묻지 않고도 먼저 알리라.

좋은 날 정해 놓고 섬궁의 계수나무 노려보니,

이 유몽매는 허풍 떠는 것이 아니라네.

다만 항아姮娥가 질투하여 꽃 시들게 하고,[12]

나 매실을 시큼해지고 버들을 시들게 하여,[13]

온통 취한 것처럼 만들까 두려울 뿐이라네.

【삼학사三學士】

반딧불 없어 옆집 벽을 모두 뚫었는데,

내가 엿보는 것을 동쪽 담장이 어찌 막으리요.[14]

언젠가 봄빛이 황금빛 버들가지를 몰래 지나가고,

---

11 【구회장】은 【해삼성】·【삼학사】·【급삼쟁】의 각 일부를 조합하여 만든 곡이다.
12 항아는 절세미인이었는데 서왕모가 만든 불사약을 훔쳐 먹고 달로 달아나 두꺼비가 되었다고 한다. 항아가 질투하는 꽃은 유몽매가 꿈속에서 만난 미인을 비유한다.
13 매실과 버들은 모두 유몽매를 비유한다.
14 공부를 하기 위해 벽을 뚫었지만 그 덕분에 옆집의 미인을 볼 수 있게 되었다는 것으로, 공부에 뜻을 두었지만 미인을 만나게 되었음을 나타내는 말로 쓰였다.

눈雪 같은 마음이 백옥매白玉梅를 피워내리라.[15]

【급삼쟁急三鎗】

장대章臺 안에서 말을 달리면,[16]

권문權門에서 비취색 실로 청혼해 와서,

꽃 중의 꽃을 얻게 되리라.[17]

　　이렇게 말은 했습니다만, 한자재韓子才라는 벗이 있는데 한창려韓昌黎[18]의 후손으로 조타왕대趙佗王臺[19]에 기거하고 있습니다. 그는 향화수재香火秀才[20]이기는 하지만 자못 언변이 있으니 그이에게 놀러가 보렵니다.

　　　문 앞의 매화 버들은 봄볕에 빛나는데,

　　　꿈에 임금님을 만났다가 깨어나서는 의심하네.

　　　마음은 못다 핀 온갖 꽃,

　　　반드시 만 년 가지에 올라 이 몸 맡기리.[21]

15　여기에서도 매화와 버들은 유몽매 자신을 비유한다. 자신이 사랑에 빠질 것을 예감하고 있다.

16　장대는 진한秦漢 시대 궁중의 누대이다. 그 아래의 거리를 장대가章臺街라고 하였다. 이후 장대는 서울에서도 가장 번화한 거리를 나타내는 말로 쓰였다. 『한서漢書』「장창전張敞傳」에는 경조윤京兆尹이었던 장창이 조회가 끝나면 말을 타고 장대 거리를 달렸다고 하였는데, 여기에서는 유몽매가 장창과 같이 출세하고자 하는 마음이 있음을 나타내고 있다.

17　권문세가에서 과거에 급제한 유망한 선비를 사위로 삼고자 그에게 푸른 실을 던지고, 그가 받으면 혼인이 성사된다. 꽃 중의 꽃은 꿈속의 미인을 말한다.

18　당나라 때 문장가였던 한유韓愈, 786~824)를 가리킨다.

19　한漢나라 때 남월왕南越王에 봉해졌던 조타가 세운 월왕대越王臺를 말한다. 지금의 광동廣東성 광주廣州시 북부 월수산越秀山에 있다.

20　성현의 후예 가운데 과거를 치르지 않고 수재의 명의를 얻어 선조의 사당을 지키는 사람을 말한다. 향화는 제사를 모시는 일을 뜻한다.

21　제2척부터 퇴장시는 당시唐詩를 집구하여 엮은 집구시集句詩이다. 시구의 글자를 바꾸는 경우도 있다. 주석에는 시인과 제목, 해당 시구가 포함된 연을 밝힌다. 탕현조가 원시原詩의 한 두 글자를 바꾼 경우가 있는데, 일일이 밝히지는 않는다. 제1구：장요조張窈窕, 「봄생각 두 수春思二首」의 제1수 중의 "문 앞의 매화 버들 봄볕에 무르익고,

깊은 방에 갇힌 첩은 무의를 수놓네門前梅柳爛春輝, 閉妾深閨繡舞衣." 제2구 : 왕창령王昌齡, 「장신궁의 가을 노래 다섯 수長信秋詞五首」의 제4수 중 "참으로 박명한 신세 되어 오래도록 생각하다가, 꿈에 군왕을 뵙고 깬 후에 의심하네眞成薄命久尋思, 夢見君王覺後疑." 제3구 : 조송曹松, 「남해여차南海旅次」 중 "마음은 피지 못한 백화처럼, 해마다 봄에 쫓겨 다투어 피어나네心似百花開未得, 年年爭發被春催." 제4구 : 한악韓偓, 「까치鵲」 중 "하늘가 보금자리 편치 않다 탓하지 마시오, 몸 맡길 데는 오로지 만년지이니莫怪天涯栖不穩, 托身須是萬年枝."

제3척 딸 교육 訓女

외外 : 두보杜寶

노단老旦 : 견씨甄氏

첩貼 : 춘향春香

단旦 : 두여낭杜麗娘

(외가 두 태수로 분장하여 등장한다)

두보 :

【만정방滿庭芳】

서촉西蜀의 이름난 유생이요,

남안南安 땅의 태수라,[1]

몇 번 벼슬하고 몇 번 강호로 물러났던가.

자줏빛 도포와 황금빛 허리띠,

공적이 없지는 않지만,

백발 되었으나 돌아볼 만한 일은 하지 못했네.

비녀 뽑고 만리교萬里橋[2] 서쪽에서 살고 싶지만,

임금님께서 윤허하지 않으실까 두려워,

오마五馬가 끄는 마차만 머뭇거리게 하네.[3]

명관名官 한 사람이 남안 땅을 지키는데,

그저 그런 태수로 보지는 말아 주오.

부임하여 관가의 물만 마셨고,[4]

---

1   서촉은 지금의 사천四川성 일대를 가리키고, 남안은 송대에는 남안군南安軍이었고
    명대에 남안부府를 설치하여 대유大庾현, 남강南康현, 상유上猶현을 통할하였고 치
    소는 대유현에 두었다. 대유현은 지금의 강서江西성 공주贛州시 대여大余현에 해당
    한다. 두보杜寶가 처음에는 선조 두보杜甫의 후손들이 살아온 사천에서 살다가, 남
    안에 와서 다스리고 있음을 나타내고 있다.

2   사천성 성도成都에 있는 다리로, 부근에 두보杜甫의 초당이 있었다. 두보杜寶는 두
    보杜甫의 후예이므로 이 구절은 관직에서 물러나 조상의 초당에서 은거하고 싶은
    마음을 표현한다.

3   태수가 타는 수레는 다섯 마리의 말이 끈다.

은퇴해서는 집 밖의 산만 바라보려네.⁵

저는 남안 태수 두보杜寶, 자는 자충子充입니다. 당나라 두자미杜子美⁶의 후손이지요. 파촉巴蜀 땅을 떠돌다가 나이가 쉰이 넘었습니다. 돌이켜보면 스물에 급제한 이후 나와서 삼 년간 태수를 지내며 청렴하다는 명성과 어진 정사가 세상에 퍼졌습니다. 부인 견甄씨는 위魏나라 견 황후의 적손嫡孫으로, 이 집안은 아미산峨嵋山에 살면서 대대로 현덕賢德한 여인을 배출하였습니다. 부인이 여식 하나만 낳았는데 재주가 있고 용모가 단정합니다. 이름은 여낭麗娘이라고 하고 아직 혼처는 정하지 못했습니다. 나면서부터 숙녀淑女로 모르는 글이 없습니다. 오늘은 정무가 한가하니 부인을 불러 이 일을 좀 의논하렵니다. 바로,

채중랑蔡中郎은 학식이 높았지만 물려 줄 사람은 딸 하나였고,⁷
등백도鄧伯道는 청렴하게 벼슬 살면서 아들도 잃었다네⁸

라는 격이로군요.

（노단 견씨가 등장한다）

---

4   청렴하게 관직을 수행했음을 말한다. 진晉나라 때 등수鄧攸는 오군태수吳郡太守가 되어 봉록俸祿을 싫어하여 직접 쌀을 가지고 부임하여 임지에서는 그 곳의 물만 마셨다. 『전당시全唐詩』 권24 방간方干의 「헌절동왕대부獻浙東王大夫」 시에 "와서는 오직 장계의 물만 마시고, 돌아갈 때는 엽전 한 닢만 가지려네到來唯飮長溪水, 歸去應將一個錢"라는 구절이 있다.

5   이상의 네 구절은 인물이 등장하여 읊는 등장시이다.

6   당나라 때 시인 두보(杜甫, 712~770)를 가리킨다. 자미는 두보의 자字이다.

7   채중랑은 동한東漢 말의 학자로 중랑장中郞將을 지낸 채옹蔡邕을 가리킨다. 그의 외동딸 채염蔡琰은 재능이 뛰어났다.

8   등백도는 진晉나라 사람 등유鄧攸로 백도伯道는 자이다. 그가 하동태수河東太守를 지낼 때 석륵石勒의 난을 만나 조카를 살리기 위해 아들을 버렸는데, 이 때문에 아들이 없어 당시 사람들이 "천도가 무지하여 등백도에게 아들이 없구나天道無知, 使鄧伯道無兒"라고 말했다. 한유韓愈의 「서림사에 놀면서 소이형 낭중의 구당에 부치다遊西林寺, 題蕭二兄郞中舊堂」 시에 "채중랑은 딸이 있어 학업을 전할 수 있었고, 등백도는 아들 없어도 집안 보전할 수 있었네中郞有女能傳業, 伯道無兒可保家"라는 구절이 있다. 이후로도 아들이 없어 그가 죽자 조카가 그의 삼년상을 치렀다.

견씨 :

【요지유遶池遊】

낙수洛水 옆 견비甄妃의 적손이 서측 땅에 시집와서,

남안군 두 태수의 부인에 책봉되었습니다.

　　(인사한다)

두보 :

늙어서 좋은 곳에 벼슬하나 별로 덕망이 없소이다.

견씨 :

소첩이 책봉은 받았으나 무슨 공덕이 있겠습니까?

두보 :

봄이 되었는데 규방閨房에는 별 일이 없는지요?

견씨 :

늘 꽃그늘 아래에서 바느질을 합니다.

두보 : 바느질 솜씨 하나는 딸아이가 뛰어나지요. 고금의 현숙한 여인
들을 보면 시와 문장을 많이 알았거늘, 여낭이도 훗날 서생한테 시
집가서 담소를 주고받음에 부족함이 없어야 할 텐데 부인의 뜻은
어떠시오?

견씨 : 나으리 뜻에 따를 뿐입니다.

　　(첩 춘향이 술상을 들고 단 두여낭을 따라 등장한다)

두여낭 :

【전강前腔】[9]

어여쁜 꾀꼬리가 말을 하려는 듯하네요,

이리 많은 봄빛을 보고서.

한 치 풀의 마음으로,

봄볕 같은 은혜를 어찌 조금이라도 갚을까요.

9　앞의 곡패를 반복하여 쓸 때 '전강'이라고 한다. 여기에서는 바로 앞의 노래인 【요지
유】의 곡조를 되풀이한다.

(인사한다) 아버지, 어머니, 만복을 누리세요

두보: 애야, 뒤에 술상을 들고 있으니 무슨 일이냐?

두여낭: (무릎을 꿇고 앉으며) 오늘 봄빛이 아름다워 아버지 어머니께서
후당後堂에 편히 앉아 계시니 소녀 감히 약주 석 잔을 올려 천수天壽
를 빌고자 합니다.

두보: (웃으며) 애썼구나.

두여낭: (술을 바친다)

【옥산퇴玉山頹】

아버지 어머니 만복을 누리시면,

딸자식이 한없이 기쁘오리다.

관청에 계시면서 백 년 동안 봄볕 받으세요,

좋은 술 올리니 온 가족이 하늘의 봉록을 받습니다.[10]

어머니 아버지, 비록 늦게 자식을 얻으셨지만,

이 익어 가는 반도蟠桃[11]를 지켜보셔요.

모두:

이제 술병 들고서 꽃 사이 대나무 아래에서,

오래도록 어린 봉황새 이끌어 가리.

두보: 춘향아, 아씨에게 한 잔 따라 올려라.

【전강】

우리 두보杜甫 조상님께서는,

떠돌아 다니시느라 늘 가족에게 미안해하셨지.[12]

(눈물을 흘린다) 부인, 나는 자미子美 할아버지보다 더욱 가련하구료.

---

10   『한서漢書』「식화지食貨志」에 "술은 하늘이 주는 아름다운 봉록酒者天之美祿"이라고
      하였다.

11   반도는 삼천 년에 한 번 열린다는 복숭아이다. 늦게 얻은 자식이 좋은 자식임을 말
      한다.

12   두보杜甫의 시 「낭주에서 처자를 데리고 촉산으로 돌아가는 노래自閬州領妻子卻赴蜀
      山行」에 "떠돌아 아내에게 부끄럽구나飄飄愧老妻"라는 구절이 있다.

그분께는 아버지의 싯귀를 외울 아드님이 계셨지만,[13]

내게는 어미 따라 눈썹 그리는 어여쁜 딸만 있으니.

견씨 : 나으리께서는 심려를 거두세요. 좋은 사위를 들이면 아들과 마찬가지입니다.

두보 : (웃으며) 마찬가지라니?

견씨 :

'문도리가 된다'는 옛말도 있는데,[14]

어찌하여 이리도 불평하시는지요,

이제 겨우 중년이신데.

모두 :

이제 술병 들고서 꽃 사이 대나무 아래에서,

오래도록 어린 봉황새 이끌어 가리.

두보 : 애야, 술상을 거두어 가거라.

　　(두여낭이 퇴장한다)

두보 : 춘향아, 아씨가 종일 자수방에서 무슨 일을 하느냐?

춘향 : 자수방에서 자수만 놓습니다요.

두보 : 수를 많이 놓았느냐?

춘향 : 면縣을 때릴 정도로 수를 놓습니다요

두보 : 무슨 면?

춘향 : 수면睡眠입지요.[15]

두보 : 잘하는 짓이로다. 부인, 방금 '늘 꽃그늘 아래에서 바느질을 합

13　두보의 아들 두종무杜宗武는 아버지의 시를 외웠다고 한다.

14　양귀비楊貴妃가 현종玄宗의 총애를 받자 양씨 일가가 권세를 누려 당시에 "아들 낳았다 기뻐 말고 딸 낳았다 슬퍼 말라. 그대는 지금 딸을 보기를 문도리 보듯 하라生男勿喜女勿悲, 君今看女作門楣"란 말이 나왔다. 문도리는 창문이나 문 위에 가로 댄 나무로 무게를 지탱해주는 역할을 한다. '문도리가 된다'는 말은 딸이 좋은 집에 시집가서 친정의 지위를 높인다는 뜻이다.

15　춘향이 면화를 뜻하는 '면縣'과 잠을 뜻하는 '면眠'이 같은 발음임을 이용하여 말장난을 하고 있는 장면이다.

니다'고 했는데, 딸아이에게 낮잠이나 자게 내버려두다니, 이게 무슨 가정교육이오? 여낭이를 불러오시오.

(두여낭이 등장한다)

두여낭 : 아버님, 부르셨습니까?

두보 : 방금 춘향이에게 물어 보았더니 너는 낮에 잠을 잔다는데 이게 무슨 도리냐? 수를 놓고 시간이 남으면 서가의 책을 읽을 수도 있지. 나중에 시집가서 글을 알고 예를 알아야 부모가 빛이 나. 이것은 모두 너의 어미가 잘못 가르친 탓이다.

【옥포두玉胞肚】

벼슬하면서 주머니 깨끗하여 괴롭지만,

시서詩書가 유생을 망친 적은 없다네.

너는 오랫 동안 손님 대접 받는 여식이지만,[16]

언젠가는 한 집안을 꾸려 갈 터.

애비 되어 자식 키우는 일을 소홀히 했지만,

에미가 딸의 거울이라고들 하지.

견씨 :

【전강】

딸자식을 보면 어미 몸은 힘들어도 마음은 즐겁답니다.

손바닥 위의 구슬처럼 예쁘게 길러,

사람들 중에서도 미옥羑玉처럼 길러냈지요.

애야, 아버님 말씀을 마음 속에 잘 새겨 두어라,

규수가 되어 '넉 사四'자를 '눈 목目'자로 읽어서야 쓰겠느냐!

두여낭 :

【전강】

태수 부모님 밑에서 늘 예쁘고 어리게만 살아서,

---

16   딸자식은 손님을 정중하게 모시듯 곱게 잘 키운다는 뜻이다.

그네 그림을 그리다가 다시 원앙 자수를 놓았답니다.

이제부터는 밥 먹고 차 마시면 모든 시간 들여 공부하리니,

옥경대玉鏡臺 앞에 책을 끼워 놓겠습니다.

견씨 : 그래도 선생을 불러 가르치면 좋겠어요.

두보 : 그럴 수는 없소.

【전강】

후당後堂의 관사에서 선생을 불러도 썩은 유생들이오.

견씨 : 딸아이가,

어찌 공자孔子님의 『시경詩經』과 『서경書經』을 두루 읽겠습니까,

주공周公의 예절만이라도 좀 알면 되지요.[17]

두보, 견씨 :

여자라고 베 짜고 수 놓는 일만 하지 말고,

사도온謝道韞이나 반소班昭처럼 학식 많은 사람이 되어야지.[18]

두보 : 선생을 부르기는 어렵지 않으나, 대접을 잘해야만 하오.

【미성尾聲】

부인께 말하건대 아이를 아끼니 비용을 아끼지 말고,

훌륭한 선생 대접을 깍듯이 하십시다.

나의 치국제가治國齊家도 다만 책 몇 권에서 배웠을 뿐이오.

옛날에는 무슨 일로 스승을 모셨던가?

봄바람 몰아오기는 오직 그대에게 달렸네.

등백도는 늘그막에 아들이 없었거늘,

딸 중에 누가 위 부인衛夫人이 될까?[19]

---

17 주공의 예절은 『주례周禮』를 가리킨다. 이 책은 주로 나라의 예법을 적고 있지만 여
기에서는 두여낭에게 예절을 가르치기 위한 뜻으로 쓰고 있다.

18 사도온은 동진東晉의 명재상 사안謝安의 딸이고, 반소는 『한서』를 쓴 역사가 반고班
固의 누이동생으로 모두 학식과 미모가 뛰어났다고 한다.

19 제1구 : 유종원柳宗元, 「유 연주에게 다시 드림重贈劉連州」 중 "유씨 집에 자제가 없

다고 하신다면, 왕년에는 무슨 일로 스승을 모셨겠습니까若道柳家無子弟, 往年何事乞
西賓." 제2구: 왕건王建, 「대주對酒」 중 "종래 일마다 나와 관련은 적어, 봄바람 호령
하기는 오직 그대에게 달렸네從來事事關身少, 主領春風只在君." 여기에서 봄바람은 교
육을 뜻한다. 제3구: 묘발苗發, 「벼슬 그만두고 검주로 가는 손덕유를 보내며送孫德
諭罷官往黔州」 중 "등백도는 늘그막에 아들이 없어, 집안일을 문생에게 맡기려 하였
네伯道暮年無嗣子, 欲將家事托門生." 제4구: 유우석劉禹錫, 「전편에 답함答前篇」 중 "저
곰 꿈도 길조는 아니라 하거늘, 딸 가운데 누가 위부인이런가聞彼夢熊猶未兆, 女中誰
是衛夫人." 곰 꿈은 아들을 낳을 징조라고 한다. 위 부인은 진晉나라 사람으로 이름
은 삭鑠, 자는 무의茂漪이며, 이구李矩의 처이다. 글씨를 잘 썼다고 한다. 마지막 두
구절은 두보 자신이 등백도처럼 아들이 없지만 딸 두여낭이 교육을 받아 위부인처
럼 훌륭한 사람이 되었으면 좋겠다는 기대를 나타내고 있다.

모란정(牡丹亭)

제4척 진최량의 탄식腐嘆

말末 : 진최량陳最良

축丑 : 부학府學의 늙은 문지기

(말이 늙은 선비로 분장하여 등장한다)

진최량 :

【쌍권주雙勸酒】

등불 창 앞에서 괴로이 읊나니,

빈궁하고 어리석다네.

과거에 시달리다 이렇게 늙어가다니.

가련하도다, 공부는 내팽개쳤고,

천식이 해마다 발작하네.

해소병이 들어 술도 자주 못 마시고,

어린 종놈은 새경 적다며 부엌 연기 줄인다네.

하늘에는 아무도 살지 않는가,

봄날 시름하는 머리 센 신선[1]을 슬퍼해줄 사람은.

저는 남안부 유학儒學의 생원生員 진최량이라는 사람으로, 자는 백수伯粹올시다. 조부께서는 의원醫員이었으나 저는 어려서부터 유학을 익혀 열두 살에 학교에 들어가 증광생원增廣生員[2]이 되었으며, 과거에 열다섯 번 응시하였습니다. 불행히도 전임 종사宗師[3]께서 세고歲考에 열등으로 매겨 늠식廩食이 끊어졌습니다.[4] 또 두 해 동안 불러 주는 사숙私塾도 없어 먹고살기가 고단하여 이 후생들이 모두 저를 입에서 나오는 대로 진절량陳絶糧[5]이라고 부릅니다. 저는 또 의술과 점복占卜, 풍수지리를 모두 다 알아서 저의 자를 백잡쇄百雜碎[6]라고 바꾸었습니다. 내년이면 예순인데 더 바라는 것도 없습니다. 조부 때부터 있었던 약방을 그대로 이곳에 열어 두었지요 유생에서 의원으로 변하고, 야채가 짠지가 된 것은 말할 게 못됩니다.[7] 어제 이곳 두 태수杜太守께 딸이 있어 선생을 모신다는 소식을 들었습니다. 다들 경쟁하듯 달려가니 그것은 왜냐하면, 같은 고장 사람이라 말하기 좋은 것이 첫째요, 태수와 가까워지게 되는 것이 둘째요, 남

1 　진최량 자신을 가리킨다. 당나라 육구몽陸龜蒙의 「자견自遣」 시 중 "하늘에 사는 사람 없음을 어이 아는가, 또한 봄날 시름하는 머리 센 늙은이 있다네爭知天上無人住, 亦有春愁鶴髮翁"라는 구절과 비슷하다.
2 　주학・부학・현학의 생원은 정원이 있으며, 정원 외의 인원을 증광생원이라고 한다.
3 　주학州學・부학府學・현학縣學의 교관敎官을 말한다.
4 　정식 생원은 관으로부터 늠식廩食을 받으므로 늠생廩生이라고 부른다. 증광생원도 성적이 우수하면 늠생이 될 수 있고, 늠생도 성적이 떨어지면 늠식이 중단된다.
5 　'절량絶糧'은 양식이 끊어졌다는 뜻이다. 『논어論語』 「위령공衛靈公」에 "이튿날 길을 떠났는데, 진나라에서 양식이 떨어지고 제자 중에 병이 나서 일어나지 못한 자가 있었다明日遂行, 在陳絶糧, 從者病, 莫能興"라는 구절이 있다. 진최량이 자신을 우스개로 삼는 말이다.
6 　온갖 잡동사니라는 뜻이다. '백수伯粹'를 소리가 비슷한 '백쇄百碎'로 바꾸었다.
7 　처지가 갈수록 나빠진다는 뜻으로, 의원은 유생보다 지위가 낮으며, '짠지'로 표현한 '재齏'는 가난한 사람들의 음식을 뜻한다.

의 재물을 뺏는 것이 셋째요, 태수부의 아전과 통하여 답안지를 고치는 것이 넷째요, 다른 곳에 헛기침하여 취직하는 것이 다섯째요, 하급 관리들이 그를 두려하는 것이 여섯째요, 집에서 사람들을 속이는 것이 일곱째 이유이지요. 이 일곱 가지 때문에 목이 떨어지더라도 가려고 합니다. 하지만 그들은 모릅니다. 관아가 어찌 가기 좋은 곳이겠습니까? 하물며 여학생은 더욱 가르치기 어렵습니다. 가벼워도 안 되고 무거워도 안 됩니다. 넋 놓고 있다가 체면이 떨어지기라도 하면 훌쩍일 수도 없고, 울 수도 없어요. 나 같은 늙은이는 다 끝났습니다.

책이 있어도 노안老眼이라 읽지를 못하지만,

무료한 시름 잊게 해줄 약이 없어도 상관없다네.

(축이 부학의 문지기로 분장하여 등장한다)

문지기:

천하의 수재들은 가난할 대로 가난하고,

학교의 문지기는 귀신 되도록 늙었다네.[8]

(인사한다) 진 재장齋長[9]께 기쁜 소식 알리오.

진최량: 무슨 기쁜 소식인가?

문지기: 두 태수 나으리께서 선생을 모셔 아가씨를 가르치려고 하시어, 장교掌教[10] 나으리가 열 몇 명을 올렸으나 모두 떨어졌습니다. 노성老成한 분이어야 한다고 하셔서 제가 장교 나으리께 가서 선생님 말씀을 드렸습지요. 태수 나으리의 청첩請帖이 여기 있습니다.

진최량: 사람의 병폐는 남의 스승 되기 좋아하는 데 있나니.[11]

---

8   송宋나라 진산민眞山民의 「독좌獨坐」 시 중에 "책이 있어도 노안이라 읽지 못하고, 무료한 시름 달래 줄 약도 없구나有書遮老眼, 無藥療閒愁"라는 구절과 비슷하다.

9   본래 명대 국자감國子監의 반장班長을 뜻한다. 여기에서는 사숙의 선생에 대한 존칭으로 쓰였다.

10   명청대 부학, 현학의 교관 및 서원書院의 주강主講 즉 주임교관을 말한다.

11   『맹자孟子』 「이루하離婁下」에 "맹자가 말씀하시기를 '사람의 병폐는 남의 스승 되기

문지기 : 남의 밥은 선생님께서 드실 수 있습니까요.[12]

진최량 : 그러면 가지. (간다)

【동선가洞仙歌】

내 두건 헤져 꿰맸고,

신발 떨어져 덧씌웠네.

문지기 :

선생께서 서재에 앉으시니,

옷에 뒷자락이 없구려.

진최량, 문지기 :

연적 물로 깨끗한 입 헹구고,

관아의 밥 받아 먹으면,

이쑤시개에 누런 나물 걸려 나오겠지.[13]

문지기 :

【전강】

이 문지기가 도운 일이니,

재장께서는 가만히 있어서는 아니 되오.

진최량:

나에게 사례를 요구하는데,

그곳에서 나를 붙잡을 것으로 아는가?

진최량, 문지기 :

단오절이든 중양절重陽節이든,

관부 밖으로 놀이를 나가면,

적삼 소매 붙잡고 와야지.[14]

좋아하는 데 있다'고 하셨다孟子曰, 人之患在好爲人師"는 구절이 있다.

12 '남의 밥'의 원문은 '인지반人之飯'으로, 앞의 '사람의 병폐'의 원문인 '인지환人之患'과
소리가 비슷하다. 문지기가 진최량을 놀리는 말이다.

13 관아로 가서 밥을 먹은 후 이를 쑤시면 이전 빈궁할 때 먹은 나물이 걸려 나온다는
말이다.

문지기 : 부문府門이 보입니다.

문지기	세상의 영화와 즐거움은 본래 무상하니,
진최량	누가 은빛 수염을 쳐다나 볼까.
문지기	멋스런 태수께서 느긋이 앉으신 곳,
함께	복을 찾는 사람들 끝이 없도다.[15]

---

14 옛날에는 음력 5월 5일 단오절과 9월 9일 중양절에는 사숙의 교사에게 술을 대접하
  였다. 이때 적삼 소매 속에 먹을 것을 넣어 와서 문지기와 함께 즐기자는 뜻이다.
  함께 노래하지만 문지기의 생각을 말하고 있다.

15 제1구 : 이상은李商隱, 「봄날에 회포를 풀다春日寄懷」 중 "세간의 영화와 몰락은 다시
  되풀이 되니, 홀로 전원에서 네 해를 보내도다世間榮落重逡巡, 我獨丘園坐四春." 제2구
  : 조당曹唐, 「우림 가 중승羽林賈中丞」 중 "흉중에 변방 안정시킬 계략 따로 있으나,
  누가 은처럼 하얀 수염을 보아 줄까胸中別有安邊計, 誰睬髭鬚白似銀." 제3구 : 주경여朱
  慶餘, 「호주 한 사군이 잔치를 열다湖州韓使君置宴」 중 "고상한 태수 느긋이 앉았으니,
  청산을 빌려 주어 종일 보노라高情太守容閑坐, 借與靑山盡日看." 제4구 : 한유韓愈, 「목
  거사를 읊은 2수題木居士二首」의 제1수 중 "우연히 '목 거사'라 이름 붙이니, 복 찾는
  사람들 끝이 없도다偶然題作木居士, 便有無窮求福人." '목 거사'는 나무로 깎아 만든 신
  상神像을 장난스럽게 부르는 이름이다.

제5척 스승 초빙延師

외外 : 두보
첩貼 : 문지기
축丑 : 하인
말末 : 진최량
정淨 : 가동家童
단旦 : 두여낭
첩貼 : 춘향

(외 두보가 첩이 분장한 문지기, 축이 분장한 하인을 데리고 등장한다)

두보 :

　【완사계浣沙溪】

　산색은 좋고,

　재판정에는 사람 드물구나.

아침에 본 날아간 새는 저녁에 돌아오고,

꽃잎은 관인官印 위에 떨어지고,

발簾은 땅에 드리웠도다.[1]

두시杜詩의 높은 풍모 따를 수 없지만,[2]

감당甘棠나무 아래 쉬신 분 흠모하며 남안 땅에 있다네.[3]

벼슬살이하면서 음덕 많이 쌓았지만,

섬돌 아래 옥수玉樹와 지란芝蘭이 없구나.[4]

　저 두보는 이곳에 나와 다스리면서 부인과 어린 딸만 있습니다. 딸을 가르칠 노유老儒를 찾는데 어제 부학에서 늠생廩生 진최량을 보냈습니다. 나이는 예순쯤에 학문이 풍부하니 첫째는 딸을 가르칠 수 있고, 둘째는 나와 벗할 수 있습니다. 오늘은 관아를 열지 말고, 주안상을 마련하라고 전하고, 문지기에게 모시게 하라.

　(모두 대답한다. 말 진최량이 유건儒巾을 쓰고 남색 유복儒服 차림으로 등장한다)

진최량:

【전강】

분발하고 정신 차려야지,

의관은 흐트러지고 노쇠하였지만.

호연지기 길러 마당 나누어 대등하게 맞선다네.

하인: (아뢴다) 진 재장께서 오셨습니다.

두보: 아내衙內에서 뵙자고 하여라.

하인: (소리 높여 외친다) 남안 부학 생원 듭시오 (퇴장한다)

1　이상 네 구절은 관아에 송사訟事가 없어 한가함을 나타내고 있다.

2　두시는 동한東漢 사람으로, 남양태수南陽太守를 지내며 선정을 베풀어 백성의 칭송을 받았다.

3　주周나라 소공召公이 남쪽 지방을 순시할 때 감당나무 아래에서 쉬었는데, 후인들이 그의 선정을 칭송하여 「감당」 시를 지었다고 전한다. 이후 '감당'은 선정을 베푼 사람을 비유하는 말로 쓰인다. 여기에서는 두보가 소공의 선정을 따르고자 하는 것으로 풀이하였다.

4　옥수와 지란은 훌륭한 자제를 말하는데, 여기에서는 아들을 의미하는 말로 쓰였다.

진최량 : (무릎을 꿇었다 일어나 읍을 하고 다시 무릎을 꿇는다) 생원 진최량 인 사 올립니다. (절한다)

배움을 퍼뜨리려 서원을 여시고,

두보 :

유학을 숭상하여 훌륭한 선비를 모십니다.

진최량 :

대작하려 술과 안주 차려 놓으시고,

두보 :

손님과 주인이 반열대로 앉았도다.[5]

여봐라, 진 재장께서는 여기서 청담清談을 나눌 터이니 문지기는 물러가고 가동은 시중을 들라.

(모두 응답하고 퇴장한다. 정이 분장한 가동이 등장한다)

두보 : 선생께서 학문이 높다는 말을 오래 전에 들었습니다. 연세는 얼 마나 되시는지요? 선조께서도 유학을 익히셨습니까?

진최량 : 아뢰겠습니다.

【쇄남지鎖南枝】

곧 이순耳順이며,

고희古稀를 바라봅니다.[6]

유관儒冠이 사람을 버려 귀밑머리가 서릿발이 되었습니다.[7]

두보 : 근래에는 어떠하신지요?

진최량 :

군자는 의술을 알아야 하니,

대대로 의원을 하였습니다.

---

5 이상 네 구절의 시는 당나라 개원開元 13년에 현종玄宗이 지은 「집현서원에서 장열 을 보내며 집현학사들에게 잔치를 벌여 진 자 운을 얻다集賢書院成送張說上集賢學士 賜宴得珍字」에 보인다.
6 이순은 예순 살, 고희는 일흔 살을 가리킨다.
7 벼슬을 하기 위해 시간과 정력을 소비하여 늙어버렸다는 뜻이다.

두보 : 원래 대대로 의원이셨군요. 다른 잘하는 일이 있습니까?

진최량 :

이것저것 다 할 만합니다만,

제자백가諸子百家를 대략 통달했습니다.

두보 : 그러면 더욱 유용합니다.

【전강】

명성은 오래 전에 들었으나 이제야 만나니,

과연 큰 땅에서 큰 선비가 나는군요.

진최량 : 당치 않습니다.

두보 :

딸아이가 제법 글을 아니,

선생께서 더 가르쳐 주십시오.

진최량 : 당연히 그렇게 해야 하나 소저小姐의 스승이 될 수 있을까 걱정입니다.

두보 :

저 여학사女學士를,

선생께서 반소班昭[8]로 만들어 주시구려.

오늘 좋은 날을 골랐으니,

아이를 불러 스승께 인사를 시키자.

　마당쇠는 운판雲板[9]을 쳐서 아가씨를 불러라.

　(단 두여낭이 첩 춘향을 데리고 등장한다)

두여낭 :

【전강】

푸른 눈썹 그리고 패옥을 흔드니,

8　반소는『한서』를 쓴 역사가 반고班固의 누이동생으로 모두 학식과 미모가 뛰어났다. 제3척 참고.
9　운판은 구름 모양의 철판으로, 시간을 알리거나 사람을 부를 때 썼다.

수려한 병풍 속에서 미인도가 나타나네.

아리따운 걸음으로 마당 빨리 지나가는 법도는,[10]

선비 집안의 오랜 가르침이라네.

춘향: 선생님이 오셨는데 어떡하면 좋아요?

두여낭: 가지 않을 수 없단다. 애야,

현숙한 옛 여인들을 모두 본받아야지.

너도 글을 좀 알아야 좋은 노복奴僕이 된단다.

가동: (알린다) 아씨께서 오셨습니다.

　　　(두여낭이 인사한다)

두보: 애야, 이리 오너라. 옥은 갈지 않으면 그릇이 되지 않고, 사람은 배우지 않으면 도를 모르느니라.[11] 오늘이 길일이니 선생님께 인사 올려라.

　　　(무대 뒤에서 음악을 연주한다)[12]

두여낭: (절을 한다) 학생이 보잘 것 없는 자질로 훌륭한 가르침을 받고자 합니다.

진최량: 늙은이가 귀한 따님을 받들어 조탁彫琢의 공을 들이고자 합니다.

두보: 춘향아, 진 사부님께 절을 올리고 아씨를 모시고 공부하거라.

　　　(춘향이 머리를 조아린다)

진최량: 소저는 무슨 책을 읽었습니까?

두보: 딸아이는 『사서四書』와 『여사서女四書』[13]를 모두 외웠으니 경서經書만 보면 되오 『역경易經』은 음양을 말하여 의리가 심오하고, 『서경書

10　공자의 아들 공리孔鯉는 부친 앞을 지나갈 때는 종종걸음으로 빨리 걸어 지나가는 행동으로 존경을 표시했다고 한다.

11　본래 『예기禮記』 「학기學記」에 나오는 말인데, 『명심보감明心寶鑑』 「근학勤學」에 실려 더욱 유명해졌다.

12　'무대 뒤'는 원문의 '내內'를 옮긴 말이다. 무대 뒤쪽의 공간인 후대後臺를 가리킨다.

13　'사서'는 『논어』, 『맹자』, 『대학』, 『중용』을 가리키고, '여사서'는 흔히 『여계女誡』, 『여논어』, 『내훈內訓』, 『여범첩록女範捷錄』을 가리킨다.

經』은 정사政事를 말하여 부녀와는 상관이 없고, 『춘추春秋』와 『예기禮記』는 고경孤經[14]입니다. 『시경詩經』은 첫머리가 바로 후비后妃의 덕이며, 넉 자씩 외우기 쉽고, 또한 저의 집안에서 대대로 익혀온 업이니[15] 『시경』을 익힙시다. 다른 책이며 사서史書도 있기는 하지만, 저 애가 딸이니 아쉽구려.

【전강】

내 나이 쉰,

독서를 즐겨 가진 책이 삼만 권이라.

(탄식한다)

나는 등백도처럼 아들 없어서 걱정이지만,

채중랑은 또 누가 곁에 있었던가.[16]

선생, 딸이 보려는 책은 모두 보게 하시고, 따라가지 못하는 데가 있으면 계집종을 때리십시오.

춘향: 아이고.

두보:

딸아이는 여비서女秘書가 될 것이니,[17]

몸종이 보호해야 합니다.

진최량: 삼가 받들겠습니다.

두보: 춘향은 아씨를 모시고 관아로 들어가거라. 나는 선생을 모시고 술을 마셔야겠다.

두여낭: (절을 한다) 술은 선생님의 음식이요, 딸은 군자가 되겠어요.[18]

---

14   다른 예를 비교해 볼 길이 없는 경전을 말한다.

15   선조가 시인 두보杜甫이므로 시詩가 '집안에서 대대로 익혀온 업'이라고 하였다.

16   등백도와 채중랑은 제3척 참고.

17   성년이 되어 부친의 장서를 열람하고 보관하는 일을 하게 될 것이라는 뜻이다.

18   원문은 "酒是先生饌, 女爲君子儒"로, 두 구절은 각각 『논어』「위정爲政」의 "술과 음식이 있으면 부모님께서 드시게 한다有酒食先生饌"와 『논어』「옹야雍也」의 "공자님께서 자하에게 이르시기를 '너희들은 군자다운 유자가 되어라, 소인 같은 유자가 되지 말고'라 하셨다子謂子夏曰, '女爲君子儒, 無爲小人儒'"를 빌어와서 비튼 표현이다.

(퇴장한다)

두보: 선생과 함께 후원에서 술을 들겠소.

두보	사숙私塾은 사심 없이 한낮에 한가하고,
진최량	백 년 동안 쪽정이는 썩은 선비의 밥이로다.
두보	좌左씨 집에서는 농장지경弄璋之慶 바랐지만 예쁜 딸만 있어서,
모두	꽃 속에서 스승을 찾아 행단杏壇으로 왔다네.[19]

모두 원문의 뜻과는 다르게 쓰였다.

19 제1구: 설능薛能, 「복야 나으리께 바침僕射相公」 중 "조정에 도가 있으니 푸른 봄이 좋고, 관아에 사심 없어 한낮 느긋하네朝廷有道青春好, 門館無私白日閑." 제2구: 두보杜甫, 「손님이 오다賓至」 중 "종일 좋은 손님 잡아 앉혔으나, 종신토록 거친 밥이 썩은 선비의 밥입니다竟日淹留佳客坐, 百年粗糲腐儒餐." 제3구: 유종원柳宗元, 「첩전첩前」 중 "좌씨 집에서는 농장지경弄璋之慶 바랐지만 예쁜 딸만 있었으니, 마당에 새발자국 많은 줄 부질없이 깨닫는다左家弄玉唯嬌女, 空覺庭前鳥跡多." 여기에서 '좌가左家'는 진晉나라 사람 좌사左思를 말하고, '농옥'은 아들을 뜻한다. 아들을 낳으면 홀璋을 장난감 선물로 주었기 때문이다. 좌사의 시 「교녀嬌女」에 "우리 집에 예쁜 딸 있으니, 밝고 밝아 하얗다네吾家有嬌女, 皎皎頗白晳"라는 구절이 있는데, 딸을 아들 삼아 키운다는 뜻이다. 제4구: 전기錢起, 「은거하며 늦봄에 회포를 쓰다幽居春暮書懷」 중 "더욱 어여쁘다 동자들 봄옷이, 꽃 속에 스승 찾아 행단을 가리키니更憐童子宜春服, 花裏尋師指杏壇." '행단'은 공자가 강학하던 곳으로 산동성 곡부曲阜에 있었다. 이후 스승이 있는 곳을 뜻하는 말로 쓰였다.

제6척 명문가의 후손들恨眺

축丑 : 한자재韓子才

생生 : 유몽매

(축 한자재가 등장한다)

한자재 :

【번복산番卜算】

우리 집안은 대당大唐 시절부터,

조양현潮陽縣에 적을 두었지.[1]

월왕대越王臺에서 바라보면 바다가 하늘에 닿아있으니,

붕새 날아오르기에도 편리하려나?

용榕나무 가지 끝 따라 옛 누대를 찾아가서,

아래로 갑자甲子 해문海門 쪽을 바라본다.[2]

월왕越王의 노래와 춤은 지금 어디에 있나?

때때로 자고새만 날아다니네.[3]

　　저는 한자재韓子才입니다. 당나라 때의 할아버지 한퇴지韓退之[4]께
서는「논불골표論佛骨表」를 올려 조주潮州로 좌천되셨습니다. 문을
나서니 남관藍關을 눈이 막아 말이 앞으로 나갈 수 없었습니다.[5] 할

1　조양현은 광동성 동부 연안에 있다. 한유韓愈가 조주자사潮州刺史로 좌천된 후로 대
　대로 그곳에 살아왔음을 가리킨다.
2　광동성 육풍현陸豐縣 동남쪽에 갑자문甲子門 해구海口가 있다. 거석이 절벽을 이루
　어 형세가 험하다.
3　두 구절은 이백李白의 시「월 지역에서 고적을 보다越中覽古」의 구절을 변용하였다.
　원시는 다음과 같다. "월왕 구천은 오나라를 부수고 돌아오니, 의사들 모두 비단옷 입고
　집에 돌아왔네. 궁녀들 꽃처럼 궁전에 가득하였으나, 지금은 오직 자고새만 날아다닌
　다越王勾踐破吳歸, 義士還家盡錦衣. 宮女如花滿春殿, 只今惟有鷓鴣飛." 본문의 월왕은 남월
　왕南越王 조타趙佗를 가리키지만 월왕越王 구천勾踐과 칭호가 비슷하여 원용하였다.
4　한유의 자가 퇴지退之이다.
5　원화元和 14년(819), 당 헌종憲宗이 궁중에 부처의 사리를 안치하려 하자 형부시랑刑
　部侍郎 한유는「논불골표」를 올려 극력 반대하며 불골을 "물과 불에 던져 근본을 영
　원히 끊어 천하와 후대의 의혹을 단절하소서"라고 하였다. 헌종은 매우 노하여 한유
　를 극형에 처하려 하였으나 재상 배도裴度와 중신들의 만류로 사형을 면하고 조주자

아버지께서는 속으로 가만히 생각하셨지요. '출발부터 조짐이 좋지 않구나!'라고요. 한창 괴로워하고 있을 때 바로 하팔동下八洞 신선인 조카 한상자韓湘子[6]가 남루한 차림으로 나타났습니다. 우리 퇴지 할아버지께서는 더욱 불쾌하셔서 입김으로 언 붓을 녹여 남관 초역草驛에서 시 한 수를 쓰셨지요. 마지막 두 구절에서 한상자를 가리켜 "네가 멀리 온 것에는 분명 뜻이 있겠지, 장기瘴氣[7] 서린 강가에서 내 뼈를 잘 거두거라"라고 하셨습니다. 한상자는 이 시를 소매 속에 넣고 한 바탕 웃고는 허공으로 날아가 버렸습니다. 과연 후에 퇴지 할아버지께서 조주에서 장독瘴毒으로 돌아가셨는데 눈을 씻고 찾아도 친척이 없었지요.[8] 저 한상자가 마침 구름 위에서 보고 옛날 시를 떠올리고는 구름에서 내려와 그 뼈를 거두었습니다. 관아에 와보니 사방에 아무도 없고 오직 한상자의 원처原妻[9] 한 사람만 관아에 있었지요. 두 사람의 눈이 서로 맞아 한상자의 마음에 문득 한 점 범심凡心이 일어났습니다. 그래서 자손 하나를 낳아 조주潮州에 남겨

사潮州刑史로 좌천시켰다. 남관藍關은 섬서성陝西省 남전藍田에 있는 관문이다. 한유가 조주로 가는 도중 남관에 이르렀을 때 조카 손자 한상韓湘이 뒤쫓아왔는데, 한유는 그에게 「좌천되어 남관에 이르러 조카 손자 상에게 보이다左遷至藍關示侄兒孫湘」라는 시를 써 주었다. "아침에 궁궐에 한 편 글을 올려 저녁에 팔천 리 조주로 폄적되었네. 성명聖明하신 임금님께서 폐단을 없애게 하지, 늙은 몸 여생을 아끼겠느냐. 구름이 진령에 가로 걸렸으니 집은 어드멘가, 눈이 남관을 막으니 말은 나아가지 않는구나. 네가 멀리 온 것은 분명 뜻이 있겠지, 장독 서린 강가에서 내 뼈를 잘 거두거라 —封朝奏九重天, 夕貶潮州路八千. 欲爲聖明除弊事, 肯將衰朽惜殘年. 雲橫秦嶺家何在, 雪擁藍關馬不前. 知汝遠來應有意, 好收吾骨瘴江邊." 조카 손자 한상韓湘은 뒤에 팔선八仙의 하나로 꼽히는 한상자韓湘子이다.

6　명청대에 이르러 도교의 신선은 상팔동上八洞, 중팔동中八洞, 하팔동下八洞 등으로 분화, 확대되었는데, 한상자는 통상 중팔동에 속하는 것으로 생각되었지만, 여기에서는 하팔동에 속한 것으로 말하고 있다.

7　덮고 습한 땅에서 생기는 독한 기운을 말한다. 운남, 귀주, 광동, 광서 등지가 대표적인 곳으로, 흔히 유배지를 뜻하기도 한다.

8　민간 설화에서는 한유가 장독으로 죽었다고 하고 있지만, 실제로는 목종穆宗 장경長慶 원년(821)에 장안長安으로 돌아가 국자좨주國子祭酒, 이부시랑吏部侍郎 등을 지냈다.

9　'원처'는 한상자가 신선이 되기 전 속세에서 혼인한 처를 말한다.

가문을 이었습니다. 소생은 바로 그 적파嫡派 후손으로서 난리를 만나 광주廣州로 흘러들어 왔습니다. 관부에서 선현의 후예임을 고려하여 표表를 올려 소생을 창려사昌黎祠의 향화수재香火秀才로 삼아 주어 지금은 조타왕대趙佗王臺에 기거하고 있습니다. 바로,

거지 상배의 가난한 선비이지만,

오히려 신선이나 도사의 풍도로구나

라는 격이지요. 아, 벌써 벗이 올라오는구나. 누구일까?

(생 유몽매가 등장한다)

유몽매 :

【전강】

경사經史는 뱃속에 불룩하고,

낮 꿈을 꾸었더니 아직도 노곤하네.

높은 곳 찾아 구름 안개 바라보니,

바다는 평평히 빛나는구나.

(서로 인사한다)

한자재 : 유춘경柳春卿이로군. 무슨 바람이 불어서 노형께서 오셨나?

유몽매 : 어쩌다 혼자 다니다가 이 누대에 올랐네.

한자재 : 이 누대는 풍광이 매우 좋다네.

유몽매 : 올라서 내려다 보니 시원도 하구나.

한자재 : 나는 여기서 편안하게 산다네.

유몽매 : 생각해 보면 책 읽지 않는 사람이나 편안하게 살지.

한자재 : 누가 그렇다는 것인가?

유몽매 : 바로 조타왕趙佗王이 그랬지.[10]

---

10 조타는 진秦나라 말기에 남해위南海尉가 되었다가 진이 망하자 스스로 남월南越 무왕武王이 되었는데, 한漢나라가 세워진 후 고조高祖가 육가陸賈를 보내 조타를 남월왕에 책봉하였다. 후에 또 스스로 남월 무제武帝가 되었는데, 한 문제文帝가 다시 육가陸賈를 보내 그를 한나라에 귀순시켰다. 제2척 참고.

【쇄창한瑣寒窓**】**

조롱祖龍이 날아오르니 사슴이 중원을 달렸네.[11]

남해위南海尉였던 조타왕은,

그는 깎아지른 절벽에 기대어 하늘 반쪽을 차지했네.[12]

고孤를 칭하고 과인寡人이라 부르니,

그는 진짜 영웅이었네.[13]

강산을 손쉽게 차지하여,

순식간에 궁전을 세웠지.

　　우리 같은 사람들이야 만 권 책을 읽어도 반 덩이 흙이라도 가질
수 있을까?

저『논어』로 보필할 만한 강산은 보이지 않는구나.[14]

한자재, 유몽매 :

천명天命이로다,

고금古今을 논해보아도 헛일이니,

황량한 누대의 고목에는 차가운 안개만 서렸구나.

한자재 : 내가 형의 기상과 언설을 보니 어찌할 수 없음을 탄식하는 듯
하네. 선조 창려공昌黎公께서 말씀하셨지. "관리들이 현명하지 못함
을 근심하지 말고, 문장에 정진하지 못함을 근심하라. 관리들이 불공
정함을 근심하지 말고, 경서에 통달하지 못함을 근심하라"라고.[15] 노

11　'조룡'은 진시황秦始皇을 말하고, 사슴은 제위帝位를 뜻한다. 조룡이 날자 사슴이 중
　　원을 달린다는 것은 진시황가 죽자 제위가 주인을 잃었다는 뜻이다.

12　조타가 해안 광주의 험한 지형을 이용하였다는 말이다.

13　'고'나 '과인'은 모두 왕이 스스로를 칭하는 말이다.

14　'『논어』'의 원문은 '반부半部'이다. 송宋나라의 재상 조보趙普는 경전 중에도『논어』
　　만 읽었는데, 하루는 태종太宗이『논어』에 대해 묻자 그는 "신이 평생 아는 것은 모
　　두 이 책에서 벗어나지 않습니다. 옛날에는 그 반으로 태조太祖를 보필하여 천하를
　　평정하였고, 지금은 나머지 반으로 폐하를 보필하여 태평을 이루었습니다"라고 대
　　답했다. 이후 '반부'는『논어』를 가리킨다.

15　한유의「진학해進學解」의 문장을 약간 바꾸어 원용하였다.「진학해」에서는 "너희는
　　학업이 정진되지 않음을 근심해야지 관리들이 현명하지 못한 것을 근심하지는 말아

형은 아직 공부가 미치지 못한 곳이 있지 않은가 하네.

유몽매 : 그런 말 말게. 우리 할아버지 유종원柳宗元과 자네 할아버지 한
퇴지께서는 모두 공부를 많이 하신 재자才子이지만 시운時運이 통하
지 않으셨지. 자네 할아버지께서는 「논불골표」를 지었다가 조양潮陽
으로 폄적貶謫되셨고, 우리 할아버지는 조양전朝陽殿에서 왕숙문王叔文
승상과 바둑을 두시다가 황제 행차에 놀라 바로 유주사마柳州司馬로
쫓겨 가셨다네.¹⁶ 모두 다 바닷가 장기 서린 곳이라네. 그 때 두 분은
같은 길을 가시면서 여관에서 두 개의 등불 심지를 돋우며 자세히 이
야기를 나누셨네. 자네 할아버지께서 말씀하셨지. "종원, 종원, 나와
그대 두 사람의 문장은 대등하다네. 내게 「오자왕승복전圬者王承福傳」
이 있으면 그대에게는 「재인전梓人傳」이 있고, 내게 「모영전毛穎傳」이
있으면 그대는 「곽탁타전郭橐駝傳」이 있고, 내게 「제악어문祭鱷魚文」
이 있으면 그대는 「포사자설捕蛇者說」이 있네. 이것들은 그만두세. 내
가 「평회서비平淮西碑」를 바쳐 조정의 환심을 샀더니 자네는 또 「봉평
회이아표奉平淮夷雅表」를 바쳤네. 한 편 한 편 모두 자네는 나를 놓아
주지 않았어. 마침 지금 습한 곳으로 귀양을 가니 같은 처지가 되었
네. 어찌 때가 아니며, 운이 아니며, 명이 아니겠는가"라고 한 형, 이
런 오랜 옛 이야기는 하지 마세나. 도道가 제대로 서 있었더라면 설마
그대와 내가 이렇게 영락하였겠는가. 무엇 때문에 우리 할아버지는

라. 또 행실이 완성되지 못함을 근심해야지 관리들이 공정하지 못한 것을 근심하지는
말아라諸書業患不能精, 無患有司之不明. 行患不能成, 無患有司之不公'라고 하고 있다.

16 유종원(773~819)은 덕종德宗 정원貞元 말년에 과거에 급제하였고, 순종順宗이 즉위
하면서 왕숙문王叔文, 왕비王伾, 유우석劉禹錫과 영정혁신永貞革新을 주도하였다. 원
화元和 원년(806) 헌종憲宗이 즉위하면서 왕숙문은 실각하여 혁신은 실패로 돌아가
고, 유종원은 오늘날의 호남湖南성 소양邵陽시에 해당하는 소주邵州의 자사刺史로
폄적되었다가 임지에 도착하기도 전에 다시 오늘날의 호남湖南성 영릉零陵에 해당
하는 영주永州의 사마司馬로 폄적되었다. 이 때 함께 사마로 폄적된 이가 7인이 더
있어 '이왕팔사마사건二王八司馬事件'이라고 부른다. 유종원이 오늘날의 광서장족廣
西壯族자치구 유주柳州시에 해당하는 고을의 자사刺史로 폄적된 것은 원화 10년(815)
년의 일이다. 본문의 이하 내용은 실제와는 다른 허구이다.

「걸교문乞巧文」을 지어서 나 28대 후손에 이르기까지 다시는 솜씨를 구하지 않게 되었던 것이며, 또 왜 자네 할아버지께서는 뜻을 세워 「송궁문送窮文」을 지었지만 20여 대 후손인 노형에게 이르기까지 궁상을 떨쳐버리지 못하게 되었을까?[17] 생각해 보니 모두가 시운時運이라는 두 글자 탓이야.

한자재 : 그렇네. 춘경 형,

【전강】

그대는 재산 팔아 책을 사서 읽었지만,

지식을 치세에 팔려 해도 돈이 안 된다는 것은 몰랐겠지.

그렇지만 조타왕의 시대에는 역시 수재 육가陸賈가 봉사중대부奉使中大夫가 되어 여기에 왔다네. 조타왕이 그를 얼마나 존중했던가.

그가 조정으로 돌아갈 때,

연회 열어 수천 금을 주었지.[18]

그 때 한 고조는 책 읽는 선비를 혐오하여 유건儒巾만 썼으면 모두 잡아 오줌통에 빠뜨렸지. 이 육가 수재는 단정히 사방건四方巾을 쓰

---

17 유종원의 「걸교문」은 칠월칠석 부녀자들이 직녀에게 여공女工 솜씨를 비는 형식을 이용하여 지은 풍자적 문장이다. 천손天孫에게 당시 유행하던 변려문骈儷文을 잘 짓는 재능을 빌었으나 천손은 그 소원을 들어 주지 않고 본래의 신념을 잘 지키라고 당부한다. 이에 유종원은 타고난 재능, 즉 고문古文 창작력을 계속 발전시키기로 한다. 한유의 「송궁문」 역시 풍자적 문장이다. 자신에게 붙어 있는 궁귀窮鬼 즉 지혜, 배움, 문장, 운명, 사귐 등의 궁귀를 떠나보내려 하였으나 궁귀는 오히려 자신이 주인을 가장 잘 알아 천고의 영명을 줄 수 있으며, 믿지 못하겠다면 학식과 문재를 담보로 주겠다고 한다. 이에 한유는 궁귀를 다시 상석에 모신다. 유몽매는 조상들의 문장을 거론하면서 후손인 자신들이 솜씨를 빌지 않아도 될 정도로 훌륭한 재능을 지녔지만 평생 궁귀와 함께 고단하게 살고 있음을 말한다.

18 조타왕은 육가를 매우 좋아하여 그가 돌아갈 때 재물을 많이 주었다고 한다. 『사기史記』 「역생육가열전酈生陸賈列傳」에는 "조타왕은 이에 육가를 매우 좋아하여 여러 달을 머물게 하고 함께 마셨다. 조타왕이 '월越 땅에는 함께 말할 만한 이가 없었는데 육가가 와서 날마다 듣지 못한 일을 들려 주었다'고 말했다. 육가에게 (직접) 자루에 넣어 준 것이 천금이요, 그가 (멀리 떨어진 육가에게) 보낸 것이 또한 천금이었다酒大說陸生, 留與飮數月. 曰, 越中無足與語, 至生來, 令我日聞所不聞. 賜陸生橐中裝直千金, 他送亦千金"라고 하였다.

고 심의深衣[19]를 늘어뜨리고 가서 고조를 만났다네. 고조가 멀리서 보고 오줌통에 빠뜨릴 놈이 또 오는구나 하면서 육가를 맞으며 욕을 해댔지. "네 황제는 말 위에서 천하를 얻었으니 어이 시서詩書를 쓰겠느냐?" 저 육가는 재미있게도 말도 많이 하지 않고 다만 한 마디만 대꾸하였네. "폐하는 말 위에서 천하를 얻으셨으나 말 위에서 천하를 다스릴 수 있겠습니까?" 고조가 이 말을 듣고서 말문이 막혀 그저 웃으며 말했지. "네 말을 듣겠노라. 무슨 문자이든지 읊어서 과인이 듣게 하라." 육 대부는 놀라지도 서두르지도 않고 소매 속에서 책 한 권을 꺼냈으니 바로 평소 창가 아래에서 지어 두었던 『신어新語』 열세 편이라, 큰 소리로 읊어 바쳤네. 고조는 다 듣고서 매우 기뻐하고, 후에 한 편 한 편 모두 좋다고 하시며 갈채를 보내고 그를 관내후關內侯[20]에 봉했지. 그 날 얼마나 기상氣象이 넘쳤던지. 고조는 말할 것도 없고 저 문무 양반도 본 사람들도 모두 만세를 불렀다네.

한 마디를 땅에 던지면,

만세 소리가 하늘을 울렸지.[21]

유몽매 : (탄식한다)

우리가 지은 문장이 쌓여 있지만 보는 사람이 없구나.

유몽매, 한자재 :

천명이로다,

고금을 논해보아도 헛일이니,

황량한 누대의 고목에는 차가운 안개만 서렸구나.

한자재 : 춘경에게 다시 묻겠네. 집에서 어떻게 먹고 사는가?

유몽매 : 원공園公[22]에게 얹혀사네.

---

19 위아래가 한 데 이어진 옷으로, 제후, 대부, 선비의 평상복이자 서민의 예복으로 쓰였다.
20 한漢나라 때 20등급의 작위 가운데 두 번째로 높은 작위였다.
21 육가가 존망의 징조를 서술하여 『신어』 12편을 짓고 한 편씩 올리자, 고조는 좋다고 하지 않은 적이 없었고, 좌우에서는 만세를 불렀다.

한자재 : 이 아우 말대로 벼슬아치에게 부탁해서 앞길을 도모해 보는
　　　것이 좋겠네.

유몽매 : 자네는 모르네. 지금 사람들은 격조가 없어.

한자재 : 노형은 아시는가? 흠차식보중랑欽差識寶中郎 묘苗 선생이 계시는
　　　데 격조를 아는 분이라네. 올 가을에 임기가 끝나 향산오香山隩[23]에
　　　있는 다보사多寶寺에서 보물품평회에 참여하신다네. 그 때 한 번 가보
　　　는 게 어떻겠나?

유몽매 : 그리 하세.

　　시름 속 쓸쓸한 거처가 한스럽고,

　　청운의 재능도 내겐 전혀 없다네.

　　월왕越王은 스스로 누대 가리키며 웃었고,

　　유방劉邦과 항우項羽는 본디 책을 읽지 않았다네.[24]

22　화원이나 과원果園을 관리하는 종복. 곽탁타郭橐駝의 후손을 가리킨다.
23　오늘날의 마카오를 말한다. 옛날부터 대외무역항으로 명나라 때는 서양 상인들이
　　집단으로 거주하였다.
24　제1구 : 단성식段成式, 「대궐로 가는 목 낭중을 보내며送穆郎中赴闕」 중 "시름 속 쓸쓸
　　한 거처 한하던 일 생각해야 하니, 꾀꼬리 노래 속에 또 머뭇거리리應念愁中恨索居,
　　鸝歌聲裏且踟躕" 제2구 : 이상은李商隱, 「영락의 한거에서 유평사에게 받은 시에 답함
　　和劉評事永樂閑居見寄」 중 "백사 그윽하니 그대 잠시 머물고, 청운의 재능에 나는 전
　　혀 멀다네白社幽間君暫居, 靑雲器業我全疎." 제3구 : 피일휴皮日休, 「관와궁에서 회고하
　　는 절구 5수館娃宮懷古五絶」의 제2수 중 "월왕은 높은 누대를 가리키며 웃었으리니, 당
　　시 금을 새긴 문도리가 보이네越王定指高臺笑, 卻見當時金鏤楣." 제4구 : 장갈章碣, 「분서
　　갱焚書坑」 중 "구덩이 속의 재 식기도 전에 화산華山 동쪽이 어지러우니, 유방과 항우
　　는 원래 책을 읽지 않았다네坑灰未冷山東亂, 劉項原來不讀書." 월왕 조타는 문인文人 육
　　가를 융숭히 대접했지만, 세상에 이름을 떨친 이들은 유방과 항우 같은 무인武人들이
　　었다는 뜻으로, 유몽매가 선비인 자신의 영락한 처지를 말하고 있다.

제7척 시경 공부閨塾

말末 : 진최량
단旦 : 두여낭
첩貼 : 춘향

(말 진최량이 등장한다)

진최량 :

읊조린 뒤 지난 봄의 싯귀를 고치고,

밥 먹은 후 정오의 차茶를 생각한다.

개미는 책상에 올라 벼룻가를 돌고,

벌은 창틈으로 들어와 화병을 맴도는구나.

 저 진최량은 두 태수의 관아에서 휘장을 치고 두 소저에게 『시경詩經』을 가르치며, 노부인에게 융숭한 대접을 받고 있습니다. 오늘 조반을 먹었으니 모공毛公의 주석註釋을 깊이 음미하렵니다.[1] (읽는다)

"관관저구關關雎鳩는 재하지주在河之洲요, 요조숙녀窈窕淑女는 군자호구君子好逑로다. 호好는 좋다는 뜻이요, 구逑는 짝이라."[2] (둘러본다) 시간이 되었는데 아직 여학생이 오지 않는구나. 어리광 속에서 자라서 버릇이 못됐군. 운판雲板을 울려야겠다. (운판을 친다) 춘향아, 아씨더러 공부하러 오라고 해라.

　　(단 두여낭이 책을 든 첩 춘향을 데리고 등장한다)

두여낭 :

【요지유遶地遊】

옅은 화장 마치고서,

천천히 걸어 서당에 왔어요.

정갈한 책상 마주한 밝은 창이 멋스럽네요.

춘향 :

『석씨현문昔氏賢文』[3]은,

사람을 얽매어 죽이니,

이런 때는 앵무새에게 차 주문법이나 가르칠 수밖에요.[4]

　　(인사한다)

두여낭 : 선생님, 안녕하셨는지요?

춘향 : 선생님, 나무라지 마세요.

진최량 : 무릇 여자는 닭이 처음 울면 모두 세수하고 양치하고, 빗질하

1　춘추시대 말엽에 편찬된 『시경』은 한나라 때 사람인 모공毛公의 주석본을 통해 후세에 전해지게 되었다. 이 주석본을 『모시毛詩』라고도 부른다.

2　앞의 네 구절은 『시경』의 원문으로 「주남周南」에 실린 첫 작품의 앞부분으로 뜻은 다음과 같다. "꾸욱꾸욱 물수리는 황하의 섬에서 우는데, 아리따운 아가씨는 군자의 좋은 짝이로다." 또 뒤에 이어지는 '호'와 '구'를 설명하는 부분은 모공의 주석에 해당한다.

3　『증광석씨현문增廣昔氏賢文』 또는 『증광석시현문增廣昔時賢文』, 『증광현문增廣賢文』이라고 한다. 저자와 저작 시기는 모른다. 청淸나라 때 주희도周希陶가 내용을 증보하고 운에 따라 다시 편집하였다. 인성 교육에 도움이 되는 속담과 격언, 시문의 명구를 모아 초학자의 교재로 사용하였다.

4　앵무새가 뜻도 모르고 사람 말을 지껄이는 것처럼 문장의 의미도 모르고 따라 읽는 것을 말한다.

고 비녀 꽂고 부모님께 문안드리고, 해가 뜨면 각자 맡은 일을 하는 법. 지금 여학생은 독서가 일인데 일찍 일어나야지.

두여낭 : 앞으로는 그러지 않겠습니다.

춘향 : 알았어요. 오늘밤은 자지 않고 삼경三更에 선생님을 모셔 공부하죠.

진최량 : 어제 읽은 『모시毛詩』는 다 익혔느냐?

두여낭 : 익혔습니다. 풀이해 주십시오.

진최량 : 읽어 보거라.

두여낭 : (책을 읽는다) "관관저구는 재하지주요. 요조숙녀는 군자호구로다."

진최량 : 풀이해 주마. 관관저구의 저구는 새이니라. 관관은 새소리이고.

춘향 : 어떤 소리죠?

　　　　(진최량이 비둘기 소리를 내고 춘향이 비둘기 소리를 흉내내며 우스개를 한다)

진최량 : 이 새는 천성이 조용함을 좋아하여 황하의 섬에서 산단다.

춘향 : 맞아요. 어제 아니면 그제, 올해 아니면 작년인데, 우리 관아에 비둘기를 가두어 두었는데 아씨가 풀어 주니 날아가서 하 지주何知州 댁에 살아요.[5]

진최량 : 쓸데없는 소리로다! 그리고 이것은 흥興[6]이니라.

춘향 : 흥이 무엇이에요?

진최량 : 흥이란 일으킨다는 말이니라. 다음 구절을 일으키지. 요조숙녀는 그윽한 여자로서 군자들이 꼭 짝을 맺으려고 하지.

춘향 : 왜 꼭 짝을 맺으려고 해요?

진최량 : 말이 많구나.

두여낭 : 스승님, 주해서를 보면 제가 스스로 알 수 있습니다. 『시경』의 대의만 좀 설명해 주십시오.

5　'재하지주在河之洲'를 '재하지주在何知州' 즉 '하 지주 댁에 있다'는 뜻으로 바꾸어 우스개를 연출한다.

6　『시경』의 표현 기교 중 하나로, 작품이나 연의 첫머리에 본 주제와는 다른 사물이나 정경을 읊어 연상 작용을 불러일으키는 부분을 가리킨다.

진최량 :

【도각아悼角兒】

육경六經을 논하자면,

『시경』이 가장 화려하지.[7]

규문閨門을 읊은 풍아風雅가 많도다.[8]

증거가 있는 것은,

강원姜嫄이 아기를 낳으신 일이고,

질투하지 않은,

후비后妃들의 어진 덕도 적혀 있다네.[9]

또한 저 닭 우는 때를 읊은 시와,

제비 깃털을 보고 슬퍼하는 시와,[10]

강 언덕에서 우는 시와,

넓은 한수漢水를 생각하는 시는,[11]

---

[7] 육경은 유가의 최고 경전인 『시경詩經』, 『서경書經』, 『역경易經』, 『예기禮記』, 『춘추春秋』, 『악경樂經』을 말한다. 『악경』은 지금 전하지 않는다. 한유韓愈가 「진학해進學解」에서 『시경』은 올바르고 화려하다詩正而葩"고 평한 이래 『시경』을 『파경葩經』이라고도 부른다. 실제 『시경』에는 화훼가 많이 등장한다.

[8] 『시경』의 「국풍國風」, 「대아大雅」, 「소아小雅」에는 부덕婦德을 칭송하고 권장하는 시가 많다.

[9] 『시경』 「대아大雅」 '생민生民' 편에 "처음 백성을 낳으시니, 바로 강원이시라厥初生民, 時惟姜嫄"라고 하였는데, 강원은 제곡帝嚳의 처로 들에서 거인의 발자국을 밟고 잉태하여 주周나라의 시조 후직后稷을 낳았다. 또 「국풍 · 주남周南」의 '관저關雎', '규목樛木', '종사螽斯' 등의 시들은 질투하지 않고 문왕文王을 잘 보필한 후비后妃를 찬송하는 시로 해석한다.

[10] 『시경』 「국풍 · 제풍齊風」의 '계명雞鳴' 편은 새벽닭이 울자 남편에게 출근을 종용하는 부인을 찬양한다. 또 「국풍 · 패풍邶風」의 '연연燕燕' 편은 "제비떼 난다, 깃털이 들쭉날쭉. 저 아가씨 시집가니 멀리 들에서 전송하네. 바라보아도 보이지 않아 눈물이 비 오듯 하네燕燕于飛, 差池其羽, 之子于歸, 遠送於野, 瞻望弗及, 泣涕如雨"라고 하여 시집가는 여인을 보내며 슬퍼하는 시이다.

[11] 강 언덕에서 운다는 시는 『시경』 「소남召南」의 '강유사江有汜' 편을 가리키는 듯하다. 이 시의 제1장은 다음과 같다. "강물은 갈라져 흐르고, 저 아가씨 시집가며 나를 데려가지 않네. 나를 데려가지 않으니 나중에는 후회하리江有汜, 之子歸, 不我以. 不我以, 其後也悔" 모공毛公은 이 시를 다음과 같이 해설하였다. "'강유사'는 잉첩(媵妾, 시

모두 짙은 화장을 깨끗이 지운 사람들의 노래로다.

이 시들은 모두 가르치는 바가 있고,

집안을 잘 꾸리게 한다네.[12]

두여낭 : 이 경서는 문장이 이렇게나 많습니까?

진최량 : 시 삼백 편은 한 마디로 말하면,

많지도 않아,

'무사無邪' 두 글자로,

너희에게 말해 주마.[13]

　책은 다 읽었다. 춘향아, 문방사우를 가져와 글씨 연습을 하자.

춘향 : (퇴장하였다가 가져 온다) 지필연묵 여기 있습니다요.

진최량 : 이것은 무슨 먹이냐?

두여낭 : 몸종이 잘못 가져왔습니다. 이것은 나자대螺子黛[14]로 눈썹 그리는 것이에요.

진최량 : 이것은 무슨 붓이냐?

두여낭 : (웃는다) 이것은 바로 눈썹 그리는 세필細筆입니다.

진최량 : 나는 이때까지 본 적이 없느니라. 가져가거라, 가져가. 이것은

집가는 신부를 모시는 시녀)를 찬미한 시이다. (잉첩이) 부지런하면서도 원망하지 않으니 적실嫡室이 잘못을 뉘우칠 수 있다. 문왕 때에 강수江水와 타수沱水 사이에 잉첩의 수를 채우지 않은 적실이 있었는데 잉첩이 고생하면서도 원망하지 않으니 적실도 스스로 후회하였다江有汜, 美媵也, 勤而無怨, 嫡能悔過也. 文王之時, 江沱之間, 有嫡不以其媵備數, 媵遇勞而無怨, 嫡亦自悔也" 또 넓은 한수를 생각한다는 것은 「국풍·주남周南」의 '한광漢廣' 편을 가리킨다. 이 시는 연인을 그리워하는 시로 제1장은 다음과 같다. "남쪽에 큰 나무 있어도 쉴 수가 없구나. 한수에 노는 아가씨 만날 수가 없구나. 한수는 넓어서 헤엄칠 수도 없고요, 강수는 길어서 뗏목 탈 수도 없어요南有喬木, 不可休息. 漢有游女, 不可求思. 漢之廣矣, 不可泳思. 江之永矣, 不可方思."

12 　「주남·도요桃夭」편에 "이 아가씨 시집 가서 그 집안을 잘 꾸린다네之子于歸, 宜其室家"라고 하였다.

13 　『시경』에는 모두 305편의 시가 실려 있어 '시삼백詩三百'이라고도 부른다. 공자孔子는 『논어論語』「위정爲政」에서 "『시경』 삼백 편은 한 마디로 말해 사악함이 없다詩三百, 一言而蔽之, 曰, 思無邪"고 하였다.

14 　옛날 부녀자들이 눈썹을 그리던 청흑색 광물 안료이다.

무슨 종이냐?

두여낭 : 설도전薛濤箋[15]입니다.

진최량 : 가져가라, 가져가. 채륜蔡倫이 만든 걸 가져오너라.[16] 이것은 무슨 벼루냐? 하나냐, 둘이냐?

두여낭 : 원앙연鴛鴦硯[17]입니다.

진최량 : 눈眼이 많구나?

두여낭 : 누안淚眼[18]입니다.

진최량 : 왜 우느냐? 당장 바꾸어 오너라.

춘향 : (등을 돌리고 혼잣말로) 정말 멋대가리 없는 늙은이야! 바꿔 와야겠네. (퇴장하여 바꾸어 가져온다) 이건 좋아요?

진최량 : (본다) 놓아라.

두여낭 : 저는 혼자서도 베껴 쓸 수 있어요.[19] 춘향이는 아직 팔을 잡아 주어야 해요.

진최량 : 네 글씨를 보자.

(두여낭이 글씨를 쓴다)

진최량 : (보고 놀란다) 나는 이제껏 이렇게 좋은 글씨는 본 적이 없다. 이건 무슨 서체이냐?

두여낭 : 위衛 부인이 전한 '미녀의 비녀'체입니다.[20]

춘향 : 저는 '노비가 부인을 흉내내는' 체로 쓰겠어요.

---

15   당唐나라의 명기名妓 설도薛濤가 만들었다는 편지지로 아름답고 화려하기로 유명했다.

16   채륜은 동한東漢 때의 사람으로 종이를 발명하였다. 화려한 종이인 설도전 말고 소박한 종이를 가져 오라는 뜻이다.

17   좌우대칭형으로 만들어 둘로 나눈 벼루를 말한다. 실제 원앙 모양으로 둘을 만든 것도 있다.

18   유명한 벼루인 단계연端溪硯에 있는 무늬이다. 뚜렷한 무늬를 활안活眼, 중간 단계를 누안, 아주 약한 무늬를 사안死眼이라고 한다.

19   글씨를 배울 때는 먼저 모본模本을 그대로 따라 쓰는 연습을 한다. 이를 임모臨模라고 한다.

20   위衛 부인은 서진西晉의 서예가 위항衛恒(?~291)의 질녀인 위삭衛鑠이다. '미녀의 비녀' 체는 서체가 아리따움을 말한다.

두여낭 : 아직 멀었어.

춘향 : 선생님, 학생이 공패恭牌를 냅니다요.[21] (퇴장한다)

두여낭 : 사모님의 연세를 여쭙겠습니다.

진최량 : 지금 꼭 예순이니라.

두여낭 : 제가 신발에 수를 놓아 축수하고 싶으니 치수를 가르쳐 주세요.

진최량 : 고생을 시키는구나. 『맹자孟子』에 있는 대로 하거라. "발 크기를 모르고 신발을 만든다"고 하였느니라.[22]

두여낭 : 춘향이 아직 오지 않는군요.

진최량 : 불러 주랴? (세 번을 부른다)

　　　　(춘향이 등장한다)

춘향 : 옷에 지렸잖아요.

두여낭 : (찡그리며) 망할 것아, 어디 갔었니?

춘향 : (웃으며) 오줌 누러 갔지요. 가 보니까 큰 화원이 있어요. 꽃이 피고 버들이 우거져 놀기에 좋아요.

진최량 : 아이고. 공부는 하지 않고 화원에 가다니. 회초리를 가져와야겠다.

춘향 : 회초리는 뭐 하시게요?

【전강】

여자가 어찌 문과에 응시하여 관아를 맡겠어요?

21　명대에 과거장에서 응시자들이 화장실에 갈 때는 '출공입경出恭入敬'이라고 쓴 패를 받아서 출입할 수 있었다. 화장실을 가겠다는 말이다.

22　『맹자孟子』「고자告子」에 "그러므로 무릇 동류는 모두 비슷하니 왜 유독 사람에게서만 의심하는가? 성인은 나와 동류이다. 그러므로 용자龍子는 '발 크기를 모르고 신발을 만들어도 나는 그것이 삼태기가 되지 않음을 안다'고 하였다. 신발이 비슷한 것은 세상의 발이 같기 때문이다故凡同類者, 舉相似也, 何獨至於人而疑之? 聖人, 與我同類者. 故龍子曰, '不知足而爲屨, 我知其不爲蕢也.' 屨之相似, 天下之足同也"라는 대목이 있다. 세상 사람들의 발 크기가 다 다르지만 사람의 발과 삼태기는 크기에서 현격한 차이가 난다. 따라서 발의 크기를 모르고 신발을 만들어도 삼태기가 되지 않는다. 이 대사는 경전의 구절을 곧이곧대로 해석하는 고지식한 지식인의 모습을 보여 준다.

다만 글자 배워 까마귀 새끼나 그릴 텐데.[23]

(일어선다)

진최량 : 옛사람 가운데 책을 읽을 때 반딧불을 자루에 싼 이도 있고, 달빛을 쬔 이도 있다.[24]

춘향 :

달빛에 비추어 보려다가,

눈만 어지러워지고,

반딧불 자루에 싸려다,

멀쩡한 벌레 죽였겠네.

진최량 : 들보에 상투 매달고 허벅지를 송곳으로 찌른 사람은 어떻겠느냐?[25]

춘향 : 선생님이 들보에 상투를 매달면 머리카락만 빠지고, 허벅지를 찌르면 흉터만 늘 테니 무슨 영광이 있겠어요.

(무대 뒤에서 꽃을 사라고 외친다)

춘향 : 아씨, 꽃 파는 소리를 들으니 책 읽는 소리가 흐트러지시네요.

진최량 : 또 아가씨를 꼬드기는구나. 내가 정말 때려야겠다. (춘향을 때린다)

춘향 : (피하며) 이 어린 애를 때릴 테면 때려보세요. 도리桃李의 전당에 서 하마터면 가시나무 짊어진 사람을 잡겠네요.[26] (회초리를 빼앗아 땅 바닥에 던진다)

두여낭 : 이 망할 것아, 사부님께 대들다니. 빨리 무릎을 꿇어.

(춘향이 무릎을 꿇는다)

두여낭 : 사부님, 처음 저지른 잘못임을 감안하셔서 제가 꾸짖도록 해

---

23   까마귀 새끼는 매우 못쓴 글씨체를 말한다.
24   진晉나라 때 차윤車胤은 집안이 가난하여 반딧불을 주머니에 가두어 그 빛으로 책을 읽었다. 남제南齊의 강비江泌는 집안이 가난하여 등잔 기름을 살 수 없어 밤에는 달빛 아래 책을 읽었다.
25   한漢나라 때 손경孫敬은 책 읽을 때 상투를 들보에 매달아 졸음을 막았다. 전국시대戰國時代의 소진蘇秦은 공부할 때 잠이 오면 허벅지를 송곳으로 찔렀다. 제2척 참고.
26   도리의 전당은 학당을 말한다. 또 가시나무 짊어진 사람은 죄를 지어 가시나무를 지고 와서 벌을 자청하는 사람을 뜻하는데, 여기에서는 춘향 자신을 가리킨다.

주세요.

【전강】

손에 그네줄 못 잡게 하고,

발로 화원 거닐지 못하게 할게요.

춘향 : 보기만 하지요 뭐.

두여낭 : 여전히 말이 많구나.

이 말썽 많은 주둥이는 향불로 지지고,

이 말썽 많은 눈은 바늘로 찔러 멀게 해야겠구나.

춘향 : 눈멀게 하여 어디에 쓰시려고요?

두여낭 :

널 더러 책상 옆에서 벼루 지키며,

'시운詩云'이나 '자왈子曰' 소리 따라 하면서,

말썽 피우지 않게 할 거야.

춘향 : 잘못했어요.

두여낭 : (춘향의 머리카락을 잡아당기며)

머리카락 가닥만큼,

등에다 매 자국을 내 줄까?

어머니 당상堂上의 저 가법家法[27]이 두려울걸?

춘향 : 다시는 그러지 않겠어요.

두여낭 : 알았느냐?

진최량 : 됐다. 이번은 봐 주마. 일어나거라.

(춘향이 일어선다)

진최량 :

【미성尾聲】

여제자는 다만 출세를 추구하지 않을 뿐,

---

27 가장이 자녀나 노복을 벌 줄 때 때리는 도구로, 채찍 등을 말한다.

남학생과 같은 방법으로 가르치리라.

　너희들은 공부가 끝났으니 방으로 돌아가도 된다. 나는 나으리와 얘기를 하러 가련다.

　(모두 노래한다)

진최량, 두여낭, 춘향 :

이 밝은 창문과 새로 친 붉은 휘장을 어이 저버릴 수 있을까?

　(진최량이 퇴장한다)

춘향 : (등 뒤에서 진최량을 향해 욕을 한다) 촌뜨기, 멍청이. 멋이라고는 하나도 몰라.

두여낭 : (말린다) 이것아, 하루 스승이면 평생토록 아버지와 같다고 했어.[28] 선생님이 너를 때리지 못하실까? 그런데 그 화원花園은 어디에 있니?

　(춘향이 말을 하지 않는다. 두여낭이 웃으며 묻는다)

춘향 : (가리키며) 저쪽이잖아요!

두여낭 : 무슨 경치가 있더냐?

춘향 : 경치요? 정자 예닐곱 곳, 그네 한두 개, 그리고 빙빙 도는 유상곡수流觴曲水가 있는데 태호석太湖石을 마주보고 있어요.[29] 아름다운 풀 기이한 꽃이 참으로 화려해요.

두여낭 : 이런 곳이 있었구나. 우선 방으로 돌아가자.

　　두여낭　　　일찍이 사謝씨 집 마당에 버들솜 날렸는데,

28　강태공姜太公이 지었다고 하는 수신修身 교과서인 『태공가교太公家敎』에 "하루 스승이면 종신토록 아버지와 같다一日爲師, 終身爲父"라는 구절이 보인다. 또 명明나라 오승은吳承恩의 『서유기西游記』 제31회에도 보인다.

29　유상곡수는 신라의 포석정처럼 만들어놓은 물길 따라 술잔 띄워서 마시고 노는 곳을 말하고, 태호석은 태호석太湖石을 겹쳐 쌓아 만든 산 모양 즉 가산假山을 가리킨다. 태호석은 강소江蘇성에 있는 태호에서 나는 돌로 모양이 기이하고 구멍이 많아서 원림을 장식하거나 가산을 만들 때 많이 사용한다.

춘향	서쪽 정원의 나비 되고프나 이루지 못하였네.
두여낭	가없는 봄날 시름일랑 묻지 말기를,
두여낭, 춘향	녹음綠陰을 빌어 잠시 거닐어 볼까나.³⁰

---

30 제1구 : 이산보李山甫, 「버들 10수柳十首」의 제7수 중 "일찍이 사씨 집 마당에 버들솜
    날려, 이때부터 풍류로 유명해졌지也曾飛絮謝家庭, 從此風流別有名." 여기에서 사씨는
    사도온謝道韞을 말한다. 제3척 참고. 제2구 : 장비張泌, 「봄날 저녁에 읊다春夕言懷」중
    "그윽한 창에 그리움의 꿈이 얽혀, 서쪽 정원의 나비가 되려도 이룰 수 없네幽窓謾結
    相思夢, 欲化西園蝶未成." 제3구 : 조하趙嘏, 「멀리 부치다寄遠」중의 "끝없는 봄시름 묻
    지 마시게, 지는 꽃 물에 흐르고 동방은 깊으니無限春愁莫相問, 落花流水洞房深." 제4구
    : 장호張祜, 「양주 법운사의 노송나무 두 그루揚州法雲寺雙檜」중의 "백 년이 상수上壽
    라 하더라도 녹음을 끝내 빌어 잠시 걷노라縱使百年爲上壽, 綠陰終借暫時行."

66 모란정(牡丹亭)

제8척 태수의 권농勸農

외外 : 두보

정淨 : 하인, 농부

첩貼 : 문지기

축丑 : 현리縣吏, 포졸 갑, 여인 정

생生 : 노인 갑

말末 : 노인 을

노단老旦 : 포졸 을, 여인 을, 여인 병

단旦 : 여인 갑

(외 두보가 정이 분장한 하인, 첩이 분장한 문지기와 함께 등장한다)

두보 :

【야유조夜遊朝】

어디로 오마五馬 끄는 수레를 몰아 권농하러 갈거나?

온갖 꽃 만발한 계절에 빈풍豳風 노래를 모으네.[1]

대나무 집에서 비둘기 우는 소리 들리고,

태수의 수레에는 사슴이 모여드네.[2]

감당甘棠 나무 아래서 잠시 쉬어 가야지.[3]

〔고조소古調笑〕

시절이라 시절이 춘삼월이 지났다네.

맑다가 어느 새 단비 내리고 구름 짙으니,

태수는 봄이 깊어 권농하노라.

---

1 빈풍은 『시경』 「국풍」의 한 부분으로, 농사에 관한 내용으로 유명하다. 따라서 빈풍 노래를 모은다는 것은 농사와 관련된 노래를 채록한다는 뜻으로 권농의 의미를 담고 있다.

2 동한 시대에 회양淮陽 태수 정홍鄭弘이 권농을 나갔는데 흰 사슴 한 마리가 그의 수레를 따라왔다. 이를 본 어떤 사람이 이는 정홍이 재상이 될 징조라고 말해주었다. 『후한서後漢書』 「정홍전」 참고.

3 선정을 베푼 주나라 소공이 감당 나무 아래에서 쉬었다고 한다. 제5척 참고.

농사가, 농사가 중요하니,

부역賦役과 송사訟事는 잠시 미루리라.

　　우리 남안부南安府는 강서江西와 광동廣東 사이에 있어 농사가 일찍 시작되지요. 내가 태수가 되어 관청에만 앉아 있으면 저 먼 곳 외진 마을에 농지를 버리고 유랑하는 사람이 있는지 없는지를 알 도리가 있겠습니까? 어제 현縣에 본관이 직접 권농할 테니 꽃과 술을 사서 기다리고 있으라고 명해 두었습니다. 벌써 준비가 다 됐겠지요.

　　(축이 분장한 현리가 등장한다)

현리 :

영사令史 없이 직접 명을 받들고,[4]

농민들 데리고 일을 한다네.

　　나으리, 권농을 위한 꽃과 술이 모두 준비되었습니다요

두보 : 그럼 출발하도록 해라. 마을에 당도할 때 많은 사람들이 떠들썩하지 못하게 해라.

　　(모두 대답하고 길을 트며 출발한다)

두보 : 정말이지,

양기陽氣 생겨나니 권농을 행하는 것이지,[5]

시절을 한가로이 즐기는 것이 아니라네.

　　(퇴장한다. 생과 말이 각각 노인으로 분장하여 등장한다)

노인 갑, 을 :

【전강】

백발이 될 때까지 나랏일 별로 없었고,[6]

아이들 웃으며 재잘대는 소리를 듣네.

4　영사는 송원 이래 관부 서리胥吏의 통칭이나, 여기에서는 현리와 수령 즉 태수 사이 직급의 하급관리를 뜻한다. 현리가 영사 없이 직접 태수의 명을 받든다는 말은 자신의 지위와 업무를 과시하는 표현이다.

5　예로부터 봄은 음기가 끝나고 양기가 생겨나는 계절로 생각되었다.

6　태평한 시절이 이어졌다는 의미이다.

태수님께서 순시하시며 봄바람 가득 몰고 오신다네.

권농하시며 가르침을 펼치시겠지.

저희는 남안부 청락향淸樂鄉의 늙은이들이올시다. 우리 두 태수 나으리께서 저희 부府를 다스리신 지 삼 년이 되었는데, 자애롭고 올바르시니 온갖 폐단이 사라지고 풍속이 맑아졌습니다. 각 마을의 향약鄉約과 보갑保甲, 의창義倉과 사학社學이 모두 잘 돌아가고 있으 니,[7] 정말로 복 받은 고장이라 하겠습니다. 오늘은 친히 각 마을을 돌며 권농하신다 하니 관정官亭[8]에 나가서 기다려야겠습니다. 저기 아전들이 꽃과 술을 가지고 오는군요.

(축과 노단이 분장한 포졸 두 명이 술과 꽃을 들고 등장한다)

포졸 갑, 을:

[보현가普賢歌]

우리는 타고난 포졸이라 어떤 도적도 잡을 수 있지.

관아에서 슬며시 사라져 술동이 지고 앞 언덕으로 간다네.

(넘어진다)

하마터면 술동이를 깨뜨릴 뻔 했네.

넘어져서 꽃이 망가졌으니 내 탓은 마시게.

노인 갑, 을: 아전님네들 어서 오시구려.

포졸 갑, 을: 술동이에서 술이 샙니다. 술이 줄어드니 노인장께서 좀 막 아주시구려.

노인 갑, 을: 그럽시다. 한 쪽으로 기울여 마을 주막으로 가져가서 마십 시다.

(포졸들이 퇴장한다)

---

7   향약은 향촌민이 준수할 규약이고, 보갑은 당시 지방의 기층조직이며, 의창은 구제 목적의 곡식 창고이고, 사학은 향촌에서 설립한 학교이다. 이들이 잘 돌아가고 있다 는 것은 마을이 전체적으로 잘 운영되고 있다는 것을 뜻한다.

8   옛날 관리들이 순시할 때 묵는 곳이었다.

노인 갑, 을 : 지보地保[9]는 의자를 잘 정돈하시오. 나으리께서 도착하셨

으니. (퇴장하는 척하며 비켜선다)[10]

(외 두보가 무리를 이끌고 등장한다)

두보 :

【배가排歌】

붉은 살구꽃이 진하게 피었고,

창포菖蒲에는 싹이 조금 자랐구나.

봄볕 따스해지니 밭고랑에는 풀과 꽃이 만발하네.

대울타리 두른 초가에 주막 깃발이 나부끼고,

비 지나간 뒤 밥 짓는 연기 한 줄기 비스듬히 올라가네.

(노인들이 두보를 맞이한다)

모두 :

사다새[11]와 뻐꾸기가 우는구나.

보아하니 며칠이나 동헌東軒 열지 않았던가.

의장대도 필요 없으니,

시끄럽게 굴지 말라.

숲 밖 들판 사람들 놀랄까 걱정된다네.

하인 : (아뢴다) 나으리, 관정에 도착했습니다요.

(노인들이 두보에게 인사한다)

두보 : 노인장들, 여기가 어느 고을이지요?

노인들 : 남안에서 제일가는 청락향입니다.

---

9   지보는 향촌의 행정단위인 보保나 갑甲의 우두머리를 말한다. 보갑제는 송나라부터
     시작되어 청나라 때에 완비되었다. 청나라 때를 기준으로 하면 100가구가 1갑을 이루
     고 10갑이 1보를 이루는 것이 이상적이었다.

10   원문은 '허하虛下'이다. 실제로는 퇴장하지 않고 무대 한켠으로 물러서 있는 것을 말
     한다.

11   펠리컨이다. 부리 부분의 모습이 술병을 들고 있는 모습과 비슷하다고 하여 '제호提
     壺' 또는 '제호로提壺蘆'라고도 부른다.

두보 : 어디 한 번 봅시다. (멀리 바라본다) 아름다운 고장이로다. 정말 맑
고도 즐거운 곳이로고.

〔장상사長相思〕

산도 맑고, 물도 맑고,

사람들은 아름다운 길로 다니고,

봄 구름은 여기저기 피어오르네.

노인 갑, 을 :

목민관 맑고, 아전들 맑고,

마을 사람들 관청에 갈 일 없이 농요를 부릅니다.

두보 : 노인장, 내가 봄나들이를 나온 뜻을 아시오?

【팔성감주八聲甘州】

들판의 보리가 바람에 흔들리니,

비취 물결은 찰랑찰랑,

초록빛 밭둑이 그림 같구나.

우유 같은 비 내려,[12]

논두렁엔 봄빛이 완연하구나.

강남이라 흙은 성글고 논밭 아름답게 펼쳐져 있어서,

사람들이 버려두고 힘 보태지 않을까 걱정이라네.

더 걱정스러운 것은 저 느닷없는 관가의 일이,

그대들 삶을 망치는 것이라네.

노인들 : 이전에는 낮에는 관리가 출장 나오고, 밤에는 도둑이 쳐들어왔
지만, 나으리께서 오신 뒤로는,

【전강】

마을마다 세월이 좋아지고 있습니다.

---

12 '우유 같은 비'의 원문은 '수우酥雨'로, 원래 농축시킨 우유를 뜻하지만 술의 다른 명칭
으로 쓰이기도 한다. 여기에서는 깨끗하고 매끄러운 것을 비유하는 표현으로 쓰였다.

늙은이들은 머리에 향로를 이고서 나으리를 맞이하고,[13]

아이들은 죽마 타고 노래를 부른답니다.

봄볕처럼 비추시며,

백성들 집집마다 돌아보십니다.

달 밝은 밤에 개는 노란 꽃 보고서 짖지 않고,[14]

비 개인 뒤에 사람들은 푸른 들판을 쟁기질합니다.

정말이지 마을마다 농사가 순조롭습니다.

    (무대 뒤에서 '진흙길 미끄러워(泥滑喇)'로 시작되는 노래를 부른다)

두보 : 앞마을의 노래 소리가 좋도다.

    (정이 분장한 농부가 등장한다)

농부 :

【효백가孝白歌】

진흙길 미끄러워 걷기도 힘들지만,

보습과 쟁기를 질퍽이며 민다네.

밤비 내린 다음 날에 씨앗을 뿌리고,

날이 밝으면 나가서 거름을 주니,

거름 냄새가 바람 타고 퍼져 나가네.

두보 : 노래를 잘 하는구나. "밤비 내린 다음 날에 씨앗을 뿌리고, 날이 밝으면 나가서 거름을 주니, 거름 냄새가 바람 타고 퍼져 나가네"라고 했는데, 저 거름 냄새가 고약하다는 말이로다. 노인장들, 저 농부는 이 거름이 향기롭다는 것을 모르는 모양이오. 시에도 이런 구절이 있지 않은가.

향 사르며 갖은 음식 차려 임금님께 바쳐도,

산해진미도 배부르면 귀찮을 뿐.

---

13   당시에는 수령을 맞이할 때 향을 피운 향로를 머리에 이고 무릎으로 기어나가 영접함으로써 존경과 복종의 뜻을 표시하였다.

14   개가 달밤에 짖지 않는다는 것은 그만큼 태평하다는 뜻이다.

배고플 때 밥 냄새 맡으면,

용연향龍涎香[15]도 거름만큼 향기롭지 않으리.

　　농부에게 꽃을 꽂아 주고 술을 주어라.

농부 : (꽃을 꽂고 술을 받으며 웃는다) 훌륭하신 나으리, 좋은 술이로세.

모두 :

관가에서 내려주신 술에 흠뻑 취하고,

바람 맞으면서 웃으며 꽃을 꽂았으니,

농부는 기쁘기 한이 없다네.

　　(농부가 퇴장한다)

문지기 : (아뢴다) 어떤 녀석이 노래를 부르면서 오는뎁쇼.

　　(축이 분장한 목동이 피리를 들고 등장한다)

목동 :

【전강】

봄날 채찍 휘두르며 소 등에 걸터앉아 피리 부니,

석양 속에 까마귀 한 마리 스쳐 날아가네.

　　(피리로 문지기를 가리키며)

저 사람은 나처럼 자그마하고,

나처럼 머리를 두 갈래로 쪽을 졌는데도,

커다란 말을 탈 수 있다니.

두보 : 노래 한 번 잘 부르는구나. 어찌 문지기더러 "나처럼 자그마하고, 나처럼 머리를 두 갈래로 쪽을 졌는데도 커다란 말을 탈 수 있다니"라고 했을까. 노인장들, 저 녀석은 소를 타는 것이 더 편한 줄 모르나 보오. 시에도 있지 않소.

늘 세상의 부자들을 선망하여,

말 타는 것이 소 타는 것보다 나은 줄만 알았지.

15　용연향의 '용연'은 용의 침이라는 뜻으로, 향유고래에서 채취하는 송진 비슷한 진귀한 향료의 이름이다.

오늘 아침 말 위에서 산색山色을 바라보니,

소 타는 것이 훨씬 편하구나.

  저 녀석에게 꽃을 꽂아 주고 술을 주어라.

  (목동이 꽃을 꽂고 술을 마신다)

모두 :

관가에서 내려주신 술에 흠뻑 취하고,

바람 맞으면서 웃으며 꽃을 꽂았으니,

목동은 기쁘기 한이 없다네.

  (목동이 퇴장한다)

문지기 : (아뢰며) 저기 여인네 둘이 노래를 부르면서 오는뎁쇼.

  (여인들이 뽕잎을 따며 등장한다)

여인들 :

【전강】

저 뽕나무 그늘 아래 버들광주리 등에 지고,

손에 잡히는 대로 허리 펴서 가지를 꺾는다네.

  아, 웬 나으리께서 여기 계실까?

우리 나부羅敷는 남편이 있었건만,

추호秋胡는 그녀가 아내인 줄 모르고서,

금덩이 들고 말에서 내렸다네.[16]

두보 : 노래 한 번 잘 부르는구나. 저 아낙네들에게 전하시오 나는 노魯

---

16 전국시대 조趙나라 사람 왕인王仁의 처 진나부秦羅敷가 지었다는 악부시 「맥상상陌
上桑」에 다음과 같은 이야기가 실려 있다. 하루는 나부가 뽕잎을 따고 있는데 한 관
원이 오더니 그녀를 희롱하면서 자신을 따라가자고 말하니, 나부는 "당신은 부인이
계시고, 저는 남편이 있습니다"라고 말하면서 거절하였다. 또 한나라 때 유향劉向이
지은 『열녀전列女傳』에는 추호라는 남자가 집을 떠난지 10년 후에 벼슬아치가 되어
귀향하던 도중에 뽕잎을 따는 아낙네를 만나 희롱하면서 금전으로 그를 유혹하였으
나 여자는 거절하였는데, 나중에 알고 보니 그 여자는 바로 자신의 아내여서 망신을
당했다는 이야기가 전해진다. 여기에서는 두 이야기를 뒤섞어 나부를 추호의 처로
설정하고 있다.

나라 사람 추호가 아니고, 진秦나라 태수도 아니며, 본 부府의 수령
으로 권농하러 나왔다고. 이렇게 열심히 뽕잎을 따는 모습을 보니
훌륭하구나. 시에도 이런 구절이 있지.

보통 복숭아, 오얏 심어 풍악을 즐기지만,

이 곳 뽕밭은 넓고도 넓구나.

세상의 쓸데없는 초목들과는 달라서,

가지마다 잎마다 비단이 된다네.

　저 여인들에게 꽃을 꽂아주고 술을 내려주어라.

　　(두 여자가 뒤돌아서서 꽃을 꽂고 술을 마신다)

모두 :

관가에서 내려주신 술에 흠뻑 취하고,

바람 맞으면서 웃으며 꽃을 꽂았으니,

뽕 따는 여자들은 기쁘기 한이 없다네.

　　(여자들이 퇴장한다)

문지기 : (아뢰며) 저기 또 아낙네 둘이 오는뎁쇼.

　　(여인들이 광주리를 들고 찻잎을 따며 등장한다)

여인들 :

【전강】

곡우穀雨 절기에 새 찻잎을 딴다네,[17]

어린 새싹이라 금쪽같은 좋은 차라네.

　아, 웬 나으리께서 무슨 일로 여기에 오셨을까?

도 학사陶學士는 눈雪으로 차를 끓였고,[18]

17 　곡우는 양력 4월 20일 또는 21일에 있는 절기로, 곡우 전에 따는 새로 난 차잎을 '우
　　전차雨前茶'라고 한다.
18 　도 학사는 송나라 때 학사였던 도곡陶穀을 말한다. 도곡이 당 태위薰太尉의 가희家姬를
　　얻은 후, 어느 날 눈으로 차를 끓이면서 "당 태위 댁에도 이러한 낙이 있는지 모르겠구
　　나?"라고 하니 가희가 "그분이 어찌 이 같은 즐거움을 아시리이까. 다만 황금 천막
　　아래에서 양고기에 좋은 술 들 줄만 아실 따름입니다"라고 대답했다. 『사문유취事文類

양선陽羨 땅의 선비도 애타게 차를 찾더니,[19]

대나무로 불을 피워 새 찻주전자에 끓였다네.

두보 : 노래 한 번 잘 부르는구나. 저 아낙네들에게 전하시오. 나는 우정郵亭의 도 학사도 아니고 양선 땅의 선비도 아니며, 본 부의 수령으로 권농하러 나왔다고.[20] 아낙네들이 뽕잎과 찻잎을 따는 것을 보니 꽃을 따는 것보다도 아름답구나. 시에도 이런 구절이 있지.

하늘에 차성茶星이 사라지더니,

땅에서 백초정百草精이 피는구나.[21]

한가한 여자들 풀싸움 놀이 하지만,[22]

그 모습 투차鬪茶만큼 청아하지는 못하다네.[23]

술을 내리고 꽃을 꽂아 보내라.

(두 여자가 꽃을 꽂고 술을 마신다)

모두 :

관가에서 내려주신 술에 흠뻑 취하고,

바람 맞으면서 웃으며 꽃을 꽂았으니,

찻잎 따는 여자들은 기쁘기 한이 없다네.

(여자들이 퇴장한다)

노인들 : (무릎을 꿇고 앉아서) 아뢰옵니다. 여러 부로父老들이 주안상을 차

聚』에 나오는 이야기이다.

19 양선은 지금의 강소성江蘇省 의흥宜興으로 유명한 차 산지이다.

20 『옥호청화玉壺淸話』에는 도 학사가 남당南唐에 사신으로 갔다가 우정에서 기녀 진약란秦弱蘭을 만나 사랑에 빠졌다는 이야기가 있다. 또『고씨문방소설顧氏文房小說』「속제해기續齊諧記」에는 양선의 선비 허언許彦이 길을 가다가 다리가 아픈 사람을 만나서 도와 데려갔는데, 도중에 쉴 때 그 사람의 입에서 미녀들이 나와 함께 술을 마셨다는 이야기가 있다. 여기에서 두 태수는 자신이 도학사나 양선 선비처럼 여자를 찾으러 나온 것이 아니라는 뜻을 말하고 있다.

21 백초정은 차를 말한다.

22 풀싸움 놀이는 젊은 아낙네들이 여러 가지 풀을 뜯어다가 서로 비교하여 더 많은 사람이 이기는 놀이이다.

23 투차는 차를 우려내는 수준을 겨루는 놀이이다.

리고 기다리고 있습니다.

두보: 그럴 필요 없소이다. 남은 꽃과 술을 부로들이 가져가서 마을마다 나누어 주면서 관부官府의 권농의 뜻을 알리도록 하라. 시종들에게 출발하라고 일러라.

노인들: (막아서며 못 가게 하다가 일어서서 소리친다) 꽃과 술을 하사받은 사람들은 어서 와서 나으리를 배웅하시오.

　(모두 꽃을 꽂고 등장한다)

모두:

【청강인淸江引】

나으리의 봄날 나들이 운치도 멋있어라,

오화마五花馬를 타셨네.

시골 주막에 빛이 나고,

꽃과 술 속에 가르침을 담으셨네.

　마을 사람들아,

지나가신 길가에 송덕비를 세워야겠네.

　(퇴장한다)

　　두보　　　　여염집들 이어져 산꼭대기에 이르고,

　　　　　　　봄풀 드넓은 들판에 푸르고 푸르도다.

　　　　　　　날 저물어 다섯 필 말이 끄는 수레 멈추니,

　　　　　　　대숲 가에 복사꽃이 붉구나.[24]

24　제1구: 두보杜甫, 「기주가십절구夔州歌十絶句」의 제4수 중 "적갑 백염 두 산은 하늘을 찌르고, 집들은 늘어서 산꼭대기까지 닿아있구나赤甲白鹽俱刺天, 閭閻繚繞接山顚." 제2구: 장계張繼, 「창문 즉흥閶門卽事」 중 "밭 가는 사내들 소집하여 누선을 쫓아가니, 봄날 풀이 드넓은 들판에 푸르도다耕夫召募逐樓船, 春草靑靑萬頃田." 제3구: 양사악羊士諤, 「들판에서 바라보며野望二首」의 제1수 중 "날 저물어 말 다섯 필이 끄는 수레 멈추지 않을 수 없고, 원앙새는 푸르른 강물 위로 날아가버렸네日暮不辭停五馬, 鴛鴦飛去綠江空." 제4구: 설능薛能, 「송씨임정宋氏林亭」 중 "비 온 뒤 땅 젖고 향부자 푸르르며, 대숲 가에 복사꽃이 붉어졌다네地濕莎靑雨後天, 桃花紅近竹林邊."

제9척 화원 청소 肅苑

첩貼 : 춘향

말末 : 진최량

축丑 : 화랑花郎

(첩 춘향이 등장한다)

춘향 :

【일강풍一江風】

춘향이는 노비처럼,

예쁜 집에서 귀하신 아씨를 모신답니다.

아씨 시중들며 분과 연지 발라 드리고,

머리 장식이며 꽃을 꽂아 드리고,

늘 화장대 곁에 서 있답니다.

아씨를 도와 이부자리 정돈하고,

아씨를 도와 밤에 향을 피운답니다.

　가냘픈 몸으로는,

마님의 매를 맞는답니다!

꽃다운 얼굴의 열 서너살 계집애가,[1]

봄을 맞아 아리땁고, 철도 들었어요.

마음에 드는 님을 꼭 기다려,

곳곳마다 따라다니며 걸음걸음 쳐다봐야지.

　저 춘향이는 밤낮으로 아씨를 따라 다닌답니다. 아씨는 이름으로
는 이 나라의 미인이요, 실제로는 가문의 명성을 지키고 있습니다.
아리따운 얼굴에 수줍어하는 모습이시고, 어른스럽게 자중하시지요.
나으리께서 선생님을 모셔 가르치는데, 『모시』 제일장의 "요조숙녀
는 군자호구로다"[2]라는 구절을 읽다가 근심스러운 모습으로 책을

1　옛날 여자들은 얼굴에 꽃잎을 붙여 장식했다.

덮고 탄식하시기를, "성인의 마음이 여기에서 다 드러났구나. 고금이 같은 마음이라고 하더니, 어찌 그렇지 않을까?"라고 하셨어요. 저는 그 말씀을 듣고, "아씨, 책 읽기가 지루하면 어떻게 푸시나요?"라고 말씀드렸더니, 아씨는 잠시 생각하시더니 망설이다 일어나셨지요. 그러면서, "춘향아, 네가 나를 어떻게 달래 줄래?"라고 물으시길래, 저는 "아씨, 별다른 것은 없고 그냥 후원을 거닐어 보세요"라고 대답했지요. 그러니까 아씨가 "망할 것, 나으리께서 아시면 어떻게 하려고?"라고 말씀하시길래, 저는 "나으리께서는 시골에 가셨으니 며칠 걸릴 거예요"라고 대답했습니다. 아씨는 고개를 숙이고 말없이 한참 계시다가 달력을 가져다 보시면서 "내일은 안 좋고 모레도 안 좋구나. 글피가 나들이하기에 길일이니 미리 화랑花郞[3]을 불러다가 꽃길을 치워놓으라고 해"라고 하셨지요. 저는 곧바로 알겠다고 했지만, 마님이 아실까 두려워요. 그래도 아씨가 시킨 일이니까 지금 화랑에게 시켜야겠어요. 어? 저기 회랑回廊 저쪽에서 진陳 사부님이 오시네. 정말이지,

봄빛 곳곳마다 모두 즐길 만한데,

멍청이 노인은 말해 주어도 모른다네

라는 격이군요.

(말 진최량이 등장한다)

진최량 :

【전강】

낡은 서재에서 잠시 부풍扶風의 장막을 빌었다네.[4]

---

2 『시경』의 가장 처음에 실린 '관저關雎'편의 첫 구절이다. 제7척 참고.

3 여기에서는 정원을 관리하는 사람을 말한다.

4 부풍은 지금의 섬서성陝西省 흥평현興平縣 근처의 지명으로, 동한 때 경학가였던 마융馬融의 고향이다. 그는 장막 뒤에 앉아서 제자들을 가르쳤다고 전하는데, 여기서 부풍 사람의 장막을 빌었다는 표현으로 진최량 자신이 마융과 같은 선생의 처지라는 것을 과시한다.

햇볕은 따스하고 주렴珠簾 펄럭이네.

　아,

저 회랑에 여자애가 서서 말을 하는 듯 마는 듯하니,

가까이 가서 누군지 보아야겠네.

　춘향이로구나,

나으리께서 방에 계시느냐,

부인께서 방에 계시느냐?

　여자 서생[5]은 어찌하여,

책을 들고 오지 않느냐?

춘향 : 진 사부님이셨군요 아씨께서는 며칠 동안 책 읽을 틈이 없었어요

진최량 : 왜?

춘향 : 들어보셔요,

【전강】

지금이 어느 때인가요,

똑똑히 아셔야 해요,

중요한 일이 생겼다는 것을요.

진최량 : 무슨 일이 생겼다는 말이냐?

춘향 : 아직 모르셨어요? 나으리께서 사부님께 역정을 내셨는데.

진최량 : 무슨 일로?

춘향 : 『모시』를 가르쳐 주셨는데, 정말 자알 가르치셨다구요 아씨가요,
시를 읽다가 마음이 동했다구요.

진최량 : "관관저구"만 가르쳤는데?

춘향 : 그것 때문에 아씨가 말했어요 "꽥꽥 우는 물수리도 물가 섬에서
즐거이 노는데, 사람이 되어 새만도 못할 수 있을까!"라고요.[6]

책은 고개 파묻고 보아야 하지만,

5　두여낭을 가리킨다.

6　'관저' 편을 비틀어서 우스개로 표현하고 있다.

저 경치를 고개 들고 바라보았어요.

　아까 저더러 내일이나 모레 후원에 나들이 가겠다고 말씀하셨다
니까요.

진최량: 왜 나들이를 가지?

춘향:

아씨가 까닭없이 봄 병이 났어요.

봄이 바삐 가니까,

후원에서 봄시름을 띄워 보내려고 하세요.

진최량: 그건 더욱 안 되지.

【전강】

여자들로 말하자면,

나들이할 때는 사람들이 쳐다보니,

나설 때에는 꼭 가리개를 써야 하지.

　춘향아, 네 사부는 흘러 흘러 예순이 되도록 봄 병에 걸렸다는 이
야기는 들어보지도 못했고, 화원에 나들이 가본 적도 없다.

춘향: 왜요?

진최량: 너는 모른다. 맹자님께서는 잘 말씀하셨지. 성인들의 천 마디
만 마디 말씀은 다만 사람들에게 흩어진 마음을 거두어들이라는 것
이니라.

평상심만 지니고 있다면 왜 봄 병이 나겠는가?

무슨 봄나들이를 나가겠는가?

　봄이 가도록 놓아 둘 일이지,

어찌하여 마음을 놓아버리느냐?

　아씨가 글을 읽지 않는다니, 나는 며칠 돌아가 있어야겠다. 춘향아,
자주 공부방에 가서 자주 살펴 드리거라,

제비가 날아들어 책에 진흙이 묻을까 걱정이구나.

　나는 간다.

규방의 아씨는 한가로이 풀싸움 놀이 하고,

늙은이는 휘장 드리우고 마당 내다보지 않네.

　　(진최량이 퇴장한다)

춘향: (마무리한다)[7] 신난다, 진 사부님이 가버리셨어. 화랑이 있는지 불

러 보자. (큰 소리로 부른다) 화랑!

　　(축 화랑이 취한 모습으로 등장한다)

화랑:

【보현가普賢歌】

평생 꽃밭에서 시중들면서,

꽃을 훔쳐 거리에서 꽃장수 흉내내지.

영사令史들은 나를 붙잡아가고,

지후祗侯[8]들도 나를 데려가려 하네.

　지독한 술을,

내 여린 창자에 들이붓는다네.

　　(춘향에게 인사를 하며) 춘향이 여기 있었구나.

춘향: 맞아도 싸지! 몰래 나가서 술이나 퍼 마시고, 며칠 동안 야채도

안 가져왔지.

화랑: 야채꾼이 있잖아!

춘향: 물도 안 길어 오고.

화랑: 물지게꾼이 있잖아!

춘향: 꽃도 안 가져오고.

화랑: 아침마다 마님께 한 다발, 아씨께 한 다발 갖다드렸어.

춘향: 한 다발 더 있잖아.

7　원문은 '조장弔場'이다. 조장이란 한 척의 말미에 다른 배우들은 퇴장한 뒤 한두 명
　이 무대에 남아 퇴장시를 읊거나 또는 한 척의 중간 장면이 바뀔 때 배우가 대사로
　다른 장면으로 바뀜을 알려 주는 연기를 말한다.
8　지후는 관부의 아역衙役을 가리킨다.

화랑: 그건 맞아도 싸네.

춘향: 너 이름이 뭐야?

화랑: 화랑이지!

춘향: 그럼 화랑을 뜻으로 해서 노래를 한 곡 불러 봐. 잘 부르면 안 때릴 테니.

화랑: 좋지.

【이화아梨花兒】

화랑은 꽃 물결을 많이도 보았지만,[9]

춘향이 꽃이 일렁여서 내 마음에 스며드는구나.

너와 함께 이 쨍한 햇볕에 몰래 즐거움을 나눌 텐데,

앗, 아리따운 꽃가지들이 말라 쪼그라들면 어쩌지?

춘향: 내 답가를 들어 봐.

【전강】

화랑은 기운을 꽃 물결에 다 써버렸네,

요 작은 녀석을 이 큰 사마귀님이 꽉 집어줄테다.[10]

화랑: 아이고야.

춘향:

나으리께서 돌아오시면 말씀드려야겠네,

　(화랑의 머리채를 잡고) 에잇,

몽둥이 몇 대면 네 놈을 절단내버릴 수 있을 거야.

화랑: (넘어지며) 그만 하시구려. 누님, 무슨 일로 후원에 행차하셨소?

춘향: 아씨께서 글피 쯤에 화원을 구경하신다니 꽃길을 잘 쓸어 놓아라.

화랑: 알았소.

9　여기에서 꽃이나 꽃밭은 여자를 비유한다.

10　기력이 왕성한 자신이 화랑을 상대해주겠다는 적극적인 구애 표시이다. '작은 녀석'은 화랑의 성기를 '큰 사마귀'는 춘향의 성기를 각각 비유한다.

동쪽 교외의 꽃들이 향기를 펴뜨리는데,

기뻐라, 고향에서 여성女星[11]을 맞이하네.

아이들은 분냄새 가까이 못하게 해야 할지니,

서로 속삭이는 말 너무도 간절할 것이기 때문이네.[12]

---

11 양주揚州를 관장한다는 별자리이다. 양주는 당나라 때부터 유흥가가 번성한 곳으로 유명했다.

12 제1구 : 최일용崔日用, 「성제 '춘일행망춘궁'에 받들어 화답하여 짓다奉和聖制春日幸望春宮應制」 중 "동교의 풍경 보니 바야흐로 향기가 짙은데, 흰 산수의 초록빛 모래섬에서는 오리 갈매기 노니네東郊風物正薰馨, 素滻鳧鷖戱綠汀." 제2구 : 진도陳陶, 「복건로 나 중승께 드림投贈福建路羅中丞」 중 "건수에서 보검 살폈다는 이야기 못 들었거늘, 기쁘다네 고향에서 여성 맞이하니未聞建水窺龍劍, 應喜家山接女星." 제3구 : 위응물, 「저성에 가려 할 제 대나무 그리며將往滁城戀新竹」 중 "아이들 옥가루 만지지 못하게 할지니, 두었다가 은자 돌아오는 날 보려 하게 함이네莫遣兒童觸瓊粉, 留待幽人回日看." 제4구 : 두보 「절구만흥絶句漫興」의 제1수 중 "꽃은 순식간에 만개하고, 꾀꼬리는 정답게 지저귀네卽遣花開深造次, 便覺鶯語太丁寧."

제10척 꿈속의 사랑驚夢

단旦 : 두여낭

첩貼 : 춘향

생生 : 유몽매

말末 : 화신

노단老旦 : 견씨

(단 두여낭이 등장한다)

두여낭 :

【요지유遶地遊】

꾀꼬리 소리에 꿈을 깨니,

봄빛 어지러이 널렸고,

사람은 작고 깊은 정원에 섰네.

춘향 :[1]

침향沈香을 다 태우고,

자수 실을 내던지니,

어찌 올봄의 제 마음이 작년과 같을까요.

두여낭 :

〔오야제烏夜啼〕

새벽 멀리 매관梅關[2]을 바라보니 매무새 흐트러졌네.

춘향 :

의춘계宜春髻[3] 비뚤어진 채 난간에 기댔어요.

---

1 첩貼이 분장한다. 원문에 춘향의 등장 표시가 없어서 보충하였다.

2 광동廣東성과 강서江西성의 경계인 대유령大庾嶺에 있는 관문이다. 송나라 때 관문
   을 설치하여 두 성을 잇는 교통의 요지가 되었다. 부근에 매화나무가 많아 매관이라
   고 부른다. 남안부는 매관의 북쪽에 있는데, 광동에 살던 유몽매는 과거 보러 서울
   로 가면서 매관을 넘어 남안부로 간다.

3 봄날, 특히 입춘에 꾸미는 머리 모양이다. 비단을 제비 모양으로 오려서 그 위에 '의
   춘宜春'이라는 글자를 붙여 머리에 꽂는다.

두여낭 :

잘라도 끊어지지 않고 가다듬어도 다시 헝클어지는,

시름은 끝이 없구나.[4]

춘향 :

꽃 재촉하는 꾀꼬리 제비에게 봄빛을 빌려 달라고 했어요.

두여낭 : 춘향아, 꽃길을 쓸도록 시켰니?

춘향 : 시켰어요

두여낭 : 경대와 옷을 가져 와.

(춘향이 경대와 옷을 가지고 등장한다)

춘향 :

구름 같은 머리 빗고 다시 거울 보며,

비단옷 갈아입으려 할 때 다시 향기 더해지네.[5]

　　　경대와 옷, 여기 있어요.

두여낭 :

[보보교步步嬌]

가느다란 아지랑이가 한적한 정원으로 날아오니,[6]

하늘하늘 봄은 마치 실과도 같구나.

우두커니 서 있다가 화전花鈿[7]을 매만지는데,

능화菱花 무늬 거울[8]이 몰래 나의 옆 얼굴을 비추니,

4　남당南唐 이욱李煜의 사詞 (상견환相見歡) 중의 "잘라도 끊어지지 않고 가다듬어도 다시 헝클어지니 이별의 시름, 다른 재미 하나가 마음에 있구나剪不斷, 理還亂, 是離愁, 別是一番滋味在心頭"를 빌려온 표현이다.

5　당 설봉薛逢의 시 「궁사宮詞」에 "구름 머리 빗고 다시 거울 보며, 비단옷 갈아입으려 할 때 또 향기 더해지네雲髻罷梳還對鏡, 羅衣欲換更添香"라는 구절을 빌려온 표현이다.

6　아지랑이의 원문은 '청사晴絲'이다. 청사는 봄날 벌레들이 토해 내는 거미줄 같은 것으로 공중에 날린다. 여기서는 '아지랑이'로 번역하였다. 아래에 나오는 '비사飛絲', '연사煙絲'도 같다.

7　금, 비취, 옥 등으로 만든 꽃 모양의 머리장식이다.

8　능화는 마름모꼴의 꽃 모양을 말한다. 옛날 구리거울의 뒷면에는 능화 무늬를 조각하였다.

깜짝 놀란 나는 부끄러워 채색 구름 같은 머리를 잘못 말아올렸네.

(걸어간다)

규방을 나설 때 어찌 온몸을 드러낼까?

춘향: 오늘 옷차림이 좋아요.

두여낭:

【취부귀醉扶歸】

파르라니 아름다운 치마 저고리는 붉으며,

반짝반짝 꽃비녀는 팔보로 꾸몄다고 너는 말하니,

나는 언제나 멋내기 좋아하는 줄 알겠지?[9]

마침 봄날 아름다운 곳에 보는 사람 없으니,

물고기도 가라앉고 기러기도 내려앉으며,[10]

새들 놀라 지저귀게 하여도 좋겠지만,

꽃도 수줍어하고 달도 숨고 꽃잎도 시름에 떨까 몰라.

춘향: 아침 드실 때예요. 가세요. (걸어간다) 이것 좀 보세요.

그림 그린 주랑朱廊의 금가루는 반이나 떨어졌고,

연못가 누각에 이끼가 푸르러요.

풀을 밟으니 새 버선 버릴까 두렵고,

꽃이 아까워 방울을 하도 울려 아프게 하네요.[11]

---

9 이 구절의 원문은 "可知我常一生兒愛好是天然"이다. 이 구절은 "내 평생 좋아하는 것은 자연스러움인줄 아는구나"라고도 풀이한다. '愛好'를 '愛美'로 풀이하면 '멋내기 좋아하다', '아름다움을 좋아하다'는 뜻이 된다.

10 미인을 보면 물고기 새도 그 미모를 따라가지 못하여 부끄러워 숨는다는 말이다. 아래에서 새가 놀라고 꽃도 수줍어하고 달도 숨고 꽃잎 시름에 떨게 되는 것도 마찬가지의 뜻이다.

11 『개원천보유사開元天寶遺事』에 "천보 연간 초에 영왕은 (…중략…) 후원에 붉은 실을 꼬아 노를 만들고 금방울을 빽빽하게 달아 꽃가지에 묶어 두었다. 새들이 날아와 모이면 정원지기에게 방울을 당겨 새들을 쫓으라고 하였다. 꽃을 아까워하였기 때문이다天寶初, 寧王 (…중략…) 於後園中紉紅絲爲繩, 密綴金鈴, 繫於花梢之上. 每有鳥鵲翔集, 則令園吏掣鈴以驚之. 蓋惜花之故也"라는 구절이 보인다. 방울이 아프도록 울려댈 만큼 꽃이 예쁘다는 뜻이다.

두여낭 : 정원에 오지 않았다면 봄빛이 이런 줄 어찌 알았겠어?

【조라포皂羅袍】

울긋불긋 온갖 꽃들이 만발하지만,

이렇게 곁에는 모두 끊어진 우물방틀과 무너진 담장 뿐이라니.

좋은 날 아름다운 경치를 어이 견디랴,

즐거운 마음 기쁜 일은 뉘 집의 뜰에 있나?[12]

　이런 경치를 아버지와 어머니는 말씀하신 적이 없어.

두여낭, 춘향 :

아침에 구름 일었는데 저녁에 주렴 걷으니,[13]

붉은 노을이 푸른 누각에 비끼고,

보슬비는 바람에 흩날리며,

안개 낀 물결 위에는 놀이배가 떠 있구나.

비단병풍 속의 사람은 이 봄빛을 모른 체 하다니.[14]

춘향 : 온갖 꽃이 모두 피었는데 저 모란은 아직 안 피었어요.

두여낭 :

【호저저好姐姐】

푸른 산에는 온통 울어 붉은 두견이며,[15]

도미茶蘼 꽃[16] 너머 아지랑이는 취한 듯 하늘하늘하네.

　춘향아,

12　남조南朝 송宋 사령운謝靈運의 시 「의위태자업중집시서擬魏太子鄴中集詩序」 중에 "세
　　상에서 좋은 날, 아름다운 경치, 즐거운 마음, 기쁜 일 네 가지는 세상에 아우르기
　　어렵다天下良辰美景賞心樂事, 四者難並"라는 구절이 있다.

13　당나라 왕발王勃의 「등왕각시滕王閣詩」에 "아름다운 누각 위엔 아침에 남포의 구름
　　날고, 붉은 주렴을 저녁에 걸으니 서산에 비 내린다畵棟朝飛南浦雲, 朱簾暮卷西山雨"라
　　는 구절이 있다.

14　비단병풍 속의 사람은 규방 안의 처자를 가리킨다. 여기에서는 화원에 봄구경 나오
　　기 전의 두여낭 자신을 말한다.

15　두견새의 피울음이 맺혀 두견화가 되었다는 전설이 있다.

16　도미꽃은 장미과에 속하는 낙엽관목으로, 꽃은 늦봄에 피며 흰색이고 향이 있다.

모란이 좋기는 하지만,

저 봄이 가도록 어찌 먼저 피겠니?

춘향 : 짝을 지은 제비 꾀꼬리는,

두여낭, 춘향 :

한동안 바라보니,

재잘재잘 제비 소리는 가위질하는 듯 경쾌하고,[17]

꾀꼴꾀꼴 꾀꼬리 울음은 구르는 구슬과도 같구나.

두여낭 : 가자.

춘향 : 이 정원을 정말이지 다 못 보겠어요.

두여낭 : 왜 그런 말을 하니! (걷는다)

【격미隔尾】

다 보지 않았다며 미련을 두지만,

열두 정자 다 보아도 헛일,

흥이 사라졌으니 돌아가 쉬는 것이 낫겠어.

(도착한다)

춘향 :

서각西閣 문을 열고, 동각東閣 침상을 펴고요.[18]

병에는 영산홍을 꽂고, 향로에는 침향을 더한다네.

아씨, 잠시 쉬세요. 저는 마님을 뵈러 가겠어요. (퇴장한다)

두여낭 : (탄식한다)

살그머니 봄놀이 하며,

봄에 어울리는 얼굴을 꾸며 보았네.

봄아, 너와 둘이 떨어지지 않기를, 봄이 가니 어이 보낼까? 휴, 이런 날씨는 정말 노곤해. 춘향이는 어디 있지? (좌우를 돌아본다. 다시 고개

---

17   제비 울음은 가위 소리처럼 쾌활하다는 뜻이다.
18   남북조시대南北朝時代의 악부樂府 「목란시木蘭詩」에 "내 동각 문을 열고, 내 서각 침상에 앉는다開我東閣門, 坐我西閣床"라는 구절이 있다.

를 숙이고 읊조린다) 맙소사. 봄빛에 괴로워진다더니 정말이로구나. 시사詩詞와 악부樂府를 읽을 때마다 옛 여인들은 봄에 정을 느끼고 가을에는 한이 된다 하더니 정말이지 틀리지 않았네. 나는 올해 이미 열여섯인데도 아직 계수나무 꺾은 지아비를 만나지 못했어.[19] 문득 춘정春情이 그리운데 섬궁객蟾宮客[20]을 어이 얻을까? 옛날 한부인韓夫人은 우랑于郞을 만났고[21] 장생張生은 최앵앵崔鶯鶯을 만나[22]『제홍기題紅記』[23]와 『최휘전崔徽傳』[24]이 나왔지. 이들 가인佳人과 재자才子는 먼저 밀약하고 후에 혼인을 이루었어. (길게 탄식한다) 나는 명문가에서 태어나고 자라서 이미 비녀 꽂을 나이가 되었지만 짝을 만나지 못해 청춘을 헛되이 보내고 있어. 세월은 마치 백마白馬가 빠르게 달려 문틈을 지나가는 것만 같구나.[25] (눈물을 흘린다) 안타까워라. 내 얼굴은

---

19 계수나무를 꺾는다는 것은 과거에 급제하였다는 말이다. 『진서晉書』「극선전郤詵傳」에서 극선이 자신의 과거급제를 겸허하게 계수나무 숲의 한 가지와 곤산崑山의 한 조각 옥에 비유한 데서 유래되었다.

20 섬궁은 두꺼비가 산다는 달을 가리킨다. 달에는 계수나무가 있어서 이것을 꺾는 사람 즉 과거급제자를 섬궁객이라고 하였다.

21 송나라 유부劉斧의 『청쇄고의靑瑣高議』에 실린 송 장자경張子京의 전기소설傳奇小說「유홍기流紅記」의 이야기이다. 당나라 희종僖宗 때 선비 우우于祐가 황궁에서 흘러 나온 시가 적힌 단풍잎을 보고 답시를 지어 띄워보냈는데, 훗날 태감의 중매로 혼인하게 된 궁녀 출신 한씨韓氏가 바로 시를 단풍잎에 적어 주고받은 사이였음을 알고 기이하게 생각하였다는 내용이다.

22 장생과 앵앵의 사랑 이야기는 당나라 원진元稹의 「앵앵전鶯鶯傳」에서 나왔다. 후에 금金나라 동해원董解元의 「서상기제궁조西廂記諸宮調」를 거쳐 원元나라 왕실보王實甫의 잡극 「서상기」로 계승되었다.

23 명明 왕기덕王驥德이 우우와 한씨의 이야기를 바탕으로 엮은 전기傳奇 작품이다. 그보다 앞서 원잡극元雜劇에도 백박白樸의 「한취빈어수류홍엽韓翠蘋御水流紅葉」이 있었으나 노랫말 일부만 전해진다.

24 장생과 최앵앵의 이야기가 실린 전기소설은 「앵앵전鶯鶯傳」이다. 최휘는 당나라 때의 유명한 기녀로, 배경중裴敬中과 서로 사랑하다가 헤어진 후 다시 만나지 못하자 화공에게 초상화를 그려 달라고 하여 배경중에게 보낸다. 최앵앵과 최휘는 다른 사람인데 탕현조는 이들을 혼동한 듯하다.

25 원문은 '백구과극白駒過隙' 즉 하얀 준마가 조그만 틈을 지나간다는 뜻으로, 여기에서 '백구'는 태양을 비유한다.

꽃 같은데 운명은 잎새 같을 줄이야! (노래한다)

【산파양山坡羊】

어지러워 춘정을 삭일 수 없고,

문득 님이 그리워 원망스럽구나.

어여쁜 나를 위해,

명문가의 신선 같은 자제를 고르고 고를 거야.

무슨 좋은 인연을 찾겠다고 내 청춘을 내버려둘까.

내가 조는 줄 누가 볼까만,

그저 머뭇머뭇 부끄럽기만.

그윽한 꿈은 어디에 있나?

봄빛과 함께 몰래 흘러가네.

머뭇거리나니,

이 속마음을 어디에 하소연할까?

애를 끊이나니,

이 괴로운 운명을 하늘에 물어 볼 수밖에.

　　몸이 나른하구나. 잠시 서안書案에 기대어 자자. (잠이 든다. 유몽매의 꿈을 꾼다)

　　(생 유몽매가 버들가지를 들고 등장한다)

유몽매 :

꾀꼬리는 따뜻한 날 맞아 노래 소리 부드럽고,

사람은 님을 만나니 입 벌려 웃는다오.

꽃잎 떨어진 길 물 따라 들어가니,

오늘 아침 유신劉晨과 완조阮肇가 천태산天台山에 들어섰네.[26]

26　남조 송나라 유의경劉義慶의 『유명록幽明錄』에 실린 이야기이다. 한漢나라 명제明帝 때 섬현剡縣의 유신과 완조는 함께 약을 캐러 천태산으로 들어가 길을 잃고 헤매다 두 선녀를 만난다. 선녀들은 두 사람을 데리고 가서 부부가 되고, 반년을 살다가 돌아오니 바깥 세상에서는 이미 7대 후손들이 살고 있었다. 여기에서는 유신과 완조처럼 유몽매 자신도 짝을 찾아 왔다는 뜻을 나타내고 있다.

소생은 길을 따라 두여낭 소저를 뒤쫓아 왔는데 왜 보이지 않을
까요? (돌아본다) 아, 소저, 소저.

　　(두여낭이 놀라 일어난다. 서로 인사한다)

유몽매: 소생은 소저를 찾아서 안 가본 곳이 없는데, 여기 계시군요!

　　(두여낭이 곁눈으로 보며 말을 하지 않는다)

유몽매: 마침 화원에서 수양버들 한 가지를 꺾었습니다. 소저, 그대는
　　문장과 역사에 밝으시니 이 버들가지에 시를 지어 감상하실 수 있
　　겠지요.

두여낭: (놀라고 기뻐 말을 하려다 다시 멈춘다. 돌아서서 생각한다) 이 서생은
　　한번도 본 적이 없는데 왜 여기에 왔을까?

유몽매: (웃는다) 소저, 나는 그대를 정말 사랑하오!

【산도홍山桃紅**】**

꽃처럼 아름다운 그대 때문에,

세월은 물처럼 흘러갑니다.

여기저기 찾아 다녔지만,

깊은 규방에서 스스로 가련히 여기고 있군요.

　　소저, 그대와 저기서 얘기를 나누고 싶소이다.

　　(두여낭이 웃으면서도 수줍어하며 가지 않는다. 유몽매가 옷을 잡아끈다)

두여낭: (나지막이 묻는다) 수재님, 어디로 가시나요?

유몽매:

이 작약 밭 앞을 돌아서,

태호석太湖石 옆으로 갑시다.

두여낭: (나지막이 묻는다) 수재님, 가서 어쩌시려고요?

유몽매: (나지막이 답한다) 그대와,

단추 풀고,

띠를 풀고,

소매 끝을 이로 물고 풀 위에 자리를 잡고,[27]

그대가 아픔을 참고 한 잠 포근히 자게 해 주리다.

(두여낭이 부끄러워한다. 유몽매가 앞쪽으로 껴안으려 하니 두여낭이 밀쳐낸다)

유몽매, 두여낭 :

어디서 만난 적이 있던가,

서로 보니 또렷하구나.

이 좋은 곳에서 만나고도 아무런 말이 없을 수 있을까?

(유몽매가 두여낭을 강제로 안고 퇴장한다. 말이 화신花神으로 분장하고 머리를 묶고 관을 쓰고 붉은 옷을 입고 꽃을 꽂고 등장한다)

화신 :

최화어사催花御史[28]는 꽃 피는 날을 아껴,

봄의 일 점검하노라니 또 한 해 지나가네.

나그네 상심에 젖도록 꽃비 내리고,

사람들로 하여금 노을 가에서 꿈꾸게 만든다네.

　　저는 남안부의 후원을 장관하는 화신입니다. 두 지부杜知府의 딸 여낭이 수재 유몽매와 훗날 인연이 있는데, 두 소저가 봄 구경을 하다 마음을 다쳤기에 유 수재 꿈을 꾸게 해 주었지요. 우리 화신은 남녀의 애정사를 전담하므로 그를 보호할 것입니다. 이들에게 운우雲雨의 환락을 주려 합니다.[29]

【포로최鮑老催】

하늘과 땅이 서로 통하고 또 바뀌네,[30]

이들을 보니 벌레처럼 꿈틀거리며 사랑을 나누네.

온통 교태롭게 엉겼다가 푸른 빛으로 터지니 모두 넋이 나가버렸구나.

이것은 그림자 위의 연분이요,[31]

27 　소매 끝을 이로 문다는 것은 소매로 가리고 입을 맞춘다는 뜻이다.

28 　꽃을 빨리 피게 하는 관리이다. 당나라 때 목종穆宗은 궁중에 석화어사惜花御史를 두고 꽃이 피면 장막을 치고 난간을 두르고 석화어사에게 관리를 맡겼다.

29 　운우의 환락은 남녀의 정사를 말한다. 제1척 참고.

30 　남녀를 하늘과 땅으로 비유하였다.

생각 속에서 이루어짐이요,

인연 가운데 나타남이로다.

아, 음탕한 일로 화대전花臺殿[32]을 더럽혔구나.

　　꽃잎을 떨어뜨려 저들을 깨우자. (귀문鬼門[33]을 향하여 꽃을 던진다)

그들은 꿈속에서 봄에 실컷 취했으니 어이 더 머무를까.

꽃을 집어 붉은 조각들을 산산이 퍼지게 하네.

　　수재는 이제 꿈이 한창 무르익었구나. 꿈이 끝나면 두 소저를 방
으로 잘 보내 주시게. 나 화신은 물러갑니다. (퇴장한다)

　　(유몽매와 두여낭이 손을 잡고 등장한다)

유몽매 :

【산도홍】

이 순간 하늘이 사람을 도우시니,

풀잎 깔고 꽃잎 베고 잠이 들었네.

　　소저, 괜찮습니까? (두여낭이 고개를 숙인다)

구름 같은 머리칼을 매만지나니,

붉은 장식 흐트러지고 푸른 장식 틀어졌네.

　　소저, 잊지 마시오. 당신을 만나서,

깊이 사랑하고,

오래 함께 있고자 하지만,

한스럽구나, 한 몸으로 합치지 못하니,

해 아래 눈물 흘러 지워지는 연지臙脂 모양이 선명하구나.

두여낭 : 수재님, 가셔야 하나요?

31　두 사람의 인연이 꿈속에서 이루어짐을 말한다. 아래 두 구절도 마찬가지이다.

32　화대전은 화신의 전각으로, 두 사람이 사랑을 나눈 장소이다.

33　귀문은 중국희곡 무대에서 배우가 등장하고 퇴장하는 문이다. '귀문도鬼門道'라고도
　　한다.

두여낭, 유몽매 :

어디서 만난 적이 있던가,

서로 보니 또렷하구나.

이 좋은 곳에서 만나고도 아무런 말이 없을 수 있을까?

유몽매 : 소저, 그대는 몸이 피곤하니 쉬세요, 쉬어. (두여낭을 보내고, 두여낭은 이전처럼 잠이 든다. 유몽매가 두여낭을 살짝 친다) 소저, 나는 가오 (돌아본다) 소저, 푹 쉬시오. 내 다시 그대를 보러 오리다.

올 때는 봄빛이 셋으로 나뉘어 비가 되더니,

잠들어서는 무산巫山의 한 조각 구름이 되었네.[34]

(퇴장한다. 두여낭이 놀라 깨어 나지막이 부른다)

두여낭 : 수재님, 수재님, 가셨나요? (다시 잠이 든다)

(노단 견씨가 등장한다)

견씨 :

남편은 관아에 계시고,

딸아이는 창가에 서 있구나.

이상도 하여라, 치마며 소매에,

화조花鳥가 쌍쌍이 수놓여 있다니.[35]

애야, 애야, 너는 왜 여기서 졸고 있느냐?

(두여낭이 깨어 수재를 부른다)

두여낭 : 휴우.

견씨 : 애야, 어쩐 일이냐?

두여낭 : (놀라 일어난다) 어머니 오셨어요!

견씨 : 우리 아이가 왜 바느질을 하거나 책을 읽지 않고, 마음을 풀어 놓았느냐? 무엇 때문에 여기서 낮잠을 자느냐?

---

34 올 때에는 비가 되었고 잠들어서는 구름이 되었다는 표현은 모두 운우지정雲雨之情을 비유한다.

35 꽃은 여자, 새는 남자를 비유한다. 두여낭이 짝을 만났음을 암시한다.

두여낭 : 제가 화원에 가서 노닐다가 문득 봄볕에 괴로워 방으로 돌아왔으나 소일거리가 없어 저도 모르게 피곤하여 잠시 잠이 들었습니다. 마중을 못하였으니 어머님께서는 자식의 잘못을 용서해 주시옵소서.

견씨 : 애야, 여기 후원은 싸늘하니 함부로 다니지 말거라.

두여낭 : 어머님의 엄명을 받들겠습니다.

견씨 : 애야, 서당으로 가서 책을 읽어라.

두여낭 : 선생님이 계시지 않아서 잠시 쉬고 있습니다.

견씨 : (탄식한다) 딸아이가 자라면 절로 감정이 많아지는 법, 잠시 내버려 두자. 정말이지,

자식 따라 쫓아다니노라니,

어미 노릇 하기 힘들구나.

　　(퇴장한다)

두여낭 : (길게 탄식하며 견씨의 퇴장을 바라본다) 맙소사. 오늘 이 두여낭에게 운이 있네요. 우연히 후원에 가서 온갖 꽃이 만발한 경치를 보았더니 마음이 아프고 흥이 사라져 돌아왔습니다. 방에서 낮잠이 들어 문득 한 서생을 만났더니 나이는 약관弱冠이고 자태가 준수하였어요. 후원에서 버들가지를 꺾어 쥐고 웃으며 저에게 말하기를 "아가씨는 문장과 역사에 밝으시니 이 버들가지에 시를 한 수 읊지 않으시려오?"라고 하였지요. 그때 그에게 응대하려 하였으나 곰곰이 생각하니 이전에 본 적도 없고 이름도 모르면서 어찌 함부로 말을 나눌 수 있겠나요? 이렇게 생각하는 사이에 그 서생이 앞으로 나와 몇 마디 마음 아픈 말을 하며 저를 안고 모란정 옆 작약 울타리 옆으로 가서 함께 운우의 즐거움을 이루었습니다. 두 마음의 화합은 참으로 천 가지 사랑과 만 가지 온정이었습니다. 즐거움이 끝나고 또 나를 잠이 들게 보내고는 잘 쉬라고 하였어요. 그 서생을 문 밖으로 배웅하는 찰나에 문득 어머니가 오셔서 불러 깨우셨지요. 나는 온몸에 식은땀이 흐르니 바로 남가일몽南柯一夢이었습니다. 서둘러 어머니

를 맞이하였고, 또 어머니께 꾸중을 많이 들었네요. 저는 입이 있어
도 응답할 말이 없어 속으로 꿈의 일만 생각하였으니 어찌 마음을
놓았겠어요. 앉으나 서나 편치 않아 무언가 잃어버린 듯만 해요. 어
머니가 제게 학당에 가서 책을 보라 하시지만, 무슨 책을 읽어야 번
민이 사라질까요? (눈물을 훔친다)

【면탑서綿搭絮】
비가 향기롭고 구름은 조각나서,
막 꿈속에 이르렀을 때,
어찌하리요 어머니께서,
불러 깨우시니 사창紗窓에서 잠들기는 어렵구나.
이제 막 식은땀이 송글송글 솟고.
마음은 아득하고 발걸음은 비틀비틀,
뜻은 여려지고 머리카락 흐트러졌네.
정신과 마음을 다 써버려,
앉으나 서나 편치 않으니,
가서 잠이나 자야겠네.
　　(첩 춘향이 등장한다)

춘향 :
저녁 단장하며 분 자국을 지우고,
봄날 윤기 내려고 향구香篝[36]를 쓴다네.
　　아씨, 이불에 향을 쏘였으니 주무셔요

두여낭:
【미성尾聲】
춘심春心에 지쳐 구경도 귀찮아지니,
향기 쏘인 수놓은 이불 아니라도 잠들겠네.

―――――――――――――――――――――
36　향롱香籠이라고도 한다. 의복에 향을 쏘이는 도구이다.

아, 마음이 있으니 그 꿈 아직 멀리 가지 않았으리.

봄 구경을 하고자 화당畫堂을 나서니,
매화와 버들 향기를 막아도 막을 수 없이 가득하네.
유신과 완조가 선녀 만났던 곳을 아는가,
동풍에 고개 돌리니 애가 끊어지네.[37]

---

[37] 제1구: 장열張說, 「성제 '춘일출원'에 받들어 화답하여 짓다奉和聖制春日出苑應製」 중 "금림의 아름다운 꽃눈 청양에 벌어지니, 봄 구경 하시고자 화당을 나서네禁林艷裔發青陽, 春望逍遙出畫堂." 제2구: 나은羅隱, 「도화桃花」 중 "온기가 옷깃을 건드리니 끝없는 향기, 매화 버들이 가려도 향기는 못 이기겠네暖觸衣襟漠漠香, 間梅遮柳不勝芳." 제3구: 허혼許渾, 「아침에 천태산 중암사를 떠나 관령을 넘어 천모산에서 묵다早發天台中岩寺度關嶺次天姥岑」 중 "유신과 완조가 선녀 만난 곳 아는가, 깊은 산 다 걸어나오니 또 산이로고可知劉阮逢人處, 行盡深山又是山." 제4구: 나은, 「도화」 중 "옛 산 산 아래는 아직 이와 같으리니, 고개 돌리니 동풍에 애가 끊어진다舊山山下還如此, 迴首東風一斷腸." 탕현조는 집구하면서 시구의 작자를 밝히지 않았으나 '삼부평본三婦評本' 〈모란정〉에서 작자를 모두 밝혔는데, 여기에서 이 구절의 작자를 위장韋莊이라고 잘못 적는 바람에 뒤의 해설들이 모두 같은 잘못을 범하였다. 다만 오봉추吳鳳雛 평주評注본 〈모란정〉에서는 이를 바로잡았다.

제11척 어머니의 훈계慈戒

노단老旦 : 견씨

첩貼 : 춘향

(노단 견씨가 등장한다)

견씨 :

어제가 오늘보다 낫고,

올해는 작년보다 늙었네.[1]

가련한 어린 딸은,

늘 창 앞에서 수를 놓네.[2]

---

[1] 당唐나라 여배우 유채춘劉采春의 「나홍곡囉嗊曲」 제5수 중 "어제가 오늘보다 낫고, 올해는 작년보다 늙었네. 황하도 맑을 날이 있으나 백발은 검을 일이 없구나昨日勝今日, 今年老去年. 黃河淸有日, 白髮黑無緣"라는 구절이 있다.

[2] 두보杜甫의 「월야月夜」 중에 "멀리서 어린 아이들 가련하게 생각하네, 장안을 그리워하는 줄 모를 테니遙憐小兒女, 未解憶長安"라는 구절이 있다.

며칠간 딸아이의 방에 가지 않다가 점심 무렵에 가서 보았더니 마음이 무료한지 홀로 방에서 자고 있더군요. 왜 그런지 물었더니 아이가 후원에서 돌아와 몸이 노곤하다고 하였습니다. 그 애는 어려서 아직 몰라요. 젊은 여자가 곱게 꾸미고 서늘하고 사람 없는 곳을 노닐어서는 아니 되는 줄을 말이지요. 이 모든 것이 춘향이 못된 것이 꼬드긴 탓이야. 춘향이 어디 있느냐?

(첩 춘향이 등장한다)

춘향 :

규방에서 한숨 자려 했더니,

당상堂上에서 천 번도 더 부르시네.

마님, 밤늦은 시각에 왜 아직 안 주무시고요?

견씨 : 아씨는 어디 있느냐?

춘향 : 마님을 모신 뒤에 방으로 가서는 혼잣말을 하더니 잠이 깊이 들었어요. 아마 꿈을 꾸고 있을 거여요.

견씨 : 네 이 못된 것, 아씨를 꼬드겨 후원으로 갔지. 잘못되기라도 하면 어쩌려고!

춘향 : 앞으로는 그러지 않겠습니다요.

견씨 : 내 말을 잘 듣거라.

【정호병征胡兵】

딸아이는 규방에 앉아서,

꽃송이를 자르고 만져야지.

창 앞에서 바느질은 어떠하냐,

실 한 가닥이라도 더 수를 놓아야지.[3]

게다가 낮이 길어 한가하기 그지없으니,

---

3   날이 길어지므로 수를 놓을 시간이 더 많다는 뜻이다. 오대五代 화응(和凝, 898~955)의 「궁사 100수宮詞百首」 중에 "갓 동지 넘겨 양기 생긴 후에 오늘은 실 한 가닥이 더 많구나才經冬至陽生後, 今日一線多"라는 구절이 있다.

거문고와 책 말고도 좋은 소일거리는 있느니라.

화원에는 왜 갔더냐?

춘향: 화원 경치가 좋아서요.

견씨: 이것아, 말해 주지 않으면 너는 모를 것이다.

【전강】

화원은 적막하고 끝없이 넓으며,

정자와 누각은 반이나 무너졌다.

　나 같은 중년의 사람도 갈 때면,

오히려 절로 주저하게 된단다.

딸아이가 무엇을 하더라도,

운세가 좋으니 괜찮겠지.

춘향: 좋지 않으면 어찌 되는데요?

견씨:

무슨 뜻밖의 일이라도 일어난다면,

이 어미는 어쩌란 말이냐?

　아씨가 어제 저녁을 먹지 않았으니 조반朝飯은 서둘라고 하여라.

견씨	비바람 치는 숲속에는 귀신이 있지,
춘향	적막한 곳에서 꽃 따는 이는 없었어요.
견씨	항아姮娥는 결국 막기 어려웠지,
춘향	살짝 꾸짖을 듯 붉은 입술 움직이시네.[4]

4　제1구: 소광문蘇廣文,「상산에서 오래 은거한 후에自商山宿隱居」중 "구름노을 마을에는 개와 닭이 없고, 비바람 수풀에는 귀신이 있구나煙霞洞裏無雞犬, 風雨林中有鬼神." 제2구: 정곡鄭谷,「촉의 봄날蜀中春日」중 "따뜻하니 또 채소 뽑는 날, 쓸쓸하니 꽃 찾는 이는 없다네和暖又逢挑菜日, 寂寥未是探花人." 제3구: 단성식段成式,「원 중승을 놀림嘲元中丞」중 "항아는 끝내 막기 어려우니, 연단을 굽거든 맛보이지 마시게素娥畢竟難防備, 燒得河車莫遣嘗." 항아는 남편 예羿가 서왕모에게서 얻은 불사약을 훔쳐 달로 도망갔다가 두꺼비가 되었다고 한다. 여기에서 항아는 님 찾는 두여낭을 비유한다.

제4구: 당언겸唐彦謙, 「붉은 복숭아緋桃」 중 "세인들처럼 반겨 주길 기대했지만, 은근히 꾸짖는 듯 붉은 입술 움직이네敢同俗態期青眼, 似有微詞動絳脣."

제12척 꿈을 찾아서 尋夢

첩(貼) : 춘향

단(旦) : 두여낭

(첩 춘향이 등장한다)

춘향 :

【야유궁夜遊宮】

번들거리는 얼굴 씻고 머리 매만지고,

무소뿔 비녀를 쪽진 곳에 비껴 꽂았네.

규방 아씨 모시느라 일찍 일어났더니,

힘없이 졸리기만 하네,

옷걸이 앞에서도,

화장대 옆에서도,

병풍 사이에서도.

　저는 여낭 아씨를 모시는 몸종 춘향입니다. 고양이 같은 사부님 모셔 왔더니 생쥐들 돌아다니지 못하게 하셨지요. 그런데 아씨가 『모시 毛詩』에 감동되어 좋은 날을 잡아 저를 이끌고 후원後園으로 가서 꽃 구경을 하셨어요. 그런데 아씨께서 잠들어 계실 때 마침 마님께서 오셔서 물어보시고는 아씨에게는 부드럽게 말씀하시고, 저만 한 바탕 야단치셨네요. 전 아무 말도 못하고서 벌을 받으면서 다음부터는 아씨가 후원으로 가지 못하도록 말리겠다고 했는데도, 마님께서는 놓아주지 않고 단단히 타이르시더라구요.

무대 뒤 : 춘향, 마님이 무슨 말씀을 하셨길래?

춘향 : 다시 아씨와 함께 말썽을 피우면 이 세상에서 시집 갈 생각일랑 말라고 하셨어요. 하지만 잠시 맞서서 말린다고 해도 까마귀가 봉황을 이길 수 있나요? 아씨는 온 밤을 초조해 하다가 날이 밝자마자 얼른 물 떠다가 아침 화장을 해 달라고 재촉했어요. 혼자서 중얼거리는 사이에 해가 높이 떠서 꽃 그림자가 창에 비치는구나.

무대 뒤 : 얼른 아씨 아침 진지상을 차려드려야지.

춘향 :

부엌에서 밥이 다 되었다고 하니,

차를 가지러 가야겠네.

　　(퇴장한다. 단 두여낭이 등장한다)

두여낭 :

【월아고月兒高】

병풍은 몇 굽이로 펼쳤고,

눈썹 화장은 군데군데 지워졌네.

어찌하여 이불 속에서 내내 애간장이 탔을까?

이 초췌한 모습은 달구경에 늦게 자서 피곤한 것이 아니니,

꽃 질까 아쉬워 아침 일찍 마당에 나왔기 때문일까?

문득 꽃들 사이에서 꿈속의 사랑 생각나니,

여자의 마음이란 알 수가 없어라.

밤을 지새웠더니 등불은 깜박깜박,

몸종 불러도 깨지 않으니 화가 치미네.

　어제 우연히 봄나들이 하다가 꿈에서 누구를 보았더라? 다정히 돌봐 주시니 마치 예전에 만난 듯했어. 홀로 앉아 생각하니 넋이 나간 듯, 나는 정말 가련한 사람이야. (번민에 잠긴다)

　　(춘향이 아침상을 들고 등장한다)

춘향 :

맛있는 밥 차려 오니 앵무새의 밥이요,

맑은 차를 내어 오니 자고새 무늬 찻잔이라네.[1]

1　앵무새의 밥은 쌀밥을 가리킨다. 두보의 「추흥팔수秋興八首」 중에 "향기로운 벼이삭 쪼다 남으니 앵무새의 낱알이요, 벽오동에 오래 깃드니 봉황의 가지로다香稻啄餘鸚鵡粒, 碧梧棲老鳳凰枝"라는 구절이 있다. 또 자고새 무늬 찻잔은 자고새의 반점 모양의 무늬가 있는 찻잔을 말한다.

아씨, 아침 진지 드세요.

두여낭 : 내 마음이 어떤지나 아느냐!

【전강】

머리 빗고 얼굴 씻고 막 분을 발라서,

경대鏡臺도 아직 안 접었다네.

잠에서 깨어 입맛도 없는데 어찌 밥이 넘어갈까?

춘향 : 마님께서 아침 진지 일찍 올리라고 분부하셨어요.

두여낭 :

넌 갑작스레 어머님 핑계를 대면서,

굶은 사람에게 밥을 권하기만 하는구나.

　너는 사람이 세상에 살면서 왜 밥만 먹으라고 하느냐?

춘향 : 하루 세 끼는 먹어야죠!

두여낭 : 아,

무슨 힘이 있어 밥그릇을 들어올릴까!

어제 꿈만 생생해지는구나.

　네가 가져가서 먹으면 되겠다.

춘향 :

남은 밥과 식은 국을 먹는 것이,

쓰고 남은 화장품보다 좋아라.

　(퇴장한다)

두여낭 : 춘향이가 가버렸네. 어제 꿈속에서 보았던 연못이며 정자의 모습이 아직도 생생하구나. 옛 꿈 다시 꾸려 하니 새 걱정이 하나 더 늘어나네. 이리저리 뒤척이며 생각하느라 밤새 잠을 설쳤어. 지금 마침 다른 일이 없고 춘향이도 내보냈으니 조용히 화원으로 가서 찾아보자. (슬퍼한다) 아, 이것은 정말이지,

꿈속에서 나란히 날던 채봉은 없지만,

마음 속에는 무소뿔 있어 조금은 통한다네[2]

라는 격이네. (걸어간다) 이렇게 와 보니, 기쁘게도 후원의 문이 열려 있고, 문지기도 없네. 떨어진 꽃잎이 온 땅에 가득하구나!

【나화미|懶畫眉】

사람 마음 흔드는 봄빛은 올해가 으뜸이네.

높고 낮은 하얀 담장 겹겹이 둘렀지만,

춘심春心 날아와 걸리지 않은 곳 없다네.

　(무언가에 걸린다)

아, 고개 숙인 가시풀이 치맛자락을 붙잡았구나,

꽃들이 사람 마음처럼 아름다운 곳으로 잡아당기네.

　굽이진 시냇물이네.

【전강】

어찌하여 옥진玉眞은 무릉도원 다시 찾았을까?[3]

눈앞에서 물이 방울지고 꽃이 날리기 때문이지.

하느님이 꽃 살 돈 쓰지 않지만,[4]

우리네 사람은 단풍잎에 시를 쓰고픈 마음 있다네.[5]

휴, 춘삼월 봄날이 가버리는구나.

　(춘향이 등장한다)[6]

---

2 당나라 시인 이상은李商隱의 시 「무제無題」 중 "몸에는 나란히 나는 채색 봉황 없지 만, 마음에는 무소뿔 있어 약간은 통한다네身無綵鳳雙飛翼, 心有靈犀一點通"라는 구절 이 있는데, 여기에서는 '신身'을 '몽夢'으로 바꾸었다. 무소뿔에 실처럼 생긴 흰 무늬 가 밑에서 끝까지 이어져 있어서 반응에 민감하다고 하는데, 이로부터 무소뿔은 마 음이 서로 통한다는 뜻으로 쓰이게 되었다. 전체적으로는 꿈속의 님은 더이상 만나 지 못하지만 마음으로는 서로 통할 수 있다는 뜻으로 쓰이고 있다.

3 옥진은 유신과 완조가 천태산에 들어서 만난 선녀이다. 제10척 참고. 무릉도원은 천 태산과는 다른 곳에 있지만, 여기에서는 두여낭이 후원에 다시 온 것을 비유하기 위 해 함께 썼다.

4 하느님이 꽃을 계속 피우지 않아서 꽃이 진다는 뜻이다.

5 당나라 범터范攄의 『운계우의雲溪友議』 「제홍원題紅怨」에는 노악盧渥이 싯귀가 써어 진 단풍잎을 주웠다가 후에 그 시를 썼던 궁녀와 혼인하게 된다는 이야기가 실려있 다. 송나라 소설 「유홍기流紅記」에 나오는 우우와 궁녀 한씨의 혼인담과 비슷하다. 제10척 참고.

춘향 : 밥을 먹으러 갔다가 아씨가 안 보여 한 걸음에 찾아 달려왔어요.
아, 아씨, 여기에 계셨네요!

【불시로不是路】

어인 일로 어여쁜 이가,

가지 늘어진 꽃나무 곁에 서 계시나요?

아침 드시자마자,

홀로 어찌 화원을 거니시나요?

두여낭 :

주랑走廊 앞에서,

진흙 문 제비를 문득 응시하다가,

발길 닿는 대로 아름다운 화원에 우연히 왔어.

춘향 :

아씨, 돌아가셔요,

규수가 어쩌다 남의 눈에 띈다면,

"어디를 함부로 돌아다닐까?

어디를 함부로 돌아다닐까?"라고들 할 거예요.

두여낭 : (괴로워하며) 쳇,

【전강】

우연히 나왔더니,

날더러 짬만 나면 아이처럼 군다고 하는구나.[7]

춘향 : 아유. 짠 맛을 내는 게 아니라 싱겁다고요.[8]

---

6 원작에서는 등장표시 없이 바로 대사를 진행하고 있어서 보충하였다.

7 송宋 정호程顥의 「봄날 우연히 쓰다春日偶成」 중에 "세상 사람들 내 마음 즐거운 줄
모르고, 짬을 내 젊은이 흉내낸다 하리라時人不識余心樂, 將謂偸閑學少年"라는 구절이
있다. 여기서는 아이처럼 군다고 옮겼다.

8 두여낭의 말을 비틀어 맛으로 우스개 표현을 한 것이다. 두여낭의 '짬 내서'라는
대사의 원문은 '투한偸閑'인데, 춘향은 이를 발음이 비슷한 '투함偸鹹' 즉 '짠 맛을 내
다'라는 말로 바꾼 후 다시 '투담偸淡' 즉 '싱거운 맛을 내다'는 말을 더한 것이다.

두여낭:

　나를 잘도 속였어,

　꽃밭을 도화원桃花源으로 여기게 하다니.

춘향:

　어찌 제가 감히 거짓말을 하겠나요?

　　이건 마님의 명령이어요

　봄에는 자수에 힘써 한 땀이라도 더 놓고,

　향로에 종이 쬐어 윤기있게 해두어야 한다고 하셨지요.[9]

두여낭: 또 무슨 말씀을 하셨어?

춘향:

　이 황량한 화원 구덩이에는,

　꽃의 요괴와 나무귀신이 늘 나타나니,

　안마당으로 가거라,

　안마당으로 가거라 하셨어요.

두여낭: 알았다. 너는 어머니께 가서 잘 말씀 드려. 내가 뒤따라 갈 테니.

춘향:

　섬돌 옆의 꽃은 주인님을 따르지만,

　예쁜 새는 새장을 싫어하여 사람을 욕한다네.[10]

　　(퇴장한다)

두여낭: 춘향이가 갔으니 꿈에서 보았던 모습을 찾아봐야지.

　【특특령忒忒令】

　저기가 태호석太湖石이고,

　여기가 모란정 같구나.

　아로새긴 난간에는 작약의 어린 싹이 살짝 올라왔고,

9　글씨 연습을 하는 전지箋紙를 향로에 쬐어 잘 반들거리게 만들어두었다가 글씨 공
　　부를 열심히 해야 한다고 말씀하셨다는 뜻이다.
10　예쁜 새는 모친의 말씀을 따르지 않으려고 하는 두여낭을 비유한다.

수양버들 가지는 실처럼 가닥가닥 늘어졌고,
느릅나무에는 엽전 같은 꼬투리가 주렁주렁 달렸네.
실 늘어진 봄에 웬 금화가 달려서 돌고 있을까![11]

　　아, 어제 그 수재가 버들가지를 들고서 내게 시를 지어달라고 하
고 나를 끌고 가서 사랑을 나누었을 때의 이야기는 길기도 하다네!

【가경자嘉慶子】
어느 집안의 젊은이가 멀리서 와서는,
감히 이 규수를 꽃밭으로 데려갔지.
그때 일을 말하자니 얼굴이 달아오르네.
그는 이렇게 그윽한 눈길로,
부드럽게 대하였고.
난 입을 움직여,
대답하려 하였지.

【윤령尹令】
　　그 선비는 정말 사랑스러웠지,
우리는 전생에 사랑했던 사이도 아니고,
이승에서 한 번도 마주친 적도 없는데.
내생에 나타나려고 이승의 꿈에 살짝 보였나.
억지로 선비에게 나아가니 나를 꼭 안고 잠드셨지.
　　춘정春情을 얼마나 일으키던지!

【품령品令】
그는 태호석에 기대어,
나의 옥 같은 몸을 일으켜 세웠지.
내 몸을 쓰러뜨리니,
햇볕 받아 옥 따뜻해져 아지랑이가 피어올랐네.[12]

11　느릅나무 열매는 원형으로 엽전처럼 생겼는데 이를 금화라고 비유한 것이다.

예쁜 무늬 아로새겨진 난간에 기댔다가,

그네를 돌아 지나가서,

꽃무늬 치마를 펼쳤다네.

땅은 가렸지만,

하늘이 볼까 두려웠네.

한 동안 찬란하고,

아름다운 그윽한 향기가 말할 수 없이 가득했네.

　꿈이 절정에 이르렀을 때 어디선가 꽃잎이 떨어져 내렸지!

【두엽황豆葉黃】

그는 흥분하여 서둘러서는,

나의 향기로운 어깨에 입을 맞추었지만,

나는 그러나 천천히 일부러 몸을 돌렸지.

그러다가 별안간 나를 아득하게 만들었네,

그토록 생생하면서도,

그토록 부드럽게.

꽃잎을 뿌리는 붉은 형상이,

하늘에서 내려와 깜짝 놀랐네.[13]

아무래도 내 꿈이 엉켜버렸나 봐.

　휴, 이리저리 찾아보아도 아무 흔적이 없네. 모란정과 작약 난간
이 어찌 이토록 처량하여 사람의 자취 하나 없을까? 가슴이 정말 아
파라! (눈물을 흘린다)

【옥교지玉交枝】

이토록 황량한 땅,

---

[12]　당나라 이상은의 「금슬琴瑟」 중 "푸른 밭에 햇볕 따스하여 옥에서는 연기가 생겨나
네藍田日暖玉生煙"라는 구절에서 빌어온 표현이다. 여기에서 햇볕은 선비를, 옥은 두
여낭을 각각 비유한다.

[13]　화신花神이 꽃잎을 뿌리며 나타나서 놀라 깨어나게 되었음을 가리킨다.

주변에는 정자 하나 없으니,

정말이지 흐릿해진 내 눈으로는 찾아도 보이지 않네.

푸른 하늘에 밝은 해 빛나니,

꿈 앞에서도 붙잡을 수 없구나.

어느 사이에 산 사람처럼 나타나서,

배회하다가 다시 머물렀지.

아, 여기서 바로 내 황금 팔찌 눌려 납작해졌지.[14]

　　그 선비를 다시 만나려면,

【월상해당月上海棠】

어떻게 속여 데려올까?

어렴풋이 상상 속에 사람 모습 보이는 것만 같네.

오실 때엔 천천히 오시더니,

가실 때는 스르르 사라지셨네.

멀지 않은 곳,

저 운우雲雨의 자리에서 한 번 돌아섰다가,

꽃 옆에서 버들 사이에서 다시 나오실 듯.

어제는 눈앞에 있었는데,

오늘은 마음 속에 있으니,

양대陽臺 그 자리가 어느새 바뀌었구나.[15]

　　또 좀 쉬어야겠네. (바라보며) 아, 아무도 없는 이곳에 커다란 매화 나무 한 그루가 있네. 매실이 탐스럽기도 하지.

【이범요령二犯幺令】

오직 그 암향暗香이 맑게 멀리 퍼져,

우산처럼 온 데를 뒤덮었네.

　　나, 나무는, 이, 이,

14　이곳이 바로 밀회의 장소라는 의미이다.

15　운우와 양대는 모두 초 양왕과 무산 신녀의 만남을 가리키는 말이다. 제1척 참고.

춘삼월 비에 살진 매실 붉게 터뜨리고,[16]

잎새는 푸르러졌다네.

시다 못해 쓴 속살은 벌어지고 동글동글 맺혔네.[17]

이 꿈꾸기 좋은 흐린 낮이 정말 좋아라,

다시 나부산羅浮山의 꿈을 찾을 수 있겠네.[18]

　　잠깐만, 이 매화나무는 정말이지 마음에 들어. 나 두여낭이 죽으면 여기에 묻히는 것이 좋겠어.

【강아수江兒水】

문득 마음이 얽히는 듯하네,

매화나무 옆에서.

이 꽃과 풀들을 내 마음대로 좋아하듯,

살고 죽는 것도 내 소원대로 할 수 있다면,

쓰리도록 원망하는 사람도 없을 텐데.

내 목숨을 걸고서,

장맛비 오래 내린다 해도,

이 매화나무 뿌리 지키다가 그이를 만나리.

　　(지쳐서 앉는다. 첩 춘향이 등장한다)

춘향 :

가인佳人은 봄날 정자로 멀리 나들이 오고,

시녀는 한낮 맑은 정원에서 향을 피우네.

　　어, 아씨가 피곤하여 매화나무 아래에 잠들어 계시네.

16　당나라 두보의 「정광문의 하장군 산림 유람을 모시며陪鄭廣文遊何將軍山林十首」 중 "붉게 터진 것은 비에 살진 매실이라네紅綻雨肥梅"라는 구절이 있다.

17　시다 못해 쓴 속살은 '고인苦仁'의 번역으로, 여기에서 속살이나 씨앗을 뜻하는 '인仁'은 사람 '인人'과 같은 발음으로 '괴로운 사람' 즉 두여낭을 비유하는 뜻으로 쓰이고 있다. 물론 여기에서의 '매실'도 역시 유몽매를 가리킨다.

18　수隋나라 사람 조사웅趙師雄이 나부산에서 미인을 만나 함께 술을 마셨는데, 다음 날 깨어나 보니 매화나무 아래에 있었다는 전설에서 유래한 말로, 여기에서는 두여낭이 유몽매를 다시 만나고 싶다는 의미를 표현하기 위해 빌어온 것이다.

【천발도川撥棹**】**

꽃밭에 나오시더니,

어찌하여 매화나무에 기대셨나요?

두여낭 :

한동안 바라만 보다가,

한동안 하늘 끝까지 바라만 보다가,

문득 마음 아파 스스로를 가엾게 여기고 있었어.

    (눈물짓는다)

두여낭, 춘향 :

어찌하여 마음이 슬프고,

어찌하여 남몰래 눈물이 흐를까?

춘향 : 아씨, 무슨 일이세요?

두여낭 :

【전강】

봄은 떠나가고,

사람은 만났지만,

서로 바라볼 뿐 한 마디 말도 없었네.

나는 버들가지 꺾어서,

    나는 버들가지 꺾어서,

하늘에 물으려 했지만.

나는 지금 후회하네,

    나는 지금 후회하네,

그에게 시를 써주지 못한 것을.

춘향 :

이 수수께끼 같은 말씀은 무슨 뜻인가요?

두여낭, 춘향 :

어찌하여 마음이 슬프고,

어찌하여 남몰래 눈물이 흐를까?

춘향: 아씨, 가셔야죠.

두여낭: (걷다가 멈추다가 하며)

【전강】

조금만 천천히 돌아가자,

더 머무르자꾸나.

　　(무대 뒤에서 새가 지저귄다) 들어봐,

이 늦은 봄 소쩍새의 불여귀不如歸 소리를 들어봐.[19]

설마 내가 다시,

설마 내가 다시,

긴 잠이나 짧은 잠 속에서만,[20]

이 화원에 오는 건 아니겠지?

두여낭, 춘향:

어찌하여 마음이 슬프고,

어찌하여 남몰래 눈물이 흐를까?

춘향: 이제 다 왔네요. 이제 마님을 뵈러 가셔야죠.

두여낭: 힘이 들어, 조금만 있다 가.

【의부진意不盡】

힘없이 늘어져 억지로 끌려와 난간에 기대서서,

어머님께 문안 인사 올리려 하네.

　　나 두여낭이,

홀로 잠들면, 누각 위의 꽃가지가 나를 비추리라.[21]

19　옛날부터 소쩍새의 울음소리를 '불여귀'라고 표현했는데, 그 뜻은 '돌아가자'이다.
20　긴 잠은 죽음을, 짧은 잠은 꿈을 뜻한다.
21　당나라 유장경劉長卿의 시 「부득賦得」 중에 "누각 위의 꽃가지는 홀로 자는 이를 비웃네樓上花枝笑獨眠"라는 구절이 있다.

두여낭	무릉武陵의 어디로 낭군님을 찾아가나?
춘향	그리움 쉽게 잊는 나그네만 원망할 뿐.
두여낭	이제부터 때때로 봄날의 꿈속에서,
춘향	일생의 여한에 애간장이 타리라.[22]

---

22   제1구: 교연皎然, 「늦봄 도원관을 찾아가며晚春尋桃源觀」 중 "무릉의 어디에 신선이
     계시는가, 옛 도관에 구름 얽혔고 길은 이미 황폐해졌네武陵何處訪仙鄉, 古觀雲根路已
     荒." 제2구: 위장韋莊, 「다른 이의 '모춘서사'에 화운하여 최수재에게 보냄和人春暮書
     事寄崔秀才」 중 "향초의 정의 끝은 어디일까, 다만 나그네 여린 가슴만 탓할 뿐不知
     芳草情何限, 只怪遊人思易傷." 제3구: 백거이白居易, 「영호 댁 목란꽃에 부쳐題令狐家木
     蘭花」 중 "이제부터 때때로 봄날 꿈속에서 여랑화 한 그루 늘어나리라從此時時春夢
     裏, 應添一樹女郎花." 제4구: 장호張祜, 「양귀비의 향낭太眞香囊子」 중 "누가 임금님 위
     해 다시 풀어왔나, 일생에 한을 남겨 심장에 묶였네誰爲君王重解得, 一生遺恨繫心腸."

제13척 집을 떠나는 유몽매 _{訣謁}

생生 : 유몽매
정淨 : 곽타郭駝

(생 유몽매가 등장한다)

유몽매 :

【행화천杏花天】

실컷 배운 유자儒者라고는 하지만,

굶주린 배에는 시름만 가득하네.

꿈속에서는 화려한 궁궐에 있었건만,

문득 고개 드니 무너진 집 반 칸 뿐.

교룡蛟龍이 물을 잃으니 벼루가 마르고,[1]

교토狡兎가 하늘로 올라가니 필세筆勢가 외롭도다.[2]

되는 일 하나 없어 호랑이 그려도 강아지 꼴,

깃들 가지 하나 없으니 놀란 까마귀 신세로다.

　　저 유몽매는 광주廣州 부학府學에서 첫 손가락 꼽는 수재이지만, 엄동嚴冬과 혹서酷暑를 몇 해 보냈습니다.[3] 지금은 황량한 과수원에서 하인에게 얹혀 지내는 신세가 되었습니다. 생각하고 생각하니 부끄럽고 부끄럽습니다. 친구 한자재韓子才의 말대로 바깥 고을로 다니면서 살 길을 찾아볼 걸 그랬습니다. 정말이지,

집에는 벽밖에 없으니 양득의楊得意한테라도 부탁할까,

과일나무 모자라니 옛날 천 그루 귤나무에게 부끄럽구나"[4]

1　교룡은 여기에서는 용의 모습을 틀어 벼루에 새긴 무늬를 말한다.

2　붓은 주로 토끼털로 만드는데, 교토 즉 교활한 토끼가 달나라로 도망가 버렸으니 붓의 털이 적어서 필세가 약해졌다는 뜻으로, 여기에서는 자신의 처지가 먹물 마른 벼루나 힘없는 붓과 같은 신세임을 나타내고 있다.

3　급제하지 못하고 어렵게 지내왔다는 뜻이다.

4　양득의는 서한西漢 때 사람으로, 훗날 유명해진 사마상여司馬相如를 한 무제武帝에게 소개시켜 주었다. 여기에서는 유몽매가 자신을 알아보고 추천해 줄 사람을 찾고자 한다는 뜻으로 쓰였다. 또 삼국시대 오吳나라의 단양태수丹陽太守 이형李衡은 귤

라는 셈이군요. 원공圖公[5]은 어디 있소?

(정 곽타가 등장한다)

곽타 :

[자자쌍字字雙]

앞산은 낮고 뒷산은 솟았으니 낙타 등이요,

쏘려고 당긴 활이 사람이 되어서 이 모양이라네.[6]

열 번을 이렇게 왔다 갔다 절뚝거리며,

가끔씩 넘어져도 비단공처럼 튀어오른다네.

　　저는 과수원지기 곽타자郭駝子입니다. 할아버님은 곽탁타郭橐駝라는 분으로, 당나라 때 유 원외柳員外[7] 님을 따라 유주柳州로 오셨지요. 저는 병란을 당해 원외님의 28대 현손이신 유몽매 수재의 부친을 따라 광주에 와서 벌써 몇 해가 흘렀습니다. 과일을 팔고 돌아와 수재님을 뵈려고 합니다. (유몽매를 만난다) 수재님, 공부하느라 고생이 많으십니다.

유몽매 : 원공, 마침 상의할 일이 하나 있소. 내가 공부를 시작한 지 스무 해나 되었지만 아직도 이름을 날리지 못하고 있네. 앞길이 창창한데 내 어찌 답답하게 이곳에서만 지낼 수 있겠는가. 땔감 나르고 물 긷느라 고생이 많았네. 정원의 과일나무는 모두 자네에게 맡기겠으니, 내 말을 좀 들어 보시게.

[계화쇄남지桂花鎖南枝]

나는 얹혀살아 온 것이나 마찬가지이니,

당신만한 사람 없었네.

　　나무 천 그루를 심어 자식에게 남겨 주면서 '천두목노千頭木奴' 즉 '천 그루 나무 하인'이라고 부르고 이후 생계에 걱정이 없을 것이라고 하였다.

5　　과수원 관리자를 높여 부르는 말이다.

6　　등이 굽은 자신의 모습을 묘사하고 있다.

7　　유 원외는 유몽매의 조상인 당나라 문인 유종원을 말한다. 뒤의 유주는 지금의 광서 장족廣西壯族자치구의 중부에 있는 지명으로, 유종원을 유유주라고도 불렀다.

나는 온갖 단맛 쓴맛을 다 보았지만,

연로한 당신이 물 주고 북돋아 주고,

접 붙여주고 심어주었지.[8]

당신이 보기에 나는 무엇 같은가?

하루 종일 취한 사람처럼 머리나 받치고 있다네.

언제 당신의 등을 펴 줄까?

그루터기나 지키고 앉아 있었으니,[9]

그 누구를 원망하리요?

황량한 과수원을 넘겨줄 테니,

잘 가꾸어 보시게.

곽타 :

【전강】

제 집안은 낙타 모습을 하고서,

대대로 정원을 가꾸어 왔지요.

　　(읍을 한다)

다리나 허리를 펴지도 못하는 몸이지만,

당신께 온 힘을 다해 절을 올립니다.

　　수재님, 제게 과수원을 넘겨주고 어디로 가시려는지요?

유몽매 : 앉아서 세 끼 밥 먹는 것보다는 건달이나 되어 정처 없이 돌아

　　다니는 게 낫겠소.

곽타 : 건달이라니요?

유몽매 : '타추풍打秋風' 한다고나 할까.[10]

8 　곽타가 유몽매의 성장을 도와준 일을 곽타의 직업인 나무 기르기에 비유하여 설명
　　하고 있다.

9 　'그루터기에 지키고 있으면서 토끼가 오기를 기다린다'는 수주대토守株待兎에서 빌
　　어온 표현이다.

10 　옛날 새로 학교에 들어온 수재와 거인들이 여기저기를 다니면서 하례품을 받았는데
　　이를 풍성한 물품을 빼내다는 뜻의 '추풍抽豊'이라고 불렀는데, 표현을 완화하기 위

곽타 : 아이고,

힘들게 이 마을 저 고을 다니는 것보다는,

본분을 지켜 과거에 급제하는 것이 낫습니다.

유몽매 : 타추풍이 좋지 않다고? '무릉茂陵의 유랑劉郞은 추풍객秋風客'[11]
이라 했으나 결국에는 황제가 되지 않았는가.

곽타 : 수재님, 옛날이야기는 그만두시구려. 대체 누구 등을 치겠다는
말인가요?

등왕각滕王閣 같은 곳에는,

순풍에 돛 단 듯이 갈 수 있다고 하시지만,[12]

안진경顔眞卿 글씨 새겨진 비석이,

우레 맞아 부서질 수도 있답니다.[13]

유몽매 : 내가 남 신세 좀 지려는 뜻이 굳어졌으니 막지 마시게.

곽타 : 그럼 옷가지라도 좀 챙겨 가셔야지요.

해 '추풍秋風'이라고 부르고 이렇게 갈취하는 것을 '타추풍', 이런 사람들을 '추풍객秋
風客'이라고 불렀다. 즉 '타추풍'은 이런 저런 명목을 빌려서 돈이나 재물을 갈취하는
것을 말한다.

11 당나라 이하李賀의 「금동선인사한가金銅仙人辭漢歌」 중에 "무릉의 유랑은 추풍객이
    었는데, 밤중에 말 울음소리 들리더니 새벽에 자취도 없네茂陵劉郞秋風客, 夜聞馬嘶曉
    無跡"라는 구절이 있다. 무릉은 한 무제 유철劉徹의 무덤이다. 또 유랑은 곧 유철을
    말한다. 한 무제는 유명한 「추풍사秋風辭」를 지어 인생을 짧음을 슬퍼하였는데, 이
    로부터 한 무제를 '추풍객'이라고 부르게 되었다. 그런데 여기서는 이 '추풍객'을 남
    의 재물을 갈취하는 뜻을 지닌 말로 끌어다가 쓰고 있다.

12 당나라 시인 왕발王勃이 등왕각이 있는 남창南昌으로부터 6~7백 리나 떨어진 마당
    馬當 곧 지금의 강서江西성 팽택彭澤 동북쪽에서 배를 타고 있었는데, 신풍神風의 도
    움을 받아 하룻밤 사이에 남창에 도착하여 홍주목洪州牧인 염백서閻伯嶼가 등왕각
    에서 베푼 연회에 참석할 수 있었고, 그 후에 「등왕각서滕王閣序」라는 명문장을 남
    겼다고 한다. 여기서는 행운을 가리킨다.

13 송나라 때 가난한 서생이었던 장호張鎬가 요주饒州의 천복사薦福寺에서 머무르고 있
    었는데, 절의 스님이 안진경의 비첩碑帖 탁본을 1천 개를 만들어 그에게 여비로 보
    태주려고 했으나, 탁본을 뜨기 전날 밤에 우레가 쳐서 비석이 무너져 버렸다고 한
    다. 여기에서는 불운을 가리킨다. 원나라 때 극작가 마치원馬致遠의 「천복사」라는
    희곡 작품에 자세하다.

【미성尾聲】

해진 적삼 두드려서 깨끗이 빨아드리겠습니다.

유몽매 :

권문세가에 신세지는 것이나 배운 포의布衣[14]라네.

곽타 : 수재님,

금의환향하신다면 뵐 수 있겠군요.

유몽매	이 몸은 힘들게 동서로 떠도는데,
곽타	웃으며 당신 가리키는데 나무마다 붉네요.
유몽매	나서고자 하지만 어이 할거나?
곽타	가을바람은 봄바람보다 못하답니다.[15]

---

14   벼슬하지 못한 문인을 가리킨다.

15   제1구: 두보, 「청명清明」 중 "이 몸이 힘들게 동서를 떠돌다가, 오른 팔 마르고 한 쪽 귀 먹었다네此身飄泊苦西東, 右臂偏枯半耳聾." 제2구: 육구몽陸龜蒙, 「소주 북쪽에 꽃 파는 노인이 있어, 봄을 찾는 선비가 왕왕 이곳에 가므로, 습미(피일휴)를 초청하다閶閭城北有賣花翁, 討春之士往往造焉, 因招襲美」 중 "한가로이 약 보태며 해마다 이별하고, 웃으며 생활방도 가리키니 나무마다 붉다네閑添藥品年年別, 笑指生涯樹樹紅." 여기에서는 곽타가 웃으며 가리키는 사람이 유몽매이다. 제3구: 무원형武元衡, 「봄날 용문 향산사에서春題龍門香山寺」 중 "끝까지 찾아 나서고자 하나 어디로 갈거나, 삼천 세계 본디 무궁하거늘欲盡出尋那可得, 三千世界本無窮." 제4구 왕건: 「미앙풍未央風」 중 "늘 높은 누각 향해 춤곡을 불어대지만, 가을바람은 그래도 봄바람만 못하구나總向高樓吹舞曲, 秋風還不及春風" 가을바람은 떠돌며 남의 신세를 지는 것을 말하고, 봄바람은 과거에 급제하는 것을 비유한다.

제14척 자화상寫眞

단旦 : 두여낭

첩貼 : 춘향

축丑 : 화랑花郞

(단 두여낭이 등장한다)

두여낭 :

【파제진破齊陣】

구비길 지나 꿈에서 돌아오니 사람은 아득히 멀어지고,

규방 깊은 곳에 패옥은 차갑고 혼도 녹아나네.

안개가 꽃을 적시고,

구름 속에서 달이 나오듯,

한 점 그윽한 마음 일찍 흔들렸네.

(첩 춘향이 등장한다)

춘향 :

아마도 꽃구경 나갔다가 비췻빛 나비에 홀려서,

느릿느릿 일어나 화장거울 앞에서 까치 소리 들으면서,

떠나가는 봄을 붉은 소맷자락으로 부르시는 걸까.

두여낭 :

〔취도원醉桃園〕

사람을 만나지 않고도 마음 끌려서,[1]

모란정의 꿈이 아직 남아있네.

춘향 :

애 끊는 봄빛이 미간에 남았는데,

누구더러 눈썹 그리게 할까요?

---

1   생시가 아닌 꿈속에서만 사람을 만났다는 뜻이다.

두여낭 :

한襵은 겹겹이 쌓였고,

홑옷 걸쳐 추운데,

꽃가지는 붉은 눈물을 떨구네.[2]

두여낭, 춘향 :

무산巫山 신녀 있는 곳이 개었는지 비가 오는지 그리기 어려워라,

고당高唐이 구름에 가려 있으니.[3]

춘향 : 아씨, 화원에 다녀오신 뒤로 침식을 거르시니 봄빛에 상심하여 금방 수척해지셨나 봐요? 제가 어리석어서 현명한 말씀은 못 드리지만, 앞으로 저 화원에 다시는 가지 마세요.

두여낭 : 내 속을 네가 어찌 알겠어?

봄 꿈을 삼월 경치 따라 꾸었건만,

새벽은 아직 추워 꽃 한 송이 시들었다네

라는 싯귀도 있단다.

(낮은 목소리로 노래한다)

【쇄자서범刷子序犯】

봄은 이토록 냉정하게 가버려서,

며칠 내내 귀찮고 울적하니,

화장 마치고 향기 쐬며 홀로 무료하게 앉아있네.

초연히 소요逍遙하려 해도,

시름 키우는 향초들을 다 잘라버릴 수 없으니,

무슨 방법으로 마음의 싹을 살려낼까?

마음을 다해 억지로 웃어 보아도 누구에게 예쁘게 보이나?

---

2 꽃가지는 두여낭 자신을 비유한다.

3 전국시대 초나라의 송옥이 지은 「고당부高唐賦」에 옛날 양왕襄王의 부친인 회왕懷王이 고당에서 놀 때 낮잠을 자는 꿈속에 나타난 무산巫山의 신녀神女와 동침한 일과 고당의 모습 등이 묘사되어 있다. 제1척 참고. 여기에서는 꿈 속의 님을 다시 만나기 어렵다는 뜻이다.

꿈속의 혼백에게 눈물 날려 보낸다네.

춘향 : 아씨,

【주노아범朱奴兒犯】

아씨의 뜨거운 마음이 어찌 이렇게도 식지 않고,

차가운 눈물을 몇 번이나 말려버리시나요?

이번 두 차례 봄나들이 다녀오면서 잘 아셨잖아요?

제비 꾀꼬리 지저귀는 소리는 막을 수 없다는 것을.

잘 생각해보세요,

마님께서 걱정하실 거예요.

다시 시름하신다면,

아리따운 모습은 다 사라져버릴 거예요.

두여낭 : (놀라며) 아, 춘향이 말을 들으니 내가 아주 수척해졌다네. 거울을 한 번 볼까? 정말 어떤 모습일까? (거울에 비추어 보며 슬퍼한다) 아, 예전의 곱던 자태가 어찌 이다지도 야위었을까! 지금이라도 내 모습을 그려서 세상에 남기지 않으면 나 죽은 뒤에 서촉西蜀 땅의 두여낭이 이렇게 고운 모습이었다는 것을 그 누가 알까! 춘향아, 흰 비단하고 단청丹靑[4]을 가져다 줘. 내가 그림을 좀 그리려고 해.

(춘향이 퇴장했다가 비단과 붓을 들고 등장한다)

춘향 :

봄 경치를 그리기는 쉽지만,

다친 마음 그려내기는 어려워라.

비단과 단청을 모두 가져왔어요.

두여낭 : (울면서) 두여낭의 이팔청춘 용모를 어찌 나 두여낭의 손으로 그리게 되었을까! 지금은,

---

4   색조를 표현하는 데 쓰이는 물감을 가리킨다.

【보천락普天樂】

꽃 같은 청춘의 모습이,

금세 초췌해졌다네.

그가 복이 없지 않다면,

어찌하여 홍안紅顔은 쉽게 늙는가?

세상에는 절색絶色이 많은데,

어찌하여 광채가 일찍 지워져 버리는가.

내 몸에 타오르는 욕망을 끊어버리고,

소용각昭容閣의 문방사우文房四友 펼쳐놓고,[5]

높이 뜬 서호西湖의 쌍 초승달이나 그려야겠네.[6]

　　(거울을 보며 탄식하고는)

【안과성雁過聲】

비단으로 거울을 닦네.

붓끝으로 가볍게 그리네.

　　거울 속의 모습아, 너를 자세히

살펴보니 너의 뺨은 이토록 귀엽구나,

앵두를 그리고,

버들가지를 그리고,[7]

틀어 올린 머리는 구름과 안개 속에 흩날리게 색칠하네.

푸른빛 눈썹을 끝까지 그리지도 않았는데,

그림 속의 사람은 눈빛이 신묘하네.

봄 산 같은 눈썹은 작은 비취빛 머리장식과 잘 어울리네.

5　소용은 한나라 때부터 설치된 여관女官의 명칭으로, 소용각은 여관이 일하는 곳을
　　말한다. 여기에서는 문구가 고급임을 나타내고 있다.

6　서호는 항주杭州에 있는 이름난 호수로 두여낭 자신의 몸 전체를 비유하고, 쌍초승
　　달은 두 눈썹을 각각 비유한다. 쌍 초승달은 하늘에 뜬 초승달이 서호 물에 비추어
　　두 개가 된 것을 말한다.

7　앵두는 입술을, 버들가지는 눈썹을 비유한다.

춘향:

　【경배서傾盃序】

　아름다운 미소 지으며,

　살랑이는 봄바람에 가는 허리 세웠지만,

　다시 봄날 시름에 겨우신 듯.

두여낭:

　반 점 강산,

　서너 채 인가도 그릴 것 없이,

　한 사람만이 조용히 나들이하며,

　푸른 매실을 쥐고서 한가로이 그리워하네.[8]

　태호석 옆에서 꿈꾸다 깨어나니,

　늘어진 버들가지에 산들바람 불어오네.

　정말이지 하늘거리는 몸매에,

　푸른 파초 몇 잎 더하였구나.

　　춘향아, 그림을 펴 보아라, 날 닮았니?

춘향:

　【옥부용玉芙蓉】

　단청으로 여인을 그리기는 쉽지만,

　진짜 모습을 본뜨기는 어렵다는데,

　거울에 비친 꽃과 물에 비친 달처럼,

　그림이 빼닮았어요.

두여낭: (기뻐한다) 그려 놓고 보니 정말로 예쁘구나. 아!

　중간까지만 그려야 좋았을 것을,

　또 다른 미인을 탄생시킨 듯하구나.

춘향: 아씨 옆에 낭군님만 계시면 딱 좋을 텐데요. 만약에,

8　매실을 쥐고 있는 모습은 두여낭이 꿈속에서 만난 유몽매를 그리워함을 나타낸다.

인연이 빨리 닿아서,

멋진 낭군님 모신다면,

푸른 구름 높이 떠 있는 곳에,

아름다운 부부 그림이 어찌 없겠어요.

두여낭: 춘향아, 솔직히 말할게. 화원에 나들이 갔을 때 내게 사람이 생겼단다.

춘향: (놀라며) 아씨, 어찌 그리 쉽게 만나셨나요?

두여낭: 꿈속에서였지!

【산도범山桃犯】

함께 웃던 한 사람이 있었지,

상상하여 그대로 그릴 수도 있는데,

다시 그 멋진 자태를 자세히 그리려 해 보니,

여자애가 정情에 빠진 마음 드러낼까 걱정이라네.

　　나의 이 모습은,

가을밤 조각달이 구름에서 멀리 떨어져 있는 것만 같으니,

어느 귀한 섬궁객蟾宮客[9]이 하늘 높이 나의 옆에 서려나.

　　춘향아, 생각이 났다. 그 꿈속에서 만난 서생이 버들가지를 꺾어 내게 주셨단다. 그러니 나중에 내가 시집갈 낭군님이 유柳 씨라는 뜻이 아니겠니? 그래서 이런 징조가 있는 것일 거야. 마침 시를 지어 봄 모습을 담아 두었는데, 이 그림 위쪽에다 써넣으면 어떨까?

춘향: 좋지요.

두여낭: (시를 읊는다)

가까이서 보면 단아한 듯 하나,

멀리서 보니 자재로움이 마치 비선飛仙과도 같구나.

훗날 곁에 섬궁객을 얻게 되면,

9　섬궁은 달이며 섬궁객은 과거 급제자를 말한다. 제2척, 제10척 참고.

매화나무 아니면 버드나무 옆이리라.

　(붓을 놓고 탄식한다) 춘향아, 고금의 미녀들 가운데는 사랑하는 남편에게 일찍 시집가서 그를 위해 얼굴 그려 준 이도 있고, 자화상을 그려서 사랑하는 이에게 준 이도 있지. 그런데 나 두여낭은 그림을 누구에게 준다는 말일까!

【미범서尾犯序】

잠시 기뻤다가 금방 초조해지네.

　기쁜 것은,

환하게 단장하고 예쁘게 차려입고,

선녀의 패옥 찰랑거리는 것이네.

　걱정은,

오랜 세월 흘러서 색깔이 바래도록,

아무도 돌보지 않는 것이라네.

헛고생하여,

누구에게 그림 부쳐 눈물 흘리게 하겠는가.

아무도 부르지 않는 진진眞眞이 될 터인데![10]

　(눈물을 흘린다)

요절의 근심 견디면서,

정신 차려 후세 사람들에게 품평하도록 남기려네.

　(붓을 내던지며) 춘향아, 조용히 화랑을 불러와 줘.

10　『태평광기太平廣記』 권286에 실린 『문기집聞奇集』 「화공畫工」편의 이야기는 다음과 같다. 당나라 진사 조안趙顔이 미녀의 그림을 얻고 그것을 그린 화공에게 그림 속의 여자와 혼인하고 싶다고 말하니, 화공은 그 미녀의 이름이 진진眞眞이고 정성을 다해 기도하면 소원을 이룰 것이라고 말하였다. 조안이 화공의 말대로 하니 그림 속의 여자가 사람이 되어 나타나서 아들까지 낳고 두 해 동안 잘 살았는데, 조안의 한 친구가 진진은 분명 요괴일 것이니 죽여야 한다는 소리를 듣고 조안은 아내를 의심한다. 진진은 눈물을 흘리며 자신이 남악지선南岳地仙임을 밝히고 아들을 데리고 그림 속으로 다시 들어갔는데, 그림을 다시 보니 여자 옆에 아이가 하나 서 있었다고 한다. 여기에서는 진진을 두여낭에 비유하고 있다.

(춘향이 부른다. 축이 화랑으로 분장하여 등장한다)

화랑 :

　진궁秦宮[11]은 평생 꽃 속에서 살았고,

　최휘崔徽[12]는 그림 속의 사람과 닮지 않았네.

　　아씨, 무슨 분부가 있습니까요?

두여낭 : 이 행락도行樂圖를 장인에게 가서 표구를 맡기되 잘 다루라고 해.

　【포로최鮑老催】

　본래 아름다운 이 사람을,

　누가 아름다움 더해 표구해 줄까?

　꽃무늬 하얀 비단으로,

　위는 환하게,

　테두리는 작게.

　누가 물어도 떠들어대지 말게 해야 해.

　햇볕 쏘이고 바람 맞아도 잘 붙어 있게 해야 해,

　좋은 물건은 오래가지 못할까 걱정이니,

　나의 어여쁜 그림 더럽히지 말기를.

화랑 : 아씨, 표구를 해 와서 어디에다 걸까요?

두여낭 :

　【미성尾聲】

　아무도 찾지 않는 나의 방에서만 감상하려고 해.

춘향 :

　이 모습은 무산묘巫山廟[13]에 걸어야 어울려요.

11　진궁은 동한 시대 대장군 양기梁冀가 총애한 하인으로, 여기에서는 화랑 자신을 비
　　유한다.
12　최휘는 송나라 때 기녀의 이름으로, 여기에서는 두여낭을 비유한다. 두여낭의 모습
　　이 그림 속의 모습에 비해 초췌해졌음을 나타낸다.
13　무산묘는 초나라 양왕과 무산신녀가 운우지정을 나눈 장소를 기리는 사당을 뜻한
　　다. 제1척 참고.

두여낭, 춘향 :

비와 구름에 날려가 버릴까 걱정이라네.

춘향   눈앞의 진주와 비취가 마음에 들지 않아,

두여낭   물러나와 꽃에게 가서 통곡하네.

춘향   아름다운 모습 잘 그린 이 그림 보여 주면,

두여낭   사람들은 양귀비 그렸다고 평하리라.[14]

---

14   제1구 : 최도융崔道融, 「마외馬嵬」 중 "임금님 행차 처량하게 촉땅으로 가고, 눈앞의
진주 비취는 마음에 차지 않네萬乘淒涼蜀路歸, 眼前珠翠與心違." 제2구 : 위장韋莊, 「잔
화殘花」 중 "강변에서 흠뻑 취하여, 지는 해 붙잡다가 그만 꽃을 향해 통곡하고 돌아
가네江頭沉醉賂斜暉, 卻向花前痛哭歸." 제3구 : 나규羅虯, 「비홍아시比紅兒詩」 중 "어여
쁜 자태 그려서 보여 주면, 다시는 진낭이야기 못하리라好寫妖嬈與敎看, 便應休更話眞
娘." 제4구 : 한악韓偓, 「멀리서 바라보다遙見」 중 "백옥당 동쪽에서 멀리서 본 후에 사
람들 다투어 양귀비 그림 혹평하게 만드네白玉堂東遙見後, 令人鬪薄畫楊妃."

제15척 금나라의 계략虜諜

정淨 : 번왕藩王

중衆 : 번왕의 부하들

(정이 번왕으로 분장하여 무리를 데리고 등장한다)

번왕:

【일지화一枝花】

하늘이 요遼나라를 멸망시키고,

세상이 조趙씨의 땅을 고루 나눈 뒤에,[1]

호가胡笳 소리를 정편靜鞭으로 바꾸었네.[2]

북 치고 종 울리자,

문관과 무관들이 모두 도착했네.

쏼라쏼라하며 남인南人들이 우리를 비웃네,

콧구멍은 벌렁벌렁,

얼굴에는 주근깨,

머리카락은 삐쭉삐쭉하다고.[3]

만리 강산에 만리의 먼지 흩날리니,

한 조정은 천자요, 한 조정은 신하로다.[4]

우리 북방 사람들은 모래 속의 세월을 어이 견디랴,

남인들이 한쪽에서 금수강산 차지하였으니.

---

1 송宋나라가 여진족女眞族에게 밀려 임안臨安으로 천도하여 남송을 세우고, 회수淮水 북쪽은 금金나라가 차지한 상황을 말한다. 송나라는 황실의 성이 조趙씨여서 조송趙宋이라고도 부른다. 앞선 남북조시대 유劉씨 황실의 송나라를 유송劉宋이라고도 부르는 것과 같은 이치이다.

2 정편은 명편鳴鞭이라고도 한다. 의장儀仗의 일종으로 조정으로 갈 때 명편을 울려 사람들을 물리친다. 금나라는 건국한 후 한제漢制를 채택하여 여진족 식의 호가胡笳를 한족 식의 명편으로 바꾸었다.

3 남송 사람들이 여진족의 거친 모습을 보고 비웃는다는 뜻이다.

4 북쪽의 금나라가 자신을 천자의 왕조로 생각하고 남쪽의 송나라를 신하로 보았음을 뜻한다.

나는 대금국大金國 황제 완안량完顏亮이다.[5] 몸은 오랑캐이지만 성품은 풍소風騷[6]를 좋아하지. 우리 할아버지 아골타阿骨打가 남조南朝 천하를 빼앗자 조강왕趙康王이 항주杭州로 도망간 지 이제 삼십여 년이 되었다.[7] 듣자 하니 그는 항주를 꾸며 변량汴梁 풍경보다 낫다고 한다.[8] 서호西湖는 아침에는 기쁘고 저녁에는 즐겁다고 하는데, "삼추三秋의 계화桂花와 십리의 연꽃"이라는 노래가사가 있다지.[9] 백만 대군을 일으켜 그 곳을 삼키는 것이 뭐 어렵겠는가마는, 병법은 허허실실이니 나는 남인을 써서 길잡이로 삼고자 한다. 기쁘게도 저 회양淮揚의 도적 이전李全[10]이 만 명도 이겨낼 용맹을 지니고 있는데, 그가 나에게 순순히 복종하여 나는 그를 먼저 유금왕溜金王에 임명하였다. 그에게 삼 년 안에 병사를 모으고 말을 사서 회양 지방에서 소요를 일으키라고 하였으니, 기미를 보아 진격하여 공격로를 열 것이다. 아아, 정말 서호에 가서 답답함을 풀고 싶구나.

【북이범강아수北二犯江兒水】

천하를 고루 나누었지만,

---

5 완안량은 금金 폐제廢帝 해릉왕海陵王이다. 유명한 폭군으로 남송을 공격하였다.

6 풍소는 『시경』의 「국풍國風」과 『초사楚辭』의 「이소離騷」를 합쳐 부르는 말로 한족의 문화를 가리킨다.

7 아골타는 금나라를 세운 태조太祖인 완안아골타를 말하고, 남조는 금나라의 남쪽인 송나라를 말하며, 조강왕은 남송의 고종高宗을 말한다.

8 변량은 북송의 수도이다. 송 황실이 항주로 옮겨가고 난 후 금나라는 말기에 변량을 수도로 삼았다.

9 송宋 유영柳永의 사詞 「망해조望海潮」의 한 구절이다. 송宋 나대경羅大經의 『학림옥로鶴林玉露』에 "이 사가 퍼져서 금나라 임금 완안량이 이 노래를 듣고서는 흔연히 '삼추의 계화와 십 리의 연꽃'을 부러워하여 드디어 병마를 동원하여 강을 건널 마음을 먹었다此詞流播, 金主亮聞歌, 欣然有慕於三秋桂子十里荷花, 遂起投鞭渡江之志"고 하였다.

10 남송 때 농민반란군의 영수이다. 금나라 군대와 싸워 공을 세우고 남송에 귀순하였다. 뒤에 몽고와 내통하여 강회江淮에서 반란을 일으켜 회안淮安 양주揚州를 공격하다가 송나라 장수 조선상趙善湘 등에게 잡혀 죽었다. 〈모란정〉에 묘사된 그의 이야기는 대부분 허구이다. 그가 활동한 시기는 남송 이종理宗 때로 고종이 남송을 세운 때와는 백여 년 차이가 난다. 그의 행적에 대해 자세한 것은 뒤의 제19척 참조.

천하를 고루 나누었지만,

하늘은 나만 비추시네.

　　우리 사천대司天臺[11]에서

저 남조에 표시를,

그 곳이 좋다고 표시를 해 놓았지.

부하들 : 어디가 좋습니까?

번왕 : (웃으며) 얘기해 봐라,

너희들은 서시西施[12]가 어째서 예쁘다고 생각하느냐?

조각배에 기대어 서서 서호를 향해 웃고 있었으니 예쁘지.

부하들 : 서호가 우리의 이 남해와 북해[13]만큼이나 큽니까?

번왕 : 둘레가 삼백 리나 되지.[14]

물결 위에 꽃잎 흔들리고,

구름 밖으로 향기 퍼지고,

밤낮 없이 생가笙歌 소리가 취한 사람을 휘감지.

부하들 : 만세야萬歲爺[15]께서 그곳을 빌려 노십시오.

번왕 : 벌써 화공畵工을 몰래 보내 그곳의 경치를 그려 오라고 하였느니라. 그 호숫가에는 오산吳山 제일봉이 있는데, 내가 그 위에서 말 탄 모습을 그리게 하였노라.[16] 이 얼마나 씩씩한가.

오산이 가장 높으니,

11　당唐나라 때 설치한 관서로 천문, 지리, 역법 등을 관장하였다. 명明나라 때는 흠천 감欽天監으로 바뀌었다.

12　서시는 춘추시대 월나라의 미녀이다.

13　지금 북경北京 고궁의 서쪽에 있는 남해와 북해를 말한다. 북경은 당시에 중도中都 라고 불렸고 금나라의 두 번째 수도였다.

14　서호의 실제 둘레는 약 30리 정도이다.

15　황제를 부르는 호칭이다.

16　오산은 항주의 성황산城隍山을 가리킨다. 금나라 황제 완안량完顔亮이 즉위한 후에 화공畵工을 몰래 임안으로 몰래 보내 그곳의 경치를 그리게 한 후, 그 그림을 다 시 병풍에 그리면서 완안량이 말을 타고 성황산에 오르는 모습을 그렸다고 한다.

나는 말 타고 오산 가장 높은 곳에 있도다.

강남은 낮고 좁구나,

낮고 좁은 강남을 보노라.

　　(춤을 춘다) 내가 술자리에서는 으뜸이 아니더냐,

한 편의 연극 〈비단 같은 서호에서 말을 타다〉[17]를 연기하노라.

부하들: 만세야께 아룁니다. 서호로 빨리 가시지 못할 이유가 없는데 왜 진격을 멈추십니까?

번왕:

【북미北尾】

아, 하루 빨리 그림 속의 말을 타고 서호를 바라보고 싶지만,

우선은 길을 돌아 꽃구경 하러 낙양洛陽으로 향하네.

나는 조강왕의 산수를 모조리 차지하고 말리라.

　　　줄은 장강長江보다 굵고 부채는 하늘보다 크구나,

　　　깃발을 멀리 휘두르니 기러기 행렬 기운다.

　　　강남의 술을 모두 마셔버리고,

　　　산천을 토막내고 바로 연燕 땅에 닿으리라.[18]

17　마음대로 지어낸 제목이다. 이를 이용하여 자신이 서호 가의 오산 최고봉에 말을 타고 오르는 광경을 직접 연기로 보여 주어 남송 침공의 욕망을 표현하고 있다.

18　제1구 : 담초譚峭, 「대언시大言詩」 중 "줄로 장강을 삼고 부채로 하늘을 삼고, 신발은 바다 동쪽에 던졌다네線作長江扇作天, 靸鞋抛向海東邊." 제2구 : 사공서司空曙, 「가을날 관부로 달려가 장대부에게 올림秋日趨府上張大夫」 중 "비고는 몰래 숲의 잎 놀래켜 떨어뜨리고, 깃발을 멀리 휘두르니 기러기 행렬이 기울어지네鼙鼓暗驚林葉落, 旌旗遙拂雁行偏." 제3구 : 장호張祜, 「우연히 짓다偶作」 중 "강남 술 다 마실 수 있으니, 세월은 이백의 몸에 아직 남았구나可勝飲盡江南酒, 歲月猶殘李白身." 제4구 : 왕건王建, 「전 시중의 동방 평정 성공을 축하하여 부침寄賀田侍中東平功成」 중 "주현을 개통하여 비스듬히 바다에 닿고, 산하를 토막내고 바로 연에 닿는다開通州縣斜連海, 交割山河直到燕." 연 땅은 금나라의 중심지로 오늘날의 북경 일대를 가리킨다.

제16척 두여낭의 병환 詰病

노단老旦 : 견씨

첩貼 : 춘향

외外 : 두보

축丑 : 원공院公

(노단 견씨가 등장한다)

견씨 :

【삼등악三登樂】

이 세상은 어찌하여,

미인박명이라는 말인가?

분명 홀로 외로우리라.

(운다)

손바닥 위의 구슬이요,

가슴 속의 혈육이니,

눈물방울 몰래 떨어지네.

아이고, 남들은,

일곱 자식 오순도순 살건만,[1]

하나 있는 딸마저 병에 걸리다니.

〔청평악清平樂〕

꽃처럼 예쁘고 연약하니,

---

[1] 다른 집은 자식이 많고 또 무고하게 잘 지낸다는 뜻이다. 『시경詩經』 「조풍曹風」 '시구鳲鳩' 편에 "뻐꾸기 뽕나무에 있으니, 그 새끼는 일곱 마리鳲鳩在桑, 其子七兮"라는 구절이 있다. 「패풍邶風」 '개풍凱風' 편에도 "아들이 일곱 있지만, 어머니 고생하시네.有子七人, 母氏勞苦.", "아들이 일곱 있지만, 어머니 마음 위로하지 못하네有子七人, 莫慰母心"라는 구절이 있다. 이 시는 일곱 효자를 찬미하는 것으로 해석한다. 이후 건안칠자建安七子, 죽림칠현竹林七賢, 전칠자前七子, 후칠자後七子 등 7인을 하나의 동질 집단으로 묶는 문화 현상을 종종 볼 수 있다. 원잡극元雜劇 가운데 석군보石君寶의 『추호희처秋胡戲妻』 제1절에 "남의 집 일곱 자식 오순도순 정답다人家七子保團圓"라는 구절도 있다.

하늘이 가엾게 여기셔야지.

비바람으로 꽃에 화를 내시니,

마음씨 몹시도 사나우셔라.

깊은 방에 발 겹겹이 드리워야만 했지,

누가 달빛 드는 누대, 바람 부는 정자에 나가라고 했던가.

내 머리칼 짧아지고 꼬인 장 마디마디 끊기며,

눈 흐릿하고 두 줄기 눈물이 흥건하구나.

저는 곧 반백¥百이 되는데 딸 여낭이 하나만 낳았습니다. 여낭이는 무엇 때문에 병에 걸려 반 년이나 앓았다 나았다 하는 것일까? 행실이나 표정과 말을 보면 추위나 더위 때문에 생긴 병은 아닌 듯합니다. 그간의 연고를 춘향은 분명히 알 테니 물어 보면 되겠지요. 춘향이 이 년 어디 있느냐?

(첩 춘향이 등장한다)

춘향 : 대령했사옵니다.

영리한 사내 종놈 하나도 못 만나고,

병든 아씨만 떠받들고 있어요.

당상에서 마님께서 부르시니,

남은 술과 고기를 내게 주시려나 봅니다.

춘향이 인사 올립니다요.

견씨 : 아씨가 예전에는 잘 지냈는데, 네 년이 모신 지 반 년도 되지 않아 병에 걸렸다. 괴롭구나, 괴로워! 요사이 식사는 얼마나 하느냐?

춘향 :

【주마청駐馬聽】

아씨는 차와 밥은 드시지도 않고,

일을 하기는커녕 불러도 대답이 없어요.

아씨는 훌쩍이며 실없이 웃다가 넋이 나가며,

잠자는 듯한 눈은 흐릿합니다.

견씨 : 빨리 태의太醫를 불러야겠구나.

춘향 :

　팔법침八法針[2]이라야 이어지는 정을 끊을 수 있고,

　구전단九轉丹으로도 골치 아픈 증상은 못 고쳐요.

견씨 : 무슨 병이라더냐?

춘향 : 저는 몰라요.

　맑은 가을 찬바람에 상했다면 모를까,

　어쩌다가 봄 병에 걸렸을까요?

견씨 : (운다) 이를 어찌할꼬

　【전강】

　그 연약한 몸이,

　말라서 얼굴이 반쪽이 되었구나.

　모두가 네 년이 꼬드긴 탓이로다.

　연화煙花의 일이 일어난 것이라면,[3]

　꾀꼬리와 제비가 자백하면,[4]

　구름에 가린 달 나오듯 사정을 알게 되리라.

　　이 년! 아직도 무릎을 꿇지 않느냐! 가법家法[5]을 가져오너라.

춘향 : (무릎을 꿇고) 춘향은 정말로 모릅니다요.

견씨 :

　왜 옥 같은 어여쁜 몸매를 야위어 망쳤느냐?

　너는 어떻게 아씨의 예쁜 성정을 해쳤느냐?

2　팔법침은 가장 훌륭한 침술을 말한다. 음陰, 양陽, 표表, 리裏, 한寒, 열熱, 허虛, 실實　등의 팔강八綱에 따라 각각 다른 경혈에 다른 수법을 이용하여, 한汗, 토吐, 하下, 화　和, 온溫, 청淸, 보補, 소消 등의 여덟 가지 목적을 이루는 침술이다. 아래의 구전단　도 가장 훌륭한 단약을 말한다.

3　연화의 일은 남녀 간의 정사를 뜻한다.

4　꾀꼬리와 제비는 모두 춘향을 비유한다.

5　옛날 가장이 자녀와 노비의 잘못을 꾸짖을 때 쓰는 형구이다.

춘향 : 아씨는 꽃과 버들을 만졌을 뿐, 왜 병이 들었는지는 모릅니다요

견씨 : (괴로워한다. 춘향을 때린다)

　　네 이 뺀질거리며 말 많은 거짓말쟁이를 때려 주겠다.

춘향 : 마님, 손을 삐지 마시고, 제 춘향의 말을 들어 보세요. 바로 그날
　　화원을 거닐다 돌아와 마님과 마주친 날에, 웬 수재라는 자가 손에
　　버들가지를 들고 아씨에게 시를 지으라고 했대요. 아씨는 이 수재를
　　전혀 모르는 사람이라고 하면서 그에게 시를 지어 주지 않았다고
　　했어요

견씨 : 지어 주지 않았다면 되었다만, 그 뒤에는 어찌 됐느냐?

춘향 : 뒤에 그, 그, 그 수재가 손뼉을 치며 아씨를 꼬옥 끌어안고 모란
　　정 옆으로 갔대요.

견씨 : 왜 갔느냐?

춘향 : 이 춘향이가 어찌 알겠어요! 아씨가 꾼 꿈인데요.

견씨 : (놀라며) 꿈이라고?

춘향 : 꿈입니다요.

견씨 : 그러면 귀신에게 홀렸구나. 빨리 나으리를 불러 의논해야겠다.

춘향 : (부른다) 나으리, 나오세요.

　　(외 두보가 등장한다)

두보 :

　　팔꿈치 뒤의 관인官印은 금줄이 무거워 싫고,

　　손바닥 안 구슬은 옥쟁반에서 가벼워 걱정이로다.[6]

　　부인, 딸아이의 병이 무엇 때문이오?

노단 : (울면서) 나으리는 들어 보소서.

　　【전강】

　　말하자니 가슴이 아픕니다,

6　나이 들어 벼슬살이는 하기 싫고, 자녀는 아직 어려 걱정된다는 뜻이다.

이 병으로 보아 그 아이가 어찌된 일인지 알겠습니다!

딸아이는 깊이 잠들었다 잠시 깨어나고,

웃는 듯 우는 듯,

그림자만 있고 본모습은 없습니다.

　딸아이는 후원으로 나들이를 갔답니다. 꿈에 한 사람이 손에 버들가지를 들고 그 아이를 데리고 갔다네요. (한숨을 쉰다)

몸은 버들의 정령精靈이 더럽혔답니다.

허약한 몸으로 화신花神에게 범해졌답니다.

　나으리,

빨리 푸닥거리하고 별님에게 빌어 주세요,

유성流星이 달을 따라가 흉사가 생길까 두려워요.[7]

두보 : 내가 진 재장陳齋長더러 글을 가르쳐서 아이의 몸과 마음을 구속하라고 부탁하였건만, 당신은 어미가 되어 한가로이 거닐게 놓아 두다니. (웃는다) 다만 햇볕 쐬고 바람 맞아서 상한증傷寒症에 걸린 것뿐이오. 푸닥거리를 하려면 무당이 아니라 자양궁紫陽宮의 석 도고石道姑[8]를 불러 경이나 읽으면 될 것이오. 옛말에 "무당을 믿고 의원을 못 믿는 것이 병을 고치지 못하는 한 방법이다"[9]라고 하였소. 내 이미 진 재장에게 딸아이 진맥을 보라 하였소.

견씨 : 무슨 진맥을 보아요? 진작 사윗감이 있었으면, 이런 병은 없었을 텐데.

두보 : 허, 옛날에 남자는 서른에 장가를 들고, 여자는 스물에 시집간다 하였소.[10] 딸아이가 그 나이에 무엇을 안다고?

7　유성이 달을 따라가는 것은 좋지 않은 일이 생길 징조라고 생각하였다.
8　도고는 여도사를 말한다.
9　『사기史記』「편작열전扁鵲列傳」에서 병을 치료하지 못하는 여섯 가지 방법을 들었는데 그 중 하나가 바로 의사를 믿지 못하는 것이다.
10　『예기禮記』「내칙內則」에 있는 말이다.

【전강】

어리광만 부리는 아이가,

무슨 칠정七情¹¹이 있겠소?

왔다갔다 하는 조열潮熱¹²이거나,

크고 작은 상한傷寒이거나,

급경풍急驚風이나 만경풍慢驚風일 뿐이오.¹³

　　다만 당신은 어미라서

진주를 놓지 못하고 손에 받들고 있으니,

어여쁜 꽃이 마음의 병을 어쩌지 못하는 게요.

　　(운다)

견씨, 두보 :

두 사람은 외로워,

　　하늘에 고하노니,

딸아이는 우리 집안의 명줄입니다.

　　(축이 원공으로 분장하여 등장한다)

원공 :

사람은 대유령大庾嶺에서 오고,

배는 울고대鬱孤臺를 떠나는구나.¹⁴

　　나으리께 아뢰오. 손님이 오셨습니다.

두보 :

【미성尾聲】

나는 관리라 공무에 일정이 있소.

　　부인,

11　본래는 희喜, 노怒, 애愛, 락樂, 애哀, 오惡, 욕欲 등의 일곱 가지 감정을 가리키는데,
　　여기에서는 애정을 뜻한다.

12　날마다 같은 시각에 일어나는 신열身熱이다.

13　급경풍은 소아들의 급증急症이고, 만경풍은 뇌막염腦膜炎 같은 병이다.

14　울고대는 강서성 감주贛州 서북쪽에 있는 하란산賀蘭山 정상을 말한다.

딸아이의 몸을 잘 보살펴,

가을바람 맞아 병든 몸 더욱 야위지 않게 하시오.

(두보와 원공이 퇴장한다. 견씨와 춘향이 마무리한다)

견씨 :

벼슬 없으면 한 몸 가볍고,

아들 있으면 만사가 족하다네.

　나으리는 오가는 손님들 때문에 딸아이의 병도 보살피지 못하는구나. 가슴 아파라. (운다) 석 도고에게 푸닥거리를 시키고, 진 교수에게도 약 처방을 부탁해야겠다. 그 효험이 어떨까? 바로,

세상에 딸 걱정하는 사람은 어미뿐이라지만,

하늘 아래 무당과 의원이 없을 수 있으랴

는 격이로구나. (퇴장한다)

제17척 여도사道姑

정淨 : 석 도고石道姑
축丑 : 관리

(정이 분장한 늙은 도고가 등장한다)

석 도고 :

【풍입송風入松】

사람들은 시집가고 장가들기 바쁘고도 바쁘니,

다만 음양이 있기 때문이네.

하늘이 여자의 몸 갖추어 주지 않아서,

할 수 없이 도사옷 입어 남장을 하였네.[1]

손꼽아 헤어 보니 벌써 마흔이 넘었으니,

---

1 도교 도사의 복장은 남녀의 구분이 없다.

인생은 한 바탕 꿈이로구나.

〔집당集唐〕

자극궁紫極宮의 헛된 노래는 찬 하늘에 울리고,

대나무와 바위는 산처럼 높아 편안하지 않다네.

사람 마음 바위 같지 않음이 늘 한스러우니,

멋진 경치 만날 때마다 경전 펴서 읽으리라.[2]

　　빈도貧道[3]는 자양궁紫陽宮의 석 도고입니다. 속가俗家에서는 석씨가 아니었지만 석녀石女[4]로 태어나 버림 받아서 석고石姑라고 부르게 되었습니다. 따져보면, 환속하려 한다면 『백가성百家姓』에 저의 성씨가 적혀 있고, 도교 경력에 대해서도 『천자문千字文』에 우리 가문에 관한 구절이 있지요.[5] 아이고! 나는 〈옛일을 찾아내어 따지고자〉[6] 하는 것이 아니라, 바로 〈사어史魚[7]처럼 강직한〉 사람입니다. 내가 왜 이

2　이 작품에서 집당시는 대부분 퇴장시 부분에 있으나, 여기에서는 척의 중간에 쓰이고 있다. 뒤에도 퇴장시 이외에 등장시나 중간 부분에 집당시가 있는 척이 있다. 제1구 : 이군옥李群玉, 「자극궁 재를 올린 후에紫極宮齋後」 중 "자극궁의 노래 그친 곳에 푸른 하늘 차갑고, 새벽별 밝은 곳에 달빛 조금 남아있네紫府空歌碧落寒, 曉星寥亮月光殘." 자극궁은 제주菁州 즉 오늘날의 산동山東성 제남濟南시에 있는 노자老子의 사당을 가리킨다. 제2구 : 두보, 「절구絶句」의 제2수 중 "맑은 계곡에는 예부터 교룡의 동굴이 있었으니, 대나무와 바위가 산과 같아 편안하지 않다네靑溪先有蛟龍窟, 竹石如山不敢安." 제3구 : 유우석, 「죽지사竹枝詞」의 제7수 중 "사람의 마음 물과 같지 않아서, 괜시리 평지풍파 일으킴이 한스럽네長恨人心不如水, 等閑平地起波瀾." 제4구 : 한유, 「소주로 가고자 도경을 빌리다將至韶州借僧經」 중 "원컨대 도경을 빌려 선계에 들어가고자 하니, 멋진 곳 만날 때마다 펴서 보리라願借圖經將入界, 每逢佳處便開看."

3　빈도는 도사가 자신을 낮추어 부르는 호칭이다.

4　석녀는 아이를 낳지 못하는 여자 또는 성적인 감정이나 욕망을 느끼지 못하는 여자를 가리킨다.

5　『백가성』은 중국의 성씨를 4언 운문으로 엮은 책이다. 편자는 북송 때의 전(錢)씨라고만 전해진다. 『천자문』은 남조(南朝) 양(梁)나라의 주흥사(周興嗣)가 편찬한 한문 계몽서로 역시 4언 운문으로 이루어져 있다. 바로 다음 부분에 천자문을 인용한 문자유희가 길게 전개되는데, 대체로 천자문의 원문을 그대로 빌어 왔으나 일부는 글자를 약간 바꾸거나 뜻을 비틀어 비유한 대목도 많다.

6　이하에서 〈 〉로 묶인 부분이 천자문의 각 구절을 번역한 부분이다. 번거로움을 피하기 위해 원문과 달라진 경우 자세한 사항을 일일이 설명하지는 않는다.

〈날아갈 듯이 높은 누각〉에서 살면서 〈노력하고 겸손하고 삼가며 조심하는〉 것일까요? 보아하니 수행은 〈선행을 쌓아 복이 오는〉 이치와 비슷하고, 따져보면 인과는 〈악행이 쌓여 화가 오는〉 이치와 같기 때문입니다. 제가 무슨 〈업業이 번영하는 바탕〉이 있었겠습니까만, 조상 대대로 〈산림에 은거〉하였습니다. 그 후 〈용모가 단정〉하고 〈성정이 정숙하고 차분한〉 나를 낳으셨습니다. 똥 누는 구멍으로는 〈무성한 정원에서 줄기 뻗치듯〉 나오고, 작은 구멍에서는 오줌이 〈연잎에서 물방울 졸졸 구르듯이〉 흘렀습니다. 다만 그곳은 입구가 마침 막혀 있는 〈거야鉅野 호수나 동정洞庭 호수〉 같고, 당신에게는 틈이 막혀버린 〈곤지崑池나 갈석산碣石山〉과도 같았습니다.[8] 비록 자갈길이라도 〈길에 공경公卿 같은 홰나무 늘어서〉 있었지만, 어떻게 돌밭에서 〈기장과 피를 가꿀〉 수 있겠나요?[9] 누구에게라도 시집을 가서 〈텅 빈 계곡에 메아리 울리기〉라도 해야 했을까요? 아니면 시집가지 말고 〈힘을 다해 효도를 다해야〉 했을까요? 그러나 〈여러 고모와 큰아버지, 작은아버지께서〉, 귀가 따갑게 〈어머님의 가르침을 따르라〉고 하셨지요. 어머니께서 말씀하셨어요. "너는 비록 품행은 〈천성을 지켜 잘 보존하고〉 있고, 외모는 〈모장毛嬙이나 서시西施처럼 고운데〉,[10] 남들은 〈아래위로 화목하게〉 살아가거늘, 왜 너 둘째만 〈부창부수夫唱婦隨〉하지 못할까?"라고요. 그래서 말솜씨 좋은 매파에게 부탁하여 〈신실信實함을 전해 달라〉고 하여, 〈기량을 헤아릴 수 없는〉 코 큰 사위를 얻기로 결정했지요. 얼마 후 그 사람이 납폐納幣를 보내왔습니다.[11] 일 년 중에 〈해와 달이 차고 기우는〉 것을 따라 택일하

---

7 사어는 춘추시대 위衛나라의 사관史官으로, 직간直諫으로 유명한 사람이다.
8 거야는 산동 지방의 큰 호수, 동정은 양자강 중류의 큰 호수를 가리키고, 곤지는 섬서陝西성 서안西安에 있던 연못으로 이때는 이미 말라버렸고, 갈석은 어느 해변에 있다는 산 이름이다. 자신의 생식기가 막혔음을 말한다.
9 겨우 방사를 치를 수는 있었을지 몰라도 출산을 할 수는 없었다는 의미이다.
10 모장과 서시는 모두 춘추시대 월越나라의 미녀이다.

고, 〈별자리가 늘어선 모양〉에 따라 사주팔자도 맞추었다고 하더군
요. 신랑은 내게 예물로 〈여수麗水에서 나는 황금〉[12]을 보내왔고, 나
는 가마에 올라 〈곤강崑岡에서 나는 옥〉처럼 시집을 갔습니다.[13] 얼굴
가린 〈비단 부채는 둥글고 깨끗하고〉, 길을 인도하는 〈은 촛대는 환
하게 불을 밝혔습니다〉. 신랑은 얼마나 잘 차려입었는지, 머리 위에
〈높은 갓을 쓰고 가마 오른 자리에 앉아〉 있었습니다. 저도 허리 아
래 〈띠를 묶고 단정하게 차려입었습니다〉. 〈친척과 친구들〉을 부르
고, 도중에 〈술잔을 받아 높이 들었습니다〉. 신부에게 〈계단을 올라
방에 들게〉 하였고, 들러리에게 〈옆방에서 기다리며 시중들게〉 하였
습니다. 혼인의 〈잔치에 노랫가락 울려 퍼지고〉, 밤과 대추 던질 때
〈축시를 읊었답니다〉.[14] 신랑은 신부인 제 얼굴을 찬찬히 〈이리저리
살펴보고〉, 제 화장함도 찬찬히 〈자루마다 상자마다 구경〉하였답니
다. 이윽고 이경二更이 되자 신랑이 제게 바짝 다가와서는, 우리 두
사람이 〈죽림竹林에서 우는 봉황새〉[15]처럼 살자고 말하더니, 어느새
〈흰 망아지가 풀을 뜯게〉[16] 되었습니다. 이불이 〈우리 몸과 머리를
덮었고〉, 등불 아래에서 〈입고 있었던 치마저고리〉를 다 벗어버렸습
니다. 아이고, 신랑의 〈당나귀나 노새나 숫 송아지〉 것 만한 물건을
보니, 나는 〈두렵고 겁이 나〉 버렸습니다. 신랑은 제가 무서워하는

---

11 납폐는 폐백을 보낸다는 뜻으로 신부집에 대한 혼인 허락에 대한 감사의 뜻으로 신
    부용 혼수와 혼서, 물목을 함에 넣어 보내는 절차이다.
12 여수는 양자강의 상류인 금사강金沙江으로, 옛날에는 황금이 많이 났다고 한다.
13 곤강은 옥이 생산되는 지방으로, 여기에서 옥은 신부, 곤강은 친정을 가리킨다.
14 옛날 혼인 의식에서 신랑 신부가 교배하고 자리에 앉으면 부녀자들이 금전과 과자
    를 신랑 신부에게 던지는 풍속이 있었다. 물건을 많이 받을수록 자식을 많이 낳는다
    고 믿었다. 이때 찬례가 축복하는 싯귀를 읊었다.
15 봉황새는 대나무 열매를 먹는다고 한다. 봉황새의 출현은 태평성세를 의미하였다.
16 『시경』「소아小雅」, '백구白駒' 시에, "하얀 망아지가 우리 풀밭의 풀을 뜯어먹네皎皎
    白駒, 食我場苗"라는 구절이 있다. 『천자문』에서는 태평성세의 어진 덕이 만물에 두
    루 미쳐 사람과 사물들이 각각 제자리에 있게 한다는 뜻으로 쓰였고, 여기에서는 남
    자가 여자를 품에 안는 것을 뜻한다.

것을 보더니, "자네는 나이도 적지 않아 〈해를 넘긴〉 사람이지 않나, 내가 거칠게 하지 않을 것이니, 자네와 천천히 〈율려律呂의 조화〉를 이루어 보세"라고 말했습니다. 저는 그 말을 듣고도 대답을 하지 않았지만, 마음 속으로는 웃었지요. '낭군님, 낭군님, 당신의 〈손길과 발길〉에 저를 맡길 테니, 당신도 〈너무 자신의 재주만 믿지는 마세요〉'라고 생각하면서요. 삼경三更이 지나고 사경四更이 지나고,[17] 신랑은 양대陽臺에서 〈구름이 피어올라 비를 뿌리려고〉 하였지만, 어찌된 일인지 무협巫峽 안에서는 〈이슬이 얼어 서리가 되는〉 것이 아니겠습니까?[18] 신랑은 이내 길을 잃더니 말하기를, "어찌된 영문인가? 얼른 불을 밝혀 보게"라고 하면서, 머리를 기울여 〈오른쪽으로 광내궁廣內宮으로 통하는 길〉을 찾다가는,[19] 〈대자리 상아 침상〉 위에서 저를 내려다 보았습니다. 그때 저는 아무 말도 하지 않았지만, 마음속으로는 얼마나 냉소하였는지요. '낭군님, 낭군님, 나의 그곳은 당신이 〈배회하며 바라볼 수는〉 있어도, 당신의 〈입맛에 맞아 배를 채울〉 수는 없어요'라고 생각하면서요. 이러기를 몇 차례, 신랑은 마침내 화가 치밀어 뭐라 중얼거리며 〈온갖 노력을 다했지만〉, 저 구멍 뚫리지 않는 가죽 같은 혼돈의 〈검은 하늘 누런 땅〉에 지쳐버렸습니다. 온밤을 신랑과 함께 〈촌음을 다투어〉 노력했습니다. 말을 하려고 했지만 저 〈벽에 붙은 귀〉 때문에 창피하기만 하였습니다. 몇 번이나 목을 매달까, 강물에 빠져버릴까, 〈그의 질책을 면하려고〉 했던지요. 칼로 뚫거나 뜸으로 태워버릴 수도 있었지만, 〈어찌 감히 훼손할 수가〉 있겠습니까? 다 그만두고 도망가서 〈쓸쓸히 지내며 조용히 산다고〉 해도, 무슨 방법으로 그분을 〈기쁘고 즐겁게〉 한단 말입니까? 옳지, 좋은

---

17 삼경은 밤 12시를 전후한 2시간, 사경은 새벽 2시를 전후한 2시간을 가리킨다.
18 무협은 무산巫山의 협곡이라는 의미이다. 무산은 초나라 양왕과 신녀의 운우지정이 이루어진 장소이나, 여기에서는 석 도고의 몸을 은유한다. 운우지정에 대해서는 제1척 등 참고.
19 광내궁은 고대의 궁궐 이름인데, 여기에서는 바로 앞의 무협과 비슷한 의미로 쓰였다.

생각이 났습니다. 그는 어쩔 수 없이 뒤쪽에서 저를 안고 〈망산邙山을 등지고 낙수洛水를 바라보는〉[20] 모습을 하고, 저도 그분께 말라버린 연잎을 드리면서 그분을 받아들이기를 〈가을에 거두고 겨울에 갈무리하듯〉 하였습니다. 아이고, 마주볼 때에는 〈정숙한 여인〉이었지만, 허리 돌려서는 〈재주 많은 남자〉처럼 되었습니다. 비록 잠시나마 〈소원을 풀어 이롭게〉 해 드렸지만, 부부간의 정이란 결국 〈떳떳한 신체와 인륜〉에서 나오는 것이지요.

저를 그대로 남겨두자니 그분은 〈뒤를 이어줄 후손〉이 걱정되고, 나를 내보내자니 남들이 〈조강지처를 버렸다〉고 비웃을까 걱정이었습니다. 그때 저도 이렇게 말했습니다. "여보, 여보, 〈길쌈하는 후실後室〉이라도 들이셔서, 〈훌륭한 아내를 가진 번듯한 사람들〉을 보고 화를 내는 일은 없으셔야죠. 저는 〈자리에서 물러날〉 테니, 당신께서는 〈좋은 사람 얻은 후에 저를 잊지나 말아〉 주세요"라고 말입니다. 그리하여 나중에 정말 하나를 얻었습니다. 그런데 얼마 안지나 첩실妾室이 〈총애를 많이 받아 저를 넘어섰고〉, 〈온 땅을 다스리는 왕〉 같던 본처인 저는 거꾸로 외면을 당하게 되었습니다. 첩실을 원망하지는 않아요. 단지 〈스스로를 돌아볼 뿐〉이지요. 결국 집을 나와서 저는 〈소매 드리우고 두 손 맞잡은 채 조용히 지내기로〉 하였습니다. 이 도원道院으로 말하자면, 옛날에도 무슨 〈으리으리한 궁전〉은 아니었고, 나이가 들어 비로소 〈넓고 거친 우주〉를 담게 된 것입니다. 진무대제眞武大帝의 〈거궐巨闕이라는 검〉을 휘두르고,[21] 〈밤에 빛나는 구슬〉 같은 북두北斗의 보법步法을 수련하였습니다.[22] 향 피워 〈오얏 능금 같은 진귀한 과일〉을 진상하고, 재齋 올리는 소

20   망산과 낙수는 모두 낙양洛陽 근처의 지명이다. 망산은 북쪽에 낙수는 남쪽에 있다.
21   진무대제는 현무玄武로 본래 북방 칠수七宿의 총칭이어서 북방의 신으로 받들어진다. 진무대제가 검을 휘두르는 것처럼 수련한다는 뜻으로 본다.
22   북두의 보법은 도교 무당파武當派의 수련방법이다.

식素食도 〈겨자와 생강 넣은 좋은 음식〉으로 하였지요. 속세의 일에 대해서는 이미 〈바닷물은 짜고 강물은 싱거운〉 이치를 통달하였고, 사람들의 그물에서 빠져나와 〈물고기처럼 가라앉고 새처럼 날아올랐습니다〉. 저는 출가를 통해서 몇 년 전 신랑의 〈몸의 때를 씻고 싶은〉 더러운 모습을 다 씻어내 버렸고, 제가 이승에서 겪었던 아내로서의 마른 장작불의 〈뜨거움을 모두 식혔습니다〉. 안타까운 것은 도관道觀의 주인으로서 〈큰 새 홀로 나는〉 처지이고, 도관 일을 보는 사람들의 생활을 〈자세히 살펴주어야〉 하는 것입니다. 법회에 가는 사람들에게는 모두 〈밥과 반찬을 갖추어〉 챙겨 주어야 하고, 탁발을 나가는 사람에게는 모두 〈각각 알맞은 양식〉을 넣어 주어야 합니다. 어찌하여 도관에 다른 사람이 더 없겠나요? 모두가 〈침묵 속의 적막〉에서 지낼 따름이니, 누구도 〈짧은 편지라도〉 보내지 않습니다. 제가 늙어 곧 〈세월이 화살처럼〉 지나가서 거울 속의 모습도 〈그믐달이 다시 둥글게 차오르듯〉 변하겠지요. 미녀도美女圖 속의 여인들처럼 〈화려한 모습 날리지는〉 못하더라도, 신선처럼 〈우아한 격조를 지키며〉 지내고자 합니다. 구름처럼 〈동경東京과 서경西京의 두 서울〉²³을 떠돌아 다니기도 귀찮으니, 단정하게 〈앉아서 수도하고자〉 합니다. 여도사 몇 명이 저와 〈뜻이 같고 연리지連理枝처럼 가까우나〉, 천박한 사내 도사들과는 〈찡그림이나 웃음을 주고받지〉 않으렵니다. 저 어둠 속의 범이 〈여포呂布의 궁술과 웅의료熊宜僚의 환술丸術〉²⁴ 같은 책략을 쓸까 두려워, 저는 차가운 물의 고기가 되어 〈마균馬鈞의 재주와 임공자任公子의 낚시〉²⁵에는 걸리지 않으렵니다.

---

23 동경과 서경은 각각 낙양과 장안을 말한다.
24 여포는 삼국시대의 장수로 무예가 뛰어났고, 특히 활도 잘 쏘았다. 웅의료는 춘추시대 초나라 사람으로 공 던지는 기술인 환술丸術에 뛰어났다.
25 마균은 삼국 시대에 유명한 공예가로, 지남거指南車, 발석거發石車 등을 발명하였다. 임공자는 고대 우언寓言에 등장하는 인물로, 동해에서 큰 물고기 한 마리를 잡았는데 절강浙江 이동以東과 광서廣西 이북以北 사람들이 모두 배불리 먹을 만한 크기였다고 한다.

다만 〈아들 같은 조카〉 하나가 심부름을 하고 있는데, 부스럼머리 자라癩頭黿라고 부르는 〈손가락질 받는 바보〉입니다.

무대 뒤 : 고모가 제 욕을 하시지만. 저는 잘난 사람이라고요.

석 도고 : 정말 부끄럽구나. 〈치욕에 가까운데도〉, 너를 〈모두 훌륭하다〉라고 자랑할까!

무대 뒤 : 두 나으리가 보낸 포졸이 도사님을 데리러 오는데요?

석 도고 : 무슨 일이냐?

무대 뒤 : 도사님이 도사인 척 하지만 사실은 도적이라는데요.

석 도고 : 아이고, 그놈의 〈두杜 씨네 포졸〉이 온다니, 나를 〈참수해야 할 도적〉처럼 요망하다고 보는 모양이구나. 나는 〈조용히 거닐고 있을〉 것이니, 너희들이 〈거짓 위세로 놀래킬〉 필요는 없다.

(포졸이 등장한다)

포졸 :

관부官府에서 출장 나와,
도관에서 이름 부른다네.

(석 도고를 만난다)

석 도고 : 관가에서는 무엇 때문에 나오셨나요?

포졸 :

【대아고大迓鼓】
태수께서 관청에 계실 때,
부인께서 말씀을 전해 올리시니,
아전이 방망이를 쳐서 알렸네.
아씨께서 오랫동안 병을 앓으셨는데 반 년이나 되었다고.

석 도고 : 저는 부인병을 고치는 의사가 아닙니다.

포졸 :

목욕재계하신 후에,
굿을 한 마당 치러 주기를 바라오.

석 도고 :

　【전강】

　우리 도사들은 비방이 있으니,

　조그마한 부적을 몸에 지니게 하면,

　금방 병이 나을 것입니다.

포졸 : 그런 부적이 있었다는 말이오? 얼른 갑시다. (길을 떠난다)

석 도고 : 애야!

　　　(무대 뒤에서 대답한다)

석 도고 :

　잘 지키고 있거라,

　운방雲房²⁶에 누워 있거라.

　집에 사람이 없으니,

　등불과 향을 잘 돌보거라.

무대 뒤 : 알겠습니다요!

　　　석 도고　　　자미궁의 여인은 밤에 향을 태우고,

　　　포졸　　　　옛 도관에 산석山石 널려 길은 이미 황폐해졌네.

　　　석 도고　　　구화진비九華眞妃의 장수 실 있으니,

　　　포졸　　　　일이 없으니 바쁘다 물리치지 마시게!²⁷

---

²⁶　승려나 도사의 거실을 가리킨다.

²⁷　제1구 : 왕건王建, 「궁사宮詞」 중 "비전에서 재 올릴 때 물시계 소리는 길기만 하고, 자미궁의 여인이 밤에 향을 태우네秘殿清齋刻漏長, 紫微宮女夜焚香." 제2구 : 석교연釋 皎然, 「늦봄에 도원관을 찾아와서晩春尋桃源觀」 중 "무릉이 어디인가 선향을 찾아오 니, 옛 도관에 산석山石 널려 길은 이미 황폐하구나武陵何處訪仙鄕, 古觀雲根路已荒." 제3구 : 사공도司空圖, 「남으로 와서南至」 중 "아직 구화진비의 장수 실이 있으니, 술 통 앞에서 굴레 늦추는 마음을 노래하네猶有玉眞長命縷, 樽前時唱緩覊情." 구화진비는 도교에서 모시는 여신의 이름이고, 장수 실은 사람의 수명을 실처럼 길게 이어 주는 효력이 있다는 물건이다. 제4구 : 조당曹唐, 「소유선시小遊仙詩」 중 "그대 붙들고 계 장이나 마시고 싶으니, 구천에 일이 없으니 바쁘다 물리치지 마시게且欲留君飮桂漿, 九天無事莫推忙."

제18척 진맥診祟

단旦 : 두여낭
첩貼 : 춘향
말末 : 진최량
정淨 : 석 도고

(첩 춘향이 병든 단 두여낭을 부축하고 등장한다)

두여낭 :

【일강풍—江風】

병이 들어 어지럽구나,

어이하여 이토록 초췌해졌나?

마음이 아픈 이유도 잘 모르겠네.

꿈에서 갓 깨니,

제비가 바람 타서 날아오르고,

푸른 대발도 바람에 흔들리고 있었지.

봄이 가버린 지 이리 오래되었으니,

봄이 가버린 지 이리 오래되었으니,

꽃 같던 모습도 시들어 버렸다네.

우물가 오동잎 지는 소리에 내 마음은 부서지네.

〔행향자行香子〕

　　춘향아,

내 가녀린 영혼과 나뭇잎 같은 몸이,

어찌 엉켜오는 병마를 막을 수 있을까!

춘향 :

아씨의 모든 행실, 갖가지 하신 일은,

정말 예쁘고, 정말 운치 있고, 정말 정이 가득해요.

두여낭 :

아!

매실을 어루만진 나의 마음,

버들가지 꺾은 저 님,

꿈에서 깨니 늦봄도 점점 희미해져 갔네.

춘향 :

마침 향의 기운 퍼지는 한낮에 대자리에 누워 계시고,

베갯맡에는 맑은 바람이 불어오네요.

누구 때문에 찡그리고,

누구 때문에 여위고,

누구 때문에 아파하시나요?

두여낭 : 춘향아, 내가 봄에 꿈을 꾼 뒤로 지금껏 앓아누워 있었어. 그런데 가렵지도 않고 아프지도 않으며, 정신이 나간 듯 술에 취한 듯하니 이것이 어찌된 일일까?

춘향 : 아씨, 꿈속의 일을 생각해서 어찌시려고요?

두여낭 : 어찌 생각하지 않을 수가 있단 말이야!

【금락삭金落索】

그분 생각에 잠시 정신이 나가,

정情의 수렁 속에 빠져버렸네.

생각하지 않으려 해도,

생각하지 않을 수가 없다네.

남몰래 조금씩 야위어,

남이 알까 두려워서,

콜록콜록 기침도 가만히 한다네.

　　아! 나의 이러한

애타는 모습을 누가 가련히 여겨줄까?

말 못하는 춘심을 어떻게 가눌까?

후회스러워라,

그때의 봄잠이 후회스러워라.

춘향 : 마님께서 아씨를 위해 푸닥거리를 하신대요.

두여낭 :

어머니가 무슨 푸닥거리를 하신다고?

설마 그때 화원에서 무슨 살煞이 들었을까!

춘향 : 아씨를 보니,

【전강】

봄이 가버리니 갈 곳을 모르시고,

봄은 잠들었지만 주무시질 못하네.

실낱 같은 기운으로 어떻게 기나긴 하루를 넘기실까?

가슴을 만지며 눈썹을 찡그리시네,

병든 서시西施처럼.¹

　아씨,

꿈은 지나갔지만 그가 정말로 누군지 아세요?

병이 오더니 아씨를 기운 없게 만들었네요.

떠가는 구름 되어 무산巫山 남쪽에서 만나기도 전에

먼저 목말라 쓰러지시겠어요.²

아무런 소용도 없어요,

혼자만 그리움에 빠졌으니 정말로 홀리셨어요.

사람을 피곤하게 만드는 날씨도 아닌데,

아씨의 마음은 술에 취하신 듯,

멍한 모습으로 늘 취한 듯하시네요.

　(말 진최량이 등장한다)

1 　서시는 춘추시대 월나라의 미녀로, 마음이 좋지 않을 때면 미간을 찡그렸는데 그 모
　습까지도 아름다웠다고 한다. 제17척 참고.
2 　운우지정을 이룰 무산에 도착하기도 전에 목말라 쓰러진다는 것은 사랑을 이루지
　못할 것 같다는 의미로 쓰이고 있다.

진최량 :

햇볕에 책 말릴 때에는 새 발자욱을 싫어하고,

달에서 약 찧을 때는 두꺼비 진액이 필요하지.[3]

　　저 진최량은 태수님의 명을 받들어 아씨를 진맥하러 왔습니다. 이곳 후당後堂에 왔으니 한 번 불러 보아야겠습니다. 제자 춘향은 있느냐?

　　(춘향이 진최량을 만난다)

춘향 : 진 사부님이시군요 아씨는 주무세요.

진최량 : 깨우지 말거라. 내가 직접 들어가마. (두여낭을 만난다) 소저!

두여낭 : (놀란다) 누구세요?

춘향 : 진 사부님이세요.

두여낭 : (부축을 받아 일어난다) 사부님, 학생인 제가 몸이 아파서 오랫동안 뵙지 못했습니다.

진최량 : 학생이라, 학생. 옛 책에도 이르기를 "학문은 부지런해야 훌륭해지고, 놀기만 하면 황폐해진다"[4]라고 하였느니라. 후원에서 바람 쐬고 햇볕 쬐다가 이런 병이 들고 공부도 엉망이 되었다. 스승이 되어 바깥에서 있으면서 침식도 편안하게 하지 못했느니라. 다행히 태수님께서 부르셔서 이렇게 진맥을 하러 왔다. 그런데 이 지경까지 아픈 모습일 줄은 몰랐구나. 이래서야 언제 일어나 책을 읽을 수 있겠느냐? 곧 단오절도 다가오는데.

춘향 : 사부님, 단오절에 사부님 것이 있어요.

진최량 : 내가 단오절 얘기를 했다고 해서 너의 종자粽子[5]를 먹기라도 한다는 말이냐? 망문문절望聞問切[6]이라 했으니 물어 보겠다. 어째서 이렇

3　첫 구절은 자신이 선비임을 나타내고 두 번째 구절은 의사임을 나타낸다.

4　당나라 문인 한유韓愈의 「진학해進學解」에 나오는 구절이다.

5　찹쌀에 대추 따위를 넣어 댓잎이나 갈잎에 싸서 쪄 먹는 단오 음식의 한 가지이다.

6　진찰의 네 가지 방법으로, 각각 보고 듣고 묻고 진맥하는 것이다.

게 아프게 된 것이냐?

춘향 : 그걸 왜 물어요? 사부님의 『모시』 수업 때문에 이 병이 생겼어요. 이 병은 바로 "군자는 구하기를 좋아한다"[7]이라는 구절에서 왔단 말이에요.

진최량 : 어느 군자이지?

춘향 : 어느 군자인지 알겠어요!

진최량 : 그렇다면 『모시』로 난 병은 『모시』로 고쳐야겠다. 제1권에 보면 부인병 처방이 있단다.

춘향 : 사부님, 『모시』의 처방을 기억하세요?

진최량 : 그대로 처방하면 된다. 지금 여낭은 '군자' 병이 들었으니 사군자史君子[8] 약재를 써야 하지. 『모시』에 "님을 이미 만났으니, 어찌 병이 낫지 않을까"[9]라고 하였으니라. 이 병은 군자가 뽑아주면 다 뽑아버릴 수 있지.

두여낭 : (부끄러워하면서) 어머나!

춘향 : 또 무슨 약이 있어요?

진최량 : 신 매실 열 개가 있지. 『시경』에 이르기를 "매실이 떨어졌는데, 아직 일곱 개가 달려 있네"라고 했고, 또 "과실이 세 개"라고도 했으니, 세 개와 일곱 개를 합하면 열 개가 되는 것이지.[10] 이 처방은 다만 남녀가 때를 넘겨 쓰라린 마음을 고쳐 주지.

---

7 원문은 '군자호구君子好求'이다. 『시경』의 본래 구절은 '군자의 좋은 짝'이라는 뜻의 '군자호구君子好逑'이지만, 여기에서는 글을 모르는 춘향이 짝을 뜻하는 '구逑'를 구한다는 뜻의 '구求'로 틀리게 말하고 있다.

8 사군자는 약재명이다. 사군자使君子라고도 한다. 아이들의 병을 잘 낫게 해주는 약초로 알려져 있지만, 여기에서는 두여낭의 병을 고치기 위해 군자 곧 남자가 필요하다는 것을 말하고 있다.

9 원문은 "既見君子, 云胡不瘳"로, 『시경』 「정풍鄭風」 '풍우風雨' 편의 구절이다.

10 원문은 각각 "摽有梅, 其實七兮", "其實三兮"로, 『시경』 「소남召南」 '표유매摽有梅' 편의 1장과 2장에서 인용한 글이다. 세 개와 일곱 개를 더해 열 개라는 말은 셈의 근거가 전혀 없는 엉터리 처방임을 말해준다. 한편으로는 이름에 '매'가 들어 있는 유몽매를 연상하게 하는 작용도 한다.

(두여낭이 탄식한다)

춘향 : 또 있나요?

진최량 : 천남성天南星[11] 세 개가 있지.

춘향 : 세 개면 부족하지 않나요?

진최량 : 조금 더 보태도 돼. 『시경』에도 이르기를 "삼성三星이 하늘에 있
　　　도다"[12]라고 했다. 남녀가 지금 앓고 있는 병을 고쳐 주지.

춘향 : 또 없나요?

진최량 : 아씨 배에 열이 있으니, 네가 큰 마통馬桶[13]을 잘 닦아 준비해
　　　야겠다. 내가 치자씨와 당귀를 써서 화火를 빼내야겠다. 이것도 역
　　　시 처방에 따른 거야. "이 아가씨 시집가니, 그 말馬을 먹이겠소"라
　　　는 구절이 그 처방이지.[14]

춘향 : 사부님, 마통의 '마'와 『시경』의 '마'는 뜻이 다르잖아요.

진최량 : 이 말이나 저 말이나 모두 사람 궁둥이 아래에 테가 있는 것은
　　　똑같으니라.[15]

두여낭 : 풍속을 해치는 돌팔이 의원 진 선생이시로군요.

춘향 : 달거리하는 진씨 아줌마 같으니라구!

두여낭 : 사부님은 처방만 따르지 마시고, 진맥을 잘 하셔야 됩니다.

　　　(진최량이 두여낭의 맥을 짚으면서 잘못하여 두여낭의 손등을 짚는다)

11　천남성도 약재명이다. 뿌리가 둥글고 희다. 구토, 부스럼, 진해, 거담, 경련 진정 등
　　에 쓰인다.
12　원문은 "三星在天"이다. 『시경』 「당풍唐風」 '주무綢繆' 편의 구절이다. 이 시는 남녀
　　의 만남을 읊은 시다.
13　뚜껑이 있는 나무통. 변기로 쓴다.
14　원문은 "之子于歸, 言秣其馬"이며, 『시경·주남·한광漢廣』 편의 한 구절이다. 원래
　　'馬'는 '駒'로 되어 있다. 치자와 당귀는 약재이기는 하나 열을 배출하는 효능은 없다.
　　'梔子'는 '之子'와 음이 비슷하고, '當歸'는 '于歸'와 음이 가깝다. 마통을 잘 닦아 준비
　　하라는 말의 원문은 "抹淨一箇大馬桶"으로서 '抹'과 '馬' 자를 「한광」 시구의 '秣', '馬'
　　와 연결시켜 우스개를 만들었다. 이를 위하여 원래의 '駒' 자를 '馬'로 바꾸었다.
15　변기나 말 모두 사람의 엉덩이가 깔고 앉고, 엉덩이가 닿는 가죽이나 부분은 대나무
　　로 만든 테가 있기 때문에 두 가지가 다를 것이 없다고 한 것이다.

춘향 : 사부님, 아씨 손을 뒤집으셔야지요

진최량 : 여인은 거꾸로 손등을 잡고 맥을 짚는다. 왕숙화王叔和의 『맥결脈訣』[16]에도 나와 있느니라.[17] 됐다, 이제 손바닥을 바로 해서 짚어 봐야겠다. (진맥을 한다) 아, 여낭의 맥이 이 지경까지 이르렀다니.

【금삭괘오동金索掛梧桐】

생김새는 정말 단정한데,

맥이 이리도 약하다니.

젊디젊은 아가씨가,

어찌하여 이렇게 초췌해졌을까?

　　(일어난다) 춘향아, 아씨처럼 이렇게

봄에 상하고 여름을 겁내는 몸을,

잘 모셔야 하느니라,

아픈 사람은 가을에 쉽게 상하느니라.

　　여낭아, 내가 약을 다려 오겠느니라.

두여낭 : (탄식하며) 사부님,

마음의 병이 골수에 사무쳐 침으로도 고칠 수 없고,

병이 연정戀情 속에 숨어 있으니,

약으로 어이 고치겠어요.

　　(눈물을 흘리며 운다)

진맥을 해 주셨는데,

언제 어느 날,

이 여자 안회顔回를 보러 오시려나요?[18]

모두 : 병든 몸이

16　왕숙화는 진晉나라의 유명한 의원이다. 그가 지은 책으로는 『맥경脈經』, 『맥결』, 『맥부脈賦』 등이 있다.

17　엉터리 진맥을 변명하는 것이다.

18　안회는 공자가 가장 아낀 제자였으나 일찍 세상을 떠났다. 여기에서 여자 안회는 두여낭 자신을 가리킨다. 스승이 자신의 장례식에 오는 날짜가 언제일지를 묻고 있다.

두려운 것은 놀람과 의심이라네.

푹 쉬고 걱정을 하지 않아야 한다네.

두여낭 : 사부님, 평안하소서. 배웅해 드리지는 못해요. 제 사주팔자는 좀 보셨나요?

진최량 : 따져보았는데, 추석이 지나면 좋아지느니라.

인생은 팔자소관일 뿐,

죽은 자 살리는 명의는 없었다네.

(퇴장한다)

춘향 : 웬 여도사가 와요.

(정 석 도고가 등장한다)

석 도고:

농옥弄玉이 떠나가며 피리 부는 소리는 들리지 않고,

불사약 훔쳐 오는 항아嫦娥만 다시 보이는구나.[19]

저는 자양궁의 석 도고입니다. 태수 나으리의 부인께서 부르셔서 가보았더니, 저더러 소저에게 푸닥거리를 하라고 하셨습니다. (춘향을 만난다)

춘향 : 도사님은 무슨 일로 오셨나요?

석 도고 : 나는 자양궁의 석 도고인데, 부인의 명을 받들어 소저에게 푸닥거리를 하려고 왔다. 무슨 병에 걸렸는지 모르겠구나.

춘향 : 난처한 병입니다요[20]

석 도고 : 누구 때문에 그렇게 되었느냐?

춘향 : 후원에 놀러갔다 오신 뒤로 이렇게 됐어요.

---

19 농옥은 진秦나라 목공穆公의 딸로, 남편 소사簫史와 함께 피리를 잘 불었는데, 후에 부부가 피리를 불고 어디론가 떠나갔다가, 후에 부부 모두 봉황을 타고 하늘로 날아갔 다고 한다. 또 항아는 옛날 예羿가 서왕모西王母로부터 불사不死의 선약仙藥을 구해왔 을 때 그 약을 훔쳐 먹고 날아올라 달나라로 갔다고 한다. 제2척 등 참고. 여기에서 농옥은 석 도고와는 다른 법력 높은 여도사를 비유하고 항아는 두여낭을 비유한다.
20 상사병이라는 뜻으로 말한 것이다.

(석 도고가 세 손가락을 들고, 춘향은 고개를 가로젓는다. 석 도고가 손가락 다섯 개를 모두 펴고, 춘향은 다시 고개를 젓는다)[21]

석 도고 : 휴우, 셋이냐 다섯이냐? 네가 결정하거라.

춘향 : 도사님이 직접 아씨께 물어보세요.

(석 도고가 두여낭을 만난다)

석 도고 : 아씨, 아씨, 이 여도사가 인사 올립니다.

두여낭 : (깜짝 놀라면서) 어디에서 온 여도사님이세요?

석 도고 : 자양궁의 석 도고입니다. 마님께서 부르셔서 저더러 아씨께 푸닥거리를 하라고 시키셨어요. 듣기로는 아씨가 후원에서 귀신이 들렸다는데, 저는 믿지 못하겠네요

【전강】

이렇게 초롱초롱한데 어찌하여 혼미해지셨을까?

멍한 모습이 마치 도깨비에 홀린 듯하구나.

두여낭 : (잠꼬대를 한다) 나의 님이여!

석 도고, 춘향 : (돌아서서 혼잣말로)[22]

저 중얼대는 소리가 들리는가?

마치 미친 것만 같구나.

석 도고 : 그렇지, 부적을 가져왔지.

(두여낭의 비녀에 부적을 걸고 주문을 왼다)

번쩍번쩍, 해가 동쪽에서 떠오른다.

이 부적은 악몽을 막아주고,

사악한 기운을 물리친다네.

급급여율령急急如律令, 칙敕![23]

---

21 셋과 다섯 등의 숫자는 각각 버드나무, 매화를 뜻하는 듯하다. '삼면류三眠柳'는 능수버들을 뜻하고, 매화의 꽃잎은 다섯 개이기 때문이다. 버드나무와 매화는 물론 유몽매를 비유한다.

22 원문은 '배개背介'로, 등을 돌리고 서서 상대방이 듣지 못하는 것으로 가정하고 말하는 것이다.

(비녀를 꽂는다)

이 비녀에 꽂은 부적은 자나 깨나 빼놓지 말아야,

잡귀와 악몽을 피할 수 있다네.

두여낭 : (깨어난다) 아, 이 부적이 효력이 없는 걸까? 나의 그 분은,

꽃이나 나무에 붙어사는 조그만 도깨비가 아닐 텐데,

나는 정신이 아득한 것이 귀신에게 홀린 것만 같네.

석 도고 : 다시 정신이 혼미해지면 장심뢰掌心雷[24]로 때려주겠다.

두여낭 :

잠깐만,

나는 구름을 지니고 비를 잡으려는데,[25]

당신은 장심뢰를 쓰다니요.

모두 : 병든 몸이

두려운 것은 놀람과 의심이라네.

푹 쉬고 걱정을 하지 않아야 한다네.

석 도고 : 하나 더 분명히 말하니, 세 길 높이의 깃대를 세워야겠네.[26]

두여낭 : 내가 무슨 말을 해야 한담?

【미성】

버드나무와 매화나무 기억이 희미해져 가는구나.

　도사님,

당신도 부적을 대나무에 걸어 놓을 필요 없어요,

　내가 차분하게 생각하여,

하나하나 주문을 외워 꿈속으로 향하렵니다.

23　급급여율령은 본래 빨리빨리 율령과 같이 실행하라는 뜻으로 본래는 공문서 끝부분
　　에 쓰였으나, 후에는 도교 주문으로도 쓰이게 되었다. 칙도 본래 칙령이라는 뜻이지
　　만 주문의 끝으로 썼다.

24　손바닥에서 우레같이 큰 소리가 나온다는 법술이다.

25　운우지정을 가리키는 표현이다.

26　푸닥거리할 때 세우는 깃대를 말한다.

(춘향이 두여낭을 부축하고 퇴장한다)

춘향	아씨는 근심어린 두 눈꺼풀 지탱하지 못하는데,
석 도고	도사 옷 입고 액운 쫓는 재를 올렸다네.
두여낭	지금은 꽃 붉게 핀 곳에 있지 않으니,
모두	봄바람에게 불지 말아 달라고 해야겠네.[27]

---

27 제1구: 보비연步非煙, 「조자에게 답하다答趙子」중 "근심 어린 두 눈 지탱하지 못하
는 것은, 깊은 한이 새 시에 담겨있기 때문이라네綠慘雙蛾不自持, 只緣幽恨在新詩." 제
2구: 설능薛能, 「노란 촉규黃蜀葵」중 "생각해 보니 옥인 처음 병났을 때, 도사 옷 입
고서 액운 쫓는 재를 올렸다네記得玉人初病起, 道家妝束厭禳時." 제3구: 승회제僧懷濟,
「귀주자사께 대신 통장을 올리며上歸州刺史代通狀」중 "지금은 꽃 붉게 핀 곳에 있지
않지만, 꽃은 옛날 붉게 핀 곳에 붉게 피었다네而今不在花紅處, 花在舊時紅處紅." 제4
구: 이섭李涉, 「늦봄에 학림사에 노닐며 사부 제공에게 부치다春晚遊鶴林寺寄使府諸
公」중 "내일 아침 술 들고서 놀러 올 만하니, 봄바람에게 불지 말아 달라고 해야겠
네明朝攜酒猶堪賞, 爲報春風且莫吹."

제19척 여도적牝賊

정淨 : 이전李全

중衆 : 이전의 부하들

축丑 : 양낭낭楊娘娘

(정이 이전으로 분장하여 무리를 끌고 등장한다)

이전 :

【북점강순北點絳脣】

대대로 비린내 풍기고,

가문에서는 잡종이 이어져 왔지.

칼과 무기 놀리니,

이 도적 중의 영웅은,

담장에 구멍 뚫는 좀도둑들과는 비교할 수 없지.

수많은 야생마들이 한 무리를 이루고,

강과 바다는 모두 바람과 먼지로다.

한족으로 오랑캐 말을 배워,

다시 오랑캐 편에서 한족을 욕하네.[1]

　　나는 이전[2]이외다. 본관은 초주楚州로, 장정 만 명도 나를 당해낼

1　당唐 사공도司空圖의 「하황유감河湟有感」 중에 "소관에서 전쟁먼지 일어난 후로 하
　황에서 막히니 이향의 봄이로다. 한족들이 모두 오랑캐의 말을 하며 성을 향해 한인
　욕을 하는구나―自蕭關起戰塵, 河湟隔斷異鄉春. 漢兒盡作胡兒語, 卻向城頭罵漢人"라는 구
　절이 있다.

2　이전(?~1231)은 금金나라 유주濰州 북해北海 곧 지금의 산동山東성 유방濰坊출신의
　한족이다. 금나라 말엽 무장 봉기군의 우두머리로, 철창鐵槍을 잘 써서 '이철창李鐵
　槍'이라고 불렸다. 금 선종宣宗이 정우貞祐 2년(1214)에 남경南京 곧 지금의 하남河南
　성 개봉開封으로 천도하고, 몽고군이 다시 남하하자 산동과 하북河北에서 금나라에
　반기를 든 홍오군紅襖軍이 봉기하였는데, 이전은 그 주요 세력의 하나이다. 역시 홍
　오군의 한 세력인 양안아楊安兒가 금나라 군사들의 공격을 받아 죽자 그의 누이 양
　묘진楊妙眞이 잔존 세력을 이끌고 이전과 연합하고 두 사람은 부부가 되었다. 양묘
　진은 여기에서 양낭낭으로 등장한다. 흥정興定 2년(1218), 이전은 송宋나라에 귀순하
　고 초주楚州 절제節制가 되어 회음淮陰에 주둔하였다가 이듬해 광주관찰사廣州觀察
　使, 경동총관京東總管이 되었고 초주楚州 곧 오늘날의 강소江蘇성 회안淮安에 주둔하

수 없을 정도로 용맹하지요 남조南朝[3]에서 나를 쓰지 않아 떠나서 도적이 되어 오백 명을 데리고 장강長江과 회수淮水 사이를 출몰하며 귀의한 데가 없었소. 다행히 대금大金 황제께서 멀리서 나를 유금왕溜金王에 봉하시고, 회양淮揚에서 소요를 일으켜 기회를 보아 공격하여 취하라고 하셨소이다. 나는 용맹은 많으나 지략이 적어 어찌할 수 없었는데, 다행히 부인 양낭낭楊娘娘이 이화창梨花槍을 잘 다루어 만인무적萬人無敵이오.[4] 부부가 군진을 나서면 위풍이 대단하지요 다만 낭낭은 투기심이 좀 있어서 사로잡은 부인들을 모두 그의 장막으로 보내야 합니다. 군사들도 모두 그를 두려워하지요. 바로,

거친 마누라가 전횡하니 코끼리를 삼킨 뱀이요,[5]

해적이 왕에 봉해지니 물고기가 용이 되도다

라는 격이로구나.

(축이 양낭낭으로 분장하여 창을 가지고 등장한다)

양낭낭 :

【번복산番卜算】

백 번 싸워 자웅을 겨루니,

피가 튀겨 연지臙脂를 겹겹이 덮었구나.

(춤을 춘다)

한 자루 창이 꽃잎 떨구는 바람 일으키니,

하나씩 하나씩 이화梨花가 떨어지네.

였다. 자신을 초주 사람이라고 소개하는 것은 이 때문이다.

3 남송南宋을 말한다.

4 양낭낭은 양묘진이다. 낭낭은 황후나 귀비에 대한 호칭으로 쓰였다. 이화창은 송宋나라의 명장 양업楊業이 창시한 창술로, 양낭낭의 특기로 묘사되고 있다.

5 『산해경山海經』「해내남경海內南經」에 "파 땅의 뱀은 코끼리를 먹고 3년 후에 그 뼈를 토한다巴蛇食象, 三歲而出其骨"고 하였다. 뱀의 탐욕이 끝이 없음을 말한다. 원잡극元雜劇『원가채주寃家債主』설자楔子에도 "사람 마음 만족할 줄 몰라 뱀이 코끼리 삼킨 듯, 세상일은 끝까지 사마귀가 매미 잡듯人心不足蛇吞象, 世事到頭螳捕蟬"이라는 구절이 있다.

(이전을 보고 손을 든다) 대왕 마마 천세千歲! 저는 갑옷을 입었으니 절을 하지 않습니다.

이전 : 낭낭, 대금 황제께서 나를 유금왕에 봉한 사실을 아시오?

양낭낭 : 왜 유금왕이라고 부릅니까?

이전 : '유溜'는 순종한다는 뜻이오.

양낭낭 : 당신을 봉하여 무엇 하시려고요?

이전 : 날더러 회양을 3년간 어지럽히라고 하셨소. 군량이 모이는 대로 일거에 장강을 건너 송宋나라를 멸하려 하오. 그 때는 나를 황제에 임명할 것이오.

양낭낭 : 이런 일이 있다니요! 축하합니다. 어명대로 말을 사고 군사를 모읍시다.

【육요령六幺令】

우레처럼 떠들썩하게 원문轅門6의 북을 울려라.

정탐병은 바닷가 구름 동쪽으로 속히 가거라.

모두 :

훌륭한 부부가 가운데 앉으니,

회양의 초목조차 떠는구나.

【전강】

군량을 모으고 군사를 모집하고,

발굽 높은 청총마青驄馬7를 골라 와라.

번쩍이는 투구의 끈은 비뚤어졌고 옥비녀는 붉도다.

모두 :

훌륭한 부부가 가운데 앉으니,

회양의 초목조차 떠는구나.

---

6 원문은 군영의 문을 말한다.

7 청총마는 푸른색과 흰색의 털이 섞인 준마이다.

이전   군웅들 다투어 일어나 앞 왕조를 향하여,

양낭낭   창 부러지고 모래에 빠져도 쇠는 녹지 않았네.

             평원은 말 먹이기 좋으나 풀어 놓는 이 없고,

             흰 풀 하늘에 이어져 들불에 타는구나.⁸

---

8 제1구: 두보杜甫, 「기주가 10절구夔州歌十絶句」 중 "군웅들 다투어 일어나 앞 왕조에
   책임을 물었고, 왕자는 천하를 일가로 여겨 지금 왕조 이루었네群雄競起問前朝, 王者無
   外見今朝." 제2구: 두목杜牧, 「적벽赤壁」 중 "부러진 창 모래에 묻혀 쇠 녹지 않으니,
   갈고 닦아서 앞 왕조를 알아보겠네折戟沉沙鐵未銷, 自將磨洗認前朝." 제3구: 조당曹唐,
   「병든 말 5수를 써서 정교서, 장삼, 오십오 선배에게 드림病馬五首呈鄭校書章三吳十五先
   輩」 중 "평원에는 방목하기 좋지만 방목할 사람이 없으니, 가을바람 속의 거여목 꽃
   향해 히힝대네平原好放無人放, 嘶向秋風苜蓿花." 제4구: 왕유王維, 「변새에서 짓다塞上作」
   중 "거연성 밖에서 사냥하는 흉노왕, 흰 풀 하늘에 이어져 들불에 타오르는구나居延城
   外獵天驕, 白草連天野火燒."

제20척 두여낭의 죽음鬧殤

첩貼 : 춘향

단旦 : 두여낭

노단老旦 : 견씨

외外 : 두보

정淨 : 석 도고

축丑 : 원공院公

말末 : 진최량

(첩 춘향이 등장한다)

춘향 :

【금롱총金瓏璁】

밤마다 비바람 몰아치고,

어여쁜데 병이 깊어 시름하시네.

선방仙方도 효능이 없고,

약도 쓸모가 없네.

찡그리는 데에는 찡그리는 까닭 있고,

웃는 데에도 웃는 까닭 있다네.[1]

찡그리지도 않고 웃지도 않으니,

슬프구나, 청춘이여.

　　춘향이 모시는 아씨께서 봄에 병이 들어, 깊은 가을이 되었네요. 오늘밤은 추석이지만 비바람이 소슬하네요. 아씨는 병이 더욱 깊어져서 제가 부축하여 소일하고 있습니다. 바로,

예로부터 비는 중추절의 달을 때렸고,

바람은 장명등長明燈을 흔들었다네[2]

1　『한비자韓非子』「내저설內儲說」에 "과인이 듣기로 현명한 임금은 웃음 한 번과 찡그림 한 번도 아낀다고 하니, 찡그릴 때에는 찡그리는 까닭이 있고 웃을 때에도 웃는 까닭이 있는 것이다吾聞明主之愛一嚬一笑, 嚬有爲嚬, 而笑有爲笑"라는 구절이 있다.

라는 것이지요. (퇴장한다)

(춘향이 병든 단 두여낭을 부축하여 등장한다)

춘향 :

【작교선鵲橋仙】

배월당拜月堂은 텅 비었고,

행운行雲이 길을 에웠네.

뼈가 시리니 가을 꿈 이룰 수 있으시려나.[3]

세상에 무엇이 정만큼 깊을까요?

한 조각 애 끊는 마음 아파요.

두여낭 :

베개 벤 채 아득한 물시계 소리 듣나니,[4]

취한 듯 멍청한 듯, 죽기는 어렵지 않아.

한 줄기 암향暗香은 밤비에 갇히고,

맑고 야위어 가을 추위가 두렵구나.

춘향아, 병세가 무거워 오늘이 무슨 날인지도 모르겠구나.

춘향 : 팔월하고도 절반입니다.

두여낭 : 아, 중추가절이구나. 아버님 어머님 모두 나 때문에 시름하고 괴로워하시느라 달구경도 못 하시겠지.

춘향 : 그런 말씀은 하지 마세요.

두여낭 : 진 사부님께 들었다. 내 운명을 점쳤는데, 추석은 넘긴다고 하시더구나. 병세가 더욱 깊어지니 오늘 밤도 좋지가 않아. 창문을 열

---

2 첫 구절은 중추절에 비 내리는 경우가 많았다는 뜻이고, 둘째 구절의 장명등은 주야로 켜 놓아 수복을 비는 등불로, 바람이 장명등을 흔드니 생명이 위험하다는 말이다.

3 가을밤이 싸늘하니 병약한 몸으로 잠을 이룰 수 없다는 뜻이다. 송宋나라 범성대范成大의 「화산사華山寺」에 "혼은 맑고 뼈는 시려 잠 이루지 못한다魂淸骨冷不成眠"라는 구절과 명明나라 유기劉基의 「신현곡神弦曲」에 "수중 신녀는 뼈가 시려 잠들지 못하네水妃骨冷不能眠"라는 구절이 있다.

4 잠자리에 누운 채로 새벽을 알리는 물시계 소리를 듣는다는 뜻이다.

어 다오, 달빛이 어떤가 보고 싶어.

(춘향이 창문을 열고, 두여낭은 바라본다)

두여낭 :

【집현빈集賢賓】

바다와 하늘 아득한데,

달은 어디서 떠오르려나.

가을 하늘에 달이 떠 올랐구나,

누가 약을 훔쳐 와서 항아嫦娥에게 바칠까?[5]

무슨 서풍西風이 꿈을 날려 흔적도 없단 말인가?[6]

사람은 가 버려 만날 수 없으니,

귀신의 장난은 아니겠지.

눈썹에, 마음에, 같은 아픔이 따로 있도다.[7]

(괴로워한다)

춘향 :

【전강】

봄이 가버리니 어찌해도 달랠 길 없고,

안개와 구름은 모두 밝지 못하다네.

생각해 보니 사람 목숨은 하늘에 달린 것,

더 사실 수도 있을 텐데,

이렇게 총망할 줄이야.

누구를 위하여,

---

5 항아는 제2척 참고. 항아가 불사약을 가지고 도망갈 달은 보이지만 정작 불사약은
   얻지 못하고 있다는 뜻으로, 항아는 두여낭을 비유한다.
6 송宋 이청조李淸照의 사詞 「낭도사浪淘沙」에 "주렴 밖 새벽바람 꿈을 날려 흔적도 없
   구나簾外五更風, 吹夢無蹤"라는 구절과, 모방毛滂의 사 「칠낭자七娘子」에 "서풍이 꿈
   을 날려 흔적이 없구나西風吹夢來無蹤"라는 구절이 있다.
7 이청조의 사 「일전매一翦梅」에 "정을 저버려 잊을 길 없어라. 눈썹을 겨우 내려갔더
   니 다시 마음에 오르는구나此情無計可消除. 才下眉頭, 卻上心頭"라는 구절이 있다.

아리따운 용모를 함부로 버리시나.

　아씨를 달래드려야겠다. 아씨, 달이 솟았어요.

달이 휘영청 떴네요,

아씨의 깊은 꿈을 깨뜨리려나 봐요.

두여낭 : (바라보며 탄식한다)

달 둥글어 생각해 보니 중추절인데,

사람은 중추에 이르러 자유롭지가 못하구나.

내 목숨은 외로운 달도 비추어주지 않으리니,

남은 목숨 오늘 밤 빗속에 끝나리라.

【전강】

너 아름다운 중추절의 달을 누가 즐길까?

거센 서풍에 눈물 같은 비가 오동잎에 떨어지네.

야위어 뼈만 남도록 병 깊어졌구나.

길 재촉하는 하늘 밖 슬픈 기러기,

풀 사이에는 귀뚜라미,

바람에 파르르 떨리는 문풍지.

　(놀라 쓰러진다)

싸늘하여라,

사지에 힘이 없으니 움직이기도 힘들구나.

춘향 : (놀라며) 아씨가 쓰러지셨어요. 마님!

　(노단 견씨가 등장한다)

견씨 :

백 년 근심 없이 남편의 지위 높지만,

어여쁜 딸아이는 평생토록 병도 많네.

　애야, 병세가 어떠냐?

춘향 : 마님, 안 좋아요, 안 좋아요.

견씨 : 어쩐단 말이냐!

【전강】

어인 일로 너는 화원에서 꿈을 꾸어,

멍하니 정신도 못 차리고,

고개도 못 들도록 잠이 깊이 들었느냐.

　　(운다)

일찌감치 용龍에 태우지 못해 한스럽구나.[8]

밤마다 외로운 기러기가,

우리 예쁜 새끼 봉황을 해치네.[9]

모두가 허사로다,

여기서 어미를 죽이는구나.

두여낭 : (깨어난다)

【전림앵轉林鶯】

무슨 아지랭이 날아와 내 영혼을 움직이드니

아스라이 풍경 소리가 뎅그렁.

　　(운다) 어머님, 제 절 받으세요. (절을 하다 넘어진다)

어릴 때부터 천금千金처럼 소중히 보살펴 주셨으나,

불효 소녀는 효도를 다 하지 못합니다.

　　어머님, 이것은 하늘이 정한 운명입니다.

이번 생에 꽃이 피어 한 번 붉었으니,

다음 생에는 부모님을 다시 받들겠나이다.

　　(모두 운다)

8　　용을 타는 것은 여인이 혼인한다는 뜻이다. 동한東漢 때 태위太尉 환언桓焉의 두 딸
　　이 손준孫儁과 이원례李元禮에게 시집가자 당시 사람들은 환언의 두 딸이 모두 용을
　　탔다고 말하였다. 사위를 용에 비유한 것이다.
9　　기러기는 꿈속의 유몽매를, 봉황은 두여낭을 비유한다.

모두 :

서풍이 한스러워라,

삽시간에 까닭도 없이,

푸른 잎 붉은 꽃을 찢어 놓다니.

견씨 :

【전강】

아들도 없이 겨우 아리따운 너 하나를 낳으니,

어미 앞에서 웃음 띤 환한 얼굴로 맴돌았지.

성인이 되어 부모를 보내 주어야 하거늘,

늘그막에 천애天涯의 외로운 신세가 한스럽구나.

　　아가야,

잠시 동안 재앙을 만나게 되었으니,[10]

돌아가 네 번민스러운 마음을 쉬려무나.

모두 :

서풍이 한스러워라,

삽시간에 까닭도 없이

푸른 잎 붉은 꽃을 찢어 놓다니.

두여낭 : 어머니, 제가 잘못되면 어떻게 하시렵니까?

견씨 : 너를 운구하여 고향으로 데려가마. 아가야!

두여낭 : (운다)

【옥앵아玉鶯兒】

타향에서 혼백 되어 관棺 속에 들어가면,

고향산천은 천 길 만 길이겠지요.

10　원문은 '월치년공月直年空'이다. 서삭방徐朔方본에서는 '월치년재月直年災'를 압운을
　　위해 '월치년공'으로 바꾼 것으로 보았다. '월치년재'는 시운이 좋지 못하여 재앙을
　　만난다는 뜻이다. 한편 명明 주묵본朱墨本에는 이 부분이 '연충월공年沖月空'으로 되
　　어 있다. '충'은 12간지干支의 상충相沖, '공'은 '육갑공망六甲空亡'의 뜻으로 모두 불길
　　한 징조를 말한다.

견씨 : 멀어도 가야지.

두여낭 : 옳든 그르든 제 말을 들어 주세요. 여기 후원에 제가 좋아하는 매화나무가 한 그루 있습니다. 저를 그 매화나무 아래 묻어 주시면 좋겠어요.

견씨 : 게 무슨 말이냐?

두여낭 :

병든 미인이라 계수나무 굴에서 길이 살지 못하리니,[11]

매화 향하는 무덤에서 분칠한 해골이라도 되어야겠어요.[12]

견씨 : (운다)

딸아이 고개 억지로 들며 눈물 줄줄 흘리고,

싸늘히 마음 적시는 땀 쏟아지는 모습을 보니,

내가 먼저 이 목숨 버리는 것이 낫겠네.

모두 :

하늘은 꽃 시기하는 바람을,

하필 달 밝은 밤에 보내시네.

견씨 : 가서 아버지께 말씀 드려 큰 법회를 열어야겠구나, 아가야.

달나라 토끼는 군신약君臣藥을 헛되이 찧었으니,

지마紙馬에 또 자모전子母錢을 태워야겠네.[13]

(퇴장한다)

두여낭 : 춘향아, 내가 다시 살아날 날이 있을까? (한탄하며)

---

11 계수나무 굴은 달을 말한다. 남편의 불사약을 훔쳐 달로 달아난 항아처럼 오래 살지는 못할 것이라는 뜻이다.

12 분칠한 해골은 얼굴만 예쁜 여자를 경멸하여 부르는 말이지만, 여기에서는 두여낭 자신을 가리킨다.

13 군신약에서 주치약을 군약君藥, 보조약을 신약臣藥이라고 한다. 또 지마는 신상神像을 그린 종이이고 자모전은 지전紙錢이다. 제사를 지낼 때 신상을 그려 붙였다가 마치면 지전과 함께 태운다. 두여낭을 살리려는 약이 다 소용없었으니, 제사 올릴 준비를 해야겠다는 뜻이다.

【전강】

너는 어릴 때부터 나를 따랐으니,

내 마음이 바로 네 마음이란다.

　춘향아, 너는 나으리와 마님을 잘 모셔야 한다.

춘향 : 지당하신 말씀이에요.

두여낭 : 춘향아, 한 가지 일이 생각났어. 나의 그 초상화는 위에다 시
　도 써 놓았고 외관도 아름답지 않으니, 나를 묻은 다음에 자단목紫檀木
　갑匣에다가 넣어 태호석太湖石 아래에 감추어라.

춘향 : 무슨 뜻인가요?

두여낭 :

심령과 문필이 깃든 초상화이니,

아마도 그 분이 사랑하실 거야.

춘향 : 아씨, 안심하세요. 아씨가 만약 잘못되시면 무덤 하나만 외롭게
　있겠지요. 하지만 꼭 나으셔서 나으리께 아뢰어 매씨梅氏든 유씨柳氏
　든 수재 하나를 골라 함께 살고 함께 죽으면 정말 좋지 않겠어요!

두여낭 : 기다릴 수 없을 것 같아. 아야, 아야!

춘향 :

이 병을 어떻게 치료할까,

마음의 병 고쳐줄 의원을 어이 만나나?

두여낭 : 춘향아, 내가 죽은 후 너는 늘 내 신위神位를 보고 날 한 번씩
　불러 줘.

춘향 : (슬퍼한다)

아씨는 하나하나 제 마음을 찢어지게 하시네요.

모두 :

하늘은 꽃 시기하는 바람을,

하필 달 밝은 밤에 보내시나.

　(두여낭이 혼절하여 쓰러진다)

춘향 : 안돼요, 안돼. 나으리, 마님, 어서 오세요!

  (두보와 견씨가 등장한다)

두보, 견씨 :

【억앵아憶鶯兒】

북은 세 번 울리지만,[14]

시름은 만 겹이라.

찬 비 들이치는 그윽한 창에 등불 붉지 않구나.

시녀가 딸아이 병이 위독하다 전하네.

춘향 : (울며) 우리 아씨! 우리 아씨!

견씨 : (함께 운다) 우리 아가야,

  너는 목숨을 버리고 우리를 막다른 길로 모는구나.

  애초에 어미 아비를 묻어 달라 바랬건만.

두보, 견씨 :

한스럽고 한스럽다네,

부평초와 물결만 남았네,

바람이 옥부용玉芙蓉을 꺾어버렸으니.[15]

  (두여낭이 깨어난다)

두보 : 빨리 깨어나거라! 애야, 아비 여기 있다.

두여낭 : (바깥을 본다) 아야, 아버님, 저를 중당中堂으로 데려다 주세요.

두보 : 내가 잡으마, 애야. (부축한다)

두여낭 :

【미성尾聲】

나무 꼭대기에서 뿌리까지 새벽바람 불까 두려우니,[16]

---

14 삼경三更을 말한다.

15 옥부용은 두여낭을 가리킨다.

16 나무 가득 핀 꽃송이가 새벽바람 불기도 전에 모두 떨어져버렸다는 뜻이다. 즉 청춘
   에 요절한다는 말이다. 당唐 왕건王建의 「궁사宮詞」에 "나무 꼭대기에서 뿌리까지

저의 작은 무덤가에 단장비|斷腸碑 하나 세워 주세요.

　　아버지, 오늘밤은 추석이네요.

두보 : 그래, 추석이구나. 애야.

두여낭 : 오늘 밤 이 비를 견디고, (탄식한다)

어이하면 달이 진 뒤 등불을 다시 밝힐 수 있을까?

　　(함께 퇴장한다. 춘향이 울면서 등장한다)

춘향 : 우리 아씨, 우리 아씨!

하늘에는 예측 못할 풍운이 있고,

사람에게는 무상한 화복이 있다더니.

　　우리 아씨는 봄병을 앓다가 돌아가셨습니다. 우리 나으리와 마님
도 슬픔에 빠져 돌아가실 것만 같아요. 여기 오신 여러분, 어찌해야
할까요?[17] 제가 곡을 한 바탕 하겠어요. 아씨!

【홍납오紅衲襖**】**

다시는 저에게 심자향心字香[18] 사르라고 시키지 않고,

다시는 화등花燈에 붉은 눈물 문지르라고 시키지도 않고,[19]

다시는 꽃 잡고 눈 흘기며 새 울음 내라고 시키지 않고,

다시는 거울 돌리고 어깨 움직이며 붉은 입술 찍으라고 시키지도 않네요.

생각하니 아씨는 밤이 늦어서야 가위를 손에서 놓고,

맑은 새벽에 그림 그리셨지요.

　　그 초상화를 들고서 나으리가 보시고 마님이 마음 아파하실까 함
께 묻으라고 분부하셨어요. 아씨 돌아가실 때 하신 말씀 생각하니,

　　남은 꽃을 찾으니, 한 조각은 서로 날고 한 조각은 동으로 난다. 본래 도화는 열매
　　맺길 탐하나, 사람더러 새벽바람 잘못 탓하게 만드네樹頭樹底覓殘紅, 一片西飛一片東.
　　自是桃花貪結子, 錯教人恨五更風"라고 되어 있다.
17　　객석을 향해 말하고 있다.
18　　명明나라 양신楊愼의 『사품사품詞品』「심자향心字香」에 "심자향은 향의 끝부분이 얽혀 전
　　서篆書 '心'자를 이루고 있는 것이다所謂心字香者, 以香末縈篆成心字也"라고 하였다.
19　　붉은 초가 타면서 흘러내리는 촛농을 닦아내라는 뜻이다.

이전처럼 태호석에 기대어 있어도,[20]

푸른 깃털 줍는 사람 올 때면,[21]

그림의 색 바래 있을까 두렵다고 하셨지요.

　도사님이 오시네요.

　　(정이 분장한 석 도고가 등장한다)

석 도고 : 곡을 잘하는구나. 나도 너를 도우마. 춘향 아가씨,

【전강】

다시는 네게 따뜻한 붉은 입술로 통소 부르라 시키지 않는다네.

춘향 : 그래요.

석 도고 :

다시는 너와 치마 휘날리며 그네 타고 풀싸움 하지 않는다네.

춘향 : 그래요.

석 도고 : 아씨가 계시지 않으니 춘향이도 좀 한가하겠어.

춘향 : 어떻게 알아요?

석 도고 :

다시는 네게 차갑다 따뜻하다 열기를 보존하라 잔소리하지 않고,

다시는 네게 밤에 늦게 자고 아침에 일찍 일어나라 시키지 않네.

춘향 : 그건 습관이 되었어요.

석 도고 : 기운을 아낄 일이 또 있지.

입 삐죽이며 티눈 파내지 않아도 되고,

변기를 코 앞에서 비울 일도 없지.

　　(춘향이 침을 뱉는다)

석 도고 : 하나 더 있지. 아씨는 청춘이어서

20　초상화를 돌 틈에 숨기면 자신이 그 돌에 기대는 것과 같다는 말이다.

21　푸른 깃털 줍는 사람은 초상화를 발견할 사람, 즉 유몽매柳夢梅를 가리킨다. 당唐 두
　　보杜甫, 「추흥 8수秋興八首」의 제8수 중에 "가인은 푸른 깃털 주워 봄에 안부 묻네佳
　　人拾翠春相問"라는 구절이 있다.

수시로 일을 벌였을 터이니,

　　저　노　마님은

후원 일로 네 허리를 부러뜨리고 말 걸.

춘향 : 헛소리 말아요! 마님께서 오십니다.

　　(노단 견씨가 등장하여 운다)

견씨 : 딸아이는,

【전강】

매일 어미 주위를 백 번이나 맴돌았지만,

네가 남 앞에서 가벼이 웃는 걸 본 적이 없었구나.

그는 반희班姬의 『사계四戒』를 처음부터 외웠으니,[22]

맹모삼천孟母三遷 본받으려 화낼 필요도 없었지.

그 연약한 몸은 정말이지 아름다워 걱정이었지만,

그 병이 깊어 정말 나빠질 줄 누가 알았으리.

　　(운다)

이제부터 누가 어머니라고 불러 줄까,

한 치의 간장이 백 갈래로 타는구나.

　　(견씨가 쓰러진다)

춘향 : (놀라서 외친다) 나으리, 마님이 혼절하셨어요. 빨리 오세요, 빨리.

　　(외가 분장한 두보가 울며 등장한다)

두보 : 우리 딸아. 아이고, 부인이 여기 쓰러진 게로구나. 부인,

【전강】

당신 팔자가 고진孤辰이어서 자수子宿가 빈 것이 아니라,[23]

22　한漢나라 반소班昭가 『여계女戒』 7편을 지었다. 명나라 때에는 이 가운데 4편만 통
　　용되었다.

23　고진은 천간天干과 지지地支를 배합하여 육십갑자를 만들 때 천간에 배합되지 않는
　　지지를 말한다. 예를 들어 갑자甲子 순旬에는 술戌과 해亥가 고진이다. 고진은 짝이
　　없는 팔자, 여기서는 자식이 없음을 말한다. 자수子宿는 자성子星이다. 자수가 비었
　　다는 것은 역시 자식이 없다는 뜻이다.

내가 공당公堂에 앉아 쌓은 원한의 업보라오.

딸복 많은 창공倉公²⁴한테는 비길 수도 없고,

노의盧醫²⁵ 같은 명의를 만나지 못해 병들어 죽었구려.

　하늘이시여, 하늘이시여, 나 같은 백발 중년이,

많은 재산을 어디에 쓰겠습니까?

집안의 기둥 같은 딸이 멀쩡히 꺾여버렸으니.

　부인, 몸을 보전하시오.

당신의 애간장이 천 마디로 끊어지면,

　　딸 아이에게,

망제望帝의 넋이 되어 돌아오라 부르지도 못하오.²⁶

　(축이 원공으로 분장하여 등장한다)

원공 :

세상의 옛 한恨은 까마귀가 가져가고,

하늘의 새 은혜는 까치가 가져 오네.

　나으리께 아룁니다. 승진을 알리는 조보朝報²⁷가 왔습니다.

두보 : (조보를 읽는다) 이부吏部의 문서로구나. "성지聖旨를 받들라. 금金나라 도적이 남방을 엿보니, 남안 지부 두보를 안무사按撫使²⁸로 승진시켜 회양淮揚을 지키게 하노라. 즉일로 출발하여 기한을 어기지 말라. 이를 받들라." (탄식한다) 부인, 조정의 성지가 내려와 북쪽으로 가라

24　창공은 한漢나라 때의 명의 순우의淳于意이다. 그는 임치臨淄 사람으로 태창장太倉長을 지냈으므로 창공이라고 부른다. 그는 아들 없이 딸만 다섯을 두었다. 죄를 지어 육형을 받자 막내딸 제영緹縈이 글을 올려 아버지를 구하였다.

25　노의盧醫는 전국시대戰國時代의 명의 편작扁鵲을 말한다. 편작은 본성이 진秦씨로 월越나라 사람이며, 오늘날의 산동山東성 장청長清현에 있었던 노盧 지방에 살았으므로 노의라고도 부른다.

26　망제는 촉왕蜀王 두우杜宇가 스스로를 부른 호칭이다. 두우는 죽어서 두견새가 되었다고 하여 두견새를 망제혼望帝魂 곧 망제의 넋이라고도 부른다.

27　옛날 조정의 공보이다. 조령詔令, 주장奏章, 관리의 임면任免 사항을 싣는다.

28　송대宋代의 관제로 한 지역의 군정軍政을 총괄하였는데, 지주知州가 겸임하였다.

하시니 딸아이를 서쪽으로 운구할 수 없구려.[29] 원공, 진 재장을 부르
시오.

원공 : 나으리께서 부르십니다.

　　(말이 진최량으로 분장하여 등장한다)

진최량 :

　장수하나 요절하나 결국은 한 구덩이요,

　조문과 축하도 언제나 같은 집이라.

　　(인사한다)

두보 : 진 선생, 딸아이가 그대와 길이 이별하였소.

진최량 : (곡한다) 그렇군요. 소저가 우화羽化하여[30] 진최량은 사방을 둘러
봐도 갈 데가 없어 참으로 슬픕니다. 기쁘게도 나으리께서 승진하셨
으나 진최량은 단번에 있을 곳을 잃었습니다.

　　(모두 곡한다)

두보 : 진 선생에게 의논할 일이 있소이다. 나는 어명을 받들어야 하니
오래 머물 수 없습니다. 딸의 유언을 따라 후원 매화나무 아래 묻으면
후임자가 묵기에 불편할 터이니, 후원을 떼어내서 매화암관梅花菴觀을
세우고 딸아이의 신위神位를 안치하라 분부하였소. 석 도고에게 향을
사르며 지키게 하려 하오. 도고는 부탁을 들어 주겠소?

석 도고 : (무릎을 꿇고) 빈도貧道가 향을 더하고 물을 갈겠습니다. 다만 오
가며 보살피려면 한 사람이 더 있어야 하겠습니다.

견씨 : 진 재장께서 번거롭더라도 도와주십시오.

진최량 : 노부인께서 청하시니 힘을 다하겠습니다.

견씨 : 나으리, 제수답祭需畓[31]을 두면 좋겠습니다.

29　두보의 고향은 오늘날의 사천四川 지방에 해당하는 중국 서남부의 서촉西蜀 지방이
　　다. 두여낭을 고향으로 운구하여 장사 지낼 수 없다는 뜻이다.

30　우화는 날개가 돋아 신선이 된다는 뜻의 '우화등선羽化登仙'에서 온 말로 여기에서는
　　죽었다는 뜻이다.

31　제사에 필요한 경비를 충당하기 위한 논이다.

두보 : 누택원漏澤院[32]에 빈 논 두 경頃이 있으니 제사에 충당하시오.

진최량 : 이 누택원의 논은 생원生員에게 떨어져야 합니다.

석 도고 : 내 이름이 도고道姑이니 도곡稻穀을 거둘 수 있습니다.[33] 당신은 진절량陳絶糧[34]이니 당신에게 떨어질 수는 없지요.

진최량 : 수재秀才의 입은 십일방十一方을 먹소[35] 당신이 고고姑姑라면 나도 고로孤老인데,[36] 왜 나만 곡식을 거두어서는 아니 된다는 말이오?

두보 : 싸우지 마시오. 진 선생이 받으시오. 진 선생, 나는 여기서 여러 해 동안 학교를 우대하였소.

진최량 : 잘 알고 있습니다. 나으리께서 승진하셨어도 관례에 따르면 제생유애기諸生遺愛記와 생사生祠의 비문碑文이 있으니 서울까지 전송하는 사람을 딸려 보내는 것이 좋겠습니다.[37]

석 도고 : 진절량, 유애기는 나으리께서 영애令愛에게 지어 주는 표기表記인가요?[38]

진최량 : 나으리의 선정을 칭송하는 노래요! 무슨 영애라니!

석 도고 : 왜 생사라고 부르는 것이지요?

---

32 누택원漏澤院은 누택원漏澤園을 관장하는 기구이다. 누택원漏澤園은 송대에 관에서 설치한 매장지이다. 상주가 없거나 가난하여 장지를 구할 수 없는 망자를 매장한다.

33 도고와 도곡은 발음이 비슷하다. 도곡은 곡식을 말한다. 동음이의어를 이용한 우스개이다.

34 진절량은 진최량의 별명이다. 제4척 참고.

35 팔방八方과 상하上下가 시방十方이다. 화상和尙은 시방의 보시를 먹는다고 하는데, 사원에 사는 수재는 시방의 것에 화상의 것까지 더하여 먹으므로 십일방을 먹는다고 했다.

36 고고는 곡식의 '곡'을 중첩한 것과 발음이 비슷하다. 또 고로孤老는 늙고 외로운 사람이지만, 여기에서는 곡식의 뜻인 '곡도穀稻'와 발음이 비슷하다. 역시 동음이의어를 이용한 우스개이다.

37 제생유애기는 제생들이 이임하는 수령의 공덕을 칭송하여 쓰는 문장이며, 생사는 살아 있는 사람의 사당이다. 명대 관료의 습속에 지방관이 임지를 옮기면 제생유애기와 생사의 비문을 지어 보냄으로써 승진의 수단으로 삼았다. 여기서 두보는 승진하여 임지를 옮기므로 이런 절차가 필요 없으나 관례대로 하는 것이 좋다고 말함으로써 당시 관료들의 추태를 풍자하고 있다.

38 유애기를 영애 즉 딸에게 주는 문장으로 비틀어 풀이하여 진최량을 조롱하고 있다.

진최량 : 큰 사당집에다가 나으리의 상을 만들어 모시고 공양하고, 문 위에 '두공지사杜公之祠'라고 써 붙일 것이오

석 도고 : 그러면 옆에다 아씨의 상도 만들어 내가 두루두루 공양하는 것이 좋겠어요.

두보 : (괴로워한다) 닥치시오! 이것들은 관례일 뿐이니, 나는 모두 쓰지 않을 것이오 진 선생, 석 도고,

【의부진意不盡】

우리 딸의 무덤은 저녁 구름 떠 있는 삼척三尺 높이로 해 주시구려, 늙은 부부가 말 한 마디로 부탁드리오.

　때마다 보살펴 달라고 바라지는 못하고,

청명, 한식 때 깨진 그릇에라도 밥을 올려 주시기를.

두보	넋은 명부冥府로 가고 얼은 구천九泉으로 갔네.
견씨	너를 장장 열여덟 해나 키웠구나.
진최량	한 번 부르고 한 번 돌아보며 애 한 번 끊어지네.
모두	지금 다시 말하니 한은 끝이 없도다.[39]

---

[39] 제1구: 주포朱褒, 「양씨의 기녀 금현을 애도하다悼楊氏妓琴弦」 중 "혼은 허무로 돌아가고 백은 구천으로 가니, 겨우 세상에 15년을 살았구나魂歸寥廓魄歸泉, 只在人間十五年." 제2구: 조당曹唐, 「자질서원의 쌍송에 부쳐題子侄書院雙松」 중 "아무렇게나 한가운 꿈 꾸게 하지 말라, 너를 아득히 십팔 년이나 키웠나니莫教取次成閑夢, 使汝悠悠十八年." 제3구: 이백李白, 「선성에서 두견화를 보고宣城見杜鵑花」 중 "한 번 울고 한 번 돌아보니 애 한 번 끊어지고, 삼춘 삼월에 삼파 땅을 생각하노라一叫一回腸一斷, 三春三月憶三巴." 제4구: 장적張籍, 「원결을 보내며送元結」 중 "옛날 함께 장수를 노닐었지, 지금 다시 말하니 한이 끝없네昔日同遊漳水邊, 如今重說恨綿綿."

제21척 묘순빈과의 만남謁遇

노단老旦 : 다보사多寶寺 주지승

정淨 : 묘순빈苗舜賓

말末 : 통역사

외外 : 이졸吏卒

첩貼 : 이졸

축丑 : 번귀番鬼

(노단이 주지승으로 분장하여 등장한다)

주지 :

【광광사光光乍】

해진 가사袈裟 한 벌만 있고,

향산오香山嶴의 사원[1]에 산다네.

영생하시는 다보여래多寶如來[2]와 수많은 보살들이시여,

많이 많이 빛나게 하소서, 우리 반짝반짝 빡빡머리를.

소승은 광주부廣州府 향산오의 다보사多寶寺 주지입니다. 이 절은 본래 번귀番鬼[3]들이 세웠는데, 보배를 사러 오는 관원들을 영접하기 위해서였습니다. 이번에 흠차대신欽差大臣이신 묘苗 나으리께서 임기가 끝나게 되어 다보여래와 보살 앞에 보배를 바치러 오시니 영접해야겠습니다.

(정이 묘순빈으로 분장하고, 말이 통역사로 분장하고, 외와 첩이 이졸로 분장하

---

1   향산오는 마카오澳門이고, 사원은 이탈리아 출신의 예수회 선교사였던 미켈레 루기에리(Michele Ruggieri, 羅明堅, 1543~1607) 신부가 1580년에 마카오에 세운 교당인 성바오로St. Paul 성당을 말하는 것으로 '다보사多寶寺' '삼파사三巴寺'라고 불렀다. 지금은 성당의 앞면만 남아 있고, 마카오의 대표적 관광지이다.

2   다보여래는 동방 보정寶淨 세계의 부처로서, 『법화경法華經』을 설법하는 자가 있으면 어디에서나 보탑寶塔이 솟아나오게 하여 그 설법을 증명하였다고 한다.

3   번귀는 서양사람을 낮춰 부르는 말이다. 명나라 때부터 마카오에는 포르투갈인을 비롯한 유럽인들이 교역과 선교를 위해 거주하고 있었다. 〈모란정〉의 시대배경은 송나라와 금나라가 대치하던 때이지만, 이 부분에서는 명나라 때의 상황이 반영되어 있다.

고, 축이 번귀로 분장하여 등장한다)

묘순빈 :

【괘진아挂眞兒】

나라의 땅끝, 남쪽으로 바다가 열린 곳에,

진주굴眞珠窟을 향해 아전들이 늘어섰구나.[4]

(주지가 맞이한다)

모두 :

광리신왕廣利神王,

선재동자善財童子,

천녀天女시여,[5]

파도 소리 같은 범패梵唄를 들어주소서.[6]

묘순빈 :

구리 기둥 있는 곳과 주애珠崖는 길이 험해도,[7]

옛날에 복파장군伏波將軍이 바다 건너 제단에 올랐었지.

월인越人들이 스스로 산호수珊瑚樹 바치니,[8]

---

4 중국 남해南海에 진주가 난다. 진주굴은 향산오를 가리킨다.

5 광리신왕은 남해신南海神이다. 당唐 천보天寶 10년에 남해의 신을 광리왕廣利王에 봉하였다. 광리왕은 진기한 보물이 많다. 선재동자는 불제자로서 태어날 때 여러 가지 진기한 보물이 솟아나왔다고 한다. 천녀는 욕계천欲界天의 여자이다.

6 범패는 재를 올릴 때 부르는 노래로, 관음이 설법할 때 파도소리처럼 장엄한 소리가 났다고 하여 범패소리를 파도소리에 비유하고 있다.

7 구리 기둥은 동한東漢 때 마원馬援의 고사에서 나왔다. 마원이 복파장군伏波將軍에 임명되어 바다를 건너 교지交趾를 공격하고 나서 지금의 광서장족자치구廣西壯族自治區 상사현上思縣 분모령分茅嶺에 구리 기둥을 세워 경계의 표지로 삼았다. 주애는 한대漢代의 군명郡名으로 지금 해남도海南島 동부이다. 옛날 진주 산지로 유명하였다.

8 '월越'은 본래 지금의 절강성 일대를 가리키지만, 광동을 가리키는 글자인 '월粤'과 혼용될 때가 많다. 여기에서 월인은 광동 사람을 말한다. 해치관은 어사御史가 쓰는 관이다. 월인들이 스스로 진주를 바치므로 한漢 즉 송나라 사신이 굳이 진주를 구하러 올 필요가 없다는 말이다. 이 시는 당唐나라 장위張謂의 시 「두 시어가 공물을 보냈으므로 장난삼아 드림杜侍御送貢物戲贈」의 구절이다. 본문에 이어지는 구절은 다음과 같다. "말도 지친 산중에 날 저물어 시름하고, 외로운 배 강 위에서 봄 추위 걱정한다. 예부터 이 물건 얻기 어렵다 말하지만, 군왕께서 차마 못 보실까 두렵구

한漢의 사자들이 어찌 해치관獬豸冠을 쓰겠는가.

나는 흠차식보사신欽差識寶使臣 묘순빈입니다. 삼 년 임기가 차서 관례대로 다보여래와 보살께 재를 올리고자 합니다. 통역사는 어디 있느냐?

(통역사가 인사한다. 번귀가 인사한다)

번귀 : 쐴라 쐴라.[9]

(주지가 인사한다)

묘순빈 : 통역사더러 번회番回[10]에게 보물을 바쳐 올리라고 일러라.

통역사 : 모두 진열해 놓았습니다.

묘순빈 : (보배를 본다) 기이하도다, 보배여. 참으로 웅장하고 맑은 산천이요, 빛나는 해와 달이로다. 다보사는 참으로 명불허전이로구나! 재를 올리자. (안에서 종이 울리고, 묘순빈이 절을 올린다)

【정전류亭前柳】

삼보三寶는 삼다三多를 노래하고,[11]

칠보七寶는 묘하여 지나침이 없다네.[12]

장엄하게 세계를 이루고,

광채는 사바세계를 비추네.[13]

많도다, 공덕이 가없이 넓구나.

모두 : 절하며 공경합니다.

나疲馬山中愁日晚, 孤舟江上畏春寒. 由來此貨稱難得, 多恐君王不忍看."

9 외국어임을 나타낸다.

10 번회는 아라비아 사람을 가리키는데, 여기서는 중국에 와 있는 외국상인을 가리킨다.

11 삼보는 본래 불佛, 법法, 승僧을 가리키나 여기에서는 승을 가리킨다. 삼다는 세 가지 많이 이루어야 할 것을 말한다. 좋은 벗을 가까이하고, 법음法音을 듣고, 자신의 잘못을 반성하는 것이다.

12 칠보는 일곱 가지 보물이다. 『법화경法華經』에 따르면 금金, 은銀, 유리琉璃, 차설硨磲, 마노瑪瑙, 진주珍珠, 매괴玫瑰이다.

13 사바는 산스크리트어로 '참다'의 뜻으로, 석가의 교화가 미치는 삼천대천세계三千大千世界를 말한다. 세계의 중생은 갖가지 번뇌를 참을 수 있어야 한다는 말이다.

보배를 많이 얻으니,

보배가 많고도 많습니다.

묘순빈 : 스님, 번회 바다상인들을 위하여 축원해 주십시오.

주지 :

【전강】

바다에는 보물이 많지만,

배는 풍파를 만납니다.

상인들이 귀중한 보물 가지고,

험로를 지나기 두려워하지만,

찰나刹那에,

관음觀音을 외우면 벗어납니다.[14]

모두 : 절하며 공경합니다.

보배를 많이 얻으니,

보배가 많고도 많습니다.

(생 유몽매가 등장한다)

유몽매 :

【괘진아挂眞兒】

장안長安을 바라보니 해는 서산에 지거늘,

나만 홀로 바다 모퉁이 하늘 끝에 살고 있구나.

보배를 사랑하는 라마승이여,

염주알 뽑아 넘기는 불법佛法이여,[15]

미끄러운 유리처럼 둘 다 들기 어려워라.[16]

---

14 '관세음보살'을 읊으면 관음이 그 소리를 듣고서 위험에서 구해 준다는 뜻이다. '관
음을 외우면 벗어납니다'는 『관세음보살보문품觀世音菩薩普門品』의 게어偈語이다.

15 '라마'는 티벳어로 지고무상至高無上이라는 뜻으로, 보통 출가한 남자를 가리키는데
여기서는 화상和尙의 의미로 썼다. 염주를 뽑는다는 것은 보배를 뽑아간다는 뜻이다.
또 불경을 읽을 때 수주數珠를 하나씩 뽑아서 횟수를 기록하는 일을 가리킨다. 중의적
이나 앞 문장과 연결하여 전자의 뜻이 강하여 종교에 대한 풍자로 이해할 수 있다.

우습구나, 유몽매야. 의지할 데 없이 가난하여 집 버리고 나왔구
나. 다행히 흠차사신께서 절에서 보배 바쳐 재를 올린다 하니 한번
뵙자고 부탁해 보자. 말로써 움직여 그의 후원을 받을지도 모르는
일이지. (이졸에게 인사한다) 수고스러우시더라도 좀 알려 주시오. 광주
부학府學의 생원 유몽매가 와서 보배 구경을 하고 싶어 한다고.

　　(이졸이 알린다)

묘순빈 : 조정의 금물禁物이니 어찌 보여 주겠는가마는, 사문斯文[17]이니
잠시 만나자고 하여라. (만난다)

유몽매 :

　　남해南海에 진주 궁전 열렸으니,[18]

묘순빈 :

　　서방西方의 옥문玉門을 닫아걸었네.[19]

유몽매 :

　　마음을 열고 지기知己를 기다리오니,

묘순빈 :

　　수레 밝게 비출 옥이라면 현인을 만날 수 있다네.[20]

　　수재께서는 어인 일로 여기를 오셨는가?

---

16 보배를 사랑하는 라마와 구슬 뽑는 불법 둘 다 미끄러워 들 수 없는 유리처럼 믿을
　　수 없다는 뜻이다.

17 유생儒生을 뜻한다.

18 진주 궁전은 오대五代 남한南漢의 옥당주전玉堂珠殿을 말한다. 오대五代 때 유척劉陟
　　이 광주廣州에서 남한南漢을 세우고 남해의 주보珠寶를 모아 옥당주전을 세웠다.

19 옥문은 감숙성甘肅省 옥문관玉門關이다. 옥문관은 고대에 서역의 옥을 수입하던 통
　　로이다. 옥문관 서쪽의 곤륜산崑崙山과 우전于闐 곧 현재 신장위구르자치구 화전和
　　田은 유명한 옥 산지이다. 남해에 옥이 많이 생겼으므로 옥문관을 열어 옥을 수입하
　　지 않아도 된다는 뜻이다.

20 광채가 수레를 밝게 비쳐줄 수 있을 정도로 매우 큰 옥은 유몽매를 비유한다. 유몽
　　매는 남해에 진주 궁전이 열렸다고 하여 자신을 받아 주기를 암시하고, 묘순빈은 서
　　쪽의 옥문을 닫았다고 하여 거절한다. 유몽매가 자기를 알아주기를 재차 간청하자
　　묘순빈은 그가 훌륭한 인재라면 받아들일 수 있다고 암시한다.

유몽매 : 소생은 빈한하여 의지할 데가 없습니다. 노대인께서 여기서 보물을 바치신다고 들어서 한 번 구경하고 회포를 풀고자 합니다.

묘순빈 : (웃는다) 남토南土의 진귀한 보물을 얻었으니 서곤西崑의 비장秘藏을 어이 아끼리오.²¹ 한 번 보시구려. (유몽매를 인도하여 보물을 보여준다)

유몽매 : 명주明珠와 미옥美玉은 소생이 보고 알겠습니다. 그 사이에 있는 몇 가지는 이름이 무엇인지요? 노대인께서 하나하나 가르쳐 주소서.

묘순빈 :

【주운비駐雲飛】

이것은 은하수의 신사神砂,²²

이것은 자해금단煮海金丹²³과 철수화鐵樹花.²⁴

빛을 쏘는 묘안猫眼²⁵과,

색이 탁한 모록母碌²⁶이 어찌 없겠는가.

　아,

이것은 말갈靺鞨의 유금아柳金芽,²⁷

이것은 온량옥가溫凉玉斝.²⁸

21　남토의 진귀한 보물은 유몽매를 가리키고, 서곤의 비장은 보물들을 말한다. 서곤은 서방 곤륜산을 말한다. 곤륜은 흔히 제왕의 장서각이나 국가기관에 붙은 이름으로, 여기에서는 묘순빈의 보물을 둔 곳을 뜻한다.

22　은하수에 있다는 신기한 모래이다. 당唐 이하李賀의 시 「상운악上雲樂」에 "하늘의 강에 자잘한 은모래 길天江碎碎銀沙路"이라는 구절이 있다.

23　홍황색의 보석이다.

24　60년에 단 한 번인 정묘丁卯년에만 꽃이 핀다고 하는데, 실제로는 봉미초鳳尾蕉로서 꽃 피우기가 그리 어렵지 않다.

25　묘정석貓睛石으로 보석의 일종이다. 광채가 변하는 것이 고양이 눈과 같다.

26　조모록祖母綠으로 아라비아 비취이다. 녹주옥綠柱玉, 녹주석綠柱石이라고도 하며 녹색이다.

27　말갈은 지금의 만주 지역에 흩어져 있던 민족으로서 여진족의 조상이다. 유금아가 무엇인지는 알 수 없으나 말갈 지역에서는 큰 홍색 보석이 산출되었다. 『구당서舊唐書』「숙종기肅宗紀」에 "홍말갈은 크기가 큰밤 만하고 붉기는 앵두 같다紅靺鞨, 大如巨栗, 赤如櫻桃"는 기록이 있는 것을 보면 유금아는 홍말갈이라고도 불린 보석일 가능성이 있다.

28　진秦나라의 보물로 여기에 음료를 담으면 사람의 뜻대로 따뜻해지거나 차가워진다

이것은 달을 삼키는 두꺼비,[29]

그리고 양수陽燧[30]와 빙반冰盤.[31]

유몽매: 우리 광동 남쪽에는 명월주明月珠와 산호수珊瑚樹가 있습니다.

묘순빈:

몇 촌寸짜리 명주는 줘 버리고,[32]

몇 자짜리 산호는 부숴 버리지.[33]

유몽매: 소생이 큰 행사에 오지 않았다면 어떻게 이런 구경을 하겠습니까!

【전강】

천지의 정화精華는,

오랑캐에서 나와서 제왕에게로 가는구나.

　노대인께 여쭙습니다. 이 보물들은 얼마나 먼 길을 왔습니까?

묘순빈: 멀리는 삼만 리도 왔고, 가까워도 일만 리는 된다네.

29　고 한다.
　　향로 옆에 두어 연기를 마시는 옥두꺼비를 가리키는 듯하다.

30　'陽遂'라고도 쓰고, 옛날에 햇빛을 받아 불을 붙인 오목거울이다. 서삭방徐朔方은 구슬이름으로 아라비아의 보물이라고 하였다.

31　얼음을 부수어 넣고 위에 과일 등을 담는 그릇이다.

32　당唐나라 대부戴孚의 『광이기廣異記』에 다음과 같은 이야기가 적혀 있다. "근세에 페르시아 호인胡人이 부풍扶風의 여관에 왔다가 문 밖에 있는 네모난 돌을 보고 며칠을 그 주위를 맴돌았다. 주인이 그 까닭을 묻자 호인이 '다듬이질할 돌이 필요하오'라고 대답하고 2천 금을 주고 샀겠다고 하니 주인은 돈을 벌어 매우 기뻐하며 돌을 주었다. 호인이 돌을 가지고 밖으로 나와 여러 사람들 앞에서 쪼개 직경이 1촌이나 되는 구슬 하나를 얻었다. 호인은 칼로 겨드랑이를 찢어 그 안에 구슬을 넣고 본국으로 돌아갔다. 배가 바다에 떠 십여 일이 지나 가라앉으려 하였다. 뱃사람은 해신이 보물을 요구하는 줄 알고 두루 찾았으나 줄 것이 없어 호인을 던지려 하였다. 호인은 두려워 겨드랑이를 갈라 구슬을 꺼냈다. 뱃사람들이 구슬을 받고 해신에게 빌기를 '이 구슬을 찾으신다면 바치겠습니다'라고 하니, 해신은 크고 많은 털이 자란 손을 뻗어 구슬을 받아갔다."

33　『진서晉書』 「석숭전石崇傳」에 따르면, 진晉나라 왕개王愷는 석숭石崇과 부를 다투었는데, 왕개가 황제에게서 받은 석 자짜리 산호수를 꺼내자 석숭이 보고 철퇴로 부수어버렸다. 그리고는 서너 자짜리 산호수 예닐곱 개를 꺼내 배상하였다고 한다.

유몽매 : 이렇게 멀리 왔다고 하시니 날아 왔습니까, 달려 왔습니까?

묘순빈 : (웃는다) 어찌 날거나 달려올 리가 있겠나. 모두 조정에서 많은 값을 주고 사니 스스로 와서 바치는 것이지.

유몽매 : (탄식한다) 노대인, 이 보물들은 지혜가 없건만 삼만 리 밖에서도 발이 없어도 오는데, 생원 유몽매는 특별한 재능을 가득 품었지만 삼천 리 밖 가까운 장안에서 사 주는 사람이 없으니 발만 있어 날지를 못합니다.

비싼 값을 높이 내걸지만,

저 시박市舶³⁴들은 간사합니다.

　아,

물결 따라 보물선을 저어 온 것일 뿐.

묘순빈 : 이 보물들이 가짜라고 의심하는 겐가?

유몽매 : 노대인, 진짜라고 하더라도 배고플 때 먹을 수도 없고, 추울 때 입을 수도 없으니,

텅 빈 배요, 날려 떨어진 기와일 뿐입니다.

묘순빈 : 수재의 말대로라면 무엇이 진짜 보배인가?

유몽매 : 사실, 소생이 세상의 보배입니다.

제가 보배를 싣고 조정으로 간다면,

세상에서 값을 매길 수 없습니다.

묘순빈 : (웃는다) 아마 조정에 이런 보배는 많을 걸세.

유몽매 :

용궁에 바쳐진 보배는 우습기 짝이 없고,

임동臨潼에서 보물을 다투는 일 정도는 할 수 있습니다.³⁵

34　외국 상선을 말한다. 명明나라 때 광주廣州에 시박사市舶司를 설치하여 대외무역을 주관하게 하였다.

35　진秦 목공穆公이 17국 제후를 병탄하기 위해 각국에 보물 한 가지씩 가지고 와서 임동에서 겨루었다. 여기에서는 유몽매 자신이 재능과 지략을 갖추고 있음을 강조하는 말로 쓰이고 있다.

묘순빈 : 그렇다면 바로 천자께 바쳐야겠구먼.

유몽매 : 가난한 선비이고 박복한 까닭에 관부官府의 처분만을 기다릴
수는 없습니다. 어떻게 해야 천자를 뵐 수 있습니까?

묘순빈 : 자네는 천자 뵙기가 쉽다는 걸 모르는구먼.

유몽매 : 삼천 리 길 노자도 마련하기 어렵습니다.

묘순빈 : 시작이 반일세. 옛날 사람들은 황금을 장사壯士에게 주었지. 내
가 아문衙門의 상례은량常例銀兩을 내어 자네 먼 길 가는 일을 돕겠네.³⁶

유몽매 : 그러하시다면 소생은 봉양할 부모와 처자가 없으니 여기서 바
로 작별 인사를 올리겠습니다.

묘순빈 : 여봐라. 은자를 가져오고, 술상을 보아라.

　　　(축 번귀가 등장한다)

번귀 :

　광동 남쪽에서는 여지주荔枝酒를 좋아하지만,

　직예直隷 북쪽에서는 유전楡錢만 날리네.³⁷

　　술 가져 왔습니다. 은자 여기 있습니다.

묘순빈 : 노자는 선생이 거두시오.

유몽매 : 고맙습니다.

묘순빈 : (술을 따른다)

　【삼학사三學士】

　그대 살짝 취해 이 향산 골짜기를 나서,

　장안으로 가면 영화의 길이 있을 걸세.

유몽매 :

36　상례은량은 지정된 봉록 이외에 얻은 수입을 말한다. '상례'는 명문화되지 않은 관례
라는 의미이다. 옛날 관리들은 규정된 액수 외에 부하들이 바치는 재물과 별도로 걷
는 세금을 쓸 수 있었다.

37　직예는 경사에서 직접 관할한 지역으로 오늘날의 하북성과 그 이남의 일부 지역을
포괄한다. 또 유전은 돈을 말한다. '楡榆'는 느릅나무인데 그 열매가 마치 엽전처럼
생겼다. 유몽매에게 돈을 준 것을 가리킨다.

지금의 임금님께 바칠 보물로는,

흩어져간 인재를 거두어오는 일만한 것이 없으리라.

묘순빈, 유몽매:

금편金鞭 지니고 하의荷衣를 걸치고,

금상첨화錦上添花로 돌아오기를 바라네.[38]

유몽매 : 두려워라,

【전강】

중동重瞳[39]께선 눈이 있으셔도 하늘이 눈 멀었을까,

하지만 파사波斯[40] 사람처럼 감별 잘 하시니 틀림이 없을 터.

묘순빈 :

원래 보배의 색깔만으로는 진짜와 가짜를 알 수 없으니,

다만 금 캐는 사람만이 모래를 골라내리라.

묘순빈, 유몽매:

금편 지니고 하의를 걸치고,

금상첨화로 돌아오기를 바라네.

유몽매 : 이만 떠나겠습니다.

【미성尾聲】

당신은 장사에게 아름다운 황금을 주셨습니다.

묘순빈 :

한 잔 술에 가난한 수재는 분발하시게.

　바라기는 자네가,

보배의 기운 충천하여 뗏목으로 하늘에 오르기를.[41]

---

38 하의는 진사進士 급제 후에 입는 녹포綠袍이다. 과거에 급제하여 돌아오기를 기원한
다는 뜻이다.
39 순舜 임금은 눈동자가 둘이었다. 여기에서는 황제를 뜻한다.
40 페르시아를 말한다.
41 전설에 해마다 8월이면 바닷가에 뗏목이 왕래하는데 이것을 타면 은하수에 도달할
수 있다고 하였다. 여기에서는 벼슬을 얻는 것을 비유한다.

유몽매	오사모烏紗帽 위는 푸른 하늘이라,
묘순빈	준걸이자 영재의 기상이 역력하구나.
유몽매	금마문金馬門에서 아름다움 이룰 만 하다고 들었지요,
묘순빈	길 떠나는 그대에게 요조繞朝의 채찍을 주노라.[42]

---

42 제1구: 사공도司空圖, 「수사정 3수修史亭三首」 제3수 중 "오사모 위는 푸른 하늘, 검속하고 알아 줌에 보답한 지 사십 년烏紗巾上是青天, 檢束酬知四十年." 제2구: 유우석劉禹錫, 「방 경조의 죽음에 통곡하며哭龐京兆」 중 "준걸이자 영재의 기상 화려했고, 조정에서는 날 듯 하면서 여러 현자들을 앞섰다네俊骨英才氣燮然, 策名飛步冠群賢." 삼부본三婦本에서는 유장경劉長卿의 시구라고 했고 서삭방 교주본에서도 이를 따랐으나 유우석의 시구이다. 제3구: 장남사張南史, 「강북에서 봄에 황보 보궐에게江北春望贈皇甫補闕」 중 "금마문에서도 세상 피할 수 있다 하니, 갈매기와 함께 할 것 뭐 있나聞道金門堪避世, 何須身與海鷗同." 금마문은 한나라 궁전에 있던 문이다. 여기에서는 조정을 가리킨다. 제4구: 이백李白, 「우림 도장군을 보내며送狍林陶將軍」 중 "시인은 담량 없다 하지 마시게, 떠날 때 요조의 채찍 드리리莫道詞人無膽氣, 臨行將贈繞朝鞭." 춘추시대 진晉 대부 사회士會가 진秦나라에 망명하였다가 다시 조국으로 돌아갈 때 진秦의 대부 요조繞朝가 그에게 채찍 하나를 주었다. '요조의 채찍'은 여기서는 노자의 뜻으로 썼다.

제22척 매화관에 가다 旅寄

생生 : 유몽매
말末 : 진최량

(생 유몽매가 우산과 책보따리를 들고 병든 모습으로 등장한다)

유몽매 :

【도련자掉練子】

사람은 길 나서고,

새는 둥지를 떠났구나.

(무대 뒤에서 바람소리를 낸다)

하늘 덮은 눈보라에 잠을 설쳤네.

요 며칠새 추위에 정신까지 얼어버렸어.

향산오香山㠀에서 짐을 꾸려 나오니,

삼수三水[1]의 배는 부두로 가는구나.

고향에 마음을 부치려는데 날은 추위,

영남嶺南으로 매화나무 반쪽 가지만 보내네.[2]

　저 유몽매는 가을바람 불 때 중랑中郞[3]과 이별하였는데, 벗들이 전별연을 마련해 주었습니다. 배를 내려 고개[4]를 넘으니 벌써 늦겨울이로군요. 고개 북쪽은 바람이 세어 한질寒疾에 걸렸지만, 흥이 사라졌다고 돌아갈 리는 없지요. 하늘 가득 바람과 눈인데 멀리 남안南安이 보이는구나. 정말 힘들구나!

1　광동성廣東省 광주廣州 서쪽의 서강西江, 북강北江, 수강綏江이 합류하는 곳이다.

2　육조시대六朝時代 송宋나라 육개陸凱가 강남江南에서 벗 범엽范曄에게 매화를 보내며 「범엽에게贈范曄」라는 제목의 시를 지어 주었다. "매화 꺾고 역리를 만나, 농두 사람에게 부친다네. 강남에 가진 것 없어, 한 가지 봄만 보낼 뿐折梅逢驛使, 寄與隴頭人. 江南無所有, 聊贈一枝春."

3　중랑은 옛 관직명으로, 궁중의 호위나 시종을 맡았다. 여기에서는 묘순빈을 가리킨다.

4　매령梅嶺을 말한다. 대유령大庾嶺이라고도 한다. 이 고개 남쪽을 영남이라고 하였다.

【산파양山坡羊】

나뭇가지 삐죽삐죽한데 굶주린 솔개는 놀라 울고,

고갯길은 멀기만 하여 병든 혼 외롭고 쓰라리네.

해진 두건은 우박 맞아 바람에 너덜거리고,

구멍 난 홑옷과 우산은 휘파람을 부는구나.

길은 비스듬히 질러 있고,

눈앞에는 묵을 주막이 없구나.

　눈아,

하필 백면서생白面書生에게 내리느냐.

얼음 덮인 단교斷橋를 어이 오르내릴까.[5]

　잘 됐다. 버들 한 그루가 있구나. 붙잡고 건너가자.

편하라고 버드나무가 낙타 허리 같구나.[6]

　　(버드나무를 잡고 건너간다)

흔들흔들,

말라빠진 버들에 한 목숨 맡기노라.

비틀비틀,

쭈르르 미끄러져 버리네.

　　(넘어진다. 말 진최량이 등장한다)

진최량:

【보보교步步嬌】

나는 와설선생臥雪先生,[7] 번뇌가 없다네.

등에 탔더니 나귀가 웃고,

5　단교는 항주杭州의 서호西湖에 있는 다리로, 눈이 내려 하얗게 덮인 모습을 멀리서 보면 마치 중간 중간이 끊긴 것처럼 보인다고 하여 붙은 이름이다. 여기에서도 이러한 뜻을 빌려와서 쓰고 있다.

6　버드나무가 비스듬하게 서 있는 모습이 마치 낙타 허리처럼 생겼다는 뜻이다.

7　안빈낙도安貧樂道함을 말한다. 『후한서後漢書』 권75에 따르면 동한東漢의 원안袁安은 낙양洛陽에 큰 눈이 내리자 혼자 집에 누워 도움을 청하러 나가지 않았다고 한다.

마음 속으로 제오교第五橋[8]를 알아보네.

새해에는 어느 마을 학당에서 훈장 노릇할까.

　(유몽매가 "아야"하고 소리친다)

어이하여 사람의 원성이 높은가?

　(본다) 어, 무슨 성남城南의 기와 굽는 가마라고,

비렁뱅이를 버려 놓았나.[9]

유몽매 : 사람 살려, 사람 살려.

진최량 : 나 진최량은 학관學館을 찾아서 추위를 무릅쓰고 여기까지 왔

　다가, 재수도 좋아서 물에 빠진 사람을 만났구나. 그대로 내버려두자.

유몽매 : (다시 외친다) 살려 주시오.

진최량 : 살려 달라는 소리인데, 어딘들 적선처가 아니겠는가. 한번 물

　어 보자. (묻는다) 누구신데 여기에 빠졌소?

유몽매 : 나는 글 읽는 선비요.

진최량 : 글 읽는 선비라, 일으켜 세워 드리지요. (유몽매를 일으켜 세우다가

　함께 넘어지며 우스개 연기를 한다) 어디서 오는 길이오?

유몽매 :

【풍입송風入松】

오양성五羊城에서 일엽편주를 타고 남소南韶를 지나,[10]

8　장안長安 위곡韋曲 서쪽에 있는 다리로 여기에서는 일반 다리를 가리킨다. 두보杜甫
　「정광문을 모시고 하 장군의 산림에 놀다陪鄭廣文遊何將軍山林」 시에 "남당 길을 모
　르다가, 이제 제오교를 알았네不識南塘路, 今知第五橋"라는 구절이 있다.

9　송宋나라 여몽정呂蒙正의 고사에서 빌어왔다. 여몽정은 젊을 때 가난하여 성 남쪽의
　무너진 기와 굽는 가마에서 살면서 장원급제하였다. 원元나라 왕실보王實甫의 잡극
　에 『여몽정풍설파요기呂蒙正風雪破窯記』가 있다.

10　오양성은 광주廣州의 별칭이다. 송宋 전역錢易의 『남부신서南部新書』에 다음과 같은
　기록이 있다. "오수가 광주자사가 되었다. 주에 이르기 전에 다섯 선인이 오색 양을
　타고 오곡을 싣고 왔다. 지금 주청의 들보에 오색 양을 탄 다섯 선인을 그려 길상으
　로 삼았다. 그러므로 광남을 오양성이라고 부른다吳脩爲廣州刺史, 未至州, 有五仙人騎
　五色羊, 負五穀而來. 今州廳梁上, 畵五仙人騎五色羊爲瑞, 故廣南謂之五羊城." 남소는 소주
　韶州로, 지금의 광동성 곡강曲江이다.

유몽매가 보물을 바치러 왔습니다.

진최량: 무슨 보물이 있소?

유몽매:

나는 홀로 장안으로 과거 보러 가는 길,

엄동에 옷이 얇아 병에 걸렸소.

냇물 흐르는 단교를 건너다 미끄러져,

유랑柳郎의 허리가 꺾이고 말았습니다.

진최량: 그대는 급제하리라 생각하면 이런 고초는 견딜 수 있소.

유몽매: 사실대로 말하자면 소생은 하늘 받치는 백옥白玉 기둥이요, 바다 건너는 자금紫金 들보랍니다.[11]

진최량: (웃는다) 어쩌다가 기둥이 부러지고 들보가 무너졌소? 그만합시다. 이 노부老夫는 의술을 좀 알아요. 근처에 매화관梅花觀이 있으니 쉬었다가 해를 넘기고 가시구려.

【전강】

미생尾生처럼 기둥 안고 다리에 글을 쓰니,[12]

땅에 문성文星[13]이 내려와 길조 있으리라.

돌팔이 같지만 나는 약을 지을 줄 아니,

매화관에서 잠시 쉬는 것이 좋으리다.

---

11 백옥 기둥이나 자금 들보는 모두 나라에서 큰 일을 하는 신하를 말한다.

12 미생은 『장자莊子』「도척盜跖」편에 나오는 이야기의 주인공이다. 미생은 연인과 다리 밑에서 만나기로 약속하여 먼저 가서 기다리고 있었는데, 마침 시내의 물이 불었으나 다리 기둥을 잡고 연인을 기다리다 끝내 익사하였다. 약속을 끝까지 지키는 사람을 비유한다. 또 다리에 글은 쓴다는 말은 『서경잡기西京雜記』에 나오는 한漢나라의 사마상여司馬相如의 고사이다. 사마상여가 장안長安으로 가면서 성도成都의 승선교升仙橋를 건너며 다리 기둥에다가 "네 마리 말이 모는 붉은 수레 타지 않으면 이 아래를 지나지 않겠노라不乘赤車駟馬, 不過此下"라고 썼다고 한다. 입신양명의 뜻을 세우는 일을 말한다.

13 문성은 문곡성文曲星으로, 문운文運을 주관하는 별이다. 문성은 규성奎星이라고도 하는데, 발음이 비슷한 괴성魁星으로 바뀌기도 하였다. 괴성의 소상塑像은 한 다리를 들고 있는 모습이 뛰어 내려오는 듯한 자세이다.

유몽매 : 여기서 얼마나 머오?

진최량 : (가리킨다) 보시오.

한 그루 나무에 눈이 내려 웃는 듯하고,

담장 위로 깃발이 펄럭이고 있다오.

유몽매 : 선생께서 데려다 주십시오.

유몽매	서른에 집 없이 나그네 되었다가,
진최량	그대와 만나 바로 친해졌네.
유몽매	화양동華陽洞 안의 선단仙壇 위에,
함께	동풍 가까우니 따로 인연 있는 듯.¹⁴

---

14   제1구 : 설거薛據, 「낙제 후 즉흥적으로 읊다落第後口號」 중 "열다섯에 글을 잘 지어 서쪽 진으로 들어가고, 서른에 집 없이 나그네 되었네十五能文西入秦, 三十無家作路 人." 제2구 : 왕유王維, 「하상의 단십육에게 부침寄河上段十六」 중 "그대와 만나서 바 로 친해지고, 그대 집은 맹진에 있다 들었네與君相見卽相親, 聞道君家在孟津." 제3구 : 백거이白居易, 「화양관에서 8월 15일 벗을 불러 달구경을 하다華陽觀中八月十五日夜 招友玩月」 중 "화양동 가을 단 위에 오늘밤 맑은 빛 이곳에 많구나華陽洞里秋壇上, 今 夜淸光此處多." 백거이의 「어명을 받들어 화양관에 부침奉題華陽觀」 시에도 "제왕의 딸 통소 불며 봉황 따라가고, 선동만 비어 남아 화양이라 부르네帝子吹簫逐鳳皇, 空留 仙洞號華陽"라는 구가 있는데, 화양관은 농옥弄玉과 그의 남편 소사簫史와 관련 있는 곳이다. 농옥과 소사에 대해서는 제18척 참고. 화양관, 농옥, 소사는 각각 매화관, 두여낭, 유몽매를 비유하여, 아래 구와 이어서 후일 두여낭과의 만남을 암시하고 있 다. 제4구 : 나은羅隱, 「모란화牡丹花」 중 "동풍이 따르니 따로 인연 있는 듯, 붉은 비 단 높이 말려 봄을 이기지 못할레라似共東風別有因, 絳羅高卷不勝春." 두여낭을 만날 것을 예고하고 있다.

제23척 저승의 심판冥判

정淨 : 호판관胡判官

축丑 : 귀졸鬼卒

첩貼 : 옥리

생生 : 조대趙大

말末 : 전십오錢十五

외外 : 손심孫心

노단老旦 : 이후아李猴兒

단旦 : 두여낭의 혼백

(정이 판관으로 분장하고, 축이 귀졸로 분장하여 붓과 장부를 들고 등장한다)

판관 :

【북점강순北點絳脣】

십지十地[1]에서 보낸 사자使者로서,

일천一天[2]에서 제수 받았네.

염부계閻浮界[3]에서는,

---

[1] 원래 불교에서 보살이 수행하면서 겪는 10단계의 경계境界를 말하나 여기서는 음사陰司 십전十殿의 제10전 전륜왕第十殿轉輪王을 말한다. 음사 십전은 바로 명부시왕冥府十王으로 구체적으로는 다음과 같다. 제1전 진광왕 장秦廣王蔣, 2월 1일 탄신, 인간의 수명과 생사, 유명幽冥의 길흉吉凶을 관장한다. 제2전 초강왕 역楚江王曆, 3월 1일 탄신, 활대지옥活大地獄을 관장한다. 16소옥小獄이 있다. 제3전 송제왕 여宋帝王餘, 2월 8일 탄신, 흑승대지옥黑繩大地獄을 관장한다. 16소옥이 있다. 제4전 오관왕 여五官王呂, 2월 18일 탄신, 합대지옥合大地獄을 관장한다. 16소옥이 있다. 제5전 염라천자 포閻羅天子包, 정월 8일 탄신, 본래 제1전이었으나 강등되었다. 규환대지옥叫喚大地獄을 관장하고 16 주심소지옥誅心小地獄이 있다. 제6전 변성왕 필卞城王畢, 3월 8일 탄신, 대규환지옥大叫喚大地獄과 왕사성枉死城을 관장한다. 16소옥이 있다. 제7전 태산왕 동泰山王董, 3월 27일 탄신, 열뇌지옥熱惱地獄을 관장한다. 16소옥이 있다. 제8전 도시왕 황都市王黃, 4월 1일 탄신, 열뇌대지옥熱惱大地獄을 관장한다. 16소옥이 있다. 제9전 평등왕 육平等王陸, 4월 8일 탄신, 풍도성철망아비지옥豐都城鐵網阿鼻地獄을 관장한다. 16소옥이 있다. 제10전 전륜왕 설轉輪王薛, 4월 17일 탄신, 각 전에서 압송되어 온 귀혼鬼魂의 선악을 분별하고 등급을 정하여 4대부주四大部洲로 환생시킨다.

[2] 일천은 도교에서 말하는 36천天 중 최고천인 대라천大羅天을 말한다.

[3] 염부계는 본래는 불교에서 말하는 사바세계娑婆世界 즉 이 세상을 뜻한다. 수미산須

양세陽世에서 매장하면,

나의 이 문턱을 넘어야 하지.

　나는 십지 염라왕전閻羅王殿 휘하의 호판관胡判官[4]이외다. 원래 열
분의 전하殿下가 계셨는데 양세의 조대랑趙大郞과 금金나라의 달자達
子가 강산을 차지하려고 싸워[5] 중생들을 작살내버리니 열에서 하나
가 없어졌소. 이 때문에 옥황상제께서 사람들이 아주 줄어든 점을
감안하여 재판 일을 줄이라고 하셨소. 구주九州[6]에 아홉 전하가 계시
지만 우리 열 번째 전하의 자리만 없어져 관인官印을 둘 데가 없어
졌소. 옥황상제께서 내가 정직하고 총명함을 어여쁘게 여겨 잠시 열
번째 지옥의 인신印信을 관리하라고 하셨지요. 오늘 말을 달려 부임
하니 귀졸鬼卒과 야차夜叉가 양 옆에 도검을 들고 서 있구나. 판관
일은 쉬운 일이 아니로다.

귀졸 : (붓을 바친다) 신관新官이 부임하시면 모두 이 붓으로 형명刑名을 결
　정하고 서명을 합니다. 신관께서도 이 붓을 한 번 칭찬해 주십시오.

판관 : (붓을 본다) 귀졸은 이 붓을 들어라. 아주 중요하지!

　　彌山 사방은 모두 바다이고, 그 바다에 사대주四大洲가 있는데, 동승신주東勝身洲, 남
　섬부주南瞻部洲, 서우화주西牛貨洲, 북구로주北俱盧洲이다. 이중 남섬부주의 별명이
　염부계이고 이곳이 바로 이 세상에 해당한다. "사바세계에서는 양세에 매장하면 다
　시 나의 이 문턱을 넘어야 하지"로 해석한다.
　4　판관은 도교 신격의 하나이다. 명사冥司 염왕閻王의 속하로 생사부生死簿를 장관하
　며, 망자의 생사윤회를 판결한다. 매우 험악하고 교활하게 생겼으나 심지는 선량하
　고 정직하다. 상선사賞善司, 벌악사罰惡司, 사찰사査察司, 최판관崔判官이 유명한 사
　대판관이다. 앞의 세 판관은 직위 명칭이며, 최판관은 당唐나라의 최각崔珏이다. 그
　는 노주潞州 장자현長子縣의 현령으로 많은 선정을 베풀었으며, 낮에는 인간사를 판
　결하고 밤에는 음부陰府의 원한을 판결한다는 칭송을 들었다. 사후에 저승의 판관
　이 되었다. 〈모란정〉의 '호판관胡判官'은 탕현조가 창조한 인물이다.
　5　조대랑은 송宋 태조太祖 조광윤趙匡胤을 말하고, 금나라 달자는 타타르 즉 여진족女
　眞族을 가리킨다. 남송과 금나라가 대치하는 상황을 말한다.
　6　옛날에 중국을 구주로 나누었다. 『서경書經』 「우공禹貢」에 따르면 기주冀州, 연주兗
　州, 청주靑州, 서주徐州, 양주揚州, 형주荊州, 예주豫州, 양주梁州, 옹주雍州로 나누고 있다.
　이후 전적마다 이름에는 약간의 차이가 있으며, 구주는 중국 전체를 말한다.

【혼강룡混江龍】

이 붓은 저기 낙가산落迦山 밖에 걸려 있다가,[7]

인육人肉 연화蓮花가 높이 솟아 서안書案 앞에 놓였나.[8]

받드는 자는 공조功曹와 영사令史이니,[9]

글자를 아는 자가 맡아야 하느니라.

귀졸: 붓대는요?

판관: 붓대는 손뼈와 발뼈를,

　죽통처럼 둥글게 자른 것이지.

귀졸: 붓털은요?

판관: 붓털은 우두귀牛頭鬼[10]의 수염, 야차의 머리칼,

　철사로 붉은 털을 비끄러 매었지.

귀졸: 판관 나으리께서 고르셨나이까?[11]

판관:

　이 필두공筆頭公은 차수국遮須國에서 고른 인재이니라.[12]

귀졸: 이름이 무엇입니까?

판관:

　이 관성자管城子는 야랑성夜郎城에서 작위를 받았느니라.[13]

7　낙가산은 산스크리트어로 지옥을 뜻하는 '나라카(naraka, 나락)'에 산을 더한 합성어로, 붓걸이가 산 모양이어서 지옥의 모양을 닮았음을 나타내기 위해 만든 조어이다.

8　연화는 붓걸이를 말한다. 저승의 붓걸이는 인육으로 만든다고 한다.

9　공조는 군郡에서 서사書史를 관장하는 속리屬吏이고, 영사는 문서를 담당하는 관리 또는 하급 관리를 통칭하는 말이다.

10　지옥의 귀차鬼差로, 머리가 소처럼 생겼다.

11　붓의 털을 판관이 직접 골랐는지를 묻는 것이다. 붓은 털이 가장 중요하다. 붓에다 털을 고른 사람이나 상점의 이름을 새기거나 찍어 놓는다.

12　필두공은 붓을 의인화한 이름이다. 또 차수국은 위魏나라 조조曹操의 아들 조식曹植이 죽어서 왕이 되었다는 상상 속의 나라를 말한다.

13　관성자는 한유韓愈가 「모영전毛潁傳」에서 붓에 붙인 이름이다. 야랑성은 한漢나라 때 지금의 귀주성貴州省에 있던 소국이었는데 후에 중국의 영토로 편입되었다. '야夜'는 저승을 비유한다.

귀졸 : 판관 나으리, 흥이 나면 어찌하십니까?

판관 : (웃으며 춤을 춘다) 휘파람 한 번 부니,

휘휘휘 못생긴 사나이 종규鍾馗처럼 의관이 비뚤고,[14]

춤 한 바퀴 추니,

얼씨구 하괴河魁와 싸워 근묵자흑近墨者黑이로다.[15]

귀졸 : 기쁘시면요?

판관 : 기쁠 때에는,

내하교涤河橋[16]에 시를 쓰러 간다네.

귀졸 : 괴로우시면?

판관 : 괴로울 때에는,

귀문관鬼門關[17]에 붓을 던지고 돌아오지.

귀졸 : 판관 나으리께서는 급제를 하셨습니까?

판관 : 나도 일찍이 신지神祗 시험을 보아서,

---

14 종규는 중국 민간 전설에서 벽사축귀辟邪逐鬼의 능력을 가진 신이다. 전설에 따르면
그는 당唐나라 종남산終南山 사람으로, 외모가 매우 사납고 흉측하게 생겼으나 성품
이 강직하고 재능이 뛰어났다. 현종玄宗 때 전시殿試에서 못생긴 외모 때문에 낙방
하자 기둥에 머리를 부딪쳐 죽었다. 그 후 현종의 꿈에 한 귀신이 양귀비楊貴妃의
자향낭紫香囊과 현종의 옥저玉笛를 훔쳐 달아나자 큰 귀신이 그를 잡아서 먹었다.
큰 귀신의 생김새는 매우 추악하고 해진 오사모烏紗帽를 쓰고 남포藍袍를 입고 각대
角帶를 두르고 조화朝靴를 신었는데, 자신은 종남산의 낙제한 진사로서 과거에 떨어
져 섬돌에 머리를 부딪쳐 죽었으며, 폐하를 위하여 천하의 요괴를 다 잡아 없애겠다
고 말하였다. 현종은 놀라 깨어났는데 그 후 병이 들었다. 병이 나은 후 오도자吳道
子에게 꿈에 본 대로 그림을 그려 「종규착귀도鍾馗捉鬼圖」라 하고, 세상에 보급하여
귀신을 막게 하였다. 하지만 이 전설은 송대 이후에 생긴 것으로 보이며, 종규의 유
래에 대해서는 몇 가지 이설이 있다. 『상서尙書』의 '중훼仲虺'가 바뀐 것이라고도 하
고, 몽둥이를 뜻하는 '추椎'의 반절反切 표기인 '종규終葵'가 바뀐 것이라고도 한다.
또한 몽둥이처럼 생긴 버섯 이름 '종규鍾馗'에서 나온 것이라고도 한다. 그림 속의
종규는 외모는 추하고 의관은 비뚤어져 있다.

15 하괴는 월중月中 흉신이다. 근묵자흑은 판관 자신과 하괴가 모두 검은 얼굴을 하였
음을 나타낸다.

16 불교에서 지옥에 내하涤河가 있고, 내하에 내하교라는 다리가 있다. 이 다리는 매우
좁아서 악인惡人의 혼이 건너다가 내하로 떨어져 벌레들에게 잡아먹힌다고 한다.

17 이승과 저승을 가르는 관문이다.

초하루와 보름날 아침에 이름이 천방天榜에 올랐지.[18]

귀졸: 글을 쓸 줄 아십니까?

판관: 별자리로 따지자면,

정수井宿와 귀수鬼宿이니,[19]

나도 문회文會의 서재書齋가 있느니라.[20]

귀졸: 판관 나으리는 재능이 높으십니다요.

판관:

백옥루白玉樓에서 하늘 오르며 글을 지은,

귀선鬼仙의 재능보다는 못하지.[21]

부용성芙蓉城의 주인 되어 밤이 오자 마음을 펴내 쓴,

풍월주風月主와는 짝할 만하다네.[22]

하지만 사대주四大洲[23]를 돌고 도는 세월을 다 못 쓰고,

오온사五瘟使[24]의 우레 같은 호령도 쓸 수가 없네.

귀졸: 판관 나으리는 지금 지위가 있습니까요?

판관:

---

18 천방은 과거 급제자 명단을 공시하는 방문이다. 매달 초하루와 보름날에 조상에 제사를 올리는 것을 삭망제朔望祭라 하는데, 판관도 그 제사를 받았다는 뜻으로 쓴 듯하다.

19 귀수는 문운文運을 주관하는 괴성魁星과 연상되므로 문재가 있다고 한 것이다.

20 문회는 문인들의 모임이고 서재는 모임의 장소이다.

21 당나라의 시인 이하李賀의 재능을 귀선지재鬼仙之才라고 한다. 이상은李商隱이 지은 이하 전기인 「이장길소전李長吉小傳」에 따르면, 그가 죽을 때 하늘에서 붉은 옷을 입은 사람이 내려와 상제上帝가 백옥루를 낙성하고 기문記文을 지으려 이하를 부른다고 하였다.

22 풍월주는 송宋나라 문인 석만경石曼卿을 가리킨다. 구양수歐陽脩의 「육일시화六一詩話」에 석만경은 죽어서 부용성 성주가 되었는데, 벗의 꿈에 나타나 지금 귀선鬼仙이 되어 부용성을 다스리고 있으니 함께 가서 놀자고 하였다는 이야기가 실려 있다.

23 불교에서 수미산 사방의 사해에 사대주가 있다고 한다. 앞의 주에서 말한 동승부주, 남섬부주, 서우화주, 북구로주이다. 여기에서는 세계의 뜻으로 쓰였다.

24 인간의 질병을 주관하는 신으로, 오온신五瘟神이라고도 한다. 춘온장원백春瘟張元伯, 하온유원달夏瘟劉元達, 추온조공명秋瘟趙公明, 동온종사귀冬瘟鍾仕貴, 총관중온사문업總管中瘟史文業 등이다.

지위가 있지.

　　북두사北斗司와

염부전閻浮殿 옆에 나를 세웠지.[25]

아문衙門이 없으면,

　　어떻게 동악관東嶽觀과

성황묘城隍廟의 왼편에 내 소상塑像이 있겠느냐.[26]

귀졸: 누구 다음 자리인가요?

판관: 백리성百里城에서 손을 높이 들고 있다가,[27]

　　대보살大菩薩의 호상好相[28]이 장엄莊嚴하시어,

　　앉으시라고 자리를 내 주었네.

귀졸: 무엇이 괴로우십니까?

판관: 어이하여 석 자 흙덩이로 체면을 구기며,[29]

　　기이하고 괴상하게 아래 계단에 서 있는 작은 귀졸들 마주하고 있을까.

귀졸: 사모紗帽가 고풍스럽습니다요.

판관:

　　다리로 서서,

　　　붓 한 자루와 장부 한 권에,

　　수레와 면복冕服은 먼지만 뒤집어쓰고 있다네.

귀졸: 붓이 말랐습니다요

25　북두사는 북두성군北斗星君, 즉 북두칠성을 모시는 사원이다. 판관의 소상塑像을 북
　　두사의 북두성군北斗星君과 염부전의 염라閻羅 옆에 세웠음을 말한다. 북두성군은
　　사람의 생사를 주관하고, 염부는 염라를 가리킨다.

26　동악관과 성황묘에도 판관의 소상이 있다. 동악관은 동악묘東嶽廟로 동악대제東嶽大
　　帝, 즉 태산泰山을 모시는 사원이다. 동악대제는 사람의 생사와 선악보응을 주관한다.
　　성황은 지역의 신으로서 성省, 부府, 현縣에 모두 성황이 있다. 후에 성황과 염라왕은
　　하나로 섞인다. 동악묘와 성황묘의 판관 소상은 동악대제와 성황의 왼쪽에 세운다.

27　백리성은 백리후百里侯 즉 현령縣令이 다스리는 땅을 말한다. 판관의 지위는 현령과
　　같다는 뜻이다. 판관의 소상은 서서 손에 붓과 장부를 들고 있다.

28　부처가 가지고 있는 32종의 상相과 80종의 호好를 말한다.

29　판관의 소상은 키가 석 자 남짓이다. 소상은 모두 흙으로 만든다.

판관 :

붓을 적시려면,[30]

금 열 덩어리, 돈 열 꾸러미, 지전紙錢 일백이 들지.

귀졸 : 『점귀부點鬼簿』[31]가 여기 있습니다요.

판관 :

이름 적힌 어미책魚尾册[32]을 아무렇게나 세 차례 펼쳐 보는데,

상 줄 자는 하나도 없으니 날짜 맞춰 호두패虎頭牌[33]를 써먹어야겠다.

참으로 이 귀신 동호董狐가 낙관落款을 찍었도다.[34]

『춘추전春秋傳』처럼 모년 모월 모일 아래,

붕崩, 훙薨, 장葬, 졸卒 큰 글자로 써 놓았지.[35]

마치 저 지기수支祈獸[36] 모양을 새겨 놓은,

---

[30] 붓을 적신다는 말은 문장을 쓰는 데 드는 비용 즉 글값을 뜻한다. 뇌물의 뜻으로도 쓰인다.

[31] 음조지부陰曹地府에서 중생의 생졸 연월일시를 기록해 놓은 『생사부生死簿』를 말한다.

[32] 어미책은 판심版心에 물고기 모양의 도형인 어미魚尾를 새긴 책으로, 여기서는 『점귀부』를 말한다.

[33] 옛날 관부에서 범인을 잡을 때 권한을 보여 주는 패이다. 여기서는 사람의 혼령을 잡아가는 섭혼패攝魂牌와 같다.

[34] 동호는 춘추시대 진晉나라의 사관史官으로 공정한 역사 서술로 유명하다. '귀신 동호'는 귀신 중의 동호라는 말로 판관 자신을 말하고, '낙관'은 판관 자신이 『점귀부』에 서명하였음을 뜻하여, 『점귀부』가 진본임을 말한다.

[35] 『점귀부』가 『춘추전』처럼 편년체編年體로 사람의 생졸 연월일시를 기록해 놓았다는 뜻이다. 『예기禮記』「곡례曲禮」에 "천자의 죽음을 붕이라 하고, 제후는 훙이라고 한다天子死曰崩, 諸侯曰薨"고 하였고, 당대唐代의 제도에 이품二品 이상 관리의 죽음을 훙이라고 하고, 오품 이상을 졸이라고 하였다.

[36] 지기수는 무지기無支祁라고도 하고, 회와수淮渦水의 수신이다. 당唐나라 이공좌李公佐의 『고악독경古嶽瀆經』에 "우 임금이 회와수의 신을 잡으니 이름이 무지기이고, 언어로 응대를 잘하여 강회의 얕고 깊은 곳, 언덕과 늪이 있는 곳을 알려 주었다. 모습은 원숭이 같고 주름진 코에 이마가 높으며, 몸은 푸르고 머리는 희며, 황금 눈에 하얀 이빨을 가졌다. 목을 뽑으니 백 척이나 되고 힘은 코끼리 아홉 마리와 맞먹으며, 치고 때리며 뛰어 오르내리는 것이 매우 빠르며, 민첩하고 재빨라 한 곳을 오래 보거나 듣지 않았다. (…중략…) 목에 큰 줄을 걸고 코에 쇠방울을 꿰어 회음의 구산 기슭으로 옮기니 회수가 영안에서 바다로 흘러들어가는 곳이다乃獲淮渦水神, 名無支祁, 善應對言語, 辨江淮之淺深, 原隰之遠近. 形若猿猴, 縮鼻高額, 青軀白首, 金目雪牙.

우왕정禹王鼎의 산과 물과 길 위에,

망량이매魍魎魑魅의 낯짝이 하나하나 보이는 것과도 같구나.[37]

귀졸 : 먹을 갈겠습니다요.

판관 :

저 자시연子時硯[38]을 보니,

쓱쓱싹싹,

오룡烏龍 먹[39]이 반짝이며 광채가 나는구나.

귀졸 : 닭이 울었습니다요.

판관 :

정자패丁字牌[40]가,

둥둥둥둥 울리는 소리를 들으니,

금계金鷄가 꿈을 끊어버려 혼백을 빼앗아 가는구나.[41]

귀졸 : 나으리는 『점귀부』를 점검하소서.

판관 :

네모칸 안의 글자에 손을 대기만 해도,

사만 팔천 가지의 삼계三界가 줄줄이 나오는구나.[42]

頸伸百尺, 力踰九象, 搏擊騰踔疾奔, 輕利倏忽 (…중략…) 頸鏁大索, 鼻穿金鈴, 徙
淮陰之龜山之足下, 俾淮水永安流注海也"라고 하였다.

37   우왕정은 우왕이 하나라를 세운 후에 천하의 구목九牧이 바친 쇠로 만든 아홉 개의
     정鼎을 말한다. 여기에서는 『점귀부』를 펼치니 우왕정에 지기수를 비롯한 이매와
     망량 등 각양각색의 귀신 모양이 새겨져 있는 것처럼 각양각색의 인물이 다 보인다
     는 뜻이다.

38   한밤중인 자시에 사용하는 벼루이다.

39   먹의 종류이다.

40   '정丁'자 모양의 혼령을 불러 오는 패로, 이 패를 두드리면 소리가 난다.

41   금계는 본래 전설 속의 신령스런 닭으로, 『신이경神異經』「동황경東荒經」에 "부상산
     에 옥계가 있고, 옥계가 울면 금계가 울고, 금계가 울면 석계가 울고, 석계가 울면
     천하의 닭이 모두 울고 조수가 이에 응한다蓋扶桑山有玉雞, 玉雞鳴則金雞鳴, 金雞鳴則石
     雞鳴, 石雞鳴則天下之雞悉鳴, 潮水應之矣"라고 되어 있다. 후에는 수탉을 일컫는 말로
     쓰인다. '금계가 꿈을 끊어버린다'는 것은 닭울음소리에 잠에서 깨어났다는 뜻이다.

42   불교에서는 생과 사에 걸친 세계를 셋으로 나눈다. 첫째는 욕계欲界로서 음욕淫欲과

번뇌 지닌 사람의 이름이,

검은 하늘의 별들만큼 폭죽의 불꽃만큼 많도다.

어찌 붓끝을 대어,

일백 마흔 두 겹의 무간지옥에 떨어지지 않게 하랴,[43]

쇠鐵나무에 꽃 피기와 같으니.[44]

귀졸: 크게 서명을 하십시오.

판관: 아이고, 서명을 하면,

『점귀부』대로 처리하여,

혼령을 꺾고 태우고 찧고 갈고 할 뿐이로다.

귀졸: '청請'자 한 자가 빠졌습니다.[45]

판관: '청'자를 쓰려니,

왼쪽 저 허무당虛無堂에는 네 흉신凶神,

중풍, 결핵, 고蠱, 격膈이 있구나.[46]

귀졸: 칭간秤竿[47]을 달아 올려라.

(여러 귀졸들이 따른다)

판관: 머리를 칭간에 매달고 보니,

색욕色欲을 가진 중생들이 산다. 둘째는 색계色界로서 음욕과 식욕食欲이 없는 중생
이 산다. 셋째는 무색계無色界로서 물질과 몸이 없는 세계이다. "사만 팔천"은 사람
이 사후에 부딪치는 운명의 가짓수이다. 네모칸의 이름에 붓을 대니 그 사람 사후의
운명이 나타난다는 뜻이다.

43 무간지옥은 아비지옥阿鼻地獄이라고도 하고, 팔대지옥八大地獄의 하나이다. 죄인은
무간지옥에 떨어져 끊임없이 고통을 받는데, 한빙지옥寒冰地獄부터 음동지옥飮銅地
獄까지 모두 142칸으로 되어있다.

44 철수鐵樹에 꽃이 핀다 함은 불가능하거나 매우 드문 일을 말한다. 이상 세 줄은 붓
으로 죄명을 적어서 죄인이 무간지옥에 빠지지 않기는 매우 드문 일이라는 뜻이다.

45 누구에게 청하여 형벌을 집행시킬지가 빠졌다는 말이다.

46 고는 독충毒蟲의 독, 격은 음식을 삼키지 못하는 병이다. 허무당은 네 흉신이 사는
곳이다.

47 명明나라 초기 혹형酷刑의 하나로 장대 끝에 죄인을 매달고 다른 끝에 돌을 달아 균
형을 맞춰 놓는다. 대저울로 무게를 다는 형상이다. 여기에 쓰는 장대 역시 칭간이
라고 한다.

죄업은 무겁고 몸은 가볍구나,

나는 문서 무게 달았던 진秦나라 옥리로다.[48]

(무대 뒤에서 "아이고", "용서해 주십시오, 죽겠네"라는 소리가 들린다)

귀졸 : 옆방의 구전하九殿下께서 귀신을 고문합니다요.

판관 : 육고취肉鼓吹[49]로다,

귀신들 울부짖음 들으니,

붓과 칼 휘두른 한漢나라 못된 자들과 같도다.[50]

지금 당신은 뇌물 통하지 않는 포대제包待制로,

사람들은 그의 웃음 싫어한다네.[51]

(무대 뒤에서 곡을 한다)

판관 :

이런 풍경이거늘,

누가 들으리, 관棺도 없는

안회顔回 향해 공자孔子께서 슬피 곡하던 소리를.[52]

---

48 진시황秦始皇은 하루에 처리할 문서의 무게를 정해 놓고 국사를 처리하였다. 옛날 문서는 죽간과 목간이었으므로 그 양을 무게로 쟀다. 판관이 망자에 대한 판결을 매우 빨리 내린다는 뜻이다.

49 '육'은 사람의 육신, '고취'는 음악이라는 뜻으로, 사람의 몸으로 내는 음악소리라는 뜻이다. 오대五代 후촉後蜀의 이광원李匡遠은 현관縣官일 때 매우 잔혹하여 형벌을 내리지 않는 날이 없었다. 그는 죄인이 고문을 당해 고통스럽게 울부짖는 소리를 육고취라고 불렀다.

50 붓 또는 칼로 이름을 쓰거나 새겨 죄인들을 다스린 한漢나라 때의 혹리酷吏들처럼 죄인을 다룬다는 뜻이다.

51 포대제는 포청천이라는 별명으로 유명한 송宋나라의 판관 포증包拯이다. 그는 천장각天章閣 대제待制, 용도각龍圖閣 직학사直學士, 개봉부윤開封府尹을 역임하여 포대제包待制, 포용도包龍圖라고도 불렸다. 당시에 "뇌물 통하지 않는 염라 포대제關節不到, 有閻羅包老"라는 말이 있었고, 그가 웃으면 황하黃河가 맑아진다고도 하였다. 그의 웃음을 싫어한다는 말은 포청천이 공정하고 엄숙하여 잘 웃지 않는 것처럼 옆방의 구전하도 웃지 않는데, 지옥에서는 웃음조차도 싫어한다는 뜻이다. 본래 『논어論語』 「헌문憲問」 편의 "사람들은 그의 웃음을 싫어하지 않았다人不厭其笑"라는 구절에서 빌려온 표현으로, 이어지는 "子哭之哀"와 대응이 된다.

52 공자의 애제자 안회는 죽어서 지하의 수문랑修文郎이 되었다고 한다. 안회가 스승보

귀졸 : 나으리 무섭습니다요.

판관 : (괴로워한다) 아,

『누탄경樓炭經』은 우리의 육과六科와 오판五判,[53]

칼꽃 나무 지옥은 나의 구극삼괴九棘三槐 재판정.[54]

얼굴은 덥수룩하고 수염은 휘날리고,

눈썹은 치켜 올라가 있고 눈동자는 번쩍번쩍.

중서中書[55]로 뽑힌 귀신들과,

초록抄錄을 맡은 사자使者[56]들을 빼놓을 수 없지.

양세陽世의 저 금주판金州判, 은부판銀府判, 동사판銅司判, 철원판鐵院判들은,[57]

백호白虎가 관청에 내려온 듯 악랄하니,[58]

다 먼저 죽자 공자가 슬피 울었는데, 안회의 집이 너무 가난하여 관을 마련할 수 없었으므로 그의 아버지가 공자에게 타고 다니던 수레를 팔아서 장례비용으로 쓰게 해 달라고 하였다고 한다. 여기에서는 지옥의 풍경이 너무 처참하여 곡소리조차 들을 수 없다는 뜻이다.

53 『누탄경』은 서진西晉 때 법립法立, 법거法炬가 공역한 불경이다. 불교에서는 사람이 죄를 지으면 새나 짐승으로 다시 태어나는 형벌을 받는다고 믿는데, 이 책에서는 그러한 새는 4,500종, 짐승은 2,400종이 있다고 하였다. 여기에서는 『누탄경』에 따라 형벌을 내리겠다는 뜻으로 쓰고 있다. 육과六科는 육조六條 법령과 같은 뜻으로, 한 대漢代에 각지에 파견된 자사刺史는 육조 법령에 따라 일을 처리하였다. 오판五判은 오형五刑 곧 다섯 가지 형벌로, 시대에 따라 조금씩 다른데, 수나라 이후에는 크고 작은 곤장으로 치는 태형笞刑과 장형杖刑, 귀양을 보내는 유형流刑, 노역을 시키는 도형徒刑, 그리고 사형死刑 등으로 고정되었다.

54 칼꽃 핀 나무가 있는 지옥은 지옥 중의 한 종류인 도산지옥刀山地獄을 말한다. 구극삼괴는 삼괴구극이라고도 하는데, 주나라 때 대궐 뜰 밖에 심은 세 그루의 홰나무와 아홉 그루의 가시나무를 말하고, 신하들이 천자를 알현할 때 삼공은 홰나무를 바라보고 서고 여러 신하들은 그 좌우에 있는 가시나무 앞에 섰다고 한다. 여기에서는 재판정을 뜻하는 말로 쓰였다.

55 문서의 기록을 맡은 벼슬의 이름이다.

56 판관의 휘하에 있는 여러 부하들이다.

57 각각 주州, 부府, 사司, 원院의 판관을 말한다. 금, 은, 동, 철은 판관들이 뇌물로 치부한 등차를 나타낸다. 주와 부의 하급 관청이 금과 은 등의 재물이 많은 것은 소송을 직접 처리하므로 술수를 부리기가 쉽기 때문이다.

58 백호는 흉신이다. 백호가 관부에 내려오면 재판을 받는 피고들에게 재앙이 생긴다고 한다.

나는 저들처럼 형벌을 결정하고 검시관[59]을 재촉하지.

음부陰府에서 습생濕生, 화생化生, 태생胎生, 난생卵生을 결정하여,[60]

쉬파리가 사면 소식 알리면,[61]

높은 공덕으로 세 단계나 승진할 것이네.

늠름하게 세상에서 목숨을 관장하고,

부르르 떨치며 천상에서 재앙을 없애겠노라.

　문서 담당자를 불러라. 이 장부에 나열된 것이 모두 확실하도다.
아직 죄인 몇 명이 남았으니 판결을 내려야겠지?

　(첩이 옥리로 분장하여 등장한다)

옥리 :

세상에서 영사令史를 잡아와,

지하에 공조功曹로 늘어 세웠네.[62]

　아룁니다. 전하께서 계시지 않으니 지옥이 삼년 동안 비었습니다.
왕사성枉死城[63]에 가벼운 죄를 지은 남자 네 명으로 조대趙大, 전십오
錢十五, 손심孫心, 이후아李猴兒가 있고, 여자 죄수 한 명으로 두여낭이
있습니다. 이들은 아직 판결을 받지 않았습니다.

판관 : 남자 죄수 네 명을 먼저 데리고 오라.

59　원문은 오작伍作으로, 관아에서 검시檢屍을 맡은 직책이다.
60　『아비달마사론阿毘達磨舍論』에 따르면 세계의 중생은 태생, 난생, 습생, 화생의 네
　　가지 방식으로 출생한다고 한다. 태생은 태아로 태어나는 것, 난생은 알로 태어나
　　는 것, 습생은 곤충처럼 습기를 받아 형체를 이루는 것, 화생은 무에서 갑자기 생겨나
　　는 것을 말한다.
61　『진서晉書』 권113에 따르면, 전진前秦의 부견(苻堅, 338～385) 즉위 5년에 봉황이 나
　　타나 대사면을 실시하려고 하였다. 부견이 직접 사면 문서를 쓰고 있는데 쉬파리 한
　　마리가 창틈으로 들어와 붓 끝에 앉았다. 소리가 매우 크고, 쫓아도 다시 날아와 앉
　　았다. 얼마 후 장안 거리에 대사면을 실시한다는 소문이 퍼졌는데, 까닭을 알아보니
　　검은 옷을 입은 사람이 사면 소식을 외치고 다니다 곧 사라졌다고 하였다. 쉬파리가
　　사람으로 변해서 소식을 퍼뜨린 것이었다.
62　인간 세상에서 영사가 죽어 저승으로 오면 공조가 된다는 뜻이다.
63　억울하게 죽은 혼령을 가두어 놓는 음사陰司 안의 장소이다. 사람이 죽어 3년이 되
　　면 왕사성에 이른다.

(생, 말, 외, 노단이 죄수 네 명으로 분장하고, 축 귀졸이 이들을 끌고 등장한다)

귀졸 : 남자 죄수들 대령하였습니다.

판관 : (이름을 점검한다) 조대는 무슨 죄를 지어 왕사성에 떨어졌는가?

조대 : 저는 아무 죄도 없습니다. 생전에 노래 부르길 좋아하였습지요.

판관 : 옆으로 물렀거라. 전십오를 불러라.

전십오 : 저는 죄가 없습니다. 다만 작은 방 하나를 만들어 흙벽에다가 침향沈香을 발랐을 뿐입니다.

판관 : 옆으로 물렀거라. 손심을 불러라.

손심 : 저는 젊은 나이에 화대花代를 많이 썼습지요.

판관 : 이후아를 불러라.

이후아 : 저는 죄가 조금 있습니다. 남색男色을 밝혔습니다.

귀졸 : 정말입니다. 지옥에서도 이 손심을 꼬드겼습니다.

판관 : (화를 낸다) 누가 널더러 끼어들라고 했느냐! 가서 기다리거라. (장 부에 글을 쓴다) 죄수들을 불러 판결을 들으라 하라.

(네 죄수가 함께 무릎을 꿇는다)

판관 : 내 처음 권한을 행사하는 까닭에 형벌은 쓰지 않겠노라. 너희들 을 용서하여 난생卵生으로 보내겠다.

손심 : 죄수들은 자비로운 판관 나으리께 여쭙습니다. 이 알은 무슨 알 입니까? 회회回回 알이라면 또 변방으로 태어나러 가야 합니다.[64]

판관 : 닥치거라! 아직도 사람 몸을 바라느냐? 알 껍질 속으로 들어가야지.

네 죄수 : (운다) 아이고. 사람에게 잡아먹힙니다요!

판관 : 알았다. 양세에서 너희들을 잡아먹지 않게 하겠다. 조대는 노래 를 좋아하니 꾀꼬리가 되거라.

조대 : 좋습니다. 앵앵鶯鶯 아가씨[65]가 되어야지.

---

64 회회는 위구르 족이다. 위구르 족 지역에 태어나니 변방으로 가야 한다는 뜻이다.
65 당唐나라 원진元稹의 전기소설傳奇小說 「회진기會眞記」, 원元나라 왕실보王實甫의 잡 극雜劇 〈서상기西廂記〉의 여주인공이다.

판관 : 전십오는 향기로운 흙벽에 살았지. 그래, 너는 가서 제비 둥지에 서 편안하게 제비 새끼가 되거라.

전십오 : 비연飛燕 마마[66]가 되는 게 딱 좋습니다.

판관 : 손심은 화대를 썼으니 나비가 되거라.

이후아 : 저도 손심과 함께 나비가 되겠습니다.

판관 : 너는 남색을 좋아한 이후아이지. 너는 벌이 되어서 엉덩이에 긴 침 하나를 달고 다녀라.

이후아 : 아이고! 절더러 누구를 찌르라는 겁니까?

판관 : 벌레 네 마리는 내 분부를 듣거라!

【유호로油葫蘆】

　나비야,

가루 묻은 꽃잎 같은 네 옷[67]은

재단사가 만드는 것보다 아름다울 것이고,

　벌아,

너는 정말 대단하다,

달콤한 입으로 빨고 가는 허리 달게 될 테니.

　제비야,

향기로운 흙 물고 날갯짓하면

주렴 안으로 어른거릴 것이고,

　꾀꼬리야,

꾀꼴꾀꼴 노래 불러 사창紗窓 밖에서 꿈을 깨울 것이다.

잘 어울리는 화간사우花間四友[68]이니,

---

66 비연 마마는 한漢 성제成帝의 황후 조비연趙飛燕이다.

67 나비의 날개를 말한다.

68 위의 나비, 벌, 제비, 꾀꼬리를 말한다. 원元나라 교길喬吉의 잡극『두목지시주양주 몽杜牧之詩酒揚州夢』제1절에 "꽃도 그보다 풍류스럽지 않고, 옥도 그보다 온유하지 않네. 참으로 꾀꼬리도 혼이 녹고, 제비도 부끄러우리. 벌과 나비 등의 화간사우들 이 턱 벌리고 두구화 끝에 쉬고 있을 뿐花比他不風流, 玉比他不溫柔. 端的是鶯也消魂,

거리낄 것 없어라.

　다만 양세의 아이들이 경박하니 걱정하노라,

탄환에 맞아 죽어버릴까,

부채 끝에 맞아 부서져버릴까.

그림 속에 들어가 고상한 사람들 사랑 받고,

날개 윙윙거리며 봄빛 요란하게 펼치게 하련다.[69]

이후아 : 저는 벌이 된 다음에 이곳에 오지 않겠습니다. 다시 온다면 판관 나으리 머리를 쏘아 붓게 만들겠습니다.

판관 : 매를 버는구나, 쳐라!

이후아 : 작은 목숨 불쌍히 여겨 주십시오.

판관 : 그만 두자. 순풍에 놓아 줄 테니 어서 가거라, 어서.

　(판관이 입김을 불고, 네 사람은 각각 동물이 되어 날아서 퇴장한다. 판관이 귀문을 향하여 헛기침을 하고 작은 소리를 낸다. 귀졸이 두여낭을 데리고 등장한다)

귀졸 :

천태산天台山에 길 있어도 날 만나기는 어렵고,

지옥은 무정하니 그 누구를 원망하랴.

　여자 죄수 대령입니다.

판관 : (고개를 들어 본 다음 등을 돌려 혼잣말로) 이 여죄수는 좀 반반하구나!

【천하락天下樂】

문득 땅을 흔들고 하늘 놀래키는 여자 준재俊才를 보니,

　아하, 아하하하,

내게로 오너라.

　(두여낭이 아프다고 외친다)

판관 :

혈분지血盆池 지옥[70]에서 아프다고 외치는 관음보살이로다.

燕也含羞. 蜂與蝶花間四友, 呆打頦都歇在荳蔲梢頭"이라는 구절이 있다.

69　이상 네 구절은 차례대로 꾀꼬리, 나비, 제비, 벌을 묘사한다.

귀졸 : (판관의 귀에 대고 말한다) 판관 나으리께서 뒷방 부인으로 거두십시오

판관 : 뎃끼! 부녀자를 함부로 취하는 자는 참수한다는 하늘의 법이 있
느니라.

네 놈 소귀小鬼가 주둥이를 마구 놀려대면,

나 판관의 머리를 어디서 사 오겠느냐?[71]

(두여낭이 '아야, 아야'하고 외친다)

판관 : (등을 돌리고 혼잣말로)

저 뽀얀 얼굴 검은 머리의 교태는 본 적이 없구나.

저 여죄수를 대령하라.

【나타령那吒令】

너의 발그레하고 뽀얀 뺨을 보니,

화대花臺에 갔었더냐, 주대酒臺에 갔었더냐?[72]

비틀린 짧은 비녀를 보니,

가대歌臺를 지났더냐, 무대舞臺를 지났더냐?[73]

미소 띤 아름다운 품을 보니,

진대秦臺에 살았더냐, 초대楚臺에 살았더냐?[74]

무슨 병에 걸려 왔느냐?

어느 집의 정실이냐, 소실이냐?

이 안색은 천대泉臺[75]에 있을 것 같지가 않구나.

두여낭 : 저는 시집을 가지도 않았고 술을 마시지도 않아서 이런 모습

---

70 여인이 월경이나 출산 때 오혈로 지신地神을 더럽히거나, 불결한 옷을 세탁한 물로
신불을 공양하는 죄업을 지으면 혈분지 지옥에 빠져 더러운 피가 가득한 못에서 그
피를 마시는 고통을 받는다고 한다.

71 판관 자신이 참수형을 받을지도 모른다는 뜻이다.

72 화대는 기생집이고 주대는 술집이다. 얼굴이 발그레하니 술을 마셨느냐는 뜻이다.

73 비녀가 비틀어져 있으니 노래 부르며 춤을 추었느냐는 뜻이다.

74 진대는 진秦나라 농옥弄玉이 남편 소사蕭史와 살았던 곳이다. 초대는 초楚나라 회왕
懷王과 무산巫山 신녀神女가 만난 곳이다.

75 여기에서는 저승을 말한다.

입니다. 다만 남안부 후원의 매화나무 아래에서 잠들어 꿈속에서 수재를 만났는데, 그분이 버들가지 하나를 꺾어주며 제게 시를 지으라고 하셨어요. 그곳을 떠나지 못하고 이리저리 다니면서 얼마나 다정했던지요. 꿈에서 깨어 나지막이 읊조려 시 한 수를 지었습니다.

"훗날 곁에 섬궁객蟾宮客을 얻게 되면,

매화나무 아니면 버드나무 옆이리라."[76]

　　이 때문에 마음이 아파 목숨을 상하고 말았습니다.

판관 : 거짓말이로다! 세상에 꿈 한 번 꾸고 죽을 수가 있느냐?

　[작답지鵲踏枝**]**

　어린 여자아이가,

　꿈속에서 이런 일을 겪을 수 있느냐!

　누가 해몽한다고 나서고,

　누가 네게 글자풀이를 해 주더냐?

　아하하하,

　그 수재는 어디 있느냐?

　꿈속에서 누구를 보았더냐?

두여낭 : 누구를 본 것이 아니라, 꽃송이가 반짝이며 내려와 깜짝 놀랐어요.

판관 : 남안부 후원의 화신花神을 불러 심문해야겠다.

　　(귀졸이 부른다. 말이 화신으로 분장하여 등장한다)

화신 :

　붉은 꽃비 몇 번에 봄은 시들고,

　'산향山香' 한 곡조에 여자는 혼이 녹네.[77]

　　판관 나으리, 부르셨습니까? (손을 든다)

76　이 시는 제14척에 나온다.

77　서왕모西王母가 여러 신선을 불러 잔치를 열고, 무용수가 '산향' 곡에 춤을 추니 곡이 끝나기 전에 꽃잎이 분분히 떨어졌다고 한다.

판관 : 화신, 이 여귀女鬼가 말하기를, 후원에서 꿈에 꽃이 날아 놀라서 죽었다고 하는데 정말인가?

화신 : 그렇습니다. 이 사람은 수재와 꿈에서 얽혔는데, 우연히 떨어지는 꽃에 놀라 깨었습니다. 이 여자는 색色을 그리워하다 죽었습니다.

판관 : 아마도 너 화신이 수재로 변장하여 남의 집 여자를 그르친 것이 아니냐?

화신 : 제가 왜 이 사람을 망치겠습니까?

판관 : 내가 음사에 있다고 모를 줄 아느냐?

【후정화곤後庭花滾】

보통 봄이 절로 있거늘,

네가 꽃을 맡아 매우 농간을 부렸구나.

눈 깜짝할 사이에 원기를 훔쳐 누대를 아름답게 꾸몄어.

봄의 조화 부리고 술에 빠지는 네 성질을 참았어야지.[78]

아름다운 구분九分 자태를 너는 십분十分의 모습으로 만들려 하였구나.

　네가 아무렇게나 만든 꽃들을 하나하나 꼽아 보거라.

화신 : 세어 봅지요. 벽도화碧桃花.

판관 :

천태산天台山을 물들였지.[79]

화신 : 홍리화紅梨花.

판관 :

부채 속의 요괴로다.[80]

78　송宋 허비許棐의 「낙화落花」 시에 "총총히 또 날아가 버리면, 마르고 물들이는 봄 일 할 필요가 없어把似恖恖又飛去, 不消裁染費春工"라는 구절이 있다.

79　한漢 명제明帝 때 회계군會稽郡의 유신劉晨과 완조阮肇가 천태산에 약초를 캐러 갔다가 길을 잃고, 복사꽃이 떠내려 오는 시내를 따라가다가 선녀를 만났다는 이야기에 나오는 천태산을 말한다. 제10척 참고.

80　원元 장수경張壽卿의 잡극 『사금련시주홍리화謝金蓮詩酒紅梨花』의 이야기이다. 조여주趙汝州가 기녀 사금련謝金蓮에게 반하는데, 그의 벗 낙양태수洛陽太守 유공필劉公弼은 그가 앞날을 망칠까 걱정하여 꽃장수 삼파三婆를 시켜 조여주에게 어제 만난

화신 : 금전화金錢花.

판관 :

　혼인 지참금이지.[81]

화신 : 수구화繡毬花.

판관 :

　결채結綵를 엮었구나.[82]

화신 : 작약화芍藥花.

판관 :

　마음이 잘 맞지.[83]

화신 : 목필화木筆花.

판관 :

　분명하게 쓴다고.[84]

화신 : 수릉화水菱花.

판관 :

　경대鏡臺로 쓰기 좋고.[85]

화신 : 옥잠화玉簪花.

판관 :

　머리에 꽃을 만하지.[86]

　여인은 귀신으로서 홍리화가 바로 그 귀신의 원기怨氣가 변한 것이라고 속인다. 조
　여주는 놀라 서울로 가서 과거에 응시한다. 급제한 후 다시 유공필의 집으로 와서
　잔치 자리에서 사금련의 부채에 그려진 홍리화를 보고 다시 귀신을 만났다고 생각
　한다. 이후 두 사람은 단원을 이룬다.

[81]　금전화는 모양과 크기가 엽전과 같다.
[82]　수구화는 수국水菊이며, 모양이 결채와 같다. 결채는 채색의 비단끈이나 종이로 엮
　　은 장식물로 경사를 나타낸다.
[83]　『시경詩經』「정풍鄭風」 '진유溱洧' 시에 "남자와 여자가, 서로 희롱하며, 작약을 주네維士
　　與女, 伊其相謔, 贈之以勺藥"라는 구절이 있다. 이후 작약은 애정을 연상시키게 되었다.
[84]　목필화는 목련이다. 꽃봉오리가 붓을 닮아 붙은 이름이다. 특히 자목련이 그러하다.
[85]　능화는 구리 거울의 뒷면 장식 모양으로 많이 쓰이고, 이러한 장식을 한 거울을 능
　　화경이라고 한다.

화신 : 장미화薔薇花.

판관 :

　이슬을 볼에 바르고.[87]

화신 : 납매화臘梅花.

판관 :

　봄날 이마에 붙인다네.[88]

화신 : 전춘화剪春花.

판관 :

　비단 소매를 마름하고.

화신 : 수선화水仙花.

판관 :

　비단버선을 신지.[89]

화신 : 등롱화燈籠花.

판관 :

　붉은 그림자 새어 나오네.

화신 : 도미화酴醾花.

판관 :

　봄날 취한 자태.[90]

---

[86]　옥잠화는 흰색에 꽃자루가 가늘고 길며, 꽃잎이 벌어지면 끝이 뭉툭하여 비녀처럼 생겼다.

[87]　장미의 이슬은 장미수薔薇水 즉 향수를 가리킨다.

[88]　남조南朝 송宋 무제武帝의 딸 수양공주壽陽公主가 함장전含章殿의 처마 아래 누웠더니 납매화의 꽃잎이 이마에 떨어졌다. 후에 사람들은 그 모양을 따라서 납매화로 화장을 하였다고 한다.

[89]　수선화는 수선水仙인 낙신洛神을 연상시킨다. 조식曹植의 「낙신부洛神賦」에 "물결 위의 사뿐 걸음, 비단버선에 먼지가 인다陵波微步, 羅襪生塵"라는 구절이 있다.

[90]　도미화로는 술을 담글 수 있다. 남송南宋 양만리楊萬里의 시 「도미주를 맛보다嘗酴醾酒」에 "달 아래 이슬 내려 도미화를 따다가, 술 부은 은병에 꽃을 거꾸로 꽂았네月中露下摘酴醾, 瀉酒銀瓶花倒垂"라는 구절이 있고, 명대까지 성도成都 부근에는 도미주가 생산되었다. 공이孔邇의 『운초관기담雲蕉館紀談』에도 "촉蜀 사람들은 흔히 도미

화신 : 금잔화金盞花.

판관 :

　합환배合歡杯로 쓴다네.[91]

화신 : 금대화錦帶花.

판관 :

　치마끈으로 삼지.

화신 : 합환화合歡花.

판관 :

　고개를 천천히 들고.[92]

화신 : 양류화楊柳花.

판관 :

　허리를 하늘하늘 흔들고.

화신 : 능소화凌霄花.

판관 :

　양기陽氣가 왕성하구나. 하하하.[93]

화신 : 날초화辣椒花.

판관 :

　음열陰熱을 짜 내지.[94]

화신 : 함소화含笑花.

판관 :

　정情이 오겠구나.

화신 : 홍규화紅葵花.

　화로 술을 만든다人多以醱釀花作酒"라는 구절이 있다.
[91]　합환배는 혼례 때 신랑 신부가 함께 술을 마실 때 쓰는 술잔이다.
[92]　합환화는 자귀나무이다. 자귀나무의 잎은 저녁이 되면 잎줄기를 중심으로 오므라들
　　어 모인다. 야합夜合, 합혼合昏이라고도 한다.
[93]　능소화가 만개하기 전 봉오리의 모양은 남성의 생식기 모양을 닮았다.
[94]　날초화는 고추꽃이고, 음열은 부인의 음부에 작열감이 있는 증상을 말한다.

판관 :

    날마다 그의 사랑을 받아서.⁹⁵

화신 : 여라화女蘿花.

판관 :

    비틀려 얽혔지.⁹⁶

화신 : 자미화紫微花.

판관 :

    긁으면 간지럼을 탄다네.⁹⁷

화신 : 의남화宜男花.

판관 :

    사람들이 아름답게 품지.⁹⁸

화신 : 정향화丁香花.

판관 :

    반 매듭을 얽어서.⁹⁹

화신 : 두구화豆蔻花.

판관 :

    아이를 배었구나.¹⁰⁰

화신 : 내자화奶子花.

판관 :

---

95 규화는 해바라기꽃으로, 늘 태양을 향하므로 날마다 사랑을 받는다는 뜻이다.
96 여라화는 이끼의 꽃이다.
97 자미화는 백일홍百日紅이다. 명明나라 도목都穆의 『남호시화南濠詩話』에 "자미화는 세상에서는 파양수라고도 한다. 손톱으로 줄기를 긁으면 가지와 잎이 움직인다紫薇花, 俗謂之怕癢樹, 爪其幹則枝葉俱動"라고 하였다.
98 의남화는 원추리꽃이다. 임산부가 이 꽃을 몸에 지니면 아들을 낳는다고 한다.
99 정향화는 라일락이다. 정향화의 꽃봉오리는 매듭 모양 같다. 당唐 이상은李商隱의 시 「대증代贈」에 "파초는 펴지지 않았고 정향은 얽혀서, 함께 봄바람 맞아 각자 시름하네芭蕉不展丁香結, 同向春風各自愁"라는 구절이 있다.
100 두구화는 꽃이 피기 전에 꽃받침이 꽃잎을 싸고 있어 불룩한 모양이 아기를 밴 듯하다. 함태화含胎花라고도 한다.

젖을 만지지.[101]

화신 : 치자화梔子花.

판관 :

뚝뚝한 귀염둥이로고.[102]

화신 : 내자화奈子花.

판관 :

개구쟁이를 어이할꼬.[103]

화신 : 지각화枳殼花.

판관 :

좋은 곳을 찌르고.[104]

화신 : 해당화海棠花.

판관 :

봄의 노곤한 자태.[105]

화신 : 해아화孩兒花.

판관 :

멍청히 웃는 아이.

화신 : 자매화姉妹花.

판관 :

미인을 질투하지.

화신 : 수홍화水紅花.

판관 :

다 못 피지.[106]

---

[101] 내자화는 민들레 비슷한 다년생 초본 식물이다. '젖奶'의 의미를 연결하여 풀이하였다.

[102] '치자梔子'를 발음이 비슷한 '지자知子' 또는 '치자稚子'의 뜻으로 해석한 것이다.

[103] 내자화는 말리화茉莉花 즉 자스민이다. '내柰'자는 '내奈'자와 통용되어 어찌할 수 없다는 뜻이다. 아이가 자라서 개구쟁이가 되었다는 뜻이다.

[104] 지각화는 탱자꽃으로, 탱자나무는 가시가 있다.

[105] 해당화는 시가詩歌에서 미인의 노곤한 자태에 비유된다.

화신 : 서향화瑞香花.

판관 :

누가 딸까?[107]

화신 : 한련화旱蓮花.

판관 :

다시 오기를 원하는구나.[108]

화신 : 석류화石榴花.

판관 :

머물러 남을 수 있을까?[109]

남은 몇 가지는 네가 직접 풀이해라.

아, 하느님이라도 도리가 없게 만들었구나.

너는 왜 여인의 치마와 비녀를 흔들고,

어이하여 모란정에,

또 저 두견화杜鵑花의 혼백을 뿌렸단 말이냐.[110]

화신 : 이 갖가지 꽃들은 모두 하느님이 정해 주셨습니다. 소신小神은 명
령을 따랐을 뿐이니, 어찌 일부러 사람을 홀릴 리가 있겠습니까? 또
여인들을 좀 보십시오. 꽃을 감상하다가 죽은 이가 어디 있습니까?

판관 : 너는 여인들 중에 꽃을 감상하다가 죽은 이는 지금까지 없었다
고 말하는구나. 네게 일러줄 테니 너는 들거라.

【기생초寄生草】

꽃은 청춘을 팔고,

---

106 수홍화는 요화蓼花이다. '요蓼'자는 '마친다', '완료한다'는 뜻의 '요了'자와 음이 같다.
107 '서瑞'자는 '누구 수誰'자와 음이 비슷하다.
108 '연蓮'자는 '아끼다', '좋아하다'는 뜻의 '연憐'자와 음이 비슷하다.
109 '류榴'를 '머무를 류留'로 풀이하였다. 이제 늙었으니 세상에 더 머물러 살 수 있을까
라는 뜻이다.
110 두견화는 전설상의 촉나라 왕 두우杜宇의 혼백이 변한 것이라고 한다. 여기에서는
두여낭의 죽음을 빗대고 있다.

꽃은 금수錦繡의 재앙을 낳지.[111]

밤에 연꽃 핀 곳에서 놀다가,

주름치마끈을 붙잡지 못했네.[112]

해당화 가지에서,

괴이한 향낭香囊을 잘라내지 못했네.[113]

서향瑞香 바람 불었지만,

보비연步非煙을 살리지는 못했네.[114]

너는 어느 미인이 꽃을 즐기다가 죽었느냐고 말하지만,

너 화신의 죄업도 꽃 따라 커지지 않겠느냐.

화신 : 화신이 잘못하였습니다. 앞으로는 다시 꽃을 피우지 않겠나이다.

판관 : 화신, 나는 여기서 이미 화간사우를 판결했으니 나머지 일은 너

---

[111] 금수의 재앙은 여인에게 생기는 재앙을 말한다.

[112] 밤에 피는 연꽃은 『유설類說』에 인용된 『습유기拾遺記』 「야서하夜舒荷」에 나온다. 동한東漢 영제靈帝는 황음무도하여 나유관裸遊館을 짓고 안에 유향거流香渠를 만들었다. 유향거 안에는 연꽃이 밤에 피었다가 낮에는 오므렸으므로 야서하夜舒荷라고 불렀다. 영제는 늘 궁녀들과 여기서 놀았다. 또 주름치마는 『한서漢書』 「외척열전外戚列傳」에 나온다. 한漢 성제成帝가 조비연趙飛燕을 총애하였는데, 한 번은 조비연이 태액지太液池에서 노래하며 춤을 추다가 물에 빠지려하자 이를 본 사람들이 그녀의 치마를 잡아 겨우 붙들어 치마에 주름이 생겼다. 이상 두 구절을 연결하여 조비연이 꽃을 탐하다가 죽었다고 말하고 있다.

[113] 해당화는 양귀비楊貴妃를 가리킨다. 『사류통편事類統編』에 인용된 「태진외전太眞外傳」에 보면, 당 현종이 침향정에 가서 양귀비를 불렀지만 양귀비는 전날 먹은 술이 미처 깨지 않아 헝클어진 모습으로 절도 올리지 못했는데, 이를 본 현종이 웃으면서 말하기를 "어찌 해당화가 충분히 잠을 못 잤는고!"라고 하였다. 또 『고씨문방소설顧氏文房小說』의 「양태진외전楊太眞外傳」을 보면, 안사安史의 난이 평정되고 현종이 장안長安으로 돌아온 후, 마외파에서 자결한 양귀비의 유골을 다시 안장하라고 시켰는데, 묘를 파자 비난 향낭 하나만 있을 뿐이었다. 이상 두 구절도 양귀비가 향락을 탐하다가 죽었음을 말하고 있다.

[114] 『태평광기太平廣記』 권491에 인용된 「비연전非煙傳」에 다음과 같은 이야기가 있다. 무공업武公業의 애첩 보비연은 조상趙象과 몰래 사랑에 빠졌다. 어느 날 조상이 그녀에게 시를 지어 보냈다. "서향 바람에 이끌려 늦은 밤에 그리노니, 예궁의 선녀가 온 줄 알겠네瑞香風引思深夜, 知是蘂宮仙馭來." 후에 일이 발각되어 비연은 무공업에게 맞아 죽었다. 이 구절도 보비연이 색을 탐하다가 죽었음을 말하고 있다.

에게 맡기노라. 이 여죄수는 색을 밝혀 죽었으니 역시 제비와 꾀꼬리 무리 속에 떨어뜨려라.

화신 : 나으리께 아룁니다. 이 여죄수는 꿈속에서 죄를 범하여 새벽바람이나 지는 달과도 같습니다.[115] 또한 그의 부친은 깨끗하고 올바른 관리로, 딸 하나만 낳았으니 용서해 주십시오.

판관 : 부친은 어떤 사람인가?

화신 : 부친은 지부 두보로, 지금은 승진하여 회양淮揚 총제總制의 직을 맡고 있습니다.

판관 : 천금소저千金小姐[116]로구나. 그래, 두 선생의 얼굴을 보아 천정天庭에 고하여 다시 의결하여야겠다.

두여낭 : 은혜로우신 판관께 부탁드립니다. 제가 왜 이런 가슴 아픈 일을 당했는지 조사해 주십시오.

판관 : 이 일은 『단장부斷腸簿』에 기록되어 있지.

두여낭 : 한 번 더 부탁드립니다. 제 남편이 유柳씨인지 매梅씨인지 알아봐 주십시오.

판관 : 『혼인부婚姻簿』를 가져와 찾아 보자. (등을 돌리고 찾으며 혼잣말로) 그래. 유몽매라, 새 장원급제자로군. 처는 두여낭, 먼저 몰래 즐거움을 나누다가 후에 떳떳한 배필이 된다. 만나는 곳은 홍매관紅梅觀 안이로구면. 누설해서는 안 되지. (돌아선다) 이 사람과 너는 혼인의 연분이 있구나. 내 지금 너를 이 왕사성에서 풀어 줄 테니 바람을 따라 노닐다가 이 사람을 찾아서 따르거라.

화신 : 두 소저, 판관 나으리께 절을 올리시오

두여낭 : (머리를 조아린다) 은혜로우신 판관께 감사드립니다. 저를 다시 살려 주신 부모님이십니다. 저의 친 부모님은 양주揚州에 계시니 한

---

115 새벽바람이나 지는 달은 모두 자취를 찾기 어렵다. 두여낭의 죄업도 자취가 없어 처벌할 수 없다는 뜻이다.

116 매우 귀하여 천금 같은 딸임을 뜻한다. 사대부 집안의 딸을 흔히 이렇게 불렀다.

번 뵐 수 있겠는지요?

판관 : 그리 하라.

【요편幺篇】

그의 양세의 복록이 아직 길게 남았으니,

음사陰司의 운명은 아직 멀었도다.

연화烟花[117]를 금할지니 봄날의 무뢰배인 까닭이요,

버들 매화 있는 곳 가까이 할지니 정이 깊기 때문이라.

부모 있는 곳을 바라볼지니 하늘은 막힘이 없으리라.

유리 같은 물빛이 망향대望鄉臺에 넘실거릴 것이니,[118]

야시장夜市場에서 지전을 태우는 양주 땅이 보이느냐?

　화신은 그를 데리고 망향대로 가서 마음대로 구경하게 하라.

두여낭 : (화신을 따라 망향대에 올라서 양주를 바라보며 운다) 저기가 양주로구
나. 아버지 어머니, 날아서 곧 가겠어요.

화신 : (잡아서 멈춘다) 아직 네가 갈 때가 아니다.

판관 : 내려와서 명령을 들어라. 공조는 영혼 통행증을 주고, 화신은 그
의 육신을 훼손하지 말라.

두여낭 : 판관께 감사드립니다.

판관 :

【잠미賺尾】

장작을 가까이 두고 때려면,

푸르른 산을 남겨 놓아야 하나니.[119]

비 맞고 바람 쐬며 햇빛 쪼여서는 아니 되지,

너는 달과 별에 의지하여 하늘과 땅에 절하거라.

117　여기에서는 사랑이라는 뜻이다.

118　유리 같은 물빛은 물이 많은 양주 땅의 모습을 말한다. 저승에는 망향대가 있어 사
　　람이 죽은 후에 혼령이 올라서 이승의 집을 볼 수 있다고 한다.

119　"청산을 남겨 놓아야 땔 장작 없어질까 걱정 않는다留得靑山在, 不愁沒柴燒"라는 속담이
　　있다. 여기서는 두여낭의 육신을 남겨 놓아야 혼이 돌아갈 수 있음을 비유한다.

혼백이 돌아가서,

지옥의 구패勾牌[120]를 벗고,

투태投胎[121]를 면하여 살아 나가거라.

저 화간사우는 네가 데리고 가서,

꾀꼬리는 엿보고 제비는 살피며,

벌은 중매 서고 나비는 데려오게 만들어서,

　지키게 하라, 관을 부수고

꿈을 이루게 할 그 사람이 오는지를.

　　　(판관이 퇴장한다)

화신 : 소저, 후원으로 돌아갑시다.

화신	취하여 오사모 비뚤어지고 머리칼은 실 같구나,
두여낭	온종일 신령스런 바람이 깃발에 불지 않네.
판관	해마다 인간사 점검하노라니,
모두	소하蕭何를 기다려 판관으로 삼아야겠네.[122]

---

[120] 지옥에서 사람을 잡아갈 때 쓰는 패이다.

[121] 사람이나 동물이 죽은 후에 내세에 다시 태어나기 위하여 영혼이 다른 사람이나 동물의 태로 들어가는 것을 말한다. 두여낭은 그럴 필요가 없이 자신의 모습으로 부활하는 것이다.

[122] 제1구 : 허혼許渾, 「구령의 별업으로 돌아가는 소처사를 보내며送蕭處士歸緱嶺別業」 중 "취하여 오사모 비뚤어지고 머리는 실 같구나, 일찍이 선인의 바둑 한 판 보았나니醉斜烏帽髮如絲, 曾看仙人一局棋." 제2구 : 이상은李商隱, 「다시 성녀사를 지나며重過聖女祠」 중 "봄 내내 밤비는 기와에 휘날리고, 종일 신령한 바람 깃발에 차지 않도다一春夢雨常飄瓦, 盡日靈風不滿旗." 제3구 : 나업羅鄴, 「상춘賞春」 중 "해마다 인간사 점검하나, 오직 봄바람만 세정을 모르네年年點檢人間事, 唯有春風不世情." 제4구 : 원진元稹, 「효보가 보낸 시에 수창하는 10수酬孝甫見贈十首」의 제2수 중 "친척들 편지 보내 위로하기를, 소하를 판사로 삼으라고들 하시지요親情書札相安慰, 多道蕭何作判司." 소하는 한 고조高祖 유방劉邦의 명승상으로, 여기에서는 뛰어난 판관을 대표하는 뜻으로 쓰고 있다.

제24척 초상화를 줍다拾畵

생生 : 유몽매

정淨 : 석 도고

(생 유몽매가 등장한다)

유몽매 :

【금롱총金瓏璁】

누가 나만큼 봄에 놀랄까?

나그네 길에 다른 건 아무것도 묻지 않노라.

포도 갈색 베옷 터져 바람에 날리고,

붉은 비단은 비에 젖어 살구빛으로 얼룩졌네.

오늘은 맑고 따뜻하여,

홑이불이나 말리려니 구름모양 땟자국이 졌구나.

은은한 이화梨花가 봄 뜰에 향기로울 제,

한 해의 시름에 생각이 많도다.

버들 생각은 얼마나 되는지 모르겠네,[1]

허리를 짚어 보니 심랑沈郎과 다투겠군.[2]

　　소생은 매화관梅花觀에 앓아 누워 있던 차에, 벗 진최량이 의술을 알아 조리해 주어 나았습니다. 다만 며칠 동안 봄날 시름에 울적하니 어디서 근심을 잊을까요? 마침 저기 여도사가 오는군요.

(정 석 도고가 등장한다)

석 도고 :

【일락삭一落索】

여도사를 어이하리오?

1　버들 생각은 봄날의 님 생각을 말한다. 또 '유柳'를 써서 유몽매 자신의 시름을 암시하기도 한다.

2　심랑은 남조南朝 송宋 심약沈約이다. 그는 홀쭉하여 스스로도 허리가 가늘다고 말하였다.

서생을 꿰뚫어 아니,

그는 무슨 꿈이 저리 많을 걸까?

매일 하품을 수없이 해 대니.

　수재님, 평안하신지요?

유몽매 : 며칠새 병은 좀 나았으나 번민을 이기지 못하오. 이렇게 큰 매
　화관에 바람 쐴 정원이 없습니다.

석 도고 : 이 뒤에 화원 하나가 있습니다. 정자는 무너졌지만 꽃은 무리
　지어 피어 있지요. 그곳에 머물러 번민을 잊으시되 상심하지는 마십
　시오.

유몽매 : 어찌 상심할 거리나 있겠습니까!

석 도고 : (탄식한다) 이렇게 말씀하다니. 직접 가서 거닐어 보면 압니다.
　서쪽 회랑에서 그림이 그려진 담장을 돌아서 가면 백 보 밖에 사립
　문이 있습니다. 그곳에서 삼 리쯤 가면 모두가 연못과 누관樓館입니
　다. 마음껏 감상하고 종일 머물러 보내십시오. 제가 따라갈 필요는
　없겠습니다.

　이름 난 정원에는 객이 절로 오지만,

　그윽한 한恨은 아는 이가 없구나.

　　(퇴장한다)

유몽매 : 화원이 있다고 하니 지금 바로 천천히 가 보자. (걷는다) 여기는
　서쪽 회랑이로다. (걷는다) 푸른 사립문이 반은 넘어졌구나. (탄식한다)

　〔집당集唐〕

　난간에 기대니 여전히 옥난간,

　사방의 담장 차마 못 보겠구나.

　그 때 좋았던 풍류 시절 생각해 보니,

　만 줄기 버들가지는 일시에 말라버렸네.[3]

3　제1구 : 왕초王初, 「눈을 바라보며望雪」 중 "왕공처럼 학창의 걸쳤고, 난간에 기대니
　여전히 옥난간已似王恭披鶴氅, 凭欄仍是玉欄干." 왕공은 『세설신어世說新語』 「기선企羨」

(도착한다) 아, 이렇게 큰 정원이 있었다니.

【호사근好事近】

아름다웠을 모습은 어느새 스러졌구나,

예쁜 담장 서쪽의 남쪽 방향 왼편에 있는 정원은.

　　(넘어진다)

미끄러운 이끼가,

무너진 담장 더미 곁에 자라 있구나.

호접문蝴蝶門⁴은 왜 떨어졌을까?

　　옛날에는 유객遊客들이 많았는지 죽림竹林에다 이름을 새겨 놓았구나.

나그네 왔다갔다, 세월이 많이도 흘렀도다.

글자 새긴 대나무 줄기는 천 개.

　　휴,

벌써 때 이른 꽃 피어 섬돌을 감싸고,

풀은 무성하여 둥지를 이루었구나.

　　이상도 하다. 매화관의 일개 여류 도사가 어떻게 이리 큰 정원을 이루었을까? 참으로 모르겠네. 여기는 이렇게 물이 구불구불 흘러가네!

【금전도錦纏道】

문이 잠겨 있으니,

이 무릉도원을 팽개쳤구나.

이렇게 좋은 곳을 무너지도록 두다니!

편에 나오는 인물로 학의 깃털로 된 가죽옷을 입은 모습이 신선 같았다고 한다. 제2구: 장은張隱, 「만수사 노래萬壽寺歌詞」 중 "자리가 섭리에 어긋나니 상잔의 지경에 이르러, 사방의 곧은 담장을 차마 볼 수 없어라位乖燮理致傷殘, 四面牆匡不忍看." 제3구 : 위장韋莊, 「영호정令狐亭」 중 "그때 좋았던 풍류 시절 생각하면, '후정화' 풍악 소리가 멋지게 울려퍼졌지想得當時好煙月, 管絃吹殺後庭花." 제4구: 이산보李山甫, 「버들 10수 柳十首」 중 "무뢰배같은 가을 바람에 다투어 추위 느끼니, 온 가지의 잎새들이 일시에 말라버렸네無賴秋風鬪覺寒, 萬條煙草一時乾."

4　나비 날개 모양으로 만든 문이다.

연기 한 줄기 피어오르는 곳에 물가의 누각은 쓰러지고,

화려한 놀잇배는 버려져 묻혀 있고,

차가운 그네에는 아직도 치마끈이 매달려 있구나.

병란을 겪지도 않았는데,

이다지도 어지러우니,

혹시 애 끊게 하는 님이 멀리 있어,

상심한 일이 많았던가?

마음 두지 않으렸더니,

마침 호산석湖山石 가에 너를 남겨 배회하게 만드는구나.

　　좋은 산이로다. (살펴본다) 아, 속에 조그만 갑이 있구나. 왼쪽 봉우리에 기대어 무엇인지 볼까? (돌이 무너진다) 아, 단향목檀香木 갑이로구나. (갑을 열어 그림을 본다) 아, 관세음보살상이로다. 좋구나, 좋아. 내 방에다 걸어 놓고 예를 올리며 공양하면 여기 묻혀 있는 것보다야 훨씬 낫겠지. (갑을 받쳐 들고 돌아온다)

【천추세千秋歲】

조그만 봉우리가,

단향목을 눌러 만든 합盒 덕분에,

호상好相 관음 있는 멋진 누각이 되었구나.

바위 봉우리 앞에,

저 바위 봉우리 앞에,

비래석飛來石[5]이 많으니,

삼생三生의 인과로다.

모시고 가서 향을 피우고,

머리를 땅에 붙이고,

5　항주杭州의 영은사靈隱寺 앞에 비래봉飛來峰이 있는데, 진晉나라 때 승 혜리惠理는 이것이 천축국天竺國 영취산靈鷲山의 봉우리가 날아온 것이라고 하였다. 여기서는 가산假山을 가리킨다.

등불을 밝히면,

나에게 자비를 베푸시리라.

내가 여기서 마음을 다하여 공양하면,

그분은 어떻게 생각하실까?

    (도착한다) 도관에 돌아왔구나. 전각에 안치하고 날을 잡아 예를 올리자.

    (정 석 도고가 등장한다)

석 도고: 유 상공, 일찍 오셨네요!

유몽매: 도사님,

【미성尾聲】

일생을 나그네로 살아 정한이 많은데,

쓸쓸하고 적막한 원림을 지나오니,

해는 한낮을 넘어 기울어갑니다.

    도사님, 상심하지 말라고 하셨으니,

도사님은 저를 위해 상심하지 않을 곳을

어디서 찾아 주시겠습니까?

유몽매	외진 곳에 살며 임천林泉 가까이하기를 좋아하지만,
석 도고	벌써부터 봄에 상심하여 비 내리는 날 꿈을 꾸네.
유몽매	어디인가, 멀리 돌아갈 저택은,
함께	삼봉三峯의 꽃들 옆에 푸른 집이 걸려 있구나.[6]

---

6   제1구: 오교伍喬, 「외진 곳에 살며 친구에게 답함僻居酬友人」 중 "외진 세상에서 임천 가까이하기를 좋아하지만, 으슥한 곳에 한거하니 푸른 이끼만 이어져 있다僻世雖愛近林泉, 幽徑閒居碧蘚連." 제2구: 위장韋莊, 「장안의 청명절長安淸明」 중 "일찍이 봄에 상심하여 비 내리는 날 꿈을 꾸니, 방초 더욱 무성하구나蚤是傷春夢雨天, 可堪芳草更芊芊." 제3구: 담용지譚用之, 「낚시꾼 이처사에게贻釣魚李處士」 중 "어드메뇨 멀리 돌아갈 저택은, 몇 줄기 붉은 여뀌는 고깃배 한 척이로다何處遨將歸畫府, 數莖紅蓼一漁船." 제4구: 전기錢起, 「숭양 초도사 석벽에 제함題嵩陽焦道士石壁」 중 "삼봉 꽃 옆에 푸른 집이 걸렸고, 금관성錦官城 진인이 이곳에서 신선 되었구나三峰花畔碧堂懸, 錦里眞人此得仙."

제25척 딸이 그리운 어머니憶女

첩貼 : 춘향

노단老旦 : 견씨

　　(첩 춘향이 등장한다)

춘향 :

【완선등玩仙燈】

남기신 유품을 보니 그 분이 그리워라,

사람은 떠나고 아름다웠던 물건도 빛이 바랬네.

정말이지, "선과仙果는 열리기 어렵고,

예쁜 꽃은 쉬이 시든다네."

　　(탄식한다)

누구처럼 난창궁蘭昌宮 옆에 함께 묻히지는 않겠네,[1]

그저 향초 타고 남은 재나 치울 뿐.

　　저는 두 나으리 댁의 춘향입니다. 나으리와 마님을 모시고 양주揚州에 왔습니다. 아씨께서 돌아가신 지 벌써 세 해가 다 되었네요. 마님께서는 하루도 아씨를 그리워하지 않는 날이 없고, 하루도 슬피 울지 않는 날이 없어요. 나으리께서 조금씩 마님을 위로하기도 하시지만 어찌 깊은 슬픔을 걷어낼 수 있겠나요? 마님뿐 아니라, 저도 아씨께서 살아 계실 적에 베풀어 주신 은혜와, 병환 중에도 해 주신 말씀들을 생각하면 정말이지 가슴이 아파요. 오늘이 아씨 생신이라

1　난창궁은 연창궁連昌宮이라고도 하는데 당나라 최대의 행궁行宮으로 지금의 하남河南성 의양宜陽시에 있다. 당나라 때 양귀비의 시녀 장운용張雲容은 신천사申天師가 준 강설단絳雪丹이라는 단약을 먹었는데, 그 약은 죽은 지 백년이 지나 산 사람의 정기를 만나면 신선으로 부활하게 해주는 약이라고 했다. 장운용이 죽은 뒤에 궁녀 소봉대蕭鳳臺와 유난교劉蘭翹도 독살당해 장운용의 옆에 묻혔다. 백년이 지난 어느 날 설소薛昭라는 사람이 난창궁을 지나다가 세 미녀를 만나 장운용의 혼백과 함께 살다가, 얼마 후 장운용의 묘를 파헤쳐 그녀를 부활시킨다. 이 이야기는 『태평광기太平廣記』 권69 「전기傳奇」 '장운용'편에 나온다. 여기에서는 춘향이 자신은 소봉대와 유난교처럼 두여낭을 따라 죽어 그녀의 옆에 묻히지는 않겠다는 뜻을 말한 것이다.

마님께서 분부를 내리셔서 향초를 켜고 남안 땅을 향해 불공을 드리려고 해요. 준비가 다 되었네요. 마님, 들어오세요.

(노단이 분장한 견씨가 등장한다)

견씨 :

【전강】

땅도 늙어가고 하늘도 어두워지니,

늙은 어미 편히 누울 곳 없어라.

생각해 보면 눈앞에 친자식 하나 없으니,

나 죽은 뒤에 혼백 불러줄 사람도 없구나.

(운다) 내 새끼 여낭아!

하늘 끝에서 늙은 목숨 부지하기 어려우니,

애간장이 토막토막 끊어지기 때문이라네.

〔소막차蘇幕遮〕

고갯마루는 구름에 잠겼고,

관문 앞은 나무들로 빽빽하다네.

춘향 :

봄날에 그리워해도 허망하여라,

젊은 아씨 떠나 보내고 나니.

견씨 :

자식과 어미 사이라 애간장은 천 토막,

수놓인 책보에는 아직도 향기가 아련히 남았구나.

춘향 :

상서로운 향 연기는 맑고,

은 촛대 위의 촛불은 밝구나.

견씨 :

자비로우신 부처님 전에,

화창한 날에 피눈물로 기도 올리네.

(운다)

견씨, 춘향 :

만 리에 혼백 불러 보지만 혼백이 오려나?

하루 빨리 정토淨土에서 다시 태어나기만을 바랄 뿐.

견씨 : 춘향아, 여낭이가 죽은 뒤로 나는 껍데기만 살아 있을 뿐, 애간 장은 다 녹아버렸다. 여낭이가 읽던 책, 수놓던 꽃가지, 단장하던 분 향, 버리고 간 비녀와 신발을 보면 눈물이 그치지를 않고 마음이 아 프구나. 여낭이가 떠나간 지 벌써 삼 년이 되었고, 오늘은 또 생일이 니, 정성을 다해 불공을 올리고 향초 피워 하늘에 바치자꾸나. 잘 준 비하라고 일러 두었는데, 지금쯤 채비가 다 되었겠지.

춘향 : 마님, 이곳에서 불공을 드리면 되겠어요.

견씨 : (절을 한다)

〔집당集唐〕

미향微香이 퍼지는 곳에 눈물 뚝뚝 떨어지는데,

작년처럼 술 따르고 향은 또 재가 되네.

넉 자 외로운 무덤은 어디에 있단 말인가?

남방으로 돌아가 다시 태어나리라.[2]

　　두 안무按撫의 처 견씨는 망녀亡女의 생일을 맞이하여 삼가 부처 님께 절을 올리나이다. 원하옵건대 여낭이가 불법佛法에 의지하여 하루 빨리 다시 태어날 수 있게 해 주옵소서. (일어선다) 춘향아, 부처 님께 기도를 올렸으니, 이 잿밥을 여낭이에게 올리자꾸나.

2　제1구 : 이상은李商隱, 「들국화野菊」 중 "고죽원 남쪽 높은 언덕에 미향은 하늘하늘, 눈물은 뚝뚝苦竹園南椒塢邊, 微香冉冉淚涓涓." 제2구 : 육구몽陸龜蒙, 「피일휴皮日休의 '초동우작'시에 화답함和裴美初冬偶作」 중 "작은 화로 아래 휘장 아직 가려져 있고, 술 방울은 재에 향기로우니 작년 같구나小爐低幌還遮掩, 酒滴灰香似去年." 제3구 : 허 혼許渾, 「옛 정보궐의 교외 거처를 지나며經故丁補闕郊居」 중 "넉 자 외로운 무덤은 어디에 있는가, 합려성 밖 풀이 하늘에 닿았네四尺孤墳何處是, 闔閭城外草連天." 제4구 : 심전기沈佺期, 「다시 도량에 들어 응제함再入道場紀應制」 중 "남쪽으로 돌아가 다 시 태어나리니, 내전의 올해 모습이 예전과 다르구나南方歸去再生天, 內殿今年異昔年."

【향라대香羅帶】

여낭이의 무덤은 어디에 있나?

하늘에 물으려 해도 묻기가 어렵구나.

꿈속에서 만나도 눈이 어두워,

어미를 부르는 소리만 들려올 뿐,

깜짝 놀라 깨어 일어나 얼른 몸을 돌려 보아도,

스산한 바람에 등불만이 가물거릴 뿐.

　　(운다) 내 새끼

여낭 아이야,

너는 어찌 자식 없는 백발노인만

만 리 밖에다가 버려 두고 떠나갔더냐!

춘향 : (절한다)

【전강】

좋은 향을 피우며 옥진선녀玉眞仙女[3]께 머리 조아립니다.

받은 은혜 끝이 없으니,

입었던 비단치마도 주셨지요.

　　(일어선다) 아씨께서 떠나가실 때 제게 하신 말씀이, 아씨를 한 번 길게 불러달라고 하셨지요. 오늘도 불러봅니다. 아씨, 아씨.

아씨, 부르는 소리가 들리시나요?

견씨, 춘향 : (함께 운다. 함께 노래한다)

그리워라, 그토록 간절했던 정,

그토록 아파했던 마음,

　　날마다 원망하네,

우리 모녀를 이토록 잔인하게 찢어 놓았으니!

춘향 : (돌아서며)

3　옥진은 신선이나 선녀를 뜻하기도 하고 미인을 두루 이르기도 한다. 양귀비의 별칭 이기도 하였다. 여기에서는 두여낭을 가리킨다.

우리 아씨, 여기 옛 집으로 돌아와서,

다시 살아나야 할 몸이 어디 계시나요?

    (무릎을 꿇으며) 마님께 아룁니다. 사람이 중년에 이르면 슬픔으로 몸을 해쳐서는 아니되옵니다. 아씨는 다시 살아나기 어렵고, 마님께서는 죽은 아씨 때문에 몸이 상하시면 아니되세요. 또 연로하신 몸을 잘 돌보셔서 나으리와 함께 부귀를 누리셔야지요.

견씨 : (울면서) 춘향아, 너도 알지. 바깥어른은 아들이 없어서 늘 소실을 들이려고 하신 것을 말이다. 하지만 여낭이가 슬하에서 기쁨을 주어 모든 일이 평안하였지. 이제 여낭이도 죽고 없어 가문을 의지할 데가 없으니 내가 나으리를 뵙기가 괴로워 어떻게 견디겠느냐. 아이고!

춘향 : 마님, 소녀가 어리석어 좋은 말씀을 올리지 못하지만, 마님 말씀대로 나으리께서 작은 마님을 들일 뜻이 있다면 그 뜻을 따라서 한 명을 받아들여 아들을 낳는 게 어떻겠습니까?

견씨 : 춘향아, 서자가 친자식만 하겠느냐?

춘향 : 저 춘향은 마님께서 거두어 주셔서 친자식은 아니나 친자식과 같습니다. 마님께서 서자를 돌봐 주시면 자식이 없어도 자식이 있는 것이나 마찬가지가 아니겠나요?

견씨 : 좋은 말이로구나, 좋은 말이야.

견씨	그믐달 아래 딸자식에게 갔었지,
춘향	백양나무 가에서 오늘 몇이나 슬퍼하나.
견씨	이 슬픔 다 씻어내기 어려워,
함께	차가운 연못의 혜초蕙草 위에 눈물을 뿌리네.[4]

---

4   제1구: 서응徐凝, 「어아에서 달구경하다語兒見新月」 중 "아름다운 수수水宿 보이는 초사흗날 밤에, 그믐달을 동무 삼아 어아에 갔었지娟娟水宿初三夜, 曾伴愁蛾到語兒." 제2구: 두보, 「존몰구호存歿口號」 중 "옛날에는 바둑판에서 끝없이 웃었거늘, 백양나무를 오늘날 몇 사람이나 슬퍼하나玉局他年無限笑, 白楊今日幾人悲." 제3구: 온정균溫庭

筠, 「이우 처사의 옛 마을李羽處士故里」 중 "이 슬픔 다 씻어내기 어려움을 알았으니,
『장자』 제일편을 저버렸다네終知此恨銷難盡, 辜負南華第一篇." 제4구 : 염씨廉氏, 「은자
에게 부침寄徵人」 중 "누가 알리요 홀로 있으며 그리워하는 곳에, 차가운 연못의 혜
초 위에 눈물을 뿌릴 때를誰知獨夜相思處, 淚滴寒塘蕙草時."

제26척 초상화 감상^{玩眞}

生生 : 유몽매

(생 유몽매가 등장한다)

유몽매 :

파초 잎 위에 빗방울 머물기 어렵고,

작약 가지 끝에는 바람이 사그라지네.

그림의 뜻을 알 수 없어 뚫어지게 바라보다가,

비쳐오는 한 줄기 봄빛에 살며시 고개 든다.

   소생은 타지에서 외로이 번민하다가 후원으로 들어와 거닐면서 호산湖山 아래에서 작은 그림 한 축을 주웠는데, 그림 속의 사람은 마치 관음보살 같았고 보갑寶匣은 장엄하였습니다. 비바람이 열흘 너머 몰아쳐서 그림을 펼쳐보지 못했는데, 다행히도 오늘은 날씨가 화창하여 펼쳐서 한 번 감상해 보려고 합니다. (보갑을 열어 그림을 펼친다)

【황앵아黃鶯兒】

가을 경치 은하수에 걸렸는데,

관자재보살 진신眞身을 펼치니,

온갖 호상好相이 알맞구나.

그의 진신은 보타산普陀山에 있지만,[1]

나 바다 남쪽 사람이 그를 만났네.

   (생각한다)

어이하여 위광威光[2]이 연화좌蓮華座에 오르지 않았을까?

또 궁금하구나,

왜 비단치마 아래,

발이 이리도 작을까?

---

1   보타산은 절강浙江성 보타普陀현에 있는 불교 명산 중 하나로, 관음보살이 이곳에서 설법했다고 전해진다.

2   위광은 불상이나 관음상의 뒤에 펼쳐지는 광채를 말한다.

관음보살이라면 어찌하여 발이 작을까? 다시 한 번 살펴보자.

【이랑신만二郎神慢】

조금 더 그림 속의 모습을 살펴보자.

　알았다,

아마도 누군가의 서재에서 항아嫦娥 그림을 떨어뜨렸나 보다.

이 어여쁘고 아름다운 미인도를.

　항아이니 마땅히 예를 갖추어야겠다.

항아께 묻노니 계수나무 가지 꺾을 사람 중에 제가 있나요?[3]

그런데 항아라면 어찌 주변에 한 점 구름 받치지 않았을까?[4]

나무 갈라진 곳에 핀 꽃도 계화桂花 같지 않네.

　관음보살도 아니고 또 항아도 아니라면 세상에 어찌 이런 사람이 있을까?

놀라워라,

일찍부터 알았던 사이처럼,

내 마음을 어루만지는구나.

　어디 살펴보자, 화공이 베꼈을까, 아니면 미인이 스스로 그렸을까?

【앵제서鶯啼序】

그림에게 묻노니 어느 곳의 미인인가?

조각달 아래의 모습과 광채가 붓끝에서 생겨났구나.

이런 사람은 보자마자 온갖 꽃도 몸을 낮춰 숨는다네.

천연의 기색과 자태는 그려내기 어려운 법,

누가 저 봄날의 구름 같은 머리칼을 그려냈다는 말인가?

　화공이 어찌 이런 경지에 이를 수 있단 말인가!

아마도 여인 스스로가 그려낸 것이리라.

　잠깐, 자세히 보니 그림 위쪽에 글씨가 몇 줄 적혀있구나. (본다)

3　계수나무 가지를 꺾는 것은 과거에 급제함을 뜻한다.
4　항아는 달나라에 있으므로 항아의 주변에는 구름이 그려지는 것이 보통이다.

아, 절구絕句로구나. (읽는다)

가까이서 보면 단아한 듯 하나,

멀리서 보니 자재로움이 마치 비선飛仙과도 같구나.

훗날 곁에 섬궁객蟾宮客을 얻게 되면,

매화나무 아니면 버드나무 옆이리라.[5]

   아, 이건 이 세상 여인의 행락도行樂圖로구나. 어찌하여 매화나무 옆이 아니면 버드나무 옆이라고 했을까?[6] 기이하고 괴상한 일이로다!

【집현빈集賢賓】

관산關山[7]과 매령梅嶺의 하늘 둘러보지만,

어찌 알았을까, 나 유몽매가 지나갈 줄을?

자신이 섬궁객 옆에 설 줄은 어찌 알았을까?

기뻐하려다가,

자세히 살펴본다,

내 성과 이름을 어떻게 항아가 가져다 썼을까?

이리저리 생각해 보니,

내가 꿈에 보았던 혼백이 이렇게 된 것이었던가.

   나를 돌아보는 저 눈길!

【황앵아黃鶯兒】

하늘에서 가냘픈 여인 내려와,

봄 파초를 흔들고 치맛자락 흩날리니,

춘심春心이 미간眉間에 갇혀 있구나.

비췻빛 눈썹은 길게 늘어져 있으며,

머리칼은 옅은 안개처럼 희미하구나.

---

5   이 시는 앞의 제14척에서 나온 바 있다.
6   매화나무와 버드나무는 모두 유몽매의 이름에 들어있는 글자로, 이 구절을 통해 두 여낭과 유몽매의 운명적인 만남을 암시하고 있다.
7   관문이나 요새 주변의 산을 뜻한다. 유몽매가 기이한 생각이 들어 하늘을 둘러보았음을 말한다.

서로 바라보는 두 사람 중 누가 가벼이 눈길을 거두랴?

이렇게 두 눈으로,

왔다갔다 바라보며,

한없이 쳐다보네.

　그런데 어찌하여 청매青梅 가지를 손에 들고 있을까, 마치 나를 잡아 이끄는 듯하구나.

【제앵서啼鶯序】[8]

그는 청매를 손에 들고 시를 가만히 읊으니,

한 점 춘심을 일으켰지만 이루지 못하는구나.

나는 그림 속의 떡으로 허기를 채우려 하고,

소저는 매실을 바라보며 갈증을 없애려는 듯하네.[9]

　소저, 소저,

작은 연꽃은 반도 벌어지지 않았고,[10]

웃음 머금은 곳에 붉은 입술 엷게 칠했구려,

정취가 많아서,

근심스레 말하려는 듯하지만,

다만 말이 없군요.

　낭자의 모습은 최휘崔徽 같고, 시는 소혜蘇蕙 같으며, 행서行書는 위부인衛夫人과 똑같구려.[11] 소생이 비록 전아典雅하기는 해도 어찌 낭자를 따라갈 수 있을까요! 생각지 못하게 만났으니 한 수 차운次韻해

8　다른 판본들에는 '앵제서'로 되어 있는 경우가 많다. 여기에서는 석림거사 각본을 따른다.

9　삼국시대 조조가 전투를 하다가 물이 떨어져 군사들이 목말라하자 매화나무 숲으로 가도록 하니 매실을 본 군사들이 침을 흘려 갈증을 잊었다는 이야기에서 유래한 것으로, 여기에서는 매실이 비유하는 유몽매를 기다린다는 뜻으로 쓰이고 있다.

10　작은 연꽃은 입술을 비유하고 있다.

11　최휘는 「앵앵전鶯鶯傳」과 〈서상기西廂記〉의 주인공인 미녀 최앵앵이고, 소혜는 북조北朝 전진前秦 두도竇滔의 아내로, 두도가 죄를 지어 유사流沙로 유배되자 회문시回文詩를 지어 보냈다. 위부인은 진晉나라 사람 이구李矩의 부인으로 글씨를 잘 썼다고 한다.

드리리다. (시를 짓는다)

모습이 절묘하면서도 자연스러우니,

하늘의 선녀가 아니면 땅의 선녀이리라.

섬궁 곁에 가려는데 사람은 어디에 있나?

마침 봄이 매화나무 버드나무 곁에 왔구나.

【족어림簇御林】

그녀는 그림도 잘 그리고,

시도 잘 짓는다네.

빼어난 용모가 강산에 들어가 있으니 사람들이 노래하게 만드네.

　　내가 힘차게 몇 번 불러 보자. 미인이여, 미인이여! 낭자여, 낭자여!

진진眞眞12을 향해 피 토하며 우는 줄 그대는 아는가?

그대를 눈꽃 내뱉듯이 목이 터져라 외친다네.13

작은 발 움직여,

사뿐사뿐 내려오려나,

그림자도 움직이지 않는구나.

　　휴, 나는 혼자 여기에 있으니 이 낭자의 초상화를 아침저녁으로
감상하면서 절하고 불러 보고 칭송해야겠네.

【미성尾聲】

주운 사람이 먼저 경하해야지,

12　당나라의 미녀 이름이다. 당나라 진사 조안趙顔이 미녀의 그림을 얻었는데, 화공에게
　　그림 속의 여자와 혼인하고 싶다고 말하니, 화공은 그 미녀의 이름이 진진이고 정성을
　　다해 기도하면 소원을 이룰 것이라고 말하였다. 조안이 화공의 말대로 하니 과연 그림
　　속의 여자가 사람이 되어 나타나서 아들까지 낳고 두 해 동안 잘 살았다. 어느날 조안
　　의 한 친구가 진진은 분명 요괴일 것이니 죽여야 한다고 하니 조안은 아내를 의심하는
　　데, 진진은 눈물을 흘리며 자신이 남악지선南岳地仙임을 밝히고 아들을 데리고 그림
　　속으로 다시 들어갔다. 그림을 다시 보니 여자 옆에 아이가 하나 서 있었다. 『태평광기
　　太平廣記』권286에 실린 「화공畫工」편의 이야기이다. 여기에서는 두여낭을 가리킨다.
13　눈꽃은 침을 비유한다. 눈꽃 내뱉듯이 외친다는 것은 침을 뛰길 정도로 목청 높여
　　외친다는 뜻이다.

버드나무나 매화나무와 얼키고 설키려나?

　소저, 소저,

그림자만 있고 형체 없는 그대가 나를 뚫어지게 쳐다보는구려.

　　줄곧 그림만 원망할 것 없이,

　　집에다가 오래도록 걸어 둠이 좋겠네.

　　슬픔 속에 시를 짓고 버들 속에 숨어 있으니,

　　봄날의 도취 더해 깨어나기는 더욱 어려워라.[14]

14　제1구 : 백거이, 「왕소군의 원망昭君怨」 중 "임금님 은혜 종잇장처럼 얇았으니, 줄곧
　　그림만 원망하고 있지는 말았어야지自是君恩薄如紙, 不須一向恨丹靑." 제2구 : 오교伍喬,
　　「화이도를 보며觀華夷圖」 중 "붓 끝으로 온 세상의 모습 다 드러내었으니, 오래도록
　　집에 걸어둠이 좋겠네筆端盡現實區事, 堪把長懸在戶庭." 제3구 : 사공도, 「변하의 버드나
　　무 말라감에 유 은사를 슬퍼함汴柳半枯因悲柳中隱」 중 "슬픔 속에 유 은사께 시를 지어
　　드리네, 버들 시들어도 나무 있으나 내 몸은 없어지리니惆悵題詩柳中隱, 柳衰猶在自無
　　身." 제4구 : 장갈章碣, 「비雨」 중 "저녁 무렵 근심을 물리치려 하나 사라지지 않고, 봄날
　　의 취기마저 더해져서 깨어나기 어렵네鎖卻暮愁終不散, 添成春醉轉難醒."

제27척 두여낭의 혼백魂遊

정淨 : 석 도고

첩貼 : 소도고小道姑

축丑 : 소도고의 제자

단旦 : 두여낭

(정이 석 도고로 분장하여 등장한다)

석 도고 :

【괘진아挂眞兒】

누대와 전각에 겹겹 봄빛이 오르고,

아로새긴 푸른 난간 주위를 은빛 연못이 두르고 있네.

곳곳에 향기 진동하고 하늘까지 경聲쇠 소리 울리니,

사람들 구원하는 경전을 조용히 염송한다네.

〔집당集唐〕

몇 년이나 미인을 황천에 맡겼던가,

열두 봉우리에 달이 지려 하네.

장미 한 송이를 꺾으니,

동풍은 요낭窈娘의 둑에 불어오네.[1]

이 늙은 여도사가 두杜 소저의 무덤을 지킨 지 삼 년이 되었습니다. 길일을 잡아서 그를 위해서 도량道場[2]을 열어 천상으로 구원해야

---

1 제1구 : 옹유지雍裕之, 「궁인의 무덤宮人斜」 중 "얼마나 많은 홍분을 황니에 버렸던가, 들새는 노래하는 듯 또 우는 듯幾多紅粉委黃泥, 野鳥如歌又似啼." 제2구 : 이섭李涉, 「죽지사竹枝詞」 중 "열두 봉우리에 달 떨어지고, 부질없이 강가에 자규 소리 덮힌다十二峰頭月欲低, 空蒙江上子規啼." 제3구 : 이건훈李建勛, 「춘사春詞」 중 "장미화 한 송이 꺾어, 그대에게 기대서 봉황채에 꽂습니다折得玫瑰花一朵, 憑君簪向鳳凰釵." 제4구 : 나규羅虬, 「비홍아시比紅兒詩」 중 "꽃은 티끌로 지고 옥은 진흙에 떨어지니, 향기로운 혼백 요낭제로 오리라花落塵中玉墮泥, 香魂應上窈娘堤." 요낭은 당唐나라 좌사낭중佐司郎中을 지낸 교지지喬知之가 총애한 시녀였다. 태자태보太子太保였던 무승사武承嗣가 요낭을 빼앗아 가자 요낭은 식음을 전폐하고 울다가 우물에 몸을 던져 죽었다. 후에 낙수洛水의 신이 그녀를 가련하게 여겨 낙수 둑을 터뜨려 그 우물을 메웠는데, 둑이 터진 곳을 요낭의 둑이라고 불렀다. 여기에서 요낭은 두여낭을 비유한다.

겠습니다. 벌써 문 앞에다 초혼招魂 깃발을 걸었으니 누가 오는지 보렵니다.

(첩이 소도고로 분장하고, 축은 제자로 분장하여 등장한다)

소도고 :

【태평령太平令】

고갯길과 강변 마을에,

한 조각 채색 구름이 떠오는 달을 받치네.

우의羽衣와 청조靑鳥는 한가로이 왔다갔다.[3]

제자 : 날이 저물었으니 매화관梅花觀에서 쉬시지요.

소도고 :

남쪽 가지 바깥 쪽에 까치 향로[4]에 향이 타네.

　저 소도고는 소양군韶陽郡[5]에 있는 벽운암碧雲庵의 주지입니다. 사방을 떠돌다가 여기에서 저 장엄한 깃발에 이끌려 와 보니 도량을 연다고 합니다. 제단에 올라 함께 재를 올리기에 안성맞춤이로군요.

(인사한다)

〔집당〕

대라천大羅天에는 버들이 안개처럼 무성하네요,

석 도고 : 자네의,

모절毛節과 붉은 깃발을 석감石龕 옆에 놓게나.

소도고 :

계산溪山을 향해 보며 머물 곳을 찾습니다,

석 도고 : 그래, 자네는,

붉은 소매 드리우고 수도修道를 배우게나.[6]

2　승려나 도사가 종교 행사를 거행하는 곳 또는 그 행사를 이르는 말로, 여기에서는 망자의 혼령을 구제하는 의식을 가리킨다.

3　우의는 도사, 청조는 도사의 심부름꾼이다. 여기서는 소도고와 그의 제자를 가리킨다.

4　긴 손잡이가 있어 까치 모양으로 생긴 향로로, 작미로鵲尾爐라고도 한다.

5　지금의 광서장족廣西壯族자치구 상주象州현에 해당한다.

소고小姑는 어디에서 오는 길인가?

소도고: 소양군에서 오는 길입니다. 잠시 묵을까 합니다.

석 도고: 동쪽 방은 영남의 유 상공柳相公이 요양하고 있으니 아래채가 좋겠네.

소도고: 정말 고맙습니다. 감히 여쭙건대 오늘 밤의 도량은 무슨 일로 엽니까?

석 도고: (탄식한다) 바로,

두 지부의 소저가 떠난 지 삼 년이라,

혼을 불러 구천九天에 올리기 위함이라네.

소도고: 그렇군요!

맑은 기도 올리기는 오늘 밤이 좋습니다.

향화香火 받쳐 참 신선 되게 돕겠습니다.

석 도고: 그러는 게 좋겠네. (무대 뒤에서 종과 북을 울린다)

소도고, 제자: 사형師兄께서는 향을 집으시지요

석 도고: 남두주생진비南斗注生眞妃, 동악수생부인東嶽受生夫人 전하.[7] (향을

---

6   제1구: 어현기魚玄機, 「광, 위, 부 세 자매가 어려서 고아가 되었다가 막 장성하여 이
    작품을 지으니 훌륭하기 짝이 없어 사씨 집 자제들이 눈雪을 읊은 연구聯句로도 더
    할 것이 없다. 경사에서 온 손님이 있어 나에게 보여 주므로 그에 차운하다光威袁姊
    妹三人, 少孤而始姸, 乃有是作, 精粹難儔, 雖謝家聯雪, 何以加之. 有客自京師來者示予, 因次
    其韻」 중 "소유동에 송로가 떨어지고, 대라천에 버들이 무성하도다小有洞中松露滴, 大
    羅天上柳煙含." 소유동은 선경仙境을 뜻하고, 대라천은 36천 가운데 가장 높은 세계를
    뜻한다. 유연은 버드나무가 무성하여 마치 안개가 자욱이 낀 듯한 정경을 이른다.
    제2구: 왕유王維, 「숭산으로 돌아가는 방 존사를 보내며送方尊師歸嵩山」 중 "선관은
    구룡담에 머물려 하고, 모절과 주번은 석감에 기댔구나仙官欲住九龍潭, 毛節朱幡倚石
    龕." 모절은 도사의 법력을 표시하는 부절이고, 석감은 석상이나 신주를 봉안하는 돌
    로 만든 감실이다. 제3구: 한유韓愈, 「서림사에 가서 소이형 낭중의 옛 집을 지나며
    遊西林寺題蕭二兄郎中舊堂」 중 "우연히 광산의 옛 거처에 가 보니, 몇 줄기 눈물 흐르
    고 구름의 노을이 지는구나偶到匡山曾住處, 幾行衰漏落煙霞." 제4구: 여인 광光, 「연구
    聯句」 중 "향기로운 비단 홀로 엮어 몰래 보내고, 붉은 소매 몰래 늘어뜨려 참선을
    배웁니다獨結香綃偸餉送, 暗垂檀袖學通參." 光光은 제1구의 시 어현기가 언급한 자매
    중의 한 사람이다. 성은 알 수 없다.
7   남두성군南斗星君은 사람의 탄생을 주관하고 진비眞妃는 여신선을 이르는 말이다.

잡고 절을 한다)

【효남가孝南歌】

새 불 피워 신묘한 향에 붙이니,

이 정성은 두여낭을 위함입니다.

모두 : (모두 절을 한다)

향 연기는 수 놓인 깃발에 자욱하고,

세악細樂[8]은 바람에 은은하게 울려 퍼지네.

신선이시여,

위광威光이 무량無量하시니,

한 점 향혼香魂[9]을,

빨리 천상으로 인도하소서.

범심凡心을 다 없애지 못하여,

그는 다시 사람의 몸이 되고자 할 것입니다.

아들이 되든 딸이 되든,

그가 영원한 짝을 얻게 하소서.

다시는 젊은 나이에 죽지 않게 하소서.

석 도고 : 소저가 생전에 꽃을 사랑하여 죽었으니, 오늘 아직 덜 시든 매화를 꺾어서 정병淨瓶에 꽂아 공양해야겠다. (신주에 절을 한다)

【전강】

병甁은 깨끗하여,

봄날 차가운 태양 같고,

남은 매화 반 가지를 붉은 초로 입혔네.

소저여,

그대 향그러운 꿈에 누구와 함께 있었길래,

또한 동악부인東嶽夫人은 사후의 환생을 결정한다.

8   관현악을 말한다. 크고 강렬한 소리를 내는 타악기가 없다.

9   향혼은 미인의 혼 즉 두여낭의 혼을 말한다.

혼백이 그리도 외롭게 가셨나요?

소도고, 제자 : 사형, 정병은 무엇 같고, 매화는 무엇 같습니까?

석 도고 :

이 정병은 하늘 모양이라,

세상을 감싸고 있는 것이지.

몸은 시든 매화와도 같아,

물만 있고 뿌리는 없지만,

그래도 여향餘香 남기고 싶어 한다네.

모두 : 소저, 당신은 이 공양을 받으시고,

살과 뼈는 차갑게 하시고,[10]

혼백은 향기로워지소서.

이승으로 돌아오셔서,

이 매화나무 장막 속에서 다시 살아가세요.

　　　(무대 뒤에서 바람소리가 울린다)

석 도고 : 괴이하고 괴이하도다. 싸늘한 바람이 한 바탕 휘돌고 가는구
나. (무대 뒤에서 종소리가 울린다)

모두 : 저녁 재 시간이니 잿밥을 먹고 도량을 거듭시다. 바로,

새벽 거울에 동이 터 오지만 뚜렷한 모습 아직 없고,

저녁 종을 쳐서 보허성步虛聲을 끊는구나[11]

로다.

　　　(모두 퇴장한다. 단 두여낭의 혼백이 귀신 소리를 내면서 소매로 얼굴을 가리고
등장한다)

10　차가운 살과 뼈는 미인을 뜻한다. 후촉後蜀 맹창孟昶의 시 「마가지에서 피서하며 짓다
　　避暑摩訶池上作」 중 "차가운 살과 옥 같은 뼈는 맑고도 땀 흐르지 않고, 물가 전각에
　　바람이 불어오니 암향暗香이 따뜻하다氷肌玉骨淸無汗, 水殿風來暗香暖"라는 구절이 있다.
11　보허성은 도사들이 걸으면서 박자를 맞추어 읊는 찬가 소리를 말한다.

두여낭:

【수홍화水紅花】

마치 꿈인 양 혼령 되어 망향대를 내려오니,

밤 불빛은 희미하게 깜박이고,

무덤 문에 인적은 고요하네.

　　(무대 뒤에서 개가 짖는다. 두여낭이 놀란다) 어찌된 일일까 하니,

꽃 그림자 움직이니 강아지가 속아서 별인 줄 알고 짖는 것이었네.

차갑고도 어두컴컴하구나,

이화梨花의 봄 그림자는.

　　아, 모란정이며 작약 난간을 돌아보니 모두가 황폐해졌어. 아버지
어머니께서 떠나신 지 삼 년이 되었구나. (운다)

끊어진 담장 황폐한 길 모두가 가슴 아파라,

멀리 보이는 것은 무엇일까?

도깨비불만 푸르구나.

　　(듣는다)

사람 소리가 나는 것 같아!

〔첨자소군원添字昭君怨〕

지난 날에는 천금소저千金小姐였지만,

오늘은 흐르는 물에 지는 꽃이라네.

이 가냘프고 가련한 두릉杜陵의 꽃이,[12]

너무나도 상해버렸네.

타고나기를 홀로였으니 어찌할 수 없이,

이 밤 별 앞에 혼자로구나.

살아서도 죽어서도 정이 많다네.

정을 어이하리!

12　두릉의 꽃은 두씨 집의 딸을 뜻한다. 두릉은 낙유원樂遊原으로서 장안長安 동남쪽에
　　있다. 두보杜甫가 여기에 산 적이 있다.

저는 두여낭의 혼령입니다. 정에 빠져 색을 그리워하다가 꿈을 꾸고 죽었습니다. 십지옥十地獄의 염라대왕을 만나서 성지聖旨에 따라 감형해 주셨으나, 내보내 주는 사람이 없어 여자 감옥에서 삼 년을 보냈습니다. 기쁘게도 판관判官을 만나 저를 가련히 여겨 풀어 주셔서 이 달 밝고 바람 자는 때에 구경을 나와 보았습니다. 아, 여기는 서재의 후원이네. 왜 매화관이 되었을까? 참으로 슬퍼라. 나는 마치,

【소도홍小桃紅】

애 끊긴 사람이나 꿈에 취했다 갓 깨어난 사람 같네.

누가 나의 남은 생명을 되살려줄까.

동행하는 귀신 자매도 없이,

땅에 끌리는 비단옷을 다잡는다.

그림자는 형체를 따르고,

바람은 이슬을 가라앉히고,

구름은 북두성을 가리고,

달은 별을 낚아 당기니,[13]

이 모두가 내 혼령이 다니는 경계境界로다.

도착하니 이 꽃 그림자는 초경初更[14]인데,

　　(무대 뒤에서 딩동 소리가 난다. 두여낭이 놀란다)

별안간 마음이 놀래라.

아, 풍경風磬이 누각에서 울린 것이었구나.

　　향기가 참 좋구나.

13　원문은 '월구성月勾星'이다. 달이 별을 낚는다는 것은 달이 고리 모양인 초생달 또는 그믐달임을 말하고, 달빛이 밝지 않은 어두운 밤이라는 것을 뜻한다. 서삭방은 이를 '진구월辰鉤月' 즉 진성(수성)이 달을 끌어당겨 월식月蝕이 일어난 것으로 풀이하였다. 옛날에는 수성이 진辰, 술戌, 축丑, 미未 앞에 나오면 월식이 일어난다고 하였다. 두여낭의 혼령이 밤 또는 월식이 일어난 어두운 밤에 나타난다는 뜻이다.

14　초경은 저녁 7시에서 9시 사이의 시간이다.

【하산호下山虎】
향 연기는 은은하고,
등불은 어슴푸레하다.
아, 아름다운 탱화幀畵들을 보니,
나도 모르게 전율이 오네.

어느 신령이신가? 동악부인東嶽夫人과 남두진비南斗眞妃이시네. (머리를 조아린다) 신선이시여, 신선이시여, 두여낭의 귀혼鬼魂이 머리를 조아립니다.
몰래 새벽에 이승으로 나왔으니,
저를 위해 또렷하게 내생을 정해 주소서.

이 청사靑詞[15]를 보니 석 도고가 여기서 주지를 하는구나. 나를 구제하여 천상에 태어나도록 이 재를 올리는 것이었어. 도고여, 도고여, 나 때문에 고생하셨군요. 이 정병에 꽂힌 것은, 휴, 내 무덤가의 매화로구나. 매화는 나 두여낭처럼 반만 피었다가 시들었으니 정말 가슴이 아파.
이 갈라진 북과 깨진 종과 금색 글자 경전이,
내 꿈을 흔들어 깨웠구나.
나는 땅 갈라진 틈 속의 매화 뿌리 쪽으로 몇 걸음 걸어가서,
흔적을 좀 남겨 놓아야겠어.

(운다) 여도사들이 저렇게 지성인데 종적을 남기지 않으면 내가 저들을 보고 있음을 어찌 알릴 수 있겠어. 매화를 경대經臺 위에 뿌려야지. (꽃을 뿌린다)
어찌 한 점 꽃잎에 만 점의 정을 녹일 수 있을까.

아버지 어머니는 어디 계시며, 춘향은 어디 있을까? 아, 저기서 나지막이 읊조리며 외치는 소리가 나는구나. 무엇인지 들어보자. (무

---

15   도교의 기도사祈禱詞로, 청등지靑藤紙에 주서朱書로 쓴다.

대 뒤에서 외친다)

무대 뒤 : 나의 소저여, 나의 미인이여!

두여낭 : (놀란다) 누가 누구를 부르나? 다시 들어 보자. (무대 뒤에서 또 외
친다. 두여낭이 탄식한다)

【취귀지醉歸遲】

삶과 죽음은,

외롭고 서러운 운명.

님이 있어도 님이 대답하도록 부르지 못하네.

왜 네 마음 속의 이름을 부르지 못하는가?

나 같은 고혼孤魂이 홀로 왔으니,

누구더러 날 한 번 불러 달라고 할까.

분명하지도 않고,

멈추지도 않더니,

다시 그쳤구나.

　　(무대 뒤에서 또 외친다) 휴, 아마 곁채에서 무슨 서생이,

꿈을 꾸면서 잠꼬대를 하나 보다.

【흑마령黑蔴令】

문득 나는 정이 있다가 없다가,

저 사람이 외치는 두세 마디에,

차가운 붉은 눈물 흩날려 떨어진다.

아, 꿈에서 본 사람인,

매랑梅郎이나 유랑柳郎이 아닐까?

나는 이 화정花亭과 수정水亭에서,[16]

바람 맑고 달 밝을 때 있었던 일 기억나네.

하지만 이 귀수鬼宿[17]의 앞길은,

16　화정과 수정은 모두 모란정을 가리킨다

17　28수의 하나로 남방 주작칠수朱雀七宿의 제2수이다. 희미한 별 4개가 궤櫃처럼 하나

삼성三星이나 사성四星을 바랄 수 있을까?[18]

　얼른 찾아 가려고 해도, 두수斗宿가 돌고 삼수參宿가 비껴 있으니,[19] 오래 머무를 수 없구나.

【미성尾聲】

왜 전각의 등불이 깜박깜박 흔들릴까?

　(무대 뒤에서 외친다)

　전각 위에서 울리는구나.

　(제자가 무대 한쪽 구석에 등장하여[20] 바라본다. 다시 바람이 분다)

수 놓인 깃발이 한 바탕 휘날리니,

몇 송이 꽃을 떨구는 이 바람은 나 두여낭의 흔적이라네.

　(두여낭이 귀신 소리를 내며 퇴장한다. 제자가 두여낭과 얼굴을 마주치고 놀라서 소리를 지른다)

제자 : 사부님들, 빨리 오세요, 빨리.

　(석 도고와 소도고가 놀라 등장한다)

석 도고 : 왜 이리 소란을 떠느냐?

제자 : 이렇게 등불이 휘황한데, 숨어서 보니 한 여신선이 소매로 깃발을 나부끼게 하고 순식간에 가버렸습니다. 무서워요, 무서워.

석 도고 : 어떻게 생겼더냐?

제자 : (손짓을 하며) 키는 이만큼 크고 몸집은 이만하며, 얼굴은 잘 생겼

의 성단星團을 둘러싸고 있어 '적시기積屍氣'라고 부른다. 여기서는 두여낭 자신의 귀혼을 말한다.

18　삼성은『시경』「당풍唐風」 '주무綢繆' 편에 나오는데, 사랑하는 두 사람이 밤에 만나는 내용이다. 따라서 삼성은 님을 만나는 것을 뜻한다. 또 사성은 저울의 끝에 달린 별 장식으로, '끝' 또는 '결과'를 뜻하기도 한다. 이를 종합하면 두여낭의 혼백이 님을 만날 수 있을까 근심하는 내용이다.

19　두수와 삼수도 28수의 하나이다. 이들 별자리가 움직인 모양을 보고 대략 언제가 되었는지를 알았다. 여기에서는 밤이 깊었다는 뜻이다.

20　원문은 '허상虛上'으로, 등장하되 무대 가운데로 나와 연기를 하는 것이 아니라 출입문 부근에 서서 연기를 한다.

고, 취교翠翹와 금봉金鳳을 꽂고,[21] 붉은 치마에 푸른 저고리를 입고 패물이 찰랑거렸으니, 진짜 선녀가 내려온 것 같았어요.

석 도고: 휴, 이는 바로 두 소저의 생전의 모습이로다. 아마 그의 혼백이 살아 돌아왔나 보다.

소도고: 아, 저기 경대 위를 보세요. 매화가 어지럽게 흩어져 있어요. 기이하다, 이상해! 모두들 다시 그에게 경을 읽어 축원합시다.

모두:

【억다교憶多嬌】

바람 불어 향은 다 탔는데,

달빛은 회랑에 들어왔구나.

언뜻언뜻 혼령의 종적이 서늘하다네.

봄밤에 꽃잎 지면 마음 쉽게 상하네.

바라건대 그대는 어서 천당으로 가소서,

어서 천당으로 가서,

타향이든 고향이든 머무르지 마소서.

소도고: 두 소저는 무슨 병으로 죽었습니까? 무슨 까닭으로 이곳에 다시 나타났습니까?

석 도고:

【미성尾聲】

놀라지도 말고,

묻지도 말고,

악기와 경당經堂[22]을 수습하게나.

　들어 보게,

이 서늘한 패옥 소리가 아직 회랑 저쪽에서 울리고 있다네.

21　취교는 머리꾸미개의 일종으로, 모양이 물총새의 꽁지깃처럼 생겼다. 금봉도 금으로 만든 봉황 모양의 머리 장식물이다.

22　경전을 읊거나 재를 올리는 당을 말한다.

석 도고	마음으로 알아도 번번이 자세히 보지는 못하고,
소도고	인연을 말하려니 애 끊어질까 두렵네.
제자	봄바람이 사람 마음을 안다면,
모두	두란향杜蘭香이 있는 줄을 알리라.[23]

---

[23] 제1구: 조당曹唐, 「소유선시 98수小遊仙詩九十八首」의 제2수 중 "만 그루 옥화와 천 이랑 작약을, 마음으로 알아도 번번이 자세히 보지는 못하네萬樹琪花千圃藥, 心知不敢輒形相." 제2구: 천축목동天竺牧童, 「죽지사竹枝詞」 중 "생전 생후의 일 아득하고, 인연을 말하려니 애가 끊어질까 두렵네身前身後事茫茫, 欲話因緣恐斷腸." 제3구: 나업羅鄴, 「평천을 한탄함歎平泉」 중 "봄바람 사람 마음 안다면, 꽃가지 모두 남쪽 향해 피었으리라若遣春風會人意, 花枝盡合向南開." 제4구: 나규羅虯, 「홍아에게 주는 시比紅兒詩」 중 "세속 사람들에게 온 이후로 아무도 모르나, 두란향이 있는 줄은 알리라從到世人都不識, 也應知有杜蘭香." 두란향은 한漢나라 때의 여인으로 선녀가 되었다. 장석張碩에게 나타나 부부가 되려 하였으나 끝내 이루지는 못하였다. 여기서는 두여낭을 가리킨다.

제28척 귀신과의 사랑幽媾

생生 : 유몽매
단旦 : 두여낭의 혼백

(생 유몽매가 등장한다)

유몽매:

【야행선夜行船】

별안간 하늘의 신선 내려오더니 어디에 있는가?

모습이 흐릿한 것이 달빛이 환해서인 듯.

나는 시름에 배회하며,

말없이 번민하네.

벌써 석양이 지는구나.

한 조각 붉은 구름이 하늘에서 내려와,

꽃처럼 어여쁘며 옥처럼 아리땁다.

누구에게 고운 얼굴을 그려 달라 하였나,

나를 향해 말없이 정만 품고 있구나.

　　소생은 초상화를 얻은 이후로 날마다 밤마다 생각에 잠깁니다. 이 깊은 밤에 틈을 내어 이 아름다운 시[1]를 읊어 그 뜻을 음미해 봅니다. 꿈속에서 가까워질 수 있다면, 그것은 봄바람이 한 차례 지나가는 것이나 같지요.[2] (그림을 펼쳐 감상한다) 아, 이 미인은 마치 무슨 말을 하려는 듯, 눈에는 잔잔한 물결이 일고 있구나.[3] 참으로,

지는 노을이 외로운 오리와 함께 날고,

가을 강물은 장천長天과 일색이로다[4]

1　두여낭이 자화상에 붙인 시를 가리킨다. 제14척, 제26척 등 참고.
2　'봄바람이 한 차례 지나간 것'은 한번 기쁨을 맛보거나 정취를 느낀다는 뜻으로, 흔히 남녀 간의 성적인 환희를 이르는 말로 쓴다.
3　여인의 애교 어린 눈길을 비유한다.
4　이상 두 구절은 당唐 왕발王勃의 「등왕각서滕王閣序」의 구절로, 두여낭의 눈빛에 마치 잔잔한 물결이 일고 있는 모습을 '장천과도 같은 가을 강물'과 연결시킨 것이다.

라는 격입니다.

【향편만香遍滿】

저녁 바람 불어와서,

무릉武陵 계곡의 한 줄기 노을이,

지극히 우아한 사람을 그려냈구나.

깨끗하여 흠 하나 없으니,

밝은 창의 새 비단 휘장 덕택이로구나.

알록달록한 작은 화차畫叉[5]로,

한 폭의 마음 준 그림을 걸어올리네.

　소저, 소저, 그대가 그리워 나는 죽을 지경이오.

【나화미懶畫眉】

가볍고도 연약한 예쁜 아가씨,

아리땁고 성盛한 모습이 재상집 아씨 같구려.

그는 춘심을 어쩌지 못하고 거울 보면서,

정을 담아서 스스로 얼굴을 그렸으니,

봄나들이 나온 이 있어 그를 꼬드겼었나?

【이범오동수二犯梧桐樹】

그가 달빛처럼 날아오니,

나는 하늘만한 시름을 주웠구나.

　항상 밤마다 달을 보고 잠들었건만, 이 며칠 밤은,

그윽하고 아름다우며,

곱고도 은은하게 빛나는구나.

내 마음 헝클어놓아,

밤낮 없이 그에게 매달리네.

그림 들어올리지 않으면 발에라도 눌려 더럽혀질까 걱정하면서,

5　서화를 높은 곳에 걸거나 내리는 데에 쓰이는 긴 막대기로, 끝에 포크와 같은 두 개
　의 발이 있다.

그대 모습 안고 자리에 눕고 싶다네.

　생각해 보니 소생은 틀림없이 인연이 있습니다. 다시 그 싯귀를 한 번 읊어 보렵니다. (두여낭이 지은 시를 읊는다)

"가까이서 보면 단아한 듯 하나,

멀리서 보니 자재로움이 마치 비선飛仙과도 같구나.

훗날 곁에 섬궁객蟾宮客을 얻게 되면,

매화나무 아니면 버드나무 옆이리라."

【완계사浣溪紗】

시를 읊으니,

시인을 맞았구나.[6]

버들이나 매화와 인연이 있도다.

그의 춘심은 태호석 틈으로 솟아 나와서,

비단 위에 날아올라 악록화萼綠華가 되었구나.[7]

　절이라도 올려야겠다. (향을 잡고 절을 한다)

정말이지 괴롭구나,

그 볼의 홍조와 눈썹을 보니 내 마음은 할퀴었건만,

정을 준 사람은 하늘 끝에도 없구나.

　소생은 객으로 떠도는 중인데, 어찌하면 아가씨를 불러내어 풍월 속에 잠시라도 만날 수 있을까요?

【유발모劉潑帽】

한스럽구나, 좁은 화폭이라 둘 다 혼령 되어,

그림 속에서 옥수玉樹 옆의 갈대 될 수 없음이.[8]

6　시는 두여낭의 시이고, 시인은 유몽매 자신을 말한다. 두여낭이 자기에게 시를 지어 남겼다는 뜻이다.

7　악록화는 여선女仙의 이름이다. 『태평광기太平廣記』 권57에 인용된 『진고眞誥』 「악록화」에서 악록화는 구의산九嶷山에서 득도한 나울羅鬱이라고 하였다. 여기서는 두여낭이 선녀처럼 화폭에 날아올라 그림이 되었다는 뜻이다.

8　『세설신어世說新語』 「용광환발지容光煥發止」에 다음과 같은 이야기가 있다. "위 명

소저여,

그대 귓가의 머리칼이 초승달 같은 귀를 가렸으니,

내 가슴 아픈 말을 속속들이 다 들어줄 수 있겠소?

【추야월秋夜月】

내가 우습구나,

말을 하고 보니 희롱을 한 듯.

저 바다 위의 가을 달이 구름 끝에 걸리고,

구름 낀 허공의 푸른 모습이 먼 산처럼 그려졌네.[9]

그는 사람 따라 조용하고 한적하게 짝할 뿐,

어찌 남에게 험한 꼴을 당하겠는가.

【동구령東甌令】

나는 주문을 외우듯,

설법하듯 말하네.

돌도 고개를 끄덕이고,

하늘은 꽃비를 내리리라.[10]

어이하여 지성을 다해도 선녀는 내려오지 않나?

가벼이 발걸음을 옮기지 않으시네.

　　(안에서 바람이 일어난다. 유몽매는 그림을 누른다)

선녀를 머무르게 하려니 바람 불까 무서워 죽겠구나.

─────────────────

제가 황후의 아우 모증을 하후현과 함께 앉게 하였다. 당시 사람들이 '갈대가 옥수
에 기댔다'고 하였다魏明帝使后弟毛曾, 與夏侯玄共坐, 時人謂蒹葭倚玉樹." 여기서는 갈
대를 유몽매 자신에 비유하였다. 자신이 그림 속의 인물이 되어 그녀와 함께 하지
못함이 한스럽다는 뜻이다.

9　가을 달이 구름 끝에 걸린 것은 두여낭의 귀를 형용한 표현이고, 먼 산이 그은 것은
두여낭의 눈썹을 형용하는 말이다.

10　『사류통편事類統編』권63에, 양梁나라의 고승 축도생竺道生이 소주蘇州 호구虎丘에
서 설법할 때 돌을 세워 제자로 삼으니 돌이 모두 고개를 끄덕였다고 한다. 또『홍
지기승興地紀勝』에, 고승 운광법사雲光法師가 남경南京 우화대雨花臺에서 경전을 강
설할 때 하늘이 감동하여 꽃비를 내렸다고 한다.

그림 걸개를 끼워 누르자.

　바람 때문에 그녀가 상할지도 모르니, 다시 고수를 찾아 한 폭 베껴 두어야겠다.

【금련자金蓮子】

실없는 말을 하자면,

어찌하면 저 수월관음水月觀音[11]을 살려서 침상으로 내릴까?

저 사람을 만날 때가 아마도 있으리니,

그 때가 되면 깊은 정과,

봄바람 부는 그림의 뜻이 다름없는지를 물어보리라.

　다시 등불 심지를 돋워 자세히 살펴보자. (비춘다)

【격미隔尾】

세상에 이런 하늘의 선녀는 가짜가 더 많을 거야.

　(안에서 바람이 불어 등불을 끈다) 한 바탕 서늘한 바람이 사람을 덮치는구나.

하마터면 그림에 불꽃이 떨어질 뻔 했네.

　이제 그만 보자,

사창紗窓을 닫고 잠들어 그녀 꿈을 꾸어야겠네.

　(잠이 든다. 단 두여낭의 혼백이 등장한다)

두여낭 :

구천에서 오래 자도 꿈 못 이루고,

일생을 살고 난 후에야 깊은 정을 얻었네.

혼백은 달을 따라 내려와서 단청[12]에 이끌리고,

사람은 바람 앞에서 탄식하며 소리를 내네.

11　서른 세 가지 관음상 가운데 하나로, 물속에 비친 달을 바라보는 형상이다. 사람의 용모가 맑고 빼어남을 비유하는 말로 썼고, 여기에서는 두여낭의 아름다운 모습을 가리킨다.

12　여기에서는 물감을 말한다. 그림으로 그려졌다는 뜻이다.

저는 두여낭의 귀혼입니다. 화원에서 꿈을 꾼 후에 상념에 빠져 죽었습니다. 그때 자화상을 그려 태호석 아래 묻었습니다. 자화상에 "훗날 곁에 섬궁객을 얻게 되면, 매화나무 아니면 버드나무 옆이리라"라고 시를 써 두었지요. 그런데 저의 혼백이 매화관을 배회한 지 며칠이 지났을 때, 동쪽 방 안에서 한 서생이 "나의 아가씨, 나의 미인이여"라고 외치지를 않겠어요? 그 소리가 하도 애처로워 저의 심혼을 울렸습니다. 가만히 그의 방 안으로 들어가 보니, 그림 한 폭이 높이 걸려 있더군요. 자세히 보니 바로 제가 남긴 초상이었습니다. 뒷면에는 답시答詩가 한 수 있었는데, 쓴 사람 이름을 보니 영남嶺南 사람 유몽매라고 했습니다. 매화 옆이든 버들 옆이든, 어찌 전생에 정해진 것이 아니겠어요! 명부冥府의 판관께도 고하였으니, 이 좋은 밤에 지난 꿈을 완성하려고 합니다. 생각하니 정말 가슴 아파요.

[조천라朝天懶]

분 차가워지고 향 사라지고
붉은 비단 창에 기대어 울게 될까 두려워,
다시 고당관高唐館13에 가서,
달빛 감상하려네.
부끄러워 얼른 고개 돌리니 쪽진 머리 흐트러져,
다시 받쳐드네.
　아, 바로 앞이 그의 방이로구나.
도원로桃源路를 질러와서 놀라게 할까 걱정되니,
다시 조금 있다가 그를 깨워 보자.

유몽매 : (잠을 자면서 시를 읊는다)
훗날 곁에 섬궁객을 얻게 되면,
매화나무 아니면 버드나무 옆이리라.

13　두여낭이 유몽매를 만나 사랑한 장소를 비유한다.

나의 아가씨여.

두여낭 : (듣고서 슬퍼한다)

【전강】

그가 부르짖으며 가슴 아파하니 나는 눈물이 쏟아지네,

내가 남긴 싯귀를 틀리지 않았어.

　아직 잠이 들지 않은 것일까? (살펴본다)

　　(유몽매가 다시 외친다)

두여낭 :

그가 잠을 자면서 탄식하는구나.

떠들지 말고,

취죽翠竹 창틀을 두드려야겠네.

　　(유몽매가 놀라 깨어 "아가씨"하고 외친다. 두여낭이 슬퍼한다)

내 혼을 펼쳐 그에게 다가가려네.

유몽매 : 아, 문 밖에서 대를 두드리는 소리가 바람인가 사람인가?

두여낭 : 사람입니다.

유몽매 : 이 시각에 사람이라니! 도고님이 차를 보내신 것인지요? 수고
했어요.

두여낭 : 아닙니다.

유몽매 : 유랑하는 젊은 여도사님인가요?

두여낭 : 아니에요.

유몽매 : 괴상하다. 괴상해. 젊은 여도사도 아니라면 또 누가 있단 말인
가? 문을 열고 보자. (문을 열고 본다)

【완선등玩仙燈】

아, 어느 집의 어여쁜 아가씨인가,

정말 아름다워 사람 놀라게 하네.

　　(두여낭이 웃으며 스르르 들어간다. 유몽매가 급히 문을 닫는다)

두여낭 : (옷깃을 여미고 용모를 단정히 하여 인사한다) 수재님, 평안하신지요?

유몽매 : 낭자께서는 뉘시며, 어이하여 늦은 밤에 여기 오셨습니까?

두여낭 : 수재님, 알아맞혀 보세요.

유몽매 :

【홍납오紅衲襖】

사나운 장건張騫이 뗏목 타고서 그대 직녀를 침범한 것인가,[14]

양청梁淸이 밤에 하늘의 벌을 피하여 도망온 것인가?[15]

두여낭 : 그들은 모두 천상의 선인仙人들인데 어찌 이곳에 오겠습니까?

유몽매 :

남의 집 아름다운 봉황이 밤에 몰래 까마귀를 따르나?[16]

(두여낭이 고개를 젓는다)

유몽매 :

어느 곳 수양버들에 말을 맨 적이 있었던가?[17]

두여낭 : 한 번도 뵌 적이 없어요.

유몽매 :

눈이 흐려 내가 도연명陶淵明인 줄 착각하셨소?[18]

임공臨邛에서 도망가다가 길을 잘못 드셨소?[19]

---

14 한漢나라 때 장건이 뗏목을 타고 은하수의 견우牽牛와 직녀織女가 있는 곳까지 갔다고
    한다. 밤에 찾아온 여인을 직녀에 비겨 장건을 피하여 땅으로 내려왔다고 여기는 것이다.

15 양청은 여선女仙 또는 직녀의 시녀 양옥청梁玉淸이다. 그녀와 태백성太白星이 하계로
    와서 아들 하나를 낳았다고 한다. 역시 두여낭의 혼령을 양청이라고 여기는 것이다.

16 송宋나라의 두 대중杜大中은 군인 출신으로 신분이 낮았다. 그의 애첩은 재색을 겸
    비하여 좋은 남자를 만나지 못하였음을 원망하여 사詞 「임강선臨江仙」을 지었다. 이
    사는 "아름다운 봉황이 까마귀를 따르네彩鳳隨鴉"라는 구절만 남아 있다. 여기에서
    도 봉황은 두여낭을 비유한 셈이다.

17 말을 내려 버드나무에 매어 두고 님을 만나러 간 적이 있었는지를 묻는 것이다.

18 도연명은 「도화원기桃花源記」를 지었는데, 종종 천태산天台山에 약초를 캐러 갔다가
    길을 잃고 도화 떠내려 오는 시내를 따라가다 선녀를 만난 유신劉晨 완조阮肇의 이
    야기와 혼동되어 도연명도 정랑情郎의 대명사처럼 쓰인다. 두여낭이 님을 찾아 잘
    못 온 것이 아닌지 묻는 것이다.

19 임공에서 도망간다는 말은 정랑과 함께 야반도주한다는 뜻이다. 한漢나라 때 사천四
    川 임공 사람 탁왕손卓王孫의 딸 탁문군卓文君은 젊은 나이에 과부가 되어 친정에

두여낭 : 잘못 온 것이 아니에요.

유몽매 : 등불을 구하러 온 것인가요?

밤길을 등불도 없이 다니다가,[20]

붉은 소매로 등불을 얻으려고 푸른 비단 창으로 왔소?[21]

두여낭 :

【전강】

저는 신선 되는 향 때문에 부질없이 꽃을 뿌리지도 않고,[22]

책 읽는 등불 켜기 위해 초를 함부로 녹이지도 않아요.

저는 조비경趙飛卿과 달리 지난 날의 흠결도 없고,[23]

탁문군卓文君처럼 일찍부터 과부가 된 것도 아니에요.

수재여,

그대도 꿈을 꾸다가 꽃 아래에서 길을 잃은 적 있답니다.

유몽매 : (생각한다) 옛날에 꿈을 꾼 적이 있어요.

두여낭 : 그때 저는,

꾀꼬리 소리 내며 버드나무 마을로 달려갔어요.[24]

제 화장대가 어디 있느냐고 물으신다면, 멀지 않아요,

바로 저기 송옥宋玉의 집 동쪽 몇 번째 이웃입니다.[25]

와 있었는데, 사마상여司馬相如의 금琴 연주를 듣고 그에게 반해 둘이 야반도주하여 함께 살았다. 두여낭이 님과 함께 도망가다가 잘못 찾아온 것인지 묻는 것이다.

20 『예기禮記』「내칙內則」편에 "여자는 문을 나서면 (…중략…) 밤에는 촛불을 켜고 다닌다. 촛불이 없으면 멈춘다女子出門 (…중략…) 夜行以燭, 無燭則止"고 하였다.

21 등불을 얻는다는 것은 남의 집에서 켠 불빛을 이용하여 열심히 일하거나 공부함을 이르는 말이다. 푸른 비단 창은 유몽매가 기거하는 방을 가리킨다. 두여낭을 비유하는 말인 붉은 소매와 대조된다.

22 결과가 없는 일을 말한다. 문수보살이 유마힐에게 문병을 갔을 때 천녀가 보살에게 꽃을 뿌려주자 꽃들이 땅에 떨어졌는데, 대제자 몸에 뿌려준 꽃은 땅에 떨어지지 않았다. 천녀는 대제자의 수행이 아직 끝나지 않았기 때문이라고 말했다고 한다.

23 조비경은 한漢 성제成帝의 황후皇后 조비연趙飛燕일 것이다. 조비연이 빈천할 때 새 사냥꾼과 사통한 적이 있다. 지난 날의 흠결이란 이것을 가리킨다.

24 꾀꼬리 소리는 생황을 말한다. 생황 소리를 꾀꼬리 소리와 비슷하다고 생각했다. 버드나무 마을은 유몽매의 처소를 말한다.

유몽매 : (생각한다) 그래. 전에 후원에서 서쪽으로 돌아 석양 무렵에 낭
  자가 걷는 모습을 보았어.

두여낭 : 바로 그래요.

유몽매 : 댁에 또 누가 계시오?

두여낭 :

【의춘령宜春令】

석양 바깥,

방초芳草 옆에,

아무도 없고 외로운 부모님만 계셔요.

저는 나이는 열여섯이고,

혼나본 적 없는, 바람에 감추어진 잎새 속의 꽃이에요.

봄이 저물자 마음이 흔들려 한탄하다가,

문득 당신의 준수한 모습을 보았습니다.

다름이 아니라,

그대와 촛불을 켜고 바람 맞으며,

서창西窓에서 한담하고 싶었어요.

유몽매 : (등을 돌리고) 이상하다, 이상해! 세상에 이런 미색이 있다니! 한
  밤에 까닭 없이 달빛처럼 영롱한 구슬을 얻었으니 어떻게 한다지?

【전강】

그 놀라운 아름다움이여,

절세가인이로다.

살짝 웃는 아름다운 모습이 촛불에 비치네.

달이 문득 밝으니,

오늘 밤은 어느 해에 뗏목 타고 은하수 건너갔던 모습인가?[26]

---

25   송옥宋玉의 「등도자호색부登徒子好色賦」에 "신(송옥)의 마을에서 가장 고운 사람은,
     신의 동쪽에 사는 사람입니다臣裡之美者, 莫若臣東家之子"라는 구절이 있다.

26   전설에 옛날 한 소년이 뗏목을 타고 은하수에 갔다고 한다. 여기에서는 달빛이 밝아

금비녀로 단장한 손님이 추운 밤에 집으로 오셨으니,[27]

옥 같은 하늘의 선녀를 인간세상에서 맞이하네.

   (등을 돌리고서 혼잣말로)

그녀는,

그녀는 뉘 댁의 아이여서,

문 앞에서 속임수를 쓰는 걸까?

   다시 물어 보자. (돌아선다) 낭자가 깊은 밤에 소생에게 오시다니,
아마도 꿈인가 하오만?

두여낭 : (웃는다) 꿈이 아니라 생시입니다. 수재께서 받아들이지 않으실
까 걱정입니다.

유몽매 : 생시가 아닐까 걱정이오. 정말로 미인의 사랑을 받는다면 소
생에게는 뜻하지 않은 기쁨입니다. 어찌 감히 물리치겠습니까?

두여낭 : 그러하시다면 정말 수재님을 바라보겠습니다.

   【사포로耍鮑老】

깊은 골짜기 차가운 절벽에서,

그대는 저를 위해 밤마다 꽃을 피우셨군요.

저는 혼인한 적 없고,

당신은 명석하시고도,

절제할 줄 아시는 좋은 분.

모란정은 어여쁜데,

태호석 옆에서 부끄러워하고,

서재의 창은 파르르 파르르.[28]

이 좋은 밤 함께 차를 마셔요,

   은하수의 모습이 잘 보임을 나타낸 말이다.

27   금비녀로 단장한 손님은 본래 기녀를 뜻하지만, 여기에서는 아름다운 모습의 두여
   낭을 가리킨다.

28   문풍지가 바람에 떨리는 소리를 말한다.

청풍명월의 소중함을 아시니까요.

유몽매:

【적적금滴滴金】

나는 혼이 놀라,

잠에서 깨어나니 달은 싸늘하네.

갑작스런 영화榮華는,

꿈속의 무협巫峽이런가?[29]

　　그대는,

꽃그늘을 걸어도 무서워하지 않고,

이끼를 밟아도 미끄러지지 않고,

부모 곁을 떠나도 놀라지 않고,

선비를 알아봄에 틀림이 없네.

그대는 기울어가는 두수斗宿와,

고개 숙인 꽃을 보시오,

이처럼 밤이 깊으면 꽃도 잠이 들어요.

하하하 웃으며,

흐음 하고 읊조리니,

청풍명월은 더할 바 없습니다.

그의 부드럽고 향기로운 자태를 짐짓 희롱하여,

그의 신세를 질까나?

잠시 그의 신세를 져야겠네.

두여낭: 저는 한 가지 간청이 있으니 수재님은 들어 주세요.

유몽매: (웃는다) 그대가 할 말이 있으면 하시구려.

두여낭: 저는 천금의 몸을 하루아침에 낭군님께 맡기니 제 마음을 저버리지 말아 주세요. 매일 밤 잠자리를 함께 할 수 있으면 평생의

29　무산巫山에서 초나라 양왕과 신녀가 만난 일에 빗대어 남녀의 만남을 말한다.

소원을 이루겠습니다.

유몽매: (웃는다) 그대가 소생을 사모하는 마음이 있으니, 소생이 어찌 감히 그대를 잊겠습니까?

두여낭: 또 한 가지 더 있습니다. 닭이 울기 전에 저를 보내 주세요 수재께서는 저를 배웅하지 마시고 새벽바람을 피하세요.

유몽매: 모두 분부대로 하겠습니다. 다만 소저의 존함을 알고 싶구려.

두여낭: (탄식한다)

【의부진意不盡】

꽃에는 뿌리가 있고 옥에는 싹이 있는 법이지만,

말하려니 바람소리 크게 일어나네요.

유몽매: 앞으로 밤마다 그대가 오기를 기다리리다.

두여낭: 수재님,

저와 함께 봄바람 속의 첫 꽃송이를 피워 보아요.

유몽매	우아한 자태 진한 향기를 옛날에는 못 만났는데,
두여낭	달 기우는 누대 위에서는 오경五更의 종소리.
두여낭	아침 구름이 밤에 사라져 자취가 없는데,
유몽매	신녀는 몇 번째 봉우리로 오시려나?[30]

---

30 제1구: 한유韓愈, 「작약芍藥」 중 "우아한 자태 진한 향기 옛날에는 못 만났지. 홍등은 번쩍번쩍 푸른 반롱에 빛나네浩態狂香昔未逢, 紅燈爍爍綠盤籠." 제2구: 이상은李商隱, 「무제無題」 중 "올 때는 말이 없고 갈 때는 흔적 없네. 달 기우는 누대 위 오경 종소리來是空言去絶蹤, 月斜樓上五更鍾." 제3구: 이백李白, 「무산 침장巫山枕障」 중 "아침 구름이 밤에 사라져 갈 데가 없고, 파수는 하늘 가로질러 더 흐르지 않네朝雲夜入無行處, 巴水橫天更不流." 제4구: 장자용張子容, 「무산巫山」 중 "아침 구름 저녁 비 하늘까지 어두운데, 신녀는 몇 번째 봉우리로 오시려나朝雲暮雨連天暗, 神女知來第幾峰."

제29척 석 도고의 의심旁疑

정淨 : 석 도고

첩貼 : 소도고

(정이 석 도고로 분장하여 등장한다)

석 도고 :

【보보교步步嬌】

여도사[1]는 처음부터 출가할 운명이었네.

짝도 없고 자식도 없네.

삼청상三淸像[2]을 모시면서,

정안수 갈고 향 피우며,

종 울리고 북 두드리네.

혹시 저 떠돌이 소도고가,

실없는 일이나 일으키는 것은 아닐까?

세상에 믿을 것은 없으니,

사람들은 조금씩 의심을 달고 살지.

두보 나으리께서 아씨를 위해 이 매화관을 세우고 저더러 지키라고 한 뒤로 벌써 세 해가 지났습니다. 물이 맑아 돌이 보이듯이 조금도 잘못이 없었지요. 다만 늙다리 진 교수가 데려온 영남의 유 수재가 동쪽 방에서 요양을 하고 있는데, 며칠 전 후원에서 돌아온 뒤로 얼이 빠진 모습으로 꼭 귀신이 들린 것 같아서 그때부터 의심이 들더군요. 소양韶陽 땅의 소도고가 올해 스물여덟 살로 자못 반반한데, 이리저리 떠돌다가 이곳에 와서 며칠 머무르고 있습니다. 지난밤에 유 수재의 방에서 소곤대는 소리가 들렸는데 여자 소리 같았습니다. 아마도 소도고가 나를 속이고 수재를 보러 갔고, 수재가 소도고를

---

1 석 도고를 가리킨다.
2 도교의 원시천존元始天尊, 태상도군太上道君, 태상노군太上老君 등 삼위일체의 신상을 가리킨다.

맞아들였을 테지요. 소도고가 오면 한 번 캐물어 봐야겠어요.

(첩이 소도고로 분장하여 등장한다)

소도고 :

【전강】

나는 여도사, 선녀처럼 예쁘다네.

몸가짐도 단정하다네,

다만 한 점의 정을 던져 주며 떠돌고,

새벽바람 맞으며 예배 올리고,

생황 불며 달에 오른다네.[3]

(탄식하며)

예로부터 선녀는 짝이 있었는데,

어찌하여 나는 이렇게 춥고 배고픈 운명일까?

(석 도고를 만난다)

소도고 : 상무욕이관기묘常無欲以觀其妙요,[4]

석 도고 : 상유욕이관기규常有欲以觀其竅라. 소도고, 자네가 어젯밤에 돌아다니다가 유 수재의 방 안에 들어갔으니 그건 '구멍竅'인가, '묘함妙'인가?

소도고 : 도사님, 그 말이 어디서 나왔어요? 누가 봤답니까?

석 도고 : 내가 보았지.

【척은등剔銀燈】

자네는 출가한 몸으로 연꽃 단장을 하고는,

---

3   서왕모의 시녀 동쌍성董雙成은 원래 항주 서호 가의 묘정관妙庭觀에서 수련을 하다가 생황을 불며 학을 타고서 승천했다고 한다. 여기에서는 소도고의 모습을 가리킨다.

4   이하 두 구절은 『도덕경』 제1장에 나오는 구절로, 보통은 "없음無으로써 그 오묘함妙을 보고, 있음有으로써 그 드러남徼을 본다'라고 번역된다. 하지만 여기에서는 석 도고의 성격 및 대사에 맞추어 다음과 같은 해석도 가능하다. "늘 욕망 없음으로써 그 묘함을 보고, 늘 욕망 있음으로써 그 구멍을 본다네." 여기에서는 여도사끼리의 인사말로 쓰이고 있다.

구름 같은 학창의鶴氅衣[5]를 차려 입었네.

옥관玉冠 비껴 쓰고 웃음 띠고 향기 퍼뜨리니,

정말이지 자태가 뚝뚝 떨어지네.

짐작해 보건대,

한밤에 서생의 방 창가에 가서,

꼬드겨 그윽한 달빛 아래 침상 같이 썼지?

소도고 : 어느 서생에게요? 도사님, 그 말씀은 맞지 않아요.

【전강】

제가 비록 젊고 단장도 좀 했지만,

범심을 씻어내어 얼음처럼 깨끗하고 달처럼 환하답니다.

어찌 그리 경솔하게 저를 나무라십니까?

당신 같은 중늙은이 미인보다야 훨씬 단정합니다.

석 도고 : 도리어 나를 모함하는구나.

소도고 :

잘 생각해 보세요,

이 여정관女貞觀[6] 옆에서,

서생을 데려다놓고 오랫동안 이야기를 나누신 것 아닌가요?

석 도고 : 아이고! 그럼 내가 서생과 일을 벌였다는 거냐? 너는 구름처럼 떠도는 여도사이고 서생도 구름처럼 떠도는 수재인데, 이 매화관에 너만 머물 수 있고, 서생은 묵지 못한다는 말이냐? 전에 저 수재는 밤이 고요해지면 단잠에 빠졌는데, 네가 도관에 오고 난 후부터는 밤중에 문이 열려 있고, 소곤소곤거렸으니 너와 이야기하지 않았다면 누구와 했겠느냐? 널 도록사道錄司[7]에 끌고 가서 고발할 테다.

---

5   학의 깃털로 만든 도사의 복장이다.

6   송나라 때 문인 반필정潘必正이 여도사 진묘상陳妙常과 밀회했다는 도관이다. 여기에서는 매화관을 빗대어 가리킨다.

7   도교의 사무를 맡아보는 관서이다.

(소도고를 붙잡는다)

소도고 : 갑시다! 전관前官의 향화원香火院[8]에 건달을 붙잡아 재우고 있
으니 당신만 놓아줄 것 같아요? (석 도고를 붙잡는다)

(말 진최량이 등장한다)

진최량 :

【일봉서一封書】

흰구름 서린 계단을 천천히 걸어서,

유 선생이 어디 있는지 묻네.

매화원 주인에게 인사 올리오.

(서로 붙잡고 있는 모습을 본다)

아, 어인 일로 두 여도사가 시주施主를 두고 다투시나?

현빈동문玄牝同門이니 도가도道可道요,

온독이장韞櫝而藏이니 고대고姑待姑라.[9]

당신은 대고大姑이고 저 사람은 소고小姑로군,

팽랑彭郎[10] 항구로 시집가지 않았던가?

석 도고 : 선생님은 아직 모르시는군요. 유 수재가 기거하는 곳은 한밤
에도 문이 열려 있고 뭐라고 소곤대는 소리가 끊임없이 새어 나옵
니다. 그래서 내가 이 소도고에게 '네가 유 수재와 속닥거린 것이
냐?' 하고 물어 보았는데, 소도고 대답이 '누가 수재랑 속닥였다는

---

8 전관은 두보를 말하고, 향화원은 제사를 모시는 사당 곧 매화관을 가리킨다.

9 '현빈동문도가도'는 『노자』 '현빈지문玄牝之門', '동출이이명同出而異名', '도가도道可道'
등을 변형하여 연결한 표현이다. '온독이장고대고'는 『논어』 「자한」 편의 구절을 일
부 변형하여 취한 것이다. 원문은 "자공이 묻기를 '여기 아름다운 옥이 있습니다. 궤
에 넣어 숨겨야겠습니까? 좋은 상인을 구해 팔아야겠습니까?'라고 하니, 공자께서
대답하셨다. '팔아야지! 팔아야지! 나는 좋은 상인을 기다릴 것이다子貢曰, 有美玉於
斯. 韞匵而藏諸, 求善賈而沽諸? 子曰, 沽之哉, 沽之哉,, 我待賈者也." 두 구절은 모두 진최
량이 두 여도사를 조롱하고 자신의 학식을 과시하기 위해 본뜻과는 상관없이 말한
것이다. 굳이 풀이하자면 '두 여도사가 함께 길을 가려고 하면서, 궤에 넣어 숨기고
서는 도고들이 맞서 있구나' 정도로 볼 수 있다.

10 본래 강서 팽택의 언덕 팽랑기彭郎磯에서 온 말로, 그 옆에 대고산과 소고산이 있다.

것인가요?'라고 말하면서 오히려 내가 수재와 놀아나고 있다고 입을 놀리지 뭡니까! 진 선생님, 도대체 누가 이 수재를 데려왔나요? 이 자를 도록사로 끌고 가야겠어요. 나는 석녀라고요!

소도고: 그럼 나는 물이라는 건가요?[11]

진최량: 조용, 조용! 유 수재의 얼굴에 먹칠을 하는구먼. 내가 충고하겠는데,

【전강】

자네들은 천천히 생각해 보게,

풍월지사風月之事가 진짜인가 거짓인가?

어려서부터 글월을 익힌,

저 유하혜柳下惠 선생은 군자 같은 선비이니,[12]

도록사에 고발하여 속세 떠났던 자네들이 환속하면,

유생들은 자네들을 얼치기 도사들이라고 비웃을 것이라네.

소도고: 그렇게 되면 정말 창피스러운 일이지요.

진최량:

구름 같은 머리를 단정하게 가다듬어 관모冠帽를 바로 쓰게,

이 가벼운 선녀 옷도 찢어졌구나.

석 도고: 진 선생 말씀대로 손을 놓자. 진 선생님, 잿밥이나 들러 가시지요.

진최량: 유 수재가 있을 때 다시 오리다.

【미성】

정결한 곳에서,

다시금 머뭇거리네.

---

11 여기에서 물은 단정하지 못하고 음탕하다는 뜻으로 쓰고 있다.

12 유하혜는 춘추시대 노나라의 대부 전획展獲으로, 유하柳下의 식읍을 받았고 시호가 혜惠였으므로 유하혜라는 이름으로 유명하다. 그는 한 여자와 동석하여 밤을 샌 일이 있는데 이때 예의를 잃지 않았다고 한다. 이 때문에 여기에서 그를 군자다운 선비라고 말하고 있다. 여기에서는 유몽매를 가리킨다.

(눈물을 흘리며)

아, 봄바람 맞으며 눈물 뚝뚝 흘리네.

진최량: 도고, 두 소저의 묘에 갈 수 있겠소?

석 도고: 비가 와요.

진최량: (탄식하며) 안타깝도다, 봄 추위에 갇혀,

두견화 몇 송이 피어난 곳에 비가 내리는구나.

(퇴장한다. 석 도고와 소도고가 마무리한다)

석 도고: 진 선생은 가셨어. 소도고, 잘 지내자고.

소도고: 도사님과 함께 다시 알아봐야겠어요, 누가 유 수재와 이야기를 나누었는지를요.

석 도고	안개며 물이 언제 세상을 잠잠하게 했던가!
소도고	고상한 마음에 아름답고 깨끗한 이는 세상에 드물도다.
석 도고	농산隴山의 앵무새가 사람의 말을 할 줄 알아,
소도고	금빛 새장 향하여 시비를 말한다네.[13]

---

13 제1구: 온정균溫庭筠, 「위수에서渭上題」 중 "안개며 물이 언제 세상을 잠잠하게 했던가, 잠시나마 붙었다가도 다시 흩어져 그리워하네煙水何曾息世機, 暫時相向亦依依." 안개와 물은 여자를 가리킨다. 제2구: 유우석劉禹錫, 「동악 장연사에게 바침贈東嶽張煉師」 중 "동악의 진인 장연사는, 고상한 마음 아름답고 깨끗하니 세상에 드물도다東嶽眞人張煉師, 高情雅淡世間稀." 제3구: 잠삼岑參, 「북정에 가며 농 땅을 지나다가 집을 생각하다赴北庭度隴思家」 중 "농산隴山의 앵무새는 능히 사람 말을 할 줄 알아, 집에 답장 보내려 할 때 몇 마디를 보태주네隴山鸚鵡能言語, 爲報家中數寄書." 앵무새는 소도고를 가리킨다. 제4구: 승자란僧子蘭, 「앵무새鸚鵡」 중 "근래 사람의 말을 몰래 알아들어, 금빛 새장 바라보며 시비를 말한다네近來偸解人言語, 亂向金籠說是非."

제30척 석 도고의 방해 慳撓

생生 : 유몽매

단旦 : 두여낭의 혼백

정淨 : 석 도고

첩貼 : 소도고

(생 유몽매가 등장한다)

유몽매 :

【도련자搗練子】

물시계 소리 한참을 듣노라니,

달이 중천에 솟았네.

지금쯤 밤에 피운 향이 다 탔을까?

진홍빛 점點은 황금과도 같고,

가느다란 열 손가락은 바늘과 같은 모습.

다만 세상의 미인 얼굴 때문에,

세상 군자의 마음 다 바뀌어 버렸네.

　나 유몽매는 책 읽는 군자로서 흔들림 없이 정성을 다해 공부해 왔습니다. 그런데 과거를 치르러 북상하다가 남안에 도착하여 동쪽 이웃의 서시西施를 만났습니다.[1] 어여쁘게 웃더니 저녁비 되어 왔다가 오경五更이 되기 전에 새벽 바람 따라 가버립니다. 오늘 밤에도 약속을 하였으나 언제 올지는 모르겠군요. 정말이지,

세 치 금련보金蓮步를 옮겨 온다면,

은촉에 먼저 금부터 그어 놓으리.[2]

---

1 '동쪽 이웃의 서시'는 송옥의 「등도자호색부」에 나오는 동쪽 이웃의 미인과 월나라의 미녀인 서시를 합한 표현으로, 여기에서는 두여낭을 가리킨다. 「등도자호색부」는 제28척 참고. 한 문장 안에 동서남북 네 글자를 모두 활용하여 표현하고 있다.

2 금련보는 여인의 걸음걸이를 말한다. 금련은 여인의 발을 가리킨다. 또 옛날에는 초에 금을 그어놓고 초가 그 금까지 타기 전에 시를 짓는 놀이를 하였다. 유몽매가 두여낭과 만나 시를 지으며 교유하겠다는 뜻이다.

로구나. 다만 한 가지, 소저가 도착하면 정신을 바짝 차리고 대처해야 하니, 먼저 한잠 자 두어야겠습니다. (잠을 잔다)

(단 두여낭의 혼백이 등장한다)

두여낭 :

【칭인심稱人心】

황천길에서 시달려,

죽으려 해도 마음은 어이할 수 없었네.

나의 저 분은 정말로 좋은 분이신데,

그에게 번뇌의 방에서 등불 지키시게 했으니.

　(들어간다) 아!

낭군님이 조용히 주무시고 계시네,

이런 봄 추위에 비단 이불도 안 덮으시고.

아마도 나를 오랫동안 기다리셨을 거야.

　깨우자. 수재님, 수재님!

　(유몽매가 깨어난다)

유몽매 : 소저, 실례했습니다. (일어나서 읍을 한다)

의관을 정제하고,

멀리 마중 나가려고 했습니다.

이경二更 밤중이라 바람도 세고 이슬도 많은데,

밤 깊어 꽃들도 잠들었을까 걱정하셨나요?[3]

두여낭 : 수재님,

제가 있는 곳은 밤이 길어 견디기 어려워,

수재님 생각에 잠 못 들고 조용히 앉아 있었어요.

유몽매 : 소저, 그런데 어떻게 발걸음 소리도 없이 오셨소?

3　소식蘇軾의 시 「해당海棠」 중 "밤 깊어 꽃들도 잠들까 걱정되어, 길다란 초 태우며 화장한 얼굴 비추어보네只恐夜深花睡去, 故燒高燭照紅妝"라는 구절을 차용한 것으로, 꽃들도 잠든 깊은 밤에 미녀가 홀로 깨어 자신을 찾아왔음을 말하고 있다.

두여낭 :

〔집당集唐〕

당연히 발자국도 없고 먼지도 없답니다,

유몽매 :

낮에 그리워하고 밤에 자주 꿈꾸었소.

두여낭 :

창 앞에 이르러 잠들지 않으신 줄 알았어요,

유몽매 :

일심으로 항아姮娥가 오시기를 기다렸다오.[4]

소저, 오늘 밤은 조금 늦으셨군요

두여낭 :

【수대아繡帶兒】

마음을 가라앉히세요,

게으름 부리다가 늦은 것이 아닙니다.

어떻게 나의 낭군님을 잊을 수가 있겠나요.

밤의 향 다 타고 나서,

부모님을 피하여 나와,

침상 옆에서 실과 바늘 수습했어요.

정리한 뒤에,

바람에 황금 노리개 비스듬히 늘어뜨리고,

---

4   제1구: 주경여朱慶餘, 「산인을 만나다逢山人」 중 "별과 달이 만나서 이 몸이 드러나니,
     당연히 발자욱도 먼지도 없다네星月相逢現此身, 自然無跡又無塵." 제2구 : 영호초令狐楚,
     「제향 그리워한다는 말을 듣고 나서坐中聞思帝鄉有感」 중 "해마다 제향의 봄을 보지
     못하니, 낮에 그리워하고 밤에 꿈꾸었네年年不見帝鄉春, 白日尋思夜夢頻." 제3구 : 무명
     씨, 「잡시雜詩」 중 "계단 앞에 이르러서는 아직 잠 못 든 것 알아, 깊은 밤 가위질 소리
     듣는다네行到階前知未睡, 夜深閨放剪刀聲." 제4구 : 피일휴皮日休, 「추운 밤 문연에 윤경
     이 오기로 했으나 오지 않다寒夜文宴潤卿有期不至」 중 "향 태워보니 별일이 없다기에,
     온 마음으로 항아姮娥가 오시기를 기다렸다오料得焚香無別事, 存心應降月夫人."

서둘러 옅은 화장하고 떠나왔어요.

유몽매 : 이렇게 오셨는데, 술이 없어서 어쩌지요?

두여낭 : 깜박했네요. 제가 술 한 병과 과일과 꽃을 시렁 위에 두었으니 가져다 드리겠어요. (술, 과일, 꽃을 가지고 등장한다)

유몽매 : 고맙습니다. 무슨 과일인가요?

두여낭 : 청매靑梅 몇 개입니다.

유몽매 : 이 꽃은요?

두여낭 : 미인초美人蕉랍니다.

유몽매 : 매실은 나처럼 시고, 미인초 꽃은 당신처럼 붉구려. 한 잔 듭시다.

　　　　(함께 술을 마신다)

두여낭 :

　【백련서白練序】

　황금 연꽃 술잔에 찹쌀술을 따릅니다.

유몽매 :

　사랑하는 마음으로 옥액玉液을 빚었군요,

　살짝 발그레해지니,

　동풍 불어와 향기 짙고 얼굴 붉어졌네요.

두여낭 :

　기이한 꽃과 과일은 따지 못하였지만,

　이 미인초 꽃과 매실은,

　당신은 아시나요,

　사랑의 열매는 맛이 가득하고,

　꽃은 든든한 뿌리가 있답니다.

유몽매 :

　【취태평醉太平】

　가냘프구나,

이 열매와 꽃은,

미인처럼 야위었고,

가난한 수재처럼 다정하구나.

기쁘게도 미인초가 몰래 벌어지고,

밤새 매실이 얼룩졌었지.[5]

어떤 모습이었던가?

술에 발그레 물든 뺨 웃을 때 보조개가 생기고,

얼굴 비비며 마음껏 입 맞추고는,

이윽고 사랑의 눈길을 보냈네.

미인초는 점점이 붉어지고,

매실은 향기를 토해내었네.

두여낭 :

【백련서】

힘차게 날아오르니,

여기는 세상에서 제일가는 사랑의 보금자리.

어젯밤 희미한 그림자가 비단 휘장에 어둑했지만,

기쁨은 정말 황홀하였지요.

어찌하여 사람들은 밀회할 때 말이 많아질까요?

유몽매 : 잠들기에 좋군요.

두여낭 : 달빛이 좋아요.

가만히 앉아 있으니,

질투 없는 항아嫦娥[6]와,

우리까지 세 명이네요.

---

5 미인초는 두여낭, 매실은 유몽매를 뜻한다. 두 사람의 정사가 이루어졌음을 말한다.
6 여기에서는 달을 가리킨다.

유몽매 :

【취태평】

많지는 않지만,

꽃 그림자들이 하늘거려요.

당신은 잠자리에 드세요,

주무세요, 당신.

봄밤은 아름답기 그지없지만,

금세 저녁 종소리 다 울려요.

미인이여,

지난밤 운우雲雨에는 부끄럽고 겁을 내며,

목소리 떨리고 더듬는 듯했는데,

오늘밤엔 눈썹 가벼이 찡그리기만 하세요.

　잠자리에 들면,

보드라운 젖가슴 살짝 만져,

우윳빛 가슴 땀으로 젖게 하고,

가녀린 허리는 춘정春情으로 가둘 테요.

　(정 석 도고와 첩 소도고가 조용히 등장한다)

소도고 :

도가도道可道는 가지도可知道인가?

명가명名可名은 가문명可聞名인가?[7]

　(유몽매와 두여낭이 웃는다)

소도고 : 석 도사님, 들어보세요. 저 수재의 방 안에 누가 있어요. 이 소
도고가 아니라고요.

---

[7]　『노자』의 유명한 구절인 "도를 도라고 하면 영원한 도가 아니요, 이름을 정해 붙인
다면 영원한 이름이 아니라네道可道非常道, 名可名非常名"의 변형으로, "도를 도라고
하면 도를 알 수 있고, 이름을 이름 붙인다면 이름을 들을 수 있나?"로 풀이할 수 있
다. 소도고의 등장시로 자주 쓰인다.

석 도고 : (들으며) 여인의 소리네. 얼른 가서 문을 두드려야겠다. (문을 두
　드린다)

유몽매 : 누구시오?

석 도고 : 석 도고가 차를 가져왔습니다.

유몽매 : 밤이 깊었소이다.

석 도고 : 상공의 방 안에 손님이 있는 듯합니다.

유몽매 : 없소.

석 도고 : 여자 손님이지요.

　　(유몽매와 두여낭이 당황해한다)

유몽매, 두여낭 : 이를 어쩌지?

석 도고 : (문을 세게 두드리며) 상공, 얼른 문을 여세요 동네에서 순찰을
　나왔으니 시끄러운 일을 막아야해요.

유몽매 : (당황하며) 이를 어쩐다, 이를 어째!

두여낭 : (웃으며) 걱정 마세요 저는 이웃집 여자이니, 석 도고가 그만두
　지 않으면 석 도고에게 유혹죄의 누명을 씌우겠어요.

　【격미隔尾】

　문을 열어 잘 다독이세요.

　창문 너머로 어떻게 밤새도록 지키겠어요!

　　낭군님, 문을 열어주세요 저는,

　이 미인도 속으로 숨겠습니다.

　　(유몽매가 문을 열자 두여낭은 숨고 유몽매는 몸으로 두여낭을 가린다)

석 도고, 소도고 : (뛰쳐 들어오면서 웃으며) 축하드려요!

유몽매 : 무얼 축하한다는 것이오?

　　(석 도고가 앞쪽을 보려 하자 유몽매가 막아선다)

석 도고, 소도고 :

　【곤편滾遍】

　일경一更 징소리 울려,

도관의 겹문은 굳게 닫혔다네.

어디에서 온 미녀일까?

마른 장작[8]에 불이 붙을까 걱정되네.

유몽매 :

도사님이 살펴보아도,

무슨 들킬 게 있겠소?

침대 밑에 숨겼겠소,

상자 속에 넣었겠소,

소매에다 감추었겠소?

　　(석 도고와 소도고가 앞쪽으로 가려고 한다. 유몽매가 막아선다. 무대 뒤에서 바람이 인다. 두여낭이 스르르 퇴장한다)

유몽매 : 등불이 꺼졌구나.

석 도고 : 분명히 그림자였는데, 이 미녀도만 있네. 옛 그림이 귀신으로 변한 것인가?

【전강】

그림 속의 사람이 춤추고 노래하며,

그대 서생과 어울린 것인지.

요괴가 아니라면,

무슨 그림자가 낌새를 알아채고 숨었을까?

　　상공, 이것은 무슨 그림이지요?

유몽매 :

아름다운 미인도이니,

수재 집안에서 지니는 제사용 그림이오.

나는 조용한 곳에서 기도를 올리는데,

당신이 함부로 떠드는구려.

8　유몽매를 비유한다.

석 도고 : 그렇군요 말씀을 하지 않아서 몰랐습니다. 내가 어제 저녁 상
공의 방 안에서 소곤대는 소리를 들어서 이 소도고를 의심했는데,
이제 분명해졌습니다. 상공, 잠시 소도고를 머물게 하여 말동무 삼
으시지요

유몽매 : 들어오시오

소도고 :

【미성尾聲】

도록사에 고발하여 재판을 받을까요, 우리끼리 해결할까요?

유몽매 :

나처럼 분수 지키는 선비가 남을 속인다고 협박하다니!

도고, 달콤한 잠을,

그대들 때문에 망쳤소이다.

(석 도고와 소도고가 퇴장한다)

유몽매 : (웃으며) 하늘만큼 좋은 일이었는데, 두 못된 여자가 흥을 깨버
렸네. 흥을 깨버렸어. 미인은 얼마나 놀랐을까!

당신 모시고 촛불 쥐고 깊은 밤까지 놀았어야 하거늘,

괴로워라, 봄바람은 끝내 그치지 않는구나.

대고산 멀어지니 소고산이 나왔는데,

다시 꿈속에 들어가 영주瀛洲로 날아가리.[9]

---

9 제1구: 조송曹松, 「호남 이중승을 모시고 은계의 연회에 가다陪湖南李中丞宴隱溪」 중
   "만약 주인이 낮이 짧아 싫어한다면, 마땅히 당신 모시고 촛불 쥐고 깊은 밤까지 놀
   겠습니다若值主人嫌晝短, 應陪秉燭夜深遊." 제2구: 나은羅隱, 「버들柳」 중 "내년에 또
   새 가지 돋으리니, 요란한 봄바람은 끝내 그치지 않는구나明年更有新條在, 繞亂春風卒
   未休." 봄바람은 석 도고와 소도고의 방해를 뜻한다. 제3구: 고황顧況, 「소고산시小孤
   山詩」 중 "대고산 다한 곳에 소고산이 나타나니, 달빛은 동정호의 객선을 비추네大姑
   山盡小姑出, 月照洞庭行客船." 제4구: 호숙胡宿, 「나룻가의 정자津亭」 중 "평락관에서의
   옛 기쁨을 거두지 못하고, 꿈에서 하늘을 날아 영주瀛洲에 도착했네平樂舊歡收不
   得, 更憑飛夢到瀛洲."

제31척 양주성 보수繕備

첩貼 : 문관

정淨 : 무관

중衆 : 두보의 부하들

외外 : 두보

말末 : 상인

노단老旦 : 상인

(첩이 문관으로 분장하고, 정이 무관으로 분장하여 등장한다)

문관, 무관 :

【번복산番卜算】

한 쪽은 바다 한 쪽은 강,

오랑캐 먼지 퍼지지만 막지 못하네.

양주揚州에 두 겹 성벽 새로 쌓고,

강물 위에 술을 뿌리네.

　안녕하십니까. 우리는 양주의 문무 관료입니다. 이전李全이 소요를 일으키니, 안무사按撫使이신 두杜 대인께서는 외성外城을 증축하라고 하셨습니다. 오늘은 낙성연落成宴을 여는데, 두 대인께서 벌써 도착하시는군요.

　(무리가 외 두보를 에워싸고 등장한다)

두보 :

【전강】

삼천 식객食客은 두 줄로 늘어섰고,[1]

백만 적병敵兵도 막아낼 관문이 웅장하도다.

　(문무 관료가 맞이한다)

1　전국시대戰國時代 제齊나라의 맹상군孟嘗君이나 전문田文은 식객 3천명을 거느렸다. 여기서는 두보가 자신의 막료가 많음을 형용하는 말이다.

두보 :

양주의 풍경 세상에 둘도 없어,

바로 층루에 올라 바라보노라.

　(바라본다)

무리 :

북문에 누워 지킬 늙은 장수 필요한데,

두보 :

가슴 속에 십만 군사 움직일 지략 없음이 한스럽구나.

무리 :

하늘이 금산金山을 빌려 주어 기둥으로 삼으니,[2]

두보 :

이 몸은 철옹성 쌓아 장성이 되리라.[3]

　양주의 안팎 겹성이 며칠 내로 완성될 터이니, 이 모두가 여러 문무 관료들과 백성들의 힘이로다.

무리 : 이 모두가 안무사께서 세우신 원대한 지략 덕택입니다. 저희들은 휘하에 있으면서 감히 한 잔 올려 옛사람의 성우지연城隅之宴[4]을 본받고자 합니다.

2　금산은 지금의 강소江蘇성 진강鎭江시 서북쪽 장강 가운데 있는 산이다. '기둥'의 원문은 '저주底柱'로, 저주산底柱山, 삼문산三門山이라고도 부른다. 지금의 하남河南성 삼문협三門峽시를 지나는 황하의 가운데에 있다. 격렬하게 흐르는 강물 가운데 기둥처럼 서 있어 중임을 맡아 위기를 타개할 수 있는 재능을 상징한다. 후에 황하의 물길을 정리하면서 깎아 없애버렸다고 전한다.

3　송宋 양만리楊萬里의 시 「광수의 임기가 차서 단양으로 가시는 길을 배웅하며送廣帥秩滿之官丹陽」는 다음과 같다. "북문은 누워 지킬 노장이 필요하여, 흉중의 지략을 약간 시험하였네. 하늘이 금산을 빌려 주셨으니 지는 달 읊조리고, 몸은 철옹성 겸하여 장성이 되리라. 고개 위 돌아갈 길 어떤가, 신 매실 따서 국을 끓이리. 이미 조서 내려 대궐로 오라 하시니, 마땅히 남아서 중책을 맡으시게北門臥護要耆英, 小試胸中十萬兵. 天借金山吟落月, 身兼鐵甕作長城. 何如嶺上因歸路, 摘取梅酸去作羹. 已有紫泥敎詣闕, 便應留住付鈞衡."

4　성우는 성벽 모서리에 세운 각루角樓이다. 조식曹植의 시 「정익에게 贈丁翼」 중 "나는 그대들과 함께, 이 성 모퉁이에서 잔치를 열리라吾與二三子, 曲宴此城隅"라는 구절이 있다.

두보 : 좋구나. 새 누대를 한번 바라보자. (바라본다) 웅장하도다, 성이여! 바로,

장강 이북에 이만한 해자 둘도 없고,

회수 남쪽의 제일가는 성루로다

라는 격이로다.

무리 : 술을 드소서.

【산화자山花子】

층층 성루는 우뚝하니 구름 뚫어 드높고,

성가퀴⁵도 치솟아 찬 강물에 비칩니다.

험준한 산하의 한 곳에 웅크리니,

회수 만 리 지키는 금성탕지金城湯池⁶입니다.

모두 :

적진을 높은 곳에서 바라보고자 성가퀴에 다가서서,

바람 맞아 술 뿌리니 깃발이 펄럭인다.

옛날 경화瓊花가 암향暗香을 퍼뜨린 일과,⁷

신정新亭의 눈물 몇 방울이 생각나노니,⁸

상전벽해桑田碧海라 무상하도다.

두보 : 앞에 높이 솟아 서리 같기도 하고 눈 같기도 한 사오십 더미는 무슨 산이냐?

무리 : 모두 각 염장에 쌓아 놓은 소금입니다. 여러 상인들이 군수물자

---

5 성가퀴는 성 위에 낮게 쌓은 담으로, 여기에 몸을 숨기고 적을 감시하거나 공격한다.
6 쇠로 쌓은 성과 끓는 물이 흐르는 해자로, 견고한 요새를 말한다.
7 경화는 매우 진귀한 식물이다. 잎은 부드럽고 광택이 있으며, 꽃은 연노랑색에 향이 있다. 수隋 양제煬帝가 대운하를 파서 배를 타고 양주에 와서 경화를 보았다고 한다.
8 신정은 강소江蘇성 강녕江寧현 남쪽에 있던 정자이다. 삼국시대 오吳나라 때 세워 임창관臨滄觀이라고 하였고, 진晉나라 때 다시 세워 신정이라고 불렸다. 동진東晉 때 주옹周顗, 왕도王導 등이 이곳에서 잔치를 벌였다. 주옹이 "풍경은 다르지 않지만 산하는 다르구려"라고 탄식하며 눈물을 흘렸다. 이후 '신정의 눈물'이나 '신정의 울음' 등의 말로 고국을 그리워하거나 나라를 근심하는 심정을 가리킨다.

를 공급하고 댓가로 중납中納받은 것입니다.[9]

두보 : 상인들은 어디에 있느냐?

    (말과 노단이 상인으로 분장하여 등장한다)

상인들 :

해전海田에 파종하니 백옥白玉이 높이 쌓이고,

염정鹽井을 갈아엎으니 황금이 펼쳐져 있네.[10]

    상인들이 인사 올리옵니다.

두보 : 상인들인가? 곧 군량을 지급해야 하니, 서둘러 상납하도록 해라.

【전강】

    이 소금은,

은산銀山이요 설벽雪壁이라, 하늘에 닿아서 빛나니,

바닷물 말려서 여름 풀과 가을 곡식이 된다네.

소금꽃 피는 조장竈場[11]을 바라보니,

모두 변경의 상인들이 중납하는구나.

모두 :

적진을 높은 곳에서 바라보고자 성가퀴에 다가서서,

바람 맞아 술 뿌리니 깃발이 펄럭인다.

옛날 경화가 암향을 퍼뜨린 일과,

신정의 눈물 몇 방울이 생각나노니,

상전벽해라 무상하도다.

두보 : 술자리를 마치자. 군량이 넉넉하니 기쁘도다. 여러 문무 관료들
은 수비를 튼튼히 하라.

---

9   송宋나라 때 조정은 상인들이 직접 식량과 꿀을 변경으로 운송하게 하여 군수물자
    를 조달하고, 서울에서 소금을 수령하는 증명서를 발급하였다. 관과 상인 사이의 물
    물교환을 '입중入中', '중납'이라고 하였다. 남송 때 양주는 변경이자 소금의 집결지
    였으므로 직접 교역이 이루어졌을 것이다.

10   해전이나 염정은 모두 염전을 가리키고, 백옥과 황금도 소금을 가리킨다.

11   바닷물을 끓여서 소금을 만드는 곳이다.

무리 :

【무예상舞霓裳】

문무 관료들 변방에 섰도다,

변방에 섰도다.

이 농사와,

선비, 장인, 상인들을 망치지 말아야 하리.

모두 :

곧 금나라가 무례하게 쳐들어오리니,

대포, 화살, 깃발과 창을 잘 준비해야지.

변방에 소리 들리고 모래바람 자욱하면,

사납게 놀라 일어서서,

꽃무늬 갑옷 입은 옛 변방 장수가 나타나리라.

무리 :

【홍수혜紅繡鞋】

길일에 성황님께,

성황님께 제사 올립니다.

정성 모아 제사 올리며 안녕을,

안녕을 빕니다.

깃발에 제사 드리고,

군장軍裝으로,

병사들을 위무합니다.

진두陣頭에는,

누가 나설 것인가?

전안箭眼 안에,

잘 숨어 있으라.[12]

---

12 전안은 성벽에 활이나 총을 쏘기 위해 뚫은 작은 구멍이다. 궁수들에게 잘 매복하라
고 당부하는 것이다.

두보:

【미성尾聲】

『육도六韜』와『삼략三略』대로 여섯 진문陣門을 냈으니,

문관과 무관은 엄숙하고 진중하라.

바다의 서쪽머리에 봉화가 오르면 대포를 쏘아라.

협성夾城에 구름 따뜻하니 무지개 떠 있건만,

천 리 먼 곳의 함곡관函谷關은 꿈에도 힘들구나.

문득 새 성루가 산봉우리 이어 솟으니,

밤이 되면 북두성을 찌르는 기상이 얼마나 높은가.[13]

13　제1구: 두목杜牧,「장안잡제장구 6수長安雜題長句六首」의 제3수 중 "남원 풀 향기에
　　금꿩이 잠들고, 협성 구름 따뜻하여 무지개 내렸다네南苑草芳眠錦雉, 夾城雲暖下霓旄."
　　협성은 장안에 있던 성의 이름이다. 여기에서는 양주성을 말한다. 제2구: 담용지譚
　　用之,「도중에 벗의 별장에서 묵다途次宿友人別墅」중 "천 리 먼 곳의 함곡관은 꿈속
　　에도 힘드니, 운관에서 함께 처량한 줄 어이 알리오千里崤函一夢勞, 豈知雲館共蕭騷."
　　함곡관은 섬서陝西 지방에 있던 관문이다. 진秦나라와 제齊나라의 사이에 있었다.
　　여기에서는 중원 땅을 가리킨다. 제3구: 전기錢起,「동왕원외농성절구同王員外隴城絶
　　句」중 "뜻밖에 새 성이 연이은 봉우리처럼 일어나니, 화각 소리 구름 높이 울려 놀
　　랍구나不意新城連嶂起, 唯驚畫角入雲高." 제4구: 담용지譚用之,「고검古劍」중 "이 진룡
　　휘두르기 게으름이 애석하니, 밤이 되면 북두성 찌르는 기상 얼마나 높은가惜是眞龍
　　懶抛擲, 夜來沖斗氣何高."

제32척 부부 서약冥誓

생生 : 유몽매
단旦 : 두여낭의 혼백

(생이 분장한 유몽매가 등장한다)

유몽매 :

【월운고月雲高】

금궐金闕[1]에 저녁 구름 끼고,

바람에 깃발이 조금씩 펄럭인다.

종소리 끊기니 벌써 마음은 달아오른다.

지장紙帳[2] 안의 서생에게는,

난향蘭香과 사향麝香이 농염하네.

　시간이 아직 이른데,

꽃그늘 흔들려 달빛을 가리는구나.

　(등불을 정리한다)

아름다운 곳을 거닐 것이니,

등불을 잘 둘러싸야겠네.

　(웃는다)

좋은 책은 쉽게 다 읽건만,

가인佳人 만날 기약은 아직 오지 않았네.

　어젯밤 미인이 여기 왔지만 여도사 방해할 줄은 전혀 몰랐습니다. 오늘밤에는 미인이 오기 전에 운당雲堂[3]에 먼저 가서 이야기를 나누어 의심을 풀어야겠어요. (문을 닫고 걷는다)

여기에 사람이 머물게 문을 살짝 열어 두고,

1　도가에서 신선이나 천제天帝가 사는 곳으로, 여기서는 도관道觀을 말한다.
2　등나무 껍질과 견지繭紙를 기워 만든 휘장을 말한다.
3　승려나 도사가 경전을 암송하는 법당이다. 여기에서는 석 도고가 있는 곳을 말한다.

아,

내 마음을 허락한 이는 어디에 있나?

(퇴장한다. 단 두여낭의 혼백이 등장한다)

두여낭 :

【전강】

외로운 혼령이 겁에 질렸어요,

바람도 잠자는 한밤의 패물 소리에.

(놀란다)

사람 그림자인가 했더니,

알고 보니 구름에 가린 달이었어.

(도착한다) 여기가 유랑柳郞의 서재인데, 아, 유랑은 어디 계시나?

언뜻언뜻, 캄캄한 서재에서,

그림자 비추는 등불이 깜박이네.

혼백이 더욱 곱게 비치도록,

등불에 기름을 부으니,

한 점 정이,

등불 끝에 맺혔네.

(탄식한다) 저와 유랑의 만남은 사람들만 모르고 귀신은 다 알아요.

(운다)

죽영사竹影寺의 풍문風聞을 어이 막을 수 있을까요?[4]

황천 가는 먼 길을 부부가 어이 견딜 수 있을까요?

말을 하고 싶지만 말하지 못했고,

---

4 죽영사는 '죽림사竹林寺'에서 빌어온 표현인 듯하다. 죽림사는 태산泰山 북장애北丈
   崖에 부근에 있는 절로, 비가 온 후 구름이 절을 덮고 햇빛이 비치면, 구름 속에 절
   의 그림자가 신기루처럼 거꾸로 나타난다고 한다. 또한 이 절의 탑은 그림자만 있고
   형체는 없어서, 금원金元 시대에 "죽림사에 그림자만 있고 형체는 없다竹林寺有影無
   形"라는 속언이 나왔다고 한다. 여기에서는 두여낭 자신이 혼령으로서 형체가 없으
   니 사람들이 구름 잡듯 의구심을 일으킬 것이라는 말이다.

찡그리려고 하지만 찡그려지지도 않네.

꽃 아래서 만나고픈 마음을 가졌지만,

아직도 꿈속의 몸이라 두려워요.

　　저는 귀신부鬼神簿에 올랐지만, 아직 몸을 잃지는 않았습니다. 저승에 머무는 기간이 끝나서 곧 이승으로 돌아옵니다. 지난 날은 유랑 때문에 죽었고, 오늘은 유랑 때문에 살아나게 되었어요. 부부의 인연임이 분명하니, 오늘밤 말하지 않으면 사람과 귀신이 언제까지 얽혀 있어야 할까요? 다만 이 사실을 말할 때 유랑이 놀랄까 두려우나, 역시 피할 수 없는 일입니다. 바로,

밤에 사람과 귀신의 이야기 조금 전하니,

일찍 부부의 백년 인연 정해져 있었네

라는 격이지요.

　　(생 유몽매가 등장한다)

유몽매 :

【나화미懶畵眉】

난간에 바람이 드니 대나무 비스듬히 눕는데,

　　(무대 뒤에서 새소리가 나서 놀란다)

놀란 까마귀가 꽃 떨어진 누각에 내려앉았나.

　　아, 문이 열렸구나.

하늘 선녀가 자운거紫雲車[5]를 타고 강림하셨구나.

　　(두여낭의 혼백이 나와서 맞이한다)

두여낭 : 유랑, 오셨군요.

유몽매 : (읍을 한다) 소저, 오셨소

두여낭 :

등불 심지를 돋우고 이렇게 낭군님을 기다리고 있어요.

5　서왕모西王母가 타고 다녔다는 수레로, 여기에서는 두여낭이 타고 온 수레로 표현하고 있다.

유몽매 :

이렇게도 친절한 소저여.

두여낭 : 수재님, 기다려도 오시지 않아 당시唐詩를 모아 집구시集句詩를 지어 보았습니다.

유몽매 : 귀를 씻고 경청하리다.

두여낭 : (읊는다)

좋은 중매장이에게 부탁해도 역시 절로 슬프고,

차가운 달과 산색山色은 모두 어슴푸레하네.

모르겠네, 누가 〈춘귀곡春歸曲〉을 부르면서,

다시 인간 세상으로 와서 완랑阮郞을 홀리는지.[6]

유몽매 : 소저, 훌륭하신 재능이요.

두여낭 : 유랑, 이리 밤이 늦은데 어딜 다녀오시나요?

유몽매 : 어젯밤에 석 도고 때문에 흥이 깨졌기에, 당신이 오기 전에 도고의 방에 가서 동정을 살피고 와서 당신을 맞이하는 것입니다. 오늘밤에는 소저가 이리 일찍 올 줄은 몰랐소.

두여낭 : 솟아오른 달을 못 보셨군요.

유몽매 :

【태사인太師引】

서생이 선녀를 만나 함께 하니 얼마나 복이 많은지,

인간 세상보다도 더욱 정성스럽고 친절하시구려.

살짝 웃는 얼굴에 꽃이 피고,

6　제1구 : 진도옥秦韜玉, 「빈녀貧女」 중 "쑥대문에 태어나 비단향을 모르니, 좋은 중매장이에게 부탁하려 해도 더욱 절로 슬프네蓬門未識綺羅香, 擬托良媒益自傷." 제2구 : 설도薛濤, 「벗을 보내며送友人」 중 "물가 갈대 밤에 서리 내리고, 달 차가와 산색과 함께 어슴푸레水國兼葭夜有霜, 月寒山色共蒼蒼." 제3구 : 조당曹唐, 「소유선시小遊仙詩」 98수의 제63수 중 "누가 귀춘곡 부르는지 모르나, 시냇가 하얀 토곽화 모두 졌네不知誰唱歸春曲, 落盡溪頭白葛花." 제4구 : 유언사劉言史, 「성연사에게 4수贈成煉師四首」의 제3수 중 "대라천에서 삼천 세 보내고, 다시 인간 세상에서 완랑을 홀리네大羅過卻三千歲, 更向人間魅阮郞." 「춘귀곡」을 부른 이는 두여낭, 완랑은 유몽매를 비유한다.

점점 갈수록 달콤해집니다.

　어젯밤 저 여도사가,

까닭없이 비바람 몰고 와서 봄을 꺾어버렸지요.

　소저여,

당신의 밤을 그르치고,

크게 놀라게 했습니다.

노여워 마시고,

끊어진 즐거움을 다시 이읍시다.

두여낭 :

【쇄한창鎖寒窓】

뜻밖에 그가 들이닥치니,

놀란 혼백 수습하지 못했습니다.

흐르는 구름에 달이 숨듯,

그림 속에 숨었어요.

문득 섬돌 곁에,

사람이 어른거렸지요,

어릴 때부터 이런 고생은 익숙하지 않았어요.

자칫하면,

소문이 아버지한테까지 들려,

먼저 어머니의 꾸중을 들었을 테니까요.

유몽매 : 소저가 고생하십니다. 어쩌다가 소생에게 잘못 반해 이 지경
에 이르렀소?

두여낭 : 당신의 일품一品 재능을 사랑해서이지요

유몽매 : 소저는 정혼한 사람이 있습니까?

두여낭 :

【태사인】

예물과 사주단자 받은 적 결코 없어요.

유몽매 : 어떤 사람을 좋아하는지요?

두여낭 :

    수재님 같은 분이라면 정이 쏠리고 마음이 기쁠 것이에요.

유몽매 : 소생은 정이 있는 사람이오

두여낭 :

    당신의 젊음과 다정함에 반하였어요.

    잠든 저를 유혹하여 혼을 빼 놓았지요.

유몽매 : 소저, 소생에게 시집오시지요.

두여낭 :

    당신 따라 영남 먼 길 돌아가면,

    첩의 신세가 되지나 않을까요.

유몽매 : 소생은 아내가 없습니다.

두여낭 : (웃는다)

    어찌 세가世家[7]의 규수가 없다고,

    저 같은 타향의 화초로 채우려 하십니까?

      수재님께 여쭙건대, 당상堂上에는 누가 계십니까?

유몽매 : 선군先君께서는 조산대부朝散大夫를 지내셨고, 선모先母께서는
현군縣君에 봉해지셨지요.[8]

두여낭 : 그러면 도련님이신데, 왜 이리 혼인이 늦으셨는지요?

유몽매 :

    【쇄한창】

    고단하게 떠돌아다닌 세월 한스러우니,

    평범한 여인들 어느 누가 눈물 적시려 할까요?

---

7   대대로 교유를 맺어 온 집안을 말한다.

8   조산대부는 관명만 있고 일정한 직무가 없는 벼슬인 산관散官의 하나로, 문무 관리
가운데 덕망이 있는 사람에게 주었던 벼슬이다. 현군은 일정 직위 이상 관리의 어머
니와 아내에게 내려준 봉호封號이다.

사마상여司馬相如 같은 나그네에게,

향거香車 내줄 이 어디 있으며,

소사蕭史는 아내가 없었다면,

어떻게 하늘의 궁궐에서 함께 했겠나요?[9]

그대 같은 천금소저가 웃음을 보내신다면,

맹세하건대,

그대 청춘의 재능과 미모가 부족하다 해도,

어찌 이슬처럼 금세 이별하리요![10]

두여낭 : 수재님의 마음이 이러한데 왜 매파를 불러 청혼하지 않으십니까? 그러면 저도 의심과 걱정을 면할 수 있답니다.

유몽매 : 내일 아침에 삼가 댁을 방문하여 영존令尊과 영당令堂께 절을 올리고 소저께 청혼하겠소.

두여낭 : 저희 집에 오셔도 저밖에는 못 만나십니다. 저의 부모님을 뵙기는 아직 이릅니다.

유몽매 : 이리 말씀하시니 소저는 정말이지 어떤 집안인가요?

(두여낭이 웃는다)

유몽매 : 어찌된 것인가요?

【홍삼아紅衫兒】

그 따스하고 향기로운 모습은 그지없이 맑아서,

이 세상 사람과는 너무도 다릅니다.

두여낭 : 이 세상이 아니면 천상이라는 말씀인가요?

유몽매 :

어이하여 홀로 깊은 밤에 다니며,

---

9 탁문군처럼 사마상여 같은 나그네 따라갈 사람도 없을 것이고, 소사가 농옥을 만나지 못했다면 어찌 등천登天할 수 있었겠는가 하는 의미로, 여기에서는 모두 유몽매 자신이 혼인하지 않았음을 비유하는 말로 쓰이고 있다. 사마상여와 탁문군의 이야기는 제28척 참고. 소사와 농옥의 이야기는 제18척 참고.

10 두여낭을 사랑한 이상 가벼이 버리지 않겠다는 뜻을 나타낸 것이다.

곁에는 시녀도 없답니까?

본명을 말해 주시오

(두여낭이 탄식한다)

유몽매 : (등을 돌리고 혼잣말로)

그는 이름을 물어버리니,

허비경許飛瓊처럼 이름 알리는 걸 두려워하는 걸까?[11]

소저, 이름을 말씀하지 않으니 선녀가 틀림없군요. 박복한 서생이

다시는 감히 모시지 못하겠습니다.

선녀가 서생에게 마음을 주었다 해도,

하늘의 벌을 벗어날 수 없으리.

두여낭 :

【전강】

저를 하늘나라 선녀의 반열에 놓으시지만,

전생에 요절했을 뿐이랍니다.

유몽매 : 하늘이 아니고 이 세상 사람이란 말이오?

두여낭 :

제가 사분私奔[12]했다면,

어찌 숨기고서 말을 못하겠습니까.

유몽매 : 세상 사람이 아니면 꽃과 달의 요정이오?

두여낭 :

---

11 허비경은 선녀의 이름이다. 당唐 맹계孟棨의 『본사시本事詩』에 다음과 같은 이야기가 있다. "시인 허혼許渾이 산에 오르는 꿈을 꾼 적이 있는데, 궁실이 구름 위로 솟아 있고, 누군가 여기가 곤륜산이라고 말해주었다. 안으로 들어가니 여러 사람이 술을 마시며 그를 불러 저녁이 되어서 그쳤다. 이에 시를 지어, '새벽에 요대에 드니 이슬 기운 맑고, 자리에는 오직 허비경만 있었네. 속세의 마음과 인연 남았으니, 십리 산을 내려오니 달만 밝구나'라고 하였다. 후일 다시 그 꿈을 꾸었더니 허비경이 '그대는 왜 내 이름을 세상에 밝히십니까?'라고 하였다. 이에 자리에서 바로 '하늘 바람 불어오니 보허성만 들리네'로 고쳤더니 (허비경이) '좋아요'라고 하였다."

12 부모의 허락 없이 당사자끼리 몰래 도망쳐서 혼인하여 함께 사는 것을 말한다.

당신은 풀을 뽑으며 뿌리를 찾으려 하시네요,

수성水星 나타나길 기다리지 못하는 것 같아요.[13]

유몽매 : 무슨 말씀인가요?

두여낭 : (말을 하려다가 그만 둔다)

만남을 깨뜨릴까 몰라서,

말이 나오다 다시 들어가네.

유몽매 : 소저, 당신은

〔상사령相思令〕

이래도 말을 않고 저래도 말을 않는구려.

이런 서생에게 시원히 말하지 않고 뉘에게 말하려오?

두여낭 :

말하려고 하지만, 어떻게 말을 하나요?

수재님, 저는 예를 갖추면 처가 되고,

눈 맞으면 첩이 된다는 말이 두려워요.[14]

향을 피워 맹세하시면 말하겠어요.[15]

유몽매 : 소생에게 정실로 삼겠다고 맹세하라고 하니, 소저께 향을 올리리다.

(유몽매와 두여낭이 함께 절을 한다)

유몽매 :

【적류자滴溜子】

천지신명이시여,

천지신명이시여,

향을 살라 맹세합니다.

---

13 수성은 잘 나타나지 않는 별이다. 수성을 기다리듯 이루어지기 매우 어렵다는 뜻이다.

14 『예기禮記』「내칙內則」에 "예를 갖추면 처이고, 눈이 맞으면 첩이다聘則爲妻, 奔則爲妾"라는 구절이 있다.

15 맹세할 때 향을 사른다.

유몽매는,

유몽매는,

남안군의 관사에서,

이 가인佳人을 만나 손을 맞잡고서,

부부가 되었습니다.

살아서는 같은 집에 살고,

죽어서는 같은 무덤에 묻히렵니다.

말이 마음과 같지 않으면,

이 목숨은 향을 따라 스러질 것입니다.

    (두여낭이 운다)

유몽매 : 어찌하여 눈물을 흘리시오?

두여낭 : 당신의 깊은 정에 저도 모르게 눈물이 흐릅니다.

【요번루鬧樊樓】

수재님은 나그네이신데도 정이 지극하니,

거짓 맹세하여 저버리지 않으시겠지요.

아, 말이 목에 걸리고 혀가 잘리는 듯 하네요.

동군東君[16]께서는 마음 붙들고,

정신을 차리세요.

잠시 제가 머뭇거리다가,

말을 하게 되면,

당신은 아마 콰당 하고 넘어질 테니까요.

유몽매 : 어째서요?

두여낭 : 수재님, 이 그림은 어디서 나셨나요?

유몽매 : 태호석 틈에서요.

두여낭 : 제 얼굴보다 고운가요?

---

16   본래는 봄의 신 또는 주인이라는 뜻으로, 여기에서는 유몽매를 말한다.

유몽매 : (보고 놀란다) 어이하여 같은 얼굴이오?

두여낭 : 이제 아시겠지요, 제가 바로 그림 속의 사람이라는 것을.

유몽매 : (합장하고 그림에 절을 한다) 소생이 태운 향이 효험이 있군요. 소
저, 어쨌거나 속 시원히 밝혀 주시오.

두여낭 :

【탁목범啄木犯**】**

유 도련님께서는,

사연을 들어 보세요.

남안의 두 태수가 원래 저의 아버지랍니다.

유몽매 : 아, 전임 두 태수가 양주로 승진해 가시면서 왜 따님을 남겨
두셨소?

두여낭 : 등불의 심지를 잘라 주세요.

　　　(유몽매가 등불의 심지를 자른다)

두여낭 :

심지를 자르니 나머지 얘기가 깜박거립니다.

유몽매 : 존함은 무엇이며, 춘추는 얼마나 되었소?

두여낭 :

저의 이름 두여낭이 경첩庚帖[17]에 있으며,

나이는 열여섯이니,

바로 혼인할 때랍니다.

유몽대 : 여낭 소저였군요. 나의 사람이여!

두여낭 : 도련님, 저는 아직 사람이 아니랍니다.

유몽매 : 사람이 아니면 귀신이오?

두여낭 : 귀신입니다.

유몽매 : (놀라며) 무서워라, 무서워.

17　혼인할 때 남녀가 서로 교환하는 이름, 팔자, 관적, 조상 삼대를 적은 첩자이다.

두여낭 :

　　조금 물러나셔서,

　　제 자세한 말씀을 들어주세요.

　　먼저 당신이 두려워하지 않도록 말씀을 드리겠는데,

　　저는 귀신이지만, 반은 사람입니다.

유몽매 : 소저, 무엇 때문에 이승으로 돌아와 소생을 만났소?

두여낭 :

　　【전강】

　　저승이 이승과 다르기는 하지만,

　　천금소저의 얼굴을 보고서는,

　　남안 두 태수의 금지옥엽인 줄 알아주셨어요.

　　주생비注生妃[18]께서 회생첩回生帖에 올려 주셨고,

　　화생낭化生娘[19]께서 남은 목숨을 살려 주셨어요.

　　젊으신 당신이 제 전생의 업보와 인연을 맺으셨지요.

　　수재님, 당신은 저를 아내로 진실하게 맞으셨으니,

　　차가운 뼈를 뜨겁게 사랑해 주셔야 합니다.

유몽매 : 그대는 나의 아내이니 나도 무섭지 않아요. 그대를 불러내라
　　는 것이오? 물에서 달을 건지는 것이나 허공에서 꽃을 붙잡는 것만
　　같소.

두여낭 :

　　【삼단자三段子】

　　제 혼은 아직 사라지지 않았습니다.

　　귀신이지만,

　　아직 이리저리 다니고,

18　주생낭낭注生娘娘, 주생마注生媽, 송자낭낭送子娘娘이라고도 한다. 부녀의 임신과 생
　　산을 주관하는 생육의 신이다.
19　윤회輪回를 장관하는 여신이다.

한 가닥 영혼이 끊어지지 않았습니다.

남은 목숨은,

곡절을 견딜 수 있어요.

　수재님은 경전을 외우실 수 있지요?

사람이든 아니든 제 마음은 다르지 않은데,

환영이건 아니건 무엇이 다르겠나요?

허공에서 꽃 잡기와는 비슷해 보이겠지만,

물속에서 달 건지기는 아닙니다.

유몽매 : 죽었어도 살아 있다니 무덤은 어디에 있나요?

두여낭 : 태호석 옆 매화나무를 기억하시지요.

【전강】

화원의 뒤뜰을 좋아하여,

외롭고 맑은 꿈속에서,

매화 그림자가 드리웠습니다.

매실 익는 시절에,

씨가 맺혀 마음이 시렸습니다.

유몽매 : 소저는 도주할 데가 따로 있는 것은 아니오?

두여낭 : (탄식한다)

구천에 간다고 해도 굽혀지지 않을 것입니다,

유향幽香 퍼지는 어슴푸레한 달빛 아래에서도요.

유몽매 : 으스스하네요.

두여낭 :

얼어붙은 제 삼혼칠백三魂七魄은,

굳어서 삼정칠열三貞七烈이 되었습니다.[20]

유몽매 : 소저의 넋을 놀라게 할까 두려운데, 어찌하면 좋겠습니까?

20　삼혼칠백은 사람의 넋을 통틀어 이르는 말이고, 삼정칠열은 여인의 정열을 삼혼칠
　　백의 형식으로 표현한 말이다.

두여낭 :

　【투쌍계鬪雙鷄】

　꽃의 뿌리와 나무의 마디에,

　세상으로 통하는 길이 있어요.

　제 차가운 살은 이미 반쯤은 따뜻해졌어요.

　　걱정하시는군요,

　놀란 혼백이 날아가지나 않을까 하고요.

　　하지만 제가 당신을 보았으니,

　마음 돌아와 사라지지 않을 것입니다.

유몽매 : 이야기가 길군요

두여낭 :

　하룻밤 부부라도,

　삼생三生의 이야기 할 때가 있다지 않아요.

유몽매 : 자꾸 소저를 귀찮게 하지 않겠지만, 혼자 힘으로는 하기가 어
렵습니다.

두여낭 : 석 도고와 의논하여 하실 수 있어요

유몽매 : 깊이를 모르니 짧은 시간에 다 파지는 못할 것이오

두여낭 :

　【등소루等小樓】

　아아, 당신은 정말 철저하시네요.

　제 관은 석 자 깊이로 첩첩이 덮여 있으니,

　당신은 무쇠 삽으로 단번에 파 주세요.

　안에서 음풍陰風이 새어 나오면,

　양세陽世에 거의 다 온 것입니다.

　　(무대 뒤에서 닭 우는 소리가 난다)

　【포로최鮑老催】

　　휴,

길이 잠든 사람은 줄곧 긴 밤 잠들어 있지만,

닭이 우니 베개는 공연히 놓았네요.

　오늘 밤에는,

먼 곳의 닭울음 소리에 꿈에서 깨어나니,

인간 세상의 느낌은 다르네요.

새벽바람에 등불이 깜박이고,

두견새 소리는 잔월殘月에 흩날리네요.

이야기 세 대목 중 이제 한 대목을 말씀드렸습니다.

【사포로耍鮑老】

저는 우물쭈물,

정향丁香[21] 같은 혀로 말을 뱉어냈어요.

그대는 정향 꽃봉오리 같은 저를 터뜨려,

정향 같은 저의 절개를 부수었어요.

미루지 마시고,

서둘러 주세요,

제 깊은 마음 말로 다 할 수 없어요.

　(무대 뒤에서 바람이 분다)

이 바람이 혼령의 옷을 날리네요.

　(두여낭이 급히 퇴장한다)

유몽매 : (놀라서 우두커니 서 있다) 기이하다, 기이해. 유몽매가 두 태수의
사위가 되다니. 꿈인가. 한 번 돌이켜 보자. 그의 이름은 두여낭, 나
이는 열여섯, 죽어서 후원 매화나무 아래 묻혔다고 했지. 음, 분명히
사람과 교감한 것이니, 정기精氣도 있고 피도 있는 거야. 그런데 어
이하여 두 소저는 자기를 귀신이라고 했을까?

　(두여낭이 다시 등장한다)

21　더운 지방에 나는 상록수로, 꽃봉오리는 약재로 쓰는데 흔히 여자의 혀를 비유하기
　도 한다.

두여낭 : 도련님은 아직 여기 계셨어요?

유몽매 : 소저는 왜 또 돌아오셨소?

두여낭 : 부탁이 하나 더 있어요. 저를 아내로 삼으셨으니 빨리 가서 보시고 그르치지 마세요. 그렇지 않으면 제 일은 이미 드러났으니 다시는 와서 모실 수가 없습니다. 부디 유념하셔서 후회하지 않게 해 주세요. 제가 다시 살아나지 못하면 당신을 구천에서도 원망할 것입니다. (무릎을 꿇는다)

【미성尾聲】

유 도련님, 당신은 저를 다시 살려주시는 어버이십니다.

(유몽매가 무릎을 꿇고 부축해 일으킨다)

두여낭 :

저를 조금만 가엾게 여겨주소서,

제가 황천에서 당신을 원망치 않게 해 주소서,

저를 말썽쟁이 귀신이라고 꾸짖지만 마소서.

(귀신 소리를 내면서 퇴장한다)

유몽매 : (마무리하면서 나지막이 중얼거린다) 유몽매가 귀신에 씌웠구나. 그의 말이 이렇듯 또렷하고 이렇듯 절실하니, 있건 없건 그 말대로 하는 수밖에 없다. 석 도고에게 의논할 수밖에.

꿈을 꾸니 어디인가, 구름도 있구나,

서글퍼라, 금박 두른 나비무늬 치마가.

외로운 무덤 찾으려니 누가 인도해 줄까?

누군가 자양군紫陽君에게 전해 주네.[22]

---

22 제1구 : 이상은李商隱, 「촉루促漏」 중 "돌아가니 달로 가는 줄 알겠지만, 꿈을 꾸니 어디인가 구름도 있구나歸去定知還向月, 夢來何處更爲雲." 제2구 : 위씨자韋氏子, 「기녀를 애도하는 시悼妓詩」 중 "서글퍼라 금박 두른 나비무늬 치마는, 봄에 흘러가는 구름과 짝하는구나惆悵金泥簇蝶裙, 春來猶見伴行雲." 제3구 : 유언사劉言史, 「유론을 통곡함慟柳

論」중 "홀몸 아내 사는 집 후사도 없으니 외로운 무덤 가려지만 누가 인도해 줄까孀妻棲戶仍無嗣, 欲訪孤墳誰引至." 제4구: 웅유등熊孺登, 「후산인에게贈侯山人」 중 "맑은 얼굴 한 번 보니 이전 듣던 대로라, 누군가 이 분이 자양군이라 하는구나 一見淸容愜素聞, 有人傳是紫陽君." 자양군은 도사를 뜻한다. 여기에서는 석 도고를 가리킨다.

제33척 유몽매의 고백秘議

정淨 : 석 도고

생生 : 유몽매

(정 석 도고가 등장한다)

석 도고 :

【요지유遶池遊】

부용꽃 무늬 도사옷을 입었고,

짧은 머리는 비녀를 꽂기가 어렵구나.

향로 앞에서 종 울리며 이를 부딪히네.[1]

〔소충정訴衷情〕

살랑바람 불어오는 전각에 생황 소리 울리건만,

예상霓裳 춤[2]은 덧없이 화려하기만 하네.

연못가 연꽃 깊은 곳에,

밤의 향기 참으로 맑구나.

사람은 쉬이 늙고,

일에는 어려움이 많으며,

꿈은 오래가기 어렵다네.

한 점 깊은 사랑 있었지만,

서푼의 얕은 흙에 묻혀 있고,

산허리에는 저녁노을 물드네.

이 매화관은 두 소저를 위해서 지었습니다. 처음에는 두 나으리께서 진 교수에게 이 도관을 돌보아 달라고 했지만, 진 교수는 삼년 동안 제수답祭需畓의 곡식만 챙기고 도관에는 오지도 않았어요. 두 나으리

---

1 기도를 올리기 전에 아래 위 치아를 부딪쳐 경건함을 표시한다.

2 본래 당나라 때 하서河西 절도사가 바친 바라문곡婆羅門曲을 현종이 윤색하고 가사를 붙인 곡인 '예상우의곡霓裳羽衣曲'에 맞추어 추는 춤인 예상우의무를 말한다. 여기에서는 여도사의 춤을 가리킨다.

께서 떠나가신 후로는 부府, 주州, 현縣의 선비며 평민들을 속여 분담금을 거두어 생사生祠[3]를 세웠습니다. 어제 제가 그 사당 앞을 지나가다 보니 돼지 똥도 있고, 사람 똥도 있더군요. 진최량, 진최량, 당신은 사람을 불러 청소를 해야 돼요. 하지만 두 소저 신위 앞에는 날마다 향을 피우고 물을 갈아 주어 얼마나 장엄하고 깨끗합니까.[4] 정말이지,

천하에 믿을 만한 책벌레는 적고,

세상 밖에 정 있는 도사 있다네

라는 격이로군요.

(생 유몽매가 등장한다)

유몽매 :

【전강】

밀회密會와 밀어密語가,

사람 세상의 일이 아니라서,

소식을 알리기까지 온종일 고민했네.

(석 도고를 만난다)

떨어진 꽃의 향기가 자금당紫金堂을 덮었네요.

석 도고 :

그대 젊은 분이 꽃을 보고 마음이 아픈가요?

유몽매 :

농옥弄玉[5]은 오지 않고 세상만 바뀌었군요.

석 도고 :

마고麻姑[6] 떠난 뒤로 바다에서 뽕나무가 자랐지요.

---

3   살아있는 사람을 위하여 세운 사당을 말한다.
4   신위 앞에 향을 올리고 물을 갈아주는 것은 석 도고의 일로, 자신이 깨끗하게 유지했음을 자랑하고 있다.
5   진秦나라 목공穆公의 딸로 남편 소사蕭史와 함께 피리를 잘 불었는데, 후에 부부가 피리를 불고 어디론가 떠나갔다가 후에 부부 모두 봉황을 타고 하늘로 날아갔다고 한다. 제18척 참고.

유몽매 : 도사님, 소생이 이곳에 온 뒤 보전寶殿을 참례하지 못했습니다. 오늘이라도 한번 참배하기를 바랍니다.

석 도고 : 예, 안내하겠습니다. (걸어가서 전각에 도착한다) 저 위는 옥황상제가 계시는 금궐金闕이고, 아래는 동악부인東嶽夫人과 남두진비南斗眞妃입니다.

　　　(무대 뒤에서 종이 울린다)

유몽매 : (절을 한다)

　　중천 푸른 송백松栢 숲에 옥대玉臺가 아득한데,

　　상제의 높은 거처로 신선들이 알현하니,

　　마침내 풍이馮夷가 찾아와 북을 치고,

　　비로소 진秦나라 공주가 피리 잘 부는 줄 알겠구나.[7]

　　훌륭한 보전입니다. 그런데 왼쪽 이 위패에 '두소저신왕杜小姐神王'이라고 씌어 있는데, 어느 여왕이신가요?

석 도고 : 제주題主[8] 할 사람이 없어서 그렇습니다. 두 소저입니다.

유몽매 : 두 소저가 누구지요?

석 도고 :

　【오경전五更轉】

　이 홍매원紅梅院을 왜 만들었는지 물으신다면,

　두 참지杜參知[9]께서 예전에 하신 일이라오.

6　신화 속의 신선으로, 동해가 뽕밭으로 변하는 것을 세 번이나 보았다고 한다. 여기에서는 오랜 시간이 흘렀음을 말한다.

7　이 시는 두보杜甫의 7언 율시 「옥대관玉臺觀」의 전반부 네 구절이다. 이 작품은 옥대관의 모습을 노래한 것으로, 여기에서는 매화관의 모습에 빗대어 말하고 있다. 풍이는 전설상의 수신水神이고, 진나라 공주는 농옥을 말한다. 피리簫는 농옥의 남편 소사를 연상시킨다.

8　사람이 죽은 후 신위를 만들 때 먼저 목패에 '○○○神王'이라고 적은 후, 길일을 택해 명망있는 사람을 모셔와서 '王'자 위에 점을 한 획 찍어 '主'자로 만들어 '○○○神主'로 고쳐 적는 것을 '제주'라 하였다.

9　두여낭의 아버지 두보를 말한다. 참지는 참지정사參知政事의 약칭이다.

두여낭은 본래 그 분의 귀한 딸로,

열여덟[10]에 죽어 이곳에 잠시 묻혔다오.

　부친께서,

급히 부임하시느라,

제주 하실 분을 찾지 못해,

패위牌位가 비어 있습니다.

유몽매 : 누가 제사를 모시오?

석 도고 :

좋은 묏자리와 비기碑記도 남겨 놓았건만,

제사를 모실 사람이 없답니다,

해마다 청명, 한식이 돌아오건만.

유몽매 : (통곡하며) 말씀을 듣고 보니 두 소저는 바로 나의 어여쁜 부인 이군요.

석 도고 : (놀라며) 수재님, 정말입니까?

유몽매 : 천 번 만 번 정말입니다.

석 도고 : 그러면 두 소저가 언제 나고 언제 죽었는지를 아시는지요?

유몽매 :

【전강】

그가 태어난 줄도 모르는데,

죽은 줄을 어찌 알리오?[11]

죽은 지 여러 해 만에 이제 살아납니다.

석 도고 : 죽었다는 소식은 언제 들으셨소?

유몽매 : 나는,

10　다른 장면에서는 모두 열여섯이라고 하고 있는 것으로 보아 열여섯이 맞는 듯하다. 네가야마 토루 교수는 이부분이 '열여섯에 죽었다二八而亡'라고 되어 있는 판본도 있음을 밝혔다. 다만 원작 화본소설에서는 열여덟살에 죽은 것으로 적고 있다.

11　『논어』 「선진先進」편의 "삶도 모르는데 죽음을 어이 알겠는가未知生, 焉知死"라는 구절과 비슷하다.

아침에 들었으니 저녁에 죽어도 좋은 사람이오.[12]

석 도고 : 부부 사이라니 제사를 올려야 합니다.

유몽매 : 다만 걱정입니다.

　사람도 섬기지 못하는데,

　어찌 귀신을 섬길 수 있으리오?[13]

석 도고 : 수재와 낭자 사이라면, 그 분을 만나셨습니까?

유몽매 : 바로 이,

　홍매원이 초나라 양대陽臺[14]가 되었지만,

　도사님을 속였습니다.

석 도고 : 어느 날 밤이었소?

유몽매 :

　며칠 전 당신들이 훼방을 놓을 때였다오.

석 도고 : (놀라며) 수재님은 귀신에게 홀렸군요. 설마, 설마.

유몽매 : 못 믿겠다면 내가 보여드리지요. 붓을 주시오. 제주題主를 하면

　신주가 움직일 것입니다.

석 도고 : 그럴 리가요? 붓 여기 있습니다.

유몽매 : (점을 찍으며) 내가,

　돌에 점을 찍어 사람으로 만들리라,

　남편으로서 제주를 하네.

　　보시오, 봐.

석 도고 : (놀라며) 기이하도다, 기이해! 신주가 정말로 움직였어! 아가씨!

【전강】

　무덤 앞의 매화나무가,

12　『논어』「이인里仁」편의 "아침에 도를 들으면 저녁에 죽어도 좋다朝聞道, 夕死可以"라
　　는 구절과 비슷하다.

13　『논어』「선진」편의 "사람도 못 섬기는데 어찌 귀신을 섬기겠는가?未能事人, 焉能事
　　鬼?"라는 구절과 비슷하다.

14　초나라 왕과 무산 신녀가 운우지정을 나눈 장소이다.

글자 없는 비석처럼 서 있더니,

알고 보니 버들 신령이,

향로 안에 얽혀 살고 있었구나.

　수재님, 그대의 아내이니,

그릇 두드리며 노래하면서 삼년 시묘하시구려.

유몽매 : 그를 불러내려고 하오.

석 도고 :

당신이 이리 신통하다면,

염라대왕이 바로 당신이리라.

유몽매 : 쓸 만한 인부가 없습니다.

석 도고 :

당신은 남편이 되고,

그분은 사람이 되니,

귀신을 부릴 분들이로군요.

유몽매 : 도사님도 좀 도와 주오.

석 도고 : 대명률大明律[15]에는 관을 열고 시신을 꺼내는 죄는 주범이든 종범이든 참수한다고 하였습니다.

당신은 송나라 서생이라 대명률을 보지 못하였지만,

보통 일이 아니라오,

울타리를 뚫고 벽을 파는 것은.

유몽매 : 괜찮소. 소저 자신의 뜻이니.

【전강】

황천에 있는 사람이,

당신에게 부탁했습니다.

15　명나라의 형법전이다. 극의 시대배경은 송나라와 금나라가 대치한 13세기로써 명나라의 법률서가 등장한 것은 시대착오인 셈인데, 아래 부분의 노랫말에서 이를 스스로 밝히고 있다.

뭇사람 중에 그 누가 당신만 하겠습니까?

석 도고 : 아가씨의 분부이니 길일을 잡아 보겠습니다. (따져본다) 마침 내일 을유일乙酉日이 묘를 헐기에 좋은 날입니다.

유몽매 : 기쁘게도,

유일酉日이나 술일戌日이요, 축일丑日이 아니니,[16]

사람을 좀 찾아야겠네,

무덤 팔 일꾼을.

석 도고 : 제게 조카 자라 같은 머리에 부스럼이 낀 녀석이 있는데 쓸 만합니다. 다만 일이 발각되면 어찌할지 걱정입니다.

유몽매 :

회생하기만 하면,

여러 소리 사라지고,

수군대는 말들 멈출 것입니다.

여인을 훔치자고 무덤을 파헤칠 도둑이 있겠는가?

한 가지 더 있습니다. 소저가 회생하려면 정혼탕定魂湯이 필요합니다.

석 도고 : 진 교수가 약방을 열었는데, 마침 며칠 전 소도고가 급살을 맞아서 혼을 안정시킬 약을 지으려고 한답니다.

유몽매 : 얼른 좀 다녀와 주세요.

이 칠층 불탑을 세우는 일이,[17]

어찌 아이들 놀이와 같으랴.

석 도고	젖은 구름은 꿈 같고 비는 먼지 같은데,
유몽매	처음으로 성 서쪽의 이소군李少君을 찾았네.
석 도고	요낭窈娘 몸 묻힌 곳에 와서,

---

16 유일과 술일은 개분開墳하기에 길일이고, 축일은 개분에 좋지 않은 날이라고 전한다.
17 불탑을 세워 생명을 구하는 일을 가리킨다.

유몽매　　　　손으로 거친 풀잎 헤치고 외로운 무덤 바라보네.[18]

18　제1구: 최로崔魯, 「화청궁華淸宮」 중 "단풍잎 아래의 산은 추위에 고요한데, 축축한 구름은 꿈과 같고 비는 먼지 같구나紅葉下山寒寂寂, 濕雲如夢雨如塵." 제2구: 진우陳羽, 「통령관에 노닐다遊洞靈觀」 중 "처음 서성에 가서 소군께 예를 갖추려고, 홀로 가서 동천 구름 속으로 들어간다初訪西城禮少君, 獨行深入洞天雲." 이소군은 한 무제의 방사方士로, 법술이 뛰어났다고 한다. 여기에서는 석 도고를 가리킨다. 제3구: 옹도雍陶, 「낙양 유감洛中感事」 중 "요낭 몸 묻힌 곳에 와서, 물가에서 근심 속에 가지에 달린 꽃을 바라보네行到綠娘身沒處, 水邊愁見亞枝花." 요낭은 당 무측천武則天 때 좌사낭중左司郎中을 지낸 교지지喬知之의 하녀로 자색이 뛰어나고 노래를 잘 했다고 한다. 여기에서는 두여낭을 비유한다. 제4구: 유장경劉長卿, 「이장군을 전송하며送李將軍」 중 "변방의 기러기 따라 만리를 와서는, 손으로 거친 풀잎 헤치고 외로운 무덤 바라보네身逐塞鴻來萬里, 手披荒草看孤墳."

제34척 약을 짓다調藥

말末 : 진최량

정淨 : 석 도고

(말 진최량이 등장한다)

진최량 :

오랜 세월 유학 공부에 이치 대략 통했더니,

책 상자에 귀신 들어 약 상자로 변했구나.

가동은 나를 노원외老員外라고 부르고,

거리에서는 나를 노낭중老郎中이라 부른다네.

　나 진최량은 서당을 그만두고 약방을 열었습니다. 오늘은 누가 올까나?

(정 석 도고가 등장한다)

석 도고 :

【여관자女冠子】

사람 세상에서도 하늘에서도,

올바른 이치를 말하기는 어렵다네.

꿈속에서 속여 먹는가 하면,

어떤 이는 황천을 그리워하네.[1]

　　진 선생님, 돈 많이 버십시오.

진최량 : 도사님이 오셨구려.

석 도고 : 가게가 훤합니다! 이 '유의儒醫'라는 두 글자는 두보 나으리께
　　서 주신 것이지요. '도지약재道地藥材'[2]라, 좋다! 이 흙덩이 두 개는
　　무엇에 쓰는 겁니까?

진최량 : 과부 침상 옆에 있던 흙이지요. 남자가 귀신이 들렸을 때 이것
　　을 맑은 물에 개어 먹으면 낫습니다.

석 도고 : 이 옷쪼가리는 어디에 씁니까?

진최량 : 이건 젊은 남자의 바지랍니다. 부인들이 귀신 들렸을 때 태워
　　서 재를 먹으면 효험이 있지요.

석 도고 : 그럼 빈도貧道의 침상 머리의 흙 석 자와 선생의 바지 조각 다
　　섯 치를 바꿀까요?

진최량 : 당신은 진짜 과부가 아니잖아!

석 도고 : 쳇! 당신도 그리 젊지는 않지요!

진최량 : 그만 둡시다. 무슨 일로 오셨소?

석 도고 : 솔직하게 말씀드리자면, 전날 소도고가,

【황앵아黃鶯兒】

나이 어린 것이 덤벙거려,

1　꿈속에서 속여먹는 사람은 두여낭이고, 황천을 그리워하는 사람은 유몽매이다.
2　'도지약재'는 각지의 특산물들을 약재로 모아 갖추고 있다는 뜻으로, 약방에서 흔히
　　내건 문구이다.

강신江神 굿 하러 갔다가,

밤에 서둘러 돌아왔지요.

진최량 : 귀신에 들린 것인가?

석 도고 :

어느 들판을 쏘다녔는지 모르지만,

흉신살凶神煞이 끼었어요.

운이 없어 늘 재앙을 당하니,

정신이 깜빡 나가서 돌아올 줄 모릅니다.

진최량 : 넋이 나갔구나!

석 도고 :

곰곰이 생각하니,

당신은 의왕醫王[3]의 실력을 지녀,

염라대왕에 대적할 수 있습니다.

진최량 : 살았소, 죽었소?

석 도고 : 죽은 지 며칠 되었습니다.

진최량 : 죽은 사람도 약을 먹는단 말인가? 그래, 이 소당산燒襠散[4]을 뜨 거운 술에 타서 먹이시오

【전강】

영험한 처방이 있으니,

씩씩한 남자의 속곳 바지라네.

석 도고 : 이런 약은 나한테도 있어요

진최량 :

도사님은 누가 힘이 센지를 알지 못할 거요.

한 뼘씩 잘라서 불에 태워 술이랑 먹이시오,

입을 벌려 조금씩 넣으시오.

---

3 의술이 지극히 뛰어난 의원으로, 흔히 부처나 고승을 비유한다.

4 바지를 태운 잿가루이다.

특별한 약이라 혼백을 안정시킬 것이니,

반정향反精香[5]보다도 나은 약일세.

석 도고 : 고맙습니다.

진최량	여자 동무 따라서 강신江神 굿을 하였는데,
석 도고	어쩔거나, 다정하여 병든 몸인 것을.
진최량	동굴 깊고 캄캄하며 문은 모두 닫혔으니,
석 도고	꽃 너머 여의원을 서둘러 불러야겠네.[6]

---

5 정신을 돌아오게 하는 향이라는 뜻이다.

6 제1구 : 우곡于鵠, 「강남곡江南曲」 중 "우연히 강가에 개구리밥 따러 갔다가, 여자 동
무 따라서 강신굿을 하였네偶向江邊采白蘋, 還隨女伴賽江神." 제2구 : 한악韓偓, 「강가의
누각江樓」 중 "풍광은 온갖 꾀로 사람을 늙게 만드니, 어쩌랴, 다정하여 병든 몸인
것을風光百計牽人老, 爭奈多情是病身." 제3구 : 한유韓愈, 「이상공의 '제숙가림정'에 화
답함奉和李相公題蕭家林亭」 중 "동굴 깊고 캄캄하며 문은 모두 닫혔으니, 승상이 아
니었다면 몇이나 이곳을 알까?巖洞幽深門盡鎖, 不因丞相幾人知?" 제4구 : 왕건王建, 「궁
사宮詞」 중 "대낮에 늘 누워 지내는 어여쁜 여인은 병이라도 난 듯, 꽃 너머 여의원
을 서둘러 불러야겠네白日臥多嬌似病, 隔簾敎喚女醫人."

340 모란정(牡丹亭)

제35척 회생回生

축丑 : 부스럼머리

정淨 : 석 도고

생生 : 유몽매

(축이 부스럼머리로 분장하여 삽을 들고 등장한다)

부스럼머리 :

【자자쌍字字雙】

돼지 오줌보에 부스럼 나서 이렇게 표주박 만한데,

바지가 없네.[1]

가래로 땅을 파니 흙은 푸석푸석,

뼈가 없구나.

산 아가씨는 귀신 부부 되지 말아요,

길이 없으니.

도굴범을 잡아서 생매장하는 것은,

재미가 없지.

(웃는다) 저는 매화관 주인 집의 부스럼쟁이 아이입니다요. 주인님이 유 수재의 부탁으로 두 소저의 무덤을 판다네요. 우스워라 우스워, 두 소저가 여기에서 다시 그와 부부가 될 것이라고 하는데요, 귀신 씨나락 까먹는 말이지요. 누런 지전紙錢을 가지고 와서 이 태호석에 끼우고 향을 사르자.

(정 석 도고가 술을 들고 생 유몽매와 함께 등장한다)

석 도고 :

【출대자出隊子】

님은 어디에,

님은 어디에 있나?

---

1 머리 모양이 돼지 오줌보처럼 생겼는데 바지도 입지 않은 모습이라고 우스개를 하고 있는 것이다.

서풍西風 불어오는 무덤 근처엔 짙은 풀 무성하네.

죽지가竹枝歌 부르던 아가씨 깨어나는데,[2]

두견새가 울면서 금강錦江을 건너오는 것일까?[3]

구덩이 속엔 시름만 남고,

삼생三生의 꿈도 남았구나.

유몽매 : 도사님, 후원에 도착했습니다. 무너진 정자와 기와더미만 보이
고 가시덤불만 가득하오. 비단끈 다시 찾으려니 하늘거리던 등藤꽃
은 밤이라 다물었고, 비단치마 찾아보려니 푸르고 푸른 풀만 자랐지
요. 태호석 옆이 제가 그림을 얻은 곳입니다. 꿈처럼 희미하고 죽은
것처럼 어질어질하군요. 어찌하면 좋겠습니까?

석 도고 : 수재님은 정신을 차리소. 매화나무 아래의 흙더미에 왔어요.

유몽매 : 소저, 슬프기 짝이 없습니다. (운다)

부스럼머리 : 왜 우신대요? 시간이 다 됐구면요. (지전을 태운다)

유몽매 : (절을 한다) 산신령님, 토지신님, 성령聖靈을 보여 주소서.

【탁목리啄木鸝】

개산지開山紙[4]를 풀 위에 깔았네.

연기가 무덤 앞을 휘덮으니 붉은 화로로다.

부스럼머리 :

태세太歲 방향[5]으로 머리 위에서 땅을 파시려오?

소저의 다리 쪽에서부터 파야지요.

유몽매 : 토지신님, 오늘 무덤을 파는 것은 오로지 두 소저를 살리려 함
입니다. 신령님께 죽은 자를 원하는 것이 아니라 산 자를 원하는 것

---

2 죽지가는 당나라 때부터 사천四川, 호남湖南 일대에서 성행한 민가로, 사랑을 주제로
   한 것이 많다. 죽지가 부르던 아가씨는 두여낭을 말한다. 두여낭의 고향은 사천이다.
3 사람들은 두견새가 '불여귀不如歸'라고 운다고 믿었다. '돌아감만 못하다, 돌아가고
   싶다'라는 뜻이다. 금강은 사천성 성도成都를 흐르는 강이다.
4 무덤을 팔 때 태우는 노란 종이이다.
5 태세는 목성木星으로 흉살성凶殺星이다. 그 방향으로 땅을 파면 재앙이 닥친다고 한다.

입니다.

신령님께서는 정직하고 질투가 없으니,

우리 생령은 살(煞)을 범해도 걱정이 없습니다.

저 풍신(風神)들은 우스개로 모두 하나같이,

토지신님이 딸을 제게 시집보낸다 합니다.

아, 봄이 작은 매화나무에 걸렸구나.

　　땅 파기가 좋도다.

부스럼머리, 석 도고 : (땅을 판다)

【전강】

이 삼화토(三和土)[6]를 한 삽 파내자.

　　아가씨,

나지막한 외로운 무덤 여기에 계셨나요?

유몽매 : 조심 또 조심하시오. (본다) 관에 닿았다.

부스럼머리 : (놀라 가래를 떨어뜨린다) 관가에 가면 다 죽어요![7]

유몽매 : (손을 흔들며) 조용히 해라.

　　(단 두여낭이 무대 뒤쪽에서 "아야" 소리를 지른다. 모두 놀란다)

석 도고, 부스럼머리 : 살아 있는 귀신이 소리를 냈어.

유몽매 : 소저를 놀라게 하지 마시오.

　　(모두 무대 출입문을 향하여 쪼그려 앉고, 관을 연다)

석 도고 : 못대가리가 삭아 뚜껑이 저절로 열리다니, 아가씨가 다른 곳으로 운우지정을 나누러 가버린 것 같아요.

　　(무대 뒤쪽에서 "아야" 소리를 지른다)

유몽매 : (두여낭을 보고 부축한다) 아, 소저가 과연 여기에 있었군요. 이상한 향내가 퍼져 오지만 그윽한 자태는 그대로구나. 맙소사.

6　진흙과 모래를 찹쌀풀로 반죽하고 다시 석회를 섞어서 만든 흙이다.
7　유몽매가 '관(棺)에 닿았다'고 말하자 부스럼머리는 '관(官)에 도착하다'라는 뜻으로 잘못 알아듣고 놀란 것이다.

관 위의 저 먼지를 좀 보시오,

삐딱하게 벌어진 틈 사이에 개미 한 마리 없구나.

네 조각 무늬나무 속에서 진한 향기 퍼뜨리며,

아름다운 자태 촉촉이 적시며 홀로 황천길 가면서,

꽃 같은 몸을 가꾸었구나, 오색五色의 연지토胭脂土에서.

    (힘 없는 두여낭을 부축한다)

내 그대 잠든 얼굴을 살며시 받치리니,

입 안의 구슬을 부수지 마오.[8]

    (두여낭이 수은을 뱉는다)

부스럼머리 : 은덩어리구나, 스무 냥이 넘겠으니 내 품삯으로 주시우.

유몽매 : 이것은 소저가 용처럼 물고 있다가 봉황처럼 토해낸 정기精氣
이니, 소생이 대대로 가보로 받들 것이오 당신들에게는 따로 보수
를 주리다.

    (두여낭이 눈을 뜨고 탄식한다)

석 도고 : 아가씨가 눈을 떴습니다.

유몽매 : 하늘이 눈을 뜨게 하였군요. 소저!

두여낭 :

  【금초엽金蕉葉】

진짜일까 거짓일까?

보잘 것 없는 혼백이 갑자기 놀라 깨어났네.

    (눈물을 닦는다)

해, 달, 별의 빛을 피해 죄 많은 눈을 천천히 뜨니,

한 줄기 바람에 불려 날아갈까 두렵구나.

유몽매 : 바람을 겁내니 어쩌면 좋을까?

석 도고 : (두여낭을 부축하며) 여기 모란정에 들어가 환혼단還魂丹을 먹입

---

8   염을 할 때 입 안에 넣은 진주를 깨뜨리지 말라는 뜻이다.

시다. 수재는 속바지를 자르시오.

(유몽매가 속바지를 자른다)

부스럼머리: 나는 가미加味한 환혼산還魂散을 모아 드리겠수.

유몽매: 필요 없다. 빨리 술이나 데우게. (술에 약을 타서 두여낭의 입에 붓는다)

【앵제서鶯啼序】

옥 같은 목구멍에 한 방울 영험한 술이오.

(두여낭이 토한다)

유몽매: 아이고,

가슴에다 쏟았으니 어쩌나.

소저, 다시 좀 드시오.

서너 모금 마시니 다 없어지는구나.

(쳐다본다) 좋아요. 좋아!

기쁘게도 봄날 같은 얼굴과 피부로다.

두여낭: (쳐다본다) 모두 누구신지요?

설마 무뢰배들이 날 무덤에서 꺼낸 것일까?

유몽매: 내가 바로 유몽매입니다.

두여낭:

흐릿하게 보이는데,

매화나무나 버드나무 곁의 사람이 아닌 것 같아요.

유몽매: 이 도사님이 증인이오.

석 도고: 아가씨, 빈도貧道를 아시겠지요.

(두여낭은 석 도고를 보고 말을 하지 않는다)

석 도고:

【전강】

아씨는 잠시 이 여도사를 기억하지 못하는군요.

유몽매: 이 화원은 기억나시오?

(두여낭은 말을 하지 않는다)

석 도고 : 그래,

　　아씨는 정신이 꿈속처럼 몽롱하군요.

두여낭 : 누가 유랑인가요? (유몽매가 대답한다. 두여낭이 알아본다) 유랑은 참

　　으로 믿을 만한 사람이군요.

　　당신은 풀밭 뒤져 뱀 찾듯 해 주셨고,

　　당신은 토끼 기다려 그루터기 지켜 주셨습니다.[9]

　　　관 안의 보물을 챙기고, 나머지는 연못에다 던져버리세요.

모두 : 에잇! (관과 물건을 던진다)

두여낭 :

　　인간 세상에서 새로운 사람이 되고자 합니다.

　　흉물들은 물에다 모두 씻어 없애버려야지요.

모두 : 아씨는 꼬박 삼 년을 잠들어 있었습니다.

두여낭 :

　　세월이 흘러,

　　봄빛 서 푼 가운데,

　　한 푼은 진토塵土가 되었군요.[10]

유몽매 : 소저, 이곳은 바람이 불어 오래 있지 못합니다. 안으로 가서

　　쉽시다.

　　【미성】

　　죽도록 노력해서 그대를 생지옥에서 구해냈으니,

　　칠향탕七香湯[11]으로 빛을 내고, 맛난 음식으로 보양합시다.

9　　수주대토守株待兔는 나무 그루터기에 부딪쳐 죽은 토끼를 우연히 얻은 농부가 토끼
　　를 계속 얻기 위해 그루터기에 앉아 기다렸지만 허사였다는 고사에서 나온 말로, 한
　　가지 일에만 얽매여 발전하지 못하는 어리석은 사람을 가리키는 말로 쓰이지만, 여기
　　에서는 인내심을 가지고 두여낭을 기다려준 유몽매를 칭찬하는 뜻으로 쓰고 있다.
10　 소식蘇軾의 사詞「수룡음水龍吟」중 "봄빛 세 푼 중에, 두 푼은 진토요, 한 푼은 유수
　　流水로다春色三分, 二分塵土, 一分流水"라는 구절이 있다.
11　 여러 가지 향료를 넣은 목욕물을 말한다.

두녀낭 : 어디로 데리고 가시는지요?

석 도고 : 매화관 안으로 갑니다.

두여낭 : 알겠어요, 관 먼지를 씻어준 것은,

오로지 고당관高唐觀 안에 내리는 비였군요.[12]

유몽매	하늘이 연지를 내려 주시니 볼에 한번 긋고서,
두여낭	님 따라 무덤 나와 떠나갑니다.
석 도고	내가 와서 구멍 판 것은 생각한 바 있어서라오,
유몽매	신령한 인연 맺고 싶지만 짧은 재주 부끄럽다네.[13]

---

12   고당관은 전국시대 초楚나라의 도관道觀으로, 양왕襄王이 이곳에서 무산巫山 신녀神
       女의 꿈을 꾸었다. 여기에서는 사랑하는 님인 유몽매가 구해주었다는 것을 말한다.
13   제1구 : 나은羅隱, 「매화梅」 중 "하늘이 연지 내려 한 줄 볼에 긋고, 쟁반에 수북하니
       「소매화」 곡조 서럽다天賜胭脂一抹腮, 盤中磊落笛中哀." 제2구 : 오오산삼부평본吳吳山
       三婦評本에서는 경순영景舜英의 시라고 하였으나, 『전당시全唐詩』에는 실려 있지 않
       다. 오봉추吳鳳雛 평주본에서는 사마찰司馬扎, 「낙수 건너는 공순을 배웅하며送孔恂入
       洛」 중 "낙양 고성에는 가을빛이 가득하니, 떠나시는 님 배웅하는 마음이야 어떠하리
       洛陽古城秋色多, 送君此去心如何"에서 유래한 것으로 보았다. 제3구 : 장호張祜, 「주 병
       조의 산중 거처에 부쳐題朱兵曹山居」 중 "내가 와서 구멍 뚫음은 뜻이 없지 않지, 그대
       집의 책 좀이 되고 싶다네我來穿穴非無意, 願向君家作壁魚." 제4구 : 반옹潘雍, 「갈씨 낭
       자에게贈葛氏小娘子」 중 "일찍이 선녀가 천태산 산단 말 듣고서, 신령한 인연 맺으렸
       지만 짧은 재주 부끄러웠네曾聞仙子住天台, 欲結靈姻愧短才."

제36척 혼인과 도피婚走

정淨 : 석 도고
단旦 : 두여낭
말末 : 진최량
외外 : 사공
축丑 : 부스럼머리

(정 석 도고가 단 두여낭을 부축하고 등장한다)

두여낭 :

【의난망意難忘】

웃는 듯 멍한 듯,

정이 끊어지지 않아 탄식했는데,

꿈 같은 세상이 다시 열렸구나.

석 도고 :

당신은 향香에 놀라 깨어 지옥을 떠나,

수레에 관을 실어 천태산天台山을 나왔습니다.[1]

두여낭 : 도사님,

나는 겨우 일어서 보지만,

힘없이 무너지니,

이 여린 몸을 다시 보살펴 주세요.

두여낭, 석 도고 :

아직도 의심스럽다네.

연기를 껴안는 것처럼 될까,

그림자를 품는 것처럼 될까.[2]

---

1 후한 때 사람 유신劉晨과 완조阮肇는 천태산에 들어가 선녀를 만나 반 년 동안 놀다가 귀가했는데, 산 아래 세상은 이미 10대가 지난 때가 되어버렸다고 한다. 『태평어람太平御覽』「지부地部」'천태산에 나온다. 여기에서는 저승에서 살아나왔음을 말한다.

2 춘추시대 오왕吳王 부차夫差의 딸 소옥小玉은 한중韓重을 사랑하였으나 이루지 못하고 죽었다. 삼년 후 한중이 그 소식을 듣고서 무덤에 가서 조문하였다. 소옥이 나타

두여낭 :

〔화당춘畫堂春〕

미인의 가을 원한 삼 년을 채웠더니,

꿈속 쓸쓸한 무덤에 햇빛이 비긴다.

흙 자국 얼룩덜룩한 낡은 치마,

잠 자느라 화장도 지워졌네.

석 도고 :

바람은 멎었어도 구름은 아직 두려워 하고,

꺼진 향에 불 붙이니 다시 향기 퍼지는구나.

귀신인가 곰곰이 생각해 보니,

틀림없이 고당高唐이로다.[3]

두여낭 : 도사님, 저는 죽은 지 삼 년 만에 사랑 때문에 다시 살아났습니다. 모두가 유랑과 도사님이 믿음으로 구해 주신 덕분입니다. 또 좋은 술과 맛있는 음식으로 때마다 보양하게 주셔서 며칠 지나니 조금씩 정신이 또렷해집니다.

석 도고 : 다행입니다. 수재님이 혼례를 올려 달라고 내게 여러 번 졸랐지요.

두여낭 : 도사님, 이 일은 아직 일러요. 양주揚州의 아버님 어머님께 여쭙고, 중매쟁이를 불러야 해요.

석 도고 : 참 한가한 말씀이네. 그건 아가씨 마음대로 하세요. 그런데 전생의 일을 모두 기억하겠어요?

두여낭 :

【승여화勝如花】

전생의 일이 기억나네요.

나 그에게 명주를 주었다. 소옥의 어머니가 그녀를 보고 안으려 하자 연기가 되어 사라졌다.

3   여기에서는 두여낭이 고당의 신녀처럼 환생하였다는 뜻이다.

봄에 마음이 아파 병이 들었고,

봄놀이 갔다가 꿈속 일을 견디지 못했고,

초상화를 그렸는데 그 분이 주워 가졌어요.

그 분이 머리에 이고서,

선녀 보듯이 보더니 눈이 멀었고,

관세음보살 부르듯이 불러 입도 비뚤어졌어요.

석 도고: 나도 들었다우. 아가씨는 땅속에서 어떻게 알았어요?

두여낭:

흙속에 묻혀 있었어도,

귀가 간질거렸답니다.

한 조각 지성에 감동되어,

죽은 채로 양대陽臺에 올랐다가,[4]

살아서 황천을 빠져나왔어요.

석 도고: 수재님이 와요.

(생 유몽매가 등장한다)

유몽매:

【생사자生査子】

아름다운 몸이 흙속에 오래 묻혀 있다가,

다시 이 번화한 세상으로 나왔구나.

보시오, 그는 웃음 머금고 금비녀 꽂고,

그 긴 치마끈을 흔들고 있다오.

(본다) 여보 여낭.

(두여낭이 부끄러워한다)

유몽매: 소저, 내가 굴속에서 그대를 일으켜 선녀로 만들었다오.

두여낭: 다시 살려 주신 은혜가 부모님보다 무겁습니다.

---

4 무산 신녀가 양대에 내려와 초 양왕을 모셨다. 다시 살아나기 전에 귀신의 몸으로
   유몽매와 밀회했음을 가리킨다.

유몽매 : 오늘밤 바로 부부가 되는 게 좋겠소.

두여낭 : 아직 몽롱한 정신이 다 돌아오지 않았습니다.

석 도고 : 아까는 정신이 또렷하다고 말하더니, 수재님을 속이는군.

두여낭 : 수재님께서는 옛 책에 "반드시 부모의 명과 매파의 말을 기다려야 한다"[5]라고 한 것을 기억하시지요?

유몽매 : 일전에 벽에 구멍을 뚫고 엿보는 짓은 하지 않고,[6] 애초부터 무덤을 파고 들어갔었지요. 소저는 오늘 또 책을 들먹이는구려.

두여낭 : 수재님, 예전과는 다릅니다. 전날 밤에는 귀신이었고, 오늘은 사람입니다. 귀신은 헛된 정을 줄 수 있으나 사람은 예를 다해 지켜야지요. 제 말씀을 들어 보세요.

【승여화勝如花】

황천이 닫혔다가,

한낮에 열렸습니다.

　(절을 한다) 수재님,

제 삼생三生의 절을 받으세요.

성혼하려고 해도 매파가 없습니다.

　(운다)

혼례는 고당高堂에 어른이 계셔야 합니다.

유몽매 : 혼인하고 존당尊堂을 찾아뵈면 하늘만큼 기뻐하실 것입니다. 매파가 필요하면 도사님이 하면 되지요.

두여낭 : 수재님은 왜 이리 서두르시나요?

5　『맹자孟子』「등문공滕文公」에 "부모의 명과 중매쟁이의 말을 기다리지도 않고, 담이나 벽에 구멍을 뚫어 서로 들여다보며, 담장을 넘어 서로 밀회를 한다면, 부모나 나라 사람들이 모두 천하게 여긴다不待父母之命, 媒妁之言, 鑽穴隙相窺, 逾牆相從, 則父母國人皆賤之"라는 구절이 있다.

6　『맹자』「등문공」에 "정당한 방법을 따르지 않고 벼슬하려고 제후를 만나러 가는 것은, 구멍을 뚫고 서로 들여다보는 것과 같은 따위의 짓이다不由其道而往者, 與鑽穴隙之類也"라는 구절이 있다. 두여낭이 『맹자』를 인용하여 말하자 유몽매도 같은 책의 내용을 인용하며 응대하는 것이다.

이미 몇 날 밤을 모셨습니다.

유몽매 : 오늘 밤은 어떤 밤인가?[7]

두여낭 :

이렇게 색을 밝히는 수재님이셨다니.

유몽매 : 소저는 장난꾸러기로군요.

두여낭 : (웃으며) 수재님이 장난꾸러기셔요.

저는 귀신 모습으로 야릇한 일을 하지는 않으렵니다.

유몽매 : 무엇 때문이오?

두여낭 : (부끄러워하며)

죽었다가 돌아왔으니,

운우 중에 놀랄까 두려워요.

이 사람이 살아 있기는 하지만,

반 년 동안 이 몸을 쉬게 해 주세요,

　　(등을 돌리고 혼잣말로)

나는 정회情懷를 좀 가라앉혀야 해.

　　(말 진최량이 등장한다)

진최량 :

【불시로不是路】

깊은 화원의 한적한 섬돌,

꽃 그림자는 쓸쓸히 푸른 이끼에 지는구나.

　　(문을 두드린다)

사람은 누가 있소?

진생陳生이 유 수재를 보러 왔소이다.

　　(모두 놀란다)

7　『시경詩經』「당풍唐風」, '주무綢繆'시에 "오늘 밤은 어떤 밤인가, 이 님을 만났네. 그
　　대여, 그대여, 이 님을 어이할까?今夕何夕, 見此良人. 子兮子兮, 如此良人何"라는 구절이
　　있다. 밤에 연인을 만난다는 뜻이다.

유몽매 : 진 선생이 왔구나, 어쩌면 좋지?

두여낭 : 도사님, 저는 피하겠습니다. (퇴장한다)

진최량 :

이상도 하구나,

어이하여 여인의 목소리가 창밖으로 나오나?

문을 세게 밀어도 열리지 않고.

  (다시 문을 두드린다)

유몽매 : 누구시오?

진최량 : 진최량일세. (문을 열고 인사한다)

유몽매 :

왕림해 주셨는데,

제 의관이 바르지 않아 응대가 늦었습니다.

진최량 :

어째 좀 이상하군요.

유몽매 :

무슨 이상할 것이 있겠습니까?

진최량 :

【전강】

천태산도 아닌데,

왜 바람결에 아리따운 목소리가 정원 너머 들리는지?[8]

  (정 석 도고가 등장한다)

석 도고 : 진 재장께서 오셨군요.

유몽매 : 진 선생 말씀이 안에서 아낙네 목소리가 들린다더니 바로 도
  사님이었군요.

---

8 한漢나라 때 유신劉晨과 완조阮肇가 천태산에 들어갔다가 길을 잃고 선녀들을 만난
   이야기를 말한다. 제10척 참고. 천태산에 온 것도 아닌데 선녀의 목소리가 들린다는
   것이다.

석 도고 : 맞아요,

　장생회長生會[9]가 있어서,

　연화관蓮花觀에서 젊은 여도사가 왔답니다.

진최량 : 며칠 전의 젊은 여도사 말이오?

석 도고 : 또 다른 사람입니다.

진최량 : 좋구나. 이 매화관이 흥성하니, 이것도 두 소저 명복의 소치요
　그래서 내일 낮에 찬합을 싸서 유 형과 무덤에 가서 놀까 약속하러
　왔소이다. 우선 물러갑니다.

　다른 모임은 없으니,

　오늘 아침에 약속해서 내일 아침에 만납시다,

　소저의 무덤에 술을 따라줍시다.

유몽매 :

　따라가겠습니다만,

　이 도사님이 아직 차를 우려내지 않아 기다립니다.

　곧바로 찾아뵙겠습니다.

진최량 :

　천천히 오시구려.

　　(퇴장한다)

유몽매 : 다행히 진 선생이 갔구나. 소저 나오시오, 드릴 말이 있으니.

　　(두여낭이 등장한다)

석 도고 : 이를 어쩌나, 어쩌지? 진 선생이 내일 아가씨 무덤으로 간다
　니. 일이 발각되면, 첫째, 아가씨는 요괴라는 이름이 붙을 것이고,
　둘째, 태수 나으리는 규수에게 예법을 가르치지 않았다는 말을 들을
　것이고, 셋째, 수재는 귀신에 홀렸다고 비난받을 터이고, 넷째, 나는
　도굴 죄를 뒤집어쓸 터이니. 어찌해야 좋을까?

9　도관에서 행하는 법사法事를 가리킨다.

두여낭 : 도사님, 어쩌면 좋아요?

석 도고 : 아가씨, 유 수재가 임안臨安으로 과거를 보러 가려고 하니, 급히 혼례를 올리고 부스럼머리에게 배를 구하게 하여 오늘 밤 안에 떠나서 자취를 감추시는 게 어떨지요?

두여낭 : 그렇게 해요.

석 도고 : 여기 술이 있으니 두 사람은 하늘과 땅에 절을 하세요.

(두 사람이 절을 하고 술잔을 잡는다)

유몽매 :

【유화읍榴花泣】

삼생에 한 번 만나,

이승에서 두 사람이 짝이 되었네.

합환合歡을 위해,

금 술잔을 들어 올리네.

무덤에서 받은 봄 술보다 이 새 술은,

마시자마자 사람 얼굴을 복사빛으로 만드는구나.

두여낭 : (슬퍼한다)

봄날에 상심하여 묻혀서는,

중산中山의 취한 이처럼 삼 년을 누워 있었어요.[10]

다만 한 가지,

---

10 중산의 취한 이는 유현석劉玄石이라는 사람을 말한다. 진晉나라 장화張華의 『박물지博物志』「잡설하雜說下」에 다음과 같은 일이 적혀 있다. "옛날 유현석이 중산의 주막에서 술을 샀다. 주막에서는 천일주를 주면서 절제하여 마시라는 말을 해주는 것을 잊었다. 집에 돌아와 취하니 가족들은 취한 줄 모르고서 죽었다고 여기고는 가매장을 하였다. 그후 주막에서 날을 세어보니 천일이 찼는데, 주인은 유현석이 술이 깰 때가 되었다고 생각했다. 유현석의 집에 가 보니 유현석은 죽은 지 삼 년이 되었고 이미 매장하였다고 하였다. 이에 관을 여니 주취에서 비로소 깨어났다. 세상에서 '현석은 술 마시고 한 번 취하여 천 일이라고 말하였다昔劉玄石於中山酒家酤酒, 酒家與千日酒, 忘言其節度. 歸至家當醉, 而家人不知, 以爲死也, 權葬之. 酒家計千日滿, 乃憶玄石前來酤酒, 酒向醒耳. 往視之, 云玄石亡來三年, 已葬. 於是開棺, 醉始醒. 俗云, 玄石飮酒, 一醉千日."

당신은 용 같고 봉황 같은 용모로,

어찌 이 토목 같은 몸과 짝이 되시겠나요?[11]

유몽매 : 어찌 그런 말을 하시오!

【전강】

만나고자 해도 길이 없었거늘,

좋은 밤에 의심을 하겠습니까?

잠을 잔 버드나무 한 그루는,

홰나무 세 그루와 같답니다.[12]

두란향杜蘭香[13]은 정말 서재에 있지만,

유기경柳耆卿[14]은 명사名士가 아니라오.

두여낭 : (탄식한다)

그윽한 자태에 마음 숨겼다가,

양기陽氣에 이끌려, 여자 무뢰배가 되겠구나.[15]

　　유랑, 저는 여전히 처녀랍니다.

유몽매 : 이미 여러 번 유회幽會가 있었거늘, 옥체에 어찌 흠이 없겠소?

두여낭 : 그 때는 귀신이었고 지금에야 제 몸으로 모십니다.

님을 모신 것은 혼백이었으니,

여인의 몸은 여전히 처녀랍니다.

　　(외가 사공으로 분장하여 노래를 부르며 등장한다)

11　땅에 묻힌 관에서 나왔기 때문에 토목 같은 몸이라고 한 것이다.

12　잠을 잔 버드나무 한 그루는 두여낭과 잠을 잔 유몽매를 말하고, 홰나무 세 그루 곧 삼괴三槐는 삼공三公 곧 고위 관직을 뜻하여 버드나무 곧 유몽매는 두여낭과 하룻밤 을 같이 보냈으니 높은 벼슬을 하는 것보다도 좋다는 뜻을 말한 것이다.

13　한漢나라 때의 여인으로 후에 선녀가 되었는데 장석張碩에게 나타나 부부가 되려 하였으나 끝내 이루지는 못하였다. 여기서는 두여낭을 가리킨다.

14　북송北宋의 사인詞人 유영柳永으로 후대의 소설과 희곡에서 풍류 인물로 묘사된다. 여기에서는 유몽매를 가리킨다.

15　남성에 고무되어 여성이 무뢰해졌다는 의미로, 남녀 간의 정사가 있었음을 뜻한다.

사공 :

　춘낭春娘은 술집에 가기를 좋아하여, 쯧,

　늦게 돌아갈까 겁내지 않고 걱정도, 쯧, 않네.

　그 집 마님 잠들었다 핑계 대고, 쯧,

　머물러 사내 머리 빗겨, 쯧, 준다네.[16]

　　(또 노래한다)

　추국秋菊이나 저 춘화春花도 가릴 것 없이,

　모두들 빈속에 차를 잘도 들이키네.

　일 없이 창고에 들어가게 하지 마시오,

　쓸데없는 물건 하나라도 가져간다네, 가져가.[17]

　　(축 부스럼머리가 등장한다)

부스럼머리 : 배, 배, 배가 왔습니다요, 임안 가는 배요.

사공 : 자, 자, 자. (배를 댄다)

부스럼머리 : 문 밖의 배는 상공이 아씨를 옭아 가는 배로구나.

석 도고 : (작별한다) 상공, 소저, 조심해 가세요.

유몽매 : 소저 시중을 들어줄 사람이 없으니, 도사님이 함께 가면 벼슬
　할 때 보답하리다.

석 도고 : 행장을 꾸리지 못했는데요. (뒤돌아서서 혼잣말로) 일이 발각되면
　연루될 터이니 줄행랑이 상책이지. (돌아선다) 좋아요. 상공께서는 저
　조카에게 무엇으로 보상하시렵니까? 조카더러 내 방을 챙기라고 하

16　당唐 이창부李昌符의 「비복시婢僕詩」 50수 중의 한 수를 약간 변형한 것이다. "춘낭
　은 술집 가기를 좋아하여, 늦게 돌아가는 것을 겁내지 않고 늘 머무르지 않았네. 그
　집 마님 누워계시다고 핑계를 대고서, 또 머물러 사내 머리 빗겨주려 하네春娘愛上
　酒家樓, 不怕歸遲總不留. 推道那家娘子臥, 且留教住待梳頭."

17　역시 이창부의 「비복수」 중 한 수를 약간 변형한 것이다. "추국이나 춘화나 가릴 것
　없이, 모두들 빈속에 차를 잘도 들이키네. 일없이 창고에 들어가게 하지 마시오, 쓸
　데없는 물건 하나라도 가져가려고 할테니不論秋菊與春花, 個個能嗜空肚茶. 無事莫教頻
　入庫, 一名閑物要些些." 춘낭, 추국, 춘화 등은 모두 노비의 이름으로 그들을 우스개로
　삼아 지은 시이다.

고, 나는 아가씨를 따라 가겠습니다.

부스럼머리 : 그러지요.

유몽매 : 이 옷을 주리다. (옷을 벗는다)

부스럼머리 : 고맙수. 일이 발각되면 누가 감당합니까요?

유몽매 : 모른다고 잡아떼면 되네.

부스럼머리 : 그러면 떠나시지요.

대머리를 길동무 삼을 만하거늘,
여도사가 몸종이 되는구나.[18]

(퇴장한다. 나머지 사람들은 모두 배에 오른다)

두여낭, 유몽매, 석 도고, 사공 :

【급판령急板令】
남안 땅을 이별하고 홀배 밤에 떠나가서,
임안을 향해 부부가 함께 달려가네.

(두여낭이 슬퍼한다)

유몽매 : 무엇 때문에 눈물을 흘리시오?

두여낭 :

여기서부터 하늘 끝,
여기서부터 하늘 끝입니다.
여기에서 삼 년을 살았고,
여기에서 삼 년을 묻혔어요.
죽어서 못 돌아왔고,
살아나서야 비로소 돌아왔어요.

두여낭, 유몽매, 석 도고, 사공 :

오늘 밤은 무슨 밤인가?
이제야 혼은 끊어지지 않고,

---

18   부스럼머리 자신이 함께 가고 싶은데 석 도고가 모시고 가게 되었다는 뜻이다.

마음은 기쁘다네.

유몽매:

【전강】

천녀倩女처럼 혼이 돌아와,[19]

되살아난 부용꽃 따서 함께 배를 탔다네.

(두여낭이 탄식한다)

유몽매: 무엇 때문에 또 눈물을 흘리시오?

두여낭:

홀로 누구에게 기댈까,

홀로 누구에게 기댈까나?

검푸른 향주머니와,

진흙 묻은 금비녀 뿐이네.

천상이나 인간세상 모두,

마음이 통하기란 어려워요.

두여낭, 유몽매, 석 도고, 사공:

오늘 밤은 무슨 밤인가?

이제야 혼은 끊어지지 않고,

마음은 기쁘다네.

석 도고: 밤이 깊었으니 배를 세웁시다. 두 분은 주무세요.

유몽매: 바람 불고 달 비치는 배 안이라, 신혼의 아름다운 정취, 그 즐거움이 어떠한가!

【일촬도一撮掉】

남교역藍橋驛[20]에서,

---

19 천녀는 당唐 전기傳奇소설 「이혼기離魂記」의 여주인공이다. 연인 왕문거王文擧가 과거 보러 장안으로 가자 육신은 쓰러져 눕고, 혼이 빠져 나와 그를 따라 장안으로 간다. 왕문거가 과거에 급제한 후 함께 고향으로 돌아와 혼이 육신에 들어가서 깨어나고, 두 사람은 혼인한다.

20 서생이 선녀를 만나 신선이 되었다는 장소이다. 당 전기소설 「배항裴航」을 보면, 주

내하교^{漆河橋}의 사랑²¹을 털어내네.

두여낭: 유랑, 오늘 비로소 인간 세상의 즐거움을 알았습니다.

칠성판^{七星板}에,

삼성^{三星}이 비치니,

두 별이 나란히 있게 되었네.²²

　오늘밤은,

몸을 지니고,

정을 발산하며,

마음을 기댈래요.

석 도고:

강물을 건널 때,

옷 띠는 꼭 붙잡고,

마음은 풀어요.

유몽매:

검은 눈썹 찡그린 모습을,

작은 배에 무겁게 싣지 마시구려.

이 기쁜 잠자리를 마음껏 즐기리니,

저승보다 얼마나 좋은가.

인공 배항은 남교역에서 선녀 운영^{雲英}을 만나 곡절 끝에 신선이 된다.

21　내하교는 악인^{惡人}이 죽은 후에 그 혼이 건너가는 다리로, 매우 험하여 악인을 다리 아래로 떨어뜨려 벌레들의 밥이 되게 한다고 한다. 내하교의 사랑은 두여낭이 귀신일 때 유몽매와 밀회한 것을 말하고 이제는 회생하였으니 사람과 귀신 사이의 사랑은 하지 않게 되었다는 뜻으로 쓰이고 있다. 제23척 참고.

22　칠성판은 죽은 사람을 뉘어 놓는 관 속 시신 밑에 까는 널빤지로, 여기에 북두칠성을 형상하여 일곱 개의 구멍을 뚫었다. 삼성은 28수 가운데 심수^{心宿}로, 남녀의 만남을 상징하는 별자리이다. 『시경』「왕풍^{王風}」'주무^{綢繆}' 시의 첫 부분에 "땔나무 다발을 묶어놓고 나니, 삼성이 하늘에 반짝이네. 오늘 저녁이야말로 우리 님을 만났네綢繆束薪, 三星在天, 今夕何石, 見此良人"라는 구절이 있다. 두 별은 견우성과 직녀성을 말한다. 두여낭이 죽었을 때 사랑의 별빛이 비치게 되어 두 사람이 마침내 짝이 되었다는 뜻으로 쓰였다.

【미성】

한 점 정이 있으니 무생경無生境에 못 이르네.[23]

두여낭 :

외로운 무덤 위의 나의 망부대望夫臺는 어디에 있었던가?[24]

　유랑이여, 나와 당신은,

죽음에서 생을 건져 올렸으니 정이 바다와도 같아요.

유몽매	몰래 갈 때는 달 아래 움직여야 하고,
석 도고	좋은 바람은 아름다운 기약을 보내 주는 듯.
두여낭	옆 사람은 조각배 띄운 뜻을 모르니,
석 도고	오직 새 사람만이 자세히 알지.[25]

---

[23] 　무생경은 불교에서 말하는 생멸의 윤회를 벗어난 해탈의 경지이다. 정이 남아 있어서 회생하게 되었다는 뜻이다.

[24] 　유몽매를 기다리던 곳이므로 망부대라고 말했다.

[25] 　제1구 : 오융吳融, 「고 시어가 피 박사의 연못 백련을 언급하므로 한 수를 지어 박사에게 보내고 아울러 바침高侍御話及皮博士池中白蓮因成一章寄博士兼奉呈」 중 "보니 분명 구름 속에서 떨어진 것, 훔쳐 가려면 달 아래서 옮겨야 하리看來應是雲中墮, 偸去須從月下移." 제2구 : 육구몽陸龜蒙, 「중추대월中秋待月」 중 "둥글어진 서리 바퀴 느릿느릿 떠오르고, 좋은 바람은 좋은 시절 전송하는 듯轉缺霜輪上轉遲, 好風偏似送佳期." 제3구 : 장빈張蠙, 「범려의 옛 집을 지나며經范蠡舊居」 중 "남들은 조각배 띄운 뜻을 모르니, 부질없는 삶 웃으며 오호에 떴어라他人不識扁舟意, 卻笑輕生泛五湖." 제4구 : 대숙륜戴叔倫, 「무주에서 심문당하고 설원되어 태축 육우陸羽에 답함 3수撫州被推昭雪答陸太祝三首」의 제1수 중 "지금 비방이 일어나 연루되니, 오직 새사람만이 자세히 안다네如今謗起翻成累, 唯有新人子細知."

제37척 도굴 발견 駭變

말末 : 진최량

(말 진최량이 등장한다)

진최량 :

[집당集唐]

바람은 머리칼도 날리지 못하고,

봄날 성城에서 읊조리는데 풀은 늦게만 자라네.

인생 백년이 온통 꿈이러니,

밤새 비바람에 서시西施를 묻었구나.[1]

　나는 진최량입니다. 두 태수의 은덕에 감격하여 그분 대신 두 소저의 무덤을 돌보았는데, 어제 유 수재와 함께 무덤에 가보기로 약속했으니 지금 떠나야겠습니다. (길을 간다)

암굴巖窟 문 열린 곳에 구름 오래 머무르고,

후원後園 길엔 매파 다니지 않아 풀색 절로 깊구나.

　문을 두드려 보아야겠다. (문을 두드린다) 음? 전에는 문이 꼭 닫혀 있었는데, 오늘은 이렇게 다 열려 있네. 성령聖靈께 절부터 올리자. (보살에게 절하려다가 바라보고) 어? 싸늘한 것이 향도 없고 등불도 없구나. 응? 어찌 두 소저의 신위가 안 보일까? 석 도고에게 물어 보아야 겠다. (세 번 부른다) 속가俗家에 간 모양이로구나. 유 형을 불러 물어

1　제1구: 옹도雍陶, 「백로 한 쌍詠雙白鷺」 중 "백로 한 쌍이 물 가득한 연못 좋아할 텐데, 바람에도 움직이지 않고 머리털이 늘어져 있구나雙鷺應憐水滿池, 風飄不動頂絲垂." 제2 구: 주경여朱慶餘, 「스님을 찾아가다尋僧」 중 "봄날 성에서 읊조리자니 풀은 늦게 자라 고, 날은 맑아 자색 누각에 스님 뵈러 갔다네吟背春城出草遲, 天晴紫閣赴僧期." 제3구: 원진元稹, 「백낙천의 '추흥견증'에 화답함酬樂天秋興見贈」 중 "필경 인생 백년 꿈과 같 으니, 나이 많으면 무어 다르고 적으면 어떤가畢竟百年同是夢, 長年何異少何爲." 제4구 : 한악韓偓, 「꽃을 슬퍼하며哭花」 중 "마음이 있다면 어찌 울지 않으랴, 밤새 비바람에 서시를 묻었구나若是有情爭不哭, 夜來風雨葬西施." 서시는 월나라의 미인이다. 여기에서 는 꽃을 비유하여, 서시를 묻었다는 것은 꽃이 졌음을 뜻한다.

보아야겠다. (유몽매를 부른다) 유 형! (다시 부른다) 유 선생! 대답이 없네. (무언가를 보면서) 아, 유 수재가 떠났구나. 병이 나은 모양이네. 올 때도 인사가 없더니 갈 때도 그냥 가버렸구나. 예의범절이라고는 하나도 없는 사람 같으니라고! 서쪽 방은 어떤지 봐야겠다. 아이고, 석도고도 짐을 싸서 나갔나보다. 경쇠며 솥이며 침구가 다 없어져버렸네. 이상하도다! (생각에 잠겼다가) 그렇군. 일전에 소도고가 무슨 말을 했고, 어제도 소도고의 소리를 들었으니, 필시 유몽매가 무슨 일을 벌인 게야. 밤중에 떠나가 버리다니, 예법도 없는 자로다! 그 사람 짓이야! 후원의 두 소저 무덤으로 가 보자. (걸어간다)

【나화미懶畫眉】

깊숙한 정원에 이르는 길섶에는 이끼 핀 지 오래고,

저기 저 달구경하고 바람 쐬던 정자는 닫힌 지 오래구나.

그때 이곳에서 소중한 아가씨를 묻었지.

　(바라보며) 어? 예전에는 봉분이 솟아 있었는데, 지금은 평평해졌네?

어찌하여 무덤이 보이지 않을까?

여우 토끼가 구멍을 내어 무너졌나?

　이 태호석은 왼쪽으로 조금 기울어지기만 했고 매화나무는 예전 그대로인데. (놀라며) 아아! 소저의 무덤이 도굴되었구나.

【조천자朝天子】

　(놀라며) 소저! 맙소사!

어떤 매정한 죽일 놈이 무덤을 팠나?

얼마나 많은 보석을, 눈독 들이는 놈들 앞에서 묻었던가!

　아가씨, 일찍 시집을 가셨더라면 시댁으로 가져갔을 물건들인데.

옥경대玉鏡臺로 저승길 비출 연분도 없었으니,[2]

2　옥경대는 진晉나라 온교溫嶠가 사촌누이와 혼인하기 위해 예물로 준 경대鏡臺이다. 두여낭이 혼인하지 못하여 옥경대 같은 예물도 받지 못한 채 세상을 떠난 것을 슬퍼한 것이다.

얼마나 외로웠을까!

뱀과 나무가 해골을 뚫을까만 걱정했지,

이런 재앙은 생각지도 못했다네.

　알겠다. 유몽매는 영남 사람이라 도굴을 잘 했을 것이야. 관재棺材를 근처에 두었다가, 한쪽 귀퉁이를 잘라내어 표시를 해 두었을 거야. 관을 찾는 사람에게 돈을 받고 내어 주려고 말이지. 이 도둑놈은, 두杜 노선생이 이 일을 아시면 반드시 찾아와서 돈을 내고 찾아갈 것이라고 생각했겠지. 관은 이 근처에 묻었을 거야. 내가 찾아 보아야겠다. (본다) 아이쿠, 이 풀섶 속에 있는 것이 주칠硃漆한 널빤지가 아닌가? 녹슨 못이 빠져 있잖아? 맙소사! 소저의 유골을 어디에 버렸나? (바라보며) 저 연못에도 널이 하나 떠 있구나. 그래, 소저의 시신을 연못에다 버렸구나. 흉악한 도적놈!

【보천락普天樂】

하늘이시여,

왜 저 곤명지崑明池를 파내듯이 남은 것이 없습니까?[3]

쇄골관음鎖骨觀音에게 사슬을 빚지지도 않았는데,[4]

어찌하여 저 수월관음水月觀音[5]의 뼈를 버리셨는지?

연꽃 같은 뺨에서 눈물 흘러 붉은 꽃잎을 얼룩지게 하더니,

그녀는 검은 달이 다시금 업보의 바다에 떨어진 것만 같습니다.[6]

3　한 무제 때 장안의 곤명지를 팠는데 검은 흙이 나와서 방사에게 물어보니 겁회劫灰라고 하였다. 겁회는 세계가 타고 남은 재이다. 여기에서는 관을 다 부수고 시신까지 없앴다는 뜻을 나타낸다.

4　『태평광기太平廣記』 권101 「연주부인延州婦人」에 나오는 고사이다. 어떤 여자가 죽자 한 서역의 승려가 그 무덤에 절을 하면서 무덤의 주인이 '쇄골보살'이라고 하였다. 사람들이 묘를 파헤쳐 보니 온몸의 뼈가 모두 사슬처럼 얽혀 있어서 승려의 말과 같았다. 두여낭은 쇄골관음이 아니니 무덤을 파 볼 이유가 없다는 뜻이다.

5　수월관음은 물속에 비친 달을 바라보는 관음의 형상이다. 사람의 용모가 맑고 빼어남을 비유하는 말로 썼고, 여기에서는 두여낭의 아름다운 모습을 가리킨다. 제28척 참고.

6　검은 달은 보름이 지나 이지러져 가는 달을 말한다. 여기에서는 이미 한번 죽은 두여낭이 마치 이지러져 가는 달처럼 다시 연못에 던져진 듯하다는 뜻이다.

수차水車로 연못의 물을 모두 퍼내어 뼈를 건져야겠다.

물결이 모래 휩쓸어 옥을 부수니 흐름을 분간할 수 없구나.

차라리 수장水葬하여 찾을 수 없는 편이 나았을 것을.

도둑놈의 눈은 나면서부터 악독하다 했으니,

어찌 여인을 아끼고 어여쁘게 여겼겠는가,

목숨 걸고 재물이나 탐냈겠지!

선사先師께서 이르시기를, "호랑이나 외뿔소가 우리에서 뛰쳐 나오거나 거북이나 옥이 함 속에서 훼손된다면 지키는 자는 그 책임을 면할 수 없다"[7]고 하셨지. 먼저 남안부에 가서 그놈을 체포하라고 고발하고, 밤을 도와 회양淮揚으로 가서 두 노선생께 알려 드려야겠다.

【미성】

석 도고 이 여편네는,

무덤 속에서 금구슬을 보았겠지.[8]

유몽매는,

무덤 파서 주周나라 책 꺼낸 급군汲郡 사람과 같은 짓을 했구나.[9]

소저는 알리라. 그놈이 왜,

금은보화에 눈이 어두워 남의 집을 터는 도둑놈이 되었는지를.

무덤 파내어 벼슬길 얻으려 했으니,

봄풀만 무성하고 무덤은 없네.

그대는 허물 없고 내 죄 때문이니,

흉악한 무리들이 멋대로 잠자고 술 마셨구나.[10]

---

7 『논어』「계씨季氏」의 구절과 주희朱熹의 주석을 뒤섞어 인용하고 있다.

8 석 도고가 두여낭이 죽을 때 염을 했으므로 관 안에 패물이 부장되어 있는 것을 알았을 것이라는 뜻이다.

9 진晉나라 급군汲郡의 부준不準이라는 사람이 위 양왕魏襄王의 묘를 파서 주周나라와 진秦나라 때의 고서古書를 많이 얻었다고 한다. 여기에서는 유몽매가 무덤을 파낸 일을 빗대고 있다.

10 제1구: 한유韓愈, 「광창관에 부치다題廣昌館」 중 "무덤은 파헤쳐져 대로에 널렸으니, 어디가 근친 계신 남양 땅인가丘墳發掘當官路, 何處南陽有近親." 제2구: 백거이白居易, 「나부수羅敷水」 중 "꽃다운 혼백 어여쁜 뼈는 어디에 있는가, 봄풀은 아득하니 무덤조차 없구나芳魂豔骨知何處, 春草茫茫墓亦無." 제3구: 한유, 「작년 형부시랑에서 죄를 얻어 조주자사로 폄적되어 역마를 타고 부임하다가 후에 가족도 쫓겨나 어린 딸이 길에서 죽어 층봉역 옆 산 아래 묻었으며, 은혜 입어 조정으로 돌아오다가 그 무덤에 들렀다가 역의 들보에 써서 남기다去歲自刑部侍郎以罪貶潮州刺史乘驛赴任其後家亦小女道死殯之曾峰驛旁山下蒙恩還朝過其墓留題驛梁」 중 "너는 무고하지만 내 죄 때문이니 백년을 슬퍼하며 난간에서 눈물 흘리노라致汝無辜由我罪, 百年慚痛淚闌干." 제4구: 승자란僧子蘭, 「장안의 봄을 슬퍼함長安傷春」 중 "서리 내린 봄 꽃 하나 없는데, 미친 듯 놀고 마구 마시는 이들 모두 흉악한 무리들이라霜隕中春花半無, 狂遊恣飮盡凶徒."

제38척 이전의 공격 淮警

정淨 : 이전
노단老旦 : 전방箭坊
축丑 : 양낭낭

(정 이전이 부하들을 데리고 등장한다)

이전 :

【상천효각霜天曉角】

영웅이라 출중하니,

북소리 울리고 붉은 깃발 휘날리도다.

삼 년 입은 갑옷은 너덜너덜,

검을 두드리며 안장 위에서 고삐 당기네.

도적 가운데 호걸은 이전李全이라,

오랑캐 천자께 충성을 바친다네.[1]

천연의 참호인 장강長江을 발끝으로 걷어차며,

강남 땅 굳건하지 못함을 비웃노라.

　나 유금왕溜金王은 대금大金의 명을 받들어 강회江淮 땅을 3년 동안 유린했소. 듣자 하니 금나라가 병사와 군량을 모아서 곧 남방을 정벌하려고 나에게 회양淮揚 길을 뚫게 한다니, 천방賤房[2]을 모셔다가 상의를 좀 해야겠소이다. 중군관中軍官[3]은 속히 모셔 오라.

군사들 : (큰소리로 외친다) 대왕께서 전방箭坊을 부르신다!

　(노단이 전방으로 분장하여 화살을 들고 등장한다)

전방 : 화살을 다 만들었습니다.

이전 : (웃다가 화를 낸다) 개자식 같으니라고! 무슨 말을 하느냐?

---

[1] 오랑캐 천자는 금나라 황제를 가리킨다.

[2] 천방은 자신의 부인을 낮추어 부르는 말이다. 이 명령을 들은 군사들은 발음이 같은 전방箭坊 곧 화살 제조 병사를 부르라는 말로 오해하는 우스개 장면이 이어진다.

[3] 명대 총독總督, 순무巡撫의 시종무관을 말한다. 여기에서는 이전이 임의로 임명한 군관이다.

전방: 대왕께서 전방을 모셔 와서 상의한다고 말씀하셨습니다.

이전: 바보같은 소리로다! 양낭낭을 불러오라고 했지, 네 놈 전방을 부르라고 했더냐?

전방: 양낭낭은 대왕의 천방이고, 소인도 전방이옵니다.[4]

   (이전이 호통을 친다. 축 양낭낭이 등장한다)

양낭낭:

【전강】

군영 깊은 곳에,

압채 부인壓寨夫人[5]의 계략이 뛰어나지.

   (인사한다) 대왕, 일어나셨군요.

지난 밤 싸움은 정말이지 사나웠습니다.

저의 개심垓心[6]을 봉할 수 없을 정도로 힘들었지요.

   대왕 여보, 저는 실컷 잤습니다. 날 불러서 무슨 일을 의논하시려고요?

이전: 금나라 황제께서 남하하시는데, 날더러 회양을 쳐서 원정길을 트라고 하셨다 하네. 그러나 양주는 안무사 두보가 지키고 있어서 참으로 난공불락이니, 이를 어찌하면 좋겠는가?

양낭낭: 소녀의 생각에는 먼저 회안淮安을 포위하면 분명 두 안무가 원군을 보내올 것입니다. 이때 우리는 군사를 나누어 양주로 진격하여 허리를 끊어버리면 성공할 것입니다.

이전: 훌륭하다, 훌륭해! 부인의 계책에 나도 두렵네.

양낭낭: 언제는 나를 겁내지 않았던가요?

이전: 그만 두세. 왕호王號를 받지 못했을 때는 공처가 강도였지만, 왕이 된 후로도 공처가 왕이로다.

---

4 천방과 전방은 중국어 발음이 '젠팡'으로 같다.
5 압채 부인은 군영 내 최고 장수의 부인을 말한다.
6 개심은 겹겹으로 포위된 가운데 장소를 말하는데, 여기에서는 여성의 국부를 비유한다.

양낭낭: 그만 하세요 얼른 군사를 일으켜 회안성을 치러 갑시다.

이전:

【금상화錦上花】

깃발의 방향을 바꾸어 휘두르고,

선봉이 앞서 나가라.

수천 병사 줄지어 가고,

수만 군마 치달려 나가라.

둥둥 북을 울려서,

둥둥 북을 울려서,

저 회양 땅을 뒤흔들어 버려라!

군사들:

【전강】

군중의 암호랑이가,

위풍도 당당하구나.

연환계連環計[7]의 기세를 몰아,

여인의 힘으로 휘어잡았구나.

하하하,

하하하,

크게 웃어 회양 땅을 뒤흔드네.

양낭낭: 유금왕은 제 말씀을 들어주세요 군사들이 도착하면 부녀자를 한 명도 건드리지 말라고 하세요. 만약 군명을 어기면 군법으로 처단하세요.

이전: 어찌 감히 어기겠는가.

---

7   한나라 왕윤王允이 미녀 초선貂蟬을 여포呂布에게 주기로 약속하고 그녀를 다시 동탁董卓에게 바침으로써 여포와 동탁 사이를 이간질시켜 여포로 하여금 동탁을 죽이게 한 이야기를 가리킨다. 여기에서는 양낭낭의 계책을 가리키는 말로 쓰고 있다.

양낭낭	해 지는 옛 전장에 모래바람 불어오고,
이전	군영 사람들은 여인의 치장을 흉내내네.
군사들	오늘은 붉은 깃발 아래 부하들을 이끌고,
군사들	황금 봉황 장식의 쪽찐 머리를 가다듬으시네.[8]

---

8 제1구: 왕창령王昌齡, 「종군행從軍行」 중 "변성의 느릅나무 잎은 진작 시들어버렸고,
해가 진 옛 전장에는 구름 모래 아득하다關城楡葉早疏黃, 日暮雲沙古戰場." 제2구: 사공
도司空圖, 「노래歌」 중 "곳곳에 정자며 누각은 다 무너졌고, 군영 사람들은 여인의 화
장법을 배우는구나處處亭臺只壞牆, 軍營人學內人妝." 제3구: 장건봉張建封, 「한유 '타구
가'에 화답함酬韓校書愈打毬歌」 중 "나는 본래 붓 잡고 글쓰는 사람이었지만, 오늘은
붉은 깃발 아래에서 부하들을 거느리고 있네僕本修文持筆者, 今來帥領紅旌下." 제4구:
조당曹唐, 「두란향이 장석에게 시집가다玉女杜蘭香下嫁於張碩」 중 "남은 정 다시 말하
니 어찌 그리 소중한가, 황금 봉황 장식한 쪽찐 머리 가다듬네遣情更說何珍重, 擘破雲
鬢金鳳凰." 양낭낭의 위세가 큼을 말하고 있다.

제39척 항주로 가다 如杭

생生 : 유몽매

단旦 : 두여낭

정淨 : 석 도고

(생 유몽매가 등장한다)

유몽매 :

【당다령唐多令】

해월海月 조개[1]는 먼지에 묻히지 않았으니,

(단 두여낭이 등장한다)

두여낭 :

새로 단장하려고 경대에 기대네.

유몽매 :

전당강錢塘江[2] 물결 일으키는 바람이 서재에도 몰아치는구나.

두여낭 : 여보,

어젯밤 천향天香[3]이 구름 밖에서 퍼져오더니,

계화桂花가 달 속에 피었네요.

유몽매 :

부부가 나그네라 시름 풀기 어렵구나,

두여낭 :

제호提壺 새[4] 불러다가 술 한 잔 하세요.

유몽매 :

성난 강 물결은 설원雪原처럼 아득하고,

---

1 해월은 바다조개 종류인데, 여기에서는 거울을 비유한다. 해월 조개는 껍데기가 얇
   고 투명하여, 빛이 들어오게 문이나 창문 또는 천장에 쓰여 창문 역할을 하였다.
2 임안 즉 오늘날의 항주 남쪽을 흐르는 강이다.
3 계화 향기를 말한다.
4 사다새 곧 펠리컨이다. 원명은 '제호鵜鶘'이며, '제호로提胡蘆', '제호로提葫蘆'라고도
   한다. '제호로'는 술을 사기 위해 술병을 든다는 뜻이다. 제8척 참고.

두여낭 :

우문禹門[5]에 청천벽력이 울리듯 하네.

유몽매 : 당신과 나는 서로 의지하며 서울 임안에 와서, 이 빈 방을 빌어 글공부를 할 수 있게 되었지. 시험 날짜가 멀지 않았으나 나그네 시름이 갈수록 깊어지니 어찌하면 좋겠소?

두여낭 : 아침에 석 도고에게 부탁하여 술 한 병 사 와서 낭군님 시름을 조금이나마 풀려고 하는데 아직 돌아오지 않네요.

유몽매 : 번거롭게 했구려, 낭자. 미처 말하지 못했지만, 처음에는 당신을 서쪽 이웃의 여인이라고만 말했지, 저승을 감동시켜 갑작스레 부부가 될 줄은 생각지도 못했다오. 여기까지 오면서도 지금까지 소저에게 묻지 않았지만, 정말로 소생을 도관의 서쪽에서 만났소? 무엇 때문에 시에서 '매화나무 아니면 버드나무 옆'이라고 하여 소생의 성명을 말했소? 이 신통함은 도대체 어인 일이오?

두여낭 : (웃으며) 유랑, 제가 당신을 도관 서쪽에서 보았다는 말은 거짓입니다. 저는 전생에,

【강아수江兒水】

우연히 화원에서 당신이 꿈에 나타나서는,

버들가지 들고서 제게 시를 지으라 하셨어요.

　저는 시를 지으며 당신과 함께 모란정으로 갔답니다.

유몽매 : (웃으며) 그래, 잘 되었소?

두여낭 : (웃으며) 휴, 한창 좋을 때에 떨어지는 꽃잎에 놀라 깨었어요. 그 후로는 정신이 불안해지고 시름시름 병을 앓았답니다.

　총명한 이가 도리어 총명한 이에게 얽히고,

5　황하의 용문龍門을 말한다. 하夏나라의 우禹임금이 뚫은 것으로 전해진다. 물고기가 용문을 뛰어오를 때 번개가 쳐서 물고기 꼬리를 태우면 그 물고기는 용이 될 수 있다고 믿었다. 용이 된다는 것은 과거 급제하는 것을 말하니, 여기에서 '등용문'이라는 말이 나왔다.

진심과 정성으로도 진심과 정성을 얻을 수 없었으며,

원망과 사랑으로 원망과 사랑의 업보를 만들었지요.

한 점 색정을 이기지 못해,

다시 세상 사람이 되었으니,

이야기가 두 갈래로 나뉘어진답니다.[6]

유몽매 :

【전강】

이야기를 들으니 얼이 빠지지만,

나는 사랑에 빠진 바보이니 그대가 사람임을 믿었소.

다만 음탕하다 하여 저승 관부官府의 질책을 부를까 두렵고,

무덤 파서 음양계陰陽戒를 범한 것일까 꺼려졌지만,

이 서생은 저승 사람의 사랑을 받아들였소.

그대의 육신을 손상 없이 꺼냈으니,

흙에서 나와 사람이 되어,

다시 이 도성의 풍광을 보시는구려.

    (정 석 도고가 술을 들고 등장한다)

석 도고 :

길은 단봉성丹鳳城 옆을 지나가서,

술을 금어관金魚館에서 샀다네.[7]

    아이고, 내가 강가에서 술을 사는데 각지의 수재들이 모두 과거
장으로 가더군요. 상공은 하늘 같이 큰일을 그르치겠어요

    (유몽매와 두여낭이 서두른다)

두여낭 : 상공, 빨리 떠나셔야 하겠습니다.

석 도고 : 이 술이 바로 장원홍狀元紅[8]이 되겠군요.

---

6   소생하여 두 번째 삶을 시작하게 되었다는 뜻이다.

7   당 은요번殷堯藩의 시 「춘유春遊」 중 "길은 단봉루 앞을 지나가서, 술을 사러 금어관
     에 간다네路從丹鳳樓前過, 酒向金魚館裏賖"라는 구절이 있다.

두여낭 : (술을 들고)

【소조대小措大】[9]

하룻밤 은애恩愛에 기뻐하다가,

공명功名이라는 두 글자에 정신이 번쩍 깨었습니다.

회포를 풀기에 좋은,

이 어주御酒 세 잔을 드세요,

꽃, 대나무, 사람, 달의 넷 중에 사람과 달이 있습니다.[10]

오경五更에 조문朝門 밖에 말을 세워두고,[11]

여섯 거리 떠들썩한 사람 소리를 들으실 거예요.[12]

일곱 걸음 걷는 사이에 시 짓는 재능으로,[13]

광한궁廣寒宮의 팔보대八寶臺에 오르시고,[14]

구중궁궐의 봄 경치에 흠뻑 취하셨다가,

십리 꽃을 보며 돌아오세요.[15]

---

8   장원홍은 술의 이름이다. 여기서는 유몽매의 장원급제를 기원하는 술이라는 뜻으로
    사용하였다.

9   1에서 10까지의 숫자를 이용하여 유몽매의 과거급제와 금의환향을 기원하는 내용의
    노래이다.

10 꽃, 대나무, 달, 사람은 사선연四嬋娟 곧 네 가지 아름다운 사물을 말한다. 당 맹교孟
    郊, 「선연편嬋娟篇」중 "아름다운 꽃들이 봄 샘물에 떠오르고, 아름다운 대나무들이 새
    벽안개에 덮여있는데, 아름다운 기녀들은 영원히 예쁘지 않을 것이요, 아름다운 달
    은 정말이지 가련하다네花嬋娟泛春泉, 竹嬋娟籠曉煙, 妓嬋娟不長妍, 月嬋娟眞可憐"라는
    구절이 있다.

11 오경은 새벽 3시에서 5시 사이의 이른 시각이다. 새벽에 과거장 입구에 말을 세워두
    고 들어가서 시험을 치를 것이라는 뜻이다.

12 당송 시대의 도성에는 중심가의 좌우에 여섯 거리 곧 육가六街가 있었다고 한다.

13 조조曹操의 셋째 아들 조식曹植은 시재詩才가 뛰어났는데, 왕이 된 형 조비曹丕의 눈
    밖에 나서 일곱 걸음을 걷는 동안에 시를 지으면 살려주고 그렇지 못하면 죽일 것
    이라는 말을 듣고, 일곱 걸음만에 시를 지어 죽음을 면했다고 한다. 유의경劉義慶의
    『세설신어世說新語』에 나온다.

14 광한궁은 달을 말한다. 계수나무 가지를 꺾는 것을 장원급제를 뜻하는 말로 썼는데,
    계수나무는 달에 있으므로, 달에 있는 팔보대에 오르는 것은 장원급제를 가리킨다.

15 십리 꽃은 장원급제자가 유가遊街하며 구경하는 꽃이다.

유몽매 :

【전강】[16]

십 년 동안 창 아래 있었으니,[17]

아흐레 추운 날에 매화가 필 것이네.[18]

지아비 부귀하고 지어미 영화로울 팔자라네.

칠향거七香車[19]에 당신을 편히 태워,

육궁六宮[20]에서 선포하여 황후께 절 올리게 하겠네.

오화고五花誥[21]로 당신을 책봉해도 분수에 넘치지 않으리라.

당신의 사덕四德[22] 또한,

당신의 그 삼종지도三從之道[23]처럼 잘 이루어질 것이라네.

두 손가락 크기 금색 글씨로 희소식 알리고,

한 대 검은 덮개 수레를 몰아오리다.[24]

두여낭 : 아, 초상화의 싯귀가 기억납니다.

【미성尾聲】

오늘 아침 당신 섬궁객 옆에 있게 되었으니,

당신은 저를 위해 힘을 내셔서 금계金階에서 대책對策을 잘 쓰세요.[25]

급제하면 당신의 장인 장모님을 함께 찾아가서,

16　　10에서 1까지의 숫자를 활용하여 과거에 합격하겠다는 다짐을 표현하는 내용이다.

17　　오랫동안 힘들게 공부한 것을 말한다.

18　　일 년 중 가장 추운 아흐레 동안에 매화가 피는 것을 말한다. 과거에 급제하겠다는 희망을 나타낸 것이다.

19　　귀부인이 타는 수레이다.

20　　황후의 거처이다.

21　　오색 비단으로 만든 부인 책봉 명령장이다.

22　　부인이 갖추어야 하는 덕행, 언행, 용모, 일 등의 네 가지를 말한다.

23　　여자는 시집가기 전에는 아버지를 따르고, 시집가서는 지아비, 남편이 죽은 뒤에는 아들을 따라야 한다는 옛날 관념이다.

24　　금색 글씨는 과거 급제 증서를 말하며, 검은 덮개 수레는 관가의 수레를 말한다. 과거에 급제하여 수레를 타고 돌아오겠다는 뜻이다.

25　　금계는 황제 앞에서 치르는 최종 과거시험을 말한다. 여기에서는 시무時務에 관련된 문제에 대한 답변을 작성하였는데, 이를 '대책'이라고 하였다.

제가 무덤에서 나와 신선이 된 그 기쁜 일을 얘기해 주세요.

두여낭	내 님은 확실히 뛰어난 재능 있으니,
석 도고	좋은 때를 놓칠세라 재촉한다네.
유몽매	홍분루紅粉樓에서 날짜 꼽고 있겠지,
모두	웃음소리 말소리가 하늘에서 들려오리라.[26]

---

26 제1구: 조씨趙氏, 「지아비가 낙제하다夫下第」 중 "님은 분명 뛰어난 재능을 지녔건만, 어인 일로 해마다 떨어져 돌아오시나良人的的有奇才, 何事年年被放回." 삼부평본에서는 작자를 유씨劉氏라고 했으나 잘못이다. 제2구: 두보杜甫, 「두 상공의 막부로 가는 이팔 비서를 보내다送李八秘書赴杜相公幕」 중 "상공 막부로 가려고 오늘 새벽 떠나며, 가기를 놓칠세라 연이어 재촉하네貪趣相府今晨發, 恐失佳期後命催." 제3구: 두심언杜審言, 「서기 소관에게 주다贈蘇綰書記」 중 "홍분루에서 날을 꼽으리니, 연지산 아래서 해 넘기지 마시게紅粉樓中應計日, 燕支山下莫經年." 여기에서 홍분루는 두여낭이 있는 곳을 말한다. 유몽매가 돌아오기를 손꼽아 기다린다는 뜻이다. 제4구: 이단李端, 「장문원長門怨」 중 "본분 따라 가을 전각에서 홀로 자니, 웃음소리 말소리 멀리 하늘에서 들려오네隨分獨眠秋殿裏, 遙聞語笑自天來." 하늘은 도성인 임안을 가리킨다.

제40척 유몽매를 찾아온 곽타僕偵

정淨 : 곽타
축丑 : 부스럼머리

(정이 분장한 곽타가 멜대 짐을 메고 등장한다)
곽타 :

【고비안孤飛雁】

세상일은 늘 줄었다 늘었다 하지만,

십 년간의 일은 이 늙은이의 마음 속에 있고,

유 도령이 선비 집안의 주인이시네.

하는 일 없이 다만 바라나니,

하늘이 낳고 하늘이 길러 주어,

과일나무가 자라는 것이라네.

나이가 들고 나무도 늙으니,

과수원을 팽개쳤다네.

주인님 어디에 계십니까?

알 수가 없구나.

서글퍼라,

그분한테서 옷과 양식을 얻어야 하는데.

일꾼이 신나게 일하려면,

오로지 주인이 계셔서 시켜 주셔야지.

주인님이 집에 계시지 않으니,

과일나무도 꽃을 피우지 않는구나.

　저 곽타는 평생 유 상공에게 의지하여 나무를 심으며 살았습니다. 그런데 얼마나 괴상한지 한 번 들어보시구려. 유 상공이 집에 있을 때는 나무마다 열매가 수백 개씩 열리더니, 유 상공이 떠나고부터는 나무마다 벌레가 수백 마리나 생겨났지요. 어쩌다 열매 몇 개가 달려도 조그만 녀석들이 다 훔쳐가 버린다우. 곽타는 주인이 없으니 남들에게 사기나 당했지요. 그래서 화가 나서, 우리 유 상공이 고개를 넘어 북상하다가 매화관에서 요양한다는 소식을 듣자마자 그 길로 집을 나서서 이곳으로 찾아왔습니다. 그런데 남안부의 매화관 문은 이미 굳게 잠겨 있어서 주위 사람들에게 물어보니, 여도사는 일을 내고 도망가 버렸고, 그 조카인 부스럼쟁이 총각이 소서문小西門에 산다고 하여 그를 찾아 가는 길이지요. (걷는다)

대동로大東路를 지나서,

소서문으로 가는구나.

　(퇴장한다. 축 부스럼머리가 옷을 걸치고 웃으며 등장한다)

부스럼머리:

【금전화金錢花】

어릴 때부터 부스럼 때문에 너저분,

너저분하지.

관가에서는 나를 잡아갔다네, 아가씨,

아가씨 때문에.

법대로 다 하여,

머리통을 두들겨 맞았네.

목숨 부지하려고,

집을 팔았네.

지금은 심부름꾼 되어,

거리를 누빈다네.

남이 모르게 하려면,

자신이 하지 않는 수밖에.

　저는 부스럼머리입니다요. 여기 아무도 없는 곳에서 이야기를 좀
해야겠네요. 아가씨와 유 수재의 그 일은 잘 되었고, 또 도망도 잘
갔지요. 그런데 진 교수 그 망할 놈이 남안부에 아뢰어 나를 잡아가
게 했지요. 그러더니 저를 고문하면서 아씨가 어디로 갔느냐, 두 소
저의 무덤을 도굴했느냐 하고 다그치데요. 여러분은 제가 똑똑하지
못하다고 할지 몰라도, 그래도 꽤 머리가 돌아갔지요. 고개 숙인 채
아무 말도 안했거든요. 그랬더니 그 사또가 "말은 돌보지 않으면 살
찌지 않고, 사람은 두들겨 패지 않으면 자백하지 않는다고 했다. 이
놈에게 뇌고腦箍[1]를 씌워라"라고 고함을 치더군요. 아이고, 아이고!
얼마나 아프던지요! 그때 형을 집행하는 사람이 먼저 나한테서 금종
金鐘과 옥경玉磬을 한 무더기씩 갈취해 가더니[2] 살살 조이면서 "이
녀석의 머리통을 조이니 뇌수가 흘러나옵니다"라고 말하데요. 그러
자 사또가 "이리 붙잡아 와 보거라"라고 하고 나서, 저를 쳐다보고
는 큰 코를 씰룩거리면서 "이 녀석 쥐어짰더니 정말로 뇌수가 나오

1　머리에 씌워 쥐어짜는 고문 기구이다.
2　매화관에서 쓰던 악기인 편종編鐘과 편경編磬을 뇌물로 받아 챙겨가고, 형을 집행할
　때 편의를 봐 주었다는 뜻이다.

는구나"라고 말하데요. 제 부스럼에서 나온 고름인 줄은 모르고 말이죠. 그러더니 저를 풀어 주며 밖에서 잘 치료하라고 하데요. 저는 이제 해야 할 일이 있는데, 유 상공이 준 이 검은 두루마기를 입고 펄럭거려 보는 것이지요. (노래하는 시늉을 한다) 펄럭펄럭, 팔락팔락. 아무도 없는 곳에서 펄럭이며 다리를 건넌다네.

곽타: (앞으로 나와 읍을 한다) 하인님, 절 받으시오.

부스럼머리: (대꾸하지 않고 크게 웃으며 노래하는 시늉을 한다) 이 하인님은 허리가 뻣뻣해서 당신한테 절을 하지 못한다네. 당신 같은 꼽추가 절을 하려면 허리를 펴야 하는 것과 비슷하지.

곽타: 이 도둑놈, 입을 놀려 사람을 모욕하다니. 하인님의 등은 굽지 않는다는 말이냐?

부스럼머리: 이 꼽추의 주둥이를 찢어버릴까. 너한테서 무엇을 훔쳤다고?[3] 도둑놈이라니!

곽타: (부스럼머리의 옷을 알아본다) 다른 것은 그만두고, 이 옷은 영남 유 상공의 것인데 어째서 네 몸뚱이 위에 있느냐?

부스럼머리: 아이고! 이 하인님이 깨끗한 옷 한 벌이 없어서 영남 유 상공 것을 입었다고? 내가 저 매화령梅花嶺을 넘어서 훔쳐온 것을 본 자가 있다는 말이냐?

곽타: 이 의대衣帶에 이름이 적혀 있는데도 모른다는 말이냐? 지방地方[4]을 불러라! (부스럼머리를 붙잡는다)

부스럼머리: (두려워하다가 넘어지며) 할 수 없군, 옷은 돌려드리리다.

곽타: 장난 한 번 해 보았네! 내 누구에 대해 좀 물어보려고 하네.

---

3 곽타의 말 중 '등이 굽다'의 원문은 '타駝'이고, 부스럼머리의 말 중 '훔쳤다'의 원문은 '투偸'이다. 곽타의 말에 부스럼머리가 발음이 비슷한 글자를 써서 우스개를 연출하는 장면이다.

4 지방은 송대 이래 지방행정 기층단위의 장을 말한다. 명대에는 주현州縣에서 10호戶를 1갑甲으로 하고, 갑장甲長 1호를 두었다. 갑장을 지방이라고 한다. 지방은 지역의 치안도 관장하였다.

부스럼머리 : 누구 말이오?

곽타 : 유 수재는 어디로 갔는가?

부스럼머리 : 모르오.

    (곽타가 세 번 묻고, 부스럼머리는 세 번 모른다고 한다)

곽타 : 말을 안 해주면 지방을 부르겠다.

부스럼머리 : 할 수 없군. 대로에서는 말하기 곤란하니 연무청演武廳으로 갑시다요.

    (둘이 걷는다)

곽타 : 외진 곳이로군.

부스럼머리 : 응? 여기에 왔던 유 수재는 한 사람뿐인데, 당신이 물은 사람인지 아닌지는 모르겠수. 당신이 말한 생김새가 맞으면 내가 말해주겠지만, 생김새가 다르면 지방이 아니라 관가에 고소한다고 해도 나는 말을 안 할 테요.

곽타 : 이 도둑놈 같은 녀석아! 내 말을 들어 보아라.

【미범서尾犯序】

유씨네 도령을 말하자면,

그는 잘 생기고 하얀 얼굴에,

행동거지는 점잖지.

부스럼머리 : 맞소. 나이는 어찌 되오?

곽타 :

외모로 그를 보자면,

서른은 넘지 않아.

부스럼머리 : 맞소. 댁은 그와 무슨 관계요?

곽타 :

그의 조상이 나를 남겨 나무 심고 씨 뿌렸지.

그가 무럭무럭 자라는 모습을 지켜보았지.

부스럼머리 : 댁은 유씨댁의 마름이었군요. 그와는 언제 헤어졌으며, 그가 무슨 일을 한지 아는지요?

곽타 :

봄에 헤어져 여기까지 찾아왔지만,

들은 것은 자세하지 않다네.

부스럼머리 : 이 영감이 하는 말이 한 마디 한 마디가 다 맞구나. 영감, 그가 한 일을 말하자면, 에이! (곽타의 귀를 잡아당겨 말한다. 곽타는 알아듣지 못한다) 쳇! 아무튼 아무도 없으니 이 자를 놀려 먹어야겠다. 영감, 들어보시구려.

【전강】

그는 여기 와서 병이 들어 흐느적거리다가,

　　두 태수 댁 소저를 가르친 진 수재를 만나서는,

그를 따라 도관으로 가서 병을 치료하고,

화원으로 가서 노닐었다오.

곽타 : 그런 다음에는 어찌 되었는가?

부스럼머리 : 두 소저의 무덤가에 가서 거닐었는데, 초상화 한 축을 주워 아침저녁으로 사모하다가 사단이 났지요.

곽타 : 무슨 일이 일어났지?

부스럼머리 :

그 수재가 참말로 정말로,

무덤을 파고 관을 훔쳐 갔다오.

곽타 : (놀라며) 어찌하여 그런 일이 일어났다는 말인가?

부스럼머리 : 말해 드리지. 진 교수가 관가에 고발하여 도관 문이 포위되었고, 유 수재와 우리 도사님을 끌고 가서 곤장을 쳤지요. 온몸을 묶고 손가락을 조였으니, 겁을 주지 않으면 자백하지 않기 때문이었지요. 그리고 자백서에 서명을 받아서는, 강서제형염방사江西提刑廉訪司[5]로 압송하여 저 육안도공목六案都孔目[6]에게 이 남녀가 무슨 벌을

받아야 할지 물었지요. 육안도공목이 이르기를, 무덤을 훔치고 시신을 본 자는 법에 따라 칼을 채운다고 말했지요.

곽타 : 어떻게 채우는데?

부스럼머리 : (곽타의 머리를 누르며) 이렇게 채운다고요.

곽타 : (놀라서 울며) 우리 유 도령님, 늙은 곽타가 몸 붙일 곳이 없어졌네요!

부스럼머리 : (웃으며)

　　놀라지 마시게나.

　　　나중에 사면을 받았고, 그 두 소저는 살아서 돌아왔으니까요.

곽타 : 이런 일이 있었다니!

부스럼머리 :

　　살아난 귀신이 도령의 정실부인이 되고,

　　우리 저 죽을 도사님은 몸종이 되었소.

곽타 : 어디로 가셨나?

부스럼머리 :

　　임안으로 갔지요,

　　그를 배웅하였더니,

　　떠나면서 이 낡은 옷을 선물로 주더군요.

곽타 : 놀라서 펄쩍 뛰겠다만, 오히려 기쁘구나.

　　【미성尾聲】

　　임안으로 가셨다니 장원급제하시겠지.

부스럼머리 : 그렇지요.

곽타 :

　　나는 허리춤 졸라 묶고 임금님 계신 곳으로 가야겠네.

5　제형염방사는 각 성의 감찰과 사법을 맡은 장관인 제형염방사提刑廉訪使가 관할한 기관이다.

6　육안은 중앙정부의 육조 곧 이조, 호조, 예조, 병조, 형조, 공조에 상응하는 지방 주현의 행정기구이고, 공목은 공문서를 관장한 서리를 가리킨다.

부스럼머리 : 형씨, 조심해 가시구려.

지금 길목마다 초상을 그려 놓고 범인들을 잡으려고 한다네요.

곽탁타   선경仙境을 찾아 은자를 방문하니,

부스럼머리   고을 성 남쪽 아래가 나루로다.

곽탁타   사람들 속에서 감히 분명하게 말하지 못하고.

부스럼머리   멀리서 가장 풍류 높은 사람 그리워하네.[7]

---

7   제1구 : 주만朱灣, 「동계초당으로 은자 위구 산인을 찾아가다尋隱者韋九山人於東溪草堂」
    중 "선원을 찾아 은자를 방문하자니, 깊은 곳으로 올수록 티끌 없어지도다尋得仙源訪隱
    淪, 漸來深處漸無塵." 제2구 : 유종원柳宗元, 「유주동맹柳州峒氓」 중 "고을 성에서 남으로
    내려가면 통진에 접하나, 옷과 말이 달라 친할 수 없구나郡城南下接通津, 異服殊音不可
    親." 제3구 : 우곡于鵠, 「강남곡江南曲」 중 "여럿이 있어 분명히 말은 못하고, 가만히 금
    전 던져 멀리 간 님 언제 오나 점 쳤네衆中不敢分明語, 暗擲金錢卜遠人." 제4구 : 왕유王
    維, 「현제에게 최부와 함께 답함同崔傅答賢弟」 중 "대각에서 응대 잘하는 이 구한다
    들고서, 가장 풍류 높은 사람 멀리서 생각하노라更聞臺閣求三語, 遙想風流第一人."

제41척 추가 시험^{耽試}

정淨 : 묘순빈

생生 : 유몽매

축丑 : 문지기

외外 : 추밀부사樞密副使

(정이 분장한 묘순빈이 사람들을 이끌고 등장한다)

묘순빈 :

【봉황각鳳凰閣】

아홉 군데 변경¹에서 봉화가 타오르네.

때는 가을이니 어찌 물고기가 용이 되리오?²

광한궁廣寒宮의 붉은 계수나무에는 겹겹이 꽃이 피었건만,³

그 누가 구름 너머로 저 꽃가지를 꺾을까?⁴

모두 :

전각殿閣 굳게 잠겨 있는 곳에서,

답안지 가져다가 자세히 살피네.

〔집당集唐〕

장인은 칼 만들 때 영웅을 기다리네,

손 뻗어 자라 낚아 올릴 사람을.

봄빛 같은 은혜에 보답하는 방법을 알고 있는가,

문장이 봉황 털을 나누어 얻기를.⁵

---

1   원문은 '구변九邊'으로, 이는 명나라 때 변방을 가리키는 데 쓰인 말이나, 당시 희곡
     에서는 관습적으로 후대의 용어를 그것이 쓰인 적이 없는 이전 시대 장면에 대해서
     도 사용하였다.
2   물고기가 용이 된다는 것은 등용문登龍門을 통과하는 것을 뜻하는데, 서울에서 치르는
     회시會試는 봄철에 치러졌으므로 가을은 적당하지 않은 계절이라는 의미이다.
3   광한궁은 달을 가리키고, 계화는 과거급제한 사람이 꽂는 꽃이다.
4   계수나무 가지를 꺾는다는 것은 과거에 급제함을 뜻한다.
5   제1구: 담용지譚用之, 「고검古劍」 중 "주조할 때 장인은 영웅호걸 기다리고, 보라색
     차가운 별빛 비치니 칼집 더욱 단단하다鑄時天匠待英豪, 紫焰寒星匣倍牢." 제2구: 이함

나는 묘순빈입니다. 성상聖上께서는 제가 향산오香山峽에 있을 때 이역에서 들어온 보물들을 잘 감별했다고 보시고 서울로 불러 시험관으로 일하게 하셨습니다. 금나라 군사들이 준동하니, 친히 과거 시험을 주관하시며 화친, 전쟁, 방비 중 어느 것이 나은지 물으셨습니다. 각 방房[6]에서 벌써 우수 답안을 골라 올렸고, 성상께서는 제가 자세히 살피도록 하셨습니다. 보물 감별은 쉬워도 문장 감별은 어렵습니다. 왜 그런가 하면, 제 눈동자는 본시 고양이 눈 모양이어서 푸른 유리나 수정과 다를 바 없는데, 이 때문에 진짜 보물을 보게 되면 눈에서 불이 번쩍 납니다만, 지금까지 본 문장 중에서는 눈에서 불이 난 적이 없습니다. 그래도 지금은 어쩔 수 없이 성지聖旨를 받들어야 하겠습니다. 여봐라, 상자를 열어서 각 방에서 보내온 답안을 내어 놓아라.

(사람들이 답안지를 꺼낸다)

묘순빈 : (답안지를 살피며) 답안지가 많지는 않구나! 우선 천자호天字號[7]에서 온 세 뭉치를 살펴보자. 첫 번째 답안은 어떠한가 보자. 〈물으시기를, "화친, 전쟁, 방비 중 어느 것이 좋겠는가?" 신 삼가 아뢰옵니다. "신이 듣건대 나라에서 도적과 화친함은 마을 노인들이 화해하는 일과 같다고 하였습니다."〉 흠, 마을 노인들이 화해하는 일은 화해가 안 되면 그만이지만, 나라에서 화친이 성공하지 못하면 어떻게

용李咸用, 「진정자의 산 집陳正字山居」 중 "이곳이 바로 신선의 땅이러니, 손 내밀어 자라 낚지 못할 일 있을까此中卽是神仙地, 引手何妨一釣鼇" 자라는 흔히 과거 급제를 비유하는 동물로 쓰였다. 제3구: 두보, 「강가에서 홀로 걸으며 꽃을 찾다江畔獨步尋花」 중 "봄빛에 보답하는 방법을 알고 있으니, 모름지기 맛난 술로 인생 보내야 하리報答春光知有處, 應須美酒送生涯." 봄빛은 흔히 부모의 자애慈愛를 뜻하는 말로 쓰였다. 제4구: 원진元稹, 「설도에게 부침寄贈薛濤」 중 "말솜씨 뛰어남이 앵무새 혀와도 같고, 문장은 봉황 털을 나누어 얻었도다言語巧像鸚鵡舌, 文章分得鳳凰毛" 봉황 털은 희귀한 것을 뜻하고, 여기에서는 뛰어난 답안을 가리킨다.

6 과거를 주관하는 시험관으로 주고관主考官과 분고관分考官이 있었는데, 방房은 각 분고관이 담당한 구역을 말한다.

7 방의 명칭이다.

할 수 있다는 말인가? 이 방에서는 이것을 장원으로 뽑으려고 했다니 참으로 분별력이 없도다. 두 번째 답안을 보자. 이것은 방비를 중시하고 있군. (읽는다) 〈"신이 듣건대 천하에서 나라를 지키는 것은 여자가 몸을 지키는 것과 같다고 하였습니다."〉 이것도 비유가 하찮도다. 세 번째 답안을 보자. 이것은 전쟁을 주장한 것이로구나. (읽는다) 〈"신이 듣건대 남쪽 나라가 북쪽 나라와 싸우는 것은 양陽이 음陰과 싸우는 것과 같다고 하였습니다."〉 이 글이 자못 기특하구나. 그러나 『주역周易』에 '음양교전陰陽交戰'이라는 말이 있는 것이 마음에 걸린다. 옛날 화친을 주장한 진 태사秦太師[8] 때문에 망해버린 적이 있으니, 오늘은 전쟁을 주장하는 글을 일등, 방비를 주장한 글을 이등, 화친을 주장한 글을 삼등으로 정해야겠다. 나머지는 차등에 따라 정하면 되겠다.

【일봉서一封書】

문장들이 갖가지로 틀렸구나.

어리석은 사람들만 많을까 걱정이네.

먹을 다 갈아 썼어도,

좋은 글은 하나도 없네.

이곳의 용문龍門은 늘 열려 있지만, 어이하랴,

한 자 깊이 물에서 노닐 만한 물고기들이

한 길 높이로 물결을 일으키려고 하는구나.[9]

　어쩔 수 없구나,

얼음 녹아 불어난 물 정도만 되어도 급제시키련만,[10]

8　남송의 재상이었던 진회秦檜를 가리킨다. 진회는 금나라의 침입에 대해 화친을 주장하면서 항전을 주장한 악비 등을 처형하는 일을 주도했다.

9　『의림意林』에 인용된 환담桓譚의 『신론新論』에, "용은 한 자 깊이의 물이 없으면 승천할 방법이 없고, 사람은 한 자 길이의 땅이 없으면 천하의 왕 노릇할 방법이 없다"라는 구절이 있다. 여기에서는 재주가 부족한 사람들이 급제를 위해 무리하게 답안을 쓴 것을 말하고 있다.

물속에 물고기가 없으니 어찌하랴!

(답안지를 봉한다. 유몽매가 등장한다)

유몽매:

【신장아神仗兒】

먼지바람 날리며 싸우네,

먼지바람 날리며 싸우네,

뛰어난 인재들이 모여들어서.

문지기 : 수재께서는 딱 맞춰 오셨군요. 시험이 막 끝났습니다.

유몽매 : 아! 시험이 끝났다니. 답안지를 낼 수 있겠소?

문지기 : 못 냅니다. 설마 당신을 기다렸을까?

영웅이 도착했다고 하네,

시험장 닫히고 답안지 모두 내고 나서.

유몽매 : 장원 감은 없었겠지요.

문지기 : 별로 많지 않았소. 세 사람이 있었지요.

유몽매:

온갖 말들이 앞을 다투는 곳에,

화류마驊騮馬[11]만이 뒤로 밀렸네.

얼른 가서 유재遺才 장원[12]이 도착했다고 보고하게.

문지기 : 이곳은 조정의 시험장입니다. 유재로 시험 치르려면 부주府州
나 현도縣道에 가보시구려.[13]

10　원문은 낭도화浪桃花로, 본래는 도화낭桃花浪 또는 도화신桃花汛이라고 한다. 이는
　　봄날 복사꽃이 필 무렵에 얼음 녹은 물이 불어나 강물이 많아지는 것을 가리킨다.
　　한 길 높이의 물결이 아니라 봄날 얼음 녹아 물이 불어난 정도만 되어도 합격시키
　　고자 한다는 뜻이다.

11　주周나라 목왕穆王이 탔다는 팔준마八駿馬의 하나로, 흔히 명마의 대명사로 쓰인다.
　　여기에서는 유몽매 자신을 가리킨다.

12　유재는 응시 자격이 있으나 사고로 응시하지 못한 사람을 뜻한다. 이들은 추후 보충
　　시험을 치를 수 있었다.

13　부주와 현도는 지방 행정단위이다. 이 가운데 도는 소수민족들이 거주한 지역에 설

유몽매 : 형씨, 정말 아뢰어 주지 않으려오? (통곡하며) 아이고, 묘 선생이 노자까지 주면서 오라고 했는데.

변화卞和처럼 수치를 당하니,[14]

두 줄기로 흘러내리는 눈물을 멈출 수 없네.

묘순빈 : (소란을 듣고) 문지기는 여기가 어디라고 이렇게 소란이냐! 당장 붙잡아 오너라!

　　　(문지기가 유몽매를 붙잡아온다)

유몽매 : 유재가 도착하여 아뢰옵니다. 대인께서는 거두어 주소서.

묘순빈 : 성상께서 친히 임하시고 한림원에서 거두어 갔는데, 누가 감히 다시 시험을 치른다는 말인가!

유몽매 : (울면서) 생원은 만 리나 떨어진 영남에서 가솔을 데리고 왔습니다. 어디 갈 데도 없으니 금계金階[15]에 부딪혀 죽고자 합니다. (일어나 계단에 부딪히려 하자 문지기가 제지한다)

묘순빈 : (등을 돌리고 혼잣말로) 이 수재는 유柳 서생 같은데, 그는 정말 남해의 보석 같은 사람이지. (돌아서며) 수재는 올라오라. 답안 용지는 있겠지?

유몽매 : 답안 용지는 가지고 있습니다.

묘순빈 : 그렇다면 이번만은 받아 주겠다. 일시동인一視同仁[16]이라 했으니.

유몽매 : (무릎을 꿇으며) 천 년 만 년 은혜에 감사드립니다.

묘순빈 : (문제를 말한다) 성지聖旨는 다음과 같다. "선비들에게 묻노니, 근자에 금나라 병사들이 침범하매 화친과 전쟁과 방비의 세 가지 계

　　　치하였다.

14　변화는 초나라 사람으로 박옥璞玉을 얻어 두 번이나 왕에게 바쳤으나 사람들이 그것을 알아보지 못하고 국왕을 기만했다고 모함하여 두 발을 잘리는 형벌을 받았다. 후에 왕이 그의 정성에 감동하여 옥 장인에게 가공하게 하니 그것이 유명한 화씨지벽和氏之璧이다.

15　궁궐에 있는 계단을 말한다.

16　누구나 차별없이 사랑한다는 뜻이다. 한유韓愈의 「원인原人」이라는 글에 나온다.

책이 있거늘, 어느 것이 좋겠는가?"

유몽매 : (머리를 조아리며) 성지를 받드옵니다. (일어난다)

문지기 : 동쪽 자리로 가서 쓰시오.

유몽매 : (답안을 쓴다)

묘순빈 : (다시 앞에 본 답안을 꺼내어 자세히 살피며) 일등은 전쟁, 이등은 방
비, 삼등은 화친이었는데, 화친 주장은 성지와 다르지.

    (유몽매가 답안을 제출하고 묘순빈이 읽는다)

묘순빈 : 아, 시험장의 그림자가 일촌一寸 움직였을 뿐인데 벌써 천 자
를 써 내려갔군. 대단하오, 대단해. 다만 지금은 시간이 급하여 다
읽어 보기 어려우니, 화친, 전쟁, 방비 셋 중 어떤 것을 주장했는지
를 말해주오

유몽매 : 저는 어느 쪽에 치우친 주장은 없습니다. 전쟁도 할 수 있고
방비도 할 수 있으며 그 후에는 화친도 할 수 있습니다. 의원이 약
을 쓰는 것에 비유한다면, 전쟁은 겉이 아픈데 쓰고, 방비는 속이 아
픈데 쓰며, 화친은 겉과 속의 중간이 아픈 데 쓰는 것과 같습니다.

묘순빈 : 대단한 탁견이오. 그렇다면 지금의 정세는 어떠하오?

유몽매 : 황제께서,

【마제화馬蹄花】

어가를 멈추시고는,

서호西湖를 고향으로 여기며 노니십니다.[17]

가을철의 계수나무 열매와,

십리에 퍼지는 연꽃 향기 속에서,

잠시나마 변방 생각하실 뿐입니다.

오산吳山에서 말 탄 그 자를 멈추게 해야 할 텐데.[18]

---

17   서호는 남송의 수도 임안臨安 곧 지금의 항주杭州에 있는 호수로, 여기에서는 남송
의 황제가 북방 영토를 회복하려는 생각을 하지 않고 있음을 비유하고 있다.

18   오산은 임안의 성황산城隍山이다. 금나라 황제 완안량完顔亮이 즉위한 후에 화공畵

우리는 언제나 연운燕雲 땅[19]에 나아갈 수 있을까요?

　　화친만을 주장한다면,

조정은 강남 땅에 얼굴을 들 수 없을 것이요,

　　전쟁과 방비를 주장한다면,

어가를 중원 가까운 곳으로 옮겨가야 할 것입니다.

묘순빈 : 수재의 말씀에 일리가 있소.

【전강】

황제께서는 면류관을 쓰시고,

옥구슬 하나도 남김없이 거두시려 하네.[20]

　　답안을 쓴 사람이 천명도 넘지만,

모두들 시무時務를 알지 못하고,

천심을 알지 못하니,

어찌 유자儒者라 하겠는가.

　　당신만은,

세 마디 말로 황제의 근심을 간파했고,

만 구절 답안으로 천지의 비밀을 다 드러냈구려.

유몽매 : 소생은 영남의 선비입니다.

묘순빈 : (목소리를 낮추며) 알고 있다오. 당신은,

낚싯대로 산호珊瑚를 낚아 올렸으니,[21]

　　그을 몰래 임안으로 몰래 보내 그곳의 경치를 그려오게 한 후, 그 그림을 다시 병풍
에 그리면서 완안량이 말을 타고 성황산에 오르는 모습을 그렸다고 한다. 여기에서
는 금나라의 침입을 멈추게 해야 한다는 뜻으로 쓰이고 있다. 제15척 참고.

19　연운 땅은 오대五代 진晉나라의 석경당石敬瑭이 연주燕州와 운주雲州 등의 16주, 즉
　　연운16주를 거란에 할양한 지역을 가리킨다. 오늘날의 하북 및 산서 북부 일대에 해
　　당한다.

20　원문은 읍옥유주泣玉遺珠이다. 읍옥은 변화가 박옥을 바쳤으나 모함을 당해 발을 잘
　　리는 형벌을 받고 슬피 울었다는 고사에서 유래한 것이다. 여기에서는 황제가 재능
　　이 있는 선비들을 남김없이 모으고자 한다는 뜻으로 쓰였다.

21　산호는 우수한 인재나 재능을 비유하는 말로 쓰이고, 산호를 낚는다는 것은 장원급
　　제했음을 뜻한다.

이번 시험의 장원이 될 것이요.

　　수재, 오문午門²² 밖에서 성지를 기다리시오.

유몽매 : (응답하고 나와서 혼잣말로) 이 시험관은 묘 대인인 듯한데, 아직 확실히는 모르니 아는 척 인사를 못하겠구나.

　　맑은 거울 비추어보듯 잘 살펴주시고,

　　붉은 옷 입은 사람이 끄덕여 주길 기원하네.²³

　　　　(퇴장한다)

묘순빈 : 답안을 다 살폈다. 여봐라, 답안을 성상께 올리러 가야겠다. (길을 간다)

　　한림원에는 글쓰는 소리 조용하고,

　　종고루에는 물시계 똑똑 떨어지네.²⁴

　　　　응? 어디에서 북소리가 울리지?

　　　　(무대 뒤에서 급한 북소리가 울린다)

문지기 : 추밀부樞密府²⁵ 누각 앞에서 울리는 소리인뎁쇼.

　　　　(무대 뒤에서 말울음 소리가 들린다)

묘순빈 : 변경에서 온 긴급 보고로구나. 무슨 일일까, 무슨 일일까?

　　　　(외가 추밀부사로 분장하여 등장한다)

추밀부사 :

　　화악루花萼樓와 협성夾城에는 황제의 기운 서려 있고,

　　부용원芙蓉苑으로 변방의 소식이 들어오네.²⁶

22　오문은 왕궁의 정문을 말한다.
23　『후청록侯鯖錄』에 따르면 송나라 때 구양수가 시험관으로 있을 때, 합격할만한 답안을 보면 마치 옆에 붉은 옷 입은 사람이 고개를 끄덕이고 있는 것처럼 느껴졌다고 한다.
24　백거이의 시 「자미화紫薇花」 중의 일부분이다.
25　군사를 관장하는 부서이다.
26　이 두 구절은 두보의 「추흥팔수秋興八首」에서 인용한 것이다. 화악루와 부용원은 각각 당나라 때 장안의 궁궐과 곡강지에 있던 정원 이름이고, 협성은 양쪽에 담장을 높이 쌓은 통로이다. 당나라 때 황궁부터 곡강지까지 협성으로 이어졌다고 전한다. 모두 황궁이 있는 임안을 비유하고 있다.

(인사한다)

묘순빈: 노선생께서는 변방의 일을 보고하러 오시는 것인지요?

추밀부사: 그렇습니다. 선생께서는 과거 답안을 올리려 오시는 것인지요?

묘순빈: 맞습니다.

추밀부사: 오늘은 긴급한 일을 보고 드려야 하니 먼저 실례하겠습니다. (머리를 조아리고 보고한다) 천하의 병마兵馬를 장관하는 지추밀원사知樞密院事 신 성상께 삼가 아뢰옵나이다.

(무대 뒤에서 말한다)

무대 뒤: 무슨 일인가?

추밀부사:

【적류자滴溜子】

금나라 사람들이,

금나라 사람들이,

쳐들어온다고 하옵니다.

무대 뒤: 누가 앞서오는가?

추밀부사:

이전李全이라는,

이전이라는 자가,

선두이옵니다.

무대 뒤: 어디로 오는가?

추밀부사:

회양 근처에 도달했다고 하옵니다.

무대 뒤: 누가 막을 수 있겠는가?

추밀부사: 두보가 지금 회양 안무사로 있사옵니다만,

그곳도 조만간 허물어질 것이니,

시급히 지원군을 보내야 하옵니다.

묘순빈: (머리를 조아리며 아뢴다) 신 시험관 묘순빈이 성상께 삼가 아뢰옵

나이다.

【전강】

친히 나와 보셨던,

친히 나와 보셨던,

응시자들의 문장들을 살펴서,

폐하께,

폐하께 올리오니,

장원을 정해주시기를 바라옵니다.

길일이니 전려지후傳臚祗侯[27]들이,

이름을 부르게 해주옵소서.

여러 관리들이 전각 앞에 나와,

이미 경림연瓊林宴[28]을 준비해 두었사옵니다.

무대 뒤 : 보고한 관리들은 오문 밖에서 기다리라.

(추밀부사와 묘순빈이 함께 일어난다)

묘순빈 : 노선생, 금나라 병사들이 무슨 일로 쳐들어온다고 합니까?

추밀부사 : 그것은 미처 상주上奏하지 못했습니다. 이번에 금나라에서 쳐들어오는 것은 그저 서호의 아름다운 경치를 빼앗기 위해서라고 합니다.

묘순빈 : 이런 미치광이 같은 달단韃靼 놈들[29] 같으니라고! 서호는 우리 황제께서 즐기는 호수인데, 제 놈들이 서호를 빼앗아 간다면 이 항주 전체가 쓸모가 없어져버릴 것입니다.

무대 뒤 : (성지를 내린다) 성지를 들으라. "짐이 생각건대 천하를 다스림

---

27 전시에 합격한 진사들이 임금을 알현할 때 그들의 이름을 부르는 환관을 말한다. 전려는 윗사람의 말을 아랫사람에게 전하거나 아랫사람의 말을 윗사람에게 전하는 것을 뜻하는 것으로, 여기에서는 과거시험의 합격자를 반포하는 의식을 가리킨다.

28 진사에 급제한 사람들을 위해 조정에서 베풀어주는 잔치이다.

29 달단은 타타르의 음역어로, 본래는 북방 유목계 민족을 가리키나 여기에서는 금나라에 대한 비칭으로 쓰였다.

에는 완緩과 급急이 있고 무武와 문文이 있다. 지금 회양이 위급하다
하니 안무사 두보로 하여금 적을 맞아 싸우게 하라. 지체해서는 아
니 된다. 전려의 일[30]은 전쟁이 그치고 난 후에 처리할 것이니 무武
를 다한 후에 문文을 닦으리라. 많은 선비들에게 알릴지어다. 조아
려 행하라!"

(추밀부사와 묘순빈이 머리를 조아리며 "만세"를 외치고 일어난다)

추밀부사	금수강산이 전쟁에 휘말려들지만,
묘순빈	소매 끌며 종일토록 문유文儒들 북적거리네.
추밀부사	재능 많은 선비들은 절로 청운의 꿈이 있건만,
묘순빈	어찌하랴, 변방에서는 무인武人을 중용함을.[31]

---

30   장원급제자를 발표하는 일을 말한다.
31   제1구: 조송曹松, 「기해년에己亥歲」 중 "금수강산은 전쟁에 휘말려들지만, 백성들 무
      슨 방도 있어 생계를 꾸려가랴澤國江山入戰圖, 生民何計樂樵蘇." 제2구: 두보, 「다시
      지어 위왕께 바침又作此奉衛王」 중 "바퀴 굴리며 다녀도 몇 년 동안 조용하기만 하더
      니, 소매 끌며 종일토록 문유文儒들 북적거리네推轂幾年唯鎮靜, 曳裾終日盛文儒." 제3
      구: 전기錢起, 「시어가 되어 촉땅에 가는 배적을 전송함送裴頔侍禦使蜀」 중 "다재多才
      한 선비는 절로 청운의 꿈 있으니 날 헤아려 마땅히 원앙새 행렬 쫓아가야 하리라多
      才自有雲霄望, 計日應追鵷鷺行." 제4구: 두목杜牧, 「다시 전송함重送」 중 "궁궐에서는
      비록 사마상여의 부를 옮지만, 어찌하랴, 변방에서는 무인武人들을 중용함을六宮雖
      念相如賦, 其那防邊重武夫."

제42척 북상하는 두보 移鎭

외外 : 두보

노단老旦 : 견씨

첩貼 : 춘향

정淨 : 보고자 갑

축丑 : 역참지기, 보고자 병

말末 : 보고자 을

(외가 분장한 두보가 무리를 이끌고 등장한다)

두보 :

【야유조夜遊朝】

양자강 나룻가의 나무에 서풍 불어오는데,

저 멀리 회수淮水를 바라보니 근심이 일어난다.

이곳은 강남 땅을 방어하고,

북방 땅에 이어져 있도다.

이런 강산이 어디 또 있으랴?

〔소충정訴衷情〕

다듬잇돌 소리는 또 가을이 왔음을 알리고,

강물은 유유히 흘러가네.

요새要塞의 잡초 시드니 중원은 어디인가?

기러기 한 마리가 회수 향한 망루 위로 날아가는구나.

천하의 일과 귀밑머리에 어린 시름을,

동으로 흐르는 물에 부친다.

부럽다, 우리 집안의 두목杜牧 할아버지는,

태평시대의 양주에서 취해서 꿈 같이 사셨지.[1]

나는 회양 안무사 두보입니다. 양주에 온 지도 삼 년이 지났는데,

---

1   만당晚唐 때의 시인이었던 두목은 삼십대 초반 3년 정도를 양주에서 지내면서 주루 등을 출입하여 세월을 보냈다고 한다.

비록 이전이 소란을 일으키고는 있지만 다행히 대세는 평안하였습니다. 그런데 어제 금나라 군사들이 내려온다는 소식을 들어서 정말이지 걱정입니다. 허나 부인은 아무 것도 모르고 죽은 딸자식 때문에 슬퍼하고만 있습니다.

(노단 견씨가 첩 춘향을 데리고 등장한다)

견씨 :

【사낭아似娘兒**】**

나으리께서 군사를 이끄시니,

나도 위험한 곳에 따라와서 지낸다네.

(탄식하며)

병풍 너머에는 진회秦淮의 나무들 있겠지.[2]

멀리 금산金山과 초산焦山이 두 점으로 보이니,[3]

눈썹 한껏 찌푸리네,

언뜻 보이는 강호의 모습에.

견씨 : 나으리, 평안하신지요

두보 : 부인, 예를 거두시구려.

견씨 : 나으리,

〔옥루춘玉樓春〕

남안로를 떠나온 지 몇 해이던가요,

봄이 가고 가을이 오고, 아침이 가고 저녁이 옵니다.

두보 :

아름다운 고향 그리워해도 헛된 일,

양주의 즐거운 곳을 보지 못했소?

---

2 병풍은 양주를 가리킨다. 진회는 남경의 지명으로 당나라 때부터 많은 술집과 유흥가가 밀집해 있었다.
3 금산과 초산은 각각 양주에서 가까운 진강鎭江에 있는 산과 섬이다.

견씨 :

　당신은 낡은 검을 어루만지며 고금古今을 평하시지만,

　어느 영웅이 한가로이 살았던가요?

　　(눈물을 흘린다)

두보, 견씨 :

　근심 잊으려 해도 아들 없으니 한스러워,

　고갯마루의 구름과 강 건너 나무에 눈물을 흩뿌리네.

견씨 : 나으리, 제가 죽은 딸 이야기만 꺼내면 말씀이 없습니다. 제 마음 속의 한을 어찌 아시겠나요! 첫째는 죽은 딸 때문이요, 둘째는 자식 하나 없기 때문이지요. 양주에 계실 때 소실小室을 하나 들여서 대를 이어 드리고자 하는데, 나으리 생각은 어떠신지요?

두보 : 안 되오, 내가 다스리는 땅의 여자들이오.

견씨 : 그러면 강 건너 금릉金陵⁴ 땅의 여자가 좋겠습니다.

두보 : 지금은 나랏일로 바쁜데 무슨 마음으로 그리하겠소!

견씨 : 우리 불쌍한 여낭아! (슬피 운다)

　　(정이 분장한 보고자 갑이 등장한다)

보고자 갑 :

　조령詔令이 해와 달을 따라 위광威光으로 멀리 퍼지니,

　강회江淮의 병사들은 사기도 드높구나!

　　나으리, 조보朝報⁵를 올립니다.

두보 : (자리에서 일어나 조보를 읽는다) 추밀원의 조보로다. 금나라 군사가 회淮 땅을 침입한 일이로구나. "성지를 받들라. 회양 안무사 두보는 즉시 회수를 건너가라. 한시도 지체하지 말라. 이를 받들라." 음! 군정이 긴급하고 성지가 지엄하도다. 부인, 당신과 함께 진영을 회안淮安으로 옮겨야 하니 지금 바로 길을 떠납시다.

4　금릉은 남경을 말한다.

5　조보는 조령詔令, 주장奏章과 관원의 인사, 행정 등을 기록한 조정의 공보이다.

(축이 분장한 역참지기가 등장한다)

역참지기:

격문은 참찬參贊[6]에게서 나오고,

우첨郵籤[7]으로 길을 알려 주네.

나으리, 배가 준비되었습니다.

(무대 뒤에서 북이 울린다. 두보 일행이 배에 올라탄다. 무대 뒤에서 소속 관원들이 전송하기 위해 기다리고 있다고 보고하고, 두보는 일어나서 돌아가라고 지시한다)

두보: 부인, 또 다시 강은 온통 가을빛이구려.

【장박長拍】

날은 초가을이라,

날은 초가을이라.

가을바람 살랑 불어오는구나,

성궐 밖의 아름다운 다리와 안개 서린 나무에.

불 같던 더위는 물러가고,

서늘한 기운이 생겨나고 가랑비가 옷자락을 적시네.

아름다운 배 나아가서 봉래산蓬萊山[8]으로 잠겨가니,

밀물 밀려오고,

바람은 서늘하도다.

물보라가 부서지고,

점점이 흰 갈매기는 나루터 가까이 날아든다.

　　바람 잦아드니,

지는 해에 흔들리는 돛에는 푸른 창포 어른거리고,

흰 구름 뜬 가을 하늘에 문득 피리 소리 북소리 울려 퍼지네.

6　참찬은 송대에 군사 업무를 맡은 기관인 추밀원에 소속된 관직이다.

7　우첨은 역관驛館이나 역선驛船 등에서 야간에 길이나 시각을 알리는 대오리이다.

8　바다에 떠있는 신선이 사는 산으로, 여기에서는 정경이 아름다움을 나타내고 있다.

어디선가 들려오는 마름 따는 노래 들으니,

강호에 숨어 살고 싶구나.

　음? 저기 강둑에서 말을 타고 오는 자는 누구인가?

　(말이 분장한 보고자 을이 말을 달려 등장한다)

보고자 을:

【불시로不是路】

말 위에서,

급히 전합니다,

노를 거두고 배를 멈추어 긴급 보고를 받으십시오.

두보: 무슨 일이냐?

보고자 을:

저 회안부를,

이전이 곧 짓밟으려고 합니다.

두보: 군사를 일으켜 방비할 수 있는가?

보고자 을:

어찌 버틸 수 있겠습니까?

안무사께서는 속히 군사를 보내주셔야 합니다.

이 물길은 너무 느리니,

뭍으로 가십시오.

두보:

겁먹지 마시오.

　부인,

나는 말을 타고 달려가야 하니,

당신은 배를 돌려 돌아가시오,

배를 돌려 돌아가시오.

견씨: 저기 뒤쪽에 또 다른 보고자가 도착했습니다.

　(축이 분장한 보고자 병이 등장한다)

보고자 병 :

【전강】

수만 오랑캐 기병들이 회수를 끊어서,

태호太湖9를 말려버리려고 합니다.

　나으리, 속히 가셔야 합니다,

지체하지 마십시오.

　소인은 먼저 가보겠습니다.

성을 포위하여 위급해지면,

오랑캐에게 항복할까 걱정입니다.

　(퇴장한다)

견씨 : (운다)

어찌하려 하십니까?

당신께서 서리 내린 머리로 오랑캐 포로가 되시고,

이 봉화가 각 지방으로 퍼질 것만 같습니다.

두보 :

정말 근심이 닥쳐오니,

양주로 돌아갈 길이 끊어질까 두렵소.

당신과 다시 만날 곳 어디일까?

다시 만날 곳 어디일까?

　부인, 여기서 작별합시다. 양주는 분명 위험할 것이니, 곧바로 임안으로 가시오.

【단박短拍】

늙은 부부가 헤어져 떠나가네,

늙은 부부가 헤어져 떠나가네,

참군參軍이 된 두보杜甫처럼,10

9　소주蘇州 옆에 있는 호수로, 임안의 수원지 역할을 하였다.
10　두보는 당 숙종肅宗 건원乾元 원년(758)에 좌습유左拾遺에서 화주華州의 사공참군司

마누라를 하늘 바라보며 울게 만드네.

견씨 : (통곡하며)

딸도 없는 외로운 몸으로,

전란 중에 남편과 이별하네.

두보, 견씨 :

외명부外命夫, 내명부內命婦가 다 무엇이더냐,[11]

모두가 홀아비요 과부요, 부모도 자식도 없다네!

살았는지 죽었는지,

꿈에서나 편지로나 만나게 되겠지.

견씨 :

【미성】

늙은이 남은 생애는 두 곳에서 각자 지탱할 뿐이겠지요.

두보 :

나는 이곳의 군 사령관이라네.

견씨 : 나으리, 부디 몸조심하세요,

온통 전쟁뿐인 곳에 홀로 계신 늙은 선비이시니.

　　　(두보가 퇴장한다)

견씨 : (탄식하며) 아! 양주는 온통 난리로구나. 춘향아, 나와 함께 길을 질러 임안으로 가자.

　　　수隋나라 제방 풍경은 이미 처량해졌고,

　　　초楚 한漢 땅마저 어찌 전쟁터가 되어버렸나.

　　　여자들은 전쟁을 알지 못하나니,

空參軍으로 부임할 때 가족과 헤어졌다.

11　명부命夫는 왕명을 받들어 방비하는 사람의 뜻으로 쓰였고, 명부命婦는 황제로부터 봉호封號나 하사품을 받은 적이 있는 부인을 말한다. 여기서는 출세한 남편과 부인의 뜻으로 쓰였다.

쌍쌍이 의지하며 석양 길을 가는구나.[12]

---

12   제1구 : 오융吳融, 「팽문에서 전투한 후 변로를 지나며彭門用兵後經汴路」 중 "수나라 제
     방의 풍경 이미 처량해졌건만, 제방 아래에는 옛 전쟁터 그대로 남아 있네隋堤風物已淒
     凉, 堤下仍多舊戰場." 제2구 : 한악韓偓, 「가을 교외에서 바라보며秋郊閑望有感」 중 "가련
     하다, 광무산에서 주고받은 말들이여, 초 한 땅은 어찌 전쟁터가 되어버렸나可憐廣武山
     前語, 楚漢寧敎作戰場." 제3구 : 설도薛濤 : 「멀리 떠나는 이에게贈遠」 중 "여자들은 전쟁
     을 알지 못하여, 달 높이 뜰 제 망부루에 오른다네閨閣不知戎馬事, 月高還上望夫樓." 제4
     구 : 나업羅鄴, 「복아피의 저녁僕射陂晚望」 중 "부럽다, 모래밭의 저 새들은 걱정도 없는
     지, 쌍쌍이 서로 좇으며 석양에 내려 앉네卻羨無愁是沙鳥, 雙雙相趁下斜陽."

제43척 회안성 사수禦淮

외外 : 두보

생生 : 전령

말末 : 두보의 군사들, 문관 을

정淨 : 이전, 무관 갑

첩貼 : 판사관辦事官

노단老旦 : 문관 갑

축丑 : 무관 을

(외 두보가 생과 말이 분장한 군인들을 데리고 등장한다)

두보 :

【육요령六幺令】

서풍이 거세게 불어오는데,

살기등등하구나 적병들의 기세가.

누런 회수淮水의 가을 파도는 구름 높이까지 치솟는구나.

기러기 모양의 군진을,

『용도龍韜』[1]에 따라 펼쳤으니,

겹겹의 포위 뚫고 하양도河陽道[2]로 쇄도하리라.

    걷기가 피곤하구나. 여봐라, 앞은 어디인가?

군사들 : 회안성에 거의 다 왔습니다.

두보 : (바라본다) 맙소사.

〔소군원昭君怨〕

강산이 반만 남았으나,

또 다시 호가胡笳 소리에 찢겨버리는구나.

군사들 :

가을 잡초는 옛 군영에 자라고,

---

1   고대의 병서인 『육도』 가운데 하나이다.
2   지금의 하남성河南省 맹현孟縣 서쪽으로, 남송 때에는 금나라가 차지하고 있었다.

피비린내는 바람이 불어오네.

두보 :

원숭이 울음과 학鶴의 원성을 들으니,[3]

눈물이 줄줄 흘러 군복을 적시도다.

군사들 : 나으리,

하늘 기울어진 쪽을 향하여,[4]

눈물 흘리지 말고 전진하소서!

두보 : 군사들아, 나의 아들들아, 회안성이 지척에 있고 전황이 위급하니, 우리는 죽기로 싸워 먼저 입성하고, 조정에 원병을 청하기로 하자. 삼군三軍은 나의 명령을 들으라. 힘차게 전진하라!

군사들 : (울면서 답한다) 군령을 따르겠습니다. (전진한다)

두보 :

【사변정四邊靜】

말안장에 앉아서 중군中軍의 호각을 쥐어 드니,[5]

사방에서 깃발들이 에워싼다.

깃발이 펄럭이니 해 그림자 흔들리고,

먼지에 가려져서 햇빛도 희미하네.

두보와 군사들 :

오랑캐 군사들은 기세가 사나우니,

남송 병사들은 갈 길이 멀구나.

피 흘려가며 몇 겹으로 포위당했으니,

고립된 성을 어이 구할까?

두보 : 전방에 적병들이 길을 막고 있구나. 전진하여 공격하라!

---

3   원숭이와 학은 백성과 군사를 비유한다.
4   원문은 '천경天傾'이다. 중국의 지세는 서북쪽이 고산 고원 지대이므로 하늘이 그 쪽으로 기울었다고 말한다. 여기에서는 북송의 고도이자 당시에는 금나라 도성이 되어있던 개봉開封 방향을 말한다.
5   삼군 가운데 중군에서 주장主將이 군령을 내렸다.

두보와 군사들 :

오랑캐 군사들은 기세가 사나우니,

남송 병사들은 갈 길이 멀구나.

피 흘려가며 몇 겹으로 포위당했으니,

고립된 성을 어이 구할까?

　　(모두 퇴장한다. 정 이전이 축과 첩이 분장한 군인들을 데리고 함성을 지르며

등장한다)

이전 :

【전강】

이 장군李將軍[6]은 기러기 쏘아 심장 뚫어 떨어뜨리고,

표자豹子[7]는 말에 날아 오르며 고함을 지른다네.

뾰족한 등자鐙子를 박차고 나가서,

바람에 나부끼는 작은 깃발을 잡아채지.

이전과 군사들 :

우리 군사들은 기세가 당당하니,

남송 병사들은 갈 길이 멀구나.

피 흘려가며 몇 겹으로 포위당했으니,

고립된 성을 어이 하려나?

이전 : (웃으면서) 이 모습을 보라. 나 유금왕溜金王은 수하에 정예병 만여

명을 거느리고 회음성淮陰城[8]을 일곱 겹으로 포위하였으니, 빠져 나

갈 구멍이 없겠지. (무대 뒤에서 북을 치며 고함을 지른다) 음, 전방에서 첩

6　한漢나라의 명장으로 활을 잘 쏜 이광李廣을 가리킨다. 여기에서는 이전이 자신을
　　비유하고 있다.

7　말 타는 재주가 뛰어난 사람을 가리킨다. 여기에서는 역시 이전 자신을 가리킨다. 앞
　　서 달리는 말을 쫓아가 올라타는 재주를 '표자마豹子馬'라고 하였다. 맹원로孟元老의
　　『동경몽화록東京夢華錄』권7 「황제께서 보진루에 오르시고 제군이 백희를 바치다駕登
　　寶津樓諸軍呈百戲」에 "혹 말을 놓아 먼저 달려가게 하고, 쫓아가 꼬리를 잡고 올라타는
　　것을 표자마라고 한다或放令馬先走, 以身追及, 握馬尾而上, 謂之豹子馬"라고 하였다.

8　회안성을 말한다.

보가 들어오는구나. 두 안무사가 왔으렷다. 군사 천 명을 데리고 나가 공격하라. (퇴장하는 척 비켜선다)

(외 두보와 군사들이 등장한다)

두보와 군사들:

오랑캐 군사들은 기세가 사나우니,

남송 병사들은 갈 길이 멀구나.

피 흘려가며 몇 겹으로 포위당했으니,

고립된 성을 어이 구할까?

(이전과 군사들이 등장하여 말을 걸며 접전을 벌인다. 이전이 군사들에게 장진長陣을 펼쳐 길을 막게 한다)

두보: 군사들은 돌격하여 포위를 뚫고 성 안으로 들어가라!

이전: 음, 두보의 병사들이 포위를 뚫고 성 안으로 들어가는군. 내버려 두어라. 군량과 마초馬草가 떨어지면 저절로 투항할 것이다.

이전과 군사들:

우리 군사들은 기세가 당당하니,

남송 병사들은 갈 길이 멀구나.

피 흘려가며 몇 겹으로 포위당했으니,

고립된 성을 어이 하려나?

(이전과 군사들이 퇴장한다. 노단과 말이 문관 두 명으로 분장하여 등장한다)

문관 갑, 을:

【번복산番卜算】

온종일 먹구름 떠다니니,

오사모烏紗帽는 빛을 잃고 칙칙하구나.[9]

(정과 축이 분장한 무관들이 등장한다)

---

9 먹구름은 무관, 오사모는 문관을 각각 비유한다. 무관이 홍성하여 문관이 위축되었음을 말한다.

무관 갑 :

긴 창 큰 칼로 다리를 지키고,

무관 을 :

용이 울부짖듯 북과 나팔을 울리네.

(문관과 무관이 만나 인사한다)

문관, 무관 : 어서 오시오

문관 갑 :

〔경루자更漏子〕

회수의 누각을 뒤로 하고 바다 쪽을 바라보노니,

문관 을 :

살기가 온 천지에 등등하구나.

무관 을 :

북소리 대포소리에 놀라지만,

하늘 높이 날아갈 수 없구나.

무관 갑 :

갑 속의 칼과 허리춤의 화살을,

모두 뽑아서 성 아래서 한 판 싸우리라.

문관, 무관 :

땅굴이 무섭고 충차衝車[10]가 두렵구나.

두 공杜公은 언제 오시려나.

문관 갑 : 저는 회안성의 행군사마行軍司馬[11]입니다. 저와 이 참모 모두 문관입니다. 저 적병들이 우리를 철통같이 에워싸고 있는데, 이미 오랫동안 안무사 두 대인을 기다리고 있지만 아직도 오시지 않습니다. 두 분 유수장군留守將軍께서는 무슨 계책이 있으신지요?

---

10 성을 공격하는 수레이다.
11 주장을 보좌하는 참모장의 역할을 하였다.

무관 을 : 제가 보기에는, 항복해 버리면 그만이지요 뭐.

문관 을 : 무슨 말씀입니까?

무관 을 : 항복하지 않으면 줄행랑이 상책이오.

문관 갑 : 한 사람이야 도망갈 수 있어도 열 사람은 못 가오.

무관 을 : 그렇게 말하니, 우리 작은 마누라 하나를 어디에 두었더라?

무관 갑 : 뒤주 안에 가두어 놓았지.

무관 을 : 열쇠는?

무관 갑 : 내게 있지. 이전이 오지 않으면 자네 대신 처자를 돌보아 주지.

무관 을 : 이전이 오면?

무관 갑 : 자네 대신 처자를 바치지.

무관 을 : 좋은 친구로세, 좋은 친구야.

　　(무대 뒤에서 북을 치며 함성을 지른다. 생이 분장한 전령이 등장한다)

전령 : 급보, 급보, 급보요! 정남쪽에서 한 무리 병마들이 포위를 뚫고 왔으니, 두 나으리가 오셨습니다.

모두 : 빨리 성문을 열고 맞이하라.

　온 천지에 날마다 피가 흐르니,

　조정에서 어느 누가 밧줄을 청할까.[12]

　　(모두 퇴장한다. 두보가 무리를 데리고 등장한다)

두보 :

　【금전화金錢花】

　살기가 하늘 끝까지 싸늘하고,

　싸늘하도다.

　포위가 성마다 빈틈 없고,

　빈틈없도다.

12　한漢나라 때 종군終軍은 남월南越로 사신 갈 때 황제에게 "긴 밧줄을 주십시오, 반드시 남월왕을 묶어 대궐 아래 바치겠습니다"라고 말하였다. 여기에서는 자원하여 적과 싸운다는 뜻이다.

바람은 휘잉휘잉,

깃발은 펄럭펄럭.

성문을 열고 다리를 내려라.

(문관 등 여러 사람이 등장한다)

문관, 무관 :

문관과 무관들이,

영접하고자 하옵니다.

(무릎을 꿇고) 문무 관속들이 나으리를 영접합니다.

두보 : 일어서라. 적진의 누각에서 만나자.

(문관과 무관이 대답하고 퇴장한다)

두보 :

【전강】

오랑캐 먼지가 군복을,

군복을 물들이네.

핏자국 비린내는 보검에,

보검에 가득하네.

(무대 뒤에서 북을 친다)

회안의 북소리요,

양주의 퉁소로다.

깃발을 늘어세우고,

성가퀴로 올라가자.

두보, 무관 :

관아를 열 테니,

속리屬吏들은 도열하라.

(도착한다. 첩 판사관이 등장한다)

판사관 : 나으리, 자리에 오르소서.

두보 :

【분접아인粉蝶兒引】

만리 밖에서 『용도』의 책략을 가져왔으나,

수루戍樓의 맑은 퉁소 소리를 어이 얻으리.[13]

판사관 : (문을 향하여) 문무 관속들은 들어오십시오

문관 등 : (알현한다) 고립된 성이 누란累卵의 위태로운 지경이라 모두 죽을 위험에 처하였습니다. 두 안무 나리께서 뛰어난 능력으로 양국의 싸움에 달려 오셨으니, 저희 관료들이 마땅히 절을 올려야 합니다.

두보 : 전투가 사방에서 벌어져 여러 공公들을 고생시켰으니, 모두 늙은 이가 게으른 탓이오. 읍만으로도 충분하오.

　　(모두가 일어나 읍을 한다)

두보 : 적병들을 보니 자못 전략이 있구나. 우리가 성안으로 들어오도록 둔 데는 계략이 있으리라.

모두 : 저들은 땅굴을 파고 운제雲梯[14]를 올릴 것이니, 저희들이 대략 방비책을 압니다.

두보 : 두려운 것은 고립책이다.

무관 을 : 감히 여쭙건대 고립책이 무엇입니까? 안을 고립시키는 것입니까, 바깥을 고립시키는 것입니까? 바깥을 고립시키면 유금왕을 고립시키지만, 만약 안을 고립킨다면 소관小官도 고립될 것입니다요.

두보 : 그만 말하라. 성 안에 병사가 얼마나 되느냐?

무관 갑 : 일만 삼천입니다.

두보 : 군량과 마초는 얼마나 있느냐?

문관 을 : 반년은 버틸 수 있습니다.

13　『진서晉書』「유곤전劉琨傳」에 따르면, 유곤이 성에 포위되었을 때, 달밤에 누각에 올라 퉁소를 불고 사람을 시켜 호가를 불게 하니 적병들이 감상에 빠져 흩어져서 포위에서 벗어날 수 있었다고 한다. 여기에서는 적병들이 물러가게 할 방법이 마땅하지 않다는 것을 나타낸다.

14　성을 공격할 때 쓰는 긴 사다리이다.

두보 : 문관과 무관이 마음을 합치면 구원병을 기대할 수 있으리라.

(무대 뒤에서 북을 치며 함성을 지른다. 생이 분장한 전령이 등장한다)

전령 : 급보, 급보입니다. 이전의 병사들이 성을 에워쌌습니다.

두보 : (길게 탄식하며) 이 도적놈들이 참으로 무례하구나.

【산초아劃鍬兒】

병사 많고 식량 풍부하면 포위도 견딜 수 있으니,

다만 그대들 문반과 무반이 화합해야 하리라.

문관, 무관, 판사관 :

밤이나 낮이나 성을 순찰하느라,

우리 군인과 백성들은 고생합니다.

(무대 뒤에서 함성을 지른다)

모두 : (눈물을 흘리며)

저 병사들은 고함을 지르는데,

우리 군사들은 조용하구나.

(두보가 하늘에 절하고, 나머지 사람들도 따라 절한다)

고립된 성에서 눈물 뿌리며,

하늘에 몰래 기도한다네.

문관, 무관, 판사관 :

【전강】

백 척 높은 누대에서 길게 휘파람 불며,

방어라는 두 글자에 영웅의 기상을 부친다네.

두보 :

강회江淮 땅이 작지 않으니,

군후君侯[15]가 칼을 차야겠도다.

모두 :

───────────────

15 두보 자신을 말한다.

저 병사들은 고함을 지르는데,

우리 군사들은 조용하구나.

두보 : 오늘부터 문관은 성을 지키고, 무관은 성을 나가서 상황에 따라 대처하라.

무관 을 : 곧 금나라 병사가 올까 두렵습니다요.

두보 : 금나라 병사는,

【미성尾聲】

먼저 형세를 볼 것이고 미리 진퇴를 결정하지는 않으리니,

먼저 조씨趙氏의 깃발을 꺾지 말라.[16]

　온다면 역시 반드시,

필사즉생의 정신으로 한 판 결전하리라.

무관 갑	날마다 오랑캐 전마가 먼지를 날리고,
무관 을	삼천 군사가 붉은 수레바퀴 둘러싼다.
두보	흉중에 변방 안정시킬 계책 따로 있으니,
모두	공명功名을 남에게 양보하지 않으리라.[17]

16　조씨는 조광윤趙匡胤이 세운 송나라를 가리킨다. 미리 겁먹고 항복하지 말라는 뜻이다.

17　제1구 : 진표陳標, 「음마장성굴飮馬長城窟」 중 "날마다 바람 불어 오랑캐 기마 먼지, 해마다 말 물 먹이는 한나라 궁인日日風吹虜騎塵, 年年飮馬漢宮人." 제2구 : 진도陳陶, 「용남 위중승에게 드림贈容南韋中丞」 중 "열두 자사 화극을 받들고, 삼천 갑사 주륜을 옹위하네十二銅魚尊畫戟, 三千犀甲擁朱輪." 제3구 : 조당曹唐, 「우림 가중승羽林賈中丞」 중 "가슴에 따로 변방 지킬 계략 있으나, 누가 하얀 수염 주목하려나胸中別有安邊計, 誰眹髭鬚白似銀." 제4구 : 장적張籍, 「송경에게 부침寄宋景」 중 "지금 그대 홀로 정동부에 있으니, 공명을 다른 사람에게 돌리지 마시게今君獨在征東府, 莫遣功名屬別人."

제44척 유몽매의 양주행急難

단旦 : 두여낭
생生 : 유몽매
정淨 : 석 도고

(단 두여낭이 등장한다)

두여낭 :

【국화신菊花新】

새벽 화장대 앞에서 꿈을 풀이하니 까치소리도 드높구나,[1]

짐짓 웃어보며 금비녀를 톡톡 치네.

박산博山 향로[2]에는 가을 해 그림자가 아른거리고,

이금첩泥金帖[3] 고대하는 나는 향 피우며 마음 졸이네.

귀신은 세상에 나오기를 간절하게 바라고,

가난한 선비는 급제하기만을 바라네.

지아비 영달하면 지어미도 부귀해지리니,

일이 어찌될까를 기다린다네.

저 두여낭은 과거에 응시한 유랑柳郎을 따라왔습니다. 마침 천자께서 현자를 모집하셨지만 희소식이 아직 늦군요. 바로

지척에 있는 장안이 천 리나 떨어진 듯하니,

지아비는 가장 멀리 아득한 곳에 계신다네

라는 격입니다.

(생 유몽매가 등장한다)

유몽매 :

---

1   길한 징조임을 말한다.
2   박산 향로는 산동 지방에 있는 박산의 모습을 본따 만들었다는 향로이다.
3   이금은 금박과 아교를 섞어 만든 안료이고, 이금첩은 이금으로 장식한 첩자帖子로 당대에 과거 급제 소식을 알리는 데 사용하였다. 유몽매가 과거급제하기를 바라는 마음을 나타낸 것이다.

【출대자出隊子】

마침 과거장 열렸지만,

전란이 화근의 씨앗이니 어찌하리.

이금첩 바라는 미인을 애태우니,

그는 굴속에서 나를 따라 하늘로 오르려 하네.

육신 떠난 한 줄기 혼백이,

저녁 강물 위의 구름 사이를 떠도는구나.

　　(두여낭을 만난다)

두여낭: 유랑, 돌아오셨군요. 높은 수레 타고 비단옷 입고 오시기만을 고대했는데, 어이하여 걸어서 돌아오시나요?

유몽매: 내 말을 들어 보구려.

【와분아瓦盆兒】

과거장에 늦게 도착했더니,

문은 닫아걸고 선비들은 흩어졌더이다.

두여낭: 아, 지각하셨군요.

유몽매: 다행히 옛 친구를 만났소.

두여낭: 추가 시험을 보셨나요?

유몽매:

그 덕분에 만선명월滿船明月에 진주까지 건졌다오.[4]

두여낭: (기뻐하며) 좋아라! 방은 붙었는지요?

유몽매:

마침 용루龍樓에 아뢰어,

봉방鳳榜을 내걸려는데,[5]

이상한 일이 일어났다네.

4　만선명월은 과거에 급제한 것을 가리키고 진주는 장원을 차지한 것을 말한다.
5　용과 봉황은 모두 임금을 비유하므로, 용루는 황궁을 말하고 봉방은 어명으로 내리는 방을 뜻한다.

두여낭 : 무엇이 이상하다는 말씀인가요?

유몽매 : 당신은 모르오. 금나라가 군대를 일으켜 회양으로 쳐들어왔다고 하오.

세류細柳 군영의 사태가 긴급하여,[6]

잠시 행원杏苑을 제쳐 놓는 통에,[7]

그대를 부인으로 책봉할 고명誥命이 늦어졌다오.[8]

두여낭 : 늦어도 많이 늦어지지는 않겠지요. 회양 땅은 아버지가 관할하시는 곳이 아닌지요?

유몽매 : 그렇소.

두여낭 : (통곡하며) 아버지 어머니는 어떻게 해요? (운다)

유몽매 :

이렇게 생생하고도 아프게 슬퍼하는구려,

당신이 황천에 있을 때만큼 초조하오?

두여낭 : 아니에요. 할 말은 있지만 감히 입을 열지 못하겠어요.

유몽매 : 말해도 괜찮소.

두여낭 : 유랑, 방이 붙을 날이 아직 멀었으니, 회양으로 가서 아버지의 소식을 알아 보시기를 부탁드리면 들어 주실지 모르겠습니다.

유몽매 : 삼가 명에 따르겠지만, 소저를 홀로 버려둘 수는 없소이다.

두여낭 : 괜찮아요. 저는 혼자 버틸 수 있어요.

유몽매 : 그렇다면 지금 바로 떠나리다.

---

6 세류는 지금 섬서陝西성 함양咸陽시 서남쪽에 있는 지명이다. 한漢 문제文帝 때 주아부周亞夫가 장군이 되어 세류에 주둔하였는데, 문제가 군사를 위로하고자 세류영에 도착하였으나 군령이 없어 들어갈 수 없었다. 이에 사자에게 부절을 주어 장군을 부르니 주아부가 성문을 열어 들어갈 수 있었다. 후에 군영의 기율이 엄한 것을 '세류영'이라고 부르게 되었고, 군영을 나타내는 말로도 쓰였다.

7 행원은 진사에 합격한 사람들에게 잔치를 베풀어주는 곳으로, 여기에서는 전쟁 때문에 진사 합격자 발표가 늦어졌음을 말한다.

8 고명은 황제가 관작官爵을 내리는 명령이다. 남편이 급제하면 아내도 부인의 칭호가 주어진다.

두여낭 :

【유화읍榴花泣】

흰 구름 아래가 부모님 계신 곳인데,

나 홀로 외로이 옛 매화 가지 곁에 있어요.

어여쁜 혼백이 정말 쓸쓸하리라고 말씀하실 테니,

혼이 당신 버들가지 향해 녹아버린 줄을 어이 아실까요.[9]

양주 천리 길을,

늘 혼백 되어 다녔지요,

다시 살아나는 일은 드무니,

　　아버지, 어머니,

제가 세상에 다시 살아났다는 소식을 들으신다면,

크게 놀라시겠지요.

갑자기 사위를 맞으시면,

마른하늘에 오작교라도 생겼나 하시겠지요.

유몽매 :

【전강】

나는 떠날까 말까 망설이니,

두 곳에 마음이 매여서라오.

객사客舍에 머무르며 그대 미인과 짝하고 싶소.

두여낭 : 저는 석 도고와 함께 있겠습니다.

유몽매 :

여자는 이 춥고 긴 밤을 당신과 짝할 수 없어요.

마음을 붙이지 못하여,

그대의 혼이 날아갈아 버릴까 두렵다오.

두여낭 : 다시는 날아가지 않아요.

9　부모님은 두여낭이 마침내 유몽매와 짝이 되었음은 모를 것이라는 뜻이다.

유몽매 :

나는 글솜씨가 높은 중에서도 높지만,

한동안 방문榜文에 이름 오르지 못하게 될까 두렵다오.

두여낭 : (울면서) 아버지, 어머니.

유몽매 :

당신이 부모님을 그리워하니,

사위인 내가 어찌 지위 높은 장인을 찾지 않겠소?

    소저, 내가 장인 장모님을 뵙게 되면, 바로 당신이 회생한 일을 물으실 것입니다.

두여낭 : (탄식하며)

【어가등漁家燈】

말씀하자니 괴이하고도 이상하겠지요,

아버지께서 고집 피우며 모른 척하실까 걱정입니다.

    (생각한다) 좋은 생각이 있어요, 제 초상화를 지니고 가셔서,

제 모습을 보시기만 하면,

우리 두 사람의 사연을 물으실 거예요.

유몽매 : 물으실 때 어떻게 대답을 드려야 할까요?

두여낭 :

하늘이 우연히 정한 인연 따라서,

갑자기 무덤이 열렸다고 대답하세요.

유몽매 : 그대가 먼저 나의 서재로 왔다고 말해야 좋겠소.

두여낭 : (부끄러워하며)

놀리지 마세요,

그 말씀은 사람들을 웃게 할 거에요.

몸종 매향[10]에게나 대강 말씀해 주세요.

---

10   춘향을 말한다.

유몽매 :

【전강】

나는 꼭 마차 타고 장가가서,

그대 혼백 떠났던 여인과 기세 높게 돌아가리다.

어느 누가 장인 장모 찾으러 전쟁터로 갔던가,

다만 가난한 선비라 좋은 옷이 없어 걱정이라네.

두여낭 : 사위이시니 좀 추레해도 괜찮을 것입니다. 다만 길이 막혀 홀로 되실까 걱정입니다.

유몽매 :

가을 하늘 높이,

기러기떼 구름 가로질러 석양을 날아가는데,

진회秦淮[11]에서 밤에 묵으면 혼이 녹으리다.

두여낭 : 여보, 당신이 가실 때에는 쓸쓸하시겠지만, 돌아오실 때 장원 소식 들려주세요.

유몽매 :

이름이 방에 오르면,

배문拜門[12]하며 떠들썩하게 웃으며,

부마駙馬가 조정으로 돌아오는 듯하리라.

　　(정 석 도고가 등장한다)

석 도고 :

우산은 맑은 때나 비올 때 모두 쓰고,

봄빛은 가을 되었다가 다시 봄이로구나.

　　봇짐과 우산 여기 있습니다.

두여낭 : (작별 인사를 한다)

11　남경의 번화가로 기루와 주루가 모여 있었다.

12　새로 부임하는 관리가 관아의 대문 안에 있는 두 번째 문인 의문儀門에 먼저 절을 하는 의식이다.

【미성尾聲】

수재님은 당당히 사위가 되실 것입니다.

유몽매 :

회생을 알리는 기쁜 소리 작지 않으리다.

두여낭 : 유랑, 그 곳이 평안해지면 곧 돌아오셔야 해요.

달 밝은 다리 위에서 피리 소리에 돌아보지 마세요.[13]

유몽매 오랜만에 장인 찾아뵈려는 것은 아니라서,

두여낭 자루에는 바칠 예물이 하나도 없다네.

유몽매 말발굽 달려 양주 길로 들어갈 때,

두여낭 두 곳에서 각자 한없이 슬퍼하네.[14]

---

13 양주는 예로부터 향락의 도시였다. 유몽매에게 양주에서 한눈팔지 말고 빨리 돌아 오라는 뜻으로 하는 말이다.

14 제1구: 유상劉商, 「최씨 열다섯번째 어른께 올림上崔十五老丈」 중 "꽃 보며 홀로 시 객을 찾아옴은, 오랜만에 장인 찾아뵙기 위함은 아니라네看花獨往尋詩客, 不爲經時謁丈 人." 다른 곳을 가는 길에 장인에게 들른 것이 아니고 정식으로 장인을 찾아뵙고자 한다는 것을 말한다. 제2구: 두보杜甫, 「다시 정련에게重贈鄭錬」 중 "정련이 떠나려 니 사신을 마쳐서이지만, 주머니에는 어른께 바칠 예물 하나 없구나鄭子將行罷使臣, 囊無一物獻尊親." 제3구: 장효표章孝標, 「급제 후 광릉의 벗에게 부치다及第後寄廣陵故 人」 중 "말머리 점차 양주 길 들어서니, 지금 사람들에게 눈을 씻고 보라고 알려 주 시게馬頭漸入揚州路, 爲報時人洗眼看." 제4구: 원진元稹, 「백낙천에게 부치는 2수寄樂天 二首」 중 "늙어서 아름다운 경치 만나도 서글프기만 하니, 두 곳에서 각자 한 없이 슬퍼하노라老逢佳景惟惆愴, 兩地各傷無限神."

제45척 이전의 계략寇間

노단老旦 : 금나라 초병 갑

외外 : 금나라 초병 을

말末 : 진최량

정淨 : 이전

축丑 : 양낭낭

생生 : 중군관, 보고자

(노단과 외가 분장한 금나라 초병 두 명이 등장한다)

초병 갑 :

【포자령包子令】

대왕께서는 본래 한낱 졸개,

졸개이셨지.

왕비께서는 본래 한낱 여군,

여군이셨지.

초원에 조정 세워 놓고 즐거워하시더니,

양심도 없이 또 다시 산하를 빼앗는다네.

초병 갑, 을 :

이리저리 순찰 다닌다네,

산을 돌며 징을 친다네.

초병 갑 : 동생, 대왕마마께서 회안성을 치려고, 두 안무에게 선전포고를 전달할 사람을 찾으시네. 큰길에는 그림자 하나 없으니 오솔길로 찾아가세.

초병 갑, 을 :

이리저리 순찰 다닌다네,

산을 돌며 징을 친다네.

(퇴장한다. 말 진최량이 우산과 봇짐을 들고 등장한다)

진최량 :

【주마청駐馬聽】

남안南安에 살면서,

도학道學을 가르치다가 얼마 전에 실직했다네.

허리춤에 십만 관을 두르려면,

천 년을 가르쳐야만 겨우 채우겠지.

저 진최량은 두 소저의 일을 보고하려고 양주로 두 안무 대인을 뵈러 가던 길이었습니다. 그런데 뜻밖에도 그분은 회안에서 포위를 당하셨다고 하여 저는 갈 곳을 잃었습니다. 큰길로는 못 가겠으니 오솔길로 가야겠습니다.

선사先師처럼 밥을 얻어먹으며 두루 돌아다니다가,[1]

겁 많은 서생은 도적 피하다가 곤경에 빠졌네.

나무는 앙상하게 말라 있고,

원숭이 울고 호랑이 포효하니 탄식만 나오네.

(초병들이 등장한다)

초병들 :

산에 호랑이 있음을 잘 알면서도,

일부러 호랑이굴로 들어오는구나.

이 자식, 어디로 가느냐? (붙잡는다)

진최량 : 살려줍쇼, 대왕마마.

초병 을 : 여기 대왕도 있나?

진최량 : 아이고, 맙소사! 정말이지,

까마귀와 까치가 함께 나오니,

길흉을 도무지 알 수 없구나.[2]

1 　선사는 공자를 가리킨다. 공자가 천하를 주유한 것처럼 자신도 방랑하고 있음을 말하고 있다.

2 　까마귀는 흉조, 까치는 길조이다.

(함께 퇴장한다. 정 이전과 축 양낭낭이 무리를 이끌고 등장한다)

이전 :

【보현가普賢歌】

드넓은 천지에 나같이 힘센 도적이 나왔으니,

그 누가 우리를 겁쟁이라고 말하랴!

남조를 나는 만蠻으로 여기지 않고,

북조를 나는 번番으로 여기지 않네.[3]

하늘이 나를 위해 마련해 주신 곳이 있으리라.

이전 : 부인, 우리가 회안을 포위한 지 오래되었지만 항복을 하지 않으니 회안에 사람을 보내 우리 생각을 전하고 두 안무의 동태가 어떤지도 알아봅시다. 그런데 마땅히 보낼 사람이 없네.

양낭낭 : 두杜 늙은이가 믿어줄 사람을 보내 저들의 계책을 역이용해야 될 것입니다.

(초병 을이 진최량을 묶어 이끌고 등장한다)

진최량 :

【분접아粉蝶兒】

굽이굽이 오솔길을 따라 걷다가,

　아이고, 아이고야,

이 도살자들과 맞닥뜨렸으니 어찌 벗어날 수 있으랴!

　(인사한다)

초병 을 : 대왕마마, 남조 녀석을 한 놈 붙잡아 왔습니다.

이전 : 늙은이로구나. 어디 사람이며, 하는 일은 무엇인고?

진최량 : 아뢰옵니다.

3　만과 번은 각각 남방과 북방을 낮추어 부르는 명칭이다. 이전은 본래 한인漢人인데 여진족의 금나라를 위해 싸우고 있으므로, 이도저도 아닌 처지이므로 이렇게 말하고 있다.

【대아고大迓鼓】

생원 진최량은 남안 사람으로,

회양 땅에 벗을 찾아왔습니다.

이전 : 누구를 찾아왔는고?

진최량 : 두 안무를 찾아왔습니다.

그분 댁의 후당後堂에서 가르친 적이 있습니다.

양낭낭 : 두 안무 댁의 선생이셨군. 학생은 몇이나 되었느냐?

진최량 : 견씨 부인의 외동딸 하나였습니다.

여서생女書生은 어려서 죽었습니다.

양낭낭 : 또 누가 있었느냐?

진최량 :

수양딸 춘향이가 부인을 모셨습니다.

양낭낭 : (웃으며 뒤로 돌아서서 혼잣말로) 두 안무 집안의 일에 대해서는 아무 것도 몰랐는데, 오늘 이렇게 알게 되었으니 내게 좋은 생각이 생겼다. (다시 돌아선다) 이 유생을 잠시 원문 밖으로 데리고 나가거라.

(사람들이 대답하고 진최량을 압송하여 퇴장한다)

양낭낭 : 대왕마마, 제게 좋은 계책이 있습니다. 어제 죽인 부녀자들 중에 수급首級 두 개를 취하여 두 안무네 여자 둘이 양주로 돌아가다가 우리한테 붙잡혀 죽었다고 하면서 수급을 내어 놓읍시다. 그런 후에 저 늙은이 유생을 풀어주어 두 안무에게 이 소식을 전하게 하면, 두 안무는 두려움에 떨면서 성을 지킬 뜻이 없어지고 말 것입니다.

이전 : 기막힌 생각이오 (일어나서 낮은 목소리로 명령을 내린다) 중군관中軍官[4]을 불러라.

(중군관이 등장한다)

이전 : 내가 저 유생과 이야기하는 동안 너는 어제 죽인 여자 둘의 수

---

4 명대 총독總督이나 순무巡撫의 시종무관이다.

급을 가져와서 두 안무의 부인 견씨와 그의 시녀 춘향이라고 보고해라. 반드시 실수가 없도록 해야 한다.

(중군관이 대답하고 퇴장한다)

이전 : 여봐라, 수재를 다시 데려와라!

(사람들이 진최량을 압송하여 등장한다)

진최량 : 살려주십시오, 대왕마마.

이전 : 너는 세작細作⁵이니 쉽게 용서할 수 없다.

양낭낭 : 대왕마마, 저 자의 포승을 풀어 주시고 병법에 대한 소견을 들어 보심이 어떠하올지요.

이전 : 그렇게 합시다. 부인 말씀대로 저 자를 풀어주어라.

(사람들이 진최량의 포승을 풀어준다)

진최량 : (머리를 조아리며) 대왕마마, 왕비마마, 살려 주신 은혜에 황감하옵니다!

이전 : 일어나서 병법을 좀 이야기해 달라.

진최량 : 위衛나라 영공靈公이 공자님께 군진에 대해 물었는데 공자님은 대답하지 않으면서, "나는 덕德을 좋아하기를 색色을 좋아하는 것처럼 하는 자를 본 적이 없다"라고 하셨습니다.⁶

이전 : 그 말이 무슨 뜻이냐?

진최량 : 당시에 영공 옆에 부인인 남자南子가 같이 앉아 있었으므로 공자님께서 두려워 군진에 대한 말씀을 하지 않은 것입니다.

이전 : 영공의 부인은 남자였지만, 여기 이 부인은 여자니라.⁷

(무대 뒤에서 북이 울리고 보고자가 등장한다)

---

5   간첩을 뜻한다.
6   앞 구절은 『논어』 「위령공」편에 나오는 구절이고, 뒤 구절은 「자한子罕」편에 나오는 구절이다. 서로 다른 부분에 나오는 구절을 임의로 연결하여 병법에 대한 의견을 말하고 있다.
7   영공의 부인의 이름이 남자南子였는데, 이전은 이를 남자男子로 오해하고 있는 우스개 장면이다.

중군관: 급보, 급보, 급보입니다! 양주로揚州路의 군사들이 두 안무의 가족을 죽였습니다. 급히 와서 수급을 바치며 보고를 올리면서 포상을 내려 주시기를 원합니다.

이전: (수급을 보고) 혹시 가짜가 아닌가?

중군관: 확실한 진짜입니다. 부인은 견씨이고, 이 시녀는 춘향이라고 했습니다.

진최량: (수급을 보고 크게 놀라 울며) 아이고, 정말로 노부인과 춘향이로구나.

이전: 홍! 유생은 왜 우느냐! 회안성을 함락시키고 늙은 두 안무도 죽여버리자.

진최량: 살려주십시오, 대왕마마!

이전: 그 자가 살려면 회안성을 우리에게 바치는 것밖에는 다른 길이 없다.

진최량: 그러시면 제가 가서 대왕의 위용을 전한 후에 즉시 돌아와 보고를 올리겠습니다.

양낭낭: 대왕마마께서 너를 살려주시니 얼른 다녀오너라.

　　　　(무대 뒤에서 북이 울리고 고함 소리가 울려퍼지면서 문이 열린다)

진최량: (두려워하며)

【미성尾聲】

　　위풍도 당당한 이 유금왕을 기억하리.

이전, 양낭낭: 두 안무에게 가서 말해라, 무슨 놈의,

　　위무威武 드러내느니 속히 항복하라고.

　　　　정말이지,

　　드넓은 강산을 원한다네, 거짓이 아니라네.

　　　　(퇴장한다)

진최량: (절하여 보내고, 마무리를 한다) 홍악한 강도로다, 홍악한 강도야. 노부인과 춘향을 죽이다니. 어떻든 회안성에 보고를 올리러 갈 수밖에.

해신海神이 동쪽으로 지나가니 거센 바람 몰아치고,

해 저무는 사막에는 뿌연 모래먼지가 흩날린다.

오늘날의 산옹山翁은 나의 옛 주인이시니,

머리 위에 내린 먼지를 털어 드려야겠네.[8]

---

8 제1구: 이백李白, 「강을 건너는 노래橫江詞」 중 "해신이 지나가니 거센 바람 몰아치고, 파도는 천문을 때려 석벽이 열리도다海神來過惡風回, 浪打天門石壁開." 제2구: 상건常建, 「새하곡塞下曲」 중 "저 해골들은 모두 장성 지키던 병졸이었겠지, 해 저무는 사막에는 모래 날려 희뿌옇도다髑髏皆是長城卒, 日暮沙場飛作灰." 제3구: 유우석劉禹錫, 「과거 보러가는 이경 선배를 전송하며送李庚先輩赴選」 중 "오늘날의 산옹山翁은 나의 옛 주인이신데, 당신은 황성의 봄을 저버리지 않겠지요今日山公舊賓主, 知君不負帝城春." 산옹은 진晉나라 때 산간山簡이라는 사람으로, 한때 진남장군鎭南將軍을 지내다가 낙양洛陽을 잃어 하구夏口로 옮겼는데 이때 그에게 귀의한 사람들이 많았다고 한다. 여기에서는 회안성을 지키는 두보를 비유한다. 제4구: 이산보李山甫, 「과거에 낙방하고 춘명문을 나서며下第出春明門」 중 "파릉 둑의 버드나무에 깊이 고마워하네, 머리 위에 내린 먼지를 털어주었으니深謝霸陵堤畔柳, 與人頭上拂塵埃."

제46척 편지 전달 折寇

외外 : 두보
정淨 : 전령
말末 : 진최량

(외 두보가 갑옷 차림에 칼을 차고 사람들을 이끌고 등장한다)

두보 :

【파진자破陣子】

풍운風雲 형세의 군진軍陣을 이어 펼치며,[1]

변방의 나날을 보내노라.

(무대 뒤에서 북이 울리고 함성이 들린다)

두보 : (탄식하며)

호랑이의 포효처럼 돌 포탄이 우수수 쏟아지고,

기러기 날개 같은 둥근 칼날이 눈보라처럼 춤추는구나.

　　이전, 이전아, 너는 장차,

강산을 차지하려 하지만,

내가 여기 있노라.

〔집당集唐〕

그 누가 담소하며 겹겹 포위를 깨뜨릴 수 있나?

머나먼 오랑캐 하늘엔 새 한 마리 날지 않는구나.

오늘 해문海門 남쪽에서 일이 터지니,

기무機務에 온 머리 하얗게 세었네.[2]

1　풍운은 군진의 종류로, 『풍후악기경風后握奇經』에 천天, 지地, 풍風, 운雲, 비룡飛龍, 상조翔鳥, 호익虎翼, 사반蛇蟠 등이 여덟 가지 군진이라고 하였다.

2　제1구: 황보염皇甫冉, 「온단도와 함께 만세루에 오르다同溫丹徒登萬歲樓」 중 "경사에서는 여전히 전쟁 중이라는데, 그 누가 담소하며 겹겹의 포위를 깨뜨릴 수 있나?聞道王師猶轉戰, 誰能談笑解重圍." 제2구: 고병高騈, 「변새에서 가형께 부침塞上寄家兄」 중 "호가胡笳 소리 끊기지 않고 이 내 애 먼저 끊기는데, 머나먼 오랑캐 하늘에는 새 한 마리 날지 않는구나笳聲未斷腸先斷, 萬里胡天鳥不飛." 제3구: 고병, 「안남에 부임하

나 두보는 회양淮揚에 오자마자 병란을 만나 외딴 성채에서 겹겹이 포위를 당했습니다. 군량을 아끼는 수밖에 없어 북을 울리며 통제합니다. 살아 돌아갈 길 없으니 하늘의 뜻에 따라 죽음으로 지키는 수밖에. 망루에 올라 앉아 정강靖康 사변[3] 뒤를 회상하며, 중원 땅을 바라보니 만사가 슬프도다.

[옥계지玉桂枝]

하늘에 묻노니 무슨 뜻으로,

해, 달, 별의 빛이 있건만 화이華夷를 구분하지 않으시고,

역겨운 비린내를 세상에 불어오게 하시며,[4]

여기서 보이는 중원을 누런 모래먼지 덮힌 땅으로 만드셨습니까?

　(괴로워한다)

노기가 충천하네,

노기가 충천하네,

누구의 짓인가,

강산을 이렇게 만든 것이?

　(탄식한다) 중원은 이미 끝장났구나,

관문과 강물이 막혔으니,

마음이 괴롭구나.

양주라도 보위하고,

회수라도 지켜야겠네.

　이전이 이끄는 도적 무리는 수만을 헤아리니 이곳을 깨뜨리기에

며 대사께 부침赴安南御寄臺司」 중 "오늘 해문 남쪽 일을, 봉림 관문처럼 만들지는 마시게나今日海門南面事, 莫教還似鳳林關." 여기서 해문은 양주를 가리킨다. 제4구: 위장韋莊, 「변방의 장수에게 증邊將」 중 "전황을 천자께 보고하려고, 기무에 온 머리 하얗게 세었네只待煙塵報天子, 滿頭霜雪爲兵機."

3　송 흠종欽宗 정강 2년(1127)에 금나라 군사가 송의 수도 변량汴梁을 침입하여 휘종徽宗과 흠종 두 황제를 포로로 잡아간 일을 가리킨다. 이 해를 전후하여 북송과 남송이 나뉜다.

4　역겨운 비린내는 외적의 침입을 뜻하는 말로 쓰였다.

무슨 어려움이 있겠는가? 공격해 오지도 않고 물러가지도 않으니 무슨 사정이 있으렷다. 내게,

포위망을 물리칠 계책이 있으나,

애석하도다, 이전에게 유세할 사람이 없으니.

    (무대 뒤에서 북이 울린다. 정이 분장한 전령이 등장한다)

전령 :

새깃 격문 날아야 할 전쟁터에 기러기는 오지 않고,

귀문관鬼門關에 사람이 도착했네.[5]

    우습구나, 성이 철통같이 포위당했는데, 웬 수재가 나타나서 보고를 드려야겠다고 하네. 나으리, 아뢰옵니다. 나으리를 안다고 하는 자가 찾아왔습니다.

두보 : 세작은 아닌가?

전령 : 강서 남안부의 진 수재라고 합니다.

두보 : 그 썩은 선비가 어떻게 나는 듯이 들어왔을까? 얼른 안으로 들여보내라.

    (말 진최량이 등장한다)

진최량 :

【완계사浣溪沙】

깃발이 늘어서 있으니,

경치가 멋지구나,

대보름도 아닌데 폭죽이 날아다니네.

    두 나으리는 어디에 계시지?

두보 : (웃으며 맞이한다)

홀연히 천 리 떨어진 고향 사람 소리가 들리는데 누굴까?

---

5 '새깃 격문'의 원문은 우격羽檄인데 이는 새의 깃털을 꽂아 매우 급함을 나타내는 군사 문서이고, 기러기는 소식을 전하는 새이다. 또 귀문관은 생사가 갈라지는 관문, 위태로운 지경을 뜻한다.

(탄식한다) 진 선생이 오신 것이었군요.

깜짝 놀라 눈물이 흐르는구려.

진최량: 나으리께서는 머리가 온통 다 세셨습니다.

진최량, 두보:

두 사람이 서로 흰 머리 쳐다보노라니,

삼 년 만에 만났건만 근심이 어려 있네.

(인사한다)

진최량:

〔집당〕

머리는 백발 되어 노새에 올라타 자루 걸고 찾아와서,

두보:

옛 친구 다시 만나니 산양山陽 땅 생각나네.

진최량:

횡당橫塘에서 이별한 뒤로 천리 길을 왔으니,

두보:

오히려 병주幷州를 고향으로 여긴다네.⁶

---

6   제1구: 노륜盧綸, 「이분과 헤어지며贈別李紛」 중 "머리는 백발 되어 노새 타서 자루
    걸고, 이별이란 한 마디에 눈물 그칠 줄을 모르네頭白乘驢懸布囊, 一回言別淚千行." 제
    2구: 담용지譚用之, 「맹진사에게寄孟進士」 중 "연못가 풀 향기는 예전 그대로이거늘,
    옛 친구는 어디에서 산양山陽 땅을 그리워할까依舊池邊草色芳, 故人何處憶山陽." 산양
    은 지명으로 지금의 하남河南 수무修武에 해당한다. 진晉나라 사람 상수向秀는 산양
    에 살 때 옆집에서 들려오는 피리 소리를 듣고 이미 세상을 떠난 친구가 생각나서
    「사구부思舊賦」를 지었는데, 이때부터 '산양'이나 '산양의 피리 소리'는 옛 친구나 옛
    거처를 비유하는 말로 쓰였다. 제3구: 허혼許渾, 「밤에 영락에 묵으며 생각하다夜泊
    永樂有懷」 중 "횡당橫塘에서 이별한 뒤로 벌써 천리 길을 왔으니, 갈대밭에 불어오는
    비바람 쉬익쉬익橫塘一別已千里, 蘆葦蕭蕭風雨多." 횡당은 남경에 있는 지명이나, 여기
    에서는 특별한 지명이 아닌 헤어짐의 장소를 뜻하는 말로 쓰였다. 제4구: 가도賈島,
    「상건하를 건너며渡桑乾」 중 "어쩌다 다시 상건하를 건너서, 오히려 병주를 바라보
    니 고향이로다無端更渡桑乾水, 卻望幷州是故鄉." 병주는 지금의 산서山西 태원太原에
    해당한다. 원작자 가도가 병주에 있었을 때 고향 함양鹹陽을 그리워하다가 더 멀어
    진 상건하桑乾河로 가게 되자 병주를 고향처럼 그리워했다고 한다. 여기에서는 두보

진최량 : 나으리께 아룁니다. 노부인께서 양주로 돌아가시다가 적병에게 그만 당하고 마셨다고 합니다.

두보 : (놀라며) 어떻게 알았소?

진최량 : 제가 적진에 붙잡혀 있을 때 두 눈으로 노부인의 수급을 보았습니다. 춘향이까지 죽여버렸습니다.

두보 : (통곡하며) 맙소사! 슬퍼서 죽을 것만 같도다!

【옥계지】

남편을 도와 급제하자,

내 아내 견씨의 어진 이름 드러났네.

황제께서는 일품 부인一品夫人 내리셨거늘,

이제 또 나와 함께 충렬忠烈 여인이 되겠구나.

현처가 살아 있었을 때를 생각하니,

현처가 살아 있었을 때를 생각하니,

슬프게 눈물 흐르네,

기품 높았지, 관피冠帔[7] 차림이.

　　(두보가 울다가 넘어지고 사람들이 그를 부축한다)

진최량 : 우리 노부인, 노부인을 어찌할까! 그대들 장수와 관원들도 모두 곡을 해야지요.

모두 : (통곡하며) 노부인!

두보 : (괴로워하다가 눈물을 닦으며) 아, 이럴 때가 아니다! 부인은 조정의 명부命婦[8]였는데 도적을 욕하다가 죽은 것은 당연한 일이다. 내가 어찌 부인의 일 때문에 마음이 흐트러져 군심軍心마저 해칠 수 있겠는가! 장수의 몸으로 어찌 사사로운 일을 돌보랴?

슬픔은 거두리라,

　　가 남안을 고향처럼 그리워한다는 뜻으로 쓰였다.

7　관피는 부인이 쓰는 모자와 등을 덮는 덮개를 가리킨다.

8　명부는 부인으로서 봉호를 받은 사람을 뜻한다.

결코 후회 않으리라.

　　진 선생, 유금왕이 전한 말이 있소?

진최량 : 말씀 드리기 거북합니다만, 그는 노선생까지 죽이겠다고 했습니다.

두보 : 아,

그 자가 무엇 때문에 나를 죽인다는 것인가?

나는 오로지 나라를 위해 그를 죽이리라!

진최량 : 제 생각에 두 분은 서로 죽이지 않는 게 좋겠습니다. (두보의 귀에 대고 속삭인다) 저 유금왕은 이 회안성을 가지려고 합니다.

두보 : 닥치시오! 저 도적의 진영에는 자리가 하나요, 둘이요?

진최량 : 유금왕과 처가 나란히 앉아 있습니다.

두보 : (웃으면서) 그렇다면 내가 이 포위망을 뚫을 수 있겠소. 선생은 무슨 일로 오셨소?

진최량 : 노선생께서 묻지 않으셨으면 잊을 뻔했습니다. 두 소저의 무덤이 도굴 당했기에 바삐 와서 보고 드립니다.

두보 : (놀라며) 아이고! 무덤 속의 유골이 도적놈과 무슨 원수를 졌다고? 모두가 보물 몇 개 때문에 당한 것이로다. 도적놈은 누구인가?

진최량 : 나으리께서 떠나신 후에 석 도고가 영남 출신 건달 유몽매라는 자를 데려왔습니다. 이놈이 보물을 보고 욕심이 나서 야밤에 무덤을 파헤치고 도망갔습니다. 유골은 연못에 버렸습니다. 이런 일이 있어서 불원천리하고 달려와 고합니다.

두보 : (탄식하며) 딸자식의 무덤은 도굴을 당하고, 부인은 위난을 당하다니, 바로,

석 자 땅으로 돌아가기 전에는,

한 몸 보전하기 어렵고,

석 자 땅으로 돌아간 뒤에는,

무덤 보전하기 어렵구나.

라는 격이로다. 어쩔 수가 없구나, 선생께서 마음 써 주어 고맙소.

진최량: 저는 나으리와 작별한 후로 내내 곤궁하게 지냈습니다.

두보: (탄식하며) 군중軍中이 창졸지간이라 고마운 뜻을 표시할 도리가 없구려. 내가 공을 세울 기회를 드릴 터이니 선생이 맡아 주시오.

진최량: 힘껏 해 보겠습니다.

두보: 얼마 전에 내가 서한을 한 통 써 놓았소. 이전에게 삼군三軍을 철수해 달라는 것이오. 다른 사람들 중에 사신으로 보낼 만한 적임자가 없으니 번거롭겠지만 좀 가 주시오. 여봐라, 서한과 사례금을 가져오너라. 만약 이전이 투항하겠다고 하면 그 길로 조정으로 가서 상주하시오. 그러면 출세할 길이 있을 것이오.

    (부하가 서한과 돈을 가져다 예를 갖춘다)

부하:

유생의 세 치 혀에,

장수의 편지 한 장이라.

    서한과 사례금 여기 있습니다.

진최량: 노자는 삼가 잘 받았습니다. 서한을 전달하는 일은 실은 두렵습니다.

두보: 괜찮소.

【유화읍榴花泣】

철통같은 병사들 사이로,

사자使者 한 명이 지나가리.

편지를 품고 오랑캐와 화친을 맺으러 가리.

    진 선생, 당신의,

지극한 정성으로 도적에게 전해주시오,

비록 간사한 도적이나,

그 자도 기미를 보면서 움직일 것이오.

진최량: 유세는 저 같은 서생의 일이 아닐까 두렵습니다.

두보 : 그 자가 당신을 풀어준 것을 보면 그 뜻을 알 만하오. 당신 같은, 서생이야말로 편지를 전하기 적당하오.

진최량 :

은혜로운 안무사의 편지 한 장은 장성長城과 같으니,

하잘 것 없는 유생에게 당당함을 더해 주셨습니다.

(무대 뒤에서 북과 피리 소리가 울린다)

두보 :

【미성尾聲】

오랑캐 피리소리 들리는 수루戍樓에서 총총히 말을 마치네.

일이 이루어지면,

조정으로 가서 은총을 받으시게,

이 편지가 바로,

강회江淮를 지키는 첫 번째 방어벽이로다.

두보	강 너머 전쟁 갔다가 몇이나 돌아왔던가?
진최량	태수께서는 강변에 나와 막료를 기다리시네.
두보	선생 고생시켜 먼 곳으로 보내고,
진최량	은혜로운 물결은 물 잃은 물고기를 가련히 여길 줄 안다네.[9]

---

9   제1구 : 유장경劉長卿, 「상도로 돌아가시는 경 습유를 전송하며送耿拾遺歸上都」 중 "바다 끝에서 끝없이 뻗은 길을 따라 이별하는데, 강 건너 전쟁 갔다가 몇 사람이나 돌아왔던가窮海別離無限路, 隔河征戰幾歸人." 제2구 : 노륜盧綸, 「선주 막부로 부임하는 최기를 전송하며送崔琦赴宣州幕」 : "태수께서 강변에 나와 막료를 기다리시니, 웃으며 풍진세상 나가는 그대 부러워라五馬臨流待幕賓, 羨君談笑出風塵." 제3구 : 왕건王建, 「종군 후에 산 속의 벗에게 부침從軍後寄山中友人」 중 "번거로우시겠지만 멀리서 선생께 보여드립니다, 이별 후로 활과 화살 떠나지 않은 몸을勞動先生遠相示, 別來弓箭不離身. 제4구 : 유장경, 「옥중에서 동경의 사면 소식을 듣고獄中聞收東京有赦」 중 "법 지키는 관리는 촘촘한 그물 펼 필요 없다네, 은혜의 물결은 물 잃은 물고기 가엾이 여길 줄 절로 아니持法不須張密網, 恩波自解惜枯鱗." 은혜로운 물결은 두보, 물 잃은 물고기는 진최량 자신을 비유한다.

446   모란정(牡丹亭)

제47척 이전의 항복^{圍釋}

첩貼 : 통역사, 전령

정淨 : 이전

축丑 : 양낭낭

노단老旦 : 번장番將

외外 : 마부, 진최량, 졸개

(첩이 분장한 통역사가 등장한다)

통역사 :

【출대자出隊子】

한 하늘 아래에서,

남북의 두 갈래로 나뉘었구나.

그 사이에 요아와夢兒窪[1]가 놓여 있어서,

금나라가 송나라를 치도록 돕는다네.

통역사는 중간에서,

입을 놀려 농간을 부리지.

일 중에는 이상한 일도 있지만,

이치로 보면 그럴 만한 까닭이 있다네.

　저는 유금왕 휘하의 통역사입니다. 우습고도 우습구나. 우리 대왕
님이 금나라를 도와 송나라를 포위하여 회안성을 공격했지요. 그런
데 누가 알았겠습니까, 북조에서 몰래 사람을 보내 남조와 협상할
줄을 말입니다! 정말이지,

잠시 금수禽獸와 말이 통했지만,

결국은 견양犬羊의 마음이라네[2]

---

1 본래는 양산박梁山泊을 가리킨다. 산동성山東省 동평東平과 운성鄆城 사이에 있으며, 송
원宋元 이래로 반란군과 산적의 근거지였다. 여기서는 이전李全의 근거지를 가리킨다.

2 북조 곧 금나라가 한때 남조인 송나라를 공격했지만 다시 협상이라는 온건책으로
돌아선 것을 비꼬고 있다.

라는 격이지요. (퇴장한다)

(정 이전이 무리를 데리고 등장한다)

이전 :

【쌍권주雙勸酒】

강을 가로지르는 군기軍旗요,

하늘 찌르는 요새로다.

북을 치고 깃발 휘두르며,

충차衝車와 갑마甲馬를 앞세웠다.

비단 같은 성벽 둘러싸고 진운陣雲이 피어오르니,[3]

두 안무, 너는 날개가 있어도 펴지 못하리라.

　나는 유금왕이외다. 회안성을 공격한 지 오래이지만 수중에 넣지 못하였지. 나의 겉모습은 호랑이가 웅크린 듯하나 속마음은 여우처럼 의심이 가득하지. 첫째는 남조의 대군이 날을 다퉈 진격할까 두렵고, 둘째는 북조에서 전공戰功이 없음을 문책할까 두려우니 참으로 진퇴양난입니다. 마누라가 오면 의논해야겠다.

(축 양낭낭이 등장한다)

양낭낭 :

병사 몰고 장군 쫓는 치우蚩尤의 딸이자,

도깨비 잡고 귀신으로 꾸민 표자豹子의 아내라네.[4]

　대왕, 들으셨나이까? 대大 금나라에서 남조와 강화를 맺으러 보낸 사람이 돌아와 우리 진영 앞에 이르렀습니다.

이전 : 이런 일이 있었소?

(노단이 번장[5]으로 분장하여 칼을 차고 말을 타고 등장한다)

3　진운은 전진戰陣 형상의 짙은 구름으로, 진운이 일어나면 전쟁의 조짐으로 본다.

4　'표자'는 말 타는 재주가 뛰어난 사람으로, 여기에서는 이전을 가리킨다. 제43척 참고.

5　번장과 뒤의 마부는 금나라 사람으로, 이들의 대사에는 여진어 등의 외국어가 섞여 있다. 외국어 표현은 " "로 묶어 표시하고, 해석은 새상한인塞上閑人의 「〈모란정〉의 역어해석『牡丹亭』中的譯語詞解析」을 참조하였다.

번장 :

【북야행선北夜行船】

대 금나라의 사자使者가 파발마 타고 가니,

호두패虎頭牌[6]는 선명하여 눈부시도다.

(외가 분장한 마부가 번장을 쫓아오면서 등장한다)

마부 : 미끄럽습니다, 미끄러워요.

번장 :

"나구리那古裏"[7] 누구 없느냐?

"예라拽喇"[8]가 내달리는데.

어찌하여,

큰 군영에서 한 녀석도 나오지 않느냐?

마부 : (고함을 지른다) 유금왕 나으리, 북조의 사신이 오셨소이다. (퇴장한다)

유금왕, 양낭낭 : (당황하며) 통역사더러 빨리 모시라고 하여라.

(통역사가 등장한다)

통역사 : (무릎을 꿇고) 유금왕은 병이 났습니다. "나얀那顔"[9]께서는 들어

가시옵소서.

번장 :

이제야, 이제야 "커불라克卜喇"[10]를 하는구나.

(말에서 내려 자리에 앉는다) "두얼都兒, 두얼."[11]

이전 : (통역사에게 묻는다) 무슨 말이오?

통역사 : 화가 났습니다.

(이전과 양낭낭이 손을 들어 인사하고, 번장은 찌푸리며 답례하지 않는다)

---

6   호두패는 제왕이 신하에게 병권兵權을 수여하는 신표로, 호랑이 머리 모양을 새겼다.
7   "거기"를 말한다.
8   말馬이다.
9   대장이다.
10 본래는 회오리바람이 분다는 뜻으로, 여기에서는 날씨를 물으며 인사한다는 뜻이다.
11 힘들 때 내뱉는 소리이다.

번장 : (이전을 가리키며) "테리온 도 달라鐵力溫都答喇!"[12]

이전 : (통역사에게 묻는다) 뭐라고 하나?

통역사 : 감히 말씀드리기 어려우나, 죽이겠답니다요.

이전 : 어쩐다지?

번장 : (양낭낭을 보고 웃으며) "훌링忽伶, 훌링."[13]

　　　(양낭낭이 통역사에게 묻는다)

통역사 : 마님이 예쁘다고 감탄합니다.

번장 : "컬로克老, 컬로."[14]

통역사 : 달려왔더니 목이 마르다는군요.

번장 : (손발을 바삐 놀리며) "우까이 달라兀該打剌."[15]

통역사 : 마유주馬乳酒를 찾습니다요.

번장 : "위얼우치約兒兀只."[16]

통역사 : 구운 양고기를 달래요.

이전 : (외친다) 빨리 양고기와 마유주를 가져 오너라.

　　　(졸개가 술과 고기를 들고 등장한다)

번장 : (술을 뿌리고 칼을 잡아 양고기를 잘라 먹는다. 웃으며 양기름이 묻은 손을 가슴에 문지른다) "이류우라디一六兀剌的."[17]

통역사 : 화가 풀렸답니다. 예의가 있다는군요.

번장 : (취하면서) "소토바鎖陀八, 소토바."[18]

통역사 : 취했답니다.

번장 : (양낭낭을 보며) "도라倒喇, 도라."[19]

12　테리온은 머리, 도는 모두, 달라는 죽이다의 뜻으로, 모두 죽여버리겠다는 말이다.
13　"깜찍하구나, 깜찍해."
14　"목이 마르다."
15　우까이는 의문문 표시어, 달라는 술이다. "술은 없느냐?"
16　"양고기 구이."
17　"예의가 있군."
18　"취한다, 취해."
19　"노래, 노래."

양낭낭 : (웃으며) 무슨 말이냐?

통역사 : 마님더러 노래를 부르랍니다.

양낭낭 : 그러지.

　【북청강인北淸江引】

　아, 벙어리 관음이 오랑캐를 보며,

　뜻도 모른 채 웃네.

　저기에서 "두마都麻"[20] 하며,

　"안다岸答"[21]를 모셔왔더니,

　불쑥 들어와서는 "야오얼지부 모굴라咬兒只不毛古喇"[22]라고 하네.

　　통역사, 내 한 잔 따를 테니 저 장수에게 주거라.

통역사 : "아알 까일리阿阿兒該力."[23]

양낭낭 : 통역사는 뭐라고 하였느냐?

통역사 : 마님께서 술을 드린다고 말하였습니다.[24]

양낭낭 : 잘 했다.

번장 : (취하여 양낭낭을 보며) "보즈孛知, 보즈"[25]

통역사 : 마님께 춤을 한 번 추라고 합니다요.

양낭낭 : 그러지. 내 이화창梨花槍을 가지고 오너라. (창을 들고 춤을 춘다)

　【전강】

　서늘한 이화창이 휙휙 바람을 가르고,

　나긋나긋 허리 비튼다네.

　호선무胡旋舞[26]를 추며,

20　손님을 맞이하다.

21　맹우盟友이다.

22　"이리 오너라, 검은 털난 녀석아."

23　아알은 오빠, 까일리는 사랑한다는 뜻. "오빠, 사랑해요!"

24　통역사가 중간에서 일부러 다르게 통역하고 있다.

25　"춤, 춤."

26　서역에서 들어온 춤으로 빙빙 도는 것이 특징이다.

오랑캐의 꽃가지 꺾으려 하듯 하네.

"소초라오 나얀瘙啜老那顏"[27]의 기세를 꺾어버려야지.

번장 : (몸을 뒤집으며 소매를 치고 웃으며 넘어진다) "훌링, 훌링." (통역사가 번장을 부축한다. 번장은 손을 벌여 땅에 짚는다) "아라이부라이阿來不來."[28]

통역사 : 이는 감탄하는 말입니다. 한 곡 더 부르랍니다.

번장 : (웃고 고개를 끄덕이면서 양낭낭을 부른다) "하사哈撒, 하사."[29]

통역사 : 마님께 묻고자 한답니다.

양낭낭 : (웃으며) 무엇을 묻느냐?

번장 : (양낭낭을 잡아당기며 작은 소리로 말한다) "하사 우까이 모커라兀該毛克喇, 모커라."[30]

양낭낭 : (웃으며 통역사에게 묻는다) 뭐라고 하느냐?

통역사 : (고개를 저으며) 마님께 무얼 좀 달라고 합니다요.

양낭낭 : (웃으며) 무엇을 말이냐?

통역사 : 감히 전할 수가 없습니다.

번장 : (웃으며 넘어진다) "꾸루古魯, 꾸루."[31]

이전 : (등을 돌리고 통역사를 불러 묻는다) 저 자가 낭낭에게 무얼 요구하느냐? 뭐라고 꿀꿀거리며 그치지 않으니.

통역사 : 이 물건은 바랄 수 없는 것입니다요. 요구해도 마님이 들어 주지 않을 것이고, 마님이 들어주시려고 해도 대왕께서 들어 주지 않으실 것입니다. 대왕께서 들어 주신다 해도 소인이 들어줄 수 없습니다요.

유금왕 : 무엇이길래 이렇듯 들어줄 수 없다는 것이냐?

통역사 : 그의 이 말을 옮기면 "하사 우까이 모커라"는 마님의 털 있는 곳을 달라는 것입니다.

---

27 소초라오는 눈이 멀었다는 뜻으로, "눈 먼 대장"의 뜻이다.
28 "잘 한다, 한 곡 더 해라."
29 "물어 보자."
30 우까이는 저, 저것, 모커라는 검은 털의 뜻이다.
31 "붙자, 붙자."

이전: (분노하며) 윽, 윽! 이 비린내 풍기는 놈이 대담하기도 하구나. 빨리 창을 가져 오너라. (창을 쥐고 달려가 죽이려 한다)

　　　(통역사가 취한 번장을 부축하여 도망한다)

번장: (술병을 들고 외친다) "꾸루, 꾸루." (창을 교차하여 막는 동작으로 선다)

이전:

　　【북미北尾】

　　음탕한 주제에 이화창을 가로막다니,

　　　　비린내 풍기는 놈,

　　철옹성 쌓고 너의 대 금나라 황제를 믿었건만.

　　　　(번장을 눌러 넘어뜨린다)

　　네 주둥이 덮은 붉은 수염 몇 가닥을 뽑고,

　　비린내 나는 목구멍을 움켜잡아 죽여주마.

　　　　(양낭낭이 이전을 끌어당기니 번장이 풀려난다)

번장: "예라, 예라, 하리哈哩."³² (이전을 가리키며) "리루 지딩 무라시力婁吉丁母刺失, 리루 지딩 무라시."³³ (소매를 펄럭이며 달려서 퇴장한다)

이전: 분통이 터져 죽을 지경이다. 그 "예라하"가 무슨 말이냐?

통역사: 말을 끌고 오라는 말입죠.

이전: 왜 나를 가리키면서 "리루 지딩 무라시"라고 했느냐?

통역사: 그 말은 자기 왕에게 아뢰어 사람을 보내 죽이겠다는 거지요

　　　　(이전이 괴로워한다)

양낭낭: 대왕, 해서는 안 될 일을 하셨습니다.

이전: 흥, 당신은 그 "모커라"나 주지!

양낭낭: 그 자가 날 어찌했다 해도 당신은 질투만 했을 것이면서.

이전: (말이 없다가) 그렇군. 모두 다 내 급한 성질 탓이오. 대금 황제가

32　"말을 끌어와라, 돌아가자."
33　리루는 머리, 지딩은 배, 무라시는 꼬리의 뜻으로, 사지를 잘라버리겠다는 뜻인 듯
　　하다.

알면 이 유금왕도 위태해질 것이네.

양낭낭 : 번사番使가 남조에서 돌아오면 무슨 말이 있을 것입니다.[34]

이전 : 낭낭의 고견은 어떠하오?

양낭낭 : 제 생각대로 따라주세요.

(무대 뒤에서 북을 친다. 첩이 분장한 전령이 등장한다)

전령 : 보고, 보고, 보고! 저번에 풀어 준 늙은 수재가 회안성에서 필마
로 달려와서 긴급히 대왕을 뵙고자 합니다.

양낭낭 : 마침 잘 됐구나. 들게 하라.

(말 진최량이 등장한다)

진최량 :

【누루금縷縷金】

어찌할 수가 없도다,

어이해야 하나?

서생이 군령을 받들다가,

어쩔 수 없이 영리해졌네.

(무대 뒤에서 큰 소리가 들린다. 진최량이 놀라 넘어진다)

대포 소리 멀리서 울리니,

사람을 자빠뜨린다.

불쌍하다 불쌍해.

빽빽한 창과 방패들,

그 사이에 나를 풀어 놓았도다.

전령 : (큰 소리로 외친다) 생원은 들라!

진최량 : (인사한다) 만 번 죽다 살아난 생원 진최량이 대왕 전하와 낭낭
전하께 백 배 올립니다.

이전 : 두 안무가 성을 바친다더냐?

---

34 두보에게 갔던 진최량이 돌아오면 그의 말을 들어보고 방향을 정하자는 뜻이다.

진최량: 성은 귀하지 않으니 왕위를 대왕님께 삼가 올린다고 합니다.

이전: 과인은 이미 오래 전부터 왕이니라.

진최량: 벼슬 위에 벼슬을 더하고, 자리 위에 자리를 보태는 것이지요. 두 안무가 글을 바쳐 가져왔습니다.

이전: (편지를 읽는다) "통가생通家生[35] 두보杜寶는 이왕 휘하에 머리를 조아립니다." (진최량에게 묻는다) 수재, 나와 두 안무가 어찌하여 통가라고 하는가?

진최량: 한나라 때 이씨와 두씨가 막역한 사이였고, 당나라 때도 이씨와 두씨는 지극한 벗이었습니다.[36] 이 때문에 두 안무는 대담하게 통가라고 부르는 것이지요.

이전: 이 늙은이가 뻔뻔하구나. 편지에는 무슨 말이 적혀 있는가? (읽는다)

【일봉서一封書】

"당신이 다른 나라를 섬기는데,

호랑이와 늑대 같은 마음이라,[37]

안정되게 교류하기 어렵습니다.

성스러운 왕조로 마음을 돌린다면,

부귀와 충효를 보전할 것입니다.

왕관과 채읍采邑을 잘 받으리니,

어둠을 버리고 광명으로 나와서 빨리 승진하소서.

육가陸賈의 말재주로 장교莊蹻를 설득하고자 합니다.[38]

---

35 대대로 집안끼리 교유하는 사이로, 세교世交라고도 한다.

36 동한東漢 때 이고李固와 두교杜喬가 벼슬하면서 긴밀히 협력하였다. 동한의 이응李膺과 두밀杜密이 당고黨錮의 화를 같이 당한 일을 가리키기도 한다. 당唐나라 때는 이백李白과 두보杜甫가 사이가 좋았다.

37 다른 나라와 호랑이와 늑대 같은 마음을 가진 자는 모두 금나라를 가리킨다.

38 육가는 한漢나라 초기의 달변가로 남월왕南越王 조타趙佗를 설득하여 한나라에 복속시켰다. 장교는 전국戰國 시대 초楚 장왕莊王의 후예後裔이다. 그는 현재의 사천四川 서부와 운남雲南 동부를 정벌하고 돌아오다가 진나라에 길이 막혀 스스로 진왕滇王이 되었다. 그의 후대에 이르러 한나라에 귀순하였다. 육가는 두보, 장교는 이전

간절히 바라니 당신은 밝게 살피시기를."

（웃는다） 이 편지는 날더러 송나라에 항복하라고 권유하지만 실로 따르기가 어렵구나. "따로 밀봉한 한 통은 존부인께 바칩니다"라! （웃는다） 두 안무도 우리 낭낭을 경외하는군.

양낭낭: 읊어 주시면 제가 듣지요.

이전: （편지를 읽으며） "통가생 두보는 옷깃을 여미고 양낭낭 군영에 올립니다." 어휴, 두 안무가 낭낭과도 또 집안 사이를 들먹이는구나.

진최량: 대왕과 통했으니 마님과도 통하는 것이지요.

이전: 통하기야 통하지만, 사내는 '옷깃을 여민다'고 말하면 안 되지.[39]

진최량: 마님께서 옷깃을 여미고 조배朝拜하시면 안무도 어찌 감히 옷깃을 여미지 않고 절을 하겠습니까?

양낭낭: 말 잘했소. 자세히 읽어서 내게 들려주시오.

이전: （편지를 읽는다） "통가생 두보는 옷깃을 여미고 양낭낭 군영에 올립니다. 멀리서 들으니 금나라가 부군을 유금왕에 봉했다고 하지만, 부인께는 봉호封號가 없으니 이것은 무슨 예절입니까? 두보는 이미 오래 전에 대송大宋 폐하께 아뢰어 칙명으로 부인을 토금낭낭討金娘娘에 봉하였습니다. 엎드려 바라옵건대 낭낭은 살펴 받아들이소서. 불선不宣."[40] 좋아. 먼저 낭낭을 위해 은전恩典을 요청하였구나.

양낭낭: 진 수재, 나를 토금낭낭에 봉하였다니, 설마 날더러 금나라를 토벌하라는 건 아니겠지?

진최량: 고명誥命을 받으신 후에 낭낭께서 돈이 필요하시면 언제나 송나라로 오셔서 가져다 쓰십시오. 그래서 토금낭낭이라고 부르는 것입니다.[41]

을 각각 비유한다.

39 옷깃을 여미어 공경을 표시한다는 것으로, 이는 여성의 인사 예절이다.

40 불선은 편지의 끝에 붙이는 인사말로, 더 이상 자세히 말하지 않고 이만 줄이겠다는 뜻이다.

41 토금討金은 금나라를 토벌한다는 뜻이지만, 돈을 요구한다는 뜻도 있다.

양낭낭 : 이것이 너희 송조宋朝의 아름다움이로다.

진최량 : 낭낭 뿐 아니라 위령공衛靈公의 부인도 역시 송조宋朝가 아름답 다고 말했습니다.[42]

양낭낭 : 당신 말대로 내 투구의 금붙이 색깔을 진하게 해야겠다. 나는 투구 쓴 낭자로다. 요사이 나는 혼탈軍脫 모자[43]에 머리 장식을 하는데, 투구 하나를 당신네 남조에서 모양을 잘 만들어서 내게 보내시오.

진최량 : 모든 것이 이 진최량에게 달렸습니다.

이전 : 당신은 금붙이, 금붙이만 요구하는군. 그럼 이 유금왕은 어디에 서 구를까?[44]

양낭낭 : 당신도 토금왕討金王이 되어버려요.

이전 : 고맙게 받아들이리다.

진최량 : (머리를 조아린다) 대왕님과 마님께서 후회하실까 두렵습니다.

양낭낭 : 우리는 결심했소. 바로 항복하는 표문表文을 써서 수재에게 줄 테니 남조로 가져가시오.

이전 :

【전강】

대 송나라에 귀의하자니,

금나라가 화禍의 싹이 될까 두렵구나.

양낭낭 : 수재,

그대는 이 일을 맡아서,

반드시 황금을 가져와야 해.

---

42 송조는 송나라를 뜻하고, 또한 춘추시대 송나라의 미남 공자 조朝로서, 위衛나라 영 공靈公의 부인 남자南子와 사통한 사람을 가리키기도 한다. 양낭낭은 송조를 송나라 를 뜻하는 말로 썼는데, 진최량은 그 말을 받아 남자와 송조의 일을 가리키는 뜻으 로 비틀어 쓰고 있다.

43 혼탈은 작은 짐승의 가죽을 무두질하여 만든 주머니 모양의 모자를 뜻한다. 혼탈 모 자를 쓴 사람이 연기하는 무용이나 무용단을 가리키기도 한다.

44 유금왕溜金王의 '유溜'자는 구른다는 뜻이다.

진최량 : 대왕,

파양호鄱陽湖의 석경石磬이 울리면 빨리 마음을 거두시고,[45]

　　마마,

캄캄한 바닷가에서 고개 돌리면 별자리 높으리다.[46]

이전, 양낭낭, 진최량 :

군대를 거두고 초무招撫를 받아들이면,

반역자 명단에서 이름이 빠지리라.

이전 : 수재는 공관에 머물며 밥을 드시오. 밤새 초안을 잡아 보내겠소.

(손을 들어 작별하고, 진최량은 절하여 작별한다)

【미성尾聲】

나는 이규李逵[47]에 비해 말할 만한 것이 있겠는가,

이 양영파楊令婆[48]는 참으로 고명하구나.

진최량 :

이 항복 문서를 가져가면,

조씨趙氏 황제는 좋아서 쓰러지리라.

(퇴장한다) (이전과 양낭낭이 무대에서 마무리를 한다)

이전 : 낭낭, 한 쪽의 금을 잃고 두 자리 왕을 얻었소. 남들은 왕 한 자리도 차지할 수 없는데 우리는 왕의 호칭 둘이나 받았으니 즐겁지 않소?

양낭낭 : 서두르지 마세요. 세 번째 왕호王號도 있으니.

이전 : 무슨 왕호란 말이지?

45　파양호는 강서성江西省에 있는 호수이고, 호수 가운데에는 석종산石鍾山이 있다. 석경은 예불을 올릴 때 두드리는 악기로, 석종산에서 석경이 울려 예불을 알리면 진심으로 마음을 거두어 투항하라는 의미이다.

46　고개 돌리는 것은 귀순을 뜻하고, 별자리가 높다는 것은 운이 트일 것이라는 뜻이다.

47　『수호전』에 나오는 인물로, 거칠고 싸움을 잘한다.

48　양가장楊家將 이야기에 나오는 양영공楊令公의 부인인 사태군佘太君을 말한다. 여기서는 자신의 부인 양낭낭을 가리킨다.

양낭낭 : 어깨와 나란한 일자왕一字王[49]이지요.

이전 : 무슨 말이지?

양낭낭 : 죽이는 것이지요.

이전 : 귀순했는데 왜 죽여?

양낭낭 : 당신과 나 두 사람이 도적이 되어 오로지 금나라 달자韃子[50]의 위세에 의지해 왔는데 이제 남조로 고개를 돌렸으니, 남조가 당신을 잡는 것이 뭐가 어렵겠어요?

이전 : (괴로워하며) 아이고 하지만 나는 만부萬夫도 당하지 못할 만큼 용맹한데 왜 남조를 두려워하겠소!

양낭낭 : 당신은 정말 초패왕楚覇王이군요. 오강烏江에 이르지 않으면 그치지 않으니![51]

이전 : 망발이오! 내가 초패왕이 되면 당신을 우미인虞美人으로 만들 테니 조강왕趙康王[52]이 당신을 차지하게 하지는 않을 거요.

양낭낭 : 그만 합시다. 당신도 초패왕이 될 수 없고 나도 우미인이 될 수는 없으니, 제목을 바꾸어 합시다.

이전 : 무슨 제목으로?

양낭낭 : "범려范蠡가 서시西施를 태우고 가다"로요.[53]

이전 : 태호太湖는 어디에 있나? 해적질이나 하면 되겠군.[54]

양낭낭 : (명령을 내린다) 군사들, 우리는 남조에 항복하였으니 회안성 포

---

49 칭호가 한 글자로 된 왕으로서 왕 가운데는 지위가 가장 높다. 조왕趙王, 위왕魏王 및 아래의 강왕康王이 그 예다. 하지만 여기서는 '평견일도平肩一刀' 곧 목을 베어 어깨와 나란하게 만든다는 의미를 더하여 사용하였다.

50 달자는 금나라 사람에 대한 비칭이다.

51 초패왕 항우는 한나라 군사에게 쫓기다가 오강에 이르러 우미인과 함께 자결하였다.

52 남송南宋 고종高宗 조구趙構이다. 그는 처음에 강왕康王에 책봉되었다.

53 월나라 범려와 서시의 이야기는 양진어梁辰魚의 『완사기浣紗記』에 나온다.

54 범려는 월나라의 전략가였고 서시는 월나라 미인이었다. 두 사람은 오나라를 멸망시킨 후 은거했다고 전해진다. 범려와 서시의 이야기는 태호를 배경으로 하는데, 지금은 태호가 가까이 있지 않으니 범려와 서시처럼 은자가 되는 것은 불가능하고 바다로 나가서 해적이나 되는 것이 좋겠다는 뜻이다.

위를 풀고 바다에서 기다리자.

무리 : 포위를 풀었습니다.

(무대 뒤에서 북을 치며 "배를 준비하였습니다"라고 한다. 무대 뒤에서 북을 치며 "대왕께서는 출발하십시오"라고 말한다. 이전과 양낭낭이 출발한다)

이전 :

【강두송별江頭送別】

회양 땅 바깥에는,

회양 땅 바깥에는,

파도가 출렁이네.

동풍이 거세구나,

동풍이 거세,

비단 돛 펴고 떠나가네.

봉래산을 빼앗아 소굴로 삼고,

자라 등 위에 깃발을 꽂으리라.[55]

양낭낭 :

【전강】

하늘의 뜻에 따라,

하늘의 뜻에 따라,

한가로이 지내리라.

초무招撫 받은 뒤에,

초무 받은 뒤에,

다시 싸우면 일구이언一口二言이지.

하마터면 금나라 위해 송나라를 해칠 뻔했네.

잠시 손을 놓고서,

바다의 게으른 용이 되리라.

---

[55] 봉래산은 중국의 동해에 떠있다는 전설의 산이다. 자라 등은 바다에 떠 있는 섬을 비유한다. 바다로 가서 해적이나 되겠다는 뜻을 말하고 있다.

무리 : 대왕마마, 낭낭마마, 바다로 나왔습니다.

이전 : 군영에 들었다가 날이 밝으면 출발하자.

이전	전쟁 끝나지 않으니 각자 왕이 되었거늘,
양낭낭	용이 자웅을 겨루니 판세는 이미 분명해졌네.
이전	홀로 깃대 잡고 강과 바다로 떠나가니,
무리	활과 화살로 관군을 쏘지 말아야 하네.[56]

---

56 제1구: 허혼許渾, 「홍구鴻溝」 중 "서로 버티며 결정되지 않아 각자 군주가 되었으니, 진시황의 산하는 여기에서 나뉘었도다相持未定各爲君, 秦政山河此地分." 제2구: 상건常建, 「새하곡 4수塞下曲四首」의 제3수 중 "용이 자웅을 겨루어 판세는 분명해졌고, 산이 무너지고 귀신이 곡하니 장군을 탓하네龍鬪雌雄勢已分, 山崩鬼哭恨將軍." 제3구: 두목杜牧, 「오흥으로 가고자 낙유원에 오르다將赴吳興登樂遊原」 중 "깃발 한 대 잡고 강해로 가고자, 낙유원에서 소릉을 바라보노라欲把一麾江海去, 樂遊原上望昭陵." 제4구: 두공복竇鞏, 「당주 동쪽 길에서 짓다唐州東途作」 중 "천자께서 삼면으로 그물을 펼치려고 하시니, 활과 화살로 관군을 쏘지 말기를天子欲開三面網, 莫將弓箭射官軍."

제48척 모녀의 재회遇母

단旦 : 두여낭

정淨 : 석 도고

노단老旦 : 견씨

첩貼 : 춘향

(단 두여낭이 등장한다)

두여낭 :

【십이시十二時】

끊임없이 님 그리는 귀신 되어,

옛 몸을 버렸었지.[1]

이제는 흙냄새 모두 사라지고,

살 향기 새로 자라나서,

가난한 선비에게 시집가서 객점에서 외로이 지낸다네.

(정 석 도고가 등장한다)

석 도고 :

그이에게 높은 분들을 찾아가라고 했지.

두여낭 :

〔완계사浣溪沙〕

적막한 가을 창에는 차가운 대자리 무늬요,

석 도고 :

옥 귀고리 옥 베개에는 옛 향기 가득하고,

두여낭 :

높은 파도 물러가니 꿈속의 님 자주 보이네.

석 도고 :

복숭아나무는 마침 옛 손님 만나고,[2]

---

1   두여낭이 상사병에 걸려 앓다가 죽은 것을 말한다.

2   당 시인 유우석劉禹錫이 현도관玄都觀에 갔을 때 복사꽃을 보고 시를 한 수 지었는

두여낭 :

푸른 연기는 정말이지 사람으로 돌아왔으니,[3]

두여낭, 석 도고 :

달 높고 바람 자는 곳에서 그림자는 사람을 따르네.

두여낭 : 도사님, 제가 다행히 다시 살아나 유랑에게 시집을 갔으니 일 거에 공명을 이루어 함께 부모님을 뵈어야 할텐데, 뜻밖에도 조정에 서는 회남淮南의 병란 때문에 급제 발표를 늦추고 말았습니다. 아버 지 어머니는 포위된 성 안에 계시니 유랑을 보내 소식을 알아보는 수밖에 없었지요. 나를 전당錢塘[4]의 객점에 버려두시다니. 저 강물 소리와 달빛을 보니 슬퍼지기만 하네요.

석 도고 : 아가씨, 황천에 있을 때보다 경치가 어떤가요?

두여낭 : 그건 말할 것도 없지요.

【침선상鍼線廂】

황량한 마을 객점의 강물소리와 달빛이지만,

무덤 구덩이 속의 전생과 금생을 견준다면,

이 망가진 발 사이로 별빛이 들어오니,

깜깜한 구덩이보다야 훨씬 나아요.

　　도사님,

오갈 데 없는 부모님은 어떠시나요?

낭군님 먹고 입는 것은 누구에게 의지하시나요?

마음은 아득하고,

산 것도 죽은 것도 아니며,

데, 몇 년 뒤에 다시 가서 복사꽃이 모두 사라져버린 모습을 보고 "복숭아나무 심은 도사님은 어디로 가셨을까? 저번에 왔던 유랑이 오늘 또 왔는데"라는 시구를 지었다 고 한다. 여기에서 옛 손님은 유몽매를 비유한다.

3　푸른 연기는 본래 오왕吳王 부차夫差의 딸 소옥小玉의 망혼을 가리켰는데, 여기에서 는 두여낭 자신을 뜻한다.

4　남송의 서울이었던 임안의 별칭이다.

꿈속에서도 그분들 생각 뿐입니다.

석 도고: 아가씨 같은 사람도 없어요.

【전강】

아가씨의 신위神位와 함께 지낼 때,

아가씨의 낭군님도 지켜 드렸지요.

두여낭: 도사님, 그날 밤 수재님을 찾아왔을 때 내가 어디에 숨은 줄 아세요?

석 도고:

그림 폭이 어떻게 사람을 숨겨주었다는 말인가요?

귀신도 속였군요.

날이 어두워지니,

달빛 어둑어둑하고 별빛도 희미하고,

반딧불만 파룻파룻 도깨비불 같군요.

두여낭: 등을 켭시다.

석 도고: 기름이 없어요.

어둠 속에 앉아 있으니,

반딧불 두세 마리가,

아가씨의 비단옷을 비추네요.

두여낭: 밤은 길고 잠은 오지 않으니 주인에게 기름 좀 꾸어 오세요.

석 도고: 아가씨는 마당에 앉아 계세요. 내가 갔다 올 테니.

기름병 마개를 닫고서,

연꽃받침을 즈려 밟네.[5]

(퇴장한다. 두여낭은 달을 보며 탄식한다. 노단 견씨와 첩 춘향이 길 가는 행색으로 등장한다)

---

5 여인의 걸음걸이를 '금련보金蓮步'라고 한다. 연꽃받침을 밟는다는 말은 여인의 걸음을 말한다.

견씨 :

【월아고月兒高】

강북에 병란이 일어나니,

모두가 강남으로 도망가네.

편안히 수레 타지 못하고,

걸어오다 신발이 터졌구나.

남편께서 병권을 쥐셨지만,

하늘 끝 생사를 어이 알까.

앞에서 부르고 뒤에서 미는데,

춘향 하나만이 곁에 있네.

봉계鳳髻[6]는 다 빠져서,

양주揚州 식으로 묶을 수 없네.

배를 내려 임안臨安에 닿았는데,

황혼녘 어두운 그림자 드리운 숲이라,

객관에 투숙하기도 어렵구나.

춘향 : 임안에 도착했어요.

견씨 : 휴, 구사일생으로 임안에 닿았구나. 우리 여인들은 묵을 데도 없이, 먼 길 오느라 정말 외롭고 힘들었구나.

춘향 : 앞에 문이 조금 열려 있으니 들어가 보아요.

견씨 : (들어간다) 아, 방안이 비어 조용하네. 안에 누구 계신가?

두여낭 : 누구세요?

춘향 : 여자 목소리네. 다시 불러 보자. 문 좀 열어요.

두여낭 : (놀란다)

【불시로不是路】

난간에 기대어 섰더니,

---

6   높이 틀어 올린 머리를 말한다.

어디서 아리따운 소리가 문을 열라 외치나?

견씨 :

　길을 가다 날이 저물어,

　여인들이 잠시 방을 빌까 합니다.

두여낭 :

　저 말을 들으니,

　목소리가 남자는 아닌 듯하네,

　문을 열어 달 아래서 보아야겠네.

　　　(본다) 여인이구나. 들어오세요.

견씨 :

　서로 돌보아주어,

　지상이든 천상이든 도와 주시길.

두여낭 :

　어서 오세요,

　어서 오세요.

　　　(얼굴을 쳐다본다)

견씨 : (놀란다)

【전강】

　쓰러진 집, 부러진 서까래,

　　아가씨,

　당신은 어이 홀로 등불도 켜지 않고 앉아 있나요?

두여낭 :

　한적한 정원에서 맑은 빛을 보며,

　저 보름달을 떠나 보내고 있습니다.

견씨 : (뒤돌아 춘향을 부른다) 춘향아, 이 사람이 누구와 닮았느냐?

춘향 : (놀라면서) 확실하지는 않지만 아씨 같아요!

견씨 : 너는 빨리 집안에 또 누가 있는지 보아라. 아무도 없다면 아마도

귀신이리라.

　(춘향이 퇴장한다)

두여낭 : (돌아서서 혼잣말로) 이 분은 꼭 우리 어머니 같고, 저 몸종은 춘향이 같아. (앞으로 돌아서며 묻는다) 노부인께 여쭙습니다. 어디서 오시는 길인지요?

견씨 : (한숨을 쉰다)

회안에서 오는 길이라오,

우리 나으리는 회양 안무사이신데 병란을 만나,

나는 오랑캐를 피해 이곳으로 왔다오.

두여낭 : (혼잣말로) 우리 어머니구나. 어머니께 절을 올려야겠어.

　(춘향이 급히 등장한다)

춘향 : (조용히 견씨에게 말한다) 온 집안이 텅 비어 사람 그림자도 없어요. 귀신이에요, 귀신!

　(견씨가 놀란다)

두여낭 : 저 말을 들으니 우리 엄마야. (앞으로 나가 "어머니!"라고 외치며 통곡한다)

견씨 : 내 딸이라고? 너를 돌보지 않았더니 살아서 나타났구나. 춘향아, 얼른 가지고 있는 지전紙錢을 뿌려라, 얼른!

　(춘향이 지전을 뿌린다)

두여낭 : 저는 귀신이 아닙니다.

견씨 : 귀신이 아니라면 네가 너를 세 번 부를 테니 너는 세 번을 점점 큰 소리로 대답하거라. (세 번 부르고 세 번 대답한다. 소리는 점점 낮아진다) 귀신이로구나!

두여낭 : 어머니, 이 딸이 할 말이 있습니다.

견씨 :

조금 떨어지거라.

찬바람이 한 바탕 불더니,

마치 살아 있는 것처럼 생생하구나.

두여낭 :

살아 있는 것처럼 생생하다고요?

    (견씨를 잡아끈다)

견씨 : (두려워하며) 딸아이 손이 이렇게 차구나.

춘향 : (머리를 조아린다) 아씨, 춘향은 잡지 마세요

견씨 : 애야, 널 초도超度[7]하지 않은 건 네 아버지 고집 때문이란다.

두여낭 : (운다) 어머니, 이렇게도 두려우신가요? 저는 죽어도 어머니를
놓지 않을 거예요

    (석 도고가 등을 들고 등장한다)

석 도고 :

【전강】

문을 걸어 잠갔는데,

어인 일로 빈 집 안이 시끄러울까?

    (땅을 비춘다)

이끼 낀 정원에,

어째서 누런 지전이 날려 떨어지나?

춘향 : 마님, 저기 오는 사람은 석 도고가 아니에요?

견씨 : 그렇구나.

석 도고 : (놀라며) 아, 노부인과 춘향이 어디에서 왔을까? 이렇게 놀라운
일이 생기다니.

저들이 허둥지둥하는 모습을 보니,

    부인은

불꽃 없는 칠등漆燈을 겁내어 물러서고,[8]

---

7   재를 올려 사자의 영혼을 지옥의 고통에서 구하는 일을 말한다.

8   『패문운부佩文韻府』에 인용된 『강남야사江南野史』에 다음과 같은 이야기가 있다.
    "심빈沈彬이라는 사람의 거처에 큰 나무가 있었는데, '내가 죽으면 이 아래에 장사지

아가씨는 애가 타네,

어두운 방에서 빛을 내며 가까이 다가서지를 못하니.

두여낭: 도사님, 잘 오셨어요. 어머니가 두려워하십니다.

춘향: 이 도사도 귀신일까?

석 도고: (견씨를 잡아끌고 두여낭에게 등불을 비추어 보여 준다)

의심하지 마시오.

등을 옮겨 달처럼 두루 비추어보니,

옛날의 얼굴이지요?

모두:

옛날의 얼굴이로구나.

견씨: (두여낭을 안고 운다) 얘야, 네가 귀신이라도 어미는 버리지 않으마.

【전강】

애 끊긴 지 삼 년 만에,

어떻게 바다에 빠진 구슬이 돌아왔단 말이냐?[9]

두여낭:

어머니 아버지를,

지옥에서 그리워하여 혼이 돌아왔어요.

춘향: 아씨, 어떻게 무덤에서 나오셨어요?

두여낭:

말을 할 수도 없단다.

내면 되겠다.'라고 말하고 구덩이를 파보니 옛 무덤이 나왔다. 그 사이에 등잔대가 있었는데, 위에는 검은 등이 있었다. 또 같이 발견된 동패銅牌에는 '무덤이 이제 열렸으니, 열렸지만 파묻지는 않네. 검은 등은 아직 불타오르지 않고, 심빈이 올 날만을 기다리노라.'라고 써있었다" 여기에서는 견씨가 무덤에 묻혀있던 물건과 두여낭을 두려워한다는 뜻이다.

9   『후한서後漢書』 「맹상전孟嘗傳」에 진주에 관한 이야기가 실려 있다. 광동廣東 합포合浦에 본래 진주가 나다가 관리가 욕심을 부리니 진주는 이곳에서 자라지 않고 교지交趾로 옮겨갔다. 한나라 때 맹상이 합포 태수가 되어 정치가 좋아지자 진주도 다시 돌아왔다. 여기에서 진주는 두여낭을 비유한다.

견씨 : 어떻게 돌아올 수 있었느냐?

두여낭 :

　동악대제東嶽大帝의 큰 은혜를 입어,

　꿈에서 본 서생이 무덤에서 파내 주었습니다.

견씨 : 그 서생은 어디 사람 누구이더냐?

두여낭 : 영남의 유몽매입니다.

춘향 : 이상하다. 정말로 버들과 매화가 있네.

견씨 : 여기까지는 어떻게 왔느냐?

두여낭 :

　그이가 과거에 급제하였어요.

견씨 : 이렇게 훌륭한 수재라니, 빨리 만나 보자.

두여낭 : 제가 그이를,

　회양으로 보내 어머니 아버지 소식을 알아 오라고 했어요,

　그래서 깊은 마당에서 홀로 잔답니다,

　깊은 마당에서 홀로 잔답니다.

견씨 : (조용히 춘향에게 묻는다) 이런 일이 있었느냐?

춘향 : 그래요. 설마 귀신이 이렇게 예쁘겠어요?

견씨 : (앞으로 돌아서서 운다) 우리 아가야!

【번산호番山虎】

　너는 굳센 성품이라 푸른 하늘로 올라가,

　서방의 구품 연좌九品蓮座에 단정히 앉을 줄만 알았지,

　삼 년 만에 귀신굴에서 다시 만날 줄은 몰랐구나.

　울어서 내 손은 마비되고,

　애는 마디마디 끊어졌으며,

　마음은 바싹 마르고 눈물 뚝뚝 떨어졌지.

　꿈에서도 어지러웠단다.

　내 정신이 나가버리니,

볼 때는 아이가 땅에 서 있더니,

부르짖을 때는 어미가 하늘 끝에 있었단다.

네게 술과 밥, 차도 차려 주지 못했고,

소와 양이 네 무덤을 망치게 했구나.

모두 :

오늘 저녁은 어느 해인가?

오늘 저녁은 어느 해인가?

　아,

이 만남이 꿈일까 두렵구나.

두여낭 : (울면서)

【전강】

어머님이 저를 땅에 묻으신 후,

뼈가 시려 잠도 들지 못했어요.

어머니 아버지의 밥을 못 다 먹은,

강남땅의 한식寒食을 겪었지요.

오늘이 있을 줄은 생각지 못했지만,

지난날도 생각나지 않아요.

이렇게 분별하기 어려우니,

언제 하늘처럼 명백해질까요?

귀신이라면 맞아들이지 마시고,

사람이라면 꺼리지 마세요.

전생에 정해진 일 아니라면,

어떻게 이승에 이어졌겠나요!

모두 :

오늘 저녁은 어느 해인가?

오늘 저녁은 어느 해인가?

　아,

이 만남이 꿈일까 두렵구나.

견씨 : 도사님께서 우리 아이를 지켜 주신 덕분입니다.

석 도고 :

【전강】

근래의 일은 말할 수도 없었답니다,

벌써부터 마음이 떨리고 소름이 돋아요.

아가씨께 괜히 칠일제七日祭며 중원절中元節 제사를 올렸어요,

사랑을 이루어 부부를 맺을 줄 어찌 알았겠습니까.

　　(견씨에게 나지막이)

저는 귀신과 요물을 잡는데,

아가씨가 그림자놀이 하듯 살아서 나타날 줄은 몰랐어요.

모두 :

이렇게 기이한 인연은,

이렇게 기이한 인연은

한 바퀴 윤회輪回와 같다네.

춘향 :

【전강】

혼이 몸을 떠난 천녀倩女의 일은 알지만,[10]

아씨는 어이 육신이 삼년간이나 온전하였나요?

낭군님도 없이 관에 갇히신 일 한스러웠는데,

이 집의 여주인이 되실 줄이야 누가 알았을까요?

　　아씨,

아씨는 그리움의 귀신 되어,

오로지 낭군님만 따르셨군요.

10　원 잡극 「천녀이혼倩女離魂」의 이야기이다. 약혼자 왕주王宙가 과거를 보러 떠나자
　　장일張鎰의 딸 천녀가 왕주와 함께 있고자 영혼이 몸을 떠나 약혼자를 따라갔다는
　　내용이다.

어느 날인들 춘향이 제사상 차리지 않았으며,

어느 절기인들 부인께서 제사 올리며 슬퍼하지 않았을까요?

　일찌감치 알았답니다,

아씨가 저승을 버리고,

다른 사람 따라 배에 오를 줄을요.

모두 :

이렇게 기이한 인연은,

이렇게 기이한 인연은

한 바퀴 윤회와 같다네.

견씨 :

【미성尾聲】

딸아이가 등불 앞에 살아서 나타나 감격스럽지만,

　네 아버지는,

도적의 소굴 안에서 소식이 없구나.

두여낭 : 어머니 안심하세요. 저의 듬직한 그 사람이,

그이가 땅굴을 파고 하늘로 통해서라도,

먼 곳 소식을 알아 올 것입니다.

견씨	정령을 상상하지만 만나기는 어려운데,
춘향	복숭아는 어디 있기에 난鸞새를 타고 가는 것일까요.
두여낭	사람이 아니라 몸 따뜻하지 않다 말하지 마세요,
석 도고	첫 새벽에 능화문菱花紋 거울 빛이 차가울 뿐이라네.[11]

11　석림거사 각본에는 이 퇴장시 전체가 두여낭의 대사로 되어 있으나, 이후의 많은 판
　　본들에서는 각각 견씨, 춘향, 두여낭, 석 도고가 이어 읊은 것으로 보았는데, 이 견
　　해가 타당해 보인다. 본 번역에서도 후자를 따른다. 제1구: 구양첨歐陽詹, 「연평의
　　검담에 부치다題延平劍潭」 중 "정령을 마음 속에 그릴 수는 있어도 만나기는 어려운
　　데, 나루를 떠나니 물이 넘쳐흐른다想象精靈欲見難, 通津一去水漫漫." 제2구: 설봉薛逢,
　　「한무제사漢武帝辭」 중 "붉은 부절 언제 꿈꾸었던가, 벽도는 어디 있기에 난새 타고

운유하니絳節幾時還入夢, 碧桃何處便驂鸞." 벽도 곧 푸른 복숭아는 서왕모가 한무제에게 주었다는 복숭아이다. 난새를 타고 가는 사람은 유몽매를 가리키는 듯하다. 제3구: 백거이白居易, 「황보감에게 장난삼아 답함戲答皇甫監」 중 "사람 아니라서 몸 따뜻하지 않다 마시게, 가득 한 잔은 사람보다 따뜻하니莫道非人身不暖, 十分一醆暖於人." 제4구: 허혼許渾, 「비천관에서 다시 놀며 고 양도사의 숙룡지에 부치다重遊飛泉觀題故梁道士宿龍池」 중 "솔잎은 바로 가을 금소리 울리고, 능화는 첫 새벽 거울빛에 차갑다松葉正秋琴韻響, 菱花初曉鏡光寒."

제49척 회안 도착^{淮泊}

생生 : 유몽매
축丑 : 주막 주인

(생 유몽매가 봇짐과 우산을 들고 등장한다)

유몽매 :

【삼등락三登樂】

길은 있으나 묵을 곳 찾기 어렵구나,

이토록 어지러운 시절을 어찌 견디랴!

춥고 외로운 길에 낙엽 보니 가을이로구나.

아내가 장인 어른 생각 간절하다 하여,

양주로 찾아왔다네.

　　그런데 누가 생각이나 했겠는가,

회양 땅에 갇혀 계실 줄을,

얼른 가서 구해드려야겠네.

〔집당集唐〕

친지 계신 곳에 어떻게 갈 것인가?

흙탕물 진창길과 깨끗한 길을 거쳐야 하지.

유생이 되어 어려운 세상사 겪으며 한탄하니,

가련하다, 좋은 일 없고 집안은 가난할 뿐이라네.[1]

　　저 유몽매는 이 세상의 가난한 유생이지만 저승에 있던 두 소저의

1　제1구 : 이백李白, 「단칠낭에게 증贈段七娘」 중 "비단버선 걸음걸이에 고운 먼지바람 일
　　지만, 어떻게 낭군님께 갈 수 있겠어요?羅襪淩波生網塵, 那能得計訪情親" 제2구 : 한유,
　　「술 마시면서 양양 이상공을 붙잡다酒中留上襄陽李相公」 중 "나는 흙탕물 진창길을
　　당신은 깨끗한 길을 거쳤지만, 함께 조서 짓는 일 맡았었지요濁水汙泥淸路塵, 還曾同
　　制掌絲綸." 제3구 : 노륜盧綸, 「장안의 봄에 바라보다長安春望」 중 "그 누가 어려운 세
　　상 만난 유생 걱정하리오? 홀로 센 머리 이고 나그네는 장안을 떠도네誰念爲儒逢世
　　難, 獨將衰鬢客秦關." 제4구 : 위장韋莊, 「정월 초하루 상남도에서 이명부께 부침新正日
　　商南道中作寄李明府」 중 "오늘 당신과 함께 세상 피하노니, 가련하다, 하는 일 없이
　　집안 가난할 뿐이라네今日與君同避世, 卻憐無事是家貧."

뜨거운 사랑을 받아 부부의 연을 맺은 후 함께 과거를 치르러 갔습니다. 기쁘게도 전시殿試에서 답안지가 뽑혔지만, 변방의 난리에 급제 발표가 미루어졌습니다. 이에 두 소저는 부친의 회양 전황이 위급하다는 소식을 듣고, 저를 보내 그분의 안부를 확인해 달라고 하였지요. 소저의 초상을 지니고 가서 소저가 회생한 기쁜 소식을 알리려고 합니다. 그런데 여행길이 가난하여 노잣돈은 모두 무덤에서 나온 물건들로 마련하고 있습니다. 그 가운데 자잘한 보물들은 급히 전당잡히기가 어렵고, 이 금은 그릇들은 땅에 묻혀 있다 보니 녹이 슬어 온전치가 않습니다. 게다가 소생은 책만 볼 줄 알지 저울 눈금은 전혀 모릅니다. 이런 까닭에 오는 길 내내 조금씩밖에 못 받아서 날마다 다 써버렸습니다. 양주에 도착하였더니 장인 어른은 회안성으로 옮겨 방비를 하시고, 도적이 길을 막아 더는 갈 수가 없었습니다. 이제 다행히도 포위가 풀렸으니 좀 움직여 보아야겠습니다.

【금전도錦纏道】

진작부터 양주에서 취하고 두목杜牧을 찾아가,[2]

삼생三生의 화월루花月樓를 꿈꾸고자 했건만,[3]

어찌 알았으랴, 그분이 회수로 떠나신 줄을.

어찌 십만 냥을 휘감고 순풍에 학鶴을 타고 유람할 수 있으랴.

어부와 나무꾼 옆에서 숙식을 구해야 하는 신세,

시든 연잎과 버들잎은 다섯 호수[4]에 가을빛을 더하네.

　저 가을 기운에는,

얼마나 많은 곡절이 있는가!

나는 아직 공명을 이루지 못하고,

2　두목은 만당晩唐 때의 시인으로, 젊었을 때 양주에 머무르며 기루에 드나들며 풍류를 즐겼다. 여기에서는 장인 두보를 비유한다.

3　삼생의 화월루는 끝없이 영원한 풍류를 말한다. 양주에 와서 장인 두보를 찾고자 했다는 뜻이다.

4　양주 근처의 여러 호수들을 가리킨다.

나의 애를 끊는 규수를 쓸쓸히 내버려 두었네.

　고개를 돌려보면,

강남이며 강북이 모두 깊은 시름에 잠겨 있도다.

　다 왔구나. 저기 하늘을 찌를 듯이 높이 솟은 회안성이 보이고,
성 아래는 맑은 회수가 휘돌아 흐르는구나. 성루에는 여섯 길 폭의
군기軍旗도 걸려 있고, 피리소리 북소리 울리니 날이 저물어 성문을
닫나 보다. 우선 묵을 주막을 찾자.

　(축이 분장한 주막 주인이 등장한다)

주인:

　강호의 술에 물을 잔뜩 부어 보아도,

　누런 테두리의 풍월전風月錢[5]은 적게만 버네.

　수재께서는 투숙하시려오?

　(유몽매는 주막에 들어선다)

주인: 요리를 드릴까요, 간단한 안주를 드릴까요?

유몽매: 원래 술은 안 하오.

주인: 식사는 하시겠지요?

유몽매: 밥부터 먹고 셈을 하세.

주인: 셈부터 하고 드시지요

유몽매: 옛네, 은전 닷푼일세.

주인: 은 부스러기네요, 좀 달아 보겠습니다. (저울에 달아보다가 놀라면서)
　은이 떨어졌네. (찾는 시늉을 한다)

유몽매: 무슨 야단인가?

주인: 수재님, 은이 마루 틈새로 빠져버렸네요. 부스러기잖아요.

유몽매: 그럼 몇 개를 더 줌세.

주인: (은을 받아들더니 다시 떨어뜨리기를 세 번이나 반복하면서) 어? 수재님은

5　술값을 말한다.

수은水銀을 가져오셨나요?

유몽매 : 수은이라니, 무슨 말인가? (돌아서서 혼잣말로) 그렇구나, 소저를 염습할 때 입에 수은이 있었지. 용은 흙을 머금어서 구슬을 만든 뒤에 승천하고, 귀신은 수은을 머금어서 단사丹砂를 만든 뒤에 세상에 나온다고 하더니, 맞는 말이야. 그래서 밖으로 나와 바람을 맞은 후에 수은으로 변한 것이구나. 소저가 죽었을 때에는 수은도 죽었다가, 이제 소저가 살아났으니 수은도 살아난 것이야. 이 신기한 물건을 사람들은 모르고 있겠지. (돌아서며) 그만 두세. 주인장, 자네가 내 은을 다 써버려서 이제는 하나도 없네. 이 책은 내가 평소에 보던 것인데, 술 한 병 값은 될 걸세.

주인 : 책이 찢어졌네요.

유몽매 : 그럼 붓을 한 자루 얹어 줌세.

주인 : 붓에 곰팡이 꽃이 피었네요.

유몽매 : 이곳은 사람들이 많이 왕래하니 자네는 독서파만권讀書破萬卷[6]이라는 말을 들어보았겠지?

주인 : 못 들어 보았는뎁쇼.

유몽매 : 그럼 몽필토천화夢筆吐千花[7]라는 말은 들어 보았나?

주인 : 그것도 못 들어 보았습니다요.

유몽매 : (웃으면서)

【조라포早羅袍】

우습구나, 한 바탕 쓸데없는 소리로다,

---

6   두보의 시 「봉증위좌승장奉贈韋左丞丈」중의 한 구절이다. '만권의 책을 독파한다'는 뜻이다. 이 구절과 아래의 '몽필토천화'는 모두 문인의 학식을 자랑하면서 책의 값을 잘 쳐달란 뜻으로 말한 것인데, 여관 주인이 그런 말들은 들어본 적이 없다고 대답하면서 책값을 쳐주지 않는 상황이 전개된다.

7   오대五代 때 사람 왕인유王仁裕의 『개원천보유사開元天寶遺事』'몽필두생화夢筆頭生花' 대목에 "이백이 어렸을 때 자기가 쓰는 붓 끝에 꽃이 피는 꿈을 꾸었는데, 그후로 글재주가 뛰어나게 되고 이름이 천하에 널리 알려졌다"라고 적혀 있는데, '필두생화'는 글재주가 뛰어난 사람을 뜻하는 말이다. 여기에서는 표현이 조금 달라졌다.

시서詩書 만 권을 독파하고,

붓 끝에 꽃이 피었다는 말이.

　내가 틀렸도다. 이건 원래 술을 사먹는 물건이 아니지.

주인 : (웃으면서)

신선들은 옥패玉佩를 남겼고,

재상들은 금초金貂[8]를 풀었답니다.

유몽매 : 금초며 옥패는 다 어디에서 나오는가?

제왕에게 재능 팔 날 있으리니,

내 금초, 옥패, 책의 값이 더욱 높아지리라.

　자네는 아직 모르는가?

양가집 규수라도 그에게 시집가고,

조정의 대신들도 그에게 단정히 절을 하지.

주인 : 그에게 무엇을 바라는 것인데요?

유몽매 :

독서인은 붓을 잡아 천하를 안정시킨다네.

　책도 안 받고 붓도 안 받는다면 이 우산은 받겠는가?

주인 : 비가 오려고 하는데요.

유몽매 : 내일은 안 떠날 것이네.

주인 : 여기에서 굶어 죽겠다고요?

유몽매 : (웃으면서) 자네는 회양의 두 안무를 아는가?

주인 : 그분을 모르는 사람이 어디 있나요? 내일 태평연太平宴을 여신다
고 하는데.

유몽매 : 내가 바로 그분의 사위일세, 지금 찾아뵈러 가는 길이네.

주인 : (놀라며) 이렇게 일찍 말씀해 주셔서 고맙습니다요. 두 나으리께
서 진작 초청장을 보냈습니다요

8　관의 장식물인 금당金璫과 초미貂尾로, 한나라 때에는 시중侍中과 중상시中常侍 등
이 사용하였다.

유몽매 : 초청장은 어디에 있는가?

주인 : 나으리께 보여 드리지요. (유몽매에게 가기를 청한다) 소인이 짐과 우산을 들어 드리겠습니다요. (걸어간다)

유몽매 : 초청장은 어디에 있는가?

주인 : 여기 있잖아요!

유몽매 : 이건 주민들에게 알리는 포고문인데.

주인 : 그렇지요. 자 보시오!

【전강】

"떠돌이와 사기꾼의 왕래를 금한다."

　　두 나으리는 파촉巴蜀 출신이시니,

"파巴 땅에서 여기까지 만 리가 모두 집이니라.

아들이나 조카를 관아에 오게 하지 않았고,

쓰잘 데 없는 무리와 어울리는 사위도 없노라."

　　다음 구절은 당신을 말합니다,

"만약 가짜가 행세하면 지방地方[9]은 잡아서 보고하라."

　　다음은 저를 두고 한 말입니다,

"어울려서 재워 주면 주인집에게도 죄를 묻는다.

이를 널리 알려라.

　　위와 같이 통지하노라. 건염建炎 32년 5월 5일."[10] 뒷면에는 안무사의 인장이 있는데, "흠차안무회양등처지방제독군무안무사사지인欽差安撫淮揚等處地方提督軍務安撫司使之印"[11]이 선명하지요. 나으리, 나으리, 여기서 조금만 기다리십시오. 소인은 돌아갑니다요.

집 앞에 쌓인 눈은 스스로 쓸 일이지만,

9　지방행정 기층 단위의 장으로 치안도 관장하였다.

10　건염은 남송 고종高宗의 연호로, 건염 4년은 서기 1158년이다.

11　인장에 쓰여있는 내용으로, "황명으로 회양 등의 안무를 맡은 제독군무안무사사의 인장"의 뜻이다.

남의 집에 내린 서리는 상관할 바 아니네.

(퇴장한다)

유몽매 : (울면서) 부인, 부인이 어찌 알겠소. 남편이 여기에 와서 황망한 꼴을 당하는 것을. (멀리 바라보며) 아, 저기 집 문에 커다란 금빛 글자가 있구나. 저기 가서 묵어야겠다. (글자를 읽는다) 네 글자로구나, 표모지사漂母之祠[12]라. 왜 표모의 사당이라고 할까? (바라본다) 벽에는 이렇게 써있구나. "옛날 현인賢人이 밥 한 그릇에 보답하고자 하였으니, 이는 이미 천 년 전의 일이라." 그래, 옛날 회음후淮陰侯 한신韓信의 은인이로구나. 한신은 가짜 제왕齊王이었는데도 밥 한 그릇 준 사람이 있었거늘,[13] 나 유몽매는 진짜 수재인데도 찬 술 한 잔도 못 얻어먹다니! 이 표모 같은 사람이라면 천 번이라도 절을 하겠다. (절을 올리며)

【앵조포鶯早袍】

초나라 하늘 끝에서 낚시하던,

수척한 왕손王孫[14]은,

빨래하는 아낙을 만났네.

겹눈동자 항우項羽도 이 여인의 눈길만 못했구나.[15]

태사공太史公[16]은 아낙을 칭찬했고,

회안부에서는 그를 사당에 모셨으니,

밥 한 그릇은 천금의 값어치가 있는 것.

---

12 빨래하는 아낙의 사당이라는 뜻이다.

13 진나라 말에 한신이 산동 일대를 공략할 때, 장악을 쉽게 하기 위해 유방에게 가짜 제왕의 칭호를 내려달라고 건의했는데, 유방은 그를 정식으로 제왕에 책봉하였다. 한신이 신분을 숨기고 지낼 때 빨래하던 아낙이 끼니를 하지 못하는 한신을 불쌍히 여겨 밥을 주었다는 이야기는 유명하다.

14 한신을 가리킨다.

15 항우는 한쪽 눈에 눈동자가 두 개씩 있었다고 한다. 한신은 처음에는 항우의 수하에 있었으나 항우가 자신의 진가를 몰라주자 유방에게 귀순하여 큰 공을 세웠다.

16 『사기』를 쓴 사마천을 가리킨다.

예로부터 부녀자들의 눈이 밝았으니,

문공文公이 걸식할 때,

희僖 부인이 예를 갖추었고,[17]

소관昭關에서 걸식할 때,

비단옷 빨던 여인을 만났었지.[18]

봉황머리 신발에다가 삼천 배를 해야겠네.[19]

　밤이 되었구나, 여기 처마 아래에서 하룻밤을 보내야겠다. 아침에 일찍 나가서 성문이 열리기를 기다려야지. 얼굴 씻을 물이 없구나. (둘러보면서) 마침 잘 됐네, 비가 오는구나.

　　옛날 일 더불어 논할 사람 없거늘,

　　다만 빨래하던 아낙만이 왕손을 알아보았네.

　　해진 옷차림으로 원문轅門에 절 올릴 때,

　　옷 적셔서 눈물 흔적 남기지 않으리.[20]

17　춘추시대 진晉나라 문공文公은 공자公子 중이重耳 시절에 외국으로 망명했을 때 여러 지방에서 굴욕을 당했으나, 조曹나라 대신 희부기僖負羈의 부인만은 그의 장래를 알아보았다고 한다.

18　초나라 사람 오자서伍子胥는 부친과 형이 모함을 받아 죽자 초나라를 탈출하여 도주하였는데, 길을 가다가 비단옷을 빨고 있는 여인을 만나 밥을 얻어먹었다. 그 여인은 오자서의 신분을 알고 나서 비밀을 지키기 위해 강물에 투신하였다.

19　봉황머리 신발은 여자들이 신는 신발의 종류이다. 여기에서는 빨래하던 아낙 등 사람을 보는 눈이 밝았던 여자들을 비유한다.

20　제1구: 한유韓愈,「시홍강 어귀를 지나며 느끼다過始興江口感懷」중 "눈앞에서는 많은 이들이 따르지만, 옛날 일 더불어 논할 이가 없구나目前百口還相逐, 舊事無人可共論." 제2구: 왕준王遵,「회음淮陰」중 "진나라 망할 적에 현자와 우인을 알아보지 못하고, 다만 빨래하던 아낙만이 왕손을 알아보았네秦季賢愚混不分, 只應漂母識王孫." 제3구: 유장경劉長卿,「복주에 포대부를 뵈러 가는 진시어의 외조카 장전을 전송하며—진시어와 포대부는 예전부터 잘 알고 지낸 사이送秦侍御外甥張篆之福州謁鮑大夫秦侍禦與大夫有舊」중 "해진 옷차림으로 원문轅門에 절 올릴 때, 모습이 마치 옥에 갇혔던 사람 같으니 어찌 가련하지 않으랴轅門拜首儒衣弊, 貌似牢之豈不憐." 제4구: 위순미韋洵美,「소아에게 답함答素娥」중 "은혜 입으면 반드시 철에 맞는 옷을 내릴 것이니, 적셔서 눈물 흔적 남기지 말게承恩必若頒時服, 莫使沾濡有淚痕."

제50척 연회에 등장한 유몽매 鬧宴

외外 : 두보

축丑 : 문지기

말末 : 문관

정淨 : 무관

노단老旦 : 보고자, 중군관

생生 : 유몽매

단旦 : 가기家妓

첩貼 : 가기

(외 두보가 축 문지기 및 여러 병사들을 데리고 등장한다)

두보 :

【양주령梁州令】

회수에는 일천一千 기병이

기러기 날아가는 가을 하늘 아래 서 있고,

물결은 솟구치고 구름은 떠 있네.

고향과 조국 생각에 눈물 흘리며 누각에 기대노라.

두보, 문지기, 병사들 :

좋은 기회를 만나,

개선가를 부르기도 했지만,

아직도 오래도록 머무르고 있다네.

두보 :

〔소군원昭君怨〕

제후 되는 길은 험난한 만 리 길이라,

닳아버린 영웅의 신발 몇 켤레이던가.

가을 성루에서는 북소리 피리소리가 재촉하는데,

사람은 계속 늙어만 가네.

어젯밤에는 평안을 알리는 봉화 타올랐건만,

꿈에서 깨어나니 고향 생각에 눈물 흐른다.

전쟁 때문에 귀향하지 못하니 마음은 떠돌 뿐.

　　나 두보는 안무按撫의 몸으로 병란을 당하여, 포위당한 성을 구하기 위해 편지를 보내 적병들을 물러가게 했소. 이전은 물러가고 금나라는 침입하지 않고 있소. 그 사이의 앞뒷일들은 내가 직접 잘 처리하려고 합니다. 중군관中軍官은 문 밖에서 기다려라!

　　(부하들이 퇴장하고, 문지기가 문을 지킨다)

두보：(탄식하며) 성을 지키게 되어 기쁘기는 하나 처妻를 잃은 고통이 너무 크구나. (눈물을 흘리며) 아, 부인. 어제 당신의 포상과 나의 귀향 휴가를 청했소. 성상께서 어떻게 유지諭旨를 내려주실지 모르겠구나. 정말이지,

부귀공명은 풀잎 위의 이슬과도 같고,

골육지간의 만남은 비단 위에 꽃 피기와도 같다네.[1]

　　(문서를 본다)

　　(생 유몽매가 낡은 옷차림에 두여낭의 초상화를 들고 등장한다)

유몽매：

【금초엽金蕉葉】

가난 걱정에 여행길 걱정,

바야흐로 낙엽 지고 기러기 떼 날아가는 계절.

　　(옷차림을 정돈하며)

모자를 고쳐 쓰자, 머리부터 정돈해야지.

　　걱정이라네,

정식으로 혼인하지 않은 사위를 받아 주시려나?

문지기：(큰소리로) 거기 누구요?

유몽매：두 나으리의 사위가 인사드리오.

1　부귀공명은 덧없는 것이고, 가족과의 재회는 매우 어렵다는 뜻이다. 공명은 이루었지만 부인과 딸을 잃은 것으로 생각하면서 자신의 슬픔을 표현하고 있다.

문지기 : 진짜요?

유몽매 : 수재는 거짓말을 안 하오.

　　(문지기가 안으로 들어가 아뢴다)

두보 : 방비하는 일은 이제 다 처리했도다. (문지기에게) 저 자는 누구냐?

문지기 : 별 일 아닙니다. 그림을 한 폭 지니고 있습니다요.

두보 : (웃으며) 그림쟁이로구나. 내가 군무軍務로 바쁘다고 전해라.

문지기 : (유몽매에게) 나으리께서는 군무에 바쁘시오. 이제 마음대로 하시구려.

유몽매 : 마음대로 하라니, 마음대로 하면 사람이 되지 못하는데.[2]

문지기 : 가시구려. 사람 되려면 마음대로 해서는 안 되오.

유몽매 : 나으리께서는 손님을 맞이할 수 있는가?

문지기 : 오늘은 문무 관원들을 청하여 태평연을 여는데, 명부도 다 정해졌소.

유몽매 : 형씨, 태평연이 무엇이오?

문지기 : 이 잔치는 각 변방에서 행하는 연례 행사라오. 올해는 도적을 물리쳐서 잔치가 더 성대합니다. 자리에는 황금 꽃나무와 은쟁반, 비단과 대원보大元寶[3] 등이 무수하게 있다오. 당신이 나으리의 사위라니 몇 개 가져가시구려.

유몽매 : 그렇군. 그런데 연회 자리에 갔을 때 「태평연시太平宴詩」나 「군중개가軍中凱歌」나 「회청송淮淸頌」 등으로 글을 지어 보라고 하면 갑자기 어떻게 짓지? 여기에서 미리 한 편 생각해 두자, 유비무환이라 했으니.

문지기 : 수재, 아직 떠나지도 않았소? 문무 관원들이 벌써 도착했는데.

　　(유몽매가 퇴장한다. 말이 분장한 문관[4]이 등장한다)

2　원대에 널리 쓰인 속담에 '성인은 저절로 되는 것이 아니니 제멋대로 굴어서는 인재가 될 수 없다成人不自在, 自在不成人'라는 말이 있다.

3　모양이 큰 은전을 말한다.

문관 :

【양주령】

회수를 아득히 바라보니 변방은 가을이라,

기쁘게도 병사를 거두어들였네.

태평을 축하하며, 우리는 자축하네.

(정이 분장한 무관이 등장한다)

무관 :

문무 관원들 모아서,

재상과 장군들 모시고,

공후公侯들에게 잔치를 베푸시네.

들어가시지요.

문관 : 오늘 우리 문무 관속들이 태평연에 모였으니 음식은 풍성하고 가무도 훌륭하겠지요.

문관, 무관 : (두보에게 예의를 갖추며)

성황聖皇을 만신이 보필하고,

제후는 팔방에 위풍당당하시네.

적군을 짧은 편지 한 통으로 물리치시고,

군례軍禮 갖춰 태평연을 여시네.

이제 다 준비되었으니, 바라옵건대 굽어살피소서.

두보 : 군공을 조금 세웠다 하나 내세우기 어렵거늘, 제공諸公들이 있는데 어찌 연례의 잔치를 폐지하리오? 개선凱旋이라고 말하기는 어렵지만 그런대로 마음을 풀라.

(무대 뒤에서 북과 피리소리가 울린다. 문지기가 술을 가지고 등장한다)

문지기 :

세 치 혀는 황석공黃石公의 병서와 같고,[5]

---

4   원문에는 무관이라고 되어 있으나, 맥락으로 보아 문관으로 정정한다.

5   황석공은 진秦나라 말엽 사람으로, 장량張良에게 병법서인 『태공병법太公兵法』을 주

청하淸河의 맑은 물로 오가피주 빚었네.

　술 가져왔습니다.

두보 : (술을 따르며)

　【양주서梁州序】

　강좌江左의 하늘 열리고,

　회우淮右의 땅이 솟았다.⁶

　조용한 밤에 솥 두드리는 소리 울려 퍼지네.⁷

문관, 무관 : (술을 올리며)

　성곽이 실처럼 길게 뻗어 있으니,

　어찌 우리 군후君侯를 이길 수 있겠는가!

　기쁘게도 전쟁의 기운 사라졌으니,

　깃발도 휘날리지 않고,

　편지 한 통으로 도적을 물리치셨다네.

　어찌 오랑캐 피리 소리 속에서 중원 땅을 바라보리요!

　여기는 만 리 변경 중에서도 제일가는 성루로다.

모두 :

　변방의 풀 위로 가을바람 불어오고,

　태평연의 술은 회수처럼 많다네.

　모두들 강개하여,

　군후의 만수무강을 기원하네.

두보 :

　【전강】

　우리 황제께서는 복이 많으시네.

<hr>

　었다고 전해진다. 여기에서는 두보의 지략을 칭찬하는 말로 쓰이고 있다.

⁶　강좌는 양자강의 북쪽, 회우는 회수의 남쪽을 가리킨다. 회안성이 양자강과 회수의
　중간에 있음을 말한 것이다.

⁷　옛날 군대에서는 국자로 솥을 두드리며 야간 경계를 하였다.

여러 인재들이 계책을 올려,

포위된 성을 굳게 지켜냈다네.

문관, 무관 :

군령이 엄정하니,

술잔 앞에서 젓가락으로 작전을 보고하였네.[8]

두보 : 나는 이전 부부에게 편지를 보내어,

미인이 철군하게 만들고,[9]

달밤에 피리를 불어,[10]

한 글자로 포위를 풀었다네.

그렇지 않았다면 어떻게 구했을 것인가!

하늘의 도움이 아니었으면 이 자리에 모이기 힘들었으리라.

모두 :

변방의 풀 위로 가을바람 불어오고,

태평연의 술은 회수처럼 많다네.

모두들 강개하여,

군후의 만수무강을 기원하네.

    (무대 뒤에서 북이 울린다. 노단이 분장한 보고자가 등장한다)

보고자 :

금초金貂 달고 삼공부三公府에 들어가시니,[11]

---

8   장량이 한왕漢王 유방劉邦에게 갔을 때 유방은 식사를 하고 있었는데, 장량은 그의
     젓가락을 빌려 탁자에 천하의 정세를 그리면서 설명했다. 『사기』「유후세가留侯世家」
     편 참고. 여기에서는 문무 관원들이 두보를 도와 작전을 펼쳤다는 의미로 쓰이고 있다.

9   한 고조가 흉노에게 포위되었을 때, 진평陳平이 흉노 선우單于의 부인인 연지閼氏에
     게 가서 한나라 미녀들을 선우에게 바치려고 한다고 말하자 연지가 선우의 총애를
     잃을까 걱정하여 선우에게 철군을 건의하였다. 『사기』「진승상세가陳丞相世家」편
     참고. 여기에서는 양낭낭의 철군을 뜻한다.

10   진晉나라 사람 유곤劉琨이 성을 포위당했을 때, 휘파람과 피리를 불어 적병들을 감상에
     빠지게 하여, 결국 전의를 잃고 포위를 풀게 했다고 한다. 『진서晉書』「유곤전」참고.

11   금초는 관의 장식인 금당金璫과 초미貂尾를 줄여 부르는 말로, 한나라 때부터 고관
     들이 착용하였다. 여기에서는 두보가 공을 세워 조정의 최고 기관인 삼공부三公府에

만리성 이끄는 군막軍幕은 누가 맡아야 하나?

아뢰옵니다! 조서가 이미 내려와 성지를 받듭니다. 사직을 허락하지 않으셨습니다. 조정에서 나으리께 동평장군국대사同平章軍國大事를 제수하셨고, 노부인께는 일품정렬부인一品貞烈夫人을 추증하셨습니다.

문관, 무관: 평장은 재상의 직위라, 군후께서 조정 밖에 나와서는 장수가 되시고 조정에 들어가서는 재상이 되시니, 저희 관속들은 기쁨과 존경을 이기지 못하옵니다. (두보에게 술을 올리며)

【전강】

초선관貂蟬冠[12] 쓰고 세월 보내시리니,

기쁘게도 용호龍虎와 풍운風雲이 모여들 것입니다.[13]

　군후께서 이번에 떠나가시면,

은하수에 병기 씻을 수 있을 것입니다,

하늘까지 닿는 높으신 경륜 덕택에.[14]

마침 계화桂花 피는 계절이라,

천향天香이 말을 따르고,

맑은 날에 피리와 북 울리며 가실 것입니다.

장안 궁궐[15]에 도착하실 때면 가을이 깊으리니,

강가에서 다듬잇돌 소리 들으면 옛 놀이 기억하실요?

모두:

변방의 풀 위로 가을바람 불어오고,

　가서 고위 관직을 제수받게 되었다는 뜻으로 쓰이고 있다.

12　초선관은 담비꼬리와 금이나 대모 등으로 새긴 매미 모양의 장식으로 꾸민 관이다. 지위가 높은 근신近臣들이 썼다.

13　용호와 풍운은 모두 높은 지위에 있는 군신들을 가리킨다.

14　두보의 「세병마洗兵馬」 시에, "어떻게 장사를 얻어 은하수를 당겨다가, 병갑兵甲 깨끗이 씻어두고 오래도록 안 쓸 수 있을까安得壯士挽天下, 淨洗甲兵長不用"라는 구절처럼 전쟁이 없는 태평한 시대를 염원하는 말로 쓰이고 있다.

15　실제로는 임안을 가리킨다. 장안은 도읍의 대명사처럼 쓰였다.

태평연의 술은 회수처럼 많다네.

모두들 강개하여,

군후의 만수무강을 기원하네.

두보 : 제공들은 능력이 뛰어나고 나이도 한창이니 당연히 봉후封侯가 될 것이오 이 두보는 흰 머리로 조정에 돌아가니 뭐 말할 만한 것이 있겠소!

【전강】

날마다 거울 보고 누각에 오르면서,

예전 같지 않음을 슬퍼하여 눈물이 옷을 적시겠지.

강산은 변함이 없겠지만,

세월은 다시 오기 어렵다네.

문득 검을 보다가,

난간을 두드리고는,

지는 해에 다시 고개 돌리겠지.

　이번에 떠나가면, 안타깝게도,

남으로 서둘러 돌아가면서,

동쪽으로 흘러가는 물에 부치리니,[16]

　(손을 들어올리며) 그대들은,

달 아래 성루에서 누구와 함께 노래할까?[17]

모두 :

변방의 풀 위로 가을바람 불어오고,

태평연의 술은 회수처럼 많다네.

16　임안으로 돌아간 후에 북벌을 완수하고자 하는 뜻을 강물에 흘려 보내듯이 영원히 포기하게 될 것이 안타깝다는 의미이다.

17　진晉나라의 정서장군征西將軍 유량劉亮이 무창武昌에 군진을 설치하고 있을 때, 어느 날 저녁 남쪽 성루에 갔다가 관속을 만나서 함께 앉아 담소를 했다는 이야기가 전한다. 『진서』「유량전」참고. 여기에서는 유량을 자신에 비유한 두보가 자신이 떠나고 난 뒤 관속들이 어느 상관과 함께 하게 될지를 궁금하게 여기는 뜻으로 쓰이고 있다.

모두들 강개하여,

군후의 만수무강을 기원하네.

(생 유몽매가 등장한다)

유몽매 :

시는 내 뱃속에 이미 읊어 두었건만,

이름표¹⁸를 아직 받지 못했네.

(문지기에게 인사를 하며) 형씨, 한번만 더 아뢰어 주시게.

문지기 : 나으리께서는 지금 태평연에 가셨소.

유몽매 : 태평연에서 읊을 시도 다 생각해 두었는데, 잔치가 아직 안 끝난 모양이로군.

문지기 : 누가 시를 지으라고 했소?

유몽매 : 형씨, 나는 친사위이니, 어쨌든 한 번 뵈어야겠네.

문지기 : (들어가서 아뢴다) 나으리, 나으리의 친사위라고 떠드는 '어쨌든'이라는 자가 뵙기를 청하옵니다.

두보 : 매우 쳐라!

(문지기가 나와서 고민하다가 유몽매를 밀어서 쫓아낸다)

유몽매 :

장인 어른의 잔치가 끝나지 않았으니,

이 사위는 공손히 기다려야겠네.

(퇴장한다. 단과 첩단이 군영의 기녀로 분장하여 등장한다)

기녀들 :

장사는 전쟁터에서 반이 죽었지만,

미인은 군막에서 노래하고 춤춘다네.¹⁹

영기營妓들 인사 올립니다.

---

18 연회에 들어갈 수 있는 허가증 역할을 하는 이름표를 말한다.

19 고적高適 「연가행燕歌行」 시의 일부를 약간 고친 것이다.

【절절고節節高**】**

원문轅門에 피리소리 북소리 퍼지니,

전운戰雲이 걷히네.

임금님의 은혜로 회양淮揚의 구순寇恂을 빌려 주소서.[20]

담비 꼬리를 머리에 꽂으시고,

옥대玉帶를 허리에 늘어뜨리시고,

금인金印을 팔에 차시리니.

가을바람 속에 박차를 차며 말을 달리시고,

모랫길 깔고 웃으며 소맷자락 하늘 향해 휘날리시겠네.[21]

모두 :

강산을 지켜 임금님께 바치셨으니,

서울에서는 풍악 울리며 군후를 맞이한다네.

　　(유몽매가 등장한다)

유몽매 :

천 리 밖 먼 곳까지 바라보려고,

누각을 한 층 더 올라가네.[22]

　　연회가 이제 끝났으려나. 소생은 너무 배가 고파서 그냥 밀고 들
어가서 앉아야겠습니다.

문지기 : (유몽매를 막으며) 이런 아귀 같으니라고, 창피하지도 않소?

유몽매 : (괴로워하며) 나으리의 말馬이나 따라다니는 천한 자가 감히 귀
하신 사위를 모욕하느냐? 때려 주지 않을 수 없다. (문지기를 때린다)

20　동한 때 사람 구순은 영천潁川 태수로 있다가 서울로 부임했는데, 훗날 황제를 수행
　　하여 영천에 갔을 때 그곳 사람들이 "구순을 1년 더 빌려주셔서 이곳에서 일하게 해
　　주시기를 청합니다"라고 건의했다. 『후한서』「구순전」 참고. 여기에서는 두보를 구
　　순에 비유하여 칭송하고 있다.

21　『국사보國史補』에 따르면 당나라 때 신임 재상의 집에서 장안 자성子城 동쪽에 이르
　　는 길에 모래를 깔았다고 한다.

22　왕지환王之渙의 「등관작루登鸛雀樓」 시의 일부분을 빌려온 것이다.

두보 : 군문 밖에서 누가 감히 소란을 피우느냐?

문지기 : 아침에 찾아왔던 '어쨌든'이라는 자칭 사위가 누더기 의관, 누
더기 봇짐, 누더기 우산에 낡아빠진 그림을 들고 와서는 배고파 죽
겠다면서 막무가내로 들어오려고 해서, 제가 타이르니 저를 아홉 대
반이나 두들겨 팼습니다요. 아직 따귀 반 대가 남았답니다요.

두보 : (화를 내며) 이런 나쁜 놈 같으니라고 이곳은 규율이 엄정하건만
어떤 빌어먹을 놈이 감히 와서 제멋대로 소란을 피운다는 말이냐?

문관, 무관 : 이 사람이 정말 군후의 사위가 맞다면 저희들은 마땅히 예
의를 갖추어 모시고자 합니다.

두보 : 그놈의 계략에 걸려들었군. 중군관은 그 놈을 잠시 잡아 두어라.
이 고을 저 고을 지나가면서 임안까지 압송하여 감옥에 집어넣자.

　　　(중군관이 등장하여 대답하고 유몽매를 포박하여 끌고 나간다)

유몽매 : 억울하오! 부인!

　　농옥弄玉을 탐하여 진나라 사위가 되었건만,[23]

　　유관儒冠 쓰고 초나라 죄수 신세가 되어버렸구나.[24]

　　　(퇴장한다)

두보 : 공들은 모를 것이오. 내가 국난으로 이산가족이 되어 마음이 찢
어질 듯 아프다는 것을. 그런데 이런 무뢰배까지 나타나서 시끄럽게
굴어대니 내 마음이 더욱 상하는구려.

문관, 무관 : 노부인께서는 나라의 은혜를 입으셔서 청사에 이름을 남기
셨습니다. 난초와 옥은 뒤에 절로 생겨날 것이니, 마음 쓰실 필요 없
습니다.[25] 악인樂人들은 술을 따르라.

23　농옥은 제18척 등 참고.
24　춘추시대 초나라의 종의鍾儀라는 사람이 정鄭나라에 포로로 잡혀갔는데, 정나라에
　　서는 다시 그를 진晉나라에 보내버렸다. 그는 남방의 관을 쓰고 남방 음악을 연주하
　　면서 고국을 잊지 못하다가 후에 석방되었다. 『좌전』「성공成公 9년」참고. 여기에서
　　는 유몽매가 종의처럼 포로가 되어버렸음을 나타내고 있다.
25　난초와 옥은 자녀를 비유한다.

【전강】

강남은 벼슬살이하기 좋은 곳,

위급한 난리가 끝났으니,

술잔 앞에 또 평안주平安酒를 올립니다.

복福과 수壽를 누리며,

자녀 많아지고,

부인 다시 얻으실 것입니다.

두보 : 벌써 취하는구나.

　　　(가기들이 두보를 부축한다)

두보 : (눈물을 흘리며)

문득 영웅의 눈물이 소매를 흠뻑 적시지만,

상심하고 수척해진 것은 가을을 슬퍼해서가 아니라네.

모두 :

강산을 지켜 임금님께 바치셨으니,

서울에서는 풍악 울리며 군후를 맞이한다네.

두보 : 그럼 나 먼저 물러가오. 조정에 돌아갈 마음 간절하니 즉시 길을 떠나려 하오.

　　　(무대 뒤에서 음악을 연주한다)

【미성】

내일 이별하는 정자에서 한 잔 합시다.

문관, 무관 :

어찌하겠습니까, 당신의 초상을 성황께서 찾으시니.

두보 : (웃으며)

기린각麒麟閣에 걸릴 초상은,

백발이 성성한 모습이겠구나.[26]

26　한 선제가 11명의 공신의 초상을 그려 기린각에 걸어두도록 했다고 한다. 여기에서

두보	만 리 사막 서쪽 오랑캐들 평정하였고,
문관	동쪽으로 돌아와 명을 받들 때 쌍 깃발 펄럭이네.
무관	석양 속 변방에는 기러기떼 다 지나갔는데,
모두	회수에서는 거울처럼 맑은 당신을 길이 연모하리라.[27]

는 조정에 공을 세워 이름이 전해지리라는 것을 뜻하는 말로 쓰였다.

[27] 제1구: 장교張喬, 「변방의 일을 다시 쓰다再書邊事」 중 "만 리 사막 서쪽 오랑캐들 평정하였고, 개와 양떼 바깥에 빈 성 세웠다네萬里沙西寇已平, 犬羊群外築空城." 제2구: 한굉韓翃, 「활주로 돌아가는 강 선마를 전송하며送康洗馬歸滑州」 중 "허리에 활 찬 한나라 명궁이 동쪽으로 돌아가 명을 받들 제 쌍 깃발 펄럭이네腰佩雕弓漢射聲, 東歸銜命見雙旌." 당나라 때 절도사가 부임할 때 황제가 쌍정雙旌과 쌍절雙節 등의 의장품을 하사하였다. 『당서唐書』「백관지百官志」참고. 여기에서는 두보가 조정에 돌아갈 때의 광경을 당나라 때 절도사의 행차에 비유하여 묘사하고 있다. 송나라 때의 안무사 지위는 절도사와 유사하였다. 제3구: 경위耿湋, 「새하곡塞下曲」 중 "석양의 변방에는 기러기떼 다 지나가고, 저물녘 누각에는 구슬픈 호각 소리塞鴻過盡殘陽裏, 樓上淒淒暮角聲." 제4구: 이신李紳, 「수양에서 지현을 그만둔 날 10수를 읊어 추억하다壽陽罷郡日有詩十首與追懷」 중 "사람 마음은 현처럼 곧음을 싫어하지 않고, 회수에서는 거울처럼 맑은 당신을 길이 연모하리라人心莫厭如弦直, 淮水長憐似鏡清."

제51척 장원급제 발표 榜下

노단老旦 : 장군 갑

축丑 : 장군 을

외外 : 추밀사樞密使

정淨 : 묘순빈

말末 : 진최량

(노단과 축이 각각 장군으로 분장하여 과瓜와 추鎚[1]를 들고 등장한다)

장군 갑, 을 :

봉황 춤추고 용이 날아오르는 서울에,

우뚝 솟은 궁전의 금위禁衛 군사들.

황궁의 문루에 급제자 명단을 발표하려니 기쁘고,

강변에서 새로운 개선가가 울려퍼진다네.

　안녕하신지요. 성가聖駕[2]가 궁전에 오르시려고 하여, 우리는 여기서 대령하고 있습니다.

(외가 추밀사로 분장하여 등장한다)

추밀사 :

【북점강순北點絳脣】

조정의 기강을 점검하고,

변경에 군량을 조달하노니,

강산은 웅장도 하구나.

(정이 묘순빈으로 분장하여 등장한다)

묘순빈 :

한림원의 문장은,

태평성대의 기상을 높이 드러내네.

　평안하신지요. 이전李全의 항복은 모두 추밀사께서 조치하신 공로

1　금위군이 사용한 몽둥이 모양의 무기로, 의전용으로도 썼다.

2　황제의 수레이다. 황제를 비유한다.

입니다.

추밀사 : 이제 아룁니다. 지난 날 선생께서 장원을 뽑으셨는데, 문교文敎를 시행하고 전쟁을 끝내라는 성지를 받았으니 지금이 마땅한 때인 듯합니다.

묘순빈 : 바로 그 일을 주청하려고 합니다. 아, 웬 늙은 수재가 달려오니 참으로 이상합니다, 이상해.

　　(말 진최량이 낡은 의관을 입고 표문을 들고 등장한다)

진최량 : 선사先師 공부자孔夫子께서도 문왕文王을 뵙지 못하였는데 지금 성천자聖天子께서 나 진최량을 만나 주시니 보통 일이 아니로다. (추밀사와 묘순빈에게 인사한다) 생원 진최량이 인사 올립니다.

묘순빈 : (놀라며) 또 과거 못 본 선비가 과거 보게 해 달라는 것이오?

진최량 : 어찌 감히 그러겠습니까. 이 생원은 저 추밀사 대인께 아뢰려고 왔습니다.

추밀사 : 두 안무가 이 생원을 시켜 이전이 항복하게 만들고, 항복 표문表文을 가져왔으므로 들어오도록 한 것입니다.

　　(무대 뒤에서 북을 치며 외친다)

무대 뒤 : 주사관奏事官은 들어오라.

　　(추밀사는 앞에서 무릎을 꿇고, 묘순빈은 진최량을 데리고 뒤에서 무릎을 꿇고 머리를 땅에 댄다)

추밀사 : 장관천하병마지추밀원사掌管天下兵馬知樞密院事 신 삼가 아뢰옵니다. 주상의 하늘같은 성덕을 경하하옵니다. 회양의 도적이 항복하고 금나라 병사는 움직이지 않사옵니다. 회양 안무사 신 두보가 삼가 남안부학의 생원 신 진최량을 보내 이전의 항복 표문을 가지고 왔다고 아뢰니 미천한 신들은 기쁨을 이기지 못하옵니다.

무대 뒤 : 두보가 이전을 항복시킨 일은 생원 진최량이 자세히 아뢰게 하라.

추밀사 : 만세! (일어선다)

진최량 : 표문을 가지고 온 생원 진최량 삼가 아뢰옵니다.

【주운비駐雲飛】

회해淮海에서 유양維揚까지,[3]

만리강산 기맥이 길고도 기옵니다.

저 안무사의 지략이 장대하여,

관용을 베풀겠다고 칙지를 위조했사옵니다.

그러자,

이전은 서둘러 항복하고 표문을 올렸사옵니다.

금주金主[4]는 이 소식을 듣고서,

감히 남쪽으로 진격하지 못했사옵니다.

그는 꽃구경하러 낙양洛陽에 갈 수밖에 없으며,

우리는 곧 오랑캐 잡으러 변량汴梁을 지날 것이옵니다.[5]

무대 뒤 : 보고한 자는 오문午門 밖에서 명령을 기다려라.

진최량 : 만세! (일어선다)

묘순빈 : (무릎을 꿇고) 지난 정시廷試의 간상문자관看詳文字官[6] 신 묘순빈

아뢰옵니다.

【전강】

제책과制策科와 진사과進士科의 방榜 아래,

제생諸生들이 오래 기다렸사옵니다.

난이 평정되어 백성들 기쁘고,

문운文運은 하늘이 열었사옵니다.

이제,

답안은 심사를 마쳤으니,

---

3   화해는 강소 북부의 서주徐州 일대이고, 유양은 강소 남부의 양주 일대를 가리킨다.
4   금주는 금나라 황제를 말한다. 송나라 황제에게 보고할 때 낮추어 호칭하는 것이다.
5   금군은 낙양까지만 남하하였으며 송나라는 북진하여 곧 옛 수도 변량을 수복할 것
     이라는 뜻이다.
6   과거시험관을 뜻한다.

홍려시鴻臚寺⁷에서 발표하고자 하옵니다.

인재들로 하여금 오래도록 풍운風雲을 기다리게 하지 마옵소서.

섬궁蟾宮의 계수나무 벌써 향기롭고,

어주御酒의 봉제封題⁸는 누렇게 바랬사옵니다.

무대 뒤 : 오문 밖에서 명령을 기다려라.

묘순빈 : 만세! (일어나서 걷는다) 이제 방을 내걸 때이니 가난한 선비들이 오래도 기다렸도다.

추밀사 : (웃으며) 이 진 수재는 회양 도적의 상소문을 가져와서는 급제도 빠르구먼.

무대 뒤 : 성지를 내리니 무릎을 꿇고 들어라. 짐은 이전이 평정되고 금나라 군사가 물러갔다는 소식을 들으니 기쁘고도 기쁘도다. 이는 바로 두보의 큰 공이라. 두보에게 이미 서울로 돌아오라는 명령을 내렸도다. 진최량은 분주히 다니며 말을 잘하는 재능이 있으니 황문주사관黃門奏事官⁹에 충당하고 관대冠帶를 내리노라. 전시殿試의 진사는 유몽매가 장원이니 의장대가 호위하여 행원杏苑¹⁰에서 잔치를 베풀라. 사은謝恩하라.

  (모두 만세를 부르고 일어선다. 잡이 분장한 관원이 관대를 가지고 등장한다)

관원 :

황문주사관은 옛 홍문鴻門의 객¹¹이었으나,

남포藍袍 입던 서생이 이제 새로 자포紫袍 입은 신선이 되었구나.

---

7 홍려시는 조회와 제례의 의식을 맡은 관서이다.
8 봉제는 물품을 봉함하고 그 위에 쓴 글이다.
9 황문주사관은 궁궐의 갖가지 시무를 관장하는 벼슬이다. 황문시랑黃門侍郞은 진한 대부터 있었고, 당대에 문하시랑門下侍郞으로 고쳤는데, 여기에서는 옛 명칭을 사용하고 있는 것이다.
10 급제자에게 잔치를 열어 주는 곳이다.
11 홍문은 항우와 유방이 만나 연회를 열었던 곳이다. 항장項莊이 칼춤을 추며 유방을 찌르려 하자 항백項伯이 마주 춤을 추며 막았다. 번쾌樊噲가 들어와 유방은 빠져나올 수 있었다. 여기에서는 진최량이 군진을 다니며 위험을 무릅썼다는 뜻이다.

진최량 : (관복으로 갈아입는다) 두 분 대인께 인사 올립니다.

추밀사, 묘순빈 : (축하한다) 축하하오, 축하하오. 내일 신임 황문이 방을 내거시오.

진최량 : 방금 성지가 내린 장원 유몽매는 어디 사람입니까?

묘순빈 : 영남 사람이오. 이 사람은 운이 기이하오이다.

진최량 : 어떻게 기이하다는 말씀이신지요?

묘순빈 : 그날 답안을 모두 심사하고 올리려는데, 마침 이 사람이 오문 밖에서 대성통곡하면서 과거를 못 본 인재를 거두어 달라고 하더이다. 가족을 데리고 오느라 서울에 늦게 도착했다는 것이오. 내가 그의 답안을 덧붙여 바쳤는데 뜻밖에도 장원급제하였소.

추밀사 : 그랬군요.

진최량 : (뒤돌아서서 생각하며 혼잣말로) 듣고 보니 바로 그 그 유몽매로다. 그가 어떻게 가족이 생겼지? 그래, 그 여도사와 살림을 차린 게로구나. (앞으로 돌아선다) 대인들께 사실대로 아룁지요. 유몽매와 소생은 면식이 있습니다.

추밀사, 묘순빈 : 기쁘고도 축하할 일이로다.

묘순빈	방榜에 걸린 금빛 글자는 아침 햇살에 반짝이고,
추밀사	홀로 변방의 계략 아뢰느라 궁전에서 늦게 나왔다네.
진최량	공무에 바빠서 몸 늙었다 말하지 마시게,
모두	일찍이 궁전 계단에 우뚝 섰다네.[12]

---

12 제1구: 정전鄭畋, 「당직을 마치고 아침에 나오며下直早出」 중 "석대 맑고 귀한 곳, 방에 걸린 금글자 맑은 빛을 쏘는구나偏覺石臺淸貴處, 榜懸金字射晴暉." 제2구: 왕건王建, 「왕추밀에게贈王樞密」 중 "언제나 밀지 받드느라 귀가 드물고, 홀로 변방 계책 아뢰느라 퇴청 늦다네長承密旨歸家少, 獨奏邊機出殿遲." 제3구: 한유韓愈, 「이른 봄 수부 장적張籍 원외에게 드리는 2수早春呈水部張十八員外二首」의 제2수 중 "공무 바빠서 몸 늙어서 젊은 이 봄 좇는 마음 없다 말하지 마시게莫道官忙身老大, 卽無年少逐春心." 제4구: 원진元稹, 「효보가 준 시에 화답하는 10수酬孝甫見贈十首」의 제4수 중 "일찍이 단정히 서서 단지에서 모실 제, 터지는 궁궐의 꽃 가지 얼굴을 스쳤지曾經綽立侍丹墀, 綻蕊宮花拂面枝."

제52척 사라진 장원을 찾아라索元

정淨 : 곽타
노단老旦 : 군교軍校 갑
축丑 : 군교 을
첩貼 : 왕 대저王大姐

(정이 곽타로 분장하여 우산과 보따리를 들고 등장한다)

곽타 :

【오소사吳小四】

하늘은 구만 리,

길은 삼천 리,

한 달 여정을,

반년이나 걸렸네.

옷은 낡고 이가 끓으며 봇짐이 어깨를 누르니,

눌러서 머리와 배는 납작하고도 둥글어져서,

끙끙대며 거북이가 기어서 하늘로 오르려는 것 같네.

　하느님 감사합니다. 늙은 곽타가 임안에 도착하였습니다. 서울 거리는 정말이지 번화하군요! 다만 유 수재의 행방을 모르니 궁궐로 가는 길로 가서 살펴보아야겠습니다. 아, 험상궂은 병사들이 우르르 달려오니 잠시 피해야겠다. 정말이지,

어부가 인도해 가지 않으면,

어찌 파도를 볼 수 있을까

라는 격이로다. (퇴장한다)

　(노단과 축이 각각 군교로 분장하여 깃발과 꽹과리를 들고 등장한다)

군교 갑, 을:

【육요령六幺令】

대궐 문에 방문榜文을 두루 걸었는데,

어이하여 장원 유몽매는 보이지 않나?

낙제하여 시를 짓고 도망 간 황소黃巢도 아니건만.[1]

집집마다 조사해서,

기한 안에 알현시켜야지.

더 머뭇거렸다가는 행원杏苑의 잔치에 늦으리라.

군교 갑: 우습구나 우스워. 대 송나라에 한 바탕 괴상한 일이야. 이상하지 않아? 장원급제해 놓고 소용없어져 버리다니. 기괴하지 않아? 장원급제해 놓고 한탄하다니. 재미있지 않아? 장원급제해 놓고 마음대로 행동하다니. 제멋대로인 것 아냐? 장원급제해 놓고 한 줄기 연기처럼 사라져버리다니 말일세. 온 천하 사람들이 이상하게 여기지, 영남 사람 같지 않다면서. 이 금빛 방문을 보게. "장원은 영남 유몽

1　황소는 당말唐末 농민 반란군의 우두머리이다. 그는 과거에 응시하였다가 낙방하자 시를 한 수 짓고 도망갔다고 한다.

매, 나이 스물일곱, 키는 보통, 얼굴은 창백함." 이렇게 명명백백하
게 써 놓았는데, 온 세상에서 이 사람을 못 찾다니. 집으로 가 버렸
나, 죽어버렸나, 잠이 들었나? 경림연瓊林宴[2] 자리를 무시해버렸군.

군교 을: 여보게, 저 인산인해 속에서 어떻게 찾아낸다지? 유건儒巾 쓴
자를 하나 데려간 다음에, 혹시 진짜가 나타나면 가짜에게 돈 좀 쥐
어 주면 될 걸세.

군교 갑: 그것은 안 되지. 우림위羽林衛 잔치에는 가짜 늙은 군인을 보
내도 되지만, 경림연에는 가짜 진사를 보낼 수 없다네. 행원에서 시
를 지으라고 할 걸.

군교 을: 여보게, 장원들이 시를 짓는 모습을 보기나 했는가? 아무튼
자네 말대로 데리러 가세. (걸으면서 외친다) 장원 유몽매는 어디 계시
오? (세 번을 외친다)

군교 갑: 장안의 동서 열두 대문 한길에서 아무도 대답을 하지 않으니
골목으로 가서 부르세.

군교 을: 이 골목에 해남회관海南會館[3]이 있으니 지방地方을 불러 물어
보자구. (외친다. 무대 뒤에서 응답한다)

무대 뒤: 나으리들께서 무슨 일이오?

군교 갑, 을: 하늘같이 중대한 일인데, 너는 꿈이나 꾸고 있느냐. 분부
를 듣거라.

【향류낭香柳娘】
새 장원을 찾는다네,
새 장원을 찾는다네.

무대 뒤: 어디 사람이오?

---

2 송宋나라 태평흥국太平興國 9년부터 정화政和 2년까지 천자가 경림원瓊林苑에서 새
   진사들에게 잔치를 열어 주었다. 이후 진사 급제자들에게 베풀어 주는 잔치를 경림
   연이라고 불렀다.
3 광동 등의 남방에서 상경한 사람들이 권익 보호와 상호 부조를 위해 세운 공동체
   및 그 건물을 말한다. 유몽매가 광동 출신이므로 소식을 아는지 물어보자는 뜻이다.

군교 갑, 을 :

광동廣東이 관적貫籍이라네.

무대 뒤 : 이름이 무엇인지요?

군교 갑, 을 :

유몽매, 얼굴은 곰보는 아니지.

무대 뒤 : 누가 그를 찾는 것입니까?

군교 갑, 을 :

당금當今 폐하의 칙지라,

당금 폐하의 칙지.

안개 같은 버들을 찾아야지,[4]

행화연杏花宴이 열릴 것이오.

무대 뒤 : 이 곳의 객점에는 그림자도 없고, 와시瓦市[5]의 왕 대저王大姐의 집에 번귀番鬼[6]가 묵고 있습니다.

군교 갑, 을 : 그렇다면, 그곳으로 가세, 가세, 가 보세.

모두 :

유몽매는 하늘이라네,[7]

유몽매는 하늘,

몇 바퀴를 돌아도,

그림자조차 보이지 않네.

(퇴장한다. 첩이 기녀 왕 대저로 분장하여 등장한다)

---

4 안개 같은 버들은 봄날 버드나무 색을 말한다. 장원급제자 발표를 이때쯤 하였다. 버드나무는 유몽매를 가리키기도 한다.

5 송원명宋元明 시대에 주루酒樓, 다원茶園, 극장 등의 유흥 시설이 모여 있었던 시장을 말한다.

6 포르투갈인 등 서양 사람들을 말한다.

7 『장자莊子·천도天道』에 "움직이는 것은 하늘이요, 고요한 것은 땅이다其動也天, 其靜也地"라고 하였다. 유몽매가 끊임없이 움직여 찾을 수 없다는 뜻이다.

왕 대저 :

〔집구集句〕

남은 꾀꼬리는 어이하여 가을이 온 줄을 모르는가,

날마다 슬피 바라보네, 외로이 흘러가는 물결을.

강물은 파협巴峽 나와서 무협武峽을 지나가는데,

사람들은 항주杭州를 변주汴州로 착각하는구나.[8]

　　저는 왕 대저입니다. 이곳에서 기루를 열었습니다. 맙소사, 손님 하나 보이지 않더니 관리가 쳐들어오는군요.

　　(군교 갑, 을이 등장한다)

군교 갑 : 왕 대저, 축하해야겠네. 유 장원이 당신 집에 있나?

왕 대저 : 무슨 유 장원 말인지요?

군교 갑, 을 : 번귀 말이지.

왕 대저 : 모르는데요.

군교 갑, 을 : 지방이 알려 주었다.

【전강】

웃는 꽃이 버들을 붙잡아 재웠지,

웃는 꽃이 버들을 붙잡아 재웠어.[9]

왕 대저 : 어제 웬 닭이 바지도 못 입고 떠나갔지요.[10]

8　이 시는 남당시, 당시, 송시를 집구하였다. 제1구 : 남당南唐 이욱李煜, 「가을 꾀꼬리 秋鶯」 중 "남은 꾀꼬리는 무슨 일로 가을을 모르는가, 깊은 숲 가로 질러 홀로 노니 네殘鶯何事不知秋, 橫過幽林尙獨遊." 제2구 : 왕창령王昌齡, 「만세루萬歲樓」 중 "영원한 산 해마다 즐거이 보고, 홀로 흐르는 물결을 날마다 슬피 본다네年年喜見山長在, 日日 悲看水獨流." 제3구 : 두보杜甫, 「관군이 하남과 하북을 수복하였다는 소식을 듣고聞官 軍收河南河北」 중 "바로 파협 나가 무협을 뚫고서, 양양으로 내려가 낙양으로 향하리 卽從巴峽穿巫峽, 便下襄陽向洛陽." 제4구 : 송宋 임승林升, 「임안의 집에 부치다題臨安邸」 중 "따뜻한 바람에 구경꾼들 취하여, 항주를 바로 변주로 여기도다暖風熏得遊人醉, 直 把杭州作汴州." 변주는 북송의 도읍이었던 변량 즉 개봉을 말한다.

9　웃는 꽃은 왕 대저 집의 기녀를 말하고, 버들은 유몽매를 가리킨다.

10　강서江西 지방에서는 한량을 우스개로 '닭'이라고 불렀다. 유몽매가 바삐 떠나갔음 을 말한다.

군교 갑, 을 : 알고 보니,

형체를 뚜렷이 드러냈구나.

버들이 꽃그늘 속에 숨어 얽혀 있었구나.

장원이 있나?

왕 대저 : 장편狀匾[11]은 있지요.

군교 을 : 집 안으로 들어가서 납작하게 만드세.[12] (집으로 들어가 찾는다. 여
럿이 우스개 연기를 하고 왕 대저는 달아난다)

군교 갑, 을 :

화류계 장원을 찾아라,

화류계 장원을 찾아.

바람둥이는 어디에 있나?

낙제했다고 술 퍼마시며 괴로워하는 모양이네.

가 보세.

군교 갑, 을 :

유몽매는 하늘이라네,

유몽매는 하늘,

몇 바퀴를 돌아도,

그림자조차 보이지 않네.

(퇴장한다. 곽타가 지팡이를 짚고 등장한다)

곽타 :

【전강】

태양 곁 장안에 도착했네,[13]

태양 곁 장안에 도착했어.

---

11 장편은 영업 허가증을 말한다. 동문서답하는 것이다.

12 원문은 역시 '장편狀匾'인데, 이를 '납작한 모양으로 만들다'로 해석할 수도 있다. 왕
대저를 희롱하는 말로도 쓰인 듯하다.

13 여기에서의 태양은 황제를 뜻하고, 장안은 임안을 가리킨다.

과연 으리으리하여,

거리며 시장을 다 돌아보네.

　유 나으리,

그 분의 행적이 묘연하네,

그 분의 행적이 묘연해.

아리따운 부인이 생겼나,

바람처럼 누구 집에 머무르시나?

　큰 거리를 다니며 외칠 수밖에.

유몽매는 하늘이라네.

　(군교 갑, 을이 등장한다)

군교 갑, 을 :

유몽매는 하늘이라네.

몇 바퀴를 돌아도,

그림자조차 보이지 않네.

　(군교 을이 곽타를 치고 그를 밟는다)

곽타 : (외친다) 밟아 죽이는구나, 밟아 죽이네.

군교 을 : (곽타를 붙잡으며) 우리도 유몽매를 부르고 너도 유몽매를 부르니 너를 잡아서 관가로 가야겠다.

곽타 : (머리를 조아리며) 예예. 매화관의 일이 발각되었나. 소인은 모릅니다요.

군교 갑, 을 : (웃으며) 너는 사정을 알렸다. 그와 무슨 관계냐?

곽타 : 아뢸지요. 소인은,

　【전강】

그분의 집 정원을 가꾸다가,

그분의 집 정원을 가꾸다가,

그분을 찾으러 멀리서 왔습니다요.

군교 갑, 을 : (서두르며) 그를 찾았느냐?

곽타 :

갑자기 먼지가 일어 동군東君은 얼굴도 나오지 않았습니다.[14]

모두 : 너는 그가 간 곳을 알렸다.

곽타 : 나으리, 용서해 주세요. 그분이 남안을 지나갔다고만 들었지, 나머지는 모릅니다.

군교 갑, 을 : 우습구나, 우스워. 그는 여기 임안에 와서 장원급제하였다네.

곽타 : (기뻐하며)

장원급제하셨구나,

장원급제하셨구나.

채소밭이나 다니시다가,

상림원上林苑의 꽃을 꺾으셨구나.[15]

　나으리들, 그 분이 장원급제하였는데도 찾을 수가 없다고요?

군교 갑, 을 : 그렇다네.

유몽매는 하늘이라네,

유몽매는 하늘,

몇 바퀴를 돌아도,

그림자조차 보이지 않네.

　할 수 없지. 이 늙은이는 풀어 주고, 함께 찾으러 가자.

군교 갑	한 번 급제하면 출신出身이 되지만,
군교 을	새벽 비바람에 용린龍鱗을 잃었구나.
곽타	홍진紅塵 너머로 장안 길 바라보지만,
모두	다만 타향에 있을 뿐이니 어디 사람인가?[16]

14　동군은 태양신이다. 여기에서는 주인의 뜻으로 쓰여 유몽매를 가리킨다. 먼지에 가려서 해가 보이지 않고, 따라서 유몽매를 찾지 못하였다는 말이다.

15　상림원은 황제의 정원이고, 꽃은 장원급제를 뜻하는 계화桂花를 말한다.

16　제1구 : 정곡鄭谷, 「권말에 우연히 부친 3수卷末偶題三首」의 제3수 중 "한 번 급제 후로는 출신자이니, 이름 남김은 모두 국풍을 진술하였기 때문이지―第由來是出身, 垂

名俱爲國風陳." 출신은 과거에 급제한 사람의 신분이나 자격을 뜻하는 말이다. 제2구 : 장서張曙, 「낙방하고서 장원 최소위를 놀림下第戲狀元崔昭緯」 중 "천리 강산은 준마 꼬리에 붙었고, 새벽 비바람에 용린을 잃었네千里江山陪驥尾, 五更風水失龍鱗." 용린은 여기에서는 장원인 유몽매를 뜻한다. 제3구: 위장韋莊, 「춘일春日」 중 "홍진이 장안길 가리니, 방초에 왕손은 저물어도 돌아오지 않네紅塵遮斷長安陌, 芳草王孫暮不歸." 제4구: 두보杜甫, 「장난 삼아 지어서 한중왕에게 올리는 2수戲作寄上漢中王二首」의 제1수 중 "가을바람 산들산들 장강 한수에 불 제, 다만 타향에 있을 뿐이니, 어디 사람인가秋風嫋嫋吹江漢, 只在他鄉何處人."

제53척 고문당하는 유몽매^{硬拷}

생生 : 유몽매

정淨 : 옥리, 곽타, 묘순빈

축표 : 옥졸

말末 : 공차公差, 진최량

외外 : 두보

잡雜 : 문지기

첩貼 : 영사, 군교, 당후관堂候官

노단老旦 : 군교, 당후관

(생 유몽매가 등장한다)

유몽매 :

【풍입송만風入松慢】

까닭없이 참새 부리로 쪼는 통에 함정에 빠졌으니,[1]

무슨 공작 병풍이 있다는 말인가?[2]

사위에게 죽 한 그릇 내놓고,

부용꽃 수놓인 이불 대신 볏짚을 주는구나.

　아아,

목에 사슬 묶인 곳은 정혼점定昏店이니,

붉은 끈으로 봉鳳새를 묶어 놓았고,[3]

---

[1] 『시경』「소남召南」 '행로行露' 시에 "참새가 부리가 없다고 누가 그랬던가? 어째서 우리집 지붕을 뚫는가?誰謂雀無角? 何以穿我屋?"라는 구절을 차용한 것이다. 여기에서는 유몽매 자신이 모함을 당했음을 말한 것이다.

[2] 수나라 사람 두의竇毅는 딸의 혼처를 정하는 데 신중하여, 병풍에 공작 두 마리를 그려놓고 구혼자들에게 공작을 쏘아 맞히도록 했는데, 훗날 당 고조高祖가 된 이연李淵이 두 차례 모두 공작의 눈을 맞혔다. 두의는 딸을 이연에게 주었다. 『당서』「두후전竇后傳」 참고. 여기에서는 유몽매가 두여낭과 혼인을 맺겠다고 했다가 두보에게 어려움을 당한 것을 나타내는 말로 쓰였다.

[3] 당나라 사람 위고韋固가 정혼점이라는 곳에서 한 노인을 만났는데 그는 혼인을 주관하는 신령이었다. 그는 인연이 있는 남녀의 발에 몰래 붉은 색 실을 매어 두 사람이 멀리 떨어져 있더라도 결국 만나서 혼인하게 해 주었다고 한다. 『속현괴록續玄怪

압송된 곳은 남교역藍橋驛이니,

용을 돌려보내는구나.[4]

〔집당集唐〕

꿈에 강남에 와서 발 묶였으니,

수치를 참는 자가 남아男兒로다.

우리 장인이 이와 같음을,

옆 사람에게 물어본들 어찌 알겠는가![5]

　저 유몽매는 두 소저의 부탁을 받아 두 안무를 뵈러 회양에 갔었습니다. 그분은 제가 행색이 초라해서인지 여러 관리들 앞에서 저를 사위로 인정하지 않고 오히려 붙잡아서 임안으로 압송하라고 했습니다. 그렇지만 그분이 와서 저를 심문할 때 소저의 초상화를 본다면 저를 사위로 인정하지 않을 수가 없을 것입니다. 다만 지금의 제 신세가 좀 처량할 뿐이지요.

(정이 옥리로 분장하고, 축이 옥졸로 분장하여 곤장을 들고 등장한다)

옥리 :

고요皐陶[6]를 불러 보면,

옥리의 존귀함을 알겠지.

　뷋! 회안부에서 압송 온 죄수는 어디 있느냐?

錄』참고. 봉새는 유몽매 자신을 비유한다.

4　남교는 남녀가 약속하고 만나던 곳이다. 용 또한 유몽매 자신을 비유하고 있다.

5　제1구 : 방간方干, 「양주를 여행하며 학씨의 임정에 우거하다旅次洋州寓居郝氏林亭」 중 "청운의 품은 뜻 얻지 못하고 떠나오니, 꿈에서는 강남에 와서 발묶여 있다네靑雲未得平行去, 夢到江南身旅羈." 제2구 : 두목杜牧, 「오강정에 부치다題烏江亭」 중 "승패는 병가 지상사라 기약하기 어려우니, 수치를 참는 자가 남아로다勝敗兵家事不期, 包羞忍恥是男兒." 제3구 : 손원안孫元晏, 「진나라 왕랑晉王郎」 중 "우리 장인이 오히려 이와 같나니, 누가 다시 그대를 만나 허리 굽힐 수 있겠는가自家妻父猶如此, 誰更逢君得折腰." 제4구 : 최호崔顥, 「맹문행孟門行」 중 "그늘 드리우고 열매 맺으면 그대가 다 가질 터이니 옆 사람에게 물어보면 어찌 알겠는가成陰結子君自取, 若問傍人那得知."

6　순 임금의 신하로 법률과 감옥을 만들었다고 한다. 후에 사람들은 고요를 옥신獄神으로 추앙했다.

(유몽매가 손을 들어 표시한다)

옥리 : 견면전見面錢[7]은 있느냐?

유몽매 : 없습니다.

옥졸 : 입감유入監油는 있느냐?

유몽매 : 역시 없어요.

옥리 : (화를 내며) 이런 놈을 보았나, 하나도 없으면서 간도 크게 손을 들다니! (유몽매를 때린다)

유몽매 : 때리지 마시오, 내 행장을 다 가져 가시오.

옥졸 : (행장을 뒤져보더니) 이런 가난뱅이 같으니라고, 낡아빠진 홑이불로 싸맨 그림 하나밖에 없네. (그림을 보며) 관음보살이로구나, 할머니한테나 갖다 드려야겠다.

유몽매 : 다른 것은 다 드리겠으니 그림만은 가져가지 마시오.

(옥졸이 그림을 빼앗으려 하고 유몽매는 빼앗기지 않으려고 한다. 말이 공차[8]로 분장하여 등장한다)

공차 :

다 죽은 사위가,

위세도 당당한 분을 잘못 만났구나.

옥리는 어디에 있는가?

옥졸 : (읍을 하며) 평장부平章府의 지후祗候 형님[9]이셨습니까요.

공차 : (문서를 보여주며) 평장부에서 범인 한 명과 짐을 인계받으러 왔다.

옥졸 : 범인은 여기에 있고, 짐은 하나도 없습니다요.

유몽매 : 모두 이 옥리가 가져갔습니다.

공차 : 몇 개나 가져갔는가? 그놈을 평장부로 잡아가야겠다.

---

7 견면전은 인사 때 주는 돈이고, 아래의 입감유는 입감될 때 주는 돈이다. 모두 옥리에게 잘 보이기 위한 뇌물을 말한다.
8 공차는 공무로 파견되어 온 관리를 말한다.
9 평장부는 평장사가 된 두보의 관부이고, 지후는 관부의 아전을 말한다.

옥졸과 옥리 : (다급하게 절을 올리며) 이 그림과 이불 말고는 없습니다요.

공차 : 이 더러운 놈들! 수재에게 모두 돌려주고 얼른 평장부로 데려가라.

옥졸, 옥리 : (공차의 명에 대답하고 유몽매를 압송해가며) 나으리, 길을 나섭시다.

공자孔子님의 예법을 조금이라도 알았다면,

소하蕭何의 법을 어기지 않았을 것을.[10]

　　(퇴장한다. 외 두보가 사람들을 이끌고 등장한다)

두보 :

【당다령唐多令】

붉은 망포蟒袍에 옥대玉帶 두르고,

새로 조정에 참여하니 구중궁궐이 가깝도다.

싸늘한 빛 뿜는 장검 뽑아 들고 공동산崆峒山에 기대 섰네.[11]

돌아와 평장平章의 인印을 손에 쥐었지만,

검은 머리의 젊은 사람은 아니로다.

〔집당〕

가을 오니 힘을 다해 겹겹의 포위를 깨뜨리고,

한림원에 들어가서 자미령紫微令을 보위하네.

뒤돌아보며 떠돌던 인생사 탄식하니,

오래도록 동풍東風 맞아 잘잘못을 따지네.[12]

10　소하는 진나라 법에 의거하여 한나라 법률을 제정했다. '소하의 법'은 이후 법률을 비유하는 말로 쓰였다.

11　공동산은 황제黃帝가 도道를 물은 산이라고도 하고, 북극성 아래쪽을 가리켜 하늘의 중심이라는 뜻에서 낙양洛陽의 대명사로 쓰이기도 하였다. 여기에서는 남송의 서울인 임안을 가리키는 말로 쓰였다. 두보의 「투가서한개부이십운投哥舒翰開府二十韻」의 마지막 구절과 비슷하다.

12　제1구 : 나업羅鄴, 「원정 떠난 사람征人」 중 "청루에서 이별하고 금미산을 지키다가, 힘이 다하고 가을 오자 오랑캐의 포위를 깨뜨리네靑樓一別戍金微, 力盡秋來破虜圍." 제2구 : 이백李白, 「곽장군에게 드림贈郭將軍」 중 "장군은 어려서부터 무예가 출중했고, 한림원에 들어가 자미령을 보위하셨네將軍少年出武威, 入掌銀台護紫微." 중서성中書省의 관리인 중서령을 말한다. 당 개원 원년에 자미령으로 개칭하였다. 중서성은

나는 두 평장이오 회양에서 도적을 평정한 공로로 성은을 입어 재상의 지위에 올랐소. 며칠 전 어떤 놈이 와서 자기가 내 사위라고 떠들기에 즉시 붙잡아서 임안부 감옥에 보내버리라고 했는데, 오늘 내가 직접 심문해보려고 하오.

(옥리와 옥졸이 유몽매를 압송하여 등장한다. 잡이 문관으로 분장하여 외친다)

문관: 임안부에서 죄수를 압송해 왔습니다!

(만난다)

유몽매: 장인 어르신께 절을 올립니다.

(두보가 앉아서 웃는다)

사람은 예약禮樂을 먼저 갖추어야 합니다.

(사람들이 큰소리로 꾸짖는다)

(길게 탄식하며)

【신수령新水令】

이 촌뜨기 서생의 재기才氣가 무지개를 토해내지만,

원래 승상부는 지극히 존엄하고,

기세는 정말이지 사나운 곳이로구나.

나는 예의가 통하지 않아서,

굽신굽신하지만,

　그는 저기에서 몸을,

비스듬히 기대고 움직이지 않는구나.

두보: 거기 궁색한 선비는 뭐하는 자인가? 법을 어겼는데도 승상부 마당에서 무릎을 꿇지 않는다니!

유몽매: 생원은 영남의 유몽매라고 하옵니다. 노대인의 사위가 되옵니다.

황제의 조령詔令의 초안 및 반포를 맡은 기관이다. 제3구: 이중李中, 「고관을 지나다 가 느끼다經古觀有感」 중 "뒤돌아보며 떠돌던 인생사 탄식하니, 꿈속의 세월을 나는 듯이 질주했네回頭因歎浮生事, 夢裏光陰疾若飛." 제4구: 나은羅隱, 「광릉 개원사 누각 에 올라 짓다廣陵開元寺閣上作」 중 "홍루 취막은 얼마나 많은가, 오래도록 동풍 맞아 잘잘못을 따진다紅樓翠幕知多少, 長向東風有是非."

두보 : 내 딸은 죽은 지 이미 삼 년이 지났는데, 그 전에 납채納采¹³를 상의한 적도 없고, 미리 혼인을 정해 놓은 바도 전혀 없었으니 어찌 내가 사위를 맞은 일이 있겠는가? 가소롭고도 한스럽구나! 여봐라, 저 자를 묶어라.

유몽매 : 누가 감히 나를 묶으려는가!

두보 :

[보보교步步嬌]

나는 딸은 있었지만 사위는 없었고,

청춘이던 딸도 벌써 잃었거늘,

제멋대로 헛소리를 지껄이는구나.

　　멀리서 찾아온 사위라고 하지만,

너는 영남 사람이고 나는 사천 사람이라,

말과 소가 바람나는 일 없듯이 서로 상관없으니,¹⁴

어디서 토사兔絲와 여라女蘿처럼 한 집안으로 엮였다는 말이냐?¹⁵

웬 놈이 감히 내게서 갈취하려고 하느냐!

　　인척이라고 말하면서,

군민軍民을 속여 동요를 일으키려고 하다니!

유몽매 : 당신의 사위는 밤낮으로 책만 읽어 과거에서 높은 성적을 받은 사람이니 혼자서도 충분히 잘 살 수 있을 텐데, 어찌 감히 노대인을 갈취하려 하겠습니까!

두보 : 그래도 입을 놀리는구나! 저 자의 짐을 뒤져보아라. 분명히 가짜 편지나 인장이 있을 것이니 그것을 물증으로 삼아 다스리려.

옥졸 : (짐을 뒤지며) 낡은 이불 한 채와 관음상 그림 한 폭이 있습니다.

---

13 혼인할 때 신랑집에서 신부집에 혼인을 청하는 예물을 보내는 예절이다.

14 두 지역이 멀리 떨어져 있어서 바람난 말과 소 할지라도 서로의 지역까지 미치지는 못한다는 뜻이다.

15 고시古詩에 "당신과 혼인하니, 토사와 여라가 얽힌 듯하네與君爲新婚, 兔絲附女蘿"라는 구절이 있는데, 여기에서 토사와 여라는 모두 넝쿨식물로 결혼을 비유하는 표현이다.

두보 : (그림을 보고 놀라며) 아아, 장물이로구나. 이것은 내 딸의 초상이다. 너는 남안에 가서 석 도고를 만났느냐?

유몽매 : 예.

두보 : 진 교수도 만났느냐?

유몽매 : 예.

두보 : 하늘의 감시에서 빠져나갈 자는 없도다. 무덤을 파낸 도적놈이 바로 너렷다. 여봐라, 이놈을 매우 쳐라.

유몽매 : 누가 감히 치겠는가?

두보 : 이 도둑놈, 당장 자백하거라.

유몽매 : 누가 도적입니까? 노대인께서는 도적을 잡으려면 장물을 확인해야 하는데, 마치 간통범 잡으려면서 침상을 살피지 않은 것이나 같습니다.

【절계령折桂令】

당신은 초상화가 증거라고 하시는군요.

두보 : 초상화는 분명히 무덤에 함께 묻었던 것이다.

유몽매 : 아시는지요,

푸른 이끼 자란 돌 틈으로,

초상화가 솟아나온 것을 말입니다.

두보 : 당장 자백해라.

유몽매 : 저는

모두 다 바쳤습니다.

바친 것은,

관을 열어 발견한 것들입니다,

살수煞數를 막으려다 흉수凶數를 만났군요.[16]

두보 : 옥玉 물고기와 금 그릇도 함께 묻었는데.

---

16   화를 막으려다 더 큰 화를 만났다는 뜻으로, 두여낭을 구하고도 도둑으로 몰리는 신세가 되었음을 자탄하고 있는 것이다.

유몽매 : 금 그릇은,

　두 사람이 한 숟가락으로 썼고,

　　옥 물고기는,

　저희와 구천九泉에서 비목어比目魚처럼 화목하게 지냈습니다.

두보 : 또 있느냐?

유몽매 :

　영롱한 옥돌과 낭랑한 소리 나는 금 자물쇠입니다.

두보 : 모두 그 석 도고의 짓이렷다.

유몽매 : 석 도고는,

　풍류를 알아 저희 남녀를 풀어 주었으니,

　　당신 두 나으리처럼,

　도둑 붙잡은 듯 하는 위풍은 전혀 없었지요.

두보 : 이제야 확실히 자백하는구나. 영사令史는 질기고 두꺼운 관면지官緜紙를 한 장 가져와서 내가 직접 공초供招한 내용을 쓰라. "범인 1명 유몽매, 도굴 축재자, 참斬.[17]" 다 쓴 다음 저 사형수에게 주어 '참'자 아래에 화압花押[18]을 하게 한 뒤에 문권文卷으로 만들어 거기 두어라.

　　(첩이 영사로 분장하여 공초 용지를 가지고 등장한다)

영사 : 나으리께서 '참'자를 써 주십시오.

　　(두보가 글을 쓴다. 영사가 유몽매에게 화압을 하도록 시킨다. 유몽매는 불복한다)

두보 : 이런 쳐 죽일 놈 같으니라고!

【강아수江兒水】

　타고난 도둑놈 눈깔에다가,

　마음까지도 흉악하구나.

　　아직도 화압을 하지 않느냐?

17　참수 곧 목을 베는 형벌이다.
18　오늘날의 서명과 같은 문자모양의 표시를 말한다.

유몽매 : 누가 화압에 익숙하겠습니까?

두보 :

　네 놈의 지필연묵紙筆硯墨은 자백용으로 쓰기에 좋지.

유몽매 : 생원은 도둑질을 한 적이 없습니다.

두보 : 네 놈은,

　도둑질에 거짓말에 계략까지 일삼는도다.

유몽매 : 영애令愛[19] 때문입니다.

두보 :

　교묘하고 괴상하게 거짓말을 하는도다.

유몽매 : 영애는 지금 살아있습니다.

두보 : 지금 살아있다니, 그 아이의,

　옥골玉骨을 내버려서 마음이 아픈 것을.

유몽매 : 어디에 버렸다는 것인지요?

두보 :

　후원 연못 가운데,

　달 차가울 제 단혼斷魂이 일렁이지.

유몽매 : 누가 보았습니까?

두보 : 진 교수가 와서 알려주었다.

유몽매 : 생원이 소저를 위해 애쓴 마음은 하늘과 땅만 알 뿐, 어찌 진
　교수가 알 수 있었겠습니까!

　【안아락雁兒落】

　　소저를 위해,

　초상화에 예를 갖추고 큰 소리로 불렀고,

　　소저를 위해,

　두려움을 무릅쓰며 유계幽界에서 만났고,

19　남의 딸을 높여 부르는 말이다. 여기에서는 두여낭을 말한다.

소저를 위해,

향을 태우며 무덤을 열었고,

소저를 위해,

영단靈丹을 흘려 넣어 영혼을 살려내었고,

소저를 위해,

따뜻하게 안아서 몸을 부드럽게 풀어주었고,

소저를 위해,

씻어주어 정신이 맑게 돌아오게 하였고,

소저를 위해,

애틋한 마음을 전하여 서로가 통했고,

소저를 위해,

팔을 들어 올려 가볍게 부축했고,

소저를 위해,

부드럽고 따뜻한 향으로 양기를 불어넣었고,

소저를 위해,

생명을 찾아오며 저승길 가는 것을 막았습니다.

기적과도 같이 소저는 살아날 수 있었습니다.

신통하기도 했지만,

오늘 일을 당하니,

사랑은 모두 다 헛된 일이 되고 말았습니다.

두보: 이 도적놈이 도대체 무슨 말을 하는 것인가? 귀신에 씌웠구나.

여봐라, 복숭아나무 곤장으로 매우 치면서 물을 뿜어 주어라.

옥졸: (복숭아나무 곤장을 들고 등장하며)

문무귀門無鬼를 찾으시니,

원유도園有桃를 대령했습니다.[20]

---

20   문무귀는 『장자』 「천지天地」편에 나오는 사람의 이름이고, 원유도는 『시경』 「위풍魏

복숭아나무 곤장을 대령했습니다요.

두보 : 높이 매달아서 쳐라.

(사람들이 유몽매를 높이 매달고 치니, 유몽매는 비명을 지르며 몸을 비튼다. 사람들이 우스개를 하면서 귀신을 쫓고 물을 뿌린다)

(정이 분장한 곽타가 지팡이를 짚고, 노단과 첩이 분장한 군교들이 금과(金瓜)[21]를 들고 함께 등장한다)

군교들 :

온 천지가 정신없이 돌아가는데,

장원급제한 사람은 어디로 숨어버렸을까?

　지금까지 계속 유몽매를 찾았는데, 오늘도 못 찾으면 곽타를 때려주어야겠다.

곽타 : 나더러 물어내라는 건가? 돈을 드릴 테니 가서 술이나 사 드시구려. (소리친다) 장원 유몽매는 어디에 계십니까?

(두보가 곽타의 소리를 듣고, 곽타 등이 소리치며 퇴장한다. 두보가 옥졸에게 묻는다)

옥졸 : 새로 뽑힌 장원이 어디론가 사라져서, 임금님께서 찾아오라는 어명을 내리셨답니다요.

유몽매 : 형씨, 장원이 누구랍니까?

두보 : (짜증내며) 도적놈은 상관할 것 없다. 저놈의 입을 막아버려라!

(옥졸이 유몽매의 입을 막고, 유몽매는 억울하다며 소리친다. 군교 둘과 곽타가 앞에서와 같이 등장한다)

군교들 :

승상부에서는 무슨 소리 들려오는데,

장원은 어디로 갔는지 보이지 않는구나.

　어? 평장부에서 시끄러운 소리가 들리네? (듣는다)

21　風」의 편명이다. 옛날에는 복숭아나무로 귀신을 쫓을 수 있다고 생각했다고 한다. 봉 끝에 참외 모양의 노란 쇠붙이가 붙어있는 무기이다.

곽타 : 안에서 나는 소리가 우리 나으리의 목소리 같습니다!

　　(사람들이 들어온다)

곽타 : (앞을 보고 통곡하며) 저기 매달린 사람이 우리 나으리올시다!

유몽매 : 여러분 나 좀 구해주시오.

곽타 : 누가 나으리를 때렸습니까?

유몽매 : 평장께서 명하신 것이네.

곽타 : (지팡이로 두보를 치려고 하면서) 내 목숨 걸고 이 평장을 때려줄 테다.

두보 : (화를 내며) 어느 놈이 감히 무례하게 구느냐?

군교들 : 어명이오, 장원 유몽매를 찾으십니다.

유몽매 : 형씨, 내가 바로 유몽매요.

　　(곽타가 앞으로 가서 유몽매를 풀어 주려고 하자, 두보가 그들을 막다가 미끄러

　져 넘어진다)

유몽매 : 당신은 곽타구려, 어찌 여기까지 왔소?

곽타 : 기쁜 소식을 알려 드리러 한 달음에 왔습니다. 나으리께서 장원

　　급제하셨습니다!

유몽매 : 정말인가? 전당문錢塘門 밖에 있는 두 소저에게 얼른 알려야겠

　　구나.

군교들 : 장원을 찾았으니 우리도 황문관黃門官[22]께 보고하러 가야겠다.

　　천자께 가기 전에,

　　승상 댁에 먼저 와서 고생하네.

　　(퇴장한다)

두보 : 놈들이 가버렸구나. 이제 이놈을 다시 심문해야겠다. 여봐라, 다

　　시 이놈을 매달아라.

유몽매 : 말 좀 합시다. 설마 제가 가짜 장원이라는 말씀은 아니겠지요?

---

[22]　황문시랑黃門侍郎을 말한다. 궁궐 내 문하성門下省의 갖가지 사무를 관장했는데, 진
　　한 때 황문시랑으로 불렸다가 당대 이후 문하시랑으로 개칭되었다. 여기에서는 진
　　최량을 가리킨다.

두보 : 등과록登科錄이 있어야 장원임을 증명할 수 있거늘, 네놈이 무슨 증거가 있느냐? 얼른 매달아서 쳐라!

(유몽매가 괴로워한다. 정이 분장한 묘순빈이 노단과 첩이 분장한 당후관[23] 두 명을 데리고 등장한다. 당후관들은 관冠, 포袍, 대帶를 들었다)

묘순빈 :

짚신 닳도록 찾지 못하였는데,

찾고 보니 아무 힘도 들지 않은 듯하네.

노공상老公相께서는 잠시 멈추시오, 여기 등과록이 있습니다.

묘순빈 :

【요요범僥僥犯】

어필로 친히 붉은 표시를 하셨습니다,

유몽매가 나라의 대들보라고.

두보 : 저놈은 아니겠지요?

묘순빈 : 제가 본방本房의 시험관이었습니다.

유몽매 : 묘 선생님이시군요. 이 제자를 좀 구해주십시오!

묘순빈 : (웃으며) 자네는,

높이 매달린 문장가일세,

곤장을 맞고 있었군.

노공상께 말씀드렸으니 군교는 속히 장원을 풀어드려라.

(군교가 유몽매를 풀어주니 유몽매는 "아이고, 아파라"라고 한다)

묘순빈 : 불쌍한지고, 불쌍한지고!

훌륭한 선비가 매달려 온갖 고통 다 당하니,

무정한 방망이가 다정한 사람을 두들겼구나.

유몽매 : 저분은 저의 장인이십니다.

묘순빈 : 알고 보니,

---

23   고위 관리의 비서이다.

태산泰山이 난봉鸞鳳의 알을 눌렀구나.²⁴

군교 : 대들보에 매달고 허벅지를 찔러야 장원이 되지요.²⁵

묘순빈 : 데끼. 궁포宮袍를 대령하여 입혀 드려라.

두보 : 무슨 궁포란 말인가, 막아라! (의관을 든 당후관을 가로막는다)

유몽매 :

【수강남收江南】

감히 어명에 저항하고 칙명을 욕하다니,

나의 붉은 궁포를 찢으려 하다니.

다른 집 사위들은,

장인께 인사 올리면 사위대접을 받는데,

나는 헛걸음한 듯하네,

당신은 복숭아나무 몽둥이로 살벌하게 대하셨으니.

(당후관이 유몽매에게 관복을 입혀주고 꽃을 꽂아준다)

유몽매 : 평장 어르신,

저는 관모에 궁화宮花 꽂았으니 임금님 은혜가 높기 짝이 없습니다.

두보 : 유몽매가 저 자가 아닐 텐데. 만약 저 사람이 맞다고 해도 동생童生 으로 응시해도 방문이 붙을 때까지 기다려야 하는데, 어찌 전시殿試를 보고 방문을 기다리지도 않고 회양까지 와서 소동을 피웠을까?

유몽매 : 노평장께서는 모르시는 말씀입니다. 이전李全의 병란 때문에 방문 게시가 늦어졌던 것입니다. 영애는 노평장께서 병란을 당하셨 다는 소식을 듣고 저를 보내서, 첫째로는 어르신을 찾아뵙고, 둘째 로는 영애가 다시 살아났다는 소식을 전하고, 셋째로는 어르신을 돕 도록 했습니다. 호의가 악의로 돌아오고 말았지만, 이제는 사위로

---

24 태산은 장인의 뜻으로 두보를 가리키고, 난봉의 알은 유몽매를 가리킨다.

25 자고현량刺股懸梁을 말한다. 전국 시대의 유세가 소진蘇秦은 바늘로 허벅지를 찔러 졸음을 쫓으며 공부를 했고, 초나라의 손경孫敬은 졸음이 오면 머리채를 대들보에 매달아 잠을 쫓으며 공부를 했다고 한다.

받아주시겠습니까?

두보 : 누가 너를 사위로 받아들인다는 말이냐!

묘순빈, 당후관들 :

【원림호園林好】

평장 노상공을 질책하오,

무너진 가마에 살던 여몽정呂蒙正[26] 같은 이를 몰라보다니.

심하게 하시니 선배들은 성질 한 번 사나우시오.

(웃는다)

장인봉丈人峯[27]을 꺾어 넘어뜨리기라도 한다는 것인가?

두보 : 이 무덤 도둑놈을 감옥에 넣고 형벌을 정하지 못한 것이 한스러울 따름이로다.

유몽매 : (웃으면서)

【고미주沽美酒】

공자님 같은 당신이 공야장公冶長 같은 저를 감옥에 가두셨습니다.[28]

제가 무덤에 굴을 판 도척盜跖의 형제 유하혜柳下惠라도 되는 것처럼.[29]

언젠가,

음양의 섭리를 상공께 물어보는 날이 온다면,

아무런 말씀도 못하고 봄바람 맞으실 것입니다.[30]

---

26 여몽정(944~1011)은 송나라 때 사람으로 어려서 부모를 잃고 어려운 시기를 보내다 후에 과거에 급제하여 재상이 되었다. 강직함과 후덕함으로 송나라때 이름을 떨친 명재상으로 여러 가지 일화를 남겼다. 특히 어렸을 때 가난하게 지내면서 낙양성 밖의 폐 가마에서 잠을 잤다는 이야기가 유명하다.

27 장인봉은 본래 봉우리 이름이지만 흔히 장인을 비유한다. 여기에서는 유몽매의 장인 두보를 가리킨다.

28 공자는 제자인 공야장이 비록 감옥에 갇힌 적이 있지만 그의 잘못 때문이 아니라고 하면서 자신의 사위로 삼았다. 『논어』 「공야장」 참고. 여기에서 공자는 두보를, 공야장은 유몽매 자신을 비유하고 있다.

29 도척은 춘추 시대의 대도大盜인데, 『장자』 「도척」편에는 그가 노나라 대부였던 유하혜와 형제 사이라고 적고 있다. 여기에서 유하혜는 유몽매 자신을 비유한다. 제29척 참고.

30 유몽매 자신은 두여낭을 구해냈는데 두보는 아무런 기여도 하지 않았으므로 할 말

멋들어진 집에서 풍악 울리며 맞아 주실 줄 알았는데,

사편絲鞭³¹ 빼앗고 거리 행차도 막으셨습니다.

곤궁한 유의柳毅에게 용왕이 북돋아 준 것처럼 하실 줄 알았는데,³²

부차夫差 같은 당신은 한중韓重 같은 제게 예의로 대하지 않았습니다.³³

　제가,

웅지雄志를 얻게 되면,

　노평장께서는,

제게 절하시며 장원을 동쪽에 모시게 될 것입니다.³⁴

　아, 그때가 되면 비로소 이룰 것입니다,

모란정 옆 두견새의 꿈을.

　노평장 어르신, 사위는 연회에 참석하러 이만 물러갑니다.

[북미北尾]

당신은 사천대司天臺에서 문성文星을 못 보게 할 뻔 하셨고,³⁵

재능 있는 맑은 옥과 얼음 같은 사람을 뜨거운 불로 녹일 뻔 하셨습니다.³⁶

　제가 생각해보니 오늘이 있어,

저 꽃 희롱한 버들의 아내의 능력이 더욱 빛나고,³⁷

　　이 없게 될 것이라는 뜻이다.

31　사편은 실로 꼬아 만든 채찍으로, 흔히 혼인의 서약을 나타내는 말로 쓰인다.

32　당대 전기 「유의전」에 유의라는 선비가 곤경에 빠진 용녀를 구해주기 위해 용녀가 준 편지를 전하러 용궁으로 갔다가 용왕의 환대를 받았다는 이야기가 있다. 여기에서도 유의는 유몽매 자신을, 용왕은 두보를 비유한다.

33　오나라 왕 부차의 딸 소옥小玉이 한중을 좋아했는데 부차가 둘의 결혼을 반대하자 소옥이 병이 들어 죽었다고 한다. 간보干寶의 『수신기搜神記』 참고. 여기에서는 부차를 두보에, 한중을 유몽매 자신에 비유하고 있다.

34　장원을 상석에 모실 것이라는 뜻이다.

35　사천대는 천문대이고, 장원은 문성이 세상으로 내려온 것이라고 믿었다. 두보가 유몽매를 괴롭혀서 장원을 잃게 할 뻔했다는 의미이다.

36　진晉나라 때 사람 위개衛玠와 그의 장인 악광樂廣은 모두 명망이 있는 데다가 장인은 맑은 얼음 같고 사위는 빛나는 옥과 같다는 세평이 있었다. 『진서』 「위개전」참고. 하지만 여기에서는 옥과 얼음을 모두 유몽매 자신에 비유하고 있다.

37　꽃과 아내는 두여낭, 버들은 유몽매를 말한다.

복숭아나무 곤장으로 때린 나으리께서 깨닫게 되셨습니다.[38]

(퇴장한다)

두보 : (마무리를 한다) 기이하도다, 기이해! 도적인가, 귀신인가? 새 황문관 진 나으리와 상의할 테니 당후관은 가서 모셔 오너라.

당후관 : 알겠습니다.

황문관은 귀신 같고,

장원랑은 사람 같다네.

(퇴장한다. 말이 진최량으로 분장하여 등장한다)

진최량 :

공무에 바빠 늘 잠 못 이루니,

이른 조회 준비에 삼경三更에 입궐하네.

임금님께서 내리신 쌀 많으니,

이제 시골 아이들의 학비는 받지 않는다네.

저는 진최량입니다. 우리 송나라의 대승大勝을 상주하니 성은이 보살피셔서 황문관의 직책을 제수하셨습니다. 이것이 모두 두 상공이 천거하신 은혜이니 인사를 올리러 이렇게 왔습니다.

당후관 : (등장하면서 진최량에게) 마침 모시러 가려던 참이었습니다. 나으리께 아뢰올 테니 잠시만 기다려 주십시오 (두보에게 보고한다)

두보 : (웃으며) 기쁘고도 기쁜 일이로다!

옛날에는 진백옥陳白屋[39]이었는데,

지금은 황문관이 되셨군요.

진최량 :

새 은혜는 갚기 어려울 만큼 크고,

지난날 슬픔은 환혼還魂으로 사라지셨습니다.

세 가지 기쁜 소식을 경하드립니다. 첫째는 재상이 되신 일이요,

---

38 두보를 비꼬는 말이다.
39 백옥은 빈한하고 평범한 백성을 뜻한다.

둘째는 소저가 살아 돌아온 것이며, 셋째는 사위가 장원급제한 일입니다.

두보: 진 선생이 딸아이를 잘 가르쳐 주어 귀신이 되고 말았다오!

진최량: 노상공께서는 적당히 따님을 받아 주시지요.

두보: 선생이 틀렸소! 이것은 요사스러운 일이오 조정의 대신이 된 몸으로 마땅히 이를 척결하고자 하오.

진최량: 정말로 그러하시다면 제가 입궐할 때 폐하께 어지御旨를 여쭈어 보는 것은 어떻겠습니까?

두보: 제 뜻이 바로 그러하외다.

두보	밤에 읽으면 창주滄州의 귀신도 들으리라,
진최량	요기妖氣가 문성文星을 막아 어두워졌네.
두보	그 누가 세상사 시비를 판결할 수 있으리요?
진최량	신경神鏡만이 높은 곳에서 무수한 영혼을 비추는구나.⁴⁰

---

40 제1구: 육구몽陸龜蒙, 「신라 홍혜상인을 위해 영취산 주선사비 송환을 읊은 습미의 시에 화운함和襲美爲新羅弘惠上人撰靈鷲山周禪師碑送歸詩」 중 "봄 지나가면 타국에서 사람들 베껴 쓸 것이고, 밤에 읽으면 창주의 귀신도 들으리라春過異國人應寫, 夜讀滄洲怪亦聽." 제2구: 사공도司空圖, 「무오년 삼월 그믐戊午三月晦」 중 "붓과 먹을 근래 들어 자주 버리지만, 요기가 문성을 막아 어두워진 때문은 아니라네筆硯近來多自棄, 不關妖氣暗文星." 요기는 두보, 문성은 유몽매를 가리킨다. 제3구: 백거이白居易, 「요절과 늙음夭老」 중 "그 누가 세상사의 시비를 판결할 수 있겠는가, 젊어서 요절하는 것 마음 아프지만 늙는 것도 슬프다네誰人斷得人間事, 少夭堪傷老又悲." 제4구: 은문규殷文圭, 「성시 보러 투숙하여 좌주께 바치다省試夜投獻座主」 중 "공도公道 열어 영재를 뽑으니, 신령한 거울 높이 걸려 무수한 영혼들을 비추네辟開公道選時英, 神鏡高懸鑒百靈." 거울은 황제를 비유한다.

제54척 희소식 聞喜

첩貼 : 춘향

단旦 : 두여낭

노단老旦 : 견씨

정淨 : 석 도고, 곽타

외外 : 군교 갑

축丑 : 군교 을

(첩 춘향이 등장한다)

춘향 :

【요지유遙池遊】

맑은 이슬 시리도록 차갑고,

우물가 오동잎은 바람에 날리며,

도르래는 계속 돌아가네, 영원한 사랑처럼.

　아, 우리 아씨께서 꿈에 서생을 만나신 후 병이 들어 돌아가신 지가 벌써 삼 년이 되었을 때, 나으리와 노부인께서는 아씨가 외로운 혼백이라 기댈 곳 없을 것이라며 괴로워하셨지요. 그런데 누가 알았겠어요, 아씨께서 살아나서 가난한 수재를 따라 전당강錢塘江 가에서 살다가 어머님과 다시 만나게 될 줄이야. 정말이지 하늘에서나 세상에서나 기기묘묘한 일이 무엇이든 없겠어요! 오늘은 아씨께서 자수를 익히겠다고 상을 준비하라고 하셨어요. 아씨가 벌써 오셨군요.

　(단 두여낭이 등장한다)

두여낭 :

【요홍루遙紅樓】

추분秋分 지나니 해 금방 기울고,

들보 위의 제비도 이별이 아쉬워 지지배배.

님 떠나 텅 빈 강가,

이 몸은 객사客舍에 의지할 뿐,

칠향거七香車[1]는 보이지 않네.

서늘한 가을바람 사창紗窓을 뚫고 들어오고,

낭군님은 양주로 가더니 돌아오지 않으시네.

옥지玉指로 재빨리 강북초江北草를 튕기고,[2]

금바늘로 천천히 영남화嶺南花를 찌르네.

춘향아, 내가 낭군님과 이곳에 오자마자 낭군님께서는 과거 보러 떠나셨고, 호방虎榜[3]이 아직 붙기도 전에, 양주에 병란이 생겼다고 했지. 내가 급히 낭군님을 보내 부모님 소식을 알아보시라고 했는데, 어머님과는 생각지도 않은 곳에서 기쁘게 만났지만 아버님이 계신 곳은 알 수가 없구나. 낭군님께서 돌아오실 때가 되었는데, 이번 방문에는 가장 높은 곳에 이름이 붙으시겠지. 얼른 비단옷 한 벌 지어서 그 광채를 돋보이게 해야겠다.

춘향 : 상을 준비했으니, 마름질을 하세요.

두여낭 : (마름질을 하고) 마름질을 마쳤으니 바느질을 해야겠다. (바느질을 한다)

춘향 : 아씨, 제가 심심해서 그러는데, 낭군님이랑 꿈속과 저승에서 두 분이 어떤 모습이었어요?

두여낭 :

【나강원羅江怨】

후원에서 꿈을 조금 꾸었고,

저승에 가서 곡절이 생겼지.

꿈속에서는 만났던 그림자와 헤어졌지만,

---

1   칠향거는 여러 가지 향료를 바르거나 향목香木을 써서 아름답게 꾸민 수레로, 여기에서는 두여낭 자신이 타고 시집갈 수레를 가리킨다.

2   이하 두 구절은 모두 자수를 놓는 모습을 묘사하고 있다. 강북초와 영남화는 모두 자수로 놓는 화초를 뜻하고, 강북에 간 영남 선비 유몽매를 뜻하기도 한다.

3   과거 합격자를 알리는 방문을 말한다.

저승에서는 간절하게 사랑을 찾아 나섰지.

춘향 : 다시 살아났을 때는 어떠셨어요?

두여낭 :

꿈에서 다시 깨어난 것 같았고,

뒤돌아보다가 넘어지기도 했지.

춘향 : 저승에도 재미있는 곳이 있었나요?

두여낭 :

윤회輪廻하는 길 내내 향거香車를 타고,

사랑의 강에서 단풍잎에 시를 적었지.[4]

곧장 귀문관鬼門關에 이르러 밤마다 가을달 바라보았단다.

춘향 :

【전강】

아씨의 자태는 그토록 요염하고,

마음은 괴롭기 짝이 없으셨지요.

　　아씨,

아씨의 혼이 꿈속의 나비처럼 날아올랐을 때,[5]

어머님은 활 그림자가 뱀인 줄 알고 애가 끊어졌어요.[6]

황량하게 무너진 제비 무덤이나,[7]

4　사랑의 강의 원문은 애하愛河이다. 애하는 불교 용어로서 애정 또는 정욕을 뜻한다. 단풍잎에 시를 적었다는 것은 당나라 희종僖宗 때 선비 우우于祐가 황궁에서 흘러나온 시가 적힌 단풍잎을 보고 답시를 지어 띄워 보냈는데, 훗날 태감의 중매로 혼인하게 된 궁녀 출신 한씨韓氏가 바로 시를 단풍잎에 적어 주고받은 사이였음을 알고 기이하게 생각하였다는 이야기를 말한다. 제10척 참고.

5　『장자莊子』에 나오는 '호접몽蝴蝶夢'의 이야기를 이용하여 두여낭이 잠시 저승으로 간 것을 말하고 있다.

6　어떤 사람이 악광樂廣의 집에서 술을 마시다가 술잔 속에 뱀이 들어있어서 깜짝 놀라 병이 들었는데, 실은 벽에 걸려있던 활의 그림자가 술잔에 비친 것이었다. 『진서晉書』 「악광전」 참고. 여기에서는 두여낭의 모친이 두여낭이 죽은 줄로만 알고 슬퍼했다는 뜻을 나타낸다.

7　남조 송나라 말엽에 요옥경姚玉京이라는 기녀가 남편을 맞았는데 남편이 죽자 다시

원앙 둥지 새로 만든 이야기는 건너뛰고,

　궁금해요,

서재에서 만날 때 등불을 어떻게 가리셨는지,

합환주는 어떻게 사 가셨는지요.

　사랑을 처음 나누실 때,

그 곳에 핏자국이 비쳤나요?

두여낭 : 이 멍청한 것아, 밀회의 기쁨은 두 사람 모두 꿈속 같았는데, 물어 무엇한다는 말이냐! 아, 어머니께서 저리도 급하게 오시네!

　　　(노단 견씨가 황급히 등장한다)

견씨 :

【완선등玩仙燈】

사람들이 떠들썩한데,

　풍문에 듣자하니,

딸아이와 상관있는 듯하구나.

　애야, 바깥에서 사람들이 떠드는 소리를 들었다. 이번 과거의 장원은 영남의 유몽매라고 하더라.

두여낭 : 정말이에요?

　　　(정 석 도고가 급히 달려 등장한다)

석 도고 :

【전강】

깃발행렬이 뱀처럼 구불구불 달려오니,

무슨 사자인지가,

시집가지 않았다. 어느 날 제비 한 쌍이 자기 집에 둥지를 틀었는데, 수컷 제비가 수리에게 물려 죽었다. 옥경은 남은 암컷 제비를 보호하기 위해 붉은 실을 제비 다리에 묶고 지냈다. 후에 옥경이 죽자 제비는 울음을 그치지 않았고, 결국 옥경의 무덤으로 날아가서 죽었다. 『사문유취事文類聚』「연녀분燕女墳」 참고. 여기에서는 두여낭의 무덤을 가리킨다.

가까이 다가오네!

(인사하며) 마님, 아씨, 누가 어명을 전하러 오고 있는데, 제가 문에 나가 보겠습니다! (퇴장한다)

(외와 축이 분장한 군교들이 누런 깃발을 들고 등장한다)

군교들 :

【입잠入賺】

깊은 골목길이라,

장원의 집을 찾기가 어렵구나.

이곳이로구나. (문을 두드린다)

견씨 :

소리가 이렇게 무섭다니!

문 사이로 엿볼 수밖에.

(문이 열리고 군교들이 들이닥친다)

견씨 : 어느 관청에서 왔는가?

군교들 :

유성처럼 질주해 왔소.

이 깃발은,

이 깃발은 보통 깃발과는 다르니,

황문관께서 어명을 전하라고 하셔서 온 것이라오.

견씨 : (두여낭에게) 애야, 어명을 전하러 오셨다는구나.

두여낭 :

감히 여쭈어 봅니다,

방문은 언제 붙을지요?

유몽매의 이름이 높은 곳에 붙을지요?

군교들 : 장원급제하셨습니다.

두여낭 : 정말로 장원급제하셨나요?

군교들 :

　　장원급제를 했지만,

　　경황 중에 이름이 지워질 뻔했습니다.

두여낭 : (놀라며) 어떻게 된 건가요?

군교들 :

　　회양으로 가서 두 나으리에게 대들었고,

　　붙잡혀 서울로 돌아와 도굴범으로 선고 받았습니다.

견씨 : 애야, 고마운 일이로구나. 나으리께서 무사히 서울로 돌아오셨다니. 세상에 죽었던 사람이 다시 살아났다는 것을 어찌 믿으셨겠느냐.

두여낭 : 그래서 어떻게 되었나요?

군교들 :

　　높이 매달고 복숭아나무 곤장으로 때리려는데,

　　관청에서 사람이 구해내어 장원급제 행차를 했습니다.

두여낭 : 시간을 제대로 맞추었네요.

군교들 : 평장 나으리의 권세가 커서 성상께 상소를 올려 도굴범은 장원이 될 수 없다고 하셨습니다.

두여낭 : 장원도 따로 상소를 올렸나요?

군교들 : 장원도 따로 상소를 올렸습니다.

　　평장께서는 그가 마음대로 저승 사람을 훔쳐갔다고 상소하셨고,

　　저 장원께서는,

　　괴성魁星을 차지하여[8]

　　사기邪氣를 받지 않는다고 상소하셨습니다.

　　만세야萬歲爺[9]께서는 두 분의 상소를 들으시고,

　　어떻게 해야 좋을지 모르셨습니다.

두여낭 : 그래서요?

8　괴성은 문운文運을 상징하는 별로, 괴성을 차지했다는 것은 과거급제했음을 뜻한다.

9　임금을 말한다.

군교들 : 다행히 평장 나으리와 알고 지내신 진 황문陳黃門께서 이렇게
상소하셨습니다. 평장, 장원, 그리고 아씨 이렇게 세 분이 성상 앞에
서 대면하시고, 성상께서 판결을 내려주시도록 말입니다.

견씨 : 아, 진 황문이 누구인가?

군교들 :

진최량이시지요,

남안의 관사에서 교수로 있었답니다.

그래서 두 평장께서 조정에 천거하여,

조회와 성상 알현의 일을 맡게 되었다고 합니다.

견씨 : 정말 기이한 일이로구나.

군교들 : 바로 그분이 우리에게 오셔서 성지를 전해주셨습니다. 따님께
일경一更에 머리 빗고 이경二更에 밥을 먹고 삼경三更에 옷을 입고
사경四更에 출발하라고 해 주십시오.

오경 삼점五更三點[10]까지 준비를 다 마치고,

패옥佩玉이 울리면 조회가 시작될 것입니다.

두여낭 : 혼자서는 무서워요.

군교들 : 뭐가 무섭다는 말인가요!

평장 재상께서 친부이시고,

장원의 부인이신데.

저희는 갑니다.

두여낭 : 좀 더 말해주고 가세요.

군교들 :

내일 궁궐 조회에 희전喜錢[11]을 받으러 가겠습니다.

(퇴장한다)

---

10 옛날 시간 표시법에서 일경을 5점으로 나누었는데, 1점은 지금의 24분에 해당한다.
따라서 오경 삼점은 새벽 6시 12분에 해당한다.

11 희전은 결혼하는 신부가 구경나온 사람들에게 감사의 뜻으로 뿌리는 돈을 말한다.

두여낭: 어머니, 아버님께서 높은 벼슬에 오르시고 낭군님이 장원급제

하셨답니다.

저 깃발은 대첩을 알리고,

평안을 알리는 것이었네요.

하늘 향해 머리를 조아려 감사 올립니다,

하늘 향해 머리를 조아려 감사 올립니다.

　　(절을 올린다)

【적류자滴溜子】

그 시절에,

그 시절에,

매화나무 뿌리와 버드나무 잎새가 만났었고,

캄캄한 길에서,

캄캄한 길에서,

떠도는 혼령을 다시 만났습니다.

정말이지 꿈이 이루어졌습니다,

뒤뜰 화원에서.

끝까지 나아가서,

큰 성공을 이루었습니다.

저승의 인연이,

이승에서 이루어졌습니다.

견씨:

【전강】

비록,

비록 희귀한 일이지만,

어찌하여,

어찌하여 성상께 놀라움과 수고를 끼쳤을까?

그분은 네가,

화요花妖[12]에게 해를 입었다고 하시고,

유하혜柳下惠 같은 곧은 선비가,

꽃 아래서 악행을 저질렀다고 보신단다.[13]

　　너의 부친께서는,

그 화신花神을 다시 불러올 수 있는,

부적도 없으면서.

【미성】

　　애야,

비녀 단단히 단속하고 성상께 예쁘게 절을 올리거라.

두여낭 : 제가 성상께 무슨 말씀을 드려야 할까요?

견씨 : 걱정 말거라,

네가 살아 있는 것이 거짓 없는 분명한 증거가 될 것이니라.

두여낭 : 이 말씀도 빠뜨리지 않겠어요,

"만세, 임금님께서는 천첩의 말씀을 들어주소서."

　　(정이 곽타로 분장하여 등장한다)

곽타 :

자라굴 악어굴 찾아가는 중에,

오작교烏鵲橋를 지나가네.[14]

　　이틀 동안 전당문錢塘門을 찾았지만 허탕을 치고, 마침 늙은 병사
를 만나 부인이 계신 곳을 알았으니, 정신 차리고 들어가 보아야겠
다. (부인을 만난다)

견씨 : 자네는 누구인가?

곽타 : 장원 댁의 곽타라고 하옵니다. 축하드리러 왔습니다.

12　화요는 화신花神을 낮추어 말하는 것이다.
13　유하혜는 한 여자와 밤을 지새는 일이 있었는데, 예의를 잃지 않았다고 한다. 여기에서는
　　유몽매를 비유하고 있다. 제29척 참고.
14　자라와 악어가 살고 있는 전당강변 곧 임안을 가리킨다. 오작교는 견우와 직녀가 만
　　난 다리이다.

두여낭 : 고생 많았어요. 장원은 뵈었나요?

곽타 : 평장부平章府에 가서 장원을 구해드렸습니다. 장원께서 부인을 조정에 모시고 오라고 하셨습니다.

견씨	지난 일은 그만 따지고 꿈에서 깨어나려 하니,
두여낭	오늘 새벽 문득 보니 천문天門에서 내려오셨네.
곽타	오로지 뛰어난 분들께 보답하고자,
두여낭	눈썹 엷게 그린 후에 지존至尊을 뵙는다네.[15]

---

15 제1구 : 한개韓漑, 「소나무松」 중 "허공에 뜬 높은 난간은 차가워 먼지 하나 없는데, 지난 일은 그만 따지고 꿈에서 깨어나려 하네倚空高檻冷無塵, 往事閑徵夢欲分." 제2구 : 장적張籍, 「조회일에 백관에게 앵도를 하사하시다朝日敕賜百官櫻桃」 중 "선과라 세상에는 하나도 없었는데, 오늘 아침 문득 보니 천문에서 내려오네仙果人間都未有, 今朝忽見下天門." 어명이 내려왔음을 말한다. 제3구 : 승관휴僧貫休, 「동양으로 돌아가다가 갈래길에서 두사군께 올리는 7수歸東陽臨岐上杜使君七首」 중 제6수 "분명히 정령들에게 보답하기 위해, 깃발을 봉황지鳳凰池로 보내네分明爲報精靈輩, 好送旌旗到鳳池." 제4구 : 장호張祜, 「집영대集靈臺」 중 "지분이 안색을 더럽힐까 싫어하여, 눈썹만 엷게 그리고서 지존至尊을 뵙는구나卻嫌脂粉汙顏色, 淡掃蛾眉朝至尊."

544 모란정(牡丹亭)

제55척 대단원圓駕

정淨: 장군 갑

축丑: 장군 을

말末: 진최량

외外: 두보

생生: 유몽매

노단老旦: 견씨

정淨: 석 도고

첩貼: 춘향

축丑: 한자재

(정과 축이 장군으로 분장하여 금과金瓜를 들고 등장한다)

장군 갑, 을:

하늘의 덕은 해와 달로 빛나고,

제왕의 거처는 산하에 웅장하도다.

만세야萬歲爺께서 조정에 오르셨으니 여기서 궁전을 지켜야겠습니다.

(말 진최량이 등장한다)

진최량:

【북점강순北點絳脣】

보전寶殿에 구름 걷히고,

향로에는 연기 자욱하고,

천하는 태평하도다.

(몸을 돌려 절을 한다)

햇빛이 금 계단에 비치는데,

황문랑黃門郞이 절한다고 아뢰네.

〔집당集唐〕

난鸞새와 봉鳳새 깃발들이 나란히 새벽에 휘날리고,

대궐 아래로 옥음玉音 내려오는 소리 들리네.

기틀 일으킬 임금은 요기妖氣를 씻어내실 터이거늘,

사람 일은 묻지 않고 귀신 일을 묻는구나.[1]

저는 대송국의 신임 황문주사랑 진최량입니다. 소관은 원래 남안
부에서 공부만 한 수재로서 유몽매가 두 평장 따님의 무덤을 파헤
쳤기로 곧장 양주로 가서 이를 알렸습니다. 평장께서는 옛일을 기억
하시고 저를 시켜 도적 이전을 회유시키고 그 공적을 보고하게 하
셨습니다. 그리하여 황문주사랑의 직을 내려 주시는 성은을 입었습
니다. 그런데 평장께서 조정으로 돌아오시게 되었을 때 뜻밖에도 유
몽매가 찾아오니, 그 때 바로 사로잡아서 임안부 감옥으로 압송하였
습니다. 그 일이 있기 전에 유몽매는 과거 답안지를 내고 나서 장원
급제하였는데, 그를 찾아보니 막 두 평장의 집에서 매달려 고문을
당하고 있었습니다. 다행히 어전의 관교官校들이 문을 부수고 장원
을 구조하여 말에 태워 가서 화를 면했습니다. 또 듣자 하니 저의
여제자 두 소저도 혼백이 돌아와 서울에 있다고 하더군요. 평장께서
는 따님이 색정色精[2]이 되었다는 말을 듣고는 괴로워하시고, 저에게
요괴를 제거하는 상소문을 한 편 쓰라고 하셨습니다. 상소를 통해
무덤 도굴범 유몽매를 탄핵하시고, 죽은 딸의 이름을 훔친 요귀妖鬼

---

1 제1구: 위원단韋元旦, 「인일 대명궁에서 잔치 열어 채루 인형 장식을 하시므로 받들어
   화답하여 응제함奉和人日宴大明宮恩賜彩縷人勝應制」 중 "난봉 깃발이 나란히 새벽에 펄
   럭이며, 어룡만연 각저희 대명궁에 떨치네鸞鳳旌旗拂曉陳, 魚龍角牴大明辰." 난봉은 군
   왕을 뜻한다. 제2구: 유장경劉長卿, 「옥중에서 동경을 수복하여 사면한다는 소식을 듣
   고서獄中聞收東京有赦」 중 "대궐 아래 내리는 윤음 전해 들음은, 관동에서 오랑캐 멸했
   다고 알렸기 때문이지傳聞闕下降絲綸, 爲報關東滅虜塵." 윤음은 제왕의 조령詔令을 뜻한
   다. 제3구: 두보杜甫, 「하북의 여러 절도사가 입조하였다는 소식을 듣고 기뻐 읊조린
   절구 12수承聞河北諸節度入朝歡喜口號絶句十二首」의 제5수 중 "기틀 일으킬 임금은 요
   분기 가라앉히시리니, 성군의 수명은 일만 년을 넘기리라興王會淨妖氛氣, 聖壽宜過一萬
   春." 제4구: 이상은李商隱, 「가생賈生」 중 "가련하구나, 한밤에 앞자리 비워 놓고 창생
   은 묻지 않고 귀신을 물으니可憐夜半虛前席, 不問蒼生問鬼神."
2 색을 밝히는 정령을 말한다.

는 주살誅殺하지 않을 수 없다고 하셨습니다. 두보 나으리의 이 상소문은 명분이 정당하고 말이 이치에 맞습니다. 그런데 뒤이어 유몽매도 상소를 올려 마음 속의 일을 밝혔습니다. 이에 대한 성지聖旨가 이렇게 내려왔습니다. "짐이 상소를 보니 숨어 있던 기이한 이야기로다. 혼이 돌아온 여인을 짐 앞에 데려와 사실을 말하게 하라. 뜻을 취해 정하겠노라." 이 늙은이는 두 소저가 정말 혼이 돌아온 것일까 두려워 조용히 관교를 시켜 성지를 전달하여 오경五更에 입궐하라고 전하였습니다. 정말이지,

삼생석三生石 위에서 이승과 저승을 보고,

만세대萬歲臺 앞에서 참과 거짓을 가린다

라는 격이지요. 말이 끝나기도 전에 평장과 장원이 오는군요.

　　　(외 두보와 생 유몽매가 복두를 쓰고 홀을 들고 함께 등장한다)

두보 :

【전강】

농락당하니 한스럽고,

까닭 없이 이런 일을 당하니,

참으로 기이하도다.

유몽매 :

수수께끼를 맞추기 어렵다면,

성상께서 직접 밝히실 것이라네.

　　　장인 어르신, 인사 올립니다.

두보 : 누가 네 장인이라는 말이냐?

유몽매 : 평장 노선생께 절 올립니다.

두보 : 누가 너의 평장이라더냐?

유몽매 : (웃으며) 옛 시에

매화와 눈이 봄을 다투어 지지 않으려 하니,

시인이 붓을 놓고 평결한다네

라고 하였습니다.[3] 오늘 몽매가 논변을 벌일 때 노평장께서 붓을 놓게 되실 것입니다.

두보: 이 죄인이 문자를 지껄이는구나.

유몽매: 소생이 무슨 죄를 지었습니까? 노평장께서 죄인이십니다.

두보: 나는 이전을 평정한 큰 공을 세웠는데 무슨 죄가 있다는 말이냐?

유몽매: 조정에서는 모르지만, 나으리가 어찌 이전李全을 평정했습니까? 다만 이반李半을 평정했지요.

두보: 어째서 이반만 평정했단 말이냐?

유몽매: (웃으며) 나으리는 양낭낭을 속여 물리쳤지 어찌 이전을 속였습니까?

두보: (괴로워하며 유몽매를 잡는다) 누가 그러더냐? 너와 함께 폐하께 가야겠다.

　　(말 진최량이 황급히 등장하여 만난다)

진최량: 오문午門 밖에서 누가 감히 떠드느냐? (본다) 두杜 노선생이시군요. 이 사람은 새 장원이고. 손을 놓으시오, 손을 놓아.

　　(두보가 유몽매를 놓는다)

진최량: 장원은 무슨 일로 노평장사를 괴롭히시오?

두보: 저 놈이 나를 죄인이라고 욕을 하는군. 내가 무슨 죄를 지었다는 말인가?

유몽매: 나으리는 죄가 없다고 하시지만 영애令愛를 처분하신 일은 큰 죄가 세 가지입니다.

두보: 무슨 세 가지 죄라는 말이냐?

유몽매: 태수가 딸이 봄놀이 하도록 놓아두신 것이 첫 번째 죄요.

3　송宋 노매파盧梅坡,「눈과 매화雪梅」는 다음과 같다. "매화와 눈 봄을 다투어 지지 않으려 하니, 시인이 붓을 놓고 평결한다네. 매화는 눈보다 흰색이 덜하고, 눈은 매화에게 향기를 지는구나梅雪爭春未肯降, 騷人閣筆費平章. 梅須遜雪三分白, 雪却輸梅一段香." 평장이라는 말이 있는 싯귀를 인용하여 두 평장사를 희롱하고 있다.

두보: 그렇다.

유몽매: 딸이 죽자 상례를 치르지 않고 도관道觀을 지어 주신 것이 두 번째 죄입니다.

두보: 됐다.

유몽매: 가난하다고 사위를 내쫓고 황제께서 내리신 장원을 마구 때린 것이 세 번째 큰 죄가 아닙니까?

진최량: (웃으며) 장원도 이전에 죄를 지었소. 소관의 체면을 보아 화해하시오.

유몽매: 황문 대인, 소생과 무슨 면식이 있소이까?

진최량: (웃으며) 장원은 모르시오 존尊부인⁴께서 날 청해서 가르쳤소이다.

유몽매: 귀신이 선생을 불렀다는 말씀인지요?

진최량: 장원은 옛날 일을 잊었구려.

유몽매: (알아본다) 황문 대인은 남안부의 진 재장이시지요?

진최량: 황공하오. 황공해.

유몽매: 아, 선생, 저는 선생께 적지 않게 베풀었는데, 왜 나를 함부로 도적이라고 신고하셨소? 문객門客일 때 보고한 일이 진실이 아니었으니, 황문이 되어서도 보고한 일이 진실이 아닐 것입니다.

진최량: (웃으며) 오늘 상소한 일은 진실입니다. 멀리 존부인께서 오고 계시니 두 분께서는 먼저 성상께 고두叩頭의 예를 올리십시오.

　　(무대 뒤에서 소리친다)

무대 뒤: 주사관奏事官은 자리에 정렬하라.

　　(두보와 유몽매가 함께 나아가 고두한다)

두보: 신 두보 아뢰옵니다.

유몽매: 신 유몽매 아뢰옵니다.

진최량: 일어서시오. (두보와 진최량이 좌우에 선다)

4　상대방의 아내를 높여 부르는 말로, 여기에서는 두여낭을 가리킨다.

(단 두여낭이 등장한다)

두여낭 :

여낭은 본시 황천의 여인이었으나,

다시 태양을 보며 대궐의 붉은 계단을 향합니다.

【황종북취화음黃鐘北醉花陰】

금빛 궁전에는 푸르른 원앙 유리 기와를 덮었고,[5]

명편鳴鞭[6] 소리가 휘익하고 허공에 울리네.

장군 갑, 을 : (고함을 지른다) 웬 부녀자가 어도御道에 뛰어드느냐? 끌어내려라!

두여낭 : (놀라며)

이렇게 사나운 자가 꽥꽥 외치니,

염부전閻浮殿에서 청면靑面의 날카로운 이빨을 보았지만,

지금처럼 두렵지는 않았다네.

진최량 : 앞에 오는 사람은 여제자 두 소저가 아닌가?

두여낭 : 오시는 황문관은 진 교수 같구나. 한 번 불러 보자. 진 사부님! 진 사부님!

진최량 : (응답한다) 예.

두여낭 : 진 사부님, 반갑습니다.

진최량 : 소저, 그대는 귀신이니, 폐하께서 놀라지 않으실까?

두여낭 : 닥치세요! 다시는 말하지 마세요,

꽃을 찾던 도깨비가 가짜 관리되었다고.[7]

장원의 처가 폐하를 뵈러 왔다고만 전하세요.

(장군 갑, 을이 퇴장한다)

무대 뒤 : 아뢰는 자는 예를 갖추어라.

---

5 궁궐 바닥에 푸른 빛의 원앙 무늬 유리판이 깔려 있는 것을 말한다.

6 명편은 옛날 황제 의장儀仗의 일종이다. 채찍 모양으로 생겼으며 휘두르면 소리가 난다.

7 꽃을 찾는 도깨비는 유몽매를 가리킨다. 유몽매는 진짜 장원이라는 뜻이다.

(두여낭이 예를 갖추며 "만세, 만세!"를 외친다)

무대 뒤 : 일어서라. (두여낭이 일어선다) 성지를 듣거라. 두여낭이 진짜인 지 가짜인지 부친 두보와 장원 유몽매가 나와서 확인하라.

유몽매 : (두여낭을 쳐다보고 슬퍼한다) 우리 두여낭!

두보 : (두여낭을 힐끗 보고 괴로워한다) 귀신일세! 참으로 꼭 같구나. 대담하 다, 대담해. (몸을 돌려 무릎을 꿇고 아뢴다) 신 두보 삼가 아뢰옵니다. 신 의 딸은 죽은 지 삼 년인데 이 여인이 꼭 같으니 이는 필시 요사스 런 여우가 둔갑한 것이옵니다. 제 말씀을 들어 주소서.

【남화미서南畫眉序**】**

신의 딸은 죽은 지 여러 해이니,

음양의 이치상 어찌 살아날 수 있겠나이까?

폐하께서는 금계단을 향하여 내리치셔서,

요마妖魔를 보여 주소서.

유몽매 : (운다) 참으로 잔인한 아버지로구나. (무릎을 꿇고 아뢴다)

그는 천둥처럼 엄한 아버지의 모습을 하고,

단번에 명성을 잃어버리려고 하옵니다.

(일어선다)

모두 :

염라대왕과 포증包拯[8]이라도 밝히지 못할 터,

성지를 얻어 조절하는 수밖에 없다네.

무대 뒤 : 성지를 듣거라. 짐은 듣건대 사람의 형체에는 그림자가 있으므 로 귀신은 거울을 무서워한다고 하였다. 정시대定時臺[9]에 진秦나라 때 의 조담경照瞻鏡[10]이 있으니 황문관은 두여낭과 함께 거울에 비쳐 보

---

8   송나라의 명판관 포청천을 말한다.
9   시간을 알려주는 기계장치가 있는 장소이다.
10 진나라 때 함양궁에 있었다는 크고 네모난 거울로, 오장의 병을 비추어 볼 수 있고, 여자가 나쁜 마음을 품으면 쓸개가 커지고 심장이 떨리는 것을 볼 수 있었다고 한다. 여기에서는 사람인지 귀신인지를 판정해주는 거울의 뜻으로 쓰였다.

거라. 꽃그늘 아래 형체가 있는지 없는지 확인하여 보고하라.

진최량 : (두여낭과 함께 거울을 본다) 여제자는 사람인가, 귀신인가?

두여낭 :

【북희천앵北喜遷鶯】

사람과 귀신이,

어떻게 말을 주고받나요?

몸과 그림자가 능화菱花 거울에 나타났어요.

진최량 : 거울에 얼굴이 바뀌지 않았으니 분명히 사람의 몸이로구나. 다시 꽃핀 거리에서 비쳐 보고 아뢰자. (걸어가면서 비친 모습을 본다)

두여낭 :

힘들어라,

꽃그늘 진 여기에서,

금련 걸음으로 회란무回鸞舞[11] 추니 모래에 옅은 자욱이 찍히네.

진최량 : (아뢴다) 두여낭은 형체도 있고 그림자도 있으니 사람임이 확실하옵니다.

무대 뒤 : 성지를 들으라. 두여낭은 사람임이 드러났으니, 전에 죽었다가 뒤에 살아난 일에 대해 상주하라.

두여낭 : 만세! 신첩臣妾은 열여섯 나이에 스스로 초상화 한 폭을 그렸고, 버드나무 밖 매화나무 옆에서 이 사람을 꿈에 만났사옵니다. 첩이 병에 걸려 죽어서 후원 매화나무 아래 묻혔는데, 뒤에 이 유몽매라는 서생이 저의 초상화를 주워 아침저녁으로 걸어 놓고 그리워하였사옵니다. 신첩은 그 때문에 나타나 부부가 되었사옵니다. (슬퍼한다) 아, 슬프기 짝이 없사옵니다!

이것이 제가 먼저 죽었다가 뒤에 되살아난 일이오니,

음과 양이 많이 헝클어진 다른 일들보다는 덜 할 것이옵니다.

---

11 혼인한 지 사흘 뒤에 신부가 신랑과 함께 친정 부모에게 인사가는 일을 표현한 춤이다.

무대 뒤 : 성지를 듣거라. 유 장원은 말해 보라, 두여낭의 말이 진실인지 거짓인지. 또한 무엇 때문에 이름을 몽매라고 지었는가?

유몽매 : (절을 하고 만세를 부른다)

【남화미서】

신은 남해에서는 인연이 없었사온데,

꿈에 아리따운 자태를 보고 매화를 꺾었사옵니다.

후에 과거 보러 길을 떠났다가,

남가南柯[12]에서 요양했사옵니다.

　　그리하여 남안부 홍매원紅梅院에 방을 빌어 머물며 그 후원을 노닐다가 두여낭의 초상을 얻었는데, 진실한 혼령에 감화되어 그가 사람이 되도록 도왔사옵니다.

두보 : (무릎을 꿇고) 이 사람은 감히 폐하를 기망하고 아울러 신의 딸을 더럽혔사옵니다. 신의 딸은,

죽어서 깨끗한 곳에 정갈하게 장사 지냈사온데,

산 사람과 산모퉁이에서 야합하겠나이까?

모두 :

염라대왕과 포증이라도 밝히지 못할 터,

성지를 얻어 조절하는 수밖에 없다네.

무대 뒤 : 성지를 들으라. 짐이 듣기로, 부모의 허락과 중매인의 말을 기다리지 않으면 나라 사람과 부모가 모두 천시한다고 하였다. 두여낭은 스스로 중매하고 혼인하였는데 무슨 의견이 있느냐?

두여낭 : (울면서) 만세! 신첩은 유몽매가 다시 살려 준 은혜를 입었사옵니다.

12　남쪽 가지라는 뜻이다. 당나라 때 이공좌李公佐가 지은 「남가태수전南柯太守傳」에는 순우분淳于棼이 홰나무 밑에서 낮잠을 자던 중 꿈에 왕국의 사위가 되어 20년 동안 남가군을 다스리면서 온갖 영화를 누리다가 깨어났다는 이야기가 펼쳐진다. 여기에서는 남안을 비유하고 있다.

【북출대자北出隊子**】**

　참으로 중매 없이 혼인하였사옵니다.

두보 : 누가 혼인을 보증하였느냐?

두여낭 :

　보증인은 모상문母喪門[13]입니다.

두보 : 시집에 데려다 준 사람은?

두여낭 :

　데려다 준 사람은 여야차女夜叉[14]입니다.

두보 : 이렇게 엉터리로 하다니!

유몽매 : 이것이 음양의 바른 이치에 맞지요.

두보 : 바른, 바른 이치라니! 너는 그 남만南蠻의 한 점 붉은 입술을 놀리는구나.

유몽매 : 평장 나으리, 우리 영남 사람이 빈랑檳榔[15]을 먹는다고 욕하시는구려. 사실 유몽매는 입술은 붉고 이는 희지요.

두여낭 : 그만 하세요. 눈앞에 딸이 살아 서 있는데 아버지는 알아보지 못하시는군요. 귀신된 지 삼 년만에 유몽매가 혼인을 청하였습니다.

　당신께서는 이토록 독하게도,

　이승으로 돌아온 자식과 다투시고,

　　어찌하여 화를 내시는지요,

　저 준수한 사람이 빈랑 먹은 듯한 모습이라고.

　　아버지가 저를 인정하지 않으신다면 어머니가 계십니다. (등장문을 바라보며) 이제는 실상을 잘 아시는,

　어머니께서 입을 열어 말씀해 주세요!

13　상문喪門은 별자리 이름으로 죽음을 주관하는 흉신이다.

14　야차는 지상이나 공중에 머물며 사람을 해치는 악귀이다. 나찰과 함께 북방을 수호하기도 한다.

15　빈랑은 야자과의 상록수 열매로서 소화 구충 등의 약효가 있고 붉은 색이 난다. 남방 사람들이 즐겨 먹는데, 어느 정도 씹으면 입안과 입가가 붉게 물든다.

(노단 견씨가 등장한다)

견씨: 딸아이가 임금님 앞에 오래도록 있으니 이 늙은 몸이 정양문正陽門[16]으로 들어가 억울하다고 외쳐야겠네. (들어가서 무릎을 꿇고 엎드린다) 폐하, 두 평장사의 처 일품부인一品夫人 견씨가 아뢰옵니다.

　　(두보와 진최량이 놀란다)

두보: 어디서 오셨소? 정말 나의 부인이구려. (무릎을 꿇는다) 신 두보 아뢰옵니다. 신의 처는 양주에서 도적의 손에 벌써 죽었고, 신은 망처亡妻에게 작위를 내려 주십사고 주청한 바 있사옵니다. 이는 필시 요괴가 모녀를 만들어서 대낮에 하늘을 속이려는 것이옵니다. (일어선다)

유몽매: 이 부인은 전에 뵈온 적이 없사옵니다.

무대 뒤: 성지를 들으라. 견씨는 도적의 손에 이미 죽었는데, 어이하여 모녀가 임안에서 함께 살고 있느냐?

견씨: 만세! (일어선다)

【남적류자南滴溜子】

양주로에서,

양주로에서 군사들을 만나,

할 수 없이,

할 수 없이 서울로 향했사옵니다.

도중에 전당錢塘에서 밤을 보내다가,

뜻밖에도 어둠 속에서 딸 여낭을 만나 기절할 뻔 했사옵니다.

모녀의 마음은,

죽어서도 살아있을 때와 같을 것이옵니다.

무대 뒤: 견씨가 아뢴 바를 들으니, 그 딸은 의심의 여지없이 환생하였도다. 그가 음사陰司에서 보낸 삼 년간 인과因果의 일이 얼마나 많았

16　정양문은 본래 송나라 변경汴京 궁성의 정문이다. 여기에서는 임안 대궐의 정문을 가리킨다.

겠느냐. 선배들 가운데 부덕한 군왕과 신하들에게 어떤 처분이 있었느냐? 이실직고하라.

두여낭 : 말씀 올리기 어렵사옵니다. 온갖 처분이 다 있었사옵니다.

진최량 : 여학생, "공자님은 괴이한 일은 말하지 않으셨다"라고 했거늘, 이승의 각 부서와 주현州縣에서 공문서를 조사하듯이, 저승에서도 안건을 감사한다는 말이냐?

두여낭 :

【북괄지풍北刮地風】

아, 저 저승에서는 문서를 하나하나 검사하여,

시비가 일어나지 못하게 했사옵니다.

군왕에게는 혼령 맞이하는 수레 반쪽짜리가 있었고,

신하들에게는 옥쇄玉鎖와 금가金枷가 채워져 있었사옵니다.[17]

진최량 : 증거가 없는데, 그렇다면 진회秦檜 태사太師[18]는 음사에서 벌을 받고 있느냐?

두여낭 : 조금 알아요. 그의 고통을 말하자면, 저 진 태사는 문을 들어서자마자, 검은 심장은 툭탁툭탁,

일천 번을 얻어맞았고,

　자줏빛 간肝은 너덜너덜,

세 조각으로 찢어졌지요.

모두 : (놀라며) 어찌하여 세 조각으로 찢어졌는가?

두여낭 : 한 조각은 대송국, 한 조각은 금나라, 한 조각은 말 많은 마님 때문이라고 하더군요.

진최량 : 그렇다면 그의 말 많은 부인은 무슨 벌을 받았느냐?

17　군왕이나 신하들 모두 벌을 받고 있다는 뜻이다.
18　진회는 송나라 때 재상으로, 고종高宗 때 금에 대한 항전을 주장한 악비岳飛를 죽이고 주전파를 탄압하면서 금과 굴욕적인 화약을 맺었다. 사후에 간신으로 여겨져 작위를 취소당했다.

두여낭 : 진 부인의 벌을 말하자면, 음사에 오자마자 봉관鳳冠과 하피霞帔[19]가 벗겨져 알몸이 되었습니다. 머리가 소 같이 생긴 야차夜叉가 뛰어나와, 일곱 여덟 마디나 되는 긴 손가락으로 그 목을 가볍게 잡고, 긴 혀를 뽑았습니다.

진최량 : 무엇 때문에?

두여낭 :

동창東窓의 일이 발각된 것 때문이라고 들었어요.[20]

두보 : 귀신 이야기로다. 너 귀신에게 묻겠다. 세상에서는 부모 몰래 눈이 맞으면 벌 주는 법이 있다. 음사에도 있더냐?

두여낭 : 있습니다. 아버지께서 유몽매에게 칠십 대를 처분하셨지만, 소녀는 저승에서 용서를 받았습니다.

복숭아나무 회초리로 그를 때리시고,

죄명을 붙이셔서,

　고관이 되었지만,

아버지의 부하들에게 능욕을 당했어요.

진짜 풍류 죄를,

　지은 적이 없는데,

이 예쁜 딸자식을,

　용서하지 못할 까닭이 있으신가요!

무대 뒤 : 성지를 들으라. 짐이 두여낭의 말을 가만히 들으니 환생을 의심할 바 없도다. 황문관은 두여낭을 오문 밖으로 데리고 나가 부녀와 부부가 만나게 하고, 사저로 돌아가 혼인을 이루게 하라.

　　(모두 만세를 부르고 나서 걸어간다)

19　봉관은 금옥으로 만든 봉황 장식의 예모禮帽로, 황후나 귀족 부녀자 등이 썼다. 또 하피는 본래 도사들이 입는 구름 무늬의 윗옷을 뜻했으나, 뒤에 명부命婦의 예복을 가리키기도 했다.

20　진회 부부가 악비를 해치려고 동창 아래에서 모의하였다고 한다.

견씨 : 나으리의 영전을 축하합니다.

두보 : 부인이 무사할 줄은 정말 몰랐소

두여낭 : (운다) 아버지!

두보 : (상대하지 않는다) 청천백일 아래이니, 귀신은 물러가라, 물러가! 진
　　선생, 지금은 유몽매조차도 귀신이 아닌가 의심이 드오.

진최량 : (웃으며) 공부벌레 장원 귀신이지요.

견씨 : (기뻐하며) 오늘 장원 사위를 보고, 딸은 다시 살아났으니 정말이
　　지 기쁘구나. 장원, 먼저 장모에게 인사하게.

유몽매 : (읍을 하며) 장모께서 오시는데 사위가 마중을 하지 못해 죄가
　　큽니다.

두여낭 : 나으리, 축하합니다. 축하해요.

유몽매 : 누가 당신에게 알려 주었소?

두여낭 : 진 사부께서 성지를 전하셨어요.

유몽매 : 노장께 신세를 졌습니다.

진최량 : 장원, 장인 어른께 인사를 드리시오.

유몽매 : 십전염왕十殿閻王[21]이 장인이라는 것만 아오.

진최량 : 장원, 내 말을 들어 보시오.

【남적적금南滴滴金】

그대 부부가 윤회의 바퀴를 굴릴 때,

임금님께서도 형편 따라 정리해 주셨지만,

저 평장사가 혼수를 내지 않을까 걱정되오.

어머니와 딸,

　　장인과 사위는,

21　명계冥界의 지옥을 관장한다는 열 명의 왕을 말한다. 곧 진광왕秦廣王, 초강왕初江
　　王, 송제왕宋帝王, 오관왕伍官王, 염라왕閻羅王, 변성왕變成王, 태산왕泰山王, 평등왕平
　　等王, 도시왕都市王, 오도전륜왕五道轉輪王 등이다. 제23척 참고. 여기에서는 유몽매
　　가 두보를 비꼬고 있다.

거래를 분명히 하시지요.

유몽매 : 황문관, 나는 도둑놈입니다.

진최량 : (웃으며) 그대는 다른 사람 사정도 봐 주어야지,

자기 고집 부릴 줄만 아는구려.

그때 그대는 하늘의 계수나무를 훔친 것만 말했지,[22]

먼저 땅굴 속에서 꽃가지를 훔쳤을 줄이야!

두여낭 : (탄식하며) 진 사부님, 저에게 후원에 가서 놀라고 가르치지 않

으셨다면 어찌 이 계수나무 꺾은 나그네에게 반했겠어요!

두보 : 귀신아, 집안끼리 서로 맞지 않았는데, 유몽매의 무엇에 반했느냐?

두여낭 : (웃으며)

【북사문자北四門子】

그의 오사모烏紗帽, 상아홀象牙笏, 조복朝服에 반했어요.

우습구나, 우스워,

웃어서 눈이 멀 지경이에요.

　아버지, 사람들은 대낮에 채루彩樓를 엮어서 벼슬아치 사위를 맞

지 않던가요?[23] 당신 딸은 꿈속에서, 귀신굴 안에서 장원랑을 골랐

는데도 집안이 맞아야 한다고 말씀하시네요!

당신 두 두릉杜杜陵께서는 딸을 놀라게만 하시지만,

저 유 유주柳柳州는 집안이 번듯하답니다.[24]

　아버지, 딸을 받아들여 주세요.

두보 : 유몽매를 떠나서 돌아오면 너를 받아들이마.

두여낭 :

22　계수나무를 훔친 것은 과거에 급제했음을 말하고, 꽃가지를 훔친 것은 두여낭을 얻
　　은 것을 말한다.

23　송대宋代에 과거 급제자들이 거리에 나올 때 고관과 부호들은 채루를 세우고, 그 위
　　에 혼기에 이른 딸이 올라가 공을 던져 사위를 고르는 풍습이 있었다.

24　두두릉은 당대의 시인 두보杜甫인데 여기서는 두여낭의 아버지 두보杜寶를 가리킨
　　다. 유유주는 당대의 문인 유종원柳宗元인데 여기서는 유몽매를 가리킨다.

절더러 두씨 집으로 돌아오고,

유씨 집안을 떠나라고 하시네요.

당신이 두견화가 되어도,

이 두견새는 결코 붉은 눈물 흩뿌리며 울지 않을 거예요.[25]

　(운다) 아아,

전생의 아버지와,

이승의 어머니를 만나니,

고운 혼령이 무너져 내리네.

　(답답해하며 쓰러진다)

두보 : 우리 여낭아.

진최량 : (멀리 바라본다) 응? 저기 석 도고가 오고, 춘향이까지 살아 있었네? 우습구나, 우스워. 내가 도둑굴에서 무얼 본 것이지?

　(정이 석 도고로 분장하여 첩 춘향과 함께 등장한다)

석 도고 :

【남포로최南鮑老催**】**

관가에 가서 결정해야 하네,

관가에 가서 결정해야 하네.

　(멀리 바라본다) 관원들이 여기 있었네. 왜 장원과 아가씨가 입을 삐죽이고 한 쪽에 서 계시나?

분명히 저 진 선생이 판결을 잘못한 것이야,

저 엉터리로 가르치는 주둥이로 떠드는 소리를 들었거든.

진최량 : 춘향 학생도 왔구나. 이 여도사는 도적이로다.

석 도고 : 흥, 이 진 거지야, 누가 도적이라고? 당신이 노부인도 죽었고 춘향도 죽었다고 말했지.

종이 관棺을 만들어 놓고,

25　유몽매와 헤어져 집에 돌아온다면 부친이 아무리 두견화처럼 두견새를 원하더라도 두여낭은 아버지의 바람을 따르지 않으리라는 말이다.

혀를 뽑아버릴 테다.

　　(유몽매에게) 유 나으리, 반갑습니다.

유몽매: 도사님, 반갑습니다. 이 계집종은 어디서 나를 보았나?

춘향: 나으리와 아씨가 모란정에서 꿈을 꿀 때 제가 있었지요.

유몽매: 산 사람의 산 증거로다.

석 도고, 춘향:

　귀신들 다시 만나 진정한 화합 이루었으니,

　사람답게 살고자 하여 귀신 장난은 그만두려 하네.

　　평장사 나으리께서는,

　염라대왕과도 같으시니,

　잘 헤아려 주소서.

　　(석 도고와 춘향이 퇴장한다)

진최량: 대궐 문 아래, 사람은 아뢰고 귀신은 엎드리는 곳에서, 누가 감히 복종하지 않으리오! 소저께서 장원에게 평장사를 받아들이라고 권유하여 대사大事를 이루어야 합니다.

두여낭: (웃으며 유몽매에게 권유한다) 유랑, 장인께 절을 올리시지요.

　　(유몽매는 듣지 않는다)

두여낭:

【북수선자北水仙子】

　아, 아, 아,

　당신은 정말 잘못하십니다.

　　(유몽매의 손을 끌고, 어깨를 누른다)

　　좋아요, 좋아요, 좋아.

　허리의 옥대玉帶를 잡고서 손을 모으세요.

유몽매: 복숭아나무 몽둥이로 몇 백 대를 친다 해도!

두여낭:

　절, 절, 절을 하세요,

가시나무 회초리 등에 지고 절을 하며 말에서 내리듯 하세요.[26]

(두보를 잡아당긴다)

두여낭 : 다, 다, 당긴다네,

태산이라도 넘어지게.

(유몽매를 가리키며) 저, 저, 저 분은,

누런 지전紙錢으로 저를 맞아 주셨어요.

저, 저, 저는,

한식寒食 때 저 분이 주신 차를 마셨습니다.

(진최량을 가리키며) 다, 다, 당신은,

벼슬하려고 소식을 전하면서 입을 놀렸어요.

(유몽매를 가리키며) 그, 그, 그래요,

이 분이 관을 열고 씻어 주셨지요.

(두보를 가리키며) 아, 아, 아버지는,

이 귀신을 실컷 욕하셨지요.

(축이 한자재로 분장하여 관대를 차려 입고 조칙을 들고 등장한다)

한자재 : 성지가 왔으니 무릎을 꿇고 들으시오 "상주한 기이한 사연에 따라 모두 화합할 것을 명하노라. 평장사 두보는 일품을 올리노라. 처 견씨는 회음군부인淮陰郡夫人에 봉하노라. 장원 유몽매는 한림원翰林院 학사에 제수하노라. 처 두여낭은 양화현군陽和縣君에 봉하노라. 홍려관鴻臚官 한자재를 사저로 보내니 고두叩頭하며 사은하라." (인사한다) 장원, 축하하오

유몽매 : 아, 한자재 형이로군요 어이 이리 되셨소?

---

26 형荊나라 문왕文王이 무도하여 대신 보신葆申이 가시나무 회초리로 왕을 때려 왕이 잘못을 뉘우쳤고, 조趙나라의 염파廉頗가 인상여藺相如를 질투한 잘못을 빌기 위해 회초리를 지고 가서 사죄하였다. 주周나라 문왕文王은 스승을 공경하여 길을 가다가 가시나무를 보면 말에서 내려 절을 하였다는 전설도 있다. 여기서는 매 맞는 일을 비유한다.

한자재 : 존형과 헤어진 후로 본가에서 선유先儒[27]의 은혜를 입어 서울로 와서 급제하였고, 홍려시鴻臚寺[28]의 관원이 되어 이렇게 만나게 되었소

유몽매 : 참으로 기이한 일입니다.

진최량 : 아, 한 선생도 역시 옛 친구였군요. (걷는다)

모두 :

【남쌍성자南雙聲子】

인연이 놀랍구나,

인연이 놀라워.

여인이 황천에서 꿈을 꾸었네.

복이 크도다,

복이 크도다.

이 대궐문 아래가 바로 혼인하는 곳이로다.

모두 폐하를 알현하네,

모두 폐하를 알현하네.

참으로 기쁘다네,

참으로 기쁘다네.

이승의 조칙詔勅[29]을 가지고,

저승으로 가서 기한 끝나 돌아간다고 알리세.

유몽매 :

【북미北尾】

앞으로 모란정 꿈속의 모습을 둘이서 그려가려네.

두여낭 :

　　고맙게도,

당신 남쪽 가지가 저 북쪽 가지의 꽃을 따뜻하게 해 주셨지요.

---

[27]　여기에서는 조상인 한유韓愈를 가리킨다.
[28]　조회와 제례의 의식을 맡은 관서이다.
[29]　임금의 명령을 적은 문서이다.

온 천하의 귀신 되었던 이들 가운데 누가 우리만큼 정이 깊을까!

두릉杜陵은 한식날에 풀이 파릇파릇,
갈고羯鼓 소리 드높아서 다른 악기 멎었었지.
혼이 만나지 못해 더욱 한스러워,
멀리 모란정 보며 봄날 애간장 끊어졌네.
천 시름 만 걱정 속에 꽃을 지날 때,
술 한 잔에 사람 가고 사람 왔지.
새로운 노래 다 부르도록 기쁨은 보이지 않고,
몇 마디 울어대는 새가 꽃가지에 앉았네.[30]

---

30 제1구: 위응물韋應物,「한식에 경사의 아우들에게 부침寒食寄京師諸弟」중 "술 잡아 꽃
보며 아우들 그리노니, 두릉의 한식에 풀은 파릇파릇把酒看花想諸弟, 杜陵寒食草靑靑."
두릉은 두여낭의 묘를 비유한다. 제2구: 이상은李商隱,「용지龍池」중 "용지에 술을
내려 운모 병풍 드높고, 갈고 소리 높아 뭇 악기 멈추었다龍池賜酒敞雲屛, 羯鼓聲高衆樂
停." 갈고 소리는 이전의 소요를 비유한다. 제3구: 정경라鄭瓊羅,「깊은 원한敍幽冤」
중 "봄에 만물 살아나지만 첩은 살아나지 않으니 향기로운 혼 님 만나지 못해 더욱
한스러워라春生萬物妾不生, 更恨香魂不相遇." 제4구: 백거이白居易,「원진元稹의 '도망
시'를 보고 이 시를 부침見元九悼亡詩因以此寄」중 "밤에 몰래 눈물 삭이는 달 밝은 휘
장, 봄날 멀리서 애 끊는 모란 핀 마당夜淚暗銷明月幌, 春腸遙斷牡丹庭." 제5구: 승려 무
칙無則,「백설조 2수百舌鳥二首」중 "천 가지 만 가지 시름 안고 꽃을 지날 제, 봄바람
맞아 이별 원망하는 듯千愁萬恨過花時, 似向春風怨別離." 제6구: 원진元稹,「술병이 들어
病醉」중 "약 처방하고 또 술 사오는 줄 어이 알리, 사람들 가고 오며 남은 한 잔 술那知
下藥還沽底, 人去人來剩一巵." 제7구: 유우석劉禹錫,「답가사 4수踏歌詞四首」의 제1수 중
"새 노래 다 불러도 기쁨은 보이지 않고, 붉은 창에 비친 나무에 자고새 우네요唱盡新
詞歡不見, 紅窓映樹鷓鴣鳴." 제8구: 위장韋莊,「늦잠晏起」중 "문 열면 해 높고 봄은 적적
할 제, 몇 마디 우는 새는 꽃가지에 앉았네開戶日高春寂寂, 數聲啼鳥上花枝."

중국 최고의 극작가 탕현조와
그의 대표작 〈모란정〉

중국의 최고의 극작가 탕현조와
그의 대표작 〈모란정〉

2012년 가을, 중국이 낳은 세계적인 극작가 탕현조湯顯祖(1550～1616)의 고향인 장시江西 성 푸저우撫州 시를 찾았다. '제2회 탕현조예술제'에 참가하여 논문을 발표하기 위해서였다. 행사에는 많은 학자와 연극계 인사들이 참가하여 성황을 이루었는데, 가장 기억에 남는 것은, 다가오는 2016년이 탕현조가 세상을 떠난 지 400주년이 되는 해인데, 영국의 셰익스피어와 스페인의 세르반테스도 같은 해에 사망하였다는 것을 고리로 하여 세 위대한 문호를 기념하는 문화 활동을 어떻게 준비하고 조직할 것인가의 문제를 놓고 벌인 진지하고도 열정적인 토론 장면이었다. 탕현조와 셰익스피어를 비교한 중국 학자의 글을 예전에 본 기억이 있지만, 이들 두 극작가 그리고 세르반테스까지 모두 동시대인이었다는 점이 새삼스러웠고, 현지 학자들이 연극계의 역량을 모으고 국가적인 지원을 받아가며 자기네 고향과 나라의 뛰어난 예술 작품과 작가를 국제적으로 널리 알리고자 하는 열망이 절로 느껴질 정도였다. 영국

탕현조상. 청 도광道光 연간 진작림陳作霖 그림

에 셰익스피어가 있다면 중국에는 탕현조가 있다는 것이다!

　중국이 그랬던 것처럼 서세동점西勢東漸의 근대사를 겪은 우리도 근대적 또는 서구 중심적 학문체계의 틀 속에서 자신의 역사와 문화를 넉넉한 시선으로 바라볼 수 있는 여유를 충분히 갖지 못했던 것이 사실이다. 어린 시절의 기억 속에 세계명작전집이나 문학개론 등은 모두 서양의 작품과 시각을 중심으로 구성되어 있었고, 오늘날에도 그러한 편향은 완전히 극복되지 않은 채 지속되고 있다고 해도 과언이 아닐 것이다. 이러한 풍토에서 탕현조와 셰익스피어를 같은 지평에 놓고 견주어 보는 것은 중국인이 아니라면 상당히 생소하고도 쉽게 받아들이기 어려울 수 있을 것이다. 우리나라에서 탕현조는 중국문학 전공서적에서나 이름과 대표작의 제목을 찾아볼 수 있는 정도이고, 더구나 그의 작품은 한편도 온전하게 번역되지 않은 상태이니, 거의 전 작품이 번역되어 있고 작가 개인에 대한 연구를 전문적으로 진행하는 국내 학술단체까지 있는 셰익스피어에 비하면, 한국의 독자들에게는 탕현조와 셰익스피어의 작품을 비교하는 것 자체가 의아한 일처럼 보이는 것이다.

　하지만 중국의 문학 및 연극에 대한 동서양의 평론가들이 중국을 대표하는 극작가로 탕현조를 꼽고 그의 대표작을 〈모란정牡丹亭〉으로 치는 것 또한 부인할 수 없는 사실이다. 명대의 뛰어난 문장가이자 평론가였던 원굉도袁宏道(1568~1610)가 자신의 책상에 늘 놓아두는 책으로 『시경』, 『좌전』, 『도덕경』, 『사기』 등을 비롯한 고전과 시문詩文을 열거하고 희곡 작품으로 〈서상기〉와 〈모란정〉을 함께 들고 있고, 유명한 극작가이자 연출가였던 이어李漁(1611~1680)는 만약 〈모란정〉이 없었다면 탕현조의 이름은 전해지지 않았을 것이라는 말로 〈모란정〉의 가치를 높게 평가한 것이 대표적이다. 탕현조와 〈모란정〉에 대한 평가는 오늘날에 와서 더욱 높아져서, 누구든지 탕현조를 중국 최고의 극작가로, 그리고 〈모란정〉을 가장 아름다운 중국 희곡 작품 가운데 하나로 꼽는 데 주저함이 없을 것이다. 특히 금세기에 들어와 현대인의 감성에 맞게 다듬어져 공연된 〈모란정〉이 중국과 해외에서 선풍적인 인기를 얻어 중국 전통극의 예술미와 〈모란정〉이라는 불후의 명작을 세계인들에게 널리 알릴 수 있게 된 것도 원작의 뛰어난 예술성이 바탕에 흐르고 있었기에 가능했을 것이다. 이러한 걸작이 우리나라에서는 지금까지 제대로 소개되지 못해서 아쉬움이 있었지만, 이제라도 원작 〈모란정〉의 완전한 모습을 국내 독자에게 우선 선보일 수 있게 되어 다행으로 생각한다. 여기에서는 탕현조의 생애와 〈모란정〉의 내용 및 특징에 대해 간략하게 소개하여 독자들의 이해를 돕고자 한다.

1. 탕현조의 생애

탕현조의 자는 의잉義仍이고, 호는 해약海若, 약사若士, 형옹螢翁 등이 있었으며, 글을 쓸 때에는 청원도인淸遠道人으로 서명하기도 했다. 그는 명 중엽이던 가정嘉靖 29년(1550)년 음력 8월 14일에 장시 성 푸저우 시 린촨臨川 현 동쪽을 흐르는 푸허撫河 강 옆의 탕자촌湯家村이라는 마을에서 태어났다. 현성에서 마을로 연결되는 다리인 문창교文昌橋는 탕현조가 태어나기 훨씬 이전인 송나라 때 만들어져 오늘날까지도 그 자리를

장시江西 성 푸저우撫州 시에 있는 탕현조 고향 근처의 문창교文昌橋

지키고 있지만, 탕자촌의 옛 흔적은 찾아볼 수 없고 지금은 다른 사람들
이 살고 있는 평범한 마을로 변해 있다.

　탕현조는 노장 사상에 심취한 조부 탕무소湯懋昭와 유학 공부에 힘
쓴 부친 탕상현湯尚賢의 슬하에서 자라났고, 어려서는 병약한 몸으로
할머니의 극진한 보살핌을 받으며 고생하기도 했지만, 타고난 총명함
을 바탕으로 서량부徐良傅, 나여방羅汝芳 등 뛰어난 스승의 가르침을 받
으며 공부에 매진하였다. 특히 나여방은 태주학파泰州學派의 저명한 학
자 왕간王艮의 제자였던 사람으로, 그의 소탈한 성품과 진보적인 학풍
은 탕현조에게 큰 영향을 끼쳤다. 열네 살에는 린촨 현의 제생諸生이
되어 항상 두각을 나타내었고, 대부분의 생원들처럼 과거에 응시하여
벼슬을 하고자 하는 목표를 세워 노력하였다. 융경隆慶 4년(1570)에 스
물 한 살의 나이로 향시에 합격한 탕현조는 그러나 이듬해와 만력萬曆
2년(1574)에 치러진 두 차례 회시에 낙방하였고, 다시 만력 5년(1577)과 8
년(1580)에 응시한 회시에서는 당시의 내각 수보內閣首輔이던 장거정張居正

이 자기 아들들을 합격시키기 위해 탕현조 등에게 들러리 역할을 제의하자 거절한 끝에 다시 낙방의 고배를 마시고 말았다. 그러다가 장거정이 물러난 후인 만력 11년(1583)에 치러진 회시에서 마침내 급제하여 진사進士가 되는 기쁨을 만끽한 탕현조는 한직이었던 난징南京 태상시 박사太常寺博士를 자원하여 관리로서의 첫걸음을 시작하였다.

태상시는 예악과 제사를 담당하는 부서였고, 그것도 황제가 있는 베이징이 아니라 배도陪都인 난징에 있던 관청이었으므로, 탕현조가 할 일은 그다지 많지 않았다. 그는 여유로운 시간에 독서에 매진하는 한편 근처 유람도 자주 다녔다. 서른 살이 되기 직전에 습작처럼 써둔 희곡 작품『자소기紫簫記』를 다듬어『자차기紫釵記』라는 이름으로 완성한 것도 만력 15년(1587) 무렵이었다. 탕현조는 시국의 문제에도 큰 관심을 두어 홍수와 가뭄 그리고 유행병 등으로 고통받는 백성들을 근심하고, 변방에서 무너져 가고 있는 명의 군대에 대해서도 걱정을 놓지 못했다. 또 관료 사회에서도 노회한 고위층보다는 강직한 소장층의 입장을 지지하면서 자신의 깨끗하고 당당한 성품과 정견을 표명하였는데, 이 때문인지 인사 담당 관리로부터 불리한 평가를 받기도 하였다. 특히 당시 태상시의 장관이었던 왕세무王世懋는 당시 난징 형부시랑刑部侍郞이자 복고復古를 강력히 주창한 문파였던 '전후칠자前後七子'의 일원인 왕세정(王世貞, 1526~1590)의 동생이었는데, 탕현조가 옛 문헌의 인용으로 가득 찬 왕세정의 문장을 비판한 일로 문단의 영수였던 그의 미움을 사기도 한 것으로 전해진다.

만력 16년(1588)과 이듬해에 두 차례 부처를 옮긴 탕현조는 만력 18년(1590)에는 달관선사達觀禪師를 만나 수계를 받았고, 또한 당시 성리학의 강력한 비판자였던 이지李贄(1527~1602)의 사상을 높이 평가하는 등 자신의 개혁적인 가치관을 더욱 구체화하였다. 이런 가운데 만력 19년(1591) 봄에 일어난 사건은 탕현조의 운명에 큰 변화를 가져 왔다. 이해 윤삼월에 혜성이 나타나서 불길한 조짐이라고 여겨지자, 황제는 간언의 직책

지도 라벨: 화이안, 양저우, 난징, 황저우, 쑤이창, 푸저우(린촨), 다위(난안), 광저우, 마카오, 쉬원

〈모란정〉의 배경 지역과 탕현조의 고향 및 부임지

에 있던 과신科臣 곧 육부六部의 급사중給事中과 각 도道 감찰어사監察御使의 태만과 불충을 비난하는 성유聖諭를 내렸는데, 탕현조는 이에 호응하여 수보 신시행申時行과 과신들을 비판하는 상소문인 「논보신과신소論輔臣科臣疏」를 올려 상하 대신들의 부정한 행태를 고발한 것이다. 이 상소문의 파장은 매우 커서 그의 뜻을 지지하는 여론이 널리 퍼졌지만, 탕현조는 실세 대신들의 계속된 반박 상소문으로 인해 오히려 자신이 견책 처분을 받아 먼 오지인 지금의 광둥 성 서남쪽 끝에 있는 해안 지방인 쉬원徐聞 현의 전사典史라는 말단 관직으로 좌천되고 말았다.

그는 사실상 유배지와도 같은 곳으로 부임하기 위해 이해 가을 린촨에서 출발하여 다위 령大庾嶺을 넘었고, 이듬해인 만력 20년(1592) 봄에 광저우, 마카오 등지를 거쳐 쉬원에 도착했다. 그는 도중에 명승지를 둘러보고 마카오를 통해 들어온 서양 물건들도 접하고 유명한 예수회 선교사 마테오 리치도 만나는 등 많은 견문을 넓혔는데, 이러한 경험은 〈모란정〉에 적극 반영되어 마카오를 배경으로 한 장면들도 생생하게 그려낼 수 있었다. 그는 쉬원 현에 있는 동안 정사政事와 교육에 힘쓰다가 이듬해인 만력 21년(1593)에 저장浙江 쑤이창遂昌 현의 지현으로 발령을 받았다. 쑤이창 현 역시 첩첩산중에 있는 매우 외진 고을이었으나 5년 동안 그 고장을 다스리면서 선정을 베풀고 부패를 없애고 민생을 보살피는 데 전력했다. 그러나 쑤이창 출신 관료였던 항응상項應祥이 은닉 토지를 처분당한 사실에 원한을 품어 탕현조의 행정을 방해하는 등 여러 가지 어려움을 당한 끝에, 그는 만력 26년(1598)

장시江西 성 푸저우撫州 시내에 있는 탕현조의 묘

에 베이징에 가서 사의를 표명한 후 고향 린촨으로 돌아갔다.

고향에 돌아온 탕현조는 성 안에 새 거처를 마련하고 옥명당玉茗堂이라는 당호를 지어 붙였다. 지금은 옛 옥명당의 자취를 찾을 수 없고 다만 옥명당이 있었던 장소만 알 수 있는데, 오늘날 푸저우 시 간둥 대도贛東大道에 있는 위밍탕 영극원玉茗堂影劇院이 바로 그 자리이다. 그는 이곳에서 만년을 지내면서 독서와 창작으로 소일하였으니, 귀향한 해에 그의 대표작인 〈모란정〉을 완성한 것을 비롯하여, 『남가몽기南柯夢記』(1600)와 『한단몽邯鄲夢』(1601) 등의 희곡 작품들을 연이어 탈고하였다. 그런데 탕현조의 사의는 바로 수리되지 않고 지연되었다가 『한단몽』을 완성한 해에 이른바 '삭적削籍' 곧 관적에서 이름을 삭제되는 처분을 받았는데, 이는 오늘날의 파면과 비슷한 중징계를 받은 것이어서 실망과 충격이 매우 컸던 것 같다. 그 후 그는 다시 관직에 나갈 생각을 완전히 접고 불교와 도교를 가까이 하고 시문詩文을 지으면서 여생을 보냈던 것이다.

탕현조는 만력 44년(1616) 음력 6월 16일에 예순 일곱의 나이로 세상을 떠났다. 그의 유해는 오랫동안 고향 마을에 묻혀 있었다가 1982년에 푸저우 시 인민공원의 한 모퉁이에 마련된 곳으로 옮겨졌다. 1995년에는 푸저우 시 동쪽에 탕현조의 업적을 기념하는 탕현조기념관이 건립되어 관련 자료를 전시하고 있다.

탕현조의 관리로서의 생애는 평탄하지 못했다. 그것은 불의를 참지 못하고 앞장서서 비판한 그의 성품 때문이기도 하겠지만, 강직하고 뛰어난 인재를 포용하지 못한 당시의 조정과 시대에 더욱 큰 원인이 있을 것이다. 하지만 역설적으로 그가 벼슬길에서 왕성하게 활약할 수 있었던 40대 후반에 귀향하여 이전의 벼슬살이의 바쁜 일과 속에서도 틈틈이 구상해 두었던 계획을 글로 써내어 완성할 수 있었던 것이야말로 우리에게는 커다란 다행이라고 하지 않을 수 없다. 그가 남긴 명작들을 통해 우리는 중국을 대표하는 최고의 예술 작품을 갖게 되었고, 강직한 의지로 정의를 추구한 그의 삶은 우리에게 원칙을 지키는 일이 어렵지만 중요한 가치임을 일깨워주고 있는 것이다.

탕현조가 살았던 시대는 가정, 융경, 만력 연간에 걸쳐 있었다. 태어나서 청소년기까지 가정 연간을 보냈고, 융경 연간 말엽에 성년이 되었으며, 이십대 초반부터 만년까지의 긴 기간을 만력 황제인 신종神宗 치하에서 살았다. 신종은 즉위 초에는 비교적 성실하게 국정을 이끌고자 했지만, 통치 기간이 길어질수록 나태와 향락에 빠져들어 조회에 참석하지도 않고 각 부처에 결원이 발생해도 보충하지 않고 그대로 두는 등 관료 통치 체제의 붕괴를 야기했고, 상하 대신들도 사익 추구에만 몰두하여 권력 남용과 부정과 부패를 일삼는 벼슬아치들이 많았으며, 국운을 융성시키기 위해 헌신하는 충신은 찾아보기가 어려웠다. 또한 밖으로는 알탄 칸이 이끈 몽골 군사들에게 북경을 포위당하거나, 왜구의 침입으로 동남 연해안이 피폐해지는 등 이른바 '북로남왜北虜南倭'에게 끊임없이 시달리면서 외침外侵을 이겨낼 해결책을 찾지 못하고 있었다. 다만 경제적으로는 농업 생산량의 안정적 증대와 수공업

탕현조기념관 앞의 탕현조 동상

기술의 지속적 발전이 이루어지고, 이를 바탕으로 하여 시장이 확대되고 상품 교역이 활발해짐으로써 도시 경제의 번영이 뒤따랐다. 또한 인쇄술이 발달하고 도서의 상업적 거래도 급증하여 유학의 고전으로부터 통속적인 읽을거리에 이르기까지 다양한 책들이 유통되었다. 이런 가운데 사회 현실과 동떨어진 채 인격 수양 차원의 관념적인 공론空論으로 전락하다시피한 주자학의 폐단을 극복하고, 개성적인 생각을 중시하고 욕망을 긍정하여 다양하고 혁신적인 담론을 개진하는 사회 사조가 등장한 것은 당연하다고 하겠다. 왕양명王陽明이라는 대철학자를 비롯하여, 서위徐渭, 이지, 원굉도 등의 개혁적 문학가, 그리고 고헌성顧憲成을 필두로 한 동림당東林黨 등의 재야 지식인들에 이르기까지 기울어져 가는 사회의 병폐를 통찰하고 권신들의 횡포에 저항한 사람들이 이러한 사조의 핵심 인물들이었다. 탕현조도 기본적으로 이들과 가까운 가치관을 가지고 시문과 희곡 작품으로 자신의 사회적 발언을 적극 펼쳐 나갔던 것이다.

탕현조 연표

명 세종 가정 29년(1550)	1세	음력 8월 14일(양력 9월 24일), 강서 무주부 임천현 성동쪽 문창리에서 태어나다.
가정 41년(1562)	13세	양명학 좌파인 스승 나여방에게 배우다.
가정 41년(1563)	14세	현의 제생이 되다.
목종 융경 4년(1570)	21세	추시에 8등으로 합격하다.
융경 5년(1571)	22세	춘시에 낙방하다.
신종 만력 2년(1574)	25세	춘시에 낙방하다.
만력 4년(1576)	27세	선성에 머무르며 심무학, 매정조와 교유하다.
만력 5년(1577)	28세	수상 장거정이 아들을 급제시키기 위해 전국의 명사들을 다 거두려고 하여, 탕현조와 심무학의 명성을 듣고 이들을 연회에 불렀으나 응하지 않다. 춘시에 낙방하다. 심무학은 1갑 1등으로 진사급제하고, 장거정은 둘째 아들 사수를 2등으로 진사급제시키다.
만력 7년(1579)	30세	대략 1577년부터 이 해 사이에 임천에서 『자소기』 전기를 쓰다.
만력 8년(1570)	31세	장거정의 셋째 아들 무수와 교유하지 않다. 춘시에 낙방하다. 장무수는 1갑 1등으로 진사급제하다. 장거정의 큰아들 경수는 2갑 13등으로 진사출신이 되다.
만력 11년(1583)	34세	3갑 211등으로 동진사출신이 되다.
만력 12년(1584)	35세	신시행과 장사유의 초빙에 응하지 않고 남경 태상시 박사(정7품)으로 나가다.
만력 15년(1587)	38세	이 해를 전후하여 『자차기』 전기를 쓰다.
만력 16년(1588)	39세	남경 첨사부 주부(종7품)로 옮기다.
만력 17년(1589)	40세	남경 예부 사제사 주사(정6품)로 옮기다.
만력 18년(1590)	41세	남경 추원표의 집에서 자박 선사(달관)를 처음 만나다.
만력 19년(1591)	42세	「논보신과신소」를 상소하여 벼슬에서 쫓겨나다. 광동 서문현 전사로 펌적되다.
만력 21년(1593)	44세	절강 수창현 지현으로 옮기다.
만력 26년(1598)	49세	사직하고 임천으로 귀향하다. 이 해에 〈모란정환혼기〉 전기를 짓다.
만력 28년(1600)	51세	『남가몽』 전기를 짓다.
만력 29년(1601)	52세	정식으로 면직되다. 『한단몽』 전기를 짓다.
만력 44년(1616)	67세	음력 6월 16일(양력 7월 29일), 고향에서 세상을 떠나다.

2. 〈모란정〉의 내용과 구성

탕현조의 대표작인 〈모란정〉은 두여낭杜麗娘과 유몽매柳夢梅의 생사를 초월한 사랑을 그리고 있다. 전체 줄거리는 다음과 같다. 송宋나라가 금金나라의 공격을 받아 남쪽으로 밀려간 지 얼마 지나지 않은 때, 강서 서남부 넓은 지역을 다스리던 남안부南安府 태수 두보杜寶에게는 외동딸 두여낭이 있었다. 여낭은 부모와 스승의 엄격한 통제 속에서 규방에서만 지내는 요조숙녀인데, 어느 날 몰래 후원後園에 산책을 나가서 정자 아래에서 잠시 쉬던 중 잠이 들고 꿈속에서 젊은 선비 유몽매를 만나 정을 통하게 된다. 여낭은 깨어난 후에도 꿈속에서의 님을 그리워하다가 외출 후 약해진 심신 탓에 시름시름 앓다가 청춘을 누려보지도 못하고 세상을 등지지만, 저승의 판관은 여낭이 아직 죽을 때가 아니라며 이승으로 돌려보내기로 한다. 하지만 이승에서는 이미 장례를 치르고, 얼마 후 부친 두보는 승진하여 남안부를 떠나면서 딸의 무덤 옆에 사당인 매화관梅花觀을 세워 그의 넋을 위로하게 한다.

그로부터 3년 뒤 광주廣州의 선비 유몽매는 과거를 치르러 도성 임안臨安으로 가다가 남안부를 지나는 길에 매화관에 묵게 되는데, 후원을 거닐다가 우연히 여낭의 초상화를 발견하여 방에 걸어두니, 여낭의 혼백이 그림에서 나와 몽매와 재회하여 행복한 시간을 보낸다. 여낭은 자신이 혼백임을 밝히고, 몽매는 매화관을 지키던 석 도고石道姑의 도움을 받아 여낭의 관을 꺼내 회생시킨 후 함께 임안으로 향한다. 한편 여낭의 관이 열려있는 것을 보고 놀란 스승 진최량陳最良은 두보에게 이 일을 알리는데, 이때 금나라가 쳐들어오자 두보는 회안성淮安城에서 저지하다가 포위당하고 만다. 남편 두보와 헤어진 견씨 부인은 임안에서 여낭과 재회하여 유몽매를 사위로 받아들이는데, 과거를 본 유몽매는 두

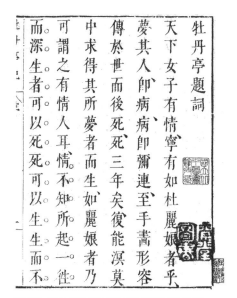

명 만력 48년(1620)에 간행된 주묵투인본朱墨套印本

청 강희 33년(1694)에 간행된 오오산삼부합평본吳吳山
三婦合評本

보를 찾아가 여낭의 회생을 알리고 혼인 허락을 받고자 하지만, 진최량의 말을 들은 두보는 유몽매를 믿지 않고 오히려 그를 도굴범 혐의로 옥에 가둔다. 두보는 명을 내려 유몽매에게 곤장을 치려는데, 이때 과거 급제자가 유몽매임을 알리는 전갈이 도착하고, 여낭과 모친도 이어 도착하여 진상을 알게 되지만, 두보는 여전히 유몽매를 받아들이지 못하다가, 사위로 맞으라는 황제의 칙서를 받고서야 마지 못해 사위로 인정하고 대단원의 막을 내린다.

두여낭의 혼백이 육신을 빠져 나와 사랑을 찾는다는 〈모란정〉의 낭만적인 이야기는 탕현조의 순수한 창작은 아니다. 〈모란정〉의 완성보다 60~80여 년 앞선 15세기 말엽에서 16세기 초반 사이에 지어진 것으로 생각되는 화본話本인 「두여낭모색환혼杜麗娘慕色還魂」에 나타나는 이야기가 그 밑바탕이 되고 있다. 두여낭이 꿈에 유몽매를 만나는 일이나 초상화를 그리는 일, 그리고 유몽매가 초상화 속의 주인공과 인연을 맺는 일과 두여낭이 저승에서 되살아오는 일 등 〈모란정〉의 주요 사건은 모두 화본에 이미 나타나 있는 것이다. (부록 참고) 그러나 〈모란정〉에서는 화본과 달리 시대 배경을 남송 초로 다소 앞당겨 설정했고, 유몽매와 두보의 인물 성격도 화본보다 훨씬 개성적으로 표현되고 있으며, 진최량, 석도고石道姑, 곽타郭駝, 화신花神 등의 생생한 조연급 인물들이 대거 추가되어 극의 내용을 풍부하게 만들어 주고 있다. 그리고 광저우나 마카오 등의 남방에 대한 묘사나 서양에서 온 사람들에 대한 장면 등도 화본에 없던 새로운 부분이다. 이러한 점들만 보아도 〈모란정〉이 화본을 바탕으로 하였으면서도 새로운 차원의 참신하고 개성 넘치는 명작으로 재탄생된 것임은 두말할 필요도 없을 것이다.

〈모란정〉은 모두 55척으로 이루어져 있어서 명청 장편희곡 중에서도 상당히 긴 편에 속한다. 탕현조는 자칫 산만해지기 쉬운 장편 작품을, 두여낭과 유몽매의 이야기를 주선主線으로 하면서도 송과 금의 전쟁이라는 시대 배경을 적절한 장면에 끼워 넣고, 여기에 주변 인물들의 이야기까지 효과적으로 연계하여 흥미진진한 극적 상황을 절묘하게 전개해나가면서 뛰어난 짜임새를 갖춘 극본을 탄생시켰다. 〈모란정〉의 극적 전개는 대체로 다음 장의 표와 같이 다섯 단계로 나누어볼 수 있다.

1단계가 극의 전체적인 윤곽과 방향을 알려주는 서두 역할을 한다면, 2단계는 본격적으로 사건이 시작되어 첫 번째 극적 긴장이 이루어

단계	척	주요 내용
1단계	1~6척	두여낭의 집안 환경 및 주요 인물이 소개된다.
2단계	7~20척	두여낭이 꿈에 유몽매를 만난 뒤에 병이 들어 앓다가 자화상을 남기고 죽는다.
3단계	21~35척	두여낭이 혼백이 유몽매와 재회한 후 유몽매의 도움으로 마침내 회생하게 된다.
4단계	36~48척	두여낭과 유몽매가 임안으로 가서 생활하고, 두 태수는 회양으로 가서 외적을 물리친다.
5단계	49~55척	유몽매, 두여낭과 두 태수의 갈등이 고조된 뒤 황제의 명에 따라 대단원을 맞는다.

지는 단계이다. 3단계는 저승으로 간 두여낭이 살아 돌아오는 내용으로, 2단계와 함께 전체 극의 가장 핵심적인 내용을 담고 있다고 하겠다. 이어 4단계는 두 번째 긴장이 나타나면서 두여낭, 유몽매와 두 태수 사이의 긴장이라는 두 번째 긴장이 진행되면서 두 태수와 외적 사이의 대결도 함께 이루어지고 있고, 5단계는 앞에서 벌어진 여러 긴장과 갈등이 모두 해결되는 대단원으로 맺어지고 있다. 50척이 넘는 장편 희곡 작품의 특성상 전체의 속도감과 내용의 밀도를 균등하게 유지하는 것은 매우 어려운 일이겠는데, 〈모란정〉은 단계별 사건 배치가 매우 절묘하여 전체적으로 매우 조직화된 장편 희곡의 모습을 갖추고 있는 것이다. 2004년에 원작을 29막으로 줄이고 상·중·하 삼부작으로 구성하여 사흘 동안에 공연할 수 있도록 각색된 '청춘판 〈모란정〉'은 국내외에서 대단한 인기를 끌면서 큰 성공을 거두었는데, 여기에서 상편은 두여낭이 꿈속에서 유몽매를 만나서 사랑을 이루는 것을 뜻하는 '몽중정夢中情', 중편은 사람인 유몽매와 귀신이 된 두여낭 사이의 사랑을 뜻하는 '인귀정人鬼情', 그리고 하편은 이 세상에서의 사랑 또는 유몽매와 환생한 두여낭 두 사람 사이의 사랑을 뜻하는 '인간정人間情'이라는 제목을 각각 붙였다. 각각 원작의 2~4단계에 해당하는 부분을 간단명료한 제목으로 알기 쉽게 표현하여 큰 호응을 얻은 것이다. 어떻든 이처럼 〈모란정〉은 꿈과 현실, 생과 사를 넘나드는 환상적인 이야기가 탄탄하게 짜여 있고, 두 주인공의 사랑이라는 주된 이야기와 그 사랑을 더욱 아름답고 숭고하게 보이게 만드는 여러 가지 배경 이야기들이 잘 어울려 중국 희곡 최고의 명작으로 완성되어 있는 것이다.

3. 〈모란정〉의 등장인물

〈모란정〉에는 모두 30여 명의 다양한 인물들이 등장한다. 이들 중에서도 작품의 주인공인 두여낭과 유몽매, 두여낭의 부모인 두보와 견씨부인, 두여낭의 스승인 진최량과 하녀인 춘향 등이 주요 인물군이라고 하겠다. 이들은 모두 뚜렷한 개성을 지닌 인물들로 각자의 신분과 성격에 부합하는 전형성을 획득하고 있다.

두여낭은 엄한 부친과 자애로운 모친의 슬하에서 자라면서 앞으로 현모양처가 되기 위해 부친이 초빙한 스승 진최량에게 『시경詩經』을 배운다. 스승은 『시경』의 첫 번째 작품인 「관저關雎」편이 '후비后妃의 덕'을 말한 것이라고 가르치지만 두여낭이 본 『시경』은 아가씨와 군자가 잘 어울리는 한 쌍임을 가송歌頌하는 것이었다. 두여낭이 하녀 춘향을 따라 처음 나가 본 후원은 아름다운 봄 경치가 가득한 곳이었고, 이곳에서 생명과 청춘의 빛을 처음으로 가득 느낀 두여낭은 아직 짝을 만나지 못한 자신의 청춘이 마치 늦봄처럼 금방 지나가 버릴까 상심하고 걱정하다가 잠이 든다. 두여낭이 꿈속에서 처음 본 선비와 사랑을 나누게 되는 것은 잠들기 전에 느꼈던 안타까움에 대한 반작용인 것이고, 꿈에서 깨어난 두여낭이 현실에서는 그러한 만남을 이루기 어려움을 깨달으면서 삶에의 의지와 희망을 잃고 세상을 떠나가게 된 것이다. 〈모란정〉의 주제의식을 '정情'의 추구와 강조라고 했을 때, 꿈속에서 자신의 '정'을 이루고 깨어나서 '정'을 실현하지 못하는 자신의 처지에 실망하고 죽음에 이르는 두여낭이야말로 전통 시대에 자신의 행복과 사랑을 추구하는 것이 얼마나 간절하면서도 얼마나 지난한 일이었는지를 유감없이 보여주는 인물상이라고 할 수 있다. 이후 유몽매가 두여낭의 혼백과 만나고 두여낭을 다시 살려내어 결국 두 사람의 결합으로 마무리되는 것은 앞부분에서 두여낭이 보여준 '정'에의 목숨을 건 추구가 낳은 필연적인 결과일 뿐인 것이다. 이런 면에서 두여낭은 〈모란정〉의 정신이자 탕현조의 정신이라고까지도 말할 수 있겠다.

두여낭의 몸종인 춘향은 두여낭이 『시경』을 배울 때 고리타분한 스승의 수업에 싫증을 내고 말썽을 피우는가 하면, 두여낭에게 후원의 존재를 알려주고 그곳으로 데려가는 등 작품 초반에는 활약이 작지 않다. 춘향의 거침없고 발랄한 성격은 두여낭의 단정하고 얌전한 모습과 대비되어 두여낭이 처음에 얼마나 예교의 속박에 묶여 있었는지를 두드러져 보이게 하는 역할이 크다고 하겠다. 춘향은 흔히 원나라 때의 유명한 희곡 작품인 〈서상기西廂記〉에 나오는 하녀 홍낭紅娘과 비교된다. 〈서상기〉에서 홍낭이 아씨인 최앵앵崔鶯鶯과 선비 장군서張君瑞가 맺어지는 데에 중요하고도 적극적인 가교 역할을 한 것과는 달리, 〈모란정〉의 춘향은 두여낭에게 사모하는 사람이 나타났음을 뒤늦게 알 뿐 아니라 두여낭과 유몽매의 사이에서 별다른 역할을 하지도 못한다. 그렇지만 귀엽고도 활발한 몸짓과 표정으로 두여낭을 따르는 모습은 관객들의 인기를 모으기에 부족함이 없을 것이다.

두여낭의 상대역인 유몽매는 당나라의 유명 문인 유종원柳宗元의 후예라면서 명문 세족임을 자랑하지만 이제는 그저 평범한 사대부 집안의 선비이다. 그는 광주에 살면서 글공부를 하다가 과거 시험을 치르러 임안을 향해 가는데, 매령梅嶺을 넘어 도착한 남안부의 도관에서 묵다가 미인도를 발견한다. 그런데 밤마다 그림 속의 주인공이 찾아오고 유몽매는 점차 사랑에 빠져드는데, 그 여인의 사연을 들어보니 그는 삼 년 전에 죽은 두여낭의 혼백이었고, 저승의 문턱에서 되돌아와서 환생하기만을 기다리고 있었던 것이었다. 유몽매는 놀라운 가운데에서도 두여낭을 환생시키기 위해 관을 부수고 환생약을 넣어 되살려낸 후 임안으로 가서 살다가 과거에 응시하나 두여낭의 부친 두보의 인정을 받지 못하고 오히려 고초를 겪다가 황제의 명으로 마침내 두여낭과 정식 부부가 된다. 두여낭이 선구적이고도 열정적으로 사랑과 행복을 추구한 인물로 그려지고 있는데 비해, 상대역인 유몽매는 두여낭만큼 절실하고도 공감을 얻을 만한 기질은 뚜렷하지 않은 것 같다. 물론 두여낭의 초상화를 발견하고 그의 혼백과 노니는 장면에서의 두여낭을 향한 유몽매의 마음은 순수하고도 진실된 것이고, 두여낭을 살려내기 위해 최선의 노력을 다하고 되살아난 두여낭과 짝을 맺기 위해 장인이 될 두보와의 모순을 끝까지 견뎌내는 모습 또한 긍정적으로 그려지고 있지만, 유몽매의 기본적 지향은 과거에 합격하여 벼슬을 하고 좋은 짝을 만나 단란한 전통적 가정을 이루는 데에 있었다고 보는 것이 틀리지 않을 것이다. 약간 부족한 듯 그려지고 있는 유몽매의 형상도 어떻게 보면 그만큼 두여낭의 뛰어난 형상을 돋보이게 하기 위한 장치가 아니었을까 하는 생각도 해본다.

두여낭과 유몽매의 사랑을 반대하는 대표적인 인물은 두여낭의 부친 두보와 스승 진최량이다. 두보는 남안 태수를 지내다가 회양淮揚으로 가서 금나라의 공격을 막아낸 관리로, 전형적인 정통 관료이자 엄격한 가장이다. 그는 금지옥엽과도 같은 외동딸을 무한히 사랑하면서도 예절과 교양을 갖춘 훌륭한 규수로 키우기 위해 진최량을 초빙하여 글을 가르치게 한다. 진최량은 『시경』 등의 유가 경전을 열심히 가르치고자 하지만 두여낭 및 춘향에게는 고리타분한 가르침만 강조하는 재미없는 스승이다. 두여낭이 죽은 뒤에 유몽매의 도움을 받아 환생하고 두 사람이 함께 임안으로 떠나갔다는 이야기를 듣게 된 두보는 이를 믿지 못하면서도 유몽매를 딸의 시신을 훔쳐간 도둑으로 생각하여 마지막 순간까지 유몽매를 사위로 인정하기를 거부하고, 진최량도 제자의 환생과 도주를 두보에게 알리는 등 적지 않은 활약을 한다. 그러나 두보와 진최량은 두여낭과 유몽매의 만남을 반대하지만 고을을 잘 다스리고 외적의 침입을 막기 위해 혼신을 다하는 선량한 관리이자(두보), 제자에 대한 사랑이 지극하고 실의한 선비를 돕고자 하는 선하고도 친근한 선비이다(진최량). 이러한 인물들에 대한 입체적인 성격 묘사는 〈모란정〉의 현실감과 생동감을 더욱 높여주는 데에 크게 공헌하고 있는 것이다.

이 밖에도 〈모란정〉에는 극의 구성과 재미를 더해주는 독특한 조연급 인물들이 많이 등장한다. 여도사인 석 도고는 두여낭의 사당을 지키는 사람으로 여도사임에도 저속하고 욕망 가득한 인물이지만 결국 유몽매의 부탁을 듣고 두여낭의 환생을 돕는다. 『천자문』을 패러디한 석 도고의 자기소개는 통속적인 골계의 압권이라고 할만하다. 또 두여낭이 꿈에서 유몽매를 처음 만날 때 도와주는 화신과 두여낭이 죽어 저승에 갔을 때 회생 판정을 내려 준 호 판관도 매우 독특한 인물이다. 특히 호 판관은 무서운 얼굴을 하고 있으면서도 처음 본 두여낭의 자태에 반하거나 그의 사연을 듣고 동정하여 되돌려 보내는 모습에서는 공포감보다는 친근감을 자아내게 한다. 두여낭의 모친인 견 부인, 유몽매의 하인 곽타, 그리고 마카오 지방을 다스렸다가 후에 과거 시험관이 된 묘순빈과 마카오에 들어온 서양 상인들과 금나라에서 파견되어 온 거칠고 예의없는 번장番將, 회양 땅을 공격해 온 이전, 양낭낭 부부 등도 〈모란정〉의 이야기에 빼놓을 수 없는 생생한 인물들이다. 〈모란정〉에서는 이처럼 수많은 인물들이 각자의 비중과 역할에 따라 대립과 조화라는 이중적 구도를 형성하면서 그물처럼 잘 짜여진 이야기를 엮어나가고 있는 것이다.

4. 〈모란정〉의 주제의식과 언어 예술

〈모란정〉이 중국 희곡을 대표하는 명작이 될 수 있었던 것은 앞서 본 것처럼 작품의 절묘한 구성이 큰 요인이었지만 다른 한편에서 더욱 중요한 이유는 이 작품이 표현하고 있는 주제의식일 것이다. 그것은 바로 작가가 두여낭이 추구한 사랑을 통해 말하고자 한 것이고, 작가가 당시의 시대정신이라고 생각한 바를 자신의 예술적 재능에 적극적으로 투영하여 표출하고자 한 것이다. 많은 비평가들이 이미 지적했듯이 〈모란정〉에서 가장 선명하게 강조되고 있는 주제의식은 다름 아닌 '정情'이다. 작가 자신이 붙인 서문 격인 '제사題詞'에는 그러한 뜻이 잘 드러나 있어서 다소 길지만 전문을 인용해본다.

천하의 여자들이 정이 있다지만, 어찌 두여낭만큼 있을까? 두여낭은 꿈속에서 님을 만난 뒤에 병이 들고, 병이 깊어지자 직접 자신의 모습을 그려 세상에 남긴 뒤에 죽었고, 죽은 지 삼 년 만에 캄캄함 속에서 옛날 꿈에서 보았던 사람을 찾아 되살아났다. 두여낭 같은 사람이야말로 정이 있는 사람이라고 말할 만하다. 정은 생기는 줄 모르나 한 번 주면 깊어지니, 정이 있으면 산 자도 죽을 수 있고 죽은 자도 살아날 수 있다. 살아서 죽어 보지 못하고, 죽어서 다시 살아나지 못한다면 지극한 정이 아니다. 꿈속의 정이라 해서 어찌 진정이 아닐까. 세상에 꿈의 사람이 어찌 없으랴. 잠자리를 같이 하고 벼슬을 해야만 친밀해진다는 것은 모두가 천박한 의론이다. 두 태수의 이야기는 진晉나라 무도武都 태수 이중문李仲文이나 광주 태수 풍효장馮孝將의 딸의 이야기와 비슷한데, 내가 조금 바꾸고 늘였다. 두 태수가 유몽매를 고문하는 대목도 한漢나라 때 수양왕睢陽王이 담생談生을 고문한 이야기에서 빌어 왔다. 아! 세상의 일은 세상에서 다 끝나는 것이 아니거늘, 고금에 통하지도 못하면서 늘 이치理로써 따질 따름이다. (두여낭이 죽었다가 살아난 일을) 이치에 없는 바라고만 하니, 어찌 (그 일이) 정으로 인해 생겨난 것임을 알겠는가!

　　만력萬曆 무술戊戌년(1598) 가을에 청원도인淸遠道人이 쓰다.

'정情'이라는 말은 여러 가지의 뜻으로 쓰여 왔다. 희노애락의 감정을 뜻하거나 사물의 본성을 가리키기도 하고, 의지나 욕망을 뜻하거나 정취, 정신 등의 뜻으로 쓰인 경우도 있다. 이렇게 다양한 뜻 가운데 〈모란정〉에서의 '정'은 바로 두여낭이 생사를 초월하여 추구한 사랑의 감정, 욕망, 의지를 모두 포함하는 것으로 보는 것이 좋겠다. 〈모란정〉에서 '정'이 가장 중요한 주제의식이라고 볼 때, 그것은 두 가지 중요한 측면을 내포하고 있다. 첫 번째는 그것이 오랫동안 억눌려 있던 당시의 사상적, 문화적 분위기 속에서 개인의 욕망과 의지를 긍정하고 중시하는 사상의 표현이라는 점이고, 두 번째는 한 단계 더 나아가 그것이 여성 입장에서의 자아의 발견과 사랑의 추구를 전면적이고도 강력하게 표현하고 있다는 점이다. 다시 말해 당시의 보수적인 문화에 반하는 여성의 주체적 욕망 추구가 적극적으로 그려지고 있다는 것이 〈모란정〉의 가장 중요한 주제의식이라고 할 수 있는 것이다. 이러한 주제의식은 당시의 다른 작품에서도 일부 표현되었지만 〈모란정〉과 같이 과감한 주장을 펼치면서도 예술적인 완성도가 높은 작품은 찾아보기 어려울 것으로 생각된다. 이 밖에도 명문가의 자제이지만 아직 자신의 뜻을 펼칠 수 있는 지위에 오르지 못한 유몽매의 답답한 심정이나, 공정해야 할 과거 시험이 사적인 관계에 의해 공정성을 잃고 한갓 기득권층의 출세에 정당성을 부여해주는 도구로 전락해 있는 모습, 그리고 외적의 침입에 무력하게 흔들리는 송 왕조의 허약함 등과 같이, 〈모란정〉에는 '정'에 대한 강조 말고도 현실 비판적인 내용도 적지 않게 포함되어 있다. 또한 탕현조 자신의 관직 경력을 바탕으로 한 것으로 보이는 이상적인 목민관 형상의 제시(제8척 「권농」)도 눈여겨 볼만한 주제의식이라고 하겠다. 어떻든 '정'을 여성의 주체적 욕망과 추구라고 이해하고, 그것이야말로 〈모란정〉에서 최고의 가치로 강조되고 있는 것이라고 한다면, 〈모란정〉은 여성이 주인공으로 활약하는 수많은 후대의 희곡과 소설, 탄사彈詞 작품의 흥성에도 큰 영향을 끼친 것으로 볼 수 있다.

〈모란정〉은 기이하면서도 곡절 많은 사랑 이야기가 흥미진진하게 펼쳐지는 까닭에 발표 이후 수많은 사람들이 작품을 읽고 공연을 보면서 단기간에 명작의 반열에 올랐다. 여기에는 물론 〈모란정〉의 서정적이고 섬세한 심리 묘사와 인물의 성격에 잘 부합하는 개성적이고 안정적인 대사 표현도 큰 역할을 하였다. 특히 두여낭이 처음 본 봄 경치에 반하고 처음 만난 꿈속의 님과 사랑에 빠지고 꿈에서 깨어나 다시 후원을 찾아 님을 그리워하는 장면에서 두여낭의 기쁨과 슬픔, 번민과 좌절을 표현하는 아름답고도 섬세한 심리 묘사는 〈모란정〉의 또다른 백미라고 할 수 있다. 그 중에서도 가장 널리 애송되는 대목 가운데 하나는 제10척에서 두여낭이 후원에 나가보고 아름다운 경치에 반해 노래하는 장면이다.

두여낭 : 정원에 오지 않았다면 봄빛이 이런 줄 어찌 알았겠어? // 【조라포】 울긋불긋 온갖 꽃들이 만발해 있었는데, / 이렇게 곁에는 모두 끊어진 우물방틀과 무너진 담장뿐이라니. / 좋은 날 아름다운 경치를 어이 견디랴. / 즐거운 마음 기쁜 일은 뉘 집의 뜰에 있나? // 이런 경치를 아버지와 어머니는 말씀하신 적이 없어.

두여낭, 춘향 : 아침에 구름 일었는데 저녁에 주렴 걷으니, / 붉은 노을이 푸른 누각에 비끼고, / 보슬비는 바람에 흩날리며, / 안개 낀 물결 위에는 놀이배가 떠 있구나. / 비단병풍 속의 사람은 이 봄빛을 모른 체 하다니.

조용하고 차분한 규방에서만 지내다가 생명력 넘치게 아름다운 봄 경치를 처음 보게 된 두여낭의 설레이는 심정이 눈앞에서 보는 것처럼 생생하게 드러나고 있다. 전형적인 양가집 규수이던 두여낭이 이 순간부터 생명과 사랑을 추구하는 새로운 삶의 길을 떠나기 시작하는 것이고, 그의 삶의 극적인 전환은 가녀리고도 사랑스러운 노랫말로 절절하게 표현되고 있는 것이다.

그런데 다른 각도에서 볼 때 〈모란정〉에 쓰인 언어 표현이 상당히 어렵다는 점 역시 많은 사람들이 지적하고 있다. 특히 탕현조는 노래 가사나 노래로 불려지지 않는 빈백賓白을 막론하고 모두 옛 전고典故나 옛 사람들의 시나 문장을 그대로 빌어오거나 조금씩 바꾸어 활용한 구절들이 매우 많다. 이러한 특징이 단적으로 드러나는 것이 각 척이 마무리될 때 등장인물들이 읊는 7언 4구의 퇴장시인데, 탕현조는 이 퇴장시를 대부분 해당 척의 내용을 표현해주기에 적절한 당나라 시인들의 싯귀에서 따와서 엮었다. 이를 '집당시集唐詩'라고 부르는데, 예를 들어 제7척의 퇴장시를 보면 다음과 같다.

두여낭	일찍이 사씨 집 마당에 버들솜 날렸는데,	也曾飛絮謝家庭
춘 향	서쪽 정원의 나비 되고프나 이루지 못하였네.	欲化西園蝶未成
두여낭	가없는 봄날 시름일랑 묻지 말기를,	無限春愁莫相問
모 두	녹음을 빌어 잠시 거닐어 볼까나.	綠陰終借暫時行

제7척은 두여낭이 춘향으로부터 후원의 아름다운 경치 이야기를 듣고 곧 나가볼 생각을 하면서 마무리되는데, 이 퇴장시 역시 후원 산책을 예고하는 뜻을 나타내고 있다. 사씨는 동진東晉의 재상 사안謝安의 딸 사도온謝道韞으로 자색과 학식이 뛰어났는데 여기에서는 두여낭을 비유한다. 첫 구절은 이산보李山甫의 「버들 10수柳十首」의 제7수에서 따온 것이고, 둘째 구절은 장비張泌의 「봄날 저녁에 읊다春夕言懷」에서 따온 것이다. 또 셋째 구절은 조하趙嘏의 「멀리 부치다寄遠」 중에서, 그리고 넷째 구절은 장호張祜의 「양주 법운사의 노송나무 두 그루揚州法雲寺

雙檜」에서 따온 것이다. 이러한 퇴장시는 극히 일부 척을 제외하고 대부분의 척에 쓰이고 있고, 퇴장시가 아닌 등장시나 척의 중간에 쓰인 경우도 꽤 있다. 이러한 퇴장시 작시 방식은 오늘날의 시각으로 보면 심하게는 표절처럼 생각될 수도 있겠으나, 수많은 당시 작품들 가운데 극의 내용 전개와 어울리는 싯귀를 찾아서 자연스럽게 연결시키는 재능은 아무나 쉽게 가질 수 있는 것이 아니었다. 이런 각도에서 보면 '집당시'는 일차적으로는 탕현조의 문학적 천재성을 드러내는 것이라고 할 수 있다. 시를 짓고 외우는 것은 당시 문인들의 필수적인 소양이었으므로 집당시도 전적으로 불가능한 것은 아니었겠으나 장면과 상황에 적절한 퇴장시를 50수 이상이나 엮어낼 수 있는 능력은 누구나 쉽게 가지기 어려운 능력이었을 것이다. 이러한 천재성은 앞서 말한 석 도고의 자기소개 부분에서의 『천자문』의 패러디를 통해서도 잘 드러나고 있다. 여기에서는 『천자문』 원문의 '심오한' 뜻을 우스꽝스럽거나 극히 저속하게 해석하여 석 도고의 인물됨을 생생하게 보여주고 있는 것이다. 이처럼 〈모란정〉에는 매우 빈번하게 쓰이고 있는 전고나 집당시의 경우처럼 문학적 소양이 뛰어난 독자만이 충분하게 이해할 수 있는 문장이 있는가 하면, 『천자문』이나 양낭낭의 대사처럼 당시의 풍속과 속언을 알아야만이 제대로 이해할 수 있는 부분도 있고, 여기에 강서 출신의 작자가 종종 구사하고 있는 강서 방언과 번장番將 등이 구사하는 외국어 표현까지도 보이고 있어서, 전체적으로 보아 상당히 어려운 문장으로 이루어져 있다. 그렇지만 〈모란정〉은 고도로 세련된 수사 기교와 섬세한 언어 표현이 다른 작품에서 따라오기 어려울 정도의 높은 예술적 수준에 이르고 있고, 진취적인 주제의식과 낭만적인 이야기 소재, 그리고 지루할 틈이 없게 이끌어가는 치밀한 전개 구조를 갖추고 있기에 우리는 최고 수준의 언어 예술 작품을 만날 수 있게 된 것이다.

5. 〈모란정〉의 영향

〈모란정〉은 발표 직후부터 많은 사람들로부터 높은 평가를 받았다. 탕현조보다 약간 뒤에 살았던 유명한 소설가이자 민간 문학 수집가였던 풍몽룡馮夢龍(1574~1646)은 탕현조가 '천고千古의 일재逸才'라고 말하면서 그의 희곡 작품들 중에서도 〈모란정〉을 가장 뛰어난 것으로 꼽았다. 연극비평가 여천성(呂天成, 1580~1618)은 그의 『곡품曲品』에서 탕현조의 작품을 모두 '상상上上'의 등급으로 평하였고, 수필집 『도암몽억陶庵夢憶』으로 유명한 명 말엽의 문인 장대張岱(1597~1679)도 〈모란정〉을 '영기靈奇하고 고묘高妙하여 이미 지극한 경지에 이르렀다'고 말하였다. 이에 따라 많은 사람들이 〈모란정〉을 다투어 감상하여 단기간에 이미 명작으로 널리 알려지게 되었다. 그런데 당시 많은 극작가들은 쑤저우蘇州 일대를 중심으로 활동하고 있었고, 그들의 극작 역시 쑤저우 지방 음악인 곤곡崑曲에 어울리는 방식으로 이루어지고 있었는데, 이에 비하면 탕현조의 고향인 장시 지방에서는 곤곡이 아닌 저장浙江 하이옌海鹽 지방에서 전래되어 온 음악이 유행하고 있었던 듯하다. 따라서 탕현조도 해염 음악에 어울리는 극본을 지었던 것으로 추정하는 사람이 많고, 이러한 사정 때문이었는지 소주 지방의 극작가와 문인 감상자들은 〈모란정〉이 곤곡과는 잘 어울리지 않는다고 생각하여 여러 사람들이 〈모란정〉의 가사를 곤곡 음악에 어울리도록 개작하기도 하였다. 대표작으로는 심경沈璟의 「동몽기同夢記」, 장무순臧懋循의 「모란정」, 풍몽룡의 「풍류몽風流夢」, 서일희徐日曦의 「모란정」 등이 유명하다. 이 밖에도 청나라 때에 섭당葉堂이라는 사람이 『납서영옥명당사몽곡보納書楹玉茗堂四夢曲譜』를 편찬하여 〈모란정〉의 원문을 크게 훼손하지 않으면서 곤곡 음악에 맞도록 편곡하기도 하였다. 이에 따라 〈모란정〉은 청대의 승평서昇平署에서 주관한 궁궐 무대나 궁궐 밖의 직업 극단의 극장 및 고위 관료나 부자들의 저택 무대 등에서 공연이 헤아릴 수 없이 많이 이루어졌고, 특히 「규숙閨塾」, 「경몽驚夢」, 「심몽尋夢」, 「습화拾畵」, 「규화叫畵」 등의 대목은 대표적인 절자회折子戱로 이름을 크게 떨치게 되었다. 어떻든 이렇게 많은 개작과 편곡이 이루어진 것은 〈모란정〉의 이야기가 더욱 많은 무대에 올려지기를 바라는 사람들이 적지 않았고, 다시 그 뒤에는 〈모란정〉을 더욱 친근하게 만나고자 하는 많은 관객들의 애호가 컸음을 말해주는 것이라 하겠다.[1] 물론 공연이 아닌 독서의 방식으로 〈모란정〉의 미문 감상을 좋아하는 사람들도 적지 않아서, 탕현조가 타계한 이듬해인 만력 45년(1617)에 간행된 석림거사 각본石林居士刻本을 필두로 하여 오늘날에도 약 50여종이나 되는 판본이 전해지고 있을 정도이다(부록 참조).

〈모란정〉이 세상에 나온 뒤에 가장 열렬한 반응을 보인 사람들은 다름 아닌 여성들이었다. 풍소청馮小靑, 김봉전金鳳鈿, 섭소란葉小鸞 등을 비롯한 동시대의 많은 여성 독자들이 평어評語와 시문詩文을 써서 감상을 남겼고, 특히 유이낭兪二娘이라는 여성이 〈모란정〉을 좋아하여 비주批注를 써 가면서 빠져든 나머지 병이 들어 열일곱 살에 요절했다는 소식을 들은 탕현조는 그를 애도하는 시를 남기기도 할 정도였다고 한다. 또한 청대에는 전당錢塘 사람 오의일吳儀一의 약혼녀와 부인 등 세 명이 이어 비평한 '삼부합평본三婦合評本' 〈모란정〉 판본도 간행되었으며, 상소령商小玲, 춘관春官, 징사澄些, 주령周玲 등의 여성 배우들도 공연을 통해 두여낭의 모습과 정신을 널리 알렸다. 이들은 모두 삶과 죽음을 뛰어넘는 지극한 사랑을 열렬히 지지한 사람들이었다. 물론 구질서의 옹호자들은 이러한 열기를 불온시하고 깎아내려 〈모란정〉을 '사악한 연극邪戱', '음란한 가사淫詞' 등의 낙인을 찍고 서적의 유통과 공연을 금

---

1 〈모란정〉의 명청 시기 공연 양상에 대해서는 이정재, 「탕현조 〈모란정〉 공연의 변천을 통해 본 명청시기 문인연극 공연체제의 변화」, 『중국학보』 제66집(2012) 참고.

베이징대학에서 공연된 청춘판 〈모란정〉의 장면 ⓒWikipedia

지하기도 하였다. 그러나 새로운 가치와 예술에 눈을 뜬 사람들의 물결
은 저지할 수 없이 커져만 가서, 당 현종과 양귀비의 지극한 사랑을 노
래한 홍승洪昇의 명작 『장생전長生殿』 같은 명작들이 뒤를 이었고, 꿈과
영혼의 소재를 그린 작품들도 오병吳炳의 『요투갱療妬羹』을 비롯하여
다수가 뒤이어 나왔다. 또한 공상임孔尙任의 명작 『도화선桃花扇』이나
중국 최고의 소설로 일컬어지는 『홍루몽紅樓夢』 등에서도 〈모란정〉의
대목들을 공연하는 장면을 삽입하여 펼쳐가는 등 그것의 여운과 생명
은 오랫동안 끊어지지 않았다. 또한 여성 주인공의 활약을 적극 묘사한
작품들은 특히 청대에 만개한 여성 문학 장르인 탄사에 두드러지게 나
타났다. 『천우화天雨花』, 『재생연再生緣』, 『필생화筆生花』, 『안방지安邦
志』, 『정국지定國志』, 『봉황산鳳凰山』, 『유화몽榴花夢』 등 헤아릴 수 없이
많은 장편 탄사 작품들은 바로 여성 독자들의 기원과 꿈을 대변해준
시대적 명작들인 것이다. 또한 신중국 성립 이후에는 〈모란정〉의 공연
이 더욱 활발하게 이루어졌다. 우선 곤곡으로는 1957년부터 2005년까
지 최소한 15차례의 전작全作 개편 공연이 있었고, 절자희로는 더욱 많

은 공연이 이루어졌다. 이들 공연에서는 메이란팡梅蘭芳, 옌후이주言慧珠, 장지칭張繼靑, 화원이華文漪, 선이리沈昳麗, 산윈單雯, 선펑잉沈豊英 등의 유명 배우들이 두여낭 역을 연기하여 큰 인기를 끌었다. 특히 앞에서 말한 것처럼 2004년에 초연된 이후로 중국 내외에서 커다란 반향을 일으키며 공연된 청춘판〈모란정〉은 바이셴융白先勇, 화웨이華瑋 등의 작가들이 협력하여 원작의 면모를 최대한 살리면서 27막으로 만든 극본을 젊은 배우들이 열연하여 큰 성공을 거두었다. 또한 2007년부터는 린자오화林兆華와 왕스위汪世瑜가 협력하여 베이징의 황실 곡량 창고였던 황자량창皇家糧倉에서 당회식 공연을 재현하여 큰 인기를 끌고 있다. 한편〈모란정〉은 지방희로도 여러 차례 개편 공연되었는데, 광둥廣東의 월극粵劇, 장시江西의 공극贛劇과 채다희採茶戲, 허난河南의 예극豫劇, 저장浙江의 월극越劇, 후베이湖北의 황매희黃梅戲, 그리고 칭하이靑海의 평현희平絃戲 등이 가장 대표적이고, 그밖에도 소극장 공연이나 분장하지 않고 노래하는 청창淸唱의 형식으로도 수많은 공연이 이루어졌다.

〈모란정〉은 일찍부터 중국의 바깥으로도 널리 알려졌다. 일본에는 청 순치, 옹정, 건륭 연간에 간행된 판본들이 소장되어 있고, 1920년대 이후 지금까지 미야하라 민페이宮原民平, 스즈키 겐치로鈴木彦次郎, 이와키 히데오嚴城秀夫 등이 번역한 세 종류의 일역본이 간행되어 있다. 또 1930년대에는 북경대학에서 독일어를 가르쳤던 훈트하우젠Hundhausen이 일부를 독역하여 유럽에 소개하기도 하였다. 영역본은 1980년에 시릴 버치Cyril Birch 교수, 1994년에 장광첸張光前 교수, 2000년에 왕룽페이汪榕培 교수 등에 의해 완역본이 차례로 출간되었고, 불역본과 노역본 등도 부분 번역으로 발표되기도 하였다.〈모란정〉의 공연도 해외에서 인기를 끌었는데, 1920년대를 전후하여 유명한 경극 배우 메이란팡梅蘭芳이 일본과 미국에 가서 일부 대목을 무대에 올린 이래로 여러 차례의 해외 공연이 이루어져 왔다. 특히 1999년에 천스정陳士爭이 연출을 맡고 첸이錢熠가 두여낭을 맡아 미국 뉴욕의 링컨센터에서 무대에 올린〈모란정〉은 원작을 34막으로 개편하여 3일 동안 6부로 나누어 총 20시간 동안 이루어진 전작 공연으로 예술적 완성도와 대중적 흥행 면에서 모두 큰 성공을 거두어서, 그 후 파리, 밀라노, 싱가포르, 베를린, 비엔나 등지를 순회 공연하면서 큰 성공을 거두었다. 그후 2008년에는 쑤저우곤극원蘇州崑劇院이 런던의 새들러스 웰스Sadler's Wells에서 3일 동안 3부작으로 9시간 동안 공연을 하기도 하였다. 국내에서는 1993년에 난징곤극단의 명배우인 장지칭이 내한하여 예술의 전당에서 〈모란정〉의 주요 대목을 공연한 바 있다.

〈모란정〉은 또한 다른 예술 형식으로도 부단히 재창조되었는데, 1998년에 탄둔譚盾이 작곡하고 피터 셀라스Peter Sellars가 연출한 작품은 무대극, 곤곡, 오페라를 혼합한 양식으로 새로운 시도라는 호평을 받았고, 또 2008년에는 중국국립발레단이 베이징에서 2막작 발레 공연을 무대에 올려 성공을 거두어 이에 힘입어 2011년에는 영국 에딘버그Edinburgh 국제 페스티벌에 초청되어 공연되기도 하였다. 2012년에는 난징南京의 진링예술단金陵藝術團이 만든 무용극 〈모란정〉이 뉴욕 링컨센터의 무대에 오르기도 하였다. 〈모란정〉은 소설과 영화로도 만들어졌다. 타이완의 작가 안커창安克强은 〈모란정〉의 모티프를 이용하여 타이완 여성의 꿈, 좌절과 화해를 다룬 소설 『나의 아름다움과 애수我的美麗與哀愁』를 1994년에 발표하였고, 이 작품은 같은 제목으로 이듬해 영화화되었다. 또 2001년에는 미야자와 리에宮澤理惠와 왕주셴王祖賢이 주연을 맡은 홍콩 영화 「유원경몽遊園驚夢」이 제작 상영되었고, 2007년에는 중국계 미국인 소설가 리사 시Lisa See가 〈모란정〉을 바탕으로 한 영어소설 『사랑의 모란Peony in Love』을 발표하였다.

오늘날 〈모란정〉은 이처럼 곤곡을 비롯한 전통극 형식으로의 부활과 함께 다양한 예술 형태로도 재탄생하면서 중국과 세계의 많은 사람들에게 큰 울림을 주고 있다. 이제는 서두에서 말한 것처럼 〈모란정〉이 세계의 문학 명작들과 어깨를 나란히 하고 세계인의 가슴에 더욱 더 가까이 다가갈 차례이고, 우리나라에도 이번 완역 소개를 계기로 중국의 우수한 희곡 명작들이 활발하게 번역되어 독자들과 만나고, 중국의 전통 공연예술에 대해 더욱 관심과 애정을 갖고 바라볼 수 있게 되기를 희망해마지 않는다.

주요 참고자료

徐扶明, 『牡丹亭硏究資料考釋』, 1987.

_____, 『湯顯祖與牡丹亭』, 上海古籍出版社, 1993.

楊振良, 『牡丹亭硏究』, 臺灣學生書局, 1992.

徐朔方, 『徐朔方集』, 浙江古籍出版社, 1993.

趙天爲, 『牡丹亭改本硏究』, 吉林人民出版社, 2007.

부록

〈모란정〉의 판본
근원설화 「두여낭의 사랑과 환생」

〈모란정〉의 판본

　〈모란정〉의 판본에 대해 가장 널리 조사한 사람은 궈잉더郭英德 교수로, 그는 「〈모란정〉 전기의 현존 명청 판본 서록牡丹亭傳奇現存明淸版本敍錄」에서 각종 판본을 조사하고 특징을 소개하였다. 또한 네가야마 토루根ヶ山徹 교수는 〈모란정〉의 20여 판본들을 계통별로 분류하고 석림거사 각본을 저본으로 하여 기타 판본들을 상세하고 치밀하게 교감한 『〈모란정환혼기〉교합「牡丹亭還魂記」校合』을 발표하였다. 여기에서는 주로 이들 성과를 바탕으로 하여 〈모란정〉의 주요 판본 개요와 본 역서에서 기준으로 삼은 텍스트를 소개하고자 한다.

　〈모란정〉은 1598년에 완성되었지만 바로 간행되었는지는 불분명하다. 현재 남아있는 50여 종의 판본 가운데 가장 이른 것으로는 탕현조 사후인 1617년에 석림거사石林居士가 쓴 서문이 붙어있는 판본으로, 현재 대만 국가도서관에 소장되어 있다. 이후에 크고 작은 수정, 증보, 산개刪改 등이 이루어진 다양한 판본이 등장하였다. 1620년에 나온 주

묵투인본朱墨套印本은 석림거사 각본을 심경沈璟의 『남구궁십삼조곡보
南九宮十三調曲譜』에 맞추어 일부를 수정한 것으로, 1954년 출간된 고본
희곡총간古本戱曲叢刊 초집初集에 영인되었다. 명말에 주원진朱元鎭이 펴
낸 판본은 석림거사 각본과 거의 같아서 이를 번각飜刻한 것으로 보이
고 이후 비교적 널리 퍼졌다. 1963년 인민문학출판사에서 처음 출간된
쉬쉬팡徐朔方, 양샤오메이楊笑梅 교수의 교주본도 이 판본을 기준으로
하였다. 또 명 말엽에 모진毛晉의 급고각汲古閣에서 간행된 판본은 석
림거사 각본을 기준으로 하면서도 주묵투인본 계열이나 다른 계열의
수정된 내용들을 참고하여 고친 부분이 있다. 청대의 판본 가운데에는
홍승洪昇의 친구였던 오의일吳儀一의 약혼자 진동陳同, 처 담칙談則, 후
처 전의錢宜 등 세 사람이 평주評注를 가하여 강희 33년(1694)에 간행된
삼부합평본三婦合評本이 유명하다. 이 판본은 급고각본 계열을 바탕으
로 하여 독서에 맞게 조금씩 더 산개가 이루어진 것으로, 〈모란정〉에
대한 여성 독자들의 애호 정도를 짐작하게 해준다. 그밖에 청대에 곡
보曲譜의 형태로 간행된 판본들도 다수 있는데, 이중에는 앞서 언급한
건륭 57년(1792)에 간행된 섭당葉堂의 납서영納書楹 판본이 대표적이다.

본 역서에서는 초기 모습에 가까운 주원진본을 바탕으로 하여 다른
판본들을 교감한 쉬쉬팡 교수 등의 교주본을 기본으로 하여 번역을 진
행하였다. 이와 함께 상해고적上海古籍출판사에서 나온 첸난양錢南揚 교
수의 급고각본에 대한 교주본(『탕현조희곡집湯顯祖戱曲集』), 길림吉林인민출
판사에서 나온 황주싼黃竹三 교수의 급고각본에 대한 교주본(『육십종곡평
주六十種曲評注』), 중국희극中國戱劇출판사에서 나온 우펑추吳鳳雛의 '임천
사몽臨川四夢' 시리즈 교주본, 시릴 버치, 장광첸, 왕룽페이 교수의 영역
본, 이와키 히데오 교수의 일역본 등을 참고하였고, 번역의 마지막 단계
에서 네가야마 토루 교수의 교합본을 입수하여 석림거사 각본과의 이
동異同을 대조할 수 있었다.

이상 〈모란정〉의 원작을 조금씩 수정한 다양한 판본 이외에도 대폭

쑤저우의 류위안에서 공연된 〈모란정〉의 장면 ⓒwikipedia

수정하거나 아예 새로 쓰다시피 한 작품들도 여러 종류가 나왔다. 이는 앞서 말한 것처럼 〈모란정〉이 발표되었을 당시에 곤곡의 음악에 맞추기 위해 가사를 개편한 것이었다. 현재 남아있는 것은 해제에서도 소개한 장무순臧懋循, 풍몽룡馮夢龍, 서숙영徐肅穎, 서일희徐日曦, 반원半園 등이 개편한 작품들이 있다. 이들은 탕현조의 원작만큼 오랫동안 큰 인기를 끌지는 못했지만, 끊임없이 재해석되고 재생산될 수 있는 원천으로서의 원작 〈모란정〉의 예술적 성취가 얼마나 컸는지를 단적으로 알려주는 증거라고 하겠다.

두여낭의 사랑과 환생 杜麗娘慕色還魂

한가로이 서재에서 고금의 일 읽었지만,　　　　閑向書齋覽古今
두씨네 딸이 되살아난 이야기는 잘 듣지 못했었네.　罕聞杜女再還魂
가벼이 지난 날의 풍류담을,　　　　　　　　　聊將昔日風流事
새로 엮어 후세 사람에게 권면하노라.　　　　　編作新文厲後人

　옛날 남송 광종 연간에 광동 남웅南雄 부윤을 제수받은 관리가 있었
다. 이 사람의 성은 두杜, 이름은 보寶, 자는 광휘光輝이고 진사출신으
로, 본적은 산서 태원부太原府였다. 당시 나이는 쉰 살로, 부인 견甄 씨
는 마흔 둘이었고, 아들 하나 딸 하나를 두었다. 딸은 열 여섯 살로 이
름은 여낭麗娘이고, 아들은 열두 살로 이름은 흥문興文이라 했다. 두 남
매 모두 용모가 빼어났다. 두 부윤은 부임한 지 반 년이 지난 후에 부
중에 교독敎讀을 모셔다가 서원에서 두 남매에게 독서와 예법을 가르
쳤는데, 반 년도 안 돼 이 소저小姐는 총명하고 영리하여 안 본 책이

없고 모르는 역사가 없을 정도였다. 게다가 거문고며 바둑, 글씨와 그림, 풍월을 읊는 시나 바느질 솜씨 등 못하는 것이 하나도 없었다. 그래서 부중 사람들은 모두 여낭을 여수재라고 불렀다.

봄이 끝나가는 삼월, 경치는 아름답고 비는 오락가락하며, 춥지도 덥지도 않은 어느 날이었다. 이 소저는 열 살 된 춘향이라는 몸종을 데리고 부중의 후원으로 놀러 가게 되었다. 발길이 화원에 다다르자 아름다운 경치가 펼쳐졌다.

> 가짜 산과 진짜 물, 비취빛 대나무와 기이한 꽃들. 크게 소용돌이치는 파란碧 소沼의 옆에는 짙푸른綠 버드나무 늘어져 있고, 우뚝 솟은 푸르른青 봉우리 곁에는 붉은 복사꽃 만발하다. 쌍쌍이 노니는 나비들이 꽃 사이를 지나가고, 짝지은 잠자리들이 물 위를 스쳐 난다. 들보 사이의 자줏빛 제비는 지지배배, 버드나무 위의 노란색 꾀꼬리는 꾀꼴꾀꼴. 정자와 지관池館을 둘러보면 상서로운 풀과 기이한 꽃들은 얼마나 많은가. 정말이지, 사시사철 시들지 않으니, 과연 팔절장춘八節長春의 경치로구나.

이 소저는 경치를 한껏 감상하기도 전에 눈앞의 정경에 마음이 아파지고 즐겁지 않아 급히 규방으로 돌아왔다. 홀로 가만히 앉아 봄 저녁 경치를 감상하다가 고개를 숙이고 깊이 읊조려 탄식하였다.

"봄빛이 사람을 괴롭힌다는 일이 정말로 있었나 봐? 시사와 악부를 늘 봤지만, 옛날 여자들이 봄에 정을 느끼고 가을에 한을 이룬 것이 정말이지 거짓이 아니었어. 내가 올해 벌써 열여섯 살인데, 아직 계수나무 가지 꺾어주는 남자를 못 만났어. 경치에 다치면서 어떻게 섬궁蟾宮의 손님을 얻겠어? 옛날 곽화郭華가 월영月英을 만난 일이나 장생張生이 최 씨崔氏를 만난 일을 적은 『종정려집鍾情麗集』과 『교홍기嬌紅記』 두 책이 있는데, 이 재자가인들은 미리 몰래 약속을 하고 날을 정해 아마 모두 부부가 되었을 거야. 아! 나는 사대부 집안에서 태어나 명문가에서 자랐거늘, 나이가 벌써 비녀 꽂을 때가 되었는데도 아름다운 배필을 만나지 못했으니 정말이지 청춘을 헛되어 보내고 있구나. 시간이 마치 말이 문틈을 지나가는 것처럼 빨라."

이렇게 오래도록 탄식하다가 다시 말하였다.

"나는 얼굴빛이 꽃과도 같으니 어찌 목숨이 잎새처럼 오래 갈 수 있을까!"

마침내 궤안에 기대어 낮잠이 들었다.

소저가 눈을 붙인 지 얼마 안 되어 홀연히 한 선비가 나타났는데, 나이는 약관에 자태가 준수하여, 화원에서 버드나무 가지를 하나 꺾어 들고서는 소저에게 웃으며 말하였다.

"소저는 서사書史에 밝으시니 시 한 수 지어주시려오?"

소저가 대답하려고 하였으나 놀랍기도 하고 기쁘기도 하여 가벼이 대답하지 못하고 마음 속으로 생각하였다.

'한 번 만난 적도 없고 이름도 모르는 분이 어떻게 이곳에 들어왔을까?'

이렇게 생각하고 있는데 선비가 소저에게 다가와 소저를 안고 모란정 가의 작약 난간 옆으로 가서 운우지정을 나누어 두 마음이 합쳐졌다. 이때 홀연히 모친이 방안으로 들어와 소저를 깨우니 온몸이 식은 땀으로 가득한 것이 남가일몽南柯一夢이었다.

소저가 바삐 일어나 예를 갖추니 모친이 물었다.

"애야, 수를 놓거나 책을 읽든가 할 일이지, 어찌하여 대낮에 이곳에 누워 있었느냐?"

소저가 대답하였다.

"소녀 화원에 가서 노닐다가 봄빛에 힘들어서 방으로 돌아왔습니다. 깨어있질 못하고 저도 모르게 피곤하여 잠시 쉬었습니다. 어머님 행차를 마중하지도 못했사오나 부디 소녀의 죄를 용서해주세요."

부인이 말하였다.

"애야, 후화원은 냉기가 있으니 별 일 없이는 되도록 가지 말거라."

소저가 말하였다.

"어머님 지엄하신 분부를 따르겠습니다."

말을 마치자 부인과 소저는 함께 중당中堂으로 돌아왔다. 밥을 먹고 나자 이 소저는 비록 대답은 이렇게 했지만 마음으로는 꿈속의 일이 생각나서 잊을 수가 없었다. 안절부절 어쩔 줄을 모르며 마치 무언가를 잃어버린 것만 같았다. 음식 생각은 별로 없고 눈물만 그렁그렁하여, 밤이 늦도록 아무 것도 먹지 못하고 잠이 들었다.

이튿날 아침이 되어 밥을 먹고 나서, 혼자 후화원에 앉아 꿈속에서 선비를 만났던 자리 쪽을 바라보니, 적막하고 차가운 기운만 있고 사람 흔적은 하나도 없었다. 그러다가 문득 커다란 매화나무가 한 그루 보였는데, 매실이 무성한 것이 아주 탐스러웠다. 나무는 우산 크기만 했는데, 소저가 나무 아래로 가서 아주 기뻐하며 말하였다.

"내가 죽으면 여기에 묻힐 수 있으면 좋겠어."

말을 마치고 방으로 돌아와 몸종 춘향에게 말하였다.

"내가 죽으면 꼭 매화나무 아래 묻어줘. 잘 기억해 줘."

이튿날 아침, 소저는 거울을 보며 단장을 하다가 헬쑥해진 자신의 얼굴을 보고, 춘향에게 문구를 가져오라고 하여 경대 옆으로 가서 자화상을 한 폭 그렸다. 붉은 치마에 초록 저고리 차림으로 패옥이 땡그랑거리고 취교(翠翹, 물총새꽁지깃 모양의 머리장식)와 금봉(金鳳, 봉황 모양의 머리장식)은 마치 살아있는 것처럼 완연하였다. 거울 속의 용모를 보니 둘도 없이 아름다운 모습이어서 마음속으로 아주 기뻐하였다. 동생에게 명하여 나가는 길에 표구점에 가서 행락도로 표구해달라고 하여 규방 안에 걸어두고 아침 저녁으로 바라보았다. 하루는 절구絶句를 한 수 써서 붙였다.

가까이서 보면 단아한 듯하나,	近觀分明似儼然
멀리서 보니 자재로움이 마치 비선飛仙과도 같구나.	遠觀自在若飛僊

훗날 곁에 섬궁객蟾宮客을 얻게 되면,　　　　　　他年得傍蟾宮客
매화나무 아니면 버드나무 옆이리라.　　　　　不在梅邊在柳邊

시를 다 짓고 나서 생각하였다.

'꿈속에서 만난 선비님이 버들가지를 꺾어 주셨는데, 내가 시집 갈 남편이 유씨가 아닐까? 그러니까 (마지막 구절에서) 이런 말이 나왔지.'

이때부터 여낭의 사모의 정은 더욱 깊어져 갔다. 규방에 조용히 앉아 있으면 처량함이 더해만 갔다. 마음 속에 불이 일어나니 아프지는 않지만 춘정春情을 이기기 어려웠다. 아침 저녁으로 그를 사모하다가 온 성정을 다 집중하다보니 기운을 잃고 병이 들고 말았다. 이때가 스물 한 살이었다.

부모는 딸이 아픈 것을 보고 의사를 불렀지만 소용이 없었고, 부처님께 빌어도 낫질 않았다. 봄에 든 병이 가을까지 이어졌다. 좋지 않은 것은 바람 불어 여름이 가는 것이었으니, 이슬이 내려 서늘해지고, 가을비가 쌀쌀하게 내려 한기가 뼈에 사무칠 정도가 되자, 병은 더욱 깊어졌다. 소저는 자신이 얼마 남지 않았다고 생각하고 춘향에게 명하여 모친을 모셔오게 하였다. 눈물이 맺혔다가 아파 울면서 말하였다.

"불효한 딸자식이 부모님 길러주신 은혜를 받들지 못하고 이제 이른 나이에 떠나게 되었사오니 이는 하늘이 정해주신 뜻입니다. 어머니, 바라옵건대 제가 죽은 뒤에 후화원 매화나무 아래에 묻어주시면 평생의 소원으로 족하겠습니다."

부탁을 마치고 숨을 거두었다. 이때가 팔월대보름이었다.

모친은 크게 슬퍼하며 관과 수의를 갖추어 염을 마치고 나서 두 부윤에게 말하였다.

"딸아이가 죽을 때 후원 매화나무 아래에 묻어달라고 부탁하였는데, 소원대로 들어주시기를 바라옵니다."

이 두 부윤은 부인의 말에 따라 장사지내도록 명했다. 모친은 슬피 울면서 아침저녁으로 딸을 그리워했다.

세월은 빨리 흘러 어느새 삼 년 임기가 다 차서 새 부윤이 부임하게 되었다. 두 부윤은 행장을 수습하고 부인을 비롯하여 아들 두문홍杜文興[1] 과 함께 배를 타고 서울로 돌아가 새로운 발령을 기다렸는데, 이 이야기는 그만 둔다.

신임 부윤은 성이 유柳, 이름은 사은思恩으로, 사천 성도부成都府 사람이었다. 나이는 마흔이고 부인 하何 씨는 서른여섯이었다. 부부는 서로 다정하였고 아들 하나를 낳았는데 이때 열여덟 살로 이름은 몽매夢梅라고 하였다. 모친이 꿈에 매실을 먹고 나서 잉태하여 그렇게 부르게 된 것이다. 아들은 학문이 넓고, 거문고며 바둑, 글씨며 그림이 훌륭하였으며, 붓을 대기만 하면 문장이 이루어질 정도로 문필도 뛰어났는데, 부친을 따라 남웅부로 오게 된 것이었다. 부임 후에는 송사訟事가 드물고 정사政事가 한가로웠다.

이 유 도령은 뒷방을 정리하다가 종이더미 속에서 그림 한 폭을 발견하였다. 펼쳐보니 미인도로, 아주 고운 것이 마치 항아와도 같았다. 유 도령은 크게 기뻐하며 서원으로 가져가 걸어두고 아침저녁으로 쳐다보기를 그치지 않았다. 하루는 그림 속의 절구를 읽고 그림을 자세히 살펴보니, 이것은 여자의 행락도인 것이었다.

'어찌하여 매화나무 아니면 버드나무 곁이라고 했을까? 기이한 일이로다.'

이렇게 생각하면서 붓을 들어 같은 운에 맞춰 절구를 지었다.

모습은 항아 같아 빚어낸 듯하니	貌若姮娥出自然
하늘 선녀가 아니거든 땅의 선녀로다	不是天仙是地仙
내려와서 하룻밤 함께 할 수 있다면	若得降臨同一宿
천지에 맹세컨대 베개 맡이리라	海誓山盟在枕邊

---

1 앞에서는 아들의 이름이 홍문이라 했는데 여기에서는 문홍이라고 하고 있다.

시를 다 짓고 나서 오래도록 감상하다보니 어느 새 저녁이 다 되었다. 이 유 도령은 그림 속의 여자 생각에 마음이 편치 않았다. 그야말로 "이 정인情人을 보지 않았으면 정情은 움직이지 않았으리"라는 말이 딱 맞았으니,

'언제 이 여인과 만날 수 있을까?'

라고 생각할 뿐이었다. 마치 매실만 바라보아도 갈증이 사라지고 그림 속의 떡만 보아도 배고픔을 잊는 것과 같은 이치였다. 경사經史 읽기를 게을리 하고 초를 켜두고 옷을 입은 채로 누워 이리저리 뒤척여도 잠이 오지 않았다. 어느덧 밖에서는 삼경을 알리는 소리가 들렸는데, 방 안에 찬바람이 불고 향기가 퍼지는 것 같았다. 도령이 옷을 걸치고 일어났는데, 홀연히 문밖에서 누군가가 문을 두드리는 소리가 들렸다. 도령이 누구인지를 물어도 대답이 없었다. 조금 후 다시 문을 두드렸는데, 이렇게 하기를 세 번이 지났다. 도령이 서원의 문을 열고 등불 아래를 보니 한 여자가 있었는데, 살쩍머리에 매미 날개 장식을 꽂고, 버들같은 눈썹을 찡그리며 봄 산을 바라보는 듯한 모습이었다. 여자가 빠른 걸음으로 서원으로 들어오자 도령은 급히 문을 닫았다. 이 여자는 옷깃을 여미고 앞으로 와서 예를 갖추어 인사하였다. 도령은 놀라고 기뻐하며 답례하면서 물었다.

"귀인은 누구신지요? 밤 깊은 시각에 이곳에 오신 터이니."

여자는 붉은 입술을 떼면서 새하얀 이를 드러내면서 대답하였다.

"첩은 부의 서쪽에 있는 집의 여자이옵니다. 도련님의 풍채를 사모하여 이곳에 왔사오니, 원하옵건대 도련님과 부부의 기쁨을 이루고자 하오나, 허락하시올지 모르겠습니다."

도령이 웃으면서 말하였다.

"미인께 사랑을 받음은 소생이 바라지도 못한 기쁨일 터인데, 어찌 감히 물리치겠습니까?"

마침내 여자와 함께 옷을 벗고 촛불을 끄고 장막 안으로 들어가서

부부의 예를 따르고 물고기가 물을 만난 기쁨을 다 누렸다.

얼마 후 운우의 기쁨이 다 하자 여자가 유생柳生에게 말하였다.

"첩에게 한 가지 간청이 있는데, 낭군님께서 책망 마시기를 바라옵니다."

유생이 웃으면서 대답하였다.

"현경賢卿께서 하실 말씀이 있으면 기탄없이 말씀하시구려."

여자가 웃음을 머금으며 말하였다.

"첩의 몸을 낭군님께 드렸으니, 부디 저를 저버리지 마시고 밤마다 동침해 주시면 평생의 소원이 이루어지겠습니다."

유생이 웃으면서 대답하였다.

"현경께서 소생을 좋아해 주는데, 소생이 어찌 감히 현경을 잊겠습니까! 다만 성함이 무엇인지 알고 싶습니다."

여자가 대답하였다.

"첩은 부의 서쪽에 있는 집의 여자이옵니다."

말을 마치기도 전에 닭이 울어 오경을 알리고 새벽이 밝아오려 하였다. 여자는 옷을 정돈하고 서원 문을 빠르게 빠져나갔다. 유생이 급히 일어나 전송하려고 했지만 어디로 가버렸는지 알 수가 없었다. 다음날 밤에 다시 왔는데, 유생이 재삼 성명을 물었지만, 여자는 이전처럼만 대답하였다. 이렇게 열흘 남짓 밤을 보냈다.

어느 날 밤, 유생은 여자와 함께 누워 물었다.

"현경은 사실을 내게 말해주지 않으니 나는 당신과 잘 지낼 수 없소. 부모님께 말씀드리면 당신 집에 책임을 묻게 될 것이오. 당신이 이름을 말해주면 소생은 부모님께 아뢰어 매파를 넣어 당신을 아내로 맞아 백년가약을 맺을 것이니, 이 어찌 좋지 않겠소."

여자는 웃으며 대답하지 않았다. 유생에게 재삼 재촉을 당하자 눈물을 떨구며 말하였다.

"도련님께서는 놀라지 마세요. 첩은 전임 두 지부의 딸 두여낭입니다. 열여덟 살까지 시집 간 적 없었는데, 다만 정색情色을 사모하다가 한이 맺혀 죽었습니다. 첩이 살아있을 때 후원의 매화나무를 좋아해서, 죽기 전에 어머님께 부탁드려 첩을 매화나무 아래에 묻어달라고 했습니다. 이제 벌써 일 년이 지났는데, 혼백이 흩어지지 않고 살도 썩지 않고 있습니다. 낭군과의 전생의 인연이 끊어지지 않았는지, 낭군님께서 첩의 초상을 얻으셨던 까닭에 싫어하거나 의심하지 않으시고 마침내 침석枕席의 기쁨을 이룰 수 있었습니다. 낭군님의 보살핌을 받았으니, 낭군님께서 첩을 버리지 않으실 것이라면, 첩의 충정을 두 분 어르신께 아뢰시고, 내일 후원 매화나무 아래로 가셔서 관을 꺼내어 보세요. 첩은 반드시 혼이 돌아와 낭군님과 백년가약을 맺을 수 있을 것입니다.”

아내는 이 말을 다 듣고 나자 모골이 송연해지면서 크게 놀라 이렇게 물었다.

“정말 그렇다면 내일 관을 꺼내어 보리다.”

말을 마치고 나니 벌써 오경五更(새벽 네 시 전후)이었다. 여자는 옷을 가다듬고 일어나서는 재삼 부탁을 하였다.

“늦지 않게 급히 가서 보셔야 합니다. 만약 늦어지면 첩의 일이 드러나고 다시는 오지 못하게 될 것입니다. 낭군님께서는 유념하셔서 안타까운 일이 생기지 않게 해 주세요. 첩이 다시 살아나지 못한다면 구천 아래에서 통한해하게 될 것입니다.”

말을 마치자 바람이 되어 사라져 버렸다.

유생은 이튿날 밥을 먹고 중당에 가서 모친께 사실을 아뢰었다. 모친은 이 일을 믿지 않고 유 부윤에게 알렸다. 부윤이 말했다.

“진상을 알아야 하니, 부중의 옛 아전들에게 물어보면 상세히 알 수 있을 것이오”

부윤이 옛 아전들을 불러 물어보니, 과연 두 지부의 딸 두여낭을 후원 매화나무 아래에 묻은 지 일 년이 지났다는 것이었다. 유 지부가 이 말을 듣고 놀라서 급히 인부를 불러다가 함께 후원으로 가서 매화나무 아래를 파게 하니 과연 관이 나왔고, 뚜껑을 열어 여럿이 함께 살펴보니 얼굴이 마치 살아있는 듯한 모습이었다. 유 지부는 사람들에게 관을 소각하고 시신은 밀실 안으로 옮기게 한 후, 보모와 하녀에게 옷을 벗겨 향탕에 목욕해 주도록 하였다. 그러자 금방 몸이 조금씩 움직이더니 눈을 약간씩 뜨면서 점점 깨어났다. 부인이 새 옷을 입혀주도록 했다.

여자는 삼혼三魂과 칠백七魄이 다시 돌아와 일어났다. 유 상공과 부인이 아들과 함께 바라보니 몸은 연약하여 마치 작약이 난간에 기대고 있는 듯하였고, 검푸른 눈썹이 낮게 쳐져 있는 모습이 복사꽃이 지난밤 내린 비를 머금고 있는 듯하였다. 마치 목욕을 마친 서시 같기도 하고, 깊이 취한 양귀비 같기도 했다. 유생은 이 모습을 보고 기쁨을 이기지 못하면서 양낭을 시켜 여자를 부축하여 앉혔다. 얼마 후, 안혼탕安魂湯과 정백산定魄散을 먹이니, 이윽고 말도 할 수 있게 되었다. 여자는 몸을 일으켜 유생에게 말하였다.

"아버님 어머님께 절을 올리도록 해주세요."

유 상공과 부인이 말했다.

"소저는 몸조심하게. 아직 움직여서는 안 되니."

하녀를 불러 소저를 부축하고 침실로 가서 잠을 자도록 했다. 조금 뒤 부인이 분부를 내려 잔치상을 차리도록 하여 후당에서 경희연을 열었다. 저녁이 되어 잔치가 끝나자 하녀를 시켜 소저를 데리고 연석으로 나오게 하였다. 두 소저는 기쁘게도 다시 세상에 나오게 되어 다시 옷매무새를 단정하게 하고 당 아래로 나와 절을 올렸다. 유 상공이 두 소저에게 말했다.

"우리 아들 녀석이 소저와 숙세宿世의 연분이 있었을 줄은 몰랐네. 이제 혼백이 돌아왔으니 이는 하늘이 내리신 것이로다. 내일 사람을 산서 태원부로 보내 두 부윤 댁을 찾아 기쁜 소식을 알려드리도록 하겠네."

부인이 상공에게 말했다.

"오늘 소저의 혼백이 돌아오도록 하늘이 도우셨으니, 날을 잡아 아이와 혼사를 치루겠습니다."

상공이 허락하였다. 이튿날 사람을 시켜 편지를 지니고 기쁜 소식을 알리게 한 일은 더 말하지 않는다.

열흘 후, 혼사일을 10월 15일로 정하였으니, 그야말로 "병풍이 열리니 황금 공작새가 펼쳐지고, 이부자리 단장하니 부용꽃이 수놓여 있구나"라는 격이었다. 연회석을 크게 차리고 두 소저와 유 도령이 교배주를 마시고 상에 앉아 장막을 젖히니 모든 것이 갖추어졌다. 저녁이 되어 잔치가 끝나고 두 소저와 아내는 비단 장막으로 들어가 한 이불을 덮고 잠자리에 들어 세상의 즐거움을 다 누렸다.

한편, 두 부윤은 임안부로 돌아가 공관에 여장을 풀었다. 이튿날이 되어 아침 조회에서 광종 황제를 배알하니 기뻐하시면서 강서성 참지정사參知政事를 제수하셨다. 부인과 아들을 데리고 부임한 지도 벌써 두 해가 되었다. 어느 날 누군가가 편지를 들고 두 상공을 찾아왔다. 상공이 물었다.

"어디에서 왔는고?"

찾아온 사람이 대답했다.

"소인은 광동 남웅부의 유 부윤께서 보낸 사람입니다요."

라고 하고는 품속에서 편지를 꺼내 바쳤다. 두 상공이 편지를 펼쳐 읽어보니, 소저가 혼백이 돌아와 유생과 혼인한 일이 적혀 있었고, 지금 편지를 가지고 기쁜 소식을 알리러 온 것이었다. 두 상공은 편지를 보고나서 크게 기뻐하며 찾아온 자에게 주안상을 내렸다.

"내가 사돈께 답신을 써 드리겠다."

두 상공은 편지를 가지고 후당으로 가서 부인에게 남웅부 유 부윤이 편지를 보내와 여낭 소저가 살아나서 유 지부의 아들과 부부가 되었다는 소식을 알렸다. 부인은 이를 듣고 크게 기뻐하면서 말했다.

"어쩐지 어젯밤 등잔에서 불똥이 튀고, 오늘 새벽에는 까치소리가 자주 들렸답니다."[2]

상공이 말했다.

"내 오늘 답신을 써서 이 분이 조회에 참석할 때 임안에서 만나자고 해야겠다."

답신을 다 써서 찾아온 사람에게 주고 상으로 은 다섯 냥을 주었다. 심부름꾼이 머리를 조아리고 감사하며 떠나간 일은 더 말하지 않는다.

한편, 유생은 과거 시험이 열린다는 소식을 듣고 부모님과 아내에게 작별 인사를 하고 하인을 데리고 노잣돈을 챙겨서 회시가 열리는 임안부를 향해 떠났다. 하루도 안되어 임안부에 도착하여 객점에 여장을 풀고 곧바로 시험장으로 갔다. 세 차례 시험을 다 보고 나니 기쁘게도 제1갑甲으로 진사에 급제하여 임안부 추관推官 직을 제수받았다. 유생은 편지를 써서 하인을 보내 부모님과 아내에게 이 소식을 알렸다. 두 소저는 남편이 급제하여 임안부 추관이 되었다는 소식을 듣고 매우 기뻐했다. 연말이 되어 유 부윤은 임기가 끝나 부인과 두 소저를 데리고 임안부 추관 아들의 집에 도착했다. 유 추관은 부모와 아내를 만나 크게 기뻐하면서 잔치를 열어 축하하고 두 참정이 조회에 들어와 만날 날을 기다렸다. 두 달이 채 안되어 두 참정은 부인과 아들을 데리고 임안부 역관驛館에 도착했다. 유 추관은 두 참정과 부인을 영접하여 부중으로 모셔와서 아내 두여낭과 만나게 하니 그 기쁨은 말로 다 할 수 없었다. 이 이야기는 더 하지 않는다. 유몽매는 계속 영전하여 임안부 부윤이 되었다. 두여낭은 두 아들을 낳았는데 모두 이름난 관리가 되었다. 부부는 영화롭고 존귀하게 되었으며 천수를 누리고 세상을 떠났다.

---

2   모두 길조로 여겨졌다.

〔〈모란정〉의 원작 소설인「두여낭의 사랑과 환생杜麗娘慕色還魂」은 명나라 사람 하대륜何大掄의『중각증보연거필기重刻增補燕居筆記』권9에 수록되어 있다. 명나라 사람 조율晁瑮(1541년 진사)의『보문당서목寶文堂書目』'잡류雜類'에는「두여낭기杜麗娘記」라는 서목이 실려 있는데, 여기에 번역한「두여낭의 사랑과 환생」이『보문당서목』의「두여낭기」와 같은 것이라면 이 작품은 늦어도 16세기 중엽 이전에 지어졌을 것으로 추측할 수 있다. 번역의 원문은 쉬숴팡 교수 등의 교주본 〈모란정〉의 부록에 재수록된 것을 따랐다.〕

중국문학사를 빛낸 수많은 희곡 명작들에 대한 현대 한국어 번역은 다른 장르들에 비해 적게 이루어진 것이 사실이지만, 다행히 중국희곡 전공자가 늘기 시작한 1990년대 이후 희곡 번역서들이 속속 간행되어 시나 소설과는 또 다른 색깔과 맛을 지닌 중국희곡의 세계에 대해 조금이나마 알 수 있게 되었다. 그러나 그동안 국내에서 이루어진 번역은 주로 4막 길이의 원대 잡극雜劇 작품을 모은 선집들이 대부분이었고, 이에 비해 명청대에 등장한 3~40막 이상 되는 길이의 장편 희곡인 전기傳奇에 대한 완역은 공상임의 『도화선』이 유일할 정도로 거의 이루어지지 못했다. 아마도 길이에 대한 부담과 함께 작품 자체의 난해성이 가장 큰 이유일 것 같다. 그러나 한편으로는 단편에서 표현되기 어려운 상세하고 생생한 인물 묘사와 장대한 이야기 전개 등은 장편희곡의 큰 매력이고, 작품에 사용된 다수의 전고典故에 대한 이해 역시 고전에 대한 공부를 더 하게 해준다는 점에서 어려운 장편 작품인 만큼 전공자들의 도전의식을 고취하는 바가 크다고 생각되었다. 명대 전기의 대표작인 탕현조의 〈모란정〉도 난해하기로는 첫 손가락에 꼽을 만한 작품이어서 더욱 엄두가 나지 않았지만, 꼭 번역본이 나와야 한

다는 평소의 생각과 정독精讀을 해보아야겠다는 바람은 늘 가지고 있었다. 그러던 무렵 마침 한국연구재단(구 한국학술진흥재단)에서 고전명작의 번역을 지원하는 사업을 진행하였고, 〈모란정〉도 다행히 지원 대상에 포함되어 2007년부터 〈모란정〉의 번역에 착수하게 되었다.

과연 〈모란정〉은 명성대로 생사를 초월한 사랑을 낭만적이고 환상적인 장면으로 그려낸 청춘 송가로, 시대를 선도하였으면서도 시대를 초월하여 살아남은 고전 명작다웠다. 두여낭과 유몽매의 기이한 만남과 간절한 마음이 이어지는 장면들을 읽어갈 때에는 마치 두 사람이 바로 앞에 있는 듯이 생생하게 느껴졌고, 다양한 조연들이 등장하여 각자 개성 만점인 성격을 흥미진진하게 드러낼 때에도 책을 손에서 놓기 어려웠다. 이 때문에 이처럼 흡인력이 강한 작품을 처음 통독할 때에는 그리 오랜 시간이 걸리지 않았다. 그렇지만 한편으로는 노랫말의 대부분이 각양각색의 전고典故로 가득 차 있고, 50수가 넘는 퇴장시는 각 구절을 당시에서 인용하여 구성한 집구시集句詩 형식이며, 석 도고가 자신을 소개할 때의 대사는 천자문의 구절들을 연속적으로 패러디하여 활용한 것이었는데, 이들 구절의 의미를 파악하고 적절한 우리말로 표현하여 연결하는 데에는 적지 않은 어려움이 따른 것도 부인하기 어렵다. 더욱이 창작 당시에만 쓰인 관용어 표현이나 작가의 고향인 장시江西 방언이 들어간 부분, 그리고 석 도고나 춘향의 저속하고 외설적인 표현과 금나라 장수의 외국어 대사 등은 독해와 표현의 어려움을 한층 가중시켰다.

역자들은 이러한 어려움들을 하나씩 해결해가면서 〈모란정〉의 깊이와 매력에 더욱 빠져들었고, 이러한 힘을 바탕으로 하여 번역본 초안을 완성하였다. 그 후 서울대, 서강대, 한양대 대학원생들과 윤독회 및 교정 작업을 진행하면서 1차 검토 작업을 진행하였고, 그 후 다시 역자들이 두 번에 걸친 재검토 과정과 여러 차례의 교열 작업을 진행하여 정확성과 가독성을 향상시키고자 하였다. 이러한 까닭에 번역본의 완성이 본래 계획보다는 많이 늦어지게 되었지만, 〈모란정〉의 가치와 아름다움을 최대한 잘 전달하고자 노력하였다는 말로 변명을 대신하고자 한다. 그럼에도 불구하고 혹시 있을지 모르는 잘못에 대해서는 겸허하게 독자 여러분의 지적을 기다린다.

〈모란정〉의 번역을 계기로 만나거나 연결이 이루어지고 적지 않은 도움을 받은 국내외 학자들이 있다. 먼저 역자들을 중국 희곡의 길로 이끌어주시고 지금까지도 늘 격려와 독려의 말씀을 아끼지 않으시며 특별히 본 역서의 추천사까지 써 주신 김학주 선생님께 깊이 감사드린다. 선생님의 석사학위 논문 주제가 탕현조 희곡 연구였음을 생각하면 이번 번역은 더욱 뜻 깊게 여겨진다. 또 평소 많은 관심과 격려를 보내주신 여러 선생님들께 감사드리며, 특히 일부 장면의 번역 시안을 보내주신 김진곤 선생님께도 감사드린다. 비록 선생님의 의견을 전적으로 채택하지는 못했지만 번역의 방향에 좋은 참고가 되었다. 또 해외 학자들로는 해제에서 소개한 우펑추 선생, 궈잉더 교수와 네가야마 토루 교수 이외에도, 두여낭 역을 맡아 공연하는 배우이기도 한 타이완 사범대학의 차이명전蔡孟珍 교수가 난해한 부분에 대한 자신의 의견을 말해주어 큰 도움이 되었다. 소명출판의 편집 담당 김하얀 선생도 꼼꼼한 솜씨로 복잡다단한 스타일의 책을 깔끔하게 만들어주셨다. 번역 과정에 함께 하고 도움을 주신 모든 분들에게 깊이 감사드린다. 이번 〈모란정〉의 번역 출간을 계기로 하여 〈모란정〉을 비롯한 중국 희곡 작품들에 대한 관심과 이해가 조금이라도 커지기를 바라마지 않는다.

2014년 3월
역자 씀